끌림

세라 워터스 장편소설 최용준 옮김

AFFINITY
by SARAH WATERS

이 책은 실로 꿰매어 제본하는 정통적인 사철 방식으로 만들어졌습니다.
사철 방식으로 제본된 책은 오랫동안 보관해도 손상되지 않습니다.

끌림

캐럴라인 할리데이에게

로라 거윙, 주디스 머리, 한야 야나기하라, 줄리 그로, 샐리 어비, 샐리 O-J, 주디스 스키너, 시미언 숄, 캐시 왓슨, 리언 파인스타인, 데사 필리피, 캐럴 스웨인, 주디 이스터, 베르나르 골피어, 조이 토퍼로프, 앨런 멜작, 케리 윌리엄스에게 감사를 보낸다.

이 책을 집필하는 데 일부 원조를 해준 런던 예술 협회 신인 작가 육성 기금에도 마음 깊이 감사를 표한다.

1873년 8월 3일

태어나서 지금처럼 무서웠던 적이 또 있었을까. 나는 어둠 속에 홀로 남았고, 글을 쓸 수 있게 비추는 조명이라곤 창문으로 들어오는 빛뿐이다. 난 내 방에 갇혔고, 문에는 자물쇠가 걸렸다. 루스는 문을 잠그라는 명령을 받았지만, 그 명령을 듣지 않으려 했다. 「네? 아무 죄도 없는 아가씨를 저보고 가두라는 말씀이십니까?」 결국 의사가 루스의 열쇠를 빼앗아 직접 문을 잠갔고, 루스를 내게서 떼어 놓았다. 이제 집 곳곳에서 들려오는 목소리들이 내 이름을 속삭인다. 눈을 감고 귀를 기울이면, 어제와 똑같은 밤으로 돌아갈 것만 같다. 그리고 나는 지금도 기다리는 것만 같다. 브링크 부인이 와서 어둠의 모임으로 나를 데려갈 때를. 매들린이나 다른 여자들은 피터를, 그리고 피터의 멋진 검은 구레나룻과 환하게 빛나는 손을 떠올리며 얼굴을 붉히고 마음을 부풀리고 있을 것만 같다.

하지만 브링크 부인은 차가운 자기 침대에 홀로 누웠고, 매들린 실베스터는 아래층에서 발작하듯 흐느낀다. 그리고 피터 퀵은 사라져 버렸다. 아마도, 영원히.

피터 퀵은 너무 거칠었고, 매들린은 너무 겁을 냈다. 피터가 근처에 온 게 느껴진다는 내 말에도, 매들린은 몸을 떨면서 눈을 꽉 감을 뿐이었다. 「피터일 뿐이에요. 피터를 무서워하는 건 아니죠? 자, 보세요, 여기 있어요. 눈을 뜨고 보세요.」 하지만 매들린은 내 말을 따르지 않고, 그저 이렇게만 말했다. 「오, 너무 무서워요! 오, 도스 양, 제발 부탁이에요. 피터가 더 다가오지 못하게 해주세요!」

하긴, 피터를 처음으로 혼자 만나면 숙녀들 대부분은 그런 반응을 보인다. 매들린이 하는 말을 들은 피터는 큰 소리를 내며 웃었다. 「뭐야, 기껏 와줬더니만 도로 쫓아내는 거야? 너를 위해 여기까지 오는 길이 얼마나 힘들었는지, 그리고 내가 얼마나 많은 고생을 했는지 알기는 하는 거야?」 그러자 매들린은 울음을 터트렸다. 물론 어떤 숙녀는 울기도 한다. 나는 피터에게 말했다. 「피터, 좀 더 상냥하게 말해요. 매들린은 두려워하는 것뿐이잖아요. 좀 더 점잖게 행동하면 옆으로 오게 허락해 줄 거예요.」 하지만 피터가 매들린에게 서서히 다가가 살며시 손을 대자 매들린은 비명을 질렀고, 사지가 뻣뻣해지고 얼굴이 창백해졌다. 그러자 피터가 말했다. 「이게 뭐야, 이 멍청한 아가씨야. 네가 모든 걸 망치고 있잖아. 더 나아지고 싶은 거야 아닌 거야?」 하지만 매들린은 다시 비명을 지를 뿐이었고, 바닥에 쓰러져 발버둥을 치기 시작했다. 이제까지 숙녀가 이러는 모습은 한 번도 본 적이 없었다. 「맙소사, 피터!」 피터는 나를 힐긋 보고는 〈이런 멍청한 년〉 하더니 매들린의 두 발을 붙잡았고, 나는 두 손으로 매들린의 입을 틀어막았다. 매들린을 조용히 시키고 발버둥치지 못하게 하려던 것 뿐이었는데, 손을 떼어 보니 피가 묻어 있었다. 혀를 깨물었거나 코피를 흘린 모양이었다. 처음엔 그게 피라는 걸 알지 못했다. 너무나 검고, 너무나 따뜻했고, 또 봉랍처럼 끈적거렸다.

하지만 입 안에 피를 머금고도 매들린은 새된 소리를 질렀고, 그 소동에 결국은 브링크 부인이 달려왔다. 복도를 따라 오는 발소리에 이어 곧바로 겁먹은 듯한 목소리가 들려왔다. 「도스 양, 무슨 일이죠? 다쳤나요? 다친 거예요?」 그 소리를 들은 매들린은 꿈틀거리더니 큰 소리로 외쳤다. 「브링크 부인, 브링크 부인, 살려 주세요, 이자들이 절 죽이려 해요!」

곧바로 피터가 매들린 쪽으로 몸을 숙이고 뺨을 내리치자, 매들린은 아주 조용해졌고 꼼짝도 하지 않았다. 난 우리가 매들린을 진짜로 죽였다고 생각했다. 내가 말했다. 「피터, 대체 무슨 짓을 한 거예요? 돌아가요! 돌아가야만 해요.」 피터가 캐비닛으로 들어가려는 순간, 문손잡이가 덜컹거리더니 브링크 부인이 모습을 드러냈다. 자기 열쇠를 가져와 문을 연 것이다. 부인은 등불을 들고 있었다. 내가 말했다. 「문을 닫으세요, 피터가 와 있어요. 빛이 닿으면 피터가 다쳐요!」 그러나 부인은 〈왜 그래요? 무슨 일을 한 거예요?〉라고만 할 뿐이었다. 이윽고 부인은 매들린이 붉은 머리를 산발하고 응접실 바닥에 뻣뻣하게 누운 모습을 보았다. 그리고 찢어진 페티코트 차림의 나를 바라보았다. 이윽고 내 손에 묻은 피를 보았다. 이제는 검은색이 아니라 선홍색인 피를. 그리고 부인은 피터를 보았다. 피터는 두 손으로 얼굴을 가리고 외쳤다. 「불을 치워!」 하지만 피터의 옷은 여며지지 않았고, 하얀 다리가 드러났으며, 브링크 부인은 등불을 치우려 하지 않았고, 마침내 등불이 흔들리기 시작했다. 이윽고 부인이 외쳤다. 「이런!」 그리고 부인은 다시 나를 바라보았고, 매들린을 바라보았고, 손을 자기 심장 있는 곳에 가져갔다. 부인이 말했다. 「설마 그때도 그런 건 아니죠? 오, 엄마, 엄마!」 이윽고 부인은 등불을 옆으로 치우고 벽을 바라보았으며, 내가 다가가자 손을 내 가슴에 대고 밀며 나를 떼어 놓으려 했다.

피터를 찾아보았으나 피터는 사라지고 없었다. 방 안에는 피터의 손 모양이 찍혀 은빛 광채를 내는 검은색 커튼만이 펄럭일 뿐이었다.

그리고 결국, 죽은 건 매들린이 아니라 브링크 부인이다. 매들린은 기절했을 뿐이며, 매들린의 하녀가 옷을 입히고 다른 방으로 데려가자 그곳에서 서성이며 우는 소리가 나 있는 곳까지 들렸다. 하지만 브링크 부인은 점점 더 약해져만 갔고, 마침내 전혀 일어설 수조차 없게 되었다. 이윽고 루스가 달려와 외쳤다. 「무슨 일이세요?」 루스는 브링크 부인을 응접실 소파에 눕혔으며, 내내 부인의 손을 꼭 잡고 말했다. 「곧 괜찮아질 거예요. 확신해요. 보세요, 제가 여기 있잖아요. 그리고 부인을 사랑하는 도스 양도 여기 있어요.」 나는 브링크 부인이 뭔가 말을 하고 싶지만 그럴 수 없는 표정을 지었다고 생각했고, 그 모습을 본 루스는 의사를 불러와야 한다고 했다. 의사가 부인을 진찰하는 동안 루스는 부인의 손을 꼭 잡고 흐느끼며 절대로 죽으면 안 된다고 말했다. 브링크 부인은 곧 죽었다. 루스 말에 따르면 부인은 다시금 엄마라고 외친 것 말고는 단 한 마디 말도 하지 못했다. 의사는 죽어가는 숙녀는 어린아이처럼 행동하는 경우가 아주 많다고 했다. 부인의 심장이 아주 커다랗게 부풀어 올랐는데, 예전부터 약하던 게 틀림없으며, 이렇게 오랫동안 산 게 신기할 정도라고 말했다.

　부인이 왜 놀랐는지 물어볼 생각을 하지 않고 의사가 그냥 떠났으면 좋았으련만. 하지만 의사가 있는 동안 실베스터 부인이 들어오더니 매들린을 진찰해 달라고 했다. 매들린 몸에는 자국들이 있었고, 그것을 본 의사는 착 가라앉은 목소리로, 자기가 생각한 것보다 훨씬 더 기묘한 일이라고 했다. 그러자 실베스터 부인이 말했다. 「기묘하다고요? 저라면 이건 범죄라고 말하겠어요!」 실베스터 부인은 경찰을 불렀고, 바로 그게 내가 내 방에 갇힌 까닭이다. 경찰은 매들린에게 누가 그녀를 다치게 했는지 묻는다. 매들린은 피터 퀵이 그랬다고 대답하고, 신사들은 〈피터 퀵? 피터 퀵? 대체 무슨 생각을 하는 겁니까?〉라고 되묻는다.

　이 거대한 저택에는 불을 피운 곳이 하나도 없고, 8월인데도 나는 지독히 춥다. 다시는 몸이 따뜻해지지 않을 거라고 생각한다! 다시는 침착해지지 못할 거라고 생각한다. 다시는 나 자신이 되지 못할 거라고 생각한다. 나는 내 방에서 주위를 둘러보지만 내 것은 아무 것도 없다. 브링크 부인의 정원에서 가져온 꽃의 향기, 브링크 부인 어머니의 탁자에 놓인 향수들, 나무의 광택, 카펫의 색깔, 내가 피터에게 말아 준 담배, 보석 상자 속 보석의 반짝임, 거울에 비친 내 창백한 얼굴. 하지만 이 모든 게 내게는 낯설어 보인다. 눈을 감았다 뜨면 다시 베스널 그린에 있게 되기를, 나무 의자에 앉은 이모와 함께 있게 되기를 소망한다. 이곳에 있느니 차라리 빈시 씨의 하숙집 내 방에 있는 쪽이, 창밖으로 벽돌 벽만 보이는 그 방에 있는 쪽이 더 낫다. 내가 지금 있는 이곳보다는 그곳이 백배는 더 낫다.

　아주 늦은 시각이고, 수정궁¹에 등불이 켜 있다. 하지만 나는 하늘에 대비되어 시커멓게 보이는 거대한 형태만 볼 수 있을 뿐이다.

이제 경찰관의 목소리, 실베스터 부인의 고함과 그 때문에 매들린이 우는 소리가 들린다. 이 집에서 조용한 곳은 브링크 부인의 침실뿐이며, 부인이 그곳에서, 어둠 속에서 조용히 홀로 누워 있는 걸 나는 안다. 부인이 머리를 풀고 꼼짝도 않고 몸을 쭉 편 자세로 이불을 덮고 누운 걸 나는 안다. 부인은 고함과 슬퍼하는 소리를 듣고 있을 터며, 입을 열어 말을 할 수 있기를 여전히 바랄 것이다. 부인이 말을 할 수 있다면 무슨 말을 할지 나는 안다. 너무나 잘 알기에 나는 그 말을 들을 수 있다고 생각한다.

부인의 조용한 목소리는, 오직 나만이 들을 수 있는 그 목소리는 세상에서 가장 무서운 목소리다.

---

1 1851년 만국 박람회를 위해 런던 하이드파크에 세운, 유리와 철근으로 이루어진 건축물. 박람회가 끝난 뒤 해체해 1854년 런던 근교 시드넘에 재건립했으나 1936년 화재로 소실되었다. 이하 모든 주는 옮긴이의 주이다.

1부

1874년 9월 24일

아빠는 역사의 어느 부분이든지 전설이 될 수 있다고 말하곤 했다. 전설이 어디서 시작하고 어디서 끝맺을지만 결정하면 된다고 했다. 아빠 말로는 그것이 아빠가 가진 기술 전부였다. 그리고 아마도, 결국 아빠가 다루던 역사들은 그런 식으로 가려내기가 쉬운 축에 들었나 보다. 즉 가르고 분류하기 쉽도록 위대한 인물들, 위대한 업적들로 이루어지고, 그 개개는 깔끔하고 반짝이고 흠 없이 완벽했던 모양이다. 마치 활자판 속 금속 활자처럼 말이다.

아빠가 지금 내 옆에 있으면 좋겠다. 오늘 내가 새로 시작한 이야기를 아빠라면 어떤 식으로 시작할지 물어보고 싶다. 감옥 이야기를 깔끔하게 하는 방법을 물어보고 싶다. 밀뱅크 감옥에는 독방에 격리된 사람들이 무척 많으며, 감옥은 무척이나 신기한 모습이고, 무척 어두우며, 그곳에 가려면 무척이나 많은 문과 이리저리 복잡하게 꺾인 길들을 지나가야만 한다. 아빠라면 감옥 건물 자체 이야기부터 시작할까? 나는 그럴 수가 없다. 왜냐하면 그 감옥이 세워진 날짜를 들은 게 오늘 아침이지만 그게 언제인지 벌써 잊었기 때문이다. 게다가 밀뱅크는 너무나 굳건하고 고풍스럽기 때문에, 템스강 옆의 그 음산한 곳에 자리 잡고 검은 대지 위로 그림자를 드리우는 그곳이 없던 시대가 존재하리라고는 상상할 수도 없다. 어쩌면 아빠는 3주 전, 실리토 씨가 우리 집을 방문하던 때부터 이야기를 시작할지도 모르겠다. 아니면 엘리스가 우선 내 회색 정장과 외투를 가져다준 오늘 아침 7시부터 이야기를 시작할 수도 있다. 아니, 아빠라면 숙녀와 하녀와 페티코트와 헝클어진 머리로 이야기를 시작할 리 만무하다.

내 생각에, 아빠라면 밀뱅크의 바깥문으로 이야기를 시작할 듯하다. 감옥 내부를 구경하려는 방문객이라면 꼭 통과해야만 하는 지점부터 말이다. 그러니 나도 그곳부터 내 기록을 시작하기로 하자. 감옥 수위가 나를 맞이하더니 커다란 명부에 내 이름을 표시한다. 이제 교도관이 나를 데리고 좁은 아치를 지나고, 감옥 내부로 내가 막 들어서려는 그 순간…….

하지만 그렇게 하기 전에 나는 치마가 신경 쓰여 잠시 걸음을 멈춘다. 치마는 소박하지만 폭이 넓고, 가두리에 벽돌 조각인지 돌출식 단철 장식에서 떨어져 나온 부스러기인지가 붙어있기 때문이다. 단언컨대, 아빠라면 스커트의 세부 묘사 같은 건 하지 않으리라. 하지만 나는 그렇게 할 것이다. 바로 그 때문에 나는 바닥을 쓸다시피 하는 치마 끝에서 고개를 들어 처음으로 밀뱅크의 오각형 건물들을 보기 때문이다. 그리고 그 건물들은 가까이 있는 데다가 너무나 갑자기 내 눈앞에 나타나는 바람에 아주 무시무시해 보인다. 나는 오각형 건물들을 쳐다보며 심장이 세차게 뛰는 걸 느끼고, 겁을 먹는다.

일주일 전, 나는 실리토 씨에게서 밀뱅크 건물들의 평면도를 얻었고, 지금 글을 쓰는 책상 옆 벽에 핀으로 박아 두었다. 평면도로 보는 감옥에는 독특한 매력이 배어 있다. 감옥을 이루는 오각형들은 기하학적 모양의 꽃잎처럼 보이기도 하고, 어떤 때는 우리가 어렸을 때 색칠 놀이를 하던 칸처럼 보인다는 생각도 든다. 물론 자세히 들여다보면 밀뱅크는 매력적이지 않다. 평면도의 축척은 너무 크고, 벽이며 노란 벽돌탑 또는 덧문을 단 창을 나타내는 선이며 각은 비뚤어지고 맞지 않아 보일 뿐이다. 마치 악몽에서 깨어난 직후 또는 광기에 빠진 사람이 감옥을 설계한 듯하다. 아니면 설계자는 수감자들을 미치게 하려는 공공연한 의도를 품었는지도 모른다. 내가 이곳의 교도관으로 일해야만 한다면 필시 미쳐 버릴 거라고 생각한다. 나는 주춤거리며 나를 안내하는 남자를 따라갔고, 잠깐 걸음을 멈추고 고개를 돌려 뒤쪽의 조각하늘을 쳐다보았다. 밀뱅크의 안쪽 문은 오각형 두 개가 만나는 곳에 설치되어 있고, 그곳에 가려면 좁은 자갈길을 따라가야 하고, 길을 가는 동안 보스포루스 해협의 충돌 바위섬들[1]처럼 양쪽으로 늘어 선 벽돌담의 위압감을 거쳐야만 한다. 그리고 노란 벽돌담이 드리운 그림자는 멍 색깔이다. 벽이 서 있는 흙은 축축하고 담배처럼 거무스름하다.

이 흙 때문에 공기에서 아주 시큼한 냄새가 난다. 감옥 안으로 안내되어 등 뒤로 문이 굳게 닫히는 동안, 냄새는 더욱 시큼해졌다. 내 심장 박동이 더욱더 빨라졌고, 작고 평범한 방에 안내되어, 그곳에 앉아 열린 문 너머로 남자 교도관들이 얼굴을 찡그리

---

1 그리스 신화에 나오는 두 개의 바위섬. 보스포루스 해협에 있으며 그곳을 지나려는 배가 있으면 서로 충돌해 배들을 침몰시켰다. 황금 양피를 찾아 돌아오던 이아손은 지혜를 발휘해 이곳을 지났고, 그 뒤로 두 섬은 더는 움직이지 않았다고 한다.

고 중얼거리는 모습을 보는 동안에도 심장은 계속 널을 뛰었다. 마침내 실리토 씨가 왔고, 나는 그분의 손을 잡았다. 내가 말했다. 「뵙게 되어 반가워요! 혹시 누군가가 절 방금 도착한 죄수라고 오해해서 감방으로 데려가 가두는 건 아닐까 걱정하던 참이었어요!」 실리토 씨가 껄껄 웃었다. 실리토 씨는 밀뱅크에서 그런 실수는 절대로 일어나지 않는다고 말했다.

우리는 함께 감옥 건물 안으로 걸어갔다. 실리토 씨는 나를 곧장 여자 감옥으로 데려가 소장인 핵스비 양을 만나게 하는 게 나을 거라고 생각했기 때문이다. 우리는 걸었고, 실리토 씨는 우리가 지나는 경로를 설명해 줬으며, 나는 내가 본 평면도의 기억을 더듬으며 그 설명과 비교하려 애썼다. 하지만 물론 감옥의 구조는 무척 독특하기에, 곧 어디가 어디인지 알 수 없게 되었다. 하지만 남자 죄수들을 가두는 오각형 건물들에 들어가지 않았다는 것은 안다. 우리는 감옥 중앙에 있는 육각형 건물에서 여자 감옥으로 통하는 문들만 지났다. 육각형 건물에는 창고, 의사의 집, 실리토 씨의 사무실, 그분의 사무관들이 일하는 사무실들, 부속 진료실, 예배당이 있었다. 실리토 씨는 창밖에 보이는, 노란 연기가 나는 굴뚝들을 향해 고개를 끄덕이며 말했다(실리토 씨 말에 따르면, 그 연기는 감옥 세탁실에서 피우는 불에서 나는 것이다). 「보다시피, 이곳은 사실 작은 도시와 다를 바 없습니다! 모든 것을 거의 다 갖추었지요. 늘 하는 생각이지만, 설사 누군가 이곳을 포위 공격한다 해도 아주 잘 버틸 수 있을 겁니다.」

실리토 씨는 다소 자부심에 찬 목소리로 말했지만, 본인도 자부심이 지나치다는 걸 알았는지 싱긋 웃었다. 그리고 실리토 씨가 그렇게 할 때 나도 싱긋 웃었다. 아까 안쪽 출입구에 들어섰을 때는 등 뒤로 공기와 빛이 닫히는 바람에 겁을 먹었다면, 이제는 우리가 안으로 더 깊숙이 들어가자 어둠침침하고 복잡한 통로 끝자락에 위치한 문이 닫히고 나 혼자서는 절대로 이 길을 되짚어 갈 수 없으리라는 생각 때문에 다시 초조해졌다. 지난주, 나는 아빠의 서재에서 서류를 정리하다가 우연히 피라네시[2]의 감옥 그림들을 모아 놓은 책을 발견하고는 오늘 내가 만나게 될 음산하고 무시무시한 장면들을 상상하며 한 시간 정도 그 책을 열심히 들여다보았다. 물론 이곳에는 내가 상상한 것과 비슷한 건 없었다. 우리는 회반죽을 칠한 깔끔한 복도들을 계속해 지났고, 복도가 교차하는 곳에 이르자 어두운 색의 감옥용 외투를 입은 교도관들이 우리를 맞이했을 뿐이었다. 하지만 복도와 교도관들의 깔끔함과 통일성이 오히려 문제였다. 나는 아마도 같은 길을 열 번쯤 반복해 안내받아 지난다 해도 예전에 그곳을 지난 적이 있는지 절대로 알지 못할 터였다. 이곳이 내는 무시무시한 아우성 역시 사람의 마음을 불편하게 한다. 교도관들이 서 있는 곳에는 출입문이 있고, 그 문은 빗장이 풀리고, 삐걱거리는 소리와 함께 열리고, 쾅 소리를 내며 닫힌 뒤 다시 빗장이 잠긴다. 물론 그 문 근처 또는 멀리 떨어진 곳의 다른 문들에서 나는 빗장과 자물쇠 소리도 메아리쳐 들린다. 그 결과, 이 감옥은 자신만의 영원한 폭풍우의 심장을 움켜쥐고 내 귓가에 으르렁거리게 하는 것 같다.

우리는 장식용 징이 박힌 고풍스러운 문에 도착했다. 문에는 쪽문이 설치되어 있었다. 여자 교도소로 통하는 입구였다. 이곳

2 18세기 이탈리아 판화가. 웅장하고 낭만적인 고대 로마의 폐허를 배경으로 비현실적인 지하 감옥을 묘사한 〈환상의 감옥〉 시리즈로 유명하다.

에서 여자 교도관이 우리를 맞이했다. 그 여자는 실리토 씨에게 살짝 무릎을 굽혀 인사했다. 이곳에 오고 처음으로 본 여자였다. 나는 그 여자를 꼼꼼하게 살펴보았다. 젊은 축에 속했고, 얼굴이 핼쑥했으며, 웃음기 없는 진지한 표정이었고, 회색 모직 드레스, 검은 망토, 끝을 파란색으로 댄 회색 밀짚 보닛,[3] 굽이 낮고 튼튼한 검은 부츠 차림이었다. 나는 곧 그 옷이 이곳 제복이라는 사실을 깨달았다. 내가 자신을 뚫어져라 보는 걸 깨달은 여자는 다시 무릎을 살짝 굽혀 인사를 했다. 실리토 씨가 말했다. 「이쪽은 리들리 양입니다. 여자 교도소의 교도감이죠.」 그리고 이어서 여자에게 말했다. 「이쪽은 프라이어 양입니다. 이곳의 새로운 방문객입니다.」

리들리 양이 우리 앞으로 걸어오자 금속이 규칙적으로 쩔그렁거리는 소리가 났다. 소리 나는 곳을 보니, 남자 교도관들과 마찬가지로, 리들리 양 역시 놋쇠 버클이 달린 넓은 가죽 허리띠를 했으며, 버클에는 반들반들 윤이 나는 감옥 열쇠들이 꿰인 고리가 달려 있었다.

리들리 양은 우리를 아까보다 더 특색 없는 복도로 안내했고, 우리는 그곳을 지나 탑 위로 연결된 나선형 계단에 올랐다. 탑 꼭대기에는 밝고 희고 사방에 창이 난 원형 방이 있었다. 핵스비 양의 사무실이었다. 「이곳을 보시면 어떤 의도로 이곳을 설계했는지 아실 겁니다.」 우리가 거친 숨을 몰아쉬며 시뻘건 얼굴로 방에 도착하자 실리토 씨가 말했다. 그리고 물론 나는 그 의도가 무엇이었는지 즉시 알았다. 탑은 오각형 마당의 중심에 서 있고, 탑에서는 어느 쪽을 보든 여자 감옥의 창살 달린 창과 벽이 보였

3 여자나 어린아이가 쓰는 모자로 턱 밑에서 끈을 매게 되어 있다.

기 때문이다. 사무실 방은 아주 평범하다. 바닥에는 아무것도 깔리지 않았다. 기둥 두 개 사이에 로프가 걸려 있다. 죄수들이 오면 로프 뒤로 서야 하고, 그 로프 너머로는 책상이 있다. 그곳에 들어갔을 때, 핵스비 양은 책상 뒤에 앉아서 커다란 검은 책에 뭔가를 쓰고 있었다. 실리토 씨가 웃음을 머금으며 말했다. 「여자 교도소의 아르고스[4]죠.」 우리를 본 핵스비 양은 안경을 벗으며 일어나 리들리 양처럼 살짝 무릎 굽혀 인사를 했다.

핵스비 양은 체구가 아주 작으며, 머리털은 잡티 하나 없이 하얗고, 눈매는 아주 날카롭다. 책상 뒤로는 회칠을 한 벽돌이 단단히 박혔고, 그 안의 법랑 판에는 검은 글씨로 〈주께서 우리의 죄악을 주의 앞에 놓으시며 우리의 은밀한 죄를 주의 얼굴 빛 가운데 두셨사오니〉[5]라고 새겨져 있다.

나는 그 방에 들어서자마자 당장이라도 둥그런 벽을 따라 굴곡진 창문으로 걸어가 그 너머에 무엇이 있는지 확인하고 싶은 마음이 굴뚝같았다. 그런 내 모습을 본 실리토 씨가 말했다. 「네, 프라이어 양, 창문으로 가까이 오세요.」 그리하여 나는 잠시 아래에 있는 쐐기 모양 안마당들을 보았고, 다음으로는 우리 앞에 있는 추한 감옥 벽, 그리고 그 벽을 마치 둑처럼 채운 쪽창들을 좀 더 자세히 살펴보았다. 실리토 씨가 말했다. 「무척 장관이면서 동시에 끔찍하지요?」 내 앞에는 여자 교도소가 있었다. 그리고 앞의 창문 너머마다 감방이 있었고, 그 안에는 죄수가 있었다. 실리토 씨가 핵스비 양에게 고개를 돌렸다. 「지금 수감자가

4 그리스 신화에 나오는 1백 개의 눈을 가진 거인. 철저한 감시인이라는 뜻도 있다.
5 『시편』 90장 8절.

몇 명이나 되나요?」

핵스비 양은 270명이라고 대답했다.

「270!」 실리토 씨가 고개를 설레설레 저으며 말했다. 「잠시 저 불쌍한 여인들이 밀뱅크에 닿을 때까지 지나온 힘겹고 파란만 장한 일생을 상상해 보시겠습니까, 프라이어 양? 도둑이었을 수 도 있고, 창녀였을 수도 있고, 악당들에게 잔혹한 대우를 받았을 수도 있습니다. 하지만 분명히, 저 여인들은 염치며, 의무, 기타 섬세한 감정들이 무엇인지를 전혀 모릅니다. 네, 확신하셔도 됩 니다. 사회는 저 여인들을 악한이라고 간주했습니다. 그리고 사 회는 저 여인들을 핵스비 양과 저에게 맡겨 세심히 돌보게 했습 니다…….」

실리토 씨는 〈그렇다면 저 여인들을 어떻게 대하는 게 올바를 까요?〉 하고 내게 물었다. 「우리는 저 여인들에게 일정한 안식 처를 제공합니다. 기도를 가르칩니다. 겸손함을 가르칩니다. 하 지만 당연히 저 여인들은 하루의 대부분을 독방에서 혼자 보냅 니다. 그리고 저곳에서…….」 실리토 씨는 다시 한번 우리 앞의 창을 보며 고개를 까닥했다. 「아마도 3년 정도, 어쩌면 6~7년 정도를 지냅니다. 저곳에 감금되어 자신의 행실을 되돌아봅니 다. 우리는 저들의 혀를 묶어 놓고 대신 손을 바삐 움직이게 합 니다. 하지만 프라이어 양, 우리가 아무리 노력한들 저들의 마음 은, 비참한 시절의 기억은, 비천한 생각은, 야비한 야망은 감시 할 수가 없습니다. 그렇지 않습니까, 핵스비 양?」

「그렇습니다.」 핵스비 양이 말했다.

「하지만 방문객이 좋은 영향을 준다고 하지 않았나요?」 나는 말했다.

실리토 씨는 자기도 그렇게 말한 걸 안다고 했다. 그리고 좋은 영향을 주는 게 확실하다고 했다. 아무 보살핌도 받지 못하는 저 불쌍한 영혼들은 마치 어린아이 또는 미개인과도 같으며, 감수성이 예민하고 자신들의 모양을 잡아 줄 섬세한 틀을 기다린단다. 실리토 씨가 말했다. 「우리의 여교도관들이 그 일을 할 수도 있습니다. 하지만 여교도관들은 근무시간이 길고 다른 할 일들이 너무나도 많습니다. 그래서 여죄수들을 모질게 대하기도 하고 또 어떤 때는 거칠게 굴기도 합니다. 하지만 숙녀를 여죄수에게 보내 보십시오, 프라이어 양, 숙녀를요. 고귀한 숙녀가 안락한 일상을 벗어나 이곳까지 온 게 단지 죄수들의 하찮고 비천한 과거사를 들어 주기 위해서라는 사실을 알려 주는 겁니다. 숙녀의 말과 몸가짐이 자신들의 비천한 방식과 얼마나 큰 차이가 나는지 뼈저리게 느끼게 하는 겁니다. 그러면 죄수들은 온순해지고 성격이 부드러워지고, 또한 고분고분해질 겁니다. 저는 그런 일이 일어나는 것을 보았습니다! 핵스비 양도 목격했습니다! 감화, 동정심, 감수성 같은 것들이 효과를 발휘하는 것입니다……」

실리토 씨는 계속 그런 이야기를 했다. 물론 실리토 씨는 전에 우리 집 1층 응접실에서도 지금과 비슷한 이야기를 했다. 당시 어머니는 얼굴을 찡그렸고, 벽난로 선반 위 시계가 째깍대는 소리가 선명하게 들렸다. 그때 실리토 씨는 내게 〈아버지가 돌아가신 이후 아무것도 손에 잡히지 않았던 모양이네요, 프라이어 양〉이라고 말했다. 실리토 씨는 아빠가 빌렸던 책들을 찾으러 들렀을 뿐이었고, 내가 아무 일도 손에 잡히지 않은 게 아니라 아팠다는 사실을 몰랐다. 하지만 나는 실리토 씨가 그 사실을 알

지 못해 다행이라고 생각했다. 그러나 이제, 내 앞에 선 을씨년
스러운 감옥 벽들, 그리고 나를 뚫어져라 바라보는 핵스비 양,
문 앞에 서서 팔짱을 긴 채 열쇠고리를 흔드는 리들리 양을 보고
있노라니 그 어느 때보다도 두려워졌다. 한순간, 나는 이들이 내
안의 무르고 약한 면을 간파하고 날 집으로 돌려보내 줬으면 좋
겠다고 생각했다. 마치 어머니와 극장에 갔을 때 내가 너무나 초
조해지면 어머니는 아파서 그런다고 착각하여 조용한 객석에서
울음을 터뜨릴지도 모른다는 생각에 날 먼저 집에 보내 준 것처
럼 말이다.

　하지만 이들은 그런 내 내면을 알아차리지 못했다. 실리토 씨
는 밀뱅크 감옥의 역사와 일과와 직원과 방문객에 대해 계속 이
야기했다. 나는 가만히 서서 실리토 씨의 말에 고개를 끄덕였다.
가끔은 핵스비 양도 고개를 끄덕였다. 잠시 뒤, 감옥 쪽에서 종이
울렸다. 그 소리를 들은 실리토 씨와 여교도관들은 모두 비슷한
움직임을 보였고, 실리토 씨는 자신이 생각보다 더 오래 이야기
를 했다고 했다. 그 종소리는 죄수들을 안마당에 내보낸다는 신
호였다. 실리토 씨는 이제 나를 여교도관들에게 맡기고 자기는
떠나야 하며, 여죄수들을 보고 난 소감이 어떤지 자기에게 꼭 말
해 달라고 당부했다. 실리토 씨는 내 손을 잡았지만, 내가 함께 책
상 쪽으로 가려 하자 말했다. 「아니, 아니요. 프라이어 양은 이곳
에 잠시 더 머물러 계십시오. 핵스비 양, 창가로 오셔서 프라이
어 양과 밖을 좀 지켜봐 주시겠습니까? 자, 프라이어 양, 눈앞에
펼쳐진 장면을 잘 보십시오. 그러면 뭔가를 볼 수 있을 겁니다!」

　리들리 양은 실리토 씨가 나가도록 문을 연 채 잡고 있었고,
실리토 씨는 계단 탑의 어둠에 삼켜졌다. 그사이 핵스비 양이 내

게 다가왔고, 이제 우리 둘은 유리창 쪽으로 몸을 돌렸으며, 리들리 양은 다른 창으로 가서 밖을 바라보았다. 우리 아래로는 흙마당 세 개가 펼쳐졌는데, 각각은 감시탑에서 바퀴살처럼 뻗어 나온 높은 벽돌담으로 나뉘었다. 우리 위로는 도시의 더러운 하늘이 햇빛이 그린 얼룩덜룩한 줄무늬를 품고 걸려 있었다.

「맑은 날이네요. 9월치고는요.」 핵스비 양이 말했다.

이윽고 핵스비 양은 다시 우리 아래쪽 광경을 바라보았다. 그리고 나도 그곳을 바라보며 기다렸다.

한동안 모든 것이 멈춰 있었다. 저 아래 운동장 같아 보이는 안마당은 무척이나 황량했고 흙과 먼지뿐이었다. 바람에 산들거릴 풀이나 새가 달려들 벌레나 곤충도 없었다. 하지만 1분 정도 지나자 안마당 가운데 하나에서 움직임이 보였고, 다른 마당에서도 비슷한 움직임들이 눈에 띄었다. 문들이 열리는 것이었으며, 이윽고 여자들이 나타났다. 그리고 그처럼 이상야릇하면서도 인상 깊은 광경은 처음이었다. 이렇게 높은 곳에서 보고 있으니까 사람들이 마치 시계탑 위의 인형이나 구슬발의 구슬처럼 작아 보였기 때문이다. 여자들은 마당으로 몰려 들어오더니 타원 모양의 거대한 고리 세 개를 이루었고, 곧 누가 운동장에 먼저 들어왔고 누가 가장 마지막에 들어왔는지를 구별할 수 없게 되었다. 고리는 끊긴 곳 없이 연결되었고, 여자들 복장은 모두가 똑같이 갈색 프록[6]에 하얀 모자를 쓰고, 목에는 연푸른 손수건을 둘렀기 때문이다. 이들이 사람인 걸 알아볼 수 있었던 건 이들의 자세 덕분이었다. 하지만 이들은 모두 느릿느릿 걸었으며, 어떤 사람은 고개를 숙이고 걸었고, 또 어떤 사람은 절룩거

6 조끼가 포함된 원피스. 주로 캐주얼하거나 작업복으로 입는 드레스를 말한다.

렸다. 어떤 이들은 갑작스러운 한기에 몸이 뻣뻣하게 굳은 듯이 몸을 감싸 안았고, 몇몇 불쌍한 이들은 고개를 들어 하늘을 보았다. 그리고 한 명은 우리가 서서 자신들을 바라보는 유리창을 멍하니 쳐다보는 듯했다.

교도소의 모든 여자들이 그곳에 있었고, 거대한 바퀴살로 나뉜 마당 각각에 90명씩, 거의 3백 명이 그곳에 있었다. 그리고 마당 귀퉁이에는 검은 망토를 입은 여교도관 두 명이 서 있었다. 여자들이 운동을 마칠 때까지 그곳에 서서 감시를 하는 듯했다.

핵스비 양은 터벅터벅 걷는 여자들을 보며 만족스러운 듯했다. 핵스비 양이 말했다. 「죄수들이 얼마나 질서를 잘 지키는지 보세요. 죄수들은 서로 일정 거리를 유지해야만 한답니다.」 규정된 거리만큼 떨어져 있지 않은 죄수가 있으면, 그 사람은 산책 나올 권리를 박탈당한다. 나이 들었거나 아프거나 힘이 없는 여인, 또는 아주 어린 여자인 경우에는 —「과거에 어린 여자애들이 이곳에 있었어요, 그렇죠, 리들리 양?」— 따로 원을 지어 걷게 한다.

「정말 조용히 걷네요!」 내가 말했다. 핵스비 양은 죄수들은 감옥 어디에 있더라도 조용히 해야 한다고 말했다. 죄수들은 말을 하거나, 휘파람을 불거나, 노래를 하거나, 콧노래를 부르는 따위 그 어떤 소리도 내서는 안 된다고 했다. 예외가 있다면 여교도관이나 방문객의 명확한 요구를 받았을 때뿐이었다.

「얼마나 오랫동안 걷나요?」 내가 핵스비 양에게 물었다. 한 시간을 걸어야 한단다. 「비가 오면요?」 핵스비 양은 이렇게 말했다. 「비가 오면 운동은 취소됩니다. 그런 날은 여교도관들이 무척 고달프답니다. 오랫동안 갇힌 여자들은 〈짜증을 내고 건방져〉지거든요.」 그러면서 핵스비 양은 감옥 쪽을 더 매서운 눈으

28

로 노려보았다. 고리 하나가 느려지기 시작하더니, 이제는 다른 마당에서 도는 원들과 보조를 맞추지 못했다. 핵스비 양이 말했다. 「저기에.」 그리고 핵스비 양은 어떤 여자의 이름을 말했다. 「다른 사람보다 천천히 걷는군요. 순찰을 돌 때 잊지 말고 저자에게 주의를 주세요, 리들리 양.」

나는 핵스비 양이 이렇게 높은 곳에서 누가 누군지 알아볼 수 있다는 게 놀랍다고 생각했다. 그렇게 말하자 핵스비 양은 싱긋 웃었다. 핵스비 양은, 자신은 죄수들이 마당을 걷는 모습을 날마다 지켜보았으며, 〈그리고 이곳 밀뱅크의 소장으로 7년간 있었으며, 그 전에는 이곳에서 교도감으로 있었답니다〉라고 했다. 그리고 그 전에는 브릭스턴 감옥에서 일반 교도관으로 있었다고 했다. 핵스비 양은 모두 합치면 자신은 감옥에서 21년을 보냈으며 이 기간은 어지간한 죄수들이 받은 형량보다도 길다고 말했다. 하지만 저 아래에서 걷는 여자 가운데는 자신보다 훨씬 더 긴 기간을 감옥에서 보내야 할 사람들이 있으며, 자신은 그 죄수들이 이곳에 들어오는 것을 보기는 했지만 출소하는 것을 보지는 못할 거라고 했다.

나는 그런 여자들은 감옥 규칙을 아주 잘 알게 될 테니 일이 더 편해지지 않느냐고 물었다. 핵스비 양은 고개를 끄덕였다. 「맞습니다.」 그러더니 물었다. 「사실이지 않나요, 리들리 양? 우리가 장기수를 좋아하는 거 말이에요, 그렇죠?」

「좋아하죠.」 리들리 양이 대답했다. 「우리는 한 가지 죄만 짓고 들어온 장기수를 좋아한답니다.」 리들리 양이 내게 말했다. 「독살자, 사람에게 황산을 뿌려 댄 자, 유아 살인자이면서 법의 자비로운 판결 덕분에 교수형을 면한 죄수들을요. 이곳에 그런 여자들만 있다면 우리는 여교도관들을 집에 돌려 보내고 죄수들만 남겨 놓았을 겁니다. 우리 여교도관들을 가장 괴롭히는 건 일반 잡범, 즉 도둑과 창녀와 사기꾼들이지요. 그리고 그자들은 악마랍니다! 그 사람들 대부분은 악행을 업으로 삼고, 다른 건 생각도 안 한답니다. 그런 자들이 우리 버릇을 꿰뚫게 된다면, 어떤 경우에 자신들이 나쁜 짓을 하고도 빠져나갈 수 있는지 알게 된다면, 무슨 짓을 하면 우리를 가장 골치아프게 할 수 있는지 알게 된다면, 자신들이 무엇으로부터 도망칠 수 있는지 안다면, 우리에게 가장 골치 아픈 게 뭔지 알게 된다면…… 어휴, 생각만 해도 끔찍하군요!」

리들리 양은 아주 침착하고 나직나직하게 말했지만, 나는 그 내용에 놀라 눈만 끔벅였다. 아마 그건 열쇠고리와 관련이 있는 듯했다. 열쇠고리는 여전히 흔들거렸고, 가끔은 리들리 양의 허리띠 사슬에서 서로 부딪혀 짤그랑거렸으며, 나는 그녀의 목소리가 그 쇳소리에 오염된 듯한 느낌이 들었다. 그 목소리는 마치 받침대에 놓인 빗장 같았다. 나는 리들리 양이 빗장을 거칠게 또는 점잖게 빼내는 장면을 상상한다. 리들리 양이 절대로 그것을 부드럽게 빼지는 못하리라는 확신이 든다. 나는 잠시 리들리 양을 보았고, 이윽고 다시 핵스비 양에게 고개를 돌렸다. 핵스비 양은 여교도관의 말에 그냥 고개만 끄덕였고, 이제 거의 싱긋 웃는 듯한 표정을 지었다. 핵스비 양이 말했다. 「보셨다시피, 이곳의 여교도관들은 무척이나 다정다감하답니다!」

핵스비 양은 날카로운 눈으로 계속 나를 주시했다. 「저희가 모질다고 생각하시나요, 프라이어 양?」 잠시 뒤 핵스비 양이 물었다. 핵스비 양은 당연히 내가 그렇게 생각할 거라고 말했다.

전에 실리토 씨는 내게 이곳 방문객이 되어 줄 수 있는지 물었고, 그에 대해 핵스비 양은 실리토 씨에게 감사를 했고, 나는 내가 편한 시간에 이곳을 방문하기로 되어 있었다. 하지만 핵스비 양은 자기 감옥을 돌아보는 모든 신사숙녀에게 그러했듯이 내게도 이 점만은 꼭 주의를 줘야겠다고 말했다. 「조심하셔야 합니다.」 핵스비 양은 〈조심〉이라는 단어를 무시무시할 정도로 강조해 말했다. 「조심하셔야 합니다. 밀뱅크의 여자들을 만날 때는요!」 핵스비 양은 예를 들어 내 소지품을 조심해야 한다고 했다. 이곳에 있는 여자 상당수는 예전에 소매치기였으며, 내가 그런 사람들 눈에 잘 뜨이는 곳에 손수건이나 시계를 놓아 둔다면, 그건 그 사람들의 옛 버릇을 내가 부추기는 격이라고 했다. 핵스비 양은 내가 〈내 반지와 장신구를 하인들 눈에 안 보이는 곳에 두어 도난의 염려를 더는 것〉과 마찬가지로 그런 물건을 이곳 여자들 눈에 안 보이게 조심해 달라고 당부한다.

핵스비 양은 또한 이곳 여자들에게 말하는 내용도 조심해야만 한다고 했다. 나는 감옥 너머에서 일어나는 일에 대해서는 그어떤 것도 말해서는 안 된다. 신문에 난 공지 사항조차 말하면 안 된다. 핵스비 양이 말했다. 「사실, 신문은 더욱더 안 된답니다. 이곳에서 신문은 금지니까요.」 핵스비 양은 나를 친구로, 상담역으로 원하는 여자도 있을 거라고 했다. 그리고 그런 여자가 있으면 나는 〈여교도관과 이야기하세요〉라고 말해야 한단다. 「그래야 그 여자는 자신이 저지른 범죄를 부끄러워하고 또한 그여자의 미래의 삶이 더 나아진답니다.」 또한 나는 감옥에 있는 여자와 그 어떤 약속도 해서는 안 된다. 또 바깥의 친구나 가족에게서 그 어떤 소식이나 물건을 전해 줘서도 안 된다.

핵스비 양이 말했다. 「죄수가 자기 어머니가 아파서 금방 죽을 거라고 하거나, 자기 머리 타래를 잘라 줄테니 제발 그걸 죽어 가는 자기 어머니에게 징표로 전해 달라고 한다면 아가씨는 그 요구를 거절해야만 한답니다. 부탁을 들어주면, 이후 그 죄수는 아가씨를 지배하는 힘을 얻게 되는 겁니다, 프라이어 양. 그 죄수는 아가씨가 무르다는 사실을 알게 되고, 그것을 이용해 나쁜 짓을 하려 들 겁니다.」

핵스비 양은 자신이 밀뱅크에 있는 동안에도 그런 끔찍한 일이 한두 번 정도 있었으며, 모두 다 아주 불행한 결과를 불러왔다고 말했다.

핵스비 양이 경고한 내용은 그게 전부인 듯하다. 나는 알려 주어 고맙다고 했다. 하지만 핵스비 양이 말하는 내내, 나는 근처에서 아무 말 없이 서 있는 매끈한 얼굴의 여교도관이 신경 쓰였다. 그건 마치 엘리스가 옆에서 접시를 치우는 동안 어머니에게 〈따끔하게 훈계해 주셔서 고맙습니다〉라고 말할 때와 같은 느낌이었다. 나는 원을 그리며 도는 여자들을 다시 보았고, 아무 말 없이 생각에 잠겼다.

이윽고 핵스비 양이 말했다. 「저 여자들을 보는 걸 좋아하시는군요.」

핵스비 양은 지금까지 이곳에 온 방문객 가운데 그 창문에 서서 여자들이 걷는 모습을 지켜보기 싫어한 사람은 아무도 없다고 말했다. 그게 수조에 담긴 물고기들을 지켜보는 것처럼 사람 마음을 편하게 한다고 했다.

그 말을 듣고 나는 창문에서 물러섰다.

우리는 그러고 나서 감옥의 일상에 대해 조금 더 이야기한 듯하다. 하지만 곧 핵스비 양은 회중시계를 보더니 리들리 양에게 이제 나를 데리고 감옥을 둘러보게 하라고 말했다. 「제가 직접 안내해 드리지 못해 죄송합니다. 하지만 여기를 보세요.」 핵스비 양은 자기 책상 위에 잔뜩 쌓인 더미를 보며 고개를 까닥였다. 「이게 제가 오늘 아침에 처리해야 할 일들이랍니다. 이건 죄수들의 인성 기록부입니다. 이걸 처리해야 한답니다. 그리고 여교도관들이 요구하는 보고서들도 처리해야 하고요.」 핵스비 양은 안경을 썼고, 그 때문에 눈매가 더욱 날카로워졌다. 「프라이어 양, 이제 우리 여자들이 지난 한 주 동안 얼마나 착하게 굴었는지, 또는 얼마나 못되게 굴었는지 살펴봐야겠네요!」

리들리 양은 나를 데리고 핵스비 양의 사무실을 나와 어둑어둑한 탑 계단을 내려왔다. 아래층에서 우리는 다른 문을 지났다. 내가 말했다. 「여기에는 뭐가 있나요, 리들리 양?」 리들리 양은, 이곳에는 핵스비 양의 사택이 있는데, 이곳에서 식사를 하고 잠을 잔다고 했다. 나는 사방 창 밖으로 감옥이 보이는 조용한 탑에 누우면 무슨 기분이 들지 궁금했다.

나는 책상 옆에 있는 평면도에 표시된 탑을 찾아본다. 리들리 양이 나를 데리고 간 경로가 어딘지 알 수 있을 듯하다. 리들리 양은 아주 경쾌하게 걸었고, 어디가 어딘지 알 수 없이 똑같이 생긴 복도에서 주저함 없이 길을 골라갔다. 마치 계속해 북쪽을 가리키는 나침반 바늘 같았다. 「이곳 감옥의 복도 길이를 다 합치면 5킬로미터에 이른답니다.」 리들리 양이 말했다. 하지만 내가 〈어디가 어디로 통하는지 알기 어렵지 않나요?〉 하고 묻자 리들리 양은 코웃음을 쳤다. 리들리 양 말에 따르면, 밀뱅크에 교도관으로 오면 자려고 베개에 머리를 뉘어도 하얀 복도를 걷고 걷고 또 걷는 생각으로 머리가 가득하단다. 리들리 양이 말했다. 「한 일주일을 그렇게 보내죠. 그러고 나면 교도관들은 길을 제대로 알게 된답니다. 그리고 1년이 지나면 예전에 처음 와서 길을 잃던 때가 그리워지죠.」 리들리 양은 핵스비 양보다도 오래 이곳에서 교도관으로 일해 왔단다. 리들리 양은 자신은 눈이 멀어도 이곳에서 교도관으로 일할 수 있을 거라고 했다.

이 대목에서 리들리 양은 싱긋 웃었다. 하지만 아주 심술궂은 웃음이었다. 리들리 양의 뺨은 마치 돼지 기름이나 왁스처럼 하얗고 매끄러우며, 속눈썹이 없으며 눈꺼풀은 두툼하다. 손은 깨끗하고 매끄럽다. 아마도 경석으로 손질하는 듯하다. 손톱은 단정히, 바짝 깎여 있다.

리들리 양은 감옥 건물에 도착할 때까지 더는 말을 걸지 않았다. 우리가 도착한 건물에는 철창이 쳐 있었고, 안으로 들어서자 길고 서늘하고 조용한, 수도원 같은 느낌을 주는 복도가 있었다. 이 복도들은 감방과 연결되었다. 복도 폭은, 2미터에서 한 뼘 정도 모자라는 것 같다. 바닥에는 모래가 깔렸고, 벽과 천장에는 회칠을 했다. 왼쪽 높은 곳 — 너무 높아 나조차 그 너머를 들여다볼 수 없었다 — 에는 창들이 줄지어 났고, 철창을 친 창문에는 두꺼운 유리를 끼워 두었다. 그리고 반대편 벽을 따라서는 문들이 줄지어 나 있었다. 문 그리고 문 그리고 문. 모두가 시커멓고 똑같이 생긴, 악몽 속에서 볼 수 있을 것 같은 문들의 연속이었다. 문에서 복도로 빛이 약간 새어 나왔으며, 또한 뭔지 알 수 없는 냄새도 흘러나왔다. 그 냄새는 정체를 알 수 없었지만 끔찍했다. 바깥쪽 복도에 들어서자마자 냄새를 맡았으며 심지어 글을 쓰고 있는 지금까지도 그 냄새를 맡을 수 있다. 그건 감옥 사람들이 〈오물통〉이라 부르는 것에서 흘러나온 냄새, 그리고 내가 생각하기에는 제대로 양치하지 않은 입과 제대로 씻지 않은 몸에서 풍기는 악취였다.

리들리 양은 우리가 도착한 곳이 첫 번째 수용 구역이라고 했다. 충마다 두 개씩, 모두 여섯 개의 수용 구역이 있다. A 수용 구역에는 가장 최근에 온 죄수들을 수용하는데, 그 사람들은 3급 죄수들이라 했다.

이윽고 리들리 양은 나를 데리고 빈 감방들 가운데 첫 번째로 보이는 곳에 들어갔다. 안에 들어가며 리들리 양은 입구에 고정된 문 두 개를 가리켰다. 문 하나는 나무로, 빗장이 설치되었고, 다른 하나는 철창문으로, 자물쇠가 달렸다. 교도관들은 낮에는 철문만 잠가두고 나무 문은 열어 둔단다. 「그렇게 하면 저희들이 순찰을 하며 안에 있는 여자들을 볼 수 있습니다. 그리고 감방 안 환기에도 도움이 되지요.」리들리 양이 말했다. 리들리 양이 말을 하며 두 문을 닫자 방은 순식간에 더 어두워졌고, 마치 수축하는 느낌마저 들었다. 리들리 양은 두 손을 허리에 얹고 주위를 둘러보았다. 리들리 양은 여기 감방 시설이 아주 좋다며, 넓고, 튼튼하고, 벽은 벽돌을 두 겹을 쌓아 만들었다고 했다. 「덕분에 이곳에서는 죄수들이 옆의 감방 죄수들과 소리쳐 이야기하는 것을 막을 수 있답니다…….」

나는 리들리 양에게서 고개를 돌렸다. 침침한데도 하얀 칠이 된 감방 안이 아무런 장식도 없이 무척이나 삭막한 것이 보였고, 지금도 두 눈을 감으면 그곳이 생생하게 눈앞에 떠오른다. 벽 높은 곳에는 작은 창이 나 있었다. 노란 유리를 끼운 창에는 철망을 쳤다. 물론 이 창은 내가 실리토 씨와 함께 핵스비 양의 탑에서 내려다보던 그 유리창 가운데 하나였다. 문 옆에는 〈수인(囚人)이 주의할 점〉과 〈수인의 기도〉라 적힌 에나멜 판이 있었다. 아무런 칠도 하지 않은 나무 선반에는 머그 하나, 나무 접시 하나, 소금통 하나, 성경책과 『죄수의 벗』이라는 종교 서적이 있었다. 의자와 탁자, 개켜진 해먹이 하나씩 있고, 해먹 옆에는 자루들과 진홍색 실이 담긴 쟁반, 그리고 이가 나간 에나멜 뚜껑이 덮인 〈오물통〉이 있었다. 좁은 창턱에는 빗이 하나 놓였는데, 빗살이 갈라지거나 닳았고, 곱슬거리는 머리털과 비듬이 엉켜 있었다.

나중에 알고 보니, 그 빗이 이 감방과 다른 감방을 구별해 주는 유일한 물건이었다. 이곳에 갇힌 여자들은 자기 물건을 아무것도 가질 수 없으며, 배급받은 물건, 즉 머그, 접시, 성경을 아주 깨끗이 써야 하며, 정해진 순서대로 정렬해 놓아야 했다. 리들리 양과 함께 1층 수용 구역을 죽 걸으며 텅 비고 아무 특색 없는 감방들을 살펴보는 건 정말 비참했다. 이곳의 구조 때문에 나 역시 눈이 핑핑 돌았다. 물론, 감옥은 오각형 외벽을 따라 서 있었으며, 무척이나 이상한 방식으로 구획되었다. 우리가 기다랗고 단조로운 흰색 복도 끝에 도착할 때 마다, 방금 지나온 복도와 똑같은 복도가 참으로 묘한 각도로 우리 앞에 놓여 있었다. 복도 두 개가 만나는 곳에 나선형 계단이 있다. 감옥들이 연결되는 곳에는 탑이 있고, 그곳에는 각 층을 책임지는 교도관들이 쓰는 작은 방이 있다.

우리가 그곳을 걷는 내내, 감방의 창문 너머로는 계속해서 〈터벅, 터벅, 터벅〉 하고 여자들이 감옥 마당을 걷는 소리가 들렸다. 이제 우리가 두 번째 수용 구역의 1층 끝 부분에 도착했을 때 다시 종소리가 들렸고, 이윽고 사람들 걸음이 느려졌고, 심지어 발소리가 안 맞기까지 했다. 그리고 곧 문이 쾅하고 열리는 소리, 빗장이 덜그럭거리는 소리가 났고, 이어서 부츠가 모래를 밟는 소리가 울려 퍼졌다. 나는 리들리 양을 바라보았다. 「죄수들이 들어오는군요.」 리들리 양은 무덤덤하게 말했다. 우리는 가만히 서서 점점 더 커지는 그 소리에 귀를 기울였다. 그 소리는 마침내 도저히 불가능하리라고 여겨질 만큼 커졌다. 죄수들은 무척이나 가까이 있었지만 우리는 모퉁이를 세 번 돌아 있었기 때문에 그들이 보이지 않았다. 내가 말했다. 「유령일지도 몰라요!」 런던의 집 지하실들을 지나는 로마 군단의 소리를 들었다는 소문을 들은 기억이 났다. 몇 세기가 흐르고 이곳 감옥이 더는 서 있지 않을 때 밀뱅크에서도 그런 울림이 생기리라 생각한다.

하지만 리들리 양이 나를 바라보았다. 「유령이라고요?」 리들리 양은 나를 이상하다는 눈으로 살펴보았다. 그리고 리들리 양이 말을 하는 사이에 죄수들이 수용 구역 모퉁이를 돌아 모습을 드러냈다. 그리고 갑자기 그 죄수들은 끔찍할 정도로 현실이 되었다. 유령도 아니요, 탑에서 보았을 때처럼 인형이나 줄에 꿰인 구슬로 보이지도 않았으며, 단지 야비해 보이는 얼굴에 구부정한 자세로 걷는 여자와 소녀들이었다. 그들은 그곳에 선 우리 곁을 지날 때 고개를 들었고, 리들리 양을 알아보고는 온순한 표정을 지었다. 하지만 나를 꼼꼼히 뜯어보았다.

죄수들은 나를 주시했지만 얌전히 각자 감방으로 들어가 앉았다. 이윽고 죄수들이 다 들어오자 마지막으로 교도관이 들어와 감방 바깥문을 잠갔다.

감방 문을 잠그고 다닌 교도관은 매닝 양이었다고 기억한다. 「프라이어 양은 이곳을 처음 방문하셨어요.」 리들리 양이 말하자 매닝 양은 고개를 끄덕이며 그러지 않아도 소식을 듣고 기다리던 참이라고 했다. 매닝 양이 싱긋 웃었다. 자신들이 관리하는 여자들을 방문하다니, 무척 어려운 일을 맡았다고 했다. 그리고 매닝 양은 오늘 죄수를 만나고 싶은지 물었다. 나는 그러고 싶다고 답했다. 매닝 양은 아직 잠그지 않은 감방으로 나를 데려갔고, 그 안에 있는 여자에게 신호를 보냈다.

매닝 양이 말했다. 「이봐, 필링. 이분은 새로 방문하는 숙녀신데, 네게 관심을 좀 보이신다. 일어나서 얼굴 보여 드려. 어서 움직여!」

죄수는 내게 와 무릎 굽혀 인사를 했다. 마당을 잰걸음으로 돈 탓에 죄수의 뺨은 불그스름했으며 입술이 살짝 반짝였다. 매닝 양이 말했다. 「네가 누구이고 왜 이곳에 왔는지 말씀드려.」 그러자 지명당한 여자는 약간 비틀거리기는 했지만 즉시 대답했다. 「저는 수전 필링이라고 합니다. 도둑질을 한 죄로 이곳에 왔습니다.」

매닝 양은 감방 입구 옆 사슬에 매달린 에나멜 명판을 보여 주었다. 그곳에는 여자의 죄수 번호와 등급, 죄목, 출감일이 적혀 있었다. 내가 말했다. 「밀뱅크에 얼마나 오랫동안 있었나요, 필링?」 필링은 7개월이라고 답했다. 나는 고개를 끄덕였다. 몇 살인가요? 내 생각에 마흔에서 두세 살 정도 안쪽일 듯했다. 하지만 필링은 자신이 스물두 살이라고 말했다. 나는 그 말에 잠시 망설이다가 이윽고 고개를 끄덕였다. 이어서 또 물었다. 감옥에서 생활하기는 어떤가요?

필링은 편하게 잘 지낸다며 매닝 양이 자신에게 상냥히 대해 준다고 대답했다.

내가 말했다. 「분명히 상냥하실 거라고 생각해요.」

이윽고 침묵이 우리를 감쌌다. 나는 매닝 양이 나를 자세히 훑어보는 모습을 보았고, 또한 교도관들이 나를 유심히 살피던 기억이 났다. 갑자기 내가 스물두 살 때 나를 나무라며 어딘가를 방문하면 말을 더 많이 해야 한다던 어머니 말이 생각났다. 어머니는 내가 숙녀들의 자녀 건강에 대해 묻거나 어디 재미난 곳을 다녀오지는 않았는지 묻거나 아니면 최근에 그린 그림이나 바느질한 것에 대해 물어야 하고, 상대가 입은 드레스의 재단을 칭찬해야 한다고 했다.

나는 수전 필링이 입은 진흙 갈색 드레스를 살펴보았다. 이윽고 〈입은 옷이 맘에 드나요? 천이 뭔가요? 서지인가요, 아니면 린지인가요?〉 하고 물었다. 그러자 리들리 양이 앞으로 나오더니 필링의 치마를 잡고 살짝 들어 올렸다. 리들리 양은 옷은 린지로 만들어졌다고 말했다. 스타킹 — 파란 바탕에 진홍색 줄무늬가 들어갔으며 아주 성겼다 — 은 모직이었다. 속치마는 플란넬로 된 게 하나, 서지로 된 게 하나 있었다.

신발은 아주 튼튼해 보였다. 리들리 양 말로는 남자 죄수들이 감옥 작업장에서 만든 제품이라고 했다.

교도관이 의복을 설명하는 동안 여자는 마네킹처럼 뻣뻣하게 서 있었고, 나는 나도 모르게 몸을 숙이고 필링이 입은 프록의 주름을 살짝 만져 봤다. 프록에서는 그런 장소에서 하루 종일 땀을 흘리는 여자가 입었던 린지 프록에서 날 법한 냄새가 났다. 그래서 옷을 얼마나 자주 갈아입는지 물었다. 한 달에 한 번 갈아 입는다고 교도관들이 대답했다. 페티코트, 내의, 스타킹은 두 주일에 한 번씩 갈아입는단다.

「그러면 목욕은 얼마나 자주 하나요?」 나는 죄수에게 직접 물었다.

「원하는 만큼 자주 할 수 있습니다, 아가씨. 하지만 한 달에 두 번을 넘으면 안 됩니다.」

나는 앞으로 모은 여자의 두 손을 보았다. 손은 흉터로 얼룩져 있었다. 이 여자가 밀뱅크에 오기 전에는 얼마나 자주 목욕을 했을지 궁금했다.

그리고 또한 이 여자와 단둘이 감방에 있다면 대체 무슨 이야기를 나눠야 할지 궁금했다. 하지만 나는 이렇게 말했다. 「자, 아마 다음에 또 보게 될 거예요. 그때는 이곳에서 어떻게 시간을 보내는지 말해 주세요. 괜찮겠어요?」

여자는 괜찮은 정도가 아니라 아주 좋다고 즉시 대답했다. 그러더니 〈성경에 나오는 이야기를 해주실 건가요?〉라고 물었다.

리들리 양이 내게 수요일마다 오는 숙녀가 있는데 그분이 여자들에게 성경을 읽어 주고 다음에는 그에 대한 질문을 한다고 말해 주었다. 나는 필링에게 〈아니요, 성경을 읽어 주려는 게 아니라 단지 당신들의 이야기를 듣고 싶을 뿐이에요〉라고 했다. 그러자 필링은 나를 빤히 바라보았지만 아무 말도 하지 않았다. 매닝 양이 앞으로 나오더니 필링을 자기 감방으로 돌려보내고, 철창문을 잠갔다.

우리는 그 수용 구역을 나와 나선형 계단을 올라서 위층에 있는 D 수용 구역과 E 수용 구역에 갔다. 이곳에는 형사범, 다루기 어려운 죄수, 상습범들을 모아 두었다. 밀뱅크에서 나쁜 짓을 하거나 다른 곳에서 이감되어 온 자, 또는 다른 기관에 수용되었다가 그곳에서 나쁜 짓을 하고 이곳으로 돌아온 자들이었다. 이 수용 구역들에는 모든 문에 빗장을 질렀다. 그 결과, 복도는 아래 층에 있는 수용 구역보다 더 어두웠고, 공기도 더 탁했다. 이곳을 맡은 교도관은 땅딸막하고 눈썹이 짙었으며, 이름은 — 정말로 안 어울리게! — 프리티였다. 프리티 부인은 밀랍 인형 박물관의 큐레이터처럼 무덤덤하게 우리를 이끌고 앞장서 걸었고, 악질 죄수 또는 흥미로운 죄수가 갇힌 감방에 도착하면 잠시 멈춰 서서 내게 죄수가 무슨 죄를 지었는지 알려 주었다.

「제인 호이입니다, 아가씨. 유아 살인범입니다. 아주 못된 자입니다.」

「피비 제이컵스입니다. 도둑이죠. 자기 감방에 불을 질렀습니다.」

「데버라 그리피스입니다. 소매치기입니다. 예배당에서 침을 뱉었기 때문에 이곳으로 왔습니다.」

「제인 샘슨입니다. 자살 미수입니다.」

「〈자살〉이라고요?」 내가 말했다. 프리티 부인이 눈을 끔벅였다. 「아편제를 먹었습니다.」 프리티 부인이 말했다. 「일곱 번이나 먹었고, 마지막 시도 때는 경찰이 살렸습니다. 경찰은 공공의 안녕을 방해한다는 이유로 샘슨을 이곳에 보냈습니다.」

그 말을 들은 나는 닫힌 문을 멍하니 바라보고 서서 아무 말도 하지 못했다. 프리티 부인이 은근한 목소리로 말했다. 「아마 아가씨께서는 저 죄수가 감방 안에서 자기 손으로 목을 조르지 않는다는 걸 우리가 어떻게 장담할 수 있을까 생각하시겠죠.」 당연히 나는 그런 생각을 하지 않았다. 「이곳을 보십시오.」 프리티 부인이 말했다. 그녀는 각 감방 문 옆에 수직으로 난 철판을 가리켰다. 교도관은 언제든 그 철판을 들어 올리고 안의 죄수들 상태를 확인할 수 있었다. 교도관들은 이 철판을 〈검열 판〉이라고 부르며 죄수들은 〈눈〉이라고 부른단다. 나는 그곳을 들여다보려고 몸을 구부렸고, 이윽고 좀 더 가까이 다가갔다. 하지만 그렇게 하는 것을 본 프리티 부인은 나를 말리면서 얼굴을 거기에 대면 안 된다고 말했다. 프리티 부인은 이곳 죄수들은 교활하며, 과거에 교도관 눈을 멀게 한 적도 있다고 했다. 「한번은 식사용 나무 숟가락을 날카롭게 갈아서…….」 나는 깜짝 놀라 눈을 끔벅이며 재빨리 뒤로 물러섰다. 하지만 그런 내 반응을 본 프리티 부인은 싱긋 웃더니 철판을 가볍게 눌러 열었다. 프리티 부인이 말했다. 「하지만 장담하건대, 샘슨은 〈아가씨〉를 다치게 하지 않을 겁니다. 살짝 들여다보세요. 조심하시기만 하면…….」

그 감방 창에는 쇠로 된 비늘살이 있어 아래층 감방보다 더 어두웠으며, 해먹 대신 단단한 나무로 된 침대가 있었다. 침대 위에는 여자 — 제인 샘슨 — 가 앉아 있었다. 샘슨은 무릎 위에 놓인 야자 섬유가 가득 담긴 나지막한 바구니에서 섬유를 뽑아내고 있었다. 바구니에는 대략 4분의 1 정도 되는 분량이 남았다. 그리고 침대 옆에는 섬유가 담긴 더 커다란 바구니가 있었다. 나중에 일할 분량이었다. 햇빛 한 조각이 비늘창을 간신히 통과해 감방을 비추었다. 갈색 섬유 그리고 소용돌이치는 먼지들과 뒤엉킨 햇빛 속으로 보이는 그 여자는 동화 속에서 연못 바닥에 갇혀 불가능한 일을 하라고 강요받는 초라한 차림의 공주처럼 보였다. 내가 안을 들여다보자 샘슨은 고개를 들더니 눈을 끔벅거렸고, 야자 섬유 가루가 따가운지 눈을 문질렀다. 샘슨이 내게 손짓을 하거나 부르려 하지는 않을까 생각했지만 샘슨은 그러지 않았다. 이윽고 나는 검열 판을 닫고 뒤로 물러섰다. 나는 리들리 양을 따라 그 수용 구역에서 나왔고, 우리는 3층과 4층으로 올라가 그곳을 관리하는 교도관을 만났다. 그 교도관은 눈동자가 검었고 친절해 보였으며 성실했고, 이름은 젤프 부인이었다.「제 불쌍한 죄수들을 보러 오신 건가요?」리들리 양이 나를 데리고 나타나자 젤프 부인이 내게 말했다. 젤프 부인이 담당하는 죄수들은 이곳 용어로 주로 2급, 1급, 그리고 성(星)급이었다. 이들은 A 구역과 B 구역에 있는 여자들과 마찬가지로 작업을 하는 동안 문을 열어 고정시켜 둘 수 있었다. 하지만 이들의 일은 더 쉬웠다. 이들은 앉아서 스타킹을 뜨거나 셔츠를 꿰맸고, 작업을 하며 가위와 바늘과 핀을 쓸 수 있었다. 이건 교도관들이 이들을 굉장히 믿는다는 증거였다. 이들이 있는 감방에는 아침 햇살이 들어왔고, 그래서 아주 밝았고 거의 상쾌한 느낌까지 들었다. 우리가 지나가자 이들은 일어나 무릎을 굽혀 인사를 했고, 이번에도 노골적으로 나를 꼼꼼하게 뜯어보는 듯했다. 그리고 마침내 내가 이곳 여자들의 머리 모양이며 프록, 보닛을 자세히 들여다보는 것과 마찬가지로, 이 여자들도 내 차림을 살펴보는 거라는 사실을 깨달았다. 내 생각에, 밀뱅크에서는 애도를 뜻하는 색깔로 된 드레스조차도 참신한 물건인 듯하다.

이 수용 구역에 있는 죄수 상당수는 핵스비 양이 그토록 좋게 말하던 장기수들이었다. 젤프 부인 역시 이들을 칭찬하며, 이곳 죄수들은 감옥 전체에서 제일 얌전하다고 했다. 젤프 부인은 대부분이 형기를 마치기 전에 일과가 좀 더 쉬운 풀럼 감옥으로 이송된다고 했다.「이곳 죄수들은 저희에게는 양처럼 온순하답니다. 그렇죠, 리들리 양?」

리들리 양은 젤프 부인 말에 동의하면서, 이곳 죄수들은 C 구역과 D 구역에 있는 일부 쓰레기 같은 자들과는 다르다고 했다.

「이곳 죄수들은 다릅니다. 이곳에는 남편을 살해한 여자가 있습니다. 그로 인해 그 여자는 인생이 엉망이 되었죠. 하지만 그 여자는 정말로 교육을 잘 받고 자란 훌륭한 사람이랍니다.」여교도관은 감방 안을 보며 고개를 끄덕여 보였다. 감방 안에서는 얼굴이 마른 죄수가 앉아서 엉킨 실타래를 가지고 씨름했다. 여교도관이 계속 말했다. 「이곳에는 정숙한 숙녀가 있습니다. 프라이어 양과 별 다를 바 없는 숙녀들요.」

나는 그 말에 싱긋 웃어 보였고, 우리는 계속해 걸어갔다. 이윽고 줄지어 선 감방들 가운데 한 곳에서 가느다란 비명이 흘러나왔다. 「리들리 양? 오, 거기 있는 분이 리들리 양인가요?」여자가 감방 문에 서서 창살 사이로 얼굴을 눌러 댔다. 「오, 리들리 양, 저를 위해 핵스비 양에게 말을 좀 해주셨나요?」

우리는 그 여자에게 다가갔고, 리들리 양은 감방 철문 앞으로 가더니 열쇠고리로 문을 쳤다. 그러자 철창이 덜그럭거렸고 죄수가 뒤로 물러섰다. 그녀가 말했다. 「조용히 하지 못해? 내가 그리 한가한 사람으로 보이는 거야? 핵스비 양이 그리 한가한 사람으로 보여? 내가 네 말이나 전할 만큼 시간이 남아도는 걸로 보여?」

「그건……」여자가 아주 빠르게, 그리고 급한 마음에 더듬거리며 말했다. 「리들리 양이 말씀해 주겠다고 하셔서 그런 거예요. 게다가 핵스비 양이 오늘 아침에 오셨을 때는 시간의 거의 반을 자비스에게 쓰셨고 저는 만나지 않으셨어요. 그리고 제 남동생은 법정에 증거를 가져갔는데, 핵스비 양의 말이 있으면 도움이……」

리들리 양은 다시 한번 감방 문을 쳤고, 그 소리에 죄수는 움찔했다. 젤프 부인이 내게 속삭였다. 「이 죄수는 여교도관이 자기 감방 앞을 지나면 늘 이렇게 귀찮게 한답니다. 조기 석방을 원하는 거지요. 하지만 단언하건대, 이 여자는 이곳에 몇 년 더 있어야 할 거예요. 자, 사이크스, 리들리 양을 놔주지 않겠어? 감방을 더 둘러보시죠, 프라이어 양. 여기 더 있다가는 사이크스의 계략에 말려드실 겁니다. 자, 사이크스, 다시 얌전히 일로 돌아가.」

하지만 사이크스는 계속 자기 사정을 이야기했고, 리들리 양은 서서 사이크스를 나무랐고, 젤프 부인은 그 모습을 보며 고개를 설레설레 흔들었다. 나는 수용 구역을 따라 걸었다. 사이크스가 힘없이 말하던 청원, 여교도관의 나무람이 감옥 안에 묘하면서도 날카롭게 울려 퍼졌다. 내가 감방을 지날 때마다 안에 있는 여자들은 고개를 들고 누가 지나는지 확인했지만, 감방 문 너머로 지나가는 게 여교도관이 아니라는 걸 알자 시선을 내리고 바느질로 돌아갔다. 이들의 눈빛에는 끔찍할 정도로 활기가 없었다. 안색은 창백했고, 목과 손목과 손가락은 아주 가늘었다. 이곳 죄수들은 마음이 약하고 감수성이 예민하며, 이를 제 모양으로 잡아 줄 섬세한 틀을 필요로 한다던 실리토 씨의 말이 떠올랐다. 나는 그 말을 생각하며 다시 한번 내 심장 박동을 느꼈다. 가슴에서 내 심장을 꺼내고 그 자리에 이곳에 있는 여자의 거친 심장 가운데 하나를 넣는 상상을 했……

나는 고동치는 심장을 느껴 보기 전에, 먼저 목에 손을 대어 내 로켓을 만져 보았다. 그러자 걸음이 살짝 느려졌다. 나는 수용 구역의 귀퉁이를 표시하는 아치까지 걸어간 다음, 그 너머, 교도관들이 보이는 정도까지만 더 걸어가고 두 번째 복도까지 나아가지는 않았다. 나는 회 바른 감옥 벽에 등을 기대고 기다렸다.

그리고 곧, 이곳에서 흥미로운 일이 일어났다.

나는 다음 복도에 줄지은 감방들의 첫 번째 입구 근처에 있었다. 어깨 근처에는 검열 판, 즉 〈눈〉이 있었고, 그 위로는 수감자의 죄목과 형량이 자세히 적힌 에나멜 판이 걸렸다. 사실, 그 감방에 누군가가 수감되어 있다는 사실을 안 것은 바로 그 명판 때문이었다. 부산히 움직이는 밀뱅크의 환경 속에서 그 명판만이 괴이한 정적을 뿜어냈으며, 그 정적은 주위의 모든 소음을 빨아들이는 듯했다. 하지만 그에 대해 생각하는 사이, 정적이 깨졌다. 정적을 깨뜨린 건 한숨, 단 한 번의 한숨이었다. 내게 그것은 이야기에 나오는 것과 같은 완벽한 한숨이었다. 그리고 그 한숨은 내 기분과 완벽하게 부합하였기에 그 상황에서 전혀 이상하지 않았으며, 오히려 내 마음을 흔들었다. 나는 당장이라도 달려와 내게 길을 안내해 줄 리들리 양과 젤프 부인이 있다는 사실을 잊었다. 부주의한 여교도관과 날카롭게 간 나무 숟가락 이야기도 잊었다. 나는 검열 판에 손가락을 댔고, 이윽고 두 눈을 가까이 댔다. 그리고 감방 저쪽에 앉은 여자를 물끄러미 바라보았다. 그 여자가 너무나도 조용히 앉았고, 혹시 나 때문에 놀랄까 두려운 마음에 숨을 멈춘 기억이 난다.

그 여자는 나무 의자에 앉아 있었지만 고개는 뒤로 젖혔고 두 눈을 감은 채였다. 뜨개질감은 무릎 위에 놓였지만, 두 손은 살짝 맞잡았다. 감방 창의 노란 유리는 태양으로 밝았으며, 여자는 햇빛의 온기를 받으려고 고개를 돌리고 있었다. 진흙색 옷소매에는 죄수의 등급을 표시하는 문양이 새겨져 있었다. 별이었다. 별은 펠트 천을 대충 잘라서 만든 것이며 바느질도 엉망이었지만, 햇빛에 아주 선명하게 보였다. 모자 가장자리로 보이는 머리털은 금발이었다. 뺨은 창백했고, 그에 대조되어 눈썹과 입술과 속눈썹이 또렷했다. 나는 크리벨리[7]가 그린 성자나 천사의 그림에서 그 여자와 비슷한 모습을 본 적이 있다고 확신했다.

나는 그 여자를, 아마도 1분 정도 살펴보았다. 그런데 그 여자는 내내 눈을 감은 채였으며, 머리는 전혀 움직이지 않았다. 꼼짝 않는 그 자세에서는 왠지 경건한 분위기가 풍겨났고, 그래서 마침내 나는 〈기도를 하는 거야!〉 하고 생각하며 돌연 부끄러움에 젖어 눈길을 돌렸다. 하지만 그때 그 여자가 움직였다. 그 여자는 마주잡았던 두 손을 펼쳐 뺨으로 들어 올렸고, 일로 거칠어진 분홍색 손바닥에 대비되어 순간 어떤 색깔이 내 눈에 띄었다. 그 여자는 손가락 사이로 꽃을 한 송이 쥐고 있었다. 줄기가 시들어 가는 제비꽃이었다. 내가 지켜보는 동안, 그 여자는 꽃을 입에 대고 숨을 불었으며, 그러자 보라색 꽃잎들이 파르르 떨더니 빛을 발하는 것만 같았다…….

그녀가 그런 행동을 하는 동안, 그 여자 주위의 세상이, 수용 구역이, 그 안에 있는 여자들이, 교도관들이, 심지어 나 자신마저 어렴풋한 존재가 된 것만 같았다. 우리 모두는 싸구려 물감으로 흐릿하게 그린 수채화 같았다. 그리고 이곳에 존재하는 저 강렬한 색은 캔버스에 실수로 그려진 것만 같았다.

하지만 나는 어떻게 해서 제비꽃이 이 냉혹한 곳에 왔는지, 저 창백한 손에 들어가게 되었는지 궁금하지 않았다. 단지 저 여자가 무슨 죄를 지었을까 하는 생각만 퍼뜩 들었고, 그 생각에 나

7 이탈리아 초기 르네상스 베네치아파 화가로, 성모자상을 즐겨 그렸으며 장식성과 세부 묘사를 지나치게 강조했다.

자신이 싫어졌다. 이윽고 나는 머리 근처에서 흔들리는 에나멜 명판을 기억해 냈다. 검열 판을 조용히 닫고 명판을 읽었다.

명판에는 죄수 번호와 등급이 적혔고, 그 아래에는 죄목이 적혀 있었다. 〈사기와 폭력〉이었다. 이곳에 들어온 건 11개월 전이었다. 석방은 앞으로 4년 뒤였다.

4년! 밀뱅크에서! 그건 아주 느릿느릿 흘러가는 시간일 터였다. 나는 그 여자의 감방 문으로 가서 그녀를 불러 이야기를 들을 생각이었다. 그리고 그 순간에 첫 번째 복도 저쪽에서 리들리 양의 목소리와 부츠가 수용 구역의 차가운 판석 위에 깔린 모래를 밟는 소리가 들리지 않았다면 분명히 그렇게 했을 것이다. 하지만 그 소리에 멈칫했다. 나는 생각했다. 교도관이 나처럼 안을 들여다보고 저 여자가 제비꽃을 가지고 있는 걸 알게 되면 어떻게 하지? 교도관들이 꽃을 빼앗아 갈 건 뻔했고, 그리고 그런 일이 일어난다면 나는 분명 내 행동을 후회할 터였다. 그래서 나는 교도관들이 보이는 곳으로 걸어갔고, 교도관들이 도착했을 때 나는 이제 지쳤으며 — 사실이었다 — 오늘은 보고 싶은 걸 다 보았다고 말했다. 리들리 양은 단지 〈원하는 대로 하세요, 아가씨〉라고만 했다. 리들리 양은 몸을 돌렸고, 나는 그 뒤를 따라 처음 복도로 돌아갔다. 그리고 문이 닫히는 동안, 고개를 돌려 수용 구역 모퉁이를 바라보았고, 이상한 감정이, 만족스러움과 날카로운 슬픔이 섞인 느낌이 들었다. 그리고 생각했다. 저 가엾은 여자는 내가 다음에 올 때도 이곳에 계속 있을 거야.

리들리 양은 나를 이끌고 탑의 나선 계단으로 갔고, 우리는 조심스레 아래층의 더 무시무시한 수용 구역을 향해 원을 그리며 내려가기 시작했다. 베르길리우스에게 이끌려 지옥으로 내려가는 단테가 된 기분이었다. 이윽고 나는 매닝 양에게, 그다음에는 남교도관에게 인계되었고, 1번 오각형과 2번 오각형을 다시 통과했다. 나는 실리토 씨에게 이제 돌아가겠노라는 메시지를 보냈으며, 안내를 받아 안쪽 문밖의 쐐기 모양 자갈길로 나왔다. 이제 내 앞 오각형 벽들은 투덜거리며 마지못해 갈라서는 것처럼 보였다. 햇빛은 더 강해졌고, 멍 색깔의 아주 짙은 그림자를 만들었다.

우리, 즉 남교도관과 나는 함께 걸었고, 나는 나도 모르게 창백한 감옥 땅을, 시커먼 맨땅과 듬성듬성 난 풀들을 다시 바라보고 있었다. 내가 말했다. 「여기에는 꽃이 없나요? 데이지나 제비꽃 같은 거요.」

그는 데이지도 제비꽃도 없으며 민들레조차 보기 어렵다고 했다. 밀뱅크의 토양에서는 꽃이 자라지 않는단다. 템스강에 너무 가까워서 〈습지나 마찬가지〉란다.

나는 그럴 거라고 짐작했다고 말했고, 다시금 그 꽃에 대해 생각했다. 여자 감옥의 벽을 이루는 벽돌 사이에 틈이 있다면 그곳에서 제비꽃 같은 식물이 뿌리를 내릴 수 있지 않을까 생각해 보았다. 알 수 없는 일이었다.

그리고 어쨌든, 그 꽃에 대해 그리 오래 생각하지 않았다. 남교도관은 나를 데리고 바깥쪽 문으로 갔고, 그곳에서 수위가 마차를 잡아 주었다. 그리고 수용 구역들과 자물쇠와 그림자와 감옥의 삶이 뿌려대는 악취를 뒤로 한 지금, 나는 내 자유를 느끼고 그 자유를 고마워하지 않을 수가 없다. 그곳에 가길 잘했다고 생각했다. 그리고 실리토 씨가 내 과거를 알지 못해서 다행이라고 생각했다. 나는 실리토 씨가, 그리고 밀뱅크에서 만난 여자들이 아무

것도 모르며, 따라서 내 과거는 누구의 입에도 오르내리지 않을 거라고 생각했다. 그리고 상상했다. 그 사람들이 가죽끈과 버클로 내 과거를 꽁꽁 묶어 영원히 잊히도록 가둬 두는 모습⋯⋯.

오늘 저녁에는 헬렌과 이야기를 했다. 남동생이 헬렌을 데리고 이곳에 왔다. 하지만 친구들 서넛과 함께였다. 남동생 일행은 극장에 가는 길이었고, 아주 화려하게 차려 입었다. 회색 드레스를 입은 헬렌은 그 가운데서 눈에 띄었다. 이들이 도착했을 때 나는 아래층으로 내려갔지만 오래 머물지는 않았다. 밀뱅크와 내 방의 한기와 정적 속에 있다 보니 시끌벅적한 목소리와 기뻐하는 얼굴들이 내게는 무시무시해 보였다. 하지만 헬렌이 내 옆에 다가왔고, 우리는 내가 밀뱅크를 방문한 일에 대해 잠시 이야기를 나누었다. 나는 헬렌에게 한결같이 단조로운 복도에 대해, 그리고 안내를 받아 그곳을 걸었을 때 얼마나 초조했는지에 대해 이야기를 했다. 헬렌에게 정신 이상으로 몰린 유산 상속녀에 대해 쓴 레퍼뉴[8]의 소설을 기억하는지 물었다. 그리고 〈어머니가 실리토 씨와 짜고서 내가 감옥에서 헤매게 놔둘 생각이 아니었을까 잠시 생각했어〉 하고 말했다. 내 말에 헬렌은 싱긋 웃었다. 하지만 어머니가 그 말을 듣지는 않았는지 주위를 살펴 확인했다. 그리고 감옥에 있는 여자들에 대해서도 간단히 이야기를 했다. 헬렌은 그곳 여자들은 겁에 질렸을 게 분명하다고 말했다. 그래서 그곳 여자들은 전혀 겁에 질리지 않았으며, 다만 약할 뿐이라고 말해 주었다. 「실리토 씨가 말했어. 실리토 씨는 내가 그곳 여자들에게 틀 역할을 해야 한대. 그게 내 임무래. 그곳 여자

8 셰리던 레퍼뉴. 19세기 활동한 아일랜드의 작가. 유령 이야기와 미스터리 소설을 주로 썼다.

들은 내게서 본받아 도덕의 모형을 갖춰야 한대.」

헬렌은 내가 말하는 동안 손가락에 낀 반지들을 빙빙 돌리며 자기 손을 살펴보았다. 헬렌은 내가 용감하단다. 그리고 이 일로 내가 〈내 모든 옛 슬픔〉을 잊고 다른 데 마음을 돌릴 수 있으리라 확신한다고 했다.

그때 어머니가 우리에게 무슨 그리 심각한 이야기를 주고받으며 왜 그렇게 조용하냐고 외쳐 물었다. 오늘 오후, 내가 감옥에 대해 설명했을 때 어머니는 몸서리를 쳤고, 손님에게 감옥을 상세하게 설명하지 말라고 했다. 이제 어머니가 말했다. 「마거릿이 감옥 이야기를 하게 둬서는 안 돼, 헬렌. 그리고 네 남편이 기다린단다. 이러다가 연극 공연에 늦겠구나.」 헬렌은 스티븐 옆으로 곧장 걸어갔고, 스티븐은 헬렌의 손을 잡고 손등에 키스했다. 나는 의자에 앉아 둘을 지켜보았다. 그러다가 그곳을 빠져나와 이곳으로 왔다. 나는 생각했다. 내 방문에 대해 이야기는 하지 못한다 할지라도, 이곳에 앉아 그 일에 대해 쓸 수는 있다고. 내 일기장에 말이다…….

이제 스무 페이지를 썼다. 그리고 쓴 것을 읽어보니 밀뱅크에서 내가 걸은 길이 생각만큼 그리 복잡하게 꺾이지 않았음을 알 수 있었다. 어쨌든 내가 이리저리 뒤틀어 한 상상보다 훨씬 더 깔끔하다. 지난번 일기장은 그런 생각들로 가득 찼지만, 적어도 이번 것은 절대로 지난번 것처럼 되지는 않으리라.

12시 반이다. 위층 다락방으로 통하는 계단을 하녀들이 오르내리는 소리가 들린다. 그리고 요리사가 덜컹하고 빗장을 거는 소리가 들린다. 오늘 이후 이 소리는 예전과 너무나도 다르게 들린다.

보이드가 문을 닫고 커튼을 치려고 걸어 다니는 소리가 들린다. 나는 천장이 유리로 된 것처럼, 보이드의 움직임을 그대로 추적할 수 있다. 이제 보이드는 부츠 끈을 풀고, 쿵 소리를 내며 바닥에 벗어 놓는다. 이윽고 매트리스가 삐걱거리는 소리가 들린다.

템스강은 당밀처럼 시커멓다. 앨버트 다리의 조명이, 배터시의 나무들이, 별 없는 하늘이 보인다…….

30분 전, 어머니가 약을 가지고 왔다. 나는 좀 더 앉아 있고 싶으니 약병을 두고 가면 나중에 챙겨 먹겠다고 했다. 하지만 어머니는 그렇게 하지 못하게 했다. 어머니는 내가 〈그렇게 하기에는 아직 몸이 충분히 좋지 않다〉고 했다. 아직은 아니란다.

그래서 나는 앉아서 어머니가 유리잔에 가루약을 담는 모습을 보았고, 어머니가 지켜보며 고개를 끄덕이는 앞에서 약을 삼켰다. 이제는 너무나 피곤해서 글을 쓸 수 없다. 하지만 그냥 잠자기에는 너무 들떠 있다.

오늘 들은 리들리 양의 말이 맞았기 때문이다. 눈을 감으면 눈앞에 밀뱅크의 서늘한 복도와 감방 입구만이 어른거린다. 그곳에 누워 있는 여자들은 어떤 느낌일지 궁금하다. 그리고 그곳에서 만난 여자들을 떠올린다. 수전 필링, 사이크스, 또 조용한 탑에 있는 핵스비 양. 그리고 얼굴이 무척이나 정갈하던, 제비꽃을 든 여자.

그 여자 이름은 무엇일까?

1872년 9월 2일

셀리나 도스

셀리나 앤 도스

S. A. 도스 양

영혼과 교통하는 영매, S. A. 도스 양

영혼과 교통하는 영매로 유명한 셀리나 도스 양이
매일 강신회를 엽니다.

영혼과 교통하는 영매 도스 양이 매일 어둠의 강신회를 엽니다
—빈시의 영혼 호텔, 램스 콘딧 스트리트, 런던 WC.
고적하고 쾌적한 곳에 위치.

산 자가 귀머거리라면 죽은 자는 벙어리.

이렇게 광고하기로 했다. 그리고 1실링을 더 내면 아주 굵은
글씨체로 찍어 주며, 검은 테두리를 둘러 주겠단다.

1874년 9월 30일

감옥에 대한 이야기를 하지 말라던 어머니의 명령은 결국 일주일을 가지 못했다. 집에 오는 모든 손님이 밀뱅크와 그곳의 죄수들 이야기를 듣고 싶어 했기 때문이다. 하지만 손님들이 원하는 건 자신들이 듣고 몸서리를 칠 수 있는 무시무시한 감옥의 세부 사항 이야기였다. 비록 감옥에 대해 생생하게 기억하기는 하지만 나는 손님들이 듣고 싶어 하는 그런 부분은 전혀 알지 못한다. 오히려 감옥의 평범한 부분에 사로잡혔다. 첼시에서 마차를 타고 3킬로미터를 가면 그곳이 있다는 사실, 거대하고 우울하고 그늘진 건물 그리고 그 안에 1천5백 명의 남자와 여자가 갇혀 침묵 속에서 생기 없이 살아야 한다는 사실에 사로잡혀 있다. 갈증이 나서 차를 마시고, 심심해 책을 읽거나 추워서 숄을 걸치고, 아름다운 단어들의 발음을 듣고 싶어 시를 낭독하는 따위 평범한 행동을 하는 와중에 나도 모르게 그 사람들을 생각한다. 지금까지 몇천 번은 해온 일이다. 하지만 죄수들은 이런 행동들을 전혀 할 수 없다는 사실을 나는 떠올린다.

죄수들 가운데 얼마나 많은 사람들이 차가운 독방에 누워 도

자기 잔과 책과 시를 꿈꾸는지 궁금하다. 이번 주에는 밀뱅크 꿈을 한 번 이상 꾸었다. 내가 그곳의 죄수이며 내 독방에서 나이프와 포크와 성경을 가지런히 줄 맞춰 놓는 꿈을 꾸었다.

하지만 손님들이 듣고 싶어 하는 부분은 이런 세세한 내용이 아니다. 그리고 사람들은 내가 오락삼아 그곳에 한 번 방문한 것은 이해하지만, 두 번, 세 번, 네 번 계속해 가겠다는 생각에 놀란다. 헬렌만이 내 말을 진지하게 받아들인다. 다른 사람들은 놀라며 이렇게 외칠 뿐이다. 「오! 하지만 그런 여자들과 진짜로 친구가 되겠다는 생각은 아니겠죠? 그 사람들은 도둑들이거나 또는 그보다 더 나쁜 사람들이라고요.」

사람들은 나를, 그리고 이윽고 어머니를 본다. 손님들은 내가 그런 곳에 가는 걸 어떻게 그냥 두고 보냐고 어머니에게 묻는다. 그러면 어머니는 물론 이렇게 대답한다. 「마거릿은 자기가 원하는 일을 한답니다. 언제나 그렇듯이요. 저는 마거릿에게 뭔가 할 일이 필요하다면 집에서 할 수 있는 일이 있다고 말했지요. 아버지 편지들을 정리하는 일이랍니다. 아주 훌륭한 편지들인데…….」

나는 때가 되면 아빠의 편지들을 정리할 거라고 말했다. 하지만 지금은 이 일을 하고 싶으며, 적어도 내가 얼마나 잘 해낼지 보고 싶다. 어머니의 친구인 월리스 부인에게 이런 말을 하자 부인은 약간 호기심이 어린 눈으로 나를 바라보았다. 나는 월리스 부인이 내 병과 그 원인에 대해 얼마나 아는지 궁금했다. 왜냐면 부인은 이렇게 대답했기 때문이다. 「그래, 우울한 영혼을 치유하는 데 자선 사업보다 좋은 약은 없는 법이지. 의사 선생님이 언젠가 그렇게 말하더구나. 하지만 감옥이라니, 맙소사! 그곳 생각만 해도 숨이 막히는구나! 그곳은 온갖 질병의 온상일 텐데!」

나는 그곳의 단조로운 복도와 아무런 장식도 없는 감방들을 다시 떠올렸다. 그리고 감옥은 부인의 생각과 반대로 오히려 아주 깨끗하고 정리 정돈이 잘되어 있다고 말했다. 그러자 내 여동생은 말했다. 「감옥이 그렇게 깨끗하고 정리 정돈이 잘되어 있다면 그곳에 있는 여자들을 언니가 동정해야 할 필요가 없잖아?」 월리스 부인이 싱긋 웃었다. 부인은 늘 프리실라를 좋아했으며, 심지어 프리실라가 헬렌보다도 더 예쁘다고 생각한다. 월리스 부인이 말했다. 「네가 바클레이 씨와 결혼을 하고 나서 혹시라도 자선 방문을 하고 싶어 할지도 모르겠구나. 워릭셔 근처에는 감옥이 있니? 그런 범죄자들 사이에 네 어여쁜 얼굴이 끼어 있는 걸 생각해 보렴. 정말 볼만하지 않겠니! 그런 내용을 담은 경구가 있는데, 뭐였더라? 마거릿, 네가 알겠구나. 여자와 천국과 지옥에 대한 시 말이야.」

부인이 말하고 싶어 하던 경구는 이것이다.

남자들은 차이가 있어 봤자 천국과 지상 정도로 다르지만 여자들은 최고와 최악이 천국과 지옥처럼 다르다.[9]

그리고 내가 이 경구를 말하자, 부인은 〈그래, 그거!〉 하고 외치며 내가 무척 영리하고 내가 읽은 책을 자신이 모두 읽으려면 최소한 1천 년은 걸릴 거라고 말했다.

어머니는 테니슨이 여자에 대해 한 말이 진실이라고 했다…….

월리스 부인이 우리와 함께 아침 식사를 하러 온 건 오늘 아

9 앨프리드 테니슨의 시 「왕의 목가」의 일부.

침이었다. 아침 식사 뒤, 부인과 어머니는 프리실라를 데리고 초상화를 그리는 곳에 갔다. 오늘이 처음 가는 날이었다. 바클레이 씨가 예약을 해두었다. 바클레이 씨는 신혼여행을 다녀왔을 때 매리시스의 응접실에 프리실라의 초상화가 걸려 있기를 원했다. 바클레이 씨는 초상화를 그려 줄 사람을 찾아 냈고, 그 화가는 켄싱턴에 화실이 있었다. 어머니는 나도 함께 가지 않겠느냐고 물었다. 프리실라는 누군가 초상화를 그리는 모습을 봐야 할 사람이 있다면, 그건 바로 나라고 했다. 프리실라는 거울 앞에서 장갑 낀 손끝으로 눈썹을 매만지며 그렇게 말했다. 프리실라는 초상화를 위해 연필로 눈썹을 살짝 짙게 칠했으며, 어두운 외투 아래 밝은 파란색 드레스를 입었다. 어머니는 화가인 콘월리스 씨 말고는 아무도 볼 수 없으니 회색이 아니라 파란색 드레스를 입어도 된다고 했다.

나는 함께 가지 않았다. 나는 감옥의 여자들을 보려고 밀뱅크에 갔다.

안내를 받아 혼자 여자 감옥으로 가는 것은 생각한 것만큼 두렵지 않았다. 꿈에 나온 감옥은 진짜 감옥보다 벽이 더 높고 소름 끼쳤으며, 복도도 더 좁았던 듯하다. 실리토 씨는 일주일에 한 번 정도 방문하는 게 좋으며, 요일과 시간은 내 편할 때로 정하라고 말한다. 그리고 내가 그곳을 모두 둘러보고 그곳 죄수들이 지켜야 할 일과를 알게 되면 그 여자들의 삶을 이해하는 데 도움이 될 거라고 한다. 지난주에는 아주 일찍 갔기 때문에 오늘은 늦게 갔다. 나는 감옥 정문에 1시 15분 전에 도착했고, 그곳을 통과해 전과 마찬가지로 뚱한 리들리 양에게 안내되었다. 마침 리들리 양은 죄수들 식사 배급을 감독하러 갈 참이었다. 그래서 나는 식사 배급이 끝날 때까지 리들리 양과 함께 걸었다.

식사 배급은 무척이나 인상 깊었다. 내가 감옥 정문에 도착했을 때, 종소리가 울렸다. 각 수용 구역의 여교도관들은 그 종소리를 들으면 자기 구역에서 여자 네 명을 차출해 감옥 부엌으로 데려온다. 우리가 부엌에 도착했을 때 여자들은 부엌문 앞에 서 있었다. 매닝 양, 프리티 부인, 젤프 부인이 창백한 죄수 열두 명과 함께 있었다. 죄수들은 시선을 바닥으로 향한 채 두 손은 앞으로 모았다. 여자들이 수감된 감옥에는 부엌이 없기 때문에 남자들 감옥에서 식사를 가져와야 한다. 남자 수용 구역과 여자 수용 구역은 엄격하게 분리되기 때문에 여자들은 남자들이 자기 식사를 가져가고 부엌이 완전히 빌 때까지 밖에서 조용히 기다려야만 한다. 리들리 양은 이 사실을 내게 설명했다. 「여자 죄수들은 남자 죄수들을 보면 안 됩니다. 그게 규칙입니다.」 리들리 양이 말했다. 리들리 양이 말을 하는 사이, 빗장이 걸린 부엌문 뒤편으로 묵직한 부츠를 신은 발들이 미끄러지듯 나아가는 소리와 중얼거림들이 들려왔고, 나는 갑자기 코가 뾰족하고 꼬리가 달리고 고양이처럼 수염이 난, 고블린처럼 생긴 남자들을 상상한다…….

이윽고 그 소리들이 작아졌고, 리들리 양은 열쇠 뭉치로 나무문을 두드렸다. 「모두 끝났습니까, 로렌스 씨?」 대답이 들려왔다. 「다 됐습니다!」 그러자 죄수들이 들어갈 수 있도록 문이 열렸다. 요리사가 팔짱을 끼고 서서 볼을 우묵하게 빨아들인 표정으로 여자들을 지켜보았다.

내가 보기에 부엌은 무시무시해 보일 정도로 컸으며, 한기가 도는 어두운 복도를 걸어온 뒤라 내부는 지독하게 따뜻했다. 공기는 축축했고, 냄새는 그리 좋지 않았다. 바닥에는 모래가 깔렸고, 바닥에 흘린 액체들로 모래는 시커멓게 물들어 엉겨 있었다. 부엌 중앙에는 넓은 식탁 세 개가 있고, 그 위에는 여자들이 먹을 수프와 고기가 담긴 통들, 그리고 빵이 담긴 쟁반들이 있었다. 리들리 양이 죄수들에게 두 명씩 조를 이루어 앞으로 가라고 손을 흔들었고, 각 조는 통이나 쟁반을 들고 비틀거리며 돌아왔다. 나는 매닝 양이 감독하는 여자들과 함께 돌아왔다. 지상층 감방의 죄수들은 이미 문 앞에서 주석 머그와 나무 접시를 들고 대기했다. 수프가 배급되는 동안 여교도관은 큰 소리로 기도를 했다. 〈우리에게 음식을 주셔서 감사드리며 우리가 이 음식을 먹을 가치가 있게 하소서!〉 뭐 그런 비슷한 내용이었다. 하지만 내 눈에 죄수들은 여교도관을 완전히 무시하는 눈치였다. 여자들은 그냥 조용히 서서 감방 문에 얼굴을 눌러 대고 자기 배급 차례까지 얼마나 남았는지 알아보려 애썼다. 식사를 배급받으면 이들은 식사를 식탁으로 가져갔고, 기호에 따라 선반의 상자에서 소금을 꺼내 음식 위에 뿌렸다.

오늘의 식단은 감자가 들어간 고기 수프와 빵 170그램이었다. 전부 끔찍했다. 빵은 거칠고 갈색이었으며, 너무 구운 바람에 작은 벽돌처럼 단단했고, 감자는 껍질째 삶았으며, 검은 줄이 죽죽 들어갔다. 수프는 탁했으며, 수프 통이 식어 감에 따라 위에 허연 기름층이 두껍게 끼었다. 배급된 양고기는 색이 좋지 않았으며 여자들이 사용하는 무딘 칼로 자르기에는 너무 질겼다. 많은 죄수들이 고기를 들고 야만인처럼 뜯어 먹었다.

하지만 이들은 서서 기꺼이 음식을 받았다. 국자로 수프를 퍼주는 모습을 다소 우울한 표정으로 지켜보는 사람들이 있는가 하면, 의심이 간다는 듯 고기를 손가락으로 찔러 보는 이들도 있었다. 「식사가 맘에 안 드나요?」 배급받은 양고기를 그렇게 찔러 보는 여자에게 물었다. 그 여자는 남자 감옥에서 누가 음식을 만졌는지 생각하고 싶지 않다고 말했다.

그 여자가 말했다. 「그 사람들은 더러운 것들을 만진 다음 우리 수프에 그 손을 담그죠. 장난삼아서요…….」

그 죄수는 이 말을 두세 번 반복해 말하더니 더는 나와 말하려 들지 않았다. 나는 자기 머그에 대고 중얼거리는 그 죄수를 떠나 수용 구역 입구에 있는 여교도관들과 합류했다.

그리고 여자들의 식단에 대해 리들리 양과 잠시 이야기를 나누었다. 밀뱅크에는 로마 가톨릭을 믿는 죄수들이 많기 때문에 이들을 위해 매주 금요일에는 생선 요리가 나온다. 그리고 일요일에는 유대인들을 위해 쇠기름 푸딩이 나온단다. 나는 이곳에 유대인이 있는지 물었다. 그러자 리들리 양은 밀뱅크에는 늘 유대인 여죄수들이 많으며, 자기들 식사에 대해 〈특별한 문제〉를 일으키기 좋아한다고 했다. 리들리 양은 다른 감옥에 있을 때 유대인 여죄수들이 그런 행동을 하는 것을 목격했단다.

리들리 양이 말했다. 「하지만 이곳에서는 그런 터무니없는 행동은 금세 교정이 되지요. 적어도 제 감옥에서는 그렇답니다.」

내가 남동생과 헬렌에게 리들리 양에 대해 설명하자 둘은 싱긋 웃었다. 헬렌은 이렇게 말하기까지 했다. 「허풍 치는구나, 마거릿!」 하지만 스티븐은 고개를 설레설레 저었다. 스티븐은 법정에 가면 리들리 양 같은 경찰 여교도관을 늘 본다고 했다. 스티븐이 말했다. 「그 사람들은 끔찍해. 태어날 때부터 남을 억누르길 좋아하고, 아예 쇠사슬을 흔들며 태어난 거 같아. 그 사람들 어머니는 그들이 아기였을 때 강철 열쇠를 빨게 했을걸. 이가 빨리 나라고 말이야.」

스티븐이 이를 드러내고 웃었다. 스티븐의 이는 프리실라의 이처럼 가지런하다. 하지만 내 이는 다소 들쭉날쭉하다. 헬렌은 그런 스티븐을 보더니 웃음을 터뜨린다.

내가 말했다. 「잘 모르겠어. 원래 그런 성격을 타고난 건 아닐 거야. 오히려 맡은 일을 완벽히 하려고 땀 흘려 노력한 결과라고 봐. 아마 리들리 양에게는 『범죄 캘린더』[10]에서 잘라 낸 그림들을 넣어 둔 비밀 앨범이 있을 거야. 난 리들리 양에게 그런 책이 있다고 확신해. 리들리 양은 그 책에 〈악명 높은 마르티네즈 감옥〉 같은 레이블을 붙여 놓았고, 밀뱅크의 칠흑 같은 밤에 그 책을 꺼내 보며 한숨을 쉴 거야. 마치 목사의 딸이 종이 인형을 보며 그러듯이 말이야.」 내 말에 헬렌은 더욱 큰 소리로 웃었고, 파란 눈에 눈물이 맺히고 화장이 번져 속눈썹이 아주 시커메질 때까지 웃어 댔다.

하지만 나는 오늘 리들리 양의 웃음소리를, 그리고 나를 보던 방식을 떠올려 보았고, 혹시 내가 올케를 웃게 하려고 자신의 이야기를 써먹은 것을 알아차린 건 아닐까 하는 생각이 들며 온몸에 전율이 인다. 물론 밀뱅크의 수용 구역에 있는 리들리 양은 전혀 우스꽝스럽지 않다.

여전히 나는 여교도관들의 삶은, 리들리 양일지라도, 심지어 핵스비 양이라 할지라도 무척이나 비참하다고 생각한다. 여교도관들은 거의 수감자와 마찬가지로 감옥에 갇혀 있다. 오늘 매닝 양이 확인해 준 바에 따르면, 여교도관들의 근무 시간은 허드

10 18~19세기에 사람들을 선도할 목적으로 삽화와 함께 펴낸 범죄자 이야기 모음.

렛일을 하는 가장 아래 계급 하녀들이 일하는 시간만큼이나 길다. 이들에게는 쉴 방이 주어지지만, 낮 동안에 수용 구역을 순찰하느라 너무나 지쳐 쉬는 시간에는 침대에 쓰러져 자는 것 말고는 아무것도 하지 못한다. 또한 죄수들과 마찬가지로 감옥 식당에서 준비한 음식을 먹고, 임무는 고달프다. 「크레이븐 양에게 팔을 보여 달라고 하세요.」 여교도관들이 내게 말했다. 「크레이븐 양은 어깨부터 손목까지 멍이 들었는데, 지난주에 감옥 세탁실에서 죄수에게 맞아서 그렇게 되었답니다.」 하지만 잠시 뒤 크레이븐 양을 만났을 때 보니 그녀는 다른 교도관들만큼이나 억척스러워 보였다. 크레이븐 양은 죄수들이 모두 〈시궁쥐만큼이나 억세다〉며 죄수들을 혐오스러운 눈으로 바라보았다. 「일이 그렇게 어려우면 다른 직업을 찾아볼 생각은 없어요?」 내가 묻자 크레이븐 양은 씁쓸한 표정을 지었다. 그녀가 말했다. 「다른 무슨 일을 할 수 있을지 모르겠군요. 밀뱅크에서 보낸 세월이 벌써 11년인걸요!」 그러면서 자신은 죽을 때까지 감옥에서 교도관으로 일할 거라고 말했다.

내 생각에는, 제일 위층 감옥의 교도관인 젤프 부인만이 진짜로 친절하며 어느 정도 온화해 보인다. 젤프 부인은 무척이나 창백하고 고생에 찌들었으며, 스물다섯에서 마흔 살 사이의 어느 나이라 해도 그럴듯해 보인다. 하지만 젤프 부인은 감옥에서 보내는 삶에 대해 다른 불만이 없다. 다만 한 가지 안타까워하는 점은 자신이 이곳에서 들어야 하는 이야기 상당수가 무척이나 비극적이라는 사실이었다.

나는 식사 시간이 끝날 무렵에 그녀가 있는 층으로 올라갔고, 곧 종이 울리며 죄수들은 하던 일로 돌아갔다. 내가 말했다. 「오늘부터 제대로 방문객 역할을 할 건데 젤프 부인께서 절 도와주셨으면 좋겠어요. 좀 불안하거든요.」 체이니 워크에서라면 절대로 내가 그렇다는 걸 인정하지 않았으리라.

젤프 부인이 말했다. 「기꺼이 도와드리겠습니다, 아가씨.」 그리고 젤프 부인은 내가 만나 보고 싶어 할 만한 죄수가 있다며 나를 데리고 그 죄수가 있는 감방으로 갔다. 나이 든 여자였다. 사실 이 감옥에서 가장 나이 든 여자로, 엘런 파워라는 성급 죄수였다. 내가 감방에 들어가자 그 여자는 일어나더니 내게 자기 의자를 권했다. 물론 사양했지만 그 여자는 내 앞에서 의자에 앉으려 들지 않았다. 결국 우리는 둘 다 서 있었다. 젤프 부인은 우리를 보고는 뒤로 물러서며 고개를 끄덕였다. 「아가씨가 있는 채로 감방 문을 잠가야 한답니다.」 밝은 목소리로 젤프 부인이 말했다. 「하지만 나오시고 싶으면 절 부르세요.」 부인은 여교도관들은 수용 구역 어디에 있든지 간에 자신을 부르는 외침을 들을 수 있다고 했다. 이윽고 젤프 부인은 몸을 돌리더니 나를 둔 채 감방 문을 닫고 잠갔다. 나는 서서 자물통에 열쇠가 돌아가는 모습을 지켜보았다.

지난주 밀뱅크의 무시무시한 꿈속에서 젤프 부인이 나를 이렇게 가둔 기억이 났다.

파워 쪽으로 시선을 돌려 보니 그녀는 싱글거리고 있었다. 파워는 감옥에 3년 동안 있었으며 넉 달 뒤 출감이었다. 그녀는 갈봇집을 운영한 죄로 이곳에 갇혔다. 하지만 파워는 그 말을 하며 터무니없다는 듯이 고개를 뒤로 젖혔다. 「갈봇집이라니요!」 파워가 말했다. 「그건 그냥 휴게실이었습니다. 남녀가 가끔씩 와서 키스 정도 한 게 다였다고요. 제 손녀가 그곳을 드나들며 청소를 했어요. 꽃병에는 늘 신선한 꽃을 꽂아 두었어요. 갈봇집이라니! 남자들이 자기 연인을 데리고 갈 만한 곳이 있어야 하지 않겠어요? 그렇지 않으면 길거리에서 키스를 해야 하잖아요. 그리고 사람들이 나가며 제가 장소와 꽃을 제공한 것에 고맙다며 1실링 정도 쥐여 줬는데, 그걸 받은 게 죄란 말입니까?」

그런 식으로 이야기하니 별로 큰 죄 같지 않게 들렸다. 하지만 여교도관들이 들려준 주의 사항을 떠올렸다. 그래서 죄인지 아닌지는 내가 판단할 문제가 아니라고 말했다. 파워는 손을 들어 올렸다. 관절이 무척 부어 있었다. 그녀가 내 말이 맞다며 그건 〈남자들이 논할 주제〉라고 했다.

파워와 반 시간 정도 함께 있었다. 파워는 한두 번 정도 자신의 운영하던 갈봇집이 얼마나 고상했는지 말하려 했다. 하지만 나는 그녀가 좀 더 평범한 내용을 이야기하게끔 했다. 매닝 양이 감독하는 감옥에서 대화를 나눈, 생기 없는 수전 필링을 떠올렸다. 그리고 밀뱅크의 일상과 의복이 어떤지 파워에게 물었다. 파워는 잠깐 생각에 잠기더니 머리를 살짝 뒤로 젖혔다. 파워가 말했다. 「일상에 대해서는 대답을 할 수가 없군요. 밀뱅크 말고 다른 감옥에 있어 본 적이 없으니까요. 하지만 꽤 가혹하다고 생각해요. 그렇게 적으셔도 됩니다.」—나는 내 일기장을 가지고 있었다—「누가 읽든 상관없어요. 의복의 경우는, 아주 형편없지요.」파워는 자기 옷을 감옥 세탁실에 보내면 매번 다른 옷이 돌아오는 게 정말로 거슬린다고 했다. 「그리고 어떤 때는 아주 더러운 옷이 온답니다, 아가씨. 하지만 추위에 떨지 않으려면 입어야지 어쩌겠어요. 그리고 플란넬 속옷은 너무나 거칠어서 살이 쓸리는 경향이 있어요. 너무 여러 번 빨고 두드려 댄 탓에 플란넬이 아니라 엷고 형편없는 천인 것만 같은 데다가, 입으면 몸이 따뜻해지는 게 아니라 생채기만 나게 만든답니다. 신발은 불만이 없어요. 하지만 이런 말을 해도 된다면, 젊은 여자들 일부는 코르셋을 원한답니다. 저처럼 나이 든 사람은 그리 필요 없지만, 어린 애들은, 꽤 간절히 코르셋을 원하지요…….」

파워는 이런 식으로 계속 이야기를 했으며, 내게 말하는 것을 즐기는 듯했다. 하지만 말하는 게 버거운 듯해 보이기도 했다. 또한 때때로 말을 멈췄다. 어떤 때는 망설였으며, 종종 입술을 핥거나 손으로 입을 훔쳤고, 가끔은 기침을 했다. 처음에는 자기 앞에 앉아 속기가 아닌 평범한 방식으로 자기 말을 받아 적는 나를 위해 그러는 줄로만 알았다. 하지만 너무나 이상한 방식으로 말을 멈추었기 때문에 다시 한번 수전 필링을 떠올렸다. 필링은 말을 더듬었고 기침을 했으며 평범한 단어도 잘 생각나지 않는 듯했다. 당시에는 그런 필링을 좀 바보라고 여겼다……. 마침내 나는 감방 문 쪽으로 가며 잘 있으라고 인사를 했지만, 파워는 인사를 하기 위한 평범한 단어들을 제대로 떠올리지 못해 말을 머뭇거렸고, 부어 오른 손을 뺨에 대고 고개를 저었다.

「저를 아주 바보 노인네라고 생각하시겠군요.」 파워가 말했다. 「제 이름도 제대로 대지 못하는 바보라고 생각하시겠군요! 남편은 제가 말을 너무 빨리 한다고 욕을 해대곤 했지요. 토끼 냄새를 맡은 사냥개보다 빠르다고 말이죠. 하지만 그이가 지금 제 모습을 보면 고소해 죽겠다며 싱글거리겠죠? 너무나 오랜 시간 동안 이야기할 상대가 없었어요. 어떤 때는 혀가 졸아들어 없어진 게 아닐까 하는 생각이 든답니다. 또 어떤 때는 자기 이름조차 잊어버리는 게 아닐까 두려워지기도 하고요.」

파워는 싱긋 웃었지만 두 눈이 번들거리기 시작했으며 비참한 빛을 띠었다. 나는 망설이다가, 나를 바보라고 생각할지도 모르겠지만 조용함과 고독이 그리 고통스러운 일은 아니라고 대꾸했다. 내가 말했다. 「저 같은 경우, 주위에는 온통 저에 대해 수군거리는 소리뿐이에요. 그래서 제 방으로 가 아무 말도 안 하는 게 얼마나 좋은지 몰라요.」

파워는 내 말을 듣자마자 아무 말도 하고 싶지 않다면 내 방에 더 자주 가 있으라고 했다. 나는 원한다면 꼭 다시 오겠으며, 원하는 만큼 말을 해도 된다고 했다. 파워는 다시 싱긋 웃더니 인사를 했다. 젤프 부인이 문을 열 때 파워가 말했다. 「다시 뵐 때를 기다리겠습니다, 아가씨. 곧 다시 오세요.」

그리고 나는 다른 죄수를 방문했다. 이번에도 젤프 부인이 내가 만날 죄수를 추천해 주었으며, 조용하게 말했다. 「이번 죄수는 아주 불쌍한 아이로, 감옥에 잘 적응을 못하고 있답니다.」 내가 갔을 때 그 여자는 슬픔에 잠겨 있었고 몸을 떨었다. 그 여자 이름은 메리 앤 쿡이었으며, 자기 아기를 죽인 죄로 밀뱅크에서 7년을 보내야 했다. 쿡은 아직 스물이 채 안 되었으며 이곳에 왔을 때는 열여섯 살이었고, 한때는 예뻤겠으나 이제는 너무나 창백하고 심신이 피폐해졌기 때문에 전혀 젊은 여자로 보이지 않았으며, 마치 감옥의 창백한 벽이 그녀에게서 생명력과 혈색을 빨아들이고 생기를 지워 버린 것처럼 보였다. 내가 살아온 이야기를 해달라고 했을 때, 쿡은 너무나도 멍하니 이야기를 했다. 마치 여교도관이며 방문객, 그리고 아마도 자기 자신에게 이미 수없이 말했기 때문에, 말하는 행위 자체가 이야기를 이끌어 가며, 기억에 의지하는 것보다 더 현실감 있게 묘사하지만 실은 아무런 의미도 없다는 듯한 태도였다. 나는 그런 이야기를 할 때 어떤 기분인지 안다고 말해 주고 싶었다.

쿡은 자신이 가톨릭 가정에서 태어났으며, 어머니가 죽고 아버지는 재혼을 했다고 했다. 그리고 여동생과 함께 아주 커다란 집에 하녀로 보내졌다고 했다. 그곳에는 숙녀와 신사와 딸 셋이 살았는데, 이들은 모두 아주 친절했단다. 하지만 또한 아들도 한 명 있었다고 했다. 「그 사람은 친절하지 않았어요, 아가씨. 그 사람이 어렸을 때는 그냥 우리를 괴롭히는 정도였어요. 우리가 침대에 누우면 방문 밖에서 귀를 기울이다가 소리를 질러 우리를 불러 대곤 했죠. 겁을 주려고요. 하지만 그런 건 상관 안 했어요. 곧 그 사람은 학교에 갔고, 그 뒤로 거의 볼 수 없었거든요. 하지만 1~2년 뒤에 그 사람이 돌아왔을 때, 그 사람은 완전히 달라져 있었어요. 자기 아버지만큼이나 덩치가 컸으며 전보다 훨씬 더 교활해졌지요……」 쿡의 주장에 따르면, 그 남자는 쿡에게 자기 정부가 되라며 비밀리에 만나자고 강요를 했단다. 쿡은 그 말을 따르지 않았다. 그러자 그자는 쿡의 동생을 돈으로 꼬시기 시작했고, 그걸 안 쿡은 〈여동생을 구하기 위해〉 그자에게 굴복했다. 쿡은 곧 임신을 하게 되었다. 쿡은 그곳을 떠났고, 결국 쿡의 여동생은 그자를 위해 쿡에게 등을 돌리고 말았다. 쿡은 오빠에게 갔지만 올케가 받아들이려 하지 않았고, 결국 자선 단체에 몸을 맡기는 신세가 되었다. 「그리고 딸을 낳았어요. 하지만 전 그 아이를 사랑하지 않았어요. 자기 〈아빠〉를 쏙 빼닮았거든요! 저는 딸이 죽기를 바랐어요.」 쿡은 딸을 교회로 데려가 목사에게 축복을 빌어 달라고 했다. 목사는 그러길 거부했고, 그래서 쿡은 직접 딸에게 축복을 빌었다. 쿡은 겸손한 목소리로 말했다.

「우리는 우리의 교회에서 그 기도를 드렸어요.」쿡은 아기 울음이 밖으로 들리지 않도록 숄 안에 넣고 혼자인 척하고 방을 빌렸다. 하지만 숄이 아기 얼굴에 너무 가까이 닿아 있었고, 그 때문에 아기는 죽었다. 쿡에게 방을 빌려준 여자가 죽은 아기를 발견했다. 쿡은 시체를 커튼 뒤에 놓았으며, 시체는 그곳에서 일주일 동안 있었다.

「저는 딸아이가 죽기를 바랐어요.」쿡이 다시 한번 말했다. 「하지만 절대로 딸을 죽이지 않았어요. 그 아이가 죽었을 때는 슬펐어요. 경찰은 제가 만난 목사를 찾아냈고, 재판에서 저에게 불리한 증언을 하게 했어요. 그래서 마치 제가 처음부터 아기에게 해코지를 할 생각이 있는 것처럼 보였죠…….」

「끔찍한 이야기로군요.」나를 감방에서 꺼내 준 교도관에게 내가 말했다. 젤프 부인은 죄수를 데리고 핵스비 양의 사무실에 가야 했기 때문에, 팔에 멍이 들고 얼굴이 우락부락한 크레이븐 양이 나를 꺼내 주었다. 꺼내 달라는 내 요청을 받고 온 크레이븐 양은 쿡을 노려보았고, 쿡은 온순하게 고개를 숙이고 다시 바느질을 하기 시작했다. 우리가 걷는 동안, 크레이븐 양은 아무렇지도 않은 듯한 목소리로, 어떤 사람은 그걸 끔찍하다고 말할 수도 있겠지만 쿡 같은 죄수들은 자기 아기를 죽이고 다치게 했다며, 자신은 그런 사람들을 위해 슬퍼하지는 않겠노라고 했다.

나는 〈쿡이 무척 어려 보이네. 하지만 핵스비 양이 해준 말에 따르면, 어린아이 티를 갓 벗은 듯한 여자들도 감방에 있다던데요?〉하고 물었다.

크레이븐 양은 고개를 끄덕이며 대답했다. 「있어요. 그리고 그런 사람들은 정말 꼴불견이죠. 한번은 감옥에 갇히고 처음 두 주일 동안 자기 인형이 그립다며 밤마다 울어 대던 죄수도 있었답니다. 그 여자가 우는 소리를 들으며 순찰을 도는 건 무척이나 괴로웠지요.」 크레이븐 양은 웃음을 터뜨리며 덧붙였다. 「하지만 기분에 따라 어떤 때는 완전히 악마로 돌변했죠. 그리고 말은 또 얼마나 거칠던지! 그 쪼그만 것이 내뱉던 단어들은 다른 어디에서도 들어보지 못하실 겁니다. 심지어 남자들 감옥에서도요.」

크레이븐 양은 여전히 소리 내어 웃었다. 나는 그녀에게서 시선을 돌렸다. 우리는 복도 하나를 거의 다 지나왔고, 우리 앞에는 탑 가운데 하나로 통하는 아치가 있었다. 그 너머로는 시커먼 가장자리만 보이는 문이 있었다. 하지만 이제는 그 문을 알아볼 수 있었다. 그 문은 지난주에 내가 서 있던 문, 제비꽃을 들고 있던 여자가 갇힌 감방 문이었다.

나는 걸음을 늦췄고, 아주 조용하게 물었다. 「두 번째 복도의 첫 번째 감옥에 죄수가 있어요. 금발에 아주 젊고 아주 예쁘던데. 크레이븐 양은 그 여자를 아세요?」

우리가 쿡 이야기를 할 때 여교도관은 시큰둥한 얼굴이었다. 그리고 이제 다시 시큰둥해졌다. 「셀리나 도스 말이군요.」 그녀가 말했다. 「이상한 여자예요. 시선도 마음도 도통 남에게 주는 법이 없지요. 제가 아는 건 그게 다예요. 하지만 이 감옥에서 가장 얌전한 죄수라고 들었어요. 이곳에 온 뒤로 단 한 번도 문제를 일으킨 적이 없다더군요. 저는 그 여자를 〈깊다〉고 불러요.」

깊다고요?

「바다처럼 깊다고요.」

나는 젤프 부인의 의견을 떠올리며 고개를 끄덕였다. 나는 〈어쩌면 도스 역시 숙녀의 기질이 있는 게 아닐까요?〉 하고 물었다. 내 말에 크레이븐 양이 깔깔거렸다. 「그래요, 숙녀의 기질이 있겠죠! 하지만 제 생각에는 젤프 부인 말고는 아무도 셀리나 도스에 대해 별로 신경쓰지 않아요. 젤프 부인은 상냥하고 누구에 대해서든 좋게 말하지요. 그리고 도스와 가까이 하려는 자는 아무도 없답니다. 이곳에 오면 모두가 소위 〈패거리〉로 뭉치는데, 도스와 한 패가 된 사람은 아직 아무도 없어요. 모두가 도스를 경계하는 게 분명해요. 누군가 신문에 난 셀리나의 이야기를 알게 되었고, 그 이야기를 퍼뜨렸죠. 저희들이 아무리 노력해도 그런 이야기들이 퍼져 나가는 건 막을 수가 없답니다! 그리고 밤이 되면 죄수들은 온갖 말도 안 되는 상상들을 하곤 하죠. 어떤 죄수는 도스의 감방에서 이상한 소리를 들었다며 비명을 질러 대곤 한답니다…….」

무슨 소리요……?

「당연히 유령이지요, 아가씨! 그 여자는 소위 그 뭐냐, 영매잖아요.」

나는 놀라서, 그리고 실망감에 젖어 걸음을 멈추고 크레이븐 양을 바라보았다. 나는 말했다. 「영매!」 그리고 다시 말했다. 「영매가 감옥에 있다니! 그 여자의 죄목은 뭔가요? 왜 여기에 갇힌 건가요?」

크레이븐 양은 어깨를 으쓱해 보인다. 그녀는 도스 때문에 어떤 숙녀가 해를 당했다고 생각했다. 그리고 여자아이도 한 명. 그리고 결국 둘 가운데 한 명이 죽었고. 하지만 그 〈해〉라는 것은 독특한 종류였다. 사람들은 그게 살인이 아니라 상해라고 판단할 수밖에 없었다. 그런데 자신이 들은 바에 따르면, 도스에 대한 모든 혐의는 날조된 것이며 아주 영리한 검사가 조작한 것이란다······.

크레이븐 양은 코웃음을 덧붙이며 말했다. 「그렇지만 여기 밀뱅크에서는 모든 죄수가 자기는 억울하다고들 한답니다.」

나는 크레이븐 양에게 맞장구를 쳤다. 우리는 다시 복도를 따라 걷기 시작했고, 모퉁이를 돌자 도스가 보였다. 그녀는 전과 마찬가지로 해를 향해 앉아 있었다. 하지만 이번에는 시선을 무릎 쪽으로 내린 채, 양털실 뭉치에서 뻗어나온 실가닥을 만지작거리고 있었다.

나는 크레이븐 양을 보았다. 그리고 말했다. 「괜찮으시면 저기에서······.」

감방으로 들어서자 해는 더욱 밝아졌고 나는 막 어두컴컴한 복도를 지난 뒤라 하얀 회반죽을 바른 감방 벽에 눈이 부셔서, 이마에 손을 대고 눈을 깜박거렸다. 다른 여자들과 달리, 도스가 자리에서 일어나지도 않았으며 무릎 굽혀 인사를 하지도 않았다는 사실을 깨달은 건 잠시 뒤였다. 또한 도스는 일감을 옆으로 치우지도 않았고 웃음 짓지도 않았으며, 말을 하지도 않았다. 그녀는 단지 고개를 들고 호기심 어린 눈으로 나를 지켜보았다. 그러면서 손가락으로는 계속 양털실 뭉치에서 천천히 실을 잡아당겼다. 마치 거친 털실 뭉치가 묵주고, 자신은 묵주를 돌리며 기도를 드리는 듯한 자세였다.

크레이븐 양이 감방 문을 잠그고 사라지자 내가 말했다. 「당신 이름이 도스라고 들었어요. 안녕하세요, 도스?」

도스는 아무 말 없이 나를 물끄러미 바라보기만 했다. 그 여자의 이목구비는 내가 지난주에 생각한 것처럼 반듯하지 않았으며 비대칭인 느낌이 있어서, 눈썹과 입술이 살짝 기울어져 있었다. 감옥에 있는 여자는 누구든 보기만 하면 바로 알아볼 수 있다. 입고 있는 옷은 너무나 칙칙하고 평범하며, 모자는 머리에 꼭 맞는 걸 쓰기 때문이다. 또한 손을 봐도 금방 알 수 있다. 도스의 손은 가냘팠으나 거칠고 빨갰다. 손톱은 갈라졌으며 하얀 반점들이 있었다.

여전히 도스는 아무 말이 없었다. 너무나도 꼼짝 않고 시선도 전혀 흔들리지 않았기에, 잠시 그 여자가 바보나 벙어리가 아닌가 하는 생각을 했다. 도스에게 나와 잠시 이야기하는 걸 마다하지 않았으면 좋겠으며, 밀뱅크의 모든 여자들과 친구가 되려고 이곳에 왔다고 했다. 모든 여자들과⋯⋯.

내 귀에 내 목소리가 크게 들렸다. 내 목소리가 조용한 수용 구역을 가로질러 일을 하던 죄수들이 듣고는 일손을 잠시 멈추고 고개를 들고 싱긋 웃지는 않을까 하는 생각이 들었다. 나는 도스에게서 몸을 돌려 창가로 가서 그 여자의 하얀 보닛과 별 문양이 달린 소매를 스치듯 비추는 빛 조각을 가리켰다. 내가 말했다. 「당신은 해를 바라보는 걸 좋아하지요.」 내 말에 도스가 재빨리 대답했다. 「일을 하며 햇빛을 쬐어도 되지 않나요? 햇빛 약간은 허용되지 않아요? 여기는 햇빛이 너무 안 들거든요!」

도스의 목소리에는 내가 놀라 눈을 깜박이고 또한 망설이게 하는 그러한 열정이 담겨 있었다. 주위를 둘러보았다. 이제 벽은 눈부시지 않았으며, 심지어 내가 보는 동안에도 앉아 있는 도스를 비추던 빛 조각이 점차 작아지고 벽이 회색으로 바뀌며 감방이 점점 서늘해지는 것만 같았다. 이제 태양은 밀뱅크 탑들을 거의 다 지나고 그 잔인한 행로의 끝에 있었다. 도스는 마치 해시계의 말뚝처럼 꼼짝 않고서, 한 해가 가면서 태양이 날마다 조금씩 일찍 자기 창을 비추며 지나는 모습을 말없이 지켜볼 터였다. 사실 감옥의 절반은 1월부터 12월까지 달의 뒷면처럼 깜깜할 것이다.

이 사실을 깨닫고 나는 어색한 느낌이 든 채 도스 앞에 서 있었다. 그녀는 앉아서 계속 양털실을 잡아당겼다. 나는 개켜 둔 그녀의 해먹으로 가서 그 위에 손을 올려놓았다. 그런 나를 본 도스는, 내가 호기심에서 그러는 거라면 해먹 대신 나무 접시나 머그를 만졌으면 좋겠다고 했다. 감옥 규칙에 따르면 침구와 이불을 잘 개놓아야 한다는 것이다. 도스는 내가 떠나고 난 뒤 다시 그것들을 개고 싶지 않다고 했다.

나는 즉시 손을 치웠다. 「몰랐어요.」 내가 말했다. 그리고 덧붙였다. 「미안해요.」 도스는 나무 바늘로 시선을 내렸다. 내가 물었다. 지금 하는 건 뭔가요? 그러자 그녀는 무릎에 놓인 황회색 뜨개질감을 께느른하게 들어 보였다. 「군인용 스타킹이에요.」 그녀가 말했다. 도스의 억양은 좋다. 그녀가 마땅한 단어를 찾으려고 말을 멈출 때면 — 가끔 그러긴 했지만 엘런 파워나 쿡처럼 자주는 아니었다 — 나도 모르게 몸을 움찔하곤 했다. 내가 말했다. 「내가 알기론, 당신은 이곳에 1년 동안 있었어요. 그러니 나와 이야기하는 동안에는 뜨개질을 멈춰도 된다는 걸 알 거예요. 핵스비 양이 그래도 된다고 승인했답니다.」 도스는 양털실 뭉치를 내려놓았지만, 여전히 가볍게 만지작거렸다. 「당신은 이곳에 1년간 있었어요. 그 시간 동안 무엇을 했나요?」

「무엇을 하며 보냈냐고요?」 도스의 입술이 더욱더 비대칭으로 기울어졌다. 도스는 잠시 주위를 둘러보더니 말했다. 「아가씨라면 이곳에서 무엇을 하며 보낼 건가요?」

나는 그 질문에 깜짝 놀랐고 — 지금 생각해 보아도 다시금 놀란다! — 바로 대답을 하지 못하고 망설였다. 핵스비 양과 한 인터뷰가 떠올랐다. 나는 밀뱅크가 아주 냉혹한 곳이라고 생각하지만, 또한 내가 잘못한 것을 알 테니 기꺼이 혼자 있으면서 내 잘못을 뉘우치겠노라고 했다. 또한 계획을 세우겠노라고 말했다.

계획이라뇨?

「더 나은 사람이 되기 위한 계획요.」

도스는 시선을 돌리고 아무 대꾸도 하지 않았다. 그리고 나는 그런 도스의 반응에 다소 안심이 되었다. 내가 듣기에도 내 대답에는 진실성이 없었기 때문이다. 도스의 목덜미에 곱슬거리는 흐릿한 금발 몇 가닥이 보였다. 내 생각에, 도스의 머리색은 헬렌보다 더 금빛이며, 제대로 감고 다듬으면 무척이나 아름다울 것 같다. 햇빛 조각이 다시 밝아졌지만, 피곤에 지치고 추워하는 이가 잠을 자는 동안 이불이 슬금슬금 흘러내리듯이, 해는 무자비한 행로를 쉬지 않고 야금야금 나아갔다. 도스는 다시금 얼굴로 온기를 느끼며 햇빛을 향해 고개를 돌렸다. 내가 말했다. 「잠시 저와 이야기하지 않겠어요? 그러면 한결 위로를 받을 수 있을 거예요.」

도스는 네모난 모양 햇빛이 사라질 때까지 대답하지 않았다. 이윽고 고개를 돌려 아무 말 없이 잠시 나를 살펴보더니 자신은 위로를 받기 위해 내가 필요하지 않다고 말했다. 자신은 이미 이곳에서 〈위로를 받고〉 있다고 했다. 게다가 내가 나에 대해 자기에게 말하지 않는데 왜 자신이 내게 뭔가 말을 해야 하냐고 물었다.

도스는 강단 있게 말하려 애썼지만 그리 성공하지 못했으며 목소리가 떨리기 시작했다. 그리고 그런 모습은 무례한 게 아니라 허세처럼 보였으며 그런 모습 뒤에는 절망이 자리 잡고 있었다. 내가 상냥하게 대한다면 도스는 울음을 터뜨릴 거라고 생각했다. 그리고 나는 그녀가 내 앞에서 우는 모습을 보고 싶지 않았다. 그래서 아주 밝은 목소리로 말했다. 「핵스비 양의 지시가 있었기 때문에 당신과 이야기를 나눌 수 없는 여러 가지 주제들이 있지만, 내가 알기로 나에 대한 이야기를 하는 건 금지되지 않았어요. 원한다면 나에 대해 좀 더 자세히 말할게요.」

나는 도스에게 내 이름을 말했다. 그리고 첼시의 체이니 워크에 산다고 했다. 결혼한 남동생과 곧 결혼할 여동생이 있고, 나는 결혼을 하지 않았다고 했다. 밤에 잠을 설치며 오랜 시간 책을 읽거나 글을 쓰거나 아니면 창밖으로 강이 흐르는 모습을 지켜본다고 했다. 이윽고 나는 생각에 잠긴 척했다. 또 무슨 말을 해야 하나? 「이 정도면 나에 대해 모두 다 안 듯해요. 특별히 더 말할 게…….」

내가 말을 하기 전까지 도스는 나를 보며 눈만 끔벅거리고 있었다. 하지만 마침내 고개를 돌리고 싱긋 웃었다. 그녀의 치아는 가지런했으며 아주 하얬다. 마치 미켈란젤로가 시에서 묘사했듯이 파스닙처럼 하얬다.[11] 하지만 입술은 거칠고 깨문 자국이나 있었다. 이윽고 도스는 좀 더 자연스레 나와 이야기를 하기 시작했다. 도스는 내가 이곳을 방문하기 시작한 게 얼마나 되었는지, 왜 이곳을 보고 싶어 하는지, 첼시의 집에서 한가로이 지낼 수 있는데도 왜 밀뱅크에 오고 싶어 하는지 물었다.

11 미켈란젤로 연시의 〈당신의 치아는 파스닙처럼 하얗군요〉라는 대목에서 따온 표현이다.

내가 말했다. 「당신은 숙녀라면 마땅히 한가로이 지내야 한다고 생각하나요?」

도스는 자신이 나와 같은 처지라면 한가하게 지내겠노라고 말했다.

내가 말했다. 「어머, 당신이 정말로 나와 같은 처지라면 절대로 안 그럴 거예요!」

도스는 내 말에 놀라 눈만 끔벅였다. 내가 뜻하지 않게 큰 소리로 대답을 했기 때문이다. 도스는 마침내 뜨개질감을 내려놓고 자세를 고쳐 앉아 나를 꼼꼼히 살폈다. 나는 도스가 고개를 돌렸으면 좋겠다고 생각했다. 그녀의 시선은 전혀 움직임이 없었고, 다소 마음이 어지러워 보였기 때문이다. 나는 한가로이 지내는 게 내게는 맞지 않는다고 말했다. 지난 2년 동안 한가로이 지냈으며, 사실 너무나 한가로이 지냈기 때문에 그로 인해 〈심하게 아팠노라〉고 말했다. 내가 말했다. 「이곳에 와볼 생각을 한 건 실리토 씨의 추천 덕분이었어요. 실리토 씨는 아버지의 오랜 친구예요. 그분이 우리 집에 오셔서 밀뱅크 이야기를 하셨어요. 이곳 시스템과 여성 방문객에 대해 이야기해 주셨죠. 그 말을 들은 나는 생각하기를……..」

내가 무슨 생각을 했더라? 도스가 나를 보고 있으니 아무 기억도 나지 않았다. 고개를 돌렸지만 여전히 도스의 시선을 느꼈다. 이윽고 도스가 아주 침착한 목소리로 말했다. 「아가씨가 밀뱅크에 온 건 자신보다 더 비참한 처지에 놓인 여자들을 만나면 기분이 예전처럼 좋아지지 않을까 하는 생각에서지요.」 나는 도스가 말한 단어 하나하나를 똑똑히 기억한다. 너무나 끔찍하면서도 너무나도 진실에 가까웠기 때문이다. 나는 그 말을 듣고 얼굴을 붉혔다. 도스가 계속 말했다. 「자, 저를 살펴보세요. 저는 충분히 비참하니까요. 온 세상이 저를 살펴보아도 괜찮답니다. 그게 제가 받은 형벌의 일부니까요.」 그리고 도스는 다시 도도한 자세를 취했다. 나는 내가 이곳을 찾아온 이유는 그녀가 형벌을 더 가혹하게 느끼도록 하려고가 아니라 오히려 그 반대라고 말했다. 그러자 도스는 — 앞서 그러했듯이 — 내 말이 끝나기가 무섭게 자신은 내 위로가 필요 없다고 했다. 필요할 때면 언제든 자신을 위로해 줄 친구들이 많다는 것이다.

나는 도스를 뚫어져라 바라보았다. 내가 말했다. 「친구가 있어요? 여기에요?」 그녀는 두 눈을 감았고 연극에서 볼 법한 과장된 동작으로 이마 앞쪽의 허공을 손으로 저었다. 「제게는 친구들이 있답니다, 프라이어 양.」 도스가 대답했다. 「여기에요.」

나는 잊고 있었다. 이제 그것을 떠올리니 다시금 뺨이 차가워지는 게 느껴졌다. 도스는 눈을 꼭 감고 가만히 앉아 있었다. 나는 도스가 다시 눈을 뜰 때까지 기다렸다가 말을 한 듯하다. 「당신은 영매예요. 크레이븐 양이 그렇다고 말해 줬어요.」 이 말에 그녀는 고개를 옆으로 살짝 기울였다. 내가 말했다. 「그러니 당신을 방문한다는 친구들은 영혼 친구들인 거죠?」 도스가 고개를 끄덕였다. 「그러면 그 영혼 친구들은 언제 오나요?」

도스는 우리 주변에는 영혼 친구들이 늘 있다고 말했다.

「언제나요?」 나는 이 말을 하며 싱긋 웃었다고 생각한다. 「지금도요? 여기에요?」

지금도. 거기에도. 도스는 유령들이 단지 〈자신을 드러내지 않고 있을 뿐〉이라고 했다. 또는 〈그럴 힘이 없을 수도〉 있단다.

나는 주위를 둘러보았다. 프리티 부인이 감독하는 수용 구역에 갇혀 있는 자살 미수범 제인 샘슨을 떠올렸다. 그 여자가 갇힌 감방 공기에는 풀풀 날리는 야자 섬유 가루가 가득했다. 도스도 자기 감방이 영혼들로 붐빈다고 믿는 걸까? 내가 말했다. 「하지만 당신 친구들은 원한다면 힘을 가질 수 있지요?」 도스는 영혼들이 자신에게서 힘을 뽑아 쓴다고 했다. 「그리고 당신은 평소에도 영혼을 보고요?」 영혼들이 어떤 때는 모습을 드러내지 않고 말만 할 때도 있다고 했다. 「어떤 때는 단어만 들리기도 해요. 이곳에서는요.」 다시 한번 도스는 한 손으로 이마를 짚었다.

내가 말했다. 「그 친구들은 당신이 일을 할 때 방문하나요?」 도스는 고개를 저었다. 영혼 친구들은 수용 구역이 조용하고 자신이 쉴 때 찾아온단다.

「당신에게 친절한가요?」

도스는 고개를 끄덕였다. 「아주 친절해요. 제게 선물을 가져다준답니다.」

「그렇군요.」 이제 나는 활짝 웃었다. 「선물이라면, 영적 선물인가요?」 도스는 어깨를 으쓱해 보이며, 영적 선물도 있고, 속세의 선물도 있다고 했다.

속세의 선물! 가령……?

「가령, 꽃이요.」 도스가 말했다. 「장미일 때도 있고, 제비꽃일 때도 있어요.」 도스가 그 말을 할 때, 수용 구역 어딘가의 문에 뭔가 쾅 하고 부딪히는 소리가 났다. 나는 깜짝 놀랐지만 도스는 침착한 표정으로 가만히 있었다. 내가 감방에 들어 온 이후, 도스는 내가 싱긋 웃는 모습을 보았지만, 자신은 침착한 표정으로 나를 물끄러미 바라보기만 했다. 또한 내가 자기 주장을 어떻게 생각하는지는 아무런 상관이 없다는 듯이, 거의 무관심한 어투로 담담하게 이야기를 했다. 하지만 방금 전에 도스가 말한 한 단어를 들은 나는 핀에 꿰인 듯한 느낌이 들었다. 나는 놀라서 눈만 끔벅였으며, 얼굴이 뻣뻣해지는 걸 느낄 수 있었다. 내가 몰래 도스를 살펴보았으며 입에 꽃을 문 모습을 보았노라고 어떻게 털어놓을 수 있단 말인가? 꽃이 어디서 났는지 이해해 보려 애썼지만 결국 실패하고 말았다. 지난주부터 오늘까지는 그 꽃에 대해 까맣게 잊고 있었던 듯하다. 나는 도스에게서 고개를 돌리고 말했다. 「음…….」 그리고 다시 입을 열었다. 「음…….」 그리고 마침내 억지로 즐거운 척하며 말했다. 「음, 핵스비 양이 당신 방문객들에 대해 눈치채지 못하길 빌자고요! 당신이 방문객과 만나는 걸 알면 핵스비 양은 당신이 이곳에 있는 걸 형벌이라고 생각하지 않을 거예요.」

형벌이 아니라고요? 도스는 내 말에 조용히 대꾸했다. 도스는 자신이 받는 형벌을 덜 고통스럽게 할 수 있는 뭔가가 존재하리라고 생각하는지 물었다. 숙녀의 삶을 살며, 죄수들이 어떻게 살아야 하는지, 어떤 일을 해야 하는지, 무엇을 입고, 무엇을 먹어야 하는지 목격한 내가 과연 이곳의 삶이 형벌이 아니라고 생각하는지 물었다. 도스가 말했다. 「한시도 빼지 않고 여교도관들의 감시를 받는다고 생각해 보세요. 언제나 물과 비누가 필요하다고 생각해 보세요. 하루가 너무나 단순하기 때문에 쓰는 단어라고는 백여 개도 채 안 된다고 생각해 보세요. 그리고 그 때문에 단어를, 그것도 평범한 일상의 단어들을 잊는다고 생각해 보세요. 쓰는 단어라고는 돌, 수프, 빗, 성경, 바늘, 어둠, 감옥, 걸어, 멈춰, 정신 차려 따위뿐이라고 생각해 보세요! 잠을 못 이루고 누워 있을 때, 아가씨가 생각하는 그런 식의, 가족과 하인이 옆방에 있으며, 침실 벽난로에는 불을 피우고 편한 침대에서 〈잠 못 이루고 누워 있을 때〉가 아닌, 추위에 떨며 누워 두 층 아래 감방에서는 어떤 여자가 악몽을 꾸었는지 아니면 술을 마시지 못해 고통스러워하는 건지, 그도 아니면 갓 들어와서 그러는지 새된 소리를 질러 대고, 또는 자기 머리가 깎이고 감방에 갇혔다는 사실 때문에 비명을 질러 대는 속에서 자신이 누워 있다고 생각해 보세요!」 도스는 그 무엇이 있은들 자신의 고통이 줄어들겠냐고 물었다. 가끔씩 영혼이 자신에게 오기 때문에, 영혼이 와서 키스를 하고, 그 키스가 채 끝나기도 전에 전보다 더욱더 캄캄한 어둠 속에 자신만을 혼자 남겨 두고 사라져 버리는데, 과연 그게 형벌이 아니라고 생각하는지 물었다.

도스가 말한 단어들은 아직도 내 귀에 생생하다. 그리고 쉭쉭거리듯 뱉어 내는 단어들이, 마땅한 단어를 찾으며 말을 더듬던 목소리가 아직도 들리는 듯하다. 물론 도스는 여교도관이 들을까 두려워 비명을 지르거나 고함치지 않았으며, 나만이 들을 수 있도록 자기 열정을 꾹 누르며 말했다. 이제 나는 웃지 않았다. 도스에게 아무런 대꾸도 할 수 없었다. 어깨를 도스에게서 돌리고 철창문 밖의 매끄럽고 텅 빈 회반죽 벽을 물끄러미 바라본 듯하다.

이윽고 나는 도스의 발소리를 들었다. 도스는 의자에서 일어나 내 곁으로 왔고, 내 기억에, 손을 들어 나를 만진 듯하다.

하지만 내가 감방 문 쪽으로 가자 그녀의 손이 내 몸에서 떨어졌다.

나는 도스에게 혼란스럽게 할 생각이 전혀 없었노라고 말했다. 지금까지 만난 다른 여자들은 도스보다 생각이 깊지 않거나 세파에 단련이 된 모양이라고 했다.

도스가 말했다. 「미안해요.」

「미안해할 필요 없어요.」 도스가 정말로 미안해한다면 정말로 상황은 기괴해질 터였다. 「하지만 제가 나가길 원한다면…….」 도스는 아무 말도 하지 않았고, 나는 계속해 어두컴컴한 복도만 바라보았고, 마침내 도스가 다시 입을 열지 않으리라는 사실을 깨달았다. 이윽고 철창을 잡고 여교도관을 소리쳐 불렀다.

감방에 온 이는 젤프 부인이었다. 부인은 나를 바라보더니 내 너머로 시선을 옮겼다. 도스가 의자에 앉는 소리가 들렸고, 돌아보니 도스는 털실 뭉치를 다시 들고 실을 잡아 당기고 있었다. 내가 말했다. 「잘 있어요.」 도스는 대답하지 않았다. 젤프 부인이 감방 문을 다시 잠글 때에야 도스는 고개를 들었고, 그녀의 가느다란 목이 움직이는 게 보였다. 그녀가 외쳤다. 「프라이어 양.」 그리고 도스는 젤프 부인에게 잠깐 시선을 주었다. 이윽고 도스가 계속 말했다. 「여기서는 푹 자는 사람이 아무도 없어요.」 그녀는 중얼거렸다. 「다음에 잠을 못 이룰 때면 저희를 떠올려 주지 않으시겠어요?」

그리고 설화 석고처럼 새하얗던 도스의 뺨이 분홍색으로 물들었다. 「네, 그럴게요, 도스. 그럴게요.」 내 옆에서 여교도관이 내 팔을 잡았다. 「아래로 내려가시겠습니까, 아가씨?」 여교도관이 말했다. 「내시나 헤이머 아니면 독살죄로 들어온 채플린을 만나 보시겠습니까?」

하지만 더는 아무도 만나지 않았다. 나는 수용 구역을 떠났고, 남자 감옥으로 인도되었다.

그곳에서 우연히도 실리토 씨를 만났다. 「다녀 보니 어떤 느낌이십니까?」 실리토 씨가 물었다. 나는 여교도관들이 친절하게 대해 줬다고 말했다. 그리고 죄수 한두 명은 내가 찾아간 걸 기뻐하는 듯하다고 했다.

「당연히 그렇겠죠.」 실리토 씨가 말했다. 「잘 맞이하던가요? 무슨 이야기를 하던가요?」

나는 죄수들의 생각과 감정을 말했다.

실리토 씨가 고개를 끄덕였다. 「잘됐군요! 죄수들의 신뢰를 얻어야 합니다. 그리고 죄수들에게서 존경을 받으려면 아가씨가 그자들을 깔보지 않는다는 사실을 그자들이 알게끔 해야 하지요.」

나는 실리토 씨를 물끄러미 바라보았다. 나는 셀리나 도스를 만난 일로 여전히 동요하고 있었다. 내가 말했다. 「어쩌면 제겐 방문자로서 지녀야 할 지식이나 기질이 없을지도 몰라요…….」

지식? 실리토 씨가 반문했다. 실리토 씨는 내게 인간 본성에 대한 지식이 있으며 이곳에서 필요한 건 그게 전부라고 했다. 실리토 씨는 또한 자기 부하들이 나보다 뭔가 더 알 거라고 생각하는지, 나보다 더 동정심이 많다고 생각하는지를 물었다.

나는 우락부락한 크레이븐 양을, 그리고 그녀의 꾸지람을 두려워한 도스가 자기 열정을 숨기던 모습을 떠올렸다. 내가 말했다. 「하지만 제 생각에 어떤 여자들은 곤란한 상황에 처해 있…….」

실리토 씨는 〈밀뱅크에는 늘 그런 사람들이 있습니다!〉라고 말했다. 하지만 가장 골치를 썩이는 수감자는 결국 방문 온 숙녀의 관심에 가장 잘 반응한 사람임을 명심하라고 했다. 왜냐하면 말썽을 피우는 수감자들은 종종 가장 민감한 수감자들이기 때문이란다. 내가 까다로운 여자를 만나면 〈그 여자를 특별 대상〉

으로 다뤄야 한다고 했다. 감옥에서 숙녀의 방문을 가장 필요로 하는 여자는 바로 그런 여자일 거라고 했다.

실리토 씨는 나를 오해했다. 하지만 나는 실리토 씨와 더 이야기를 할 수 없었다. 왜냐하면 실리토 씨가 이야기를 하고 있는데 교도관이 부르러 왔기 때문이다. 신사숙녀로 구성된 방문단이 방금 도착했으며, 실리토 씨는 이들을 안내해야만 했다. 이들이 출입구 너머 자갈이 깔린 좁은 지역에 모여든 게 보였다. 남자들은 오각형 담장 가운데 하나로 다가가 노란 벽돌과 모르타르를 살펴보고 있었다.

답답한 여자 수용 구역에 있다가 나오니 바깥 공기는 지난주와 마찬가지로 깨끗한 느낌이 들었다. 태양은 여자 수용 구역에 난 창문들을 이미 지나쳐 갔지만 여전히 높이 떠서 청명한 오후를 이끌었다. 수위가 바깥쪽 문 너머 도로로 가 나를 태울 마차를 세우려고 휘파람을 불었을 때, 나는 수위에게 그러지 말라고 한 뒤 제방 쪽으로 갔다. 죄수를 태우고 식민지로 가는 배가 정박하는 부두가 아직 그곳에 있다고 들었고, 그래서 나는 그곳을 보러 제방으로 갔다. 그 부두는 나무로 만들어져 있었고, 뒤편에는 빗장이 걸린 아치 문이 시커먼 입을 벌리고 있었다. 아치는 지하 통로와 연결되었고, 이 통로가 부두와 감옥을 연결해 주었다. 잠시 그곳에 서서 배들을 떠올려 보았으며, 그 안에 갇힌 여자들은 어떤 느낌이 들지 상상해 보았다. 그리고 그들을 떠올리다가 도스를, 파워를, 쿡을 떠올렸다. 이윽고 나는 걷기 시작했다. 제방을 쭉 따라 걸었으며 어느 집 앞에서 잠시 걸음을 멈추었다. 그곳에서는 남자 한 명이 갈고리와 낚싯줄을 가지고 고기를 낚고 있었다. 허리의 버클에는 홀쭉한 물고기 두 마리가 매달려 있었다. 햇빛을 받은 비늘은 은빛으로 반짝였으며 입은 선명한 분홍색이었다.

나는 걸었다. 어머니는 아직 프리실라 때문에 바쁠 거라고 생각했기 때문이다. 하지만 집에 도착하니 내 예상과 달리 어머니는 외출해 있지 않고 한 시간 전에 돌아왔으며 내가 오기를 기다리고 있었다. 어머니는 내가 도시를 얼마나 오랫동안 걸었는지 알고 싶어 했다. 어머니는 나를 찾으려고 엘리스를 보내려던 참이었다.

외출 전, 나는 어머니에게 뚱해 있었다. 이제는 뚱해 있지 않기로 마음 먹었다. 내가 말했다. 「죄송해요, 어머니.」 그리고 속죄의 의미로 의자에 앉아 프리실라가 콘월리스 씨와 보낸 시간에 대해 이야기하는 걸 들었다. 프리실라는 내게 자기 파란 드레스를 다시 보여 줬고, 초상화를 위해 어떤 자세를 취했는지 알려 줬다. 프리실라는 연인을 기다리는 어린 여자처럼 앉아서 꽃을 움켜쥐고 얼굴을 햇빛 쪽으로 돌리고 있었단다. 프리실라는 콘월리스 씨가 들고 있으라며 붓을 줬다고 했다. 하지만 초상화에서는 백합으로 그려질 거라고 했다. 나는 도스를 생각했고, 도스가 들고 있던 그 독특한 제비꽃을 떠올렸다. 「백합과 배경은 완성될 거야.」 프리실라가 말했다. 「우리가 외국에 가 있는 동안…….」

그리고 프리실라는 신혼여행을 어디로 갈지 말했다. 이탈리아로 간단다. 프리실라는 아무렇지도 않게 그 말을 했다. 한때 이탈리아가 내게 어떤 의미였는지 전혀 상관없는 모양이다. 하지만 그 단어를 들었을 때 나는 내 참회의 과정이 완전히 끝났다고 생각했다. 나는 프리실라를 두고 일어났고, 엘리스가 저녁 식사 종을 울렸을 때에야 아래층으로 내려왔다.

그런데 요리사가 양고기를 내왔다. 요리는 다소 차가운 상태로 나왔으며 위에 기름이 굳어 있었다. 음식을 보며 밀뱅크에서 본 시큼한 냄새가 나는 수프, 그리고 더러운 손으로 그 수프를 다뤘을 거라는 그곳 여자들의 의심이 떠오르며 입맛이 싹 달아났다. 나는 식탁을 일찍 떴고, 아빠의 방에서 책과 인쇄물을 보며 한 시간 정도를 보내고, 다시 이곳에서 한 시간 정도 있으면서 체이니 워크를 지나는 사람들이며 마차를 지켜보았다. 바클레이 씨가 지팡이를 흔들며 프리실라를 데리러 오는 것을 보았다. 그는 계단에서 잠시 멈추고 나뭇잎을 만져 손가락을 촉촉하게 한 뒤 콧수염을 매만졌다. 바클레이 씨는 내가 내 방 창가에서 자신을 지켜보는 것을 알지 못했다. 그리고 나는 잠시 책을 읽다가 여기에다 글을 썼다.

이제 내 방은 아주 어둡고, 오직 독서등만이 방을 밝히고 있다. 하지만 심지가 내는 빛은 여기저기 매끄러운 표면들에 반사가 되고, 내가 고개를 돌리면 마르고 노란 내 얼굴이 굴뚝 배[12] 위쪽에 걸린 거울에 비쳐 보일 터다. 나는 고개를 돌리지 않는다. 대신, 오늘 밤 나는 이쪽 벽의 밀뱅크 감옥 평면도 옆에 핀으로 박아 놓은 종이를 본다. 그것은 아빠의 서재에서, 우피치 미술관에서 가져온 앨범에서 발견했다. 크리벨리의 작품으로, 내가 셀리나 도스를 처음 보았을 때 떠올린 그림이다. 하지만 내 기억과 달리 이 그림은 천사가 아니라 그가 늦게 찾은 〈진리〉다. 엄숙하면서도 우울해 보이는 여자다. 그 여자는 이글거리는 원반 모양의 태양과 거울을 들고 있다. 나는 그 그림을 이곳에 가져왔고, 여기에 둘 생각이다. 안 될 게 뭔가. 예쁜 그림인데.

12 벽난로 위의 굴뚝 아래 부분.

1872년 9월 30일

고든 양이 이상한 통증을 호소. 71년 5월 어머니가 영혼으로, 심장. 2/–[13]

케인 부인이 생후 9주를 살고 70년 2월에 영혼이 된 장난꾸러기 아이 패트리샤를 위해. 3/–

브루스 부인과 알렉산드라 브루스 양. 1월에 아버지가 영혼으로, 위장. 더 남기고 싶은 다른 유언이 있는가? 2/–

루이스 부인(지체가 부자유한 아들 클러큰웰이 있는 제인 루이스 부인이 아니다). 이 부인은 처음부터 나를 만나러 온 게 아니라 빈시 씨가 데려왔다. 빈시 씨는 루이스 부인과 잠시 상담을 했지만, 자기는 상담을 더 진행할 수가 없었다고 겸손하게 말했다. 게다가 다른 숙녀가 차례를 기다린다고 했다. 루이스 부인은 나를 보자 〈어머! 정말 젊네요!〉라고 말했다. 그러자 빈시 씨는 곧바로 말했다. 「하지만 아주 유명하답니다. 이 분야에서는 떠오르는 별이지요. 제가 장담합니다.」 우리는 30분 정도 함께 있었고, 부인의 슬픔은……

13 A/B는 A실링 B페니를 나타내는 빅토리아 시대의 표기법이다.

매일 새벽 3시면 영혼이 찾아와 부인의 심장 위 가슴에 손을 올려 놓는 바람에 잠을 깬다는 것이다. 영혼의 얼굴을 본 적은 없으며 차가운 손가락 끝만을 느낀다고 한다. 그 영혼은 무척이나 자주 찾아오기 때문에 부인의 몸에는 그 영혼의 손가락 자국이 나 있는데, 그 자국을 빈시 씨에게 보여 주기 싫었단다. 내가 말했다. 「하지만 제게는 보여 주셔도 돼요.」 그리고 부인이 옷을 젖히자 불에 덴 듯 선명한, 하지만 부기나 진물은 전혀 없이 평평한 자국 다섯 개가 나 있었다. 나는 그 상처를 오랫동안 본 뒤에 말했다. 「음, 그 영혼이 당신의 심장을 원한다는 게 아주 명확하군요. 영혼이 당신의 심장을 왜 원하는지 뭔가 생각나는 이유는 없나요?」 부인이 말했다. 「전혀 모르겠어요. 저는 단지 그 유령이 더는 나타나지 않았으면 좋겠어요. 남편이 옆에서 자는데 유령이 와서 남편이 깰까 두려워요.」 부인은 결혼한 지 겨우 4개월 되었다. 나는 부인을 뚫어져라 바라보다가 말했다. 「제 손을 잡고 진실을 털어 놓으세요. 당신은 그 영혼이 누구이며 왜 찾아오는지 알고 있어요.」

　　당연히 부인은 영혼이 누군지 안다. 부인 말에 따르면, 영혼은 한때 자신이 결혼하려 한 젊은이였으며, 부인이 다른 남자를 만나 그 젊은이를 차버리자 그 젊은이는 인도로 가 거기서 죽었다. 부인은 울면서 이 이야기를 했다. 부인이 말했다. 「하지만 정말로 그 영혼이 그이일까요?」 나는 부인에게 그 남자가 죽은 시간을 알아야만 한다고 말했다. 내가 말했다. 「그 사람이 죽은 시간이 영국 시간으로 새벽 3시라는 데 제 목숨이라도 걸겠어요.」 나는 부인에게, 영혼은 다른 세계로 가는 완벽한 자유를 누리기도 하지만 그럼에도 죽은 시간에 갇힌 죄인이기도 하다고 말했다.

그리고 나는 부인의 가슴에 남은 자국에 손을 댔다. 내가 말했다. 「그 남자가 당신을 부를 때 쓴 이름이 있군요. 그게 뭐였죠?」 부인은 그 남자가 자신을 돌리라고 불렀다고 했다. 내가 말했다. 「그래요, 이제 그 남자가 보여요. 점잖게 생겼으며 울고 있네요. 제게 자기 손을 보여 줘요. 당신 심장이 들렸네요. 심장에는 아주 평범한 글씨체로 〈돌리〉라고 적혔어요. 하지만 글자는 타르처럼 새카매요. 그 남자는 당신을 갈망하며 아주 어두운 장소에 갇혀 있어요. 그 남자는 그곳을 떠나고 싶어 하지만 당신 심장이 납덩어리처럼 그 남자를 짓누르기에 그러지 못해요.」 부인이 말했다. 「어째야 하나요, 도스 양, 제가 어째야 하나요?」 내가 말했다. 「음, 당신은 당신의 심장을 그 남자에게 주었어요. 그 남자는 당신의 심장을 간직하고 싶어 하니 당신은 울면 안돼요. 하지만 이제 떠나라고 설득을 하셔야 해요. 우리가 그렇게 하기 전까지는 당신 남편이 당신에게 키스를 할 때마다 이 젊은이는 두 분 입술 사이에 끼어 들 거예요. 당신 남편에게서 당신 키스를 훔치려 할 거예요.」 나는 그 영혼을 짓누르는 것을 조금이라도 가볍게 하도록 애쓰겠노라고 말했다. 부인에게는 매주 수요일에 다시 오라고 했다. 부인이 말했다. 「수고비로 얼마나 드리면 될까요?」 나는 부인에게, 부인은 애당초 나를 찾아온 게 아니라 빈시 씨를 찾아왔으니 혹시라도 주화를 좀 놓고 가고 싶다면 내가 아닌 빈시 씨에게 주어야 한다고 했다. 내가 말했다. 「지금처럼 영매가 한 명 이상 관여한 경우, 우리 영매는 아주 정직해야만 한답니다.」

하지만 부인이 떠나고 나자 빈시 씨가 오더니 부인이 남기고 간 돈을 내게 주었다. 빈시 씨가 말했다. 「와, 도스 양, 부인에게 꽤 깊은 인상을 준 모양이군요. 부인이 얼마나 줬나 보세요. 금화를 통째 주고 갔어요.」 빈시 씨는 내 손에 돈을 쥐여 주었다. 그의 손에 있던 금화는 아주 따뜻했으며, 빈시 씨는 돈을 건네주며 화끈한 금화라고 껄껄거렸다. 나는 루이스 부인은 사실 빈시 씨의 고객이니 내가 돈을 받아서는 안 된다고 했다. 빈시 씨가 말했다.「하지만 도스 양, 당신은 여기서 오롯이 혼자서만 일하잖습니까. 당신을 보면 전 신사다운 책임감이 무엇인지 다시금 생각하게 된답니다.」 빈시 씨는 금화를 잡은 내 손을 여전히 쥐고 있었다. 내가 손을 빼내려 하자 빈시 씨는 내 손을 더 꼭 잡으며 말했다.「부인이 당신에게 손자국을 보여 주던가요?」 나는 복도에서 빈시 부인의 기척이 들린다고 했다.

빈시 씨가 나간 뒤 나는 금화를 내 상자에 넣었다. 오늘 하루가 참으로 우울하게 지나갔다.

1872년 10월 4일

윌슨 양이라는 숙녀를 위해 패링던에 있는 집으로. 58년, 열병에 걸린 남동생이 숨이 막혀 영혼이 됨. 3/-

이곳에서, 패트리지 부인, 다섯 아기가 영혼으로. 이름은 에이미, 엘시, 패트릭, 존, 제임스. 모두 하루도 채 살지 못했다. 부인은 검은 레이스 베일을 쓰고 왔다. 나는 베일을 걷으라고 했다. 내가 말했다.「당신 목 가까이에 당신 아기들 얼굴이 보여요. 당신은 아기들의 빛나는 얼굴을 목걸이처럼 하고 있으면서 그걸 알지 못하는군요.」 하지만 그 목걸이에는 보석 두 개가 더 들어갈 자리가 비어 있었다. 그걸 보고 베일을 다시 내리게 하며 말했다.「당신은 참으로 용감하군요.」

나는 패트리지 부인을 만나며 슬퍼졌다. 부인이 돌아가고는

아래층에서 순서를 기다리는 이들에게 피곤해서 더는 사람들을
만날 수 없다고 전하곤 내 방에 있었다. 지금은 10시다. 빈시 부
인은 잠이 들었다. 내 바로 아래층 방을 쓰는 커틀러 씨는 역기
를 들며 운동을 하고, 시브리 양은 노래를 부른다. 빈시 씨가 다
시 왔다. 빈시 씨가 계단참을 밟는 소리가 들리더니, 내 방 문밖
에서 그의 숨소리가 들렸다. 빈시 씨는 내 방 문 앞에서 그렇게
5분 동안 숨을 쉬며 있었다. 내가 〈빈시 씨, 뭘 원하시는 건가
요?〉라고 외치자 그는 계단에 깔린 양탄자가 들려 혹시라도 내
가 발이 걸려 넘어지지는 않을까 걱정이 되어 양탄자를 살피러
왔다고 했다. 그는 집주인이면 설사 밤 10시라 할지라도 당연히
그런 일을 해야 한다고 주장했다.

빈시 씨가 돌아간 뒤 열쇠 구멍에 스타킹을 쑤셔넣었다.

그리고 앉아서 내일이면 죽은 지 4개월이 되는 이모를 떠올
렸다.

1874년 10월 2일

사흘 동안 비가 왔다. 차갑고 구질구질한 비 때문에 강 표면이 악어가죽처럼 거칠고 시커멓게 바뀌었으며, 너벅선들은 쉴 새 없이 이리저리 흔들려 더는 지켜보고 있기가 힘들다. 나는 아빠의 낡은 실크 보닛을 쓰고 무릎 덮개를 하고 앉아 있다. 집 어디선가 어머니가 엘리스를 나무라는 목소리가 들리고, 그 목소리는 점점 높아 간다. 엘리스가 컵을 떨어뜨렸거나 물을 엎지른 모양이다. 이윽고 문을 두드리는 소리와 앵무새의 휘파람 소리가 들린다.

앵무새는 동생 프리실라의 것인데, 바클레이 씨가 동생을 위해 구해다 주었다. 앵무새는 응접실의 대나무 횃대에 앉는다. 바클레이 씨는 앵무새에게 프리실라의 이름을 말하게끔 훈련시키고 있다. 하지만 지금까지는 휘파람을 부는 게 할 줄 아는 전부다.

일진이 안 좋은 날이다. 빗물이 부엌 바닥으로 흘러 넘쳤고, 다락에서는 물이 샌다. 최악은 하녀인 보이드가 일주일 뒤에 그만두겠다고 한 것이다. 어머니는 프리실라의 결혼이 코앞인데 다른 하녀를 들여야 한다는 사실에 분노하고 있다. 흥미로운 일이다. 우리 모두는 보이드가 우리 집에서 잘 지낸다고 생각했다. 보이드는 우리와 3년을 함께 보냈다. 하지만 어제 어머니를 만나더니 다른 곳에 자리가 생겼다며 일주일 뒤에 떠나겠노라고 했다. 보이드는 말하는 동안 어머니 시선을 피했다. 뭔가 핑계를 댔지만 어머니는 그게 진실이 아님을 꿰뚫어 보았다. 어머니가 계속 다그쳐 묻자 보이드는 훌쩍이기 시작했고, 마침내 진실을 털어놓았다. 집에 혼자 있으면 무섭다는 것이다. 보이드 말에 따르면, 아빠가 돌아가신 뒤 집이 〈이상하게〉 변했으며, 아빠의 빈 서재를 청소하러 들어갈 때면 무서워진다는 것이다. 또한 삐걱거리는 소리와 정체를 알 수 없는 소리 때문에 밤이 되어도 잠을 잘 수가 없단다. 한번은 자기 이름을 속삭여 부르는 소리를 듣기까지 했단다! 보이드는 잠에서 여러 번 깼으며, 무서워 죽을 것만 같았고, 너무나 무서워 자기 방을 나와 엘리스 방으로 도망치기까지 했단다. 그래서 우리를 떠나가는 게 아쉽기는 하지만 더는 참을 수가 없으며, 마이다 베일에 있는 집에 새로운 자리를 찾았다고 했다.

어머니는 살면서 이렇게 터무니없는 이야기는 처음 듣는다고 했다.

「유령이라니!」 어머니가 우리에게 말했다. 「우리 집에 유령이 있다고 생각하다니! 네 불쌍한 아버지의 기억이 보이드 같은 것에 의해 그렇게 더러워지다니!」

프리실라는 설사 아빠의 유령이 어딘가를 거닌다 해도 그게 하녀가 묵는 다락방이라니, 이상하다고 말했다. 프리실라가 말했다. 「마거릿 언닌 아주 늦게 자잖아. 무슨 소리 못 들었어?」

나는 보이드가 코 고는 소리를 들었다고 말했다. 하지만 자느라 코를 고는 줄로만 알았지 유령이 무서워 코를 고는 줄은 몰랐다고 했다.

그러자 어머니는 내가 보이드의 주장이 말도 안 되는 걸 알아서 기쁘다고 했다. 어머니가 이제부터 해야 할 일은 새로운 하녀를 구해 훈련시키는 것인데, 전혀 재밌지 않다고 했다.

이윽고 어머니는 보이드를 불러와 조금 더 다그쳤다.

비 때문에 우리 모두는 집 안에 옹기종기 모여 있었고, 유령 이야기는 계속해 질질 늘어졌다. 오후가 되자, 나는 더는 참지 못하고 궂은 날씨에도 아랑곳없이 마차를 타고 블룸스버리에 있는 대영 박물관 열람실에 갔다. 런던의 감옥에 대해 쓴 메이휴[14]의 책과 엘리자베스 프라이[15]가 뉴게이트 감옥을 방문한 내용을 쓴 저서, 그리고 실리토 씨가 추천한 책을 한두 권 대출했다. 내가 신청한 책들을 함께 들어 주던 남자는 묻기를, 왜 얌전하디 얌전한 독자들은 늘 이렇게 야만적인 책들을 빌리느냐고 했다. 그 남자는 책등을 세워 제목들을 읽으며 비웃었다.

그 모습을 보며 나는 아빠가 이곳에 없다는 사실에 살짝 마음이 아팠다. 열람실은 거의 변하지 않았다. 2년 전에 이곳에서 본 독자들은 여전히 똑같은 2절판 신문을 쥐고 있거나, 여전히 눈을 가늘게 뜨고 똑같은 지루한 책들을 보거나, 변함없이 불친절한 직원들과 작지만 치열한 전투를 벌였다. 수염을 빠는 남자도 있고, 킬킬거리는 남자도 있었으며, 주위에서 중얼거리는 소리가 나면 인상을 쓰며 한자를 베껴 쓰는 여자도 있었고……. 이들

14 영국의 언론인이자 사회학자. 『펀치』를 창간했고, 저서 『런던의 노동자 계급과 빈민』을 통해, 런던 풍경을 재현한 디킨스와 다른 작가들에게 영향을 미쳤다.
15 영국의 퀘이커교 박애주의자. 교도소 개선을 주장한 대표적 인물이며, 영국 병원 제도와 정신병자 처우를 개선하는 데 도움을 주었다.

은 마치 호박 문진 속 파리처럼 돔 아래 자신들이 있던 장소에 여전히 있었다.

누군가 날 기억하는 사람이 있을지 궁금했다. 사서 단 한 명만이 나를 아는 티를 냈다. 「이분은 조지 프라이어 씨의 따님이야.」 내가 자기 창구에 서 있는 동안 그 사서는 자신보다 젊은 직원에게 말했다. 「프라이어 부녀는 몇 년 동안 이곳의 독자셨어. 그분이 자기가 늘 보던 책을 신청하던 모습이 눈에 선하군. 프라이어 씨는 르네상스 시대에 대한 연구를 하셨고, 프라이어 양은 그런 아버지를 도왔지.」 그는 자기도 그 연구 내용을 본 적이 있다고 했다.

나를 알지 못하는 다른 직원들은 나를 〈프라이어 양〉이라고 부르는 대신 〈프라이어 마님〉이라고 부른다. 2년이라는 세월이 흐르며 이제 나는 처녀에서 노처녀가 되었다.

오늘 도서관에는 노처녀들이 많았다. 내가 기억하는 것보다 분명히 더 많았다고 생각한다. 하지만 노처녀는 유령과 같아서 함께 있어도 알아차리지 못한다. 그리고 자신도 노처녀가 되어야만 주위에 노처녀들이 있는 걸 알아차릴 수가 있다.

도서관에 오래 머무르지는 않았지만, 있는 내내 뒤숭숭했다. 비 때문에 해가 나지 않아 주위가 침침했다. 하지만 집으로, 어머니에게, 보이드에게 가고 싶지 않았다. 날씨 때문에 헬렌이 혹시 혼자 있지 않을까 하는 생각에 마차를 타고 가든 코트로 갔다. 내 생각이 맞았다. 어제부터 헬렌을 찾아온 사람은 아무도 없었으며, 헬렌은 난로 앞에 앉아서 토스트를 구우며 빵 껍질을 조지에게 먹이고 있었다. 내가 들어섰을 때 헬렌이 조지에게 말했다. 「마거릿 고모가 왔어, 보럼!」 그리고 헬렌은 조지를 들어 내게 안겨 주었으며, 조지는 내 배에 두 다리를 버팅기며 마구 차댔다. 내가 말했다. 「너 발목이 정말 토실토실해졌구나. 뺨도 진홍색으로 아주 빨갛고.」 하지만 헬렌은 조지 뺨이 진홍색으로 빨간 건 이가 새로 나며 아프기 때문이라고 말했다. 내 무릎에 잠시 앉았던 조지는 울기 시작했고, 조지를 유모에게 넘기자 유모는 조지를 데리고 다른 방으로 갔다.

나는 헬렌에게 보이드와 유령 이야기를 했다. 그러고는 프리실라와 아서에 대해 이야기를 나누었다. 헬렌은 아서와 프리실라가 이탈리아로 신혼여행을 갈 걸 미리 알았을까? 헬렌은 나보다 훨씬 전에 그 사실을 알았을 것이다. 하지만 그 사실을 시인하려 들지 않으리라. 헬렌은 다만, 누구든 원하면 이탈리아로 갈 수 있다고만 말했다. 헬렌이 말했다. 「네가 한때 이탈리아로 가고 싶어 했지만 못 갔다고 해서 다른 사람들보고 알프스산맥에서 멈추고 더는 가지 말라고 할 수는 없잖아? 이 일로 프리실라를 괴롭히지 마. 네 아버지는 프리실라의 아버지이기도 해. 아버지가 돌아가셔서 결혼식을 미룬 게 쉬운 일은 아니잖아?」

나는 아빠가 병에 걸렸다는 것이 처음 밝혀졌을 때 프리실라가 얼마나 울었는지 생생히 기억한다고 말했다. 프리실라가 그렇게 울어 댄 이유는 새 드레스를 열두 벌이나 맞췄는데 모두 다 돌려보내고 검은 드레스를 입어야 했기 때문이다. 나는 〈내가 울 때는 어땠어?〉라고 물었다.

헬렌은 나를 보지 않으며 대답하길, 내가 울 때는 달랐다고 했다. 헬렌이 말했다. 「프리실라는 열아홉 살이었고, 아주 정상이었어. 프리실라는 지난 2년 동안 무척 힘든 시기였어. 바클레이 씨가 그렇게 인내심이 많은 걸 다행으로 여겨야 해.」

나는 다소 부루퉁한 목소리로, 헬렌과 스티븐이 더 운이 좋았다고 했다. 그러자 헬렌은 솔직하게 대답했다. 「맞아, 마거릿. 우리는 결혼을 할 수 있었고, 네 아버지가 우리 결혼식을 보실 수 있었으니까 말이야. 프리실라는 그렇지 않겠지만, 아버지가 아프셔서 결혼을 서둘러야 할 필요가 없으니 결혼식은 더 성대할 거야. 그러니 프리실라가 결혼식을 즐기게 놔두자고. 알았지?」

나는 일어나 벽난로로 갔고, 불 앞에 손을 내밀었다. 마침내 나는 헬렌이 오늘 무척이나 엄격하다고 말했다. 아기를 어르고 어머니 역할을 하는 과정에서 그렇게 되었다고 말했다. 「사실, 프라이어 부인, 넌 우리 어머니처럼 말해. 아니면 그렇게 하려고 하거나. 내가 너무 민감한 게 아니라면 말이야…….」

내 말을 들은 헬렌은 얼굴을 붉히더니 나보고 조용히 하라고 했다. 하지만 헬렌은 말을 하면서 소리 내어 웃었고, 손으로 입을 가렸다. 나는 벽난로 장식 위에 걸린 거울을 통해 헬렌을 보았다. 그리고 결혼한 뒤로 헬렌이 그렇게 얼굴 붉히는 걸 처음 보았노라고 말했다. 헬렌은 우리가 그렇게 즐겁게 웃고 얼굴을 붉혔던 걸 기억할까? 「아빠는 네 얼굴이 카드의 빨간색 하트 같다고 하셨어. 내 얼굴은 다이아몬드 같다고 하셨고. 아빠가 그 말을 하신 기억이 나, 헬렌?」

헬렌은 싱긋 웃었으나 고개를 옆으로 살짝 기울였다. 「조지가 우나 봐.」 헬렌이 말했다. 하지만 내 귀에는 아무 소리도 들리지 않았다. 「이가 나면서 아픈 모양이네!」 그리고 헬렌은 종을 울려 하녀인 번스를 불렀고, 아기를 데려오게 했다. 그리고 나는 얼마 있지 않아 그곳을 떠났다.

1874년 10월 6일

오늘 밤은 아무것도 쓰고 싶지 않다. 나는 두통이 있다는 핑계를 대고 자리를 떴고, 아마도 곧 어머니가 약을 가지고 내 방에 오시리라. 오늘 하루 밀뱅크에서 보낸 시간은 끔찍했다.

밀뱅크 사람들은 이제 나를 알아보며, 내가 입구에 도착하자 무척이나 좋아했다. 「아니, 다시 오신 겁니까, 프라이어 양?」 내가 오는 걸 본 수위가 말했다. 「이곳을 충분히 보셨기에 다시는 안 오실 줄 알았습니다. 이곳에서 일할 필요가 없는 사람들에게 교정 시설이 이처럼 인기가 있다니, 놀랍네요.」

나는 수위가 감옥을 고풍스러운 단어로 부르길 좋아한다는 사실을 깨닫는다. 그리고 그는 남교도관을 〈열쇠돌림〉이라고 부르고, 여교도관은 〈업무녀〉라고 부른다. 저번에 왔을 때, 수위는 자신이 밀뱅크에서 35년간 있었으며, 자신이 지키는 문을 죄수들 몇천 명이 통과했고, 밀뱅크의 가장 끔찍하고 절망적인 이야기들을 모두 안다고 했다. 오늘도 날씨가 무척이나 습했다. 그는 수위실 창문 옆에 서서, 비 때문에 밀뱅크 땅이 진흙이 된다며 투덜거렸다. 그는 물기를 머금은 흙 때문에 남자 죄수들이 작업에 무척이나 어려움을 겪는다고 했다. 「이건 악마처럼 못돼 처먹은 흙입니다, 프라이어 양.」 수위가 말했다. 수위는 나도 창가에 와 서게 하더니 도랑을 가리키며 교도소가 들어선 초창기에는 물기가 전혀 없던 참호였으며 해자처럼 도개교를 놓고 건너야 했다고 말했다. 「하지만 흙이 못 견디더군요. 급히 죄수들을 동원해 물을 템스강 쪽으로 뺐지만 이튿날 아침이 되면 다시 시커먼 물이 찼지요. 그래서 결국은 흙으로 메워야 했답니다.」

나는 벽난로 앞에서 몸을 덥히며 수위와 잠시 더 있었다. 그리고 여자 감옥으로 갔다. 평소와 마찬가지로 리들리 양이 안내를 맡아 나를 데리고 몇 곳을 갔다. 오늘은 부속 진료소였다.

부엌과 마찬가지로 진료소 역시 여자들 건물 본체에서 떨어진, 감옥 중앙의 육각형 건물에 있었다. 자극적 냄새가 났지만 따뜻하고 컸으며, 노동이나 기도와 관련되지 않은 유일한 곳이었기에, 죄수들에게는 즐거운 곳이라 할 수도 있었다. 하지만 이곳에서조차 죄수들은 조용히 있어야만 했다. 진료소에는 죄수들이 누워 있는 동안 서로 이야기를 하지 못하도록 감시하는 역할을 맡은 여교도관이 서 있었다. 또한 가죽끈 달린 침대가 있는 격리실들이 있었는데, 다루기 어려운 환자들을 수용하기 위해서였다. 벽에는 부서진 족쇄를 한 예수의 그림이 걸렸고, 그 아래에는 〈그리스도의 사랑이 우리를 강권하시는도다〉[16]라는 글이 적혀 있었다.

침상은 50개 정도가 있는 듯하다. 그리고 우리가 갔을 때는 열두세 명 정도가 누워 있었고, 모두가 아주 아픈 듯했다. 너무 아파서 우리를 보고도 고개를 들지도 못할 정도였으며, 우리가 지나가도 모르는 채 잠을 자거나, 몸을 덜덜 떨거나 아니면 고개를 돌리고 회색 베개에 머리를 파묻었다. 리들리 양은 매서운 눈으로 이들을 노려보았다. 그리고 어떤 침대 앞에서 걸음을 멈추었다. 리들리 양은 다리를 드러내 놓고 누운 여자를 가리키며 내게 말했다. 「이 죄수를 보세요.」 환자의 발목은 검푸른 색이었고, 붕대가 감겼으며, 너무나 부어올라 위쪽의 허벅지와 거의 같은 두께였다. 「저는 이런 부류의 환자를 경멸한답니다. 휠러, 어쩌다가 네 다리를 그렇게 심하게 다쳤는지 프라이어 양에게 말

16 『고린도후서』 5장 14절.

씀드려.」

죄수는 고개를 파묻었다. 여자가 말했다.「그럼 실례를 무릅쓰고 말씀드리겠습니다. 식사용 나이프에 베었습니다, 아가씨.」나이프의 무딘 칼날, 그리고 그걸로 죄수들이 양고기를 톱질하듯 자르는 모습이 떠오른 나는 리들리 양을 바라보았다. 리들리 양이 말했다.「어쩌다 네 피가 그렇게 오염되었는지를 프라이어양에게 말씀드려.」

휠러는 약간 멋쩍은 목소리로 말했다.「그게, 상처에 녹이 들어가서 악화가 되었어요.」

리들리 양은 코웃음을 쳤다. 리들리 양은 밀뱅크에서 여자들이 상처를 악화시키려고 거기에 어떤 것들을 넣는지 알면 놀랄거라고 했다.「의사는 휠러의 부어오른 발목에서 쇠 단추 조각을 찾아냈답니다. 사실, 발목이 너무나 부어올라 그 단추를 꺼내려고 의사가 칼로 발목을 째야 할 정도였죠! 우리가 자기 발목이나 돌보려고 의사를 고용한 줄 아는 건지 원!」리들리 양은 고개를 설레설레 저었고, 나는 부어오른 발목을 다시 한번 보았다. 붕대 아래 발은 아주 새카맸으며, 뒤꿈치는 하얬고 치즈 껍질처럼 갈라져 있었다.

잠시 뒤, 진료소를 관리하는 여교도관과 이야기를 나눌 때, 그녀는 죄수들이 이곳에 들어오려고 〈온갖 술수〉를 쓴다고 했다. 여교도관이 말했다.「열이 있는 척하기도 합니다. 구할 수만 있다면 유리 조각을 삼키기도 합니다. 출혈을 일으키려고요. 죽기전에 발견되리라고 확신하면 목을 매기도 하지요.」두세 명이그런 시도를 했으며, 아무도 오지 않은 탓에 결국 숨이 막혀 죽고 말았단다. 굉장히 힘든 일이었다고 했다. 죄수들이 그런 짓을 하는 이유는 지루함 때문이거나 또는 친구가 이곳에 있는 것을 알았을 경우에는 친구를 만나기 위해서라고 했다. 또는 〈단순히 소동을 일으키기〉 위해서인 경우도 있단다.

물론 나는 나 역시 비슷한 〈술수〉를 쓴 적이 있다는 말을 그녀에게 하지는 않았다. 하지만 리들리 양의 이야기를 들으며 내 안색이 변했으며, 그녀는 그것을 오해했다. 리들리 양이 말했다. 「아, 여기 죄수들은 저나 아가씨와는 다르답니다. 이곳에 있는 여자들은 자기 목숨을 아주 가벼이 여기며…….」

우리 근처에는 젊은 여교도관이 방을 소독할 준비를 하며 서 있었다. 이곳에서는 염화석회 판에 식초를 뿌려 소독을 한다. 나는 그녀가 소독하는 모습을 지켜보았다. 여교도관이 병을 기울이자 공기는 순식간에 매캐해졌다. 이윽고 그녀는 염화석회 판을 들고 줄지어 있는 침대들을 따라 걸었다. 그 모습이 마치 교회에서 향로를 들고 걷는 목사 같았다. 마침내 소독약 냄새가 너무나 독해져서 눈이 따가웠고, 나는 고개를 돌렸다. 그러자 리들리 양이 나를 데리고 그곳에서 나와 수용 구역으로 갔다.

수용 구역은 내가 알던 평소와 달리 중얼거림과 움직임으로 부산했다. 「무슨 일이 있나요?」 소독제 때문에 여전히 따끔거리는 눈에서 눈물을 훔치며 내가 말했다. 리들리 양이 이유를 설명해 줬다. 오늘은 화요일이고 ─ 지난번에 내가 방문한 날은 화요일이 아니었다 ─ 매주 화요일과 금요일에 죄수들은 자기 감방에서 교육을 받는단다. 나는 젤프 부인의 수용 구역에서 선생님 한 명을 만났다. 젤프 부인이 나를 소개하자 그녀는 나와 악수를 하며 내 이야기를 들었다고 했다. 아마 죄수 가운데 누군가에게서 들은 모양이었다. 알고 보니, 그녀는 아빠의 책을 알았다. 내 기억이 맞는다면, 그 여자의 이름은 브래들리 부인이다. 브래들리 부인은 이곳 여죄수들을 가르치도록 고용되었으며 젊은 여자 세 명이 조수로 있었다. 브래들리 부인을 돕는 사람들은 늘 젊은 여자들이고 해마다 새로 뽑아야 한다. 일을 시작하자마자 남편감을 찾아 결혼하고 그만두기 때문이다. 내게 말하는 투에서 짐작컨대, 브래들리 부인은 나를 실제보다 더 나이 든 사람으로 여긴다.

우리가 브래들리 부인을 만났을 때, 그녀는 책과 필기 판과 종이가 담긴 작은 수레를 밀고 있었다. 그녀는 밀뱅크에 오는 여죄수들은 대개 아주 무식하며 〈심지어 성경조차〉 모른다고 했다. 많은 죄수들이 읽을 수는 있지만 쓰지는 못하거나 아예 둘 다 못하는 경우도 흔하며, 자신이 볼 때는 그 정도가 남자 죄수들보다 더 심각하단다. 부인은 수레에 담긴 책들을 가리키며 말했다. 「이걸 통해 더 나은 사람이 될 거예요.」나는 몸을 숙이고 수레에 담긴 책들을 살펴보았다. 책은 모두 아주 낡고 헐어서 다소 축 늘어져 있었다. 이곳에 갇혀 있는 동안 심심해서 또는 좌절 속에서 책들을 비비고 비틀었을 여죄수들을, 그리고 일로 거칠어진 그들의 손가락을 상상해 보았다. 수레에는 설리번의 『철자 책』, 『영국 역사 교리 문답서』, 블레어의 『일반 상식 백과』와 같이, 예전에 우리 집에 있던 책들도 있던 걸로 기억한다. 확신컨대, 어렸을 때 펄버 양은 내게 블레어 책을 암기하게 했다. 방학 때 집에 온 스티븐은 책들을 집어 들고 껄껄거리며, 이런 책에서는 아무것도 배울 게 없다고 말하곤 했다.

내가 눈을 가늘게 뜨고 이제는 흐릿해진 제목을 살피는 것을 눈치챈 브래들리 부인이 말했다. 「물론 아주 새 책은 아니랍니다. 이곳 죄수들은 너무나 부주의해요! 책을 찢어서 온갖 용도로 쓴답니다.」이곳 죄수들은 머리를 짧게 잘랐기 때문에 책에서 찢어 낸 종이를 말아 머리털에 굴곡을 주고 그 위에 모자를 쓴단다.

리들리 부인이 브래들리 부인을 근처 감방에 데려가는 동안, 나는 『상식 백과』를 집어 바스러지는 책장을 펼쳐 본다. 독특한 형식으로 전개된 질문들은 좀 별나 보인다. 하지만 내게는 호기심을 자극하는 시처럼 보인다. 〈지면을 단단하게 만들려면 어떤 종류의 알갱이 조직을 써야 하는가?〉 〈은을 녹이려면 어떤 산을 써야 하는가?〉 복도 저편에서 맥없는 웅얼거림과 함께 단단한 신발창이 모래를 밟는 소리가 들리더니 리들리 양이 외쳤다. 「거기 가만히 서서 이 부인이 시키는 대로 똑바로 읽고 대답해!」

〈설탕, 기름, 인디언 고무는 어디에서 나는가?〉

〈부조란 무엇이며 그림자는 어떻게 해서 생기는가?〉

마침내 나는 책을 수레에 놓고 복도를 따라 걸었고, 가끔씩 걸음을 멈추고 공부하는 교재를 보며 인상을 쓰거나 뭐라고 중얼거리는 여자들을 살펴보았다. 상냥한 엘런 파워를 지났다. 그리고 가톨릭 신도이며, 자기 아이를 숨 막혀 죽게 한, 슬픈 얼굴의 메리 앤 쿡을 지났다. 그리고 석방 날짜를 알려 달라며 여교도관들을 성가시게 하는, 불만 가득한 사이크스를 지났다. 그리고 수용 구역 모퉁이의 아치 문에 이르렀을 때, 내가 알아들을 수 있는 중얼거림이 들렸고, 그래서 그쪽으로 조금 더 걸어갔다. 셀리나 도스였다. 도스는 어떤 숙녀 앞에서 성경 구절을 암송했고, 그 숙녀는 셀리나 도스의 암송을 들으며 싱긋 웃었다.

셀리나 도스가 외운 구절이 지금은 생각나지 않는다. 나는 도스의 억양에 놀랐다. 그녀의 목소리는 수용 구역에서 너무나도 묘하게 들렸으며, 감방 중앙에 일으켜 세워진 채 두 손을 앞치마에 단정히 모으고 고개를 푹 숙인 자세는 무척이나 온순해 보였다. 나는 도스를 생각할 때면 늘 마르고 엄격하며 우울한 크리벨리의 초상화를 떠올렸다. 때로는 그녀가 말한 영혼들이며 영혼들이 준 선물들, 그 꽃을 떠올리곤 했다. 도스의 불안정한 시선을 기억했다. 하지만 오늘, 감옥에서 받은 보닛의 리본 아래로 움직이는 도스의 섬세한 목, 깨물린 입술의 움직임, 아래로 간 시선, 그녀를 지켜보는 영리한 숙녀 선생님의 눈길, 이 모든 것 속에서 그녀는 단지 젊고 나약하고 슬프고, 제대로 영양 공급을 받지 못한 여자로 보였으며, 그런 모습이 참으로 안타까웠다. 도스는 내가 서서 자신을 지켜본다는 사실을 알지 못했다. 이윽고 내가 다시 한 걸음을 내딛자 내 존재를 알아차린 도스는 고개를 들었고, 입에서 흘러나오던 중얼거림이 사라졌다. 도스의 뺨은 빨갛게 불타올랐고, 나 역시 얼굴이 화끈거렸다. 도스가 내게 한 말이, 온 세상이 자신을 주시하고 있으며 그것이 자기가 받는 형벌의 일부라고 한 말이 생각났다.

나는 그곳을 벗어나려 했지만, 교사 역시 내 존재를 눈치챘으며 일어나 고개 숙여 내게 인사를 했다. 그녀는 이 죄수와 이야기를 하고 싶냐며, 도스는 수업 내용을 숙지했기 때문에 곧 끝날 거라고 했다.

이윽고 교사가 말했다. 「계속 하세요. 아주 잘하고 있어요.」

다른 여자가 계속 암송을 했다면 그곳에 서서 잠시 더 듣다가 잘했다고 칭찬하고 조용히 그 자리를 떠났으리라. 하지만 도스가 그렇게 하는 모습을 지켜보고 싶지 않았다. 내가 말했다. 「바

쁘신 거 같으니 다음에 들르도록 하겠어요.」 그리고 교사에게
고개 숙여 인사를 한 뒤 젤프 부인을 따라 수용 구역 복도를 더
걸었다. 그리고 다른 여자들을 방문하며 한 시간을 보냈다.

하지만 아! 그 시간은 비참했으며, 내가 만난 여자들은 모두
지루해 보였다. 처음 만난 한 여자는 일감을 밀어 놓고 일어서더
니 무릎을 굽혀 절을 했고, 젤프 부인이 감방 문을 닫는 동안 고
개 숙여 인사하며 비굴하게 굴었다. 하지만 우리 둘만 남자마자
나를 자기 옆으로 끌어당기더니 냄새나는 입으로 속삭였다. 「더
가까이, 더 가까이! 내가 하는 말을 놈들이 들으면 안 된단 말이
야! 놈들이 내 말을 들으면 날 깨물 거라고! 오, 내가 비명을 지
를 때까지 물어 댈 거란 말이야!」

그 여자가 의미하는 것은 쥐였다. 그녀 말에 따르면, 밤이 되
면 자기 감방에 쥐가 나온단다. 자려고 누우면 쥐들이 차가운 발
로 자기 얼굴을 만지고 깨무는 바람에 잠을 잘 수가 없단다. 그
리고 옷을 걷더니 팔에 난 자국을 보여 줬다. 확신컨대, 그건 그
여자 자신의 치아 자국이었다. 나는 쥐가 어떻게 독방에 들어왔
는지 물었다. 그녀는 여교도관들이 넣었다고 했다. 그녀가 말했
다. 「여교도관들이 〈눈〉을 통해 넣는 거야.」 〈눈〉이란 문 옆에 난
〈검열 판〉을 말하는 거였다. 「난 여교도관들이 꼬리를 잡고 넣
는 걸 봤어. 하얀 손으로 쥐를 넣는 걸 봤다고. 여교도관들은 쥐
를 한 마리씩 돌바닥에 내려놔. 한 마리씩 말이야……」

그녀는 내가 핵스비 양에게 쥐를 없애 달라고 말해 줄 수 있
는지 물었다.

나는 그러마고 말했다. 단지 그녀를 진정시키기 위해서였다.
그러고는 그녀를 떠났다. 하지만 다음에 만난 여자는 거의 미쳤

으며, 세 번째로 만난 여자도 마찬가지였다. 세 번째 여자는 자비스라는 창녀였는데, 처음에는 그녀에게 지적 장애가 있는 줄 알았다. 왜냐하면 그 죄수는 말하는 내내 일어서서 안절부절못했으며, 나와 시선을 맞추지 않으면서도 탁한 눈으로 내 옷과 머리 차림을 힐금거렸기 때문이다. 하지만 마침내 더는 참을 수 없다는 듯이 웃음을 터뜨리며 어떻게 그토록 평범한 옷을 입고 다닐 수 있냐고 물었다. 내 드레스는 여교도관들이 입는 것과 마찬가지로 평범하단다! 자기가 다시 자유인이 되었는데 내가 입은 것 같은 프록을 입어야 한다면 차라리 죽어 버리겠단다! 그러면서 자기는 훨씬 더 멋진 옷을 입고 다닐 거라고 했다.

그래서 그녀가 나라면 어떤 옷을 입겠는지 물었다. 자비스는 즉시 대답했다. 「저라면 샹베리 천으로 만든 드레스에 수달피 망토를 입고 백합을 꽂은 밀짚모자를 쓸 거예요.」 신발은? 「가운데에 리본이 달린 비단 실내화를 신겠어요!」

그래서 나는 그건 파티나 무도회용 복장이 아니냐며 살짝 반대의 뜻을 비쳤다. 그러면서 밀뱅크에서 그런 옷을 입을 생각은 아니지 않느냐고 물었다.

그럴 수가 없어요! 호이와 오도드 그리고 그리피스, 휠러, 뱅크스, 프리티 부인, 리들리 양이 감시를 하잖아요! 도무지 그럴 수가 없어요!

자비스가 너무나 열을 내며 말을 했고, 결국 나는 그녀가 불편해지기 시작했다. 자비스는 밤마다 독방에 누워 자기 옷에 이런저런 멋진 장식을 할 상상에 잠기는 게 분명하다. 하지만 내가 감방 문으로 다가가 여교도관을 부르자 자비스는 펄쩍 뛰어 내게 아주 가까이 다가왔다. 이제 그녀의 눈빛에서는 흐리멍덩한 기운이 완전히 사라졌으며 교활한 기운이 배어 있기까지 했다.

「우리 대화하며 참 즐거웠죠, 아가씨?」 자비스가 말했다. 내가 고개를 끄덕였다. 「그랬어요.」 그리고 나는 다시 문 쪽으로 갔다. 이제 그녀는 더욱더 가까이 다가왔다. 그리고 다음번에 어디로 가는지 재빨리 물었다. 「B 수용 구역인가요? 그렇다면, 오, 제발 그곳에 있는 제 친구 에마 화이트에게 제 소식을 전해 줄 수 있나요?」 자비스는 자기 손을 내 주머니 쪽으로, 내 공책과 펜 쪽으로 뻗었다. 그녀는 내 공책 한 쪽이면 된다고, 화이트의 감방 창살 사이로 슬쩍 밀어 넣으면 된다고 했다. 「윙크하듯 금방이에요.」 단 반 쪽이면 충분하단다! 「에마는 제 사촌이에요, 아가씨. 맹세해요. 여교도관 아무나 잡고 물어보세요.」

자비스가 처음 다가왔을 때 이미 나는 즉시 그녀와 거리를 벌렸고, 이제 그녀가 뻗은 손을 밀쳤다. 「소식이라고요?」 내가 놀라고 당황해 말했다. 「오, 하지만 그런 소식을 전하면 안 된다는 사실을 아주 잘 알잖아요! 그런 짓을 하면 핵스비 양이 어떻게 생각할까요? 그런 부탁을 한 당신을 핵스비 양은 어떻게 생각할까요?」 여자는 뒤로 살짝 물러섰지만 자기 주장을 굽히지 않았다. 「친구 제인이 늘 자기를 생각한다는 사실을 화이트가 알아도 핵스비 양에게는 아무런 해가 되지 않아요! 공책을 찢자고 말해서 미안해요. 하지만 이 말만 전해 주면 안 되나요? 꼭 좀 안 될까요? 화이트에게 친구 제인 자비스가 에마를 생각하며, 그 사실을 알아주길 원한다고 전해 주면 안 될까요?」

나는 고개를 젓고는 젤프 부인에게 꺼내 달라고 하려고 문의 철창을 두드렸다. 「그런 부탁을 하면 안 되는 걸 잘 알잖아요. 그러면 안 된다는 거 잘 알잖아요. 당신이 그런 행동을 해서 정말로 유감이랍니다.」 내가 말했다. 그러자 교활하던 자비스의 표정이 부루퉁하게 바뀌더니 몸을 돌리고 양팔로 자기 몸을 감싸 안았다. 「그럼 뒈져 버려!」 자비스는 아주 또박또박하게, 하지만 부츠를 신고 모래가 깔린 복도를 걸어오는 소리 너머로 여교도 관이 알아들을 수는 없을 만큼 적당히 힘주어 말했다.

자비스의 말에 내가 별 충격을 받지 않은 건 참으로 흥미로웠다. 나는 자비스의 말에 놀라 눈을 깜박이기는 했지만, 곧 침착하게 그녀를 응시했다. 그런 나를 본 자비스는 불쾌한 표정을 지었다. 이윽고 여교도관이 도착했다. 「다시 바느질로 돌아가.」 나를 감방에서 꺼내 주고 문을 잠그며 여교도관이 부드럽게 말했다. 자비스는 망설이다가 감방 저편에 있는 의자를 끌어당겨 앉고는 자기 일로 돌아갔다. 그리고 그런 그녀의 표정은 부루퉁하지도, 불쾌해 보이지도 않았으며, 도스와 마찬가지로 비참하고 헬쑥해 보였을 뿐이었다.

브래들리 부인의 젊은 조수들이 E 수용 구역의 감방에서 일을 하는 소리가 여전히 들렸다. 하지만 나는 그 층을 떠나 1급 수용 구역으로 내려갔고, 그곳을 관리하는 여교도관인 매닝 양과 함께 걸었다. 여죄수들이 갇힌 감방들을 보며 나는 자비스가 그토록 소식을 전하고 싶어 하던 죄수가 누구였을지 궁금해졌다. 마침내 나는 아주 조용히 말했다. 「이곳에 에마 화이트라는 죄수가 있나요?」 그리고 매닝 양이 그렇다고 대답하며 그 여자를 만나고 싶은지 물었을 때 고개를 저었고, 망설이다가 결국 젤프 부인의 수용 구역에 있는 여자가 그 죄수에게 무척이나 소식을 전하고 싶어 하더라는 말을 했다. 「제인 자비스가 사촌이라고 하던데요, 맞나요?」

제인 자비스가요? 매닝 양은 코웃음을 쳤다. 「자기 사촌이라고 하던가요? 제가 에마 화이트와 사촌이 아닌 것만큼이나, 제인 자비스도 에마 화이트와 사촌이 아니랍니다.」

매닝 양은 화이트와 자비스는 이곳에서 한 쌍의 〈친구〉로 유명하며 〈그 어떤 연인보다도 더 끈끈한 관계〉라고 했다. 또한 내가 어떤 감옥을 방문하든 서로 〈친구〉가 된 여자들을 볼 수 있을 거라면서 자신이 지금까지 일한 모든 감옥에서 그런 예를 보았다고 했다. 여죄수들이 그러는 건 외로워서란다. 매닝 양은 거친 죄수들이 어떤 여자를 보고 연모하여 심한 상사병에 걸린 걸 보았단다. 죄수들의 연모의 대상이 된 그 여자가 그들을 거절하거나 또는 자신이 좋아하는 다른 죄수와 친구가 되었기 때문이라고 했다. 매닝 양은 소리 내어 웃었다. 매닝 양이 말했다. 「이곳 죄수들이 아가씨를 친구로 삼으려 하지 않도록 조심하셔야 해요. 여교도관들을 연모하게 되어 다른 감옥으로 옮긴 죄수들도 있답니다. 그리고 그렇게 다른 감옥으로 가게 되는 죄수들이 벌이는 소동은, 정말 코미디랍니다!」

매닝 양은 다시 소리 내어 웃었고, 나를 데리고 계속 안내를 했다. 나는 매닝 양을 따라갔지만 마음은 불편했다. 여교도관들이 〈친구〉에 대해 이야기하는 것을 예전에도 들었고 나 역시 그 단어를 쓰기는 했지만, 그게 그런 특별한 의미가 있다는 사실을 그전까지는 몰랐고, 이제 그 사실을 알고 나니 마음이 어지러웠기 때문이다. 그래서 하마터면 내가 자비스의 어두운 열정을 위한 전달자 역할을 할 뻔했다는 사실을 생각하고 싶지 않았다.

매닝 양은 나를 어떤 죄수에게 안내했다. 매닝 양이 속삭였다. 「제인 자비스가 그토록 생각해 마지않는 화이트입니다.」 감방 안에는 억센 체격에 얼굴이 노란 여자가 눈을 가늘게 뜨고 자신이 기운 캔버스 천 가방의 비뚤비뚤한 바늘땀을 보고 있었다. 우리가 자신을 지켜보는 것을 알아차린 그 여자는 일어나더니 무릎 굽혀 절을 했다. 매닝 양이 말했다. 「그래, 화이트, 네 딸에게서 아직 무슨 소식이 없어?」 그리고 내게 말했다. 「화이트에게는 이모에게 맡겨 둔 딸이 있답니다. 하지만 이모가 못된 것 같습니다. 안 그래 화이트? 이모가 조카에게 자기 엄마와 같은 길을 걷게 할까 걱정입니다.」

화이트는 아무런 소식도 듣지 못했다고 말했다. 그녀가 나와 눈을 마주쳤을 때, 나는 몸을 돌렸고, 매닝 양은 화이트의 감방 문 앞에 남고 나만 다른 여교도관의 안내를 받아 남자 감옥 쪽으로 갔다. 여자 감옥을 떠나 즐거웠다. 심지어 어두컴컴한 땅을 밟고 얼굴에 빗물이 떨어지는 것조차 즐거웠다. 왜냐하면 여자 감옥에서 보고 들은 것은 아픈 여자들과 자살과 미친 여자의 쥐와 친구와 매닝 양의 웃음이었으며, 이 모든 것이 내게는 끔찍했기 때문이다. 나는 처음 방문을 마치고 감옥을 나와 깨끗한 공기 속을 걸었을 때 기분이 어땠는지를, 나 자신의 과거가 단단히 묶여 잊히는 상상을 했던 것을 떠올렸다. 이제 비에 젖어 외투가 무거웠고, 어두운 색깔 스커트의 가장자리는 진흙이 달라붙어 색이 더욱 짙어졌다.

나는 마차를 타고 집에 왔으며, 어머니가 봐주길 바라는 마음에서 마부에게 찻삯을 내면서 우물쭈물거렸다. 하지만 어머니는 보지 못했다. 어머니는 응접실에서 새로 올 하녀를 면접하고 있었다. 새로 올 하녀는 보이드의 친구로, 보이드보다 나이가 더 많으며, 유령 이야기 따위는 아무 상관없고, 보이드를 대신해 어서 우리 집에서 일하고 싶단다. 내 생각에, 보이드는 어머니에게 너무나 겁을 먹어 자기 자리를 대신해 달라고 친구에게 뇌물을 준 게 아닌가 싶다. 왜냐하면 새로 올 하녀는 지금 있는 곳에서 더 높은 급료를 받고 있기 때문이다. 하지만 그녀는 자기 방과 침대를 쓸 수 있다면 한 달에 1실링 정도 덜 받는 건 기꺼이 감수하겠단다. 지금 있는 곳에서는 〈버릇이 나쁜〉 요리사와 방을 함께 써야 한단다. 게다가 강 근처에 친구가 사는데 그 친구 근처에 있고 싶단다. 어머니가 말했다. 「글쎄 어째야 할지 확신이 안 가는구나. 네가 특혜를 누리려 든다면 다른 하녀들이 좋아하지 않을 거야. 그리고 네 친구는 자기가 이 집을 방문할 수 없다는 점을 알아야만 할 거고. 또한 난 네가 친구에게 갈 수 있도록 일하는 시간을 줄여 줄 생각도 없어.」 보이드의 친구는 자신은 그런 건 생각도 안 해보았다고 말했다. 그래서 어머니는 시험 삼아 한 달간 그녀를 하녀로 쓰기로 했다. 토요일에 올 예정이다. 그녀는 얼굴이 길고 이름은 비거스다. 나는 그 이름을 말하는 게 맘에 든다. 보이드라는 발음은 그리 맘에 들지 않았다.

「너무 평범해서 아쉬워.」 비거스가 집을 나서는 모습을 커튼 너머로 보며 프리실라가 말했다. 그 말에 나는 싱긋 웃었고, 끔찍한 일을 떠올렸다. 밀뱅크의 메리 앤 쿡이 주인집 아들에게 신세를 망친 이야기가 떠올랐다. 그리고 집 주위의 바클레이 씨를, 그리고 윌리스 씨를, 그리고 가끔씩 찾아오는 스티븐의 친구들을 떠올렸다. 그리고 비거스가 예쁘지 않아서 다행이라는 생각이 들었다.

그리고 아마 어머니도 나와 비슷한 생각을 한 모양이다. 프리실라의 말에 고개를 저었기 때문이다. 어머니는 말했다. 「착한 애일 거야. 얼굴이 평범한 애는 늘 착하며 더 충실하지. 분별있는 아이더구나. 자기가 뭘 해야 하는지 잘 알 거야. 이제 계단에서 삐걱거리는 소리가 나네 어쩌네 하는 말도 안 되는 소리는 더 없겠구나!」

프리실라는 그 말을 듣고 우울한 표정을 지었다. 당연한 말이지만 프리실라는 매리시스에서 여러 하녀들을 거느려야 할 터다.

오늘 저녁, 월리스 부인이 어머니와 카드놀이를 하는 중에 말했다. 「요즘도 커다란 집에서는 하녀들을 부엌 시렁에 재우는 게 관행이에요. 제가 어렸을 때, 우리는 접시를 담아 두는 상자에 남자애들을 재웠어요. 집에서 베개를 가질 수 있는 건 요리사뿐이었죠.」 그러면서 부인은 바로 윗방에 하녀가 살면 이런저런 시끄러운 소리가 나서 불편할 텐데 내가 그걸 어떻게 버티는지 도무지 모르겠노라고 했다. 나는 템스강을 볼 수 있다면 그 정도쯤은 참을 수 있으며, 템스강 풍경만은 절대로 포기할 수 없다고 했다. 게다가 내 경험에 따르면 하녀들은 뭔가에 놀라 발작을 일으킬 때가 아니면 너무나 피곤해 침대에 눕자마자 잠이 든다.

「그러니까 하녀들을 피곤할 때까지 부려야 해요!」 월리스 부인이 외쳤다.

어머니는 월리스 부인에게 내가 하녀에 대해 말하는 건 맘 쓰지 말라고 했다. 「마거릿은 하녀들 부리는 거랑 소를 부리는 거랑 뭐가 다른지 구별을 못한답니다.」

그러더니 어머니는 주제를 바꿔 뭔가 재미있는 일이 없는지 물었다. 어머니는 말하길, 런던에는 가난에 찌든 침모가 3만 명은 있는데도 자신은 1파운드 미만을 받고 리넨 망토에 똑바로 바느질을 할 줄 아는 사람을 아직까지 단 한 명도 못 봤으며 기타 등등…….

　나는 스티븐이 헬렌과 함께 올 거라고 생각했다. 하지만 스티븐은 오지 않았다. 아마 비 때문에 둘 다 집에 있기로 한 모양이었다. 10시까지 기다리다가 이곳으로 올라왔고, 이제 어머니도 내게 약을 주려고 와 있다. 어머니가 왔을 때 나는 잠옷 차림으로 앉아서 무릎 깔개를 두르고 있었다. 드레스를 벗고 있었기에 내 목에 건 로켓이 밖으로 드러나 보였다. 당연히 어머니는 그것을 보고 말했다. 「아이고, 마거릿! 예쁜 보석들도 많은데 그런 건 한 번도 안 하고 아직까지 그 낡은 걸 걸고 있구나.」 내가 말했다. 「하지만 이건 아빠 거예요.」 나는 로켓 안에 금발 머리칼이 있다는 말은 하지 않았다. 어머니는 그 안에 무엇이 있는지 모른다. 어머니가 말했다. 「하지만 너무 낡고 평범하잖니!」 어머니는 내가 아빠의 유품을 간직하고 싶으면 아빠가 돌아가신 다음에 아버지의 유품으로 자신이 만든 브로치나 귀걸이는 왜 하지 않는지 물었다. 나는 아무 대답 없이 로켓을 잠옷 안으로 집어넣었다. 맨가슴에 닿은 로켓이 매우 차가웠다.

　그리고 어머니를 위해 클로랄[17]을 마셨다. 어머니는 내가 책상 옆에 핀으로 꽂아 놓은 그림들을 살펴보더니 이윽고 이 책을 보았다. 나는 책장을 덮어 놓았지만 표시를 위해 펼쳐 뒀던 장에 펜을 꽂아 놓았다. 어머니가 말했다. 「이건 뭐니? 뭘 쓰던 거니?」 어머니는 이렇게 오래도록 앉아 일기를 쓰는 건 건강에 안 좋다고 말했다. 일기를 쓰면서 우울한 생각을 하게 되며 그러면 몸과 마음이 지치게 될 거란다. 나는 생각했다. 제가 몸과 마음이 지치는 걸 원치 않으신다면, 왜 제게 약을 먹여 재우시려는

17 합성 수면 진정제로, 중독성과 금단 증상 같은 부작용이 있다.

거죠? 하지만 그 말을 입 밖으로 꺼내지는 않았다. 그냥 책을 치웠고, 어머니가 방을 나간 뒤에 다시 가져왔다.

이틀 전, 프리실라가 읽던 소설을 내려놓자 바클레이 씨가 그것을 집어 들어 책장을 넘겨 보더니 비웃었다. 바클레이 씨는 여자 작가를 무시한다. 바클레이 씨 말에 따르면, 여자들이 쓸 수 있는 건 〈마음속의 일기〉뿐이란다. 그 표현이 잊히지 않고 계속 내 머릿속을 맴돌았다. 나는 마지막 일기책을, 내 심장의 피가 그토록이나 많이 담긴 그 일기책을, 사람들 말마따나 실제 인간의 심장처럼 맥동할 수 있을 만큼 많은 피를 가져갔던 그 일기책을 떠올렸다. 이번 일기책은 지난번의 일기책과는 다르다. 이번에 쓰는 글은 나를 나 자신의 생각에 침잠시키는 대신, 클로랄처럼 내 생각이 밖으로 나오지 못하게 한다.

그리고, 오! 그리 됐으리라, 그리 됐으리라. 오늘 밀뱅크가 내게 이상한 생각이 들도록 하지만 않았다면, 그리 됐으리라. 그곳에 갈 때마다 어디를 갔는지 기록을 남겼고, 오늘도 전과 마찬가지로 내 행적을 기록했다. 하지만 그렇게 해도 위로받지 못했다. 그 작업을 하는 동안 내 정신은 낚싯바늘처럼 날카로워졌으며, 내 정신을 통과하는 생각들은 그에 꿰여 꿈틀거리는 듯하다. 지난주에 도스는 내게 말했다. 〈다음에 잠을 못 이룰 때면 저희를 떠올려 주지 않으시겠어요?〉 그리고 지금 나는 정신이 맑게 깨어 있으며 도스가 원하던 대로 한다. 밀뱅크의 어두운 감방에 갇혀 아무 말도 하지 못하고 조용히 있지만 마음의 안정을 찾지 못하고 감방 안을 서성이는 여자들을 떠올린다. 그 여자들은 자기 목을 조를 밧줄을 찾는다. 자기 살을 가를 칼을 벼린다. 창녀인 제인 자비스는 두 층 아래에 있는 화이트를 부른다. 도스는 수용 구역에서 외우게 하는 이상한 문구들을 웅얼거린다. 이제 내 마음은 그 단어에 쏠린다. 오늘, 나는 도스와 함께 밤이 새도록 그 문구들을 외우리라.

단단한 지면을 만들려면 어떤 종류의 알갱이 조직을 써야 하는가?

은을 녹이려면 어떤 산을 써야 하는가?

부조란 무엇이며 그림자는 어떻게 해서 생기는가?

1872년 10월 12일

천구의 매질(媒質)에 대해

자주 하는 질문과 그에 대한 답

— 영매의 친구

영혼이 육체를 떠나면 어디를 여행하게 되나요?

영혼은 새로운 영이라면 반드시 가야 하는 제일 낮은 천구를 여행합니다.

영혼은 그곳에서 어떻게 빠져나오나요?

영혼은 우리가 천사라 부르는 후견 영혼과 함께 그곳에서 나옵니다.

지상을 막 떠난 영혼에게 가장 낮은 천구는 어떻게 보이나요?

그곳은 영혼에게 평온함과 밝음과 색과 기쁨 등 지상에서 좋은 것에 해당하는 모든 것이 존재하는 장소로 보입니다. 그 천구는 이 모든 것으로 이루어져 있습니다.

이곳에서 새로운 영혼을 받아들이는 이는 누구인가요?

천구에 도착하면 영혼은 앞서 말한 안내자의 인도를 받아, 그 영혼이 지상에 있는 동안 알던, 그리고 그보다 먼저 이곳에 도착한 모든 친구와 가족이 있는 곳으로 인도됩니다. 그들은 활짝 웃으며 영혼을 맞이하고 빛나는 물이 담긴 웅덩이로 데려가 목욕을 시킵니다. 또한 몸을 가릴 옷을 줍니다. 거주할 장소를 제공합니다. 그 옷과 집은 아주 호화로운 재질로 되어 있습니다.

이 천구에 있는 동안 영혼의 의무는 무엇입니까?

영혼은 다음 천구로 올라가기 위한 준비 과정으로 자신의 생각을 정화해야 합니다.

이런 식으로 영혼이 통과해야 하는 천구는 몇 개나 있습니까?

일곱 개가 있으며, 가장 높은 천구는 우리가 하느님이라 부르는 〈사랑〉이 존재하는 곳입니다!

평범한 신앙심과 친절함, 평범한 지위를 누리며 살던 사람의 영혼이 이 천구를 통과할 수 있는 확률은 얼마나 됩니까?

친절하고 상냥한 사람은 지상에서 어떤 지위에 있었는지와 상관없이 쉽사리 다음 천구로 갈 수 있습니다. 비천하고 폭력적이었거나 못된 성격이었다면 — 여기서 종이가 찢겨 있는데, 찢어져서 보이지 않는 단어는 〈방해를 받는다〉인 듯하다 — 특히 저급한 사람은 위에서 설명한 가장 낮은 천구에조차 들어갈 수 없습니다. 그런 영혼은 대신 어둠의 장소로 가고, 자신의 잘못을 인정하고 뉘우칠 때까지 고생을 하게 됩니다. 이 과정을 마칠 때까지는 몇천, 몇만 년이 걸릴 수도 있습니다.

영매는 이 천구와 어떤 관계가 있습니까?
영매는 일곱 개의 천구에 들어갈 수 없습니다. 하지만 그 문 앞까지 가서 그곳의 경이로움을 힐긋 볼 기회를 얻는 경우는 있습니다. 또한 사악한 영혼이 고생하는 어둠의 장소로 초대되어 그 안을 보게 되는 경우도 있습니다.

영매의 진정한 고향은 어디입니까?
영매의 진정한 고향은 이승도 아니며 저승도 아니고 그 사이의 인접지에 있습니다 — 여기에 빈시 씨는 쪽지를 붙여 놓았다. 당신은 당신의 진정한 고향을 찾는 영매입니까? 그렇다면 이곳으로 — 그리고 빈시 씨는 이 하숙집의 주소를 적어 두었다. 빈시 씨는 해크니에 사는 신사에게서 이 책을 구했으며, 패링던 로드의 다른 신사에게 줄 작정이다. 빈시 씨는 이 책을 내게 아주 조용히 건네며 말했다. 「주의하십시오. 이런 걸 아무에게나 보여 주지는 않습니다. 예를 들어, 시브리 양에게는 절대로 보여 주지 않을 겁니다. 전 느낌이 오는 분에게만 이런 책을 드립니다.」

꽃이 시들지 않게 하는 법 — 꽃병의 물에 글리세린을 약간 탄다. 그러면 꽃잎이 지거나 갈색으로 변하는 것을 막아 준다.

물체를 빛나게 하는 법 — 발광 페인트를 산다. 나를 모르는 구역의 가게에서 사는 것이 좋다. 페인트에 테레빈유를 섞어 희석한 뒤 모슬린 천 조각을 적신다. 천이 마르길 기다렸다가 비비면 발광 가루가 떨어진다. 이것을 모아 빛이 나길 원하는 물체에 뿌린다. 테레빈유 냄새는 향수를 뿌려 가린다.

1874년 10월 15일

밀뱅크로. 도착해 보니 안쪽 문에 남교도관들 몇 명과 여교도
관 두 명이 모인 게 보였다. 여교도관은 리들리 양과 매닝 양으
로, 감옥용 드레스 위로 곰 가죽 망토를 걸쳤으며, 추위를 막으
려고 두건을 올려 썼다. 리들리 양이 나를 보더니 고개를 까닥하
며 인사를 했다. 경찰서 유치장과 다른 감옥에서 곧 죄수들이 도
착할 것이고, 리들리 양은 여자 죄수들을 데리고 가려고 매닝 양
과 함께 나와 있다고 했다. 내가 말했다. 「함께 기다려도 괜찮을
까요?」 나는 이곳에 죄수들이 새로 오면 어떤 절차를 거치는지
한 번도 본 적이 없었다. 우리는 잠시 서 있었고, 남교도관들은
손에 입김을 불며 곱은 손을 녹였다. 이윽고 수위실에서 외치는
소리가 들렸고, 말발굽 소리와 강철 바퀴 소리가 들리더니, 으스
스해 보이는, 창문 없는 마차 ― 죄수 호송용이었다 ― 가 흔들
거리며 밀뱅크의 자갈 깔린 뜰에 들어섰다. 리들리 양과 선임 남
교도관 한 명이 앞으로 나서 마부를 맞이했고, 이윽고 마차 문을
열었다. 「여자 죄수들부터 내리게 할 거예요.」 매닝 양이 내게
말했다. 「저기 나오네요.」 매닝 양은 망토를 좀 더 단단히 여미

며 앞으로 나섰다. 하지만 나는 계속 뒤에 남아 마차에서 나오는
죄수들을 살펴보았다.

여죄수는 네 명이었다. 셋은 꽤 어렸고, 한 명은 중년으로 뺨
에 멍이 들어 있었다. 각 죄수의 손목에는 수갑이 단단히 채워졌
고, 죄수들은 마차의 높은 계단을 내려오며 살짝 비틀거리더니
마차에서 내려서는 잠시 주위를 둘러보고 고개를 들어 하늘과
밀뱅크의 무시무시한 탑과 노란 벽을 살펴보며 눈을 끔벅였다.
나이 든 여자만이 두려워하지 않는 듯했다. 하지만 알고 보니 이
여자는 밀뱅크에 익숙했다. 여교도관들이 여죄수들을 대충 줄
세워 감옥으로 데려갈 때 리들리 양이 눈살을 찌푸리며 말했기
때문이다. 「또 들어왔구나, 윌리엄스.」그러자 여자의 멍든 얼굴
이 더욱 짙은 색으로 변하는 듯했다.

나는 매닝 양 뒤에서 이들을 따라갔다. 젊은 죄수들은 두려운
눈으로 계속 주위를 둘러보았고, 한 명은 옆 죄수에게 몸을 기울
이고 뭔가를 중얼거리다가 혼이 났다. 이들의 어색한 자세를 보
니 내가 이 감옥에 처음 왔을 때가 떠올랐다. 그때로부터 아직
한 달도 채 지나지 않았지만 이제 이곳이 무척이나 익숙하다는
생각이 들었다. 한때 나를 그토록 당황케 하던 단조롭고 평범한
복도! 남녀 교도관들. 그리고 감옥 건물의 출입구와 감방 문, 자
물쇠와 빗장. 그것들은 그 강도와 사용 목적에 따라 아주 미묘하
게 다른 〈쿵〉, 〈철컥〉, 〈삐걱〉 소리를 낸다. 내가 이런 생각을 하
다니, 마음 한편으로는 만족스럽고 다른 한편으로는 놀라우며,
별난 느낌이 든다. 리들리 양이 감옥 복도를 너무나 많이 걸었기
때문에 이제는 눈을 감고도 그곳을 다닐 수 있다고 한 말이 생각
났다. 그리고 여교도관은 죄수들과 마찬가지로 밀뱅크에 있으

면서 우울한 일과를 보내야 하니 정말 불쌍하다고 생각한 기억도 났다.

그래서 내가 알지 못하는 출입구를 통해 여자용 감옥으로 들어가 전에 가보지 못한 방들이 있는 곳을 통과해 가자 거의 즐거운 느낌이 들 지경이었다. 처음 들어간 방에는 죄수들을 받는 여교도관이 있었다. 그녀는 새로 온 죄수들에 대한 서류를 확인하고 세부 사항을 두툼한 원장에 적는 일을 담당했다. 그 여교도관은 매서운 눈으로 멍이 든 여자를 노려보았다. 「넌 이름을 말할 필요 없어.」 앞에 펼쳐진 쪽에 뭔가를 적으며 여교도관이 말했다. 「이 여자가 이번에는 또 무슨 끔찍한 일을 저질렀나요, 리들리 양?」

리들리 양은 가지고 있던 서류를 읽었다. 「도둑질입니다.」 리들리 양이 짧게 말했다. 「그리고 자신을 체포한 경찰에게 상해를 입혔습니다. 아주 심하게요. 4년형입니다.」 서류를 담당하던 여교도관이 고개를 설레설레 흔들었다. 「그런데 넌 바로 작년에 출감했잖아, 안 그래, 윌리엄스? 그리고 내 기억으로는 기독교를 믿는 부인 집에 꽤 큰 기대를 품고 갔잖아. 거기서 무슨 일이 일어난 거야?」

리들리 양은 도난 사고가 일어난 것은 바로 그 기독교 부인의 집에서라고 대답했다. 그리고 그 기독교 부인의 소유물로 경관을 공격했다고 했다. 모든 사실을 정확히 기록한 뒤, 여교도관은 윌리엄스에게 뒤로 물러서라는 신호를 보냈고, 이어 다른 여죄수가 앞으로 나섰다. 앞으로 나선 여자는 집시처럼 머리털이 검었다. 기록 담당 여교도관은 몇 가지를 새로 기록하며 그 죄수를 잠시 세워 두었다. 마침내 여교도관이 부드럽게 물었다. 「자, 검은 눈 수, 네 이름이 뭐지?」

그 여자의 이름은 제인 본으로, 나이는 스물두 살이었고, 낙태를 주선한 죄로 밀뱅크에 왔다.

다음 여자 — 이름이 생각나지 않는다 — 는 스물네 살이고 강도였다.

세 번째는 열일곱 살이고, 가게 지하실에 들어가 불을 질렀단다. 서류 담당 여교도관이 질문을 하자 그녀는 훌쩍이기 시작했고, 줄줄 흐르는 눈물과 콧물을 닦으려고 연신 손으로 얼굴을 훔쳐 댔다. 마침내 그 모습을 보다 못한 매닝 양이 앞으로 나와 그녀에게 냅킨을 건넸다. 「이제 그쳐. 여기가 낯설어서 우는 것뿐이잖아.」 매닝 양이 말했다. 매닝 양은 여자의 창백한 이마에 손을 대더니 곱슬거리는 머리를 단정하게 매만져 줬다. 「자, 이제 그쳐.」

리들리 양은 그 모습을 지켜보았지만 아무 말도 하지 않았다. 서류 담당 여교도관이 말했다. 「이런!」 서류 맨 처음 부분에서 실수를 발견한 탓이었고, 얼굴을 찡그리며 몸을 숙이더니 틀린 부분을 고쳐 썼다.

모든 서류 확인 절차가 끝나자 여자들은 다음 장소로 이동했다. 나더러 수용 구역으로 가야 한다고 말하는 여교도관이 없기에, 나는 이를 새로운 여죄수들과 함께 이동하며 과정이 어떻게 진행되는지 보아도 된다는 뜻으로 해석했다. 새로 들어간 방에는 벤치가 하나 놓였는데, 여자들은 거기에는 앉으라는 지시를 받았다. 그리고 의자가 하나 있었다. 그 의자는 다소 불길한 모습으로 방 한가운데 떡 버티고 놓였고, 그 옆에는 작은 탁자가 있었다. 탁자에는 빗과 가위가 있고, 그 모습을 본 여자들은 모두 몸서리를 쳤다. 「맞아, 여기서 너희 머리털을 자른다고.」 나이 든 여자가 짓궂은 눈으로 말했다. 리들리 양이 그 여자를 조용히 시켰다. 하지만 이미 엎질러진 물이었고, 어린 여자 죄수들은 더욱더 안절부절못했다.

「제발, 교도관님.」 여자들 가운데 한 명이 외쳤다. 「제발 제 머리를 자르지 마세요! 오, 제발요, 교도관님.」

리들리 양은 가위를 집어 들더니 몇 번 짤각거린 뒤 나를 바라보았다. 「아마 지금 제가 저 여자들을 일부러 괴롭힌다고 생각하시겠죠, 안 그런가요, 프라이어 양?」 리들리 양은 가윗날로 떨고 있는 여자들 가운데 한 명 ─ 방화범이었다 ─ 을 가리키더니 다시 의자를 가리켰다. 「이리 앉아.」 리들리 양이 말했고, 지목당한 여자가 망설이자 다시 말했다. 「이리 앉으라니까.」 그 목소리가 너무나 무시무시했기에 나까지도 움찔했다. 「아니면 경비원들을 불러 네 팔다리를 꼼짝 못 하게 누르라고 해주랴? 그 남자들은 최근에 교도관이 되어서 좀 거칠 텐데.」

그 말에 그 여자는 마지못해 일어나더니 벌벌 떨며 의자에 가앉았다. 리들리 양은 그 여자에게서 뜯어내다시피 보닛을 벗겼고, 손가락으로 머리를 빗기며 곱슬거리는 머리를 펴고 머리카락을 고정시킨 머리핀들을 뺐다. 리들리 양은 서류 작업을 하던 여교도관에게 보닛을 건넸고, 그 교도관은 커다란 책에 넘겨받은 물품 내역을 적었다. 그녀는 그러면서 휘파람을 불었고, 혀로는 입에 문 사탕 ─ 하얀 민트 사탕이었다 ─ 을 뒤집었다. 여자의 머리털은 붉은 기가 도는 갈색이었으며, 뻣뻣했고, 땀인지 머릿기름인지에 젖은 곳은 짙은 색을 띠었다. 그녀는 자기 머리털이 목을 타고 떨어지는 것을 느끼고는 다시 비명을 지르기 시작했고, 리들리 양은 한숨을 쉬며 말했다. 「이 멍청아, 우리는 그냥 턱 있는 데까지만 자르면 돼. 게다가 여기서 누가 널 본다고 이 야단이야?」 물론 이 말을 들은 여자는 더욱더 섧게 울었다. 하지만 그녀가 전율하는 동안, 여교도관은 기름에 전 머리 타래를 빗겼고, 한 손 손가락 사이로 그러모으고는 자를 준비를 했다. 돌연 내 머리털을 의식했다. 엘리스가 지금 여교도관과 비슷한 동작을 취하며 내 머리를 들어 올려 빗겨 준 지가 세 시간도 채 되지 않았다. 여자의 머리털 한 올 한 올이 곤두서고, 머리에 꽂은 핀이 그 머리털을 팽팽히 잡아당기는 아픔을 느낄 것만 같았다. 가윗날이 서걱거리는 소리와 함께 창백한 소녀가 훌쩍이며 몸을 떠는 모습을 앉아서 지켜보는 건 끔찍했다. 끔찍했지만, 시선을 돌릴 수가 없었다. 나는 공포에 질린 다른 죄수 세 명과 함께 그 모습에 매료된 동시에 부끄러워하며 지켜보았고, 마침내 여교도관은 잘려 축 늘어진 머리 타래를 쥔 손을 들어 올렸다. 그때 머리털 한두 가닥이 여자의 축축한 얼굴에 닿았고, 그녀는 얼굴을 씰룩였고, 나 역시 나도 모르게 얼굴을 씰룩였다.

이윽고 리들리 양은 죄수에게 머리털을 간직하고 싶은지 물었다. 죄수들이 원하면 자른 머리 타래를 묶어서 보관했다가 출소할 때 돌려주는 듯했다. 여자는 흔들거리는 머리 타래를 힐긋 보더니 고개를 저었다. 「잘됐군.」 리들리 양이 말했다. 리들리 양은 머리 타래를 고리버들 세공 바구니로 가져가 그 안에 넣었다. 「밀뱅크에서 저 머리털은 유용하게 쓰인답니다.」 리들리 양이 비밀스러운 목소리로 내게 말했다.

이윽고 다른 여자들이 차례로 의자에 앉아 이발을 했다. 나이 든 죄수는 전혀 아무렇지도 않고 침착하게 머리를 잘랐다. 도둑은 첫 번째 여자만큼이나 불쌍했다. 낙태주의자인 검은 눈 수는 — 머리가 숱이 많고 길고 검어서 마치 타르나 당밀을 뒤집어쓴 것만 같았다 — 발버둥을 치고 고개를 숙이며 저항을 했고, 결국 서류 담당 여교도관이 와서 매닝 양과 함께 그녀의 손목을 잡았고, 리들리 양은 숨을 헐떡이며 얼굴이 벌게져서 그녀의 머리를 잘랐다. 「됐다, 이년아!」 마침내 리들리 양이 말했다. 「와, 정말 숱이 많군. 한 손으로 다 쥘 수가 없을 지경이야!」 리들리 양은 검은 머리 타래를 높이 들어 올렸고, 서류 담당 여교도관이 가까이 다가가 살펴더니 리들리 양의 손에 들린 머리 타래를 매만졌다. 「정말 결이 좋네!」 그녀가 감탄했다. 「이런 걸 스페인 머리털이라고 하지요. 이건 묶어 둘 끈이 있어야겠어요, 매닝 양. 정말 멋진 가발이 될 거예요.」 그 교도관은 머리털이 잘린 죄수를 바라보았다. 「그렇게 고약한 표정 짓지 마! 6년 뒤에 네가 출소할 때 머리를 돌려주면 아주 좋아라 할 테니까!」 매닝 양이 끈을 가져와 머리 타래를 묶었고, 여자는 다시 벤치로 돌아가 앉았다. 그녀의 목덜미는 가위에 집혀 여기저기가 빨갰다.

나는 점점 어색하고 이상한 기분을 느끼며 모든 장면을 지켜보았고, 여자들은 자신들을 억압하는 이 상황에서 내가 무슨 끔찍한 역할을 맡았을지 궁금하다는 듯 두려움이 담겼으면서도 교활한 눈으로 나를 힐긋거렸다. 한번은 집시 여자가 버둥거리자 리들리 양이 말했다. 「부끄러운 줄 좀 알아. 여기 숙녀 방문객께서 지켜보고 계시잖아! 자꾸 이렇게 성질을 부리는 걸 아시면 널 찾아가지 않으실 거야!」 이발이 끝나자 리들리 양은 손으로 옷을 쓸어 내리며 옆으로 비켜섰고, 나는 그녀에게 조용한 목소리로 이제 이 여자들은 무엇을 하는지 물었다. 리들리 양은 평소와 같은 목소리로, 이번엔 옷을 벗기고 목욕을 시킨 뒤 의사에게 건강 검진을 받게 할 거라고 했다.

리들리 양이 말했다. 「죄수들이 어디 병든 곳은 없는지 확인해야 한답니다.」 리들리 양의 말에 따르면, 가끔 죄수들은 감옥으로 〈담배나 심지어 칼〉 따위를 숨겨 들어온다고 한다. 검진을 받고 나면 죄수들은 감옥에서 입을 옷을 지급받고, 실리토 씨와 핵스비 양을 만난다. 그리고 각자 감방에 들어가고 대브니 목사가 각각을 방문한다. 「그 다음에는 하루 밤낮 동안에는 아무도 만나지 못하게 합니다. 그리고 새로 온 죄수들은 자기가 저지른 죄에 대해 생각을 해보게 되죠.」

리들리 양은 벽의 고리에 수건을 다시 걸었고, 벤치에 비참한 모습으로 앉은 여자들을 바라보았다. 그녀가 말했다. 「자, 이제 그 옷을 벗어. 어서, 어서 움직여!」 자기들 머리를 자른 여교도관들 앞에서 말을 잃고 고분고분해진 여자들은 어린양처럼 순순히 지시에 따라 즉시 일어나더니 프록의 여미개를 더듬거렸다. 매닝 양은 깊이가 얕은 나무 쟁반 네 개를 가져와 각 죄수들 발밑에 하나씩 놓았다. 그리고 나는 여자들이 옷을 갈아 입는 모습을 잠시 보며 서 있었다. 몸집이 작은 방화범이 몸을 으쓱하며 드레스의 몸통 부분을 벗자 그 안에 입은 더러운 속옷이 드러났다. 집시 여자가 두 팔을 들자 시커먼 겨드랑이가 드러났고, 자포자기한 듯한 태도로 코르셋의 고리를 풀며 몸을 돌리자 리들리 양이 내 쪽으로 몸을 기울이며 물었다. 「죄수들 목욕시키는 것을 보시겠습니까, 아가씨?」 그 순간 그녀의 숨결이 내 뺨에 닿았고, 나는 깜짝 놀라 눈을 깜박이며 고개를 돌렸다. 「아뇨, 거기에는 가지 않겠어요. 이제 수용 구역으로 가겠어요.」 리들리 양은 몸을 폈고, 입을 실룩였으며, 나는 그녀의 창백하고 노골적인 시선에서 뭔가를 느꼈다. 그 시선에는 뒤틀린 만족감이나 흥미로움이 배어 있었다.

하지만 그녀는 다만 〈좋으실 대로 하세요, 아가씨〉라고 할 뿐이었다.

나는 그 여자들을 떠났고, 다시는 그들에게 시선을 돌리지 않았다. 리들리 양은 마침 복도를 지나는 여교도관을 부르더니, 나를 데리고 죄수 수용 구역으로 데려가 달라고 했다. 그녀를 따라 걸으며, 반쯤 열린 문틈으로 의사의 진찰실이 분명해 보이는 곳을 볼 수 있었다. 으스스해 보이는 방에는 커다란 나무 침상이 있었고, 탁자에는 여러 가지 도구들이 놓여 있었다. 방에는 남자가 한 명 있었고 — 의사인 듯했다 — 우리가 지나가도 우리 쪽을 보지 않았다. 그는 서서 램프 가까이에 손을 대고 손톱을 깎고 있었다.

나를 데리고 간 여자는 브루어 양이라고 했다. 그녀는 젊었다. 나는 브루어 양이 교도관이 되기에는 너무 어리다고 생각했지만, 알고 보니 그녀는 우리가 생각하는 그런 교도관이 아니라 교도소 목사의 비서였다. 브루어 양은 여교도관들과 다른 색깔 망토를 걸쳤고, 태도도 더 상냥했으며 말투도 더 고왔다. 그녀는 또한 죄수들의 우편물도 담당한다. 브루어 양이 해준 말에 따르면, 밀뱅크의 여자들은 두 달에 한 번씩 편지를 보내고 받을 수 있다. 하지만 감방이 워낙 많기 때문에 보통 브루어 양은 날마다 우편물을 날라야 한단다. 브루어 양은 자기 일이 즐겁다고 했다. 감옥에서 가장 즐거운 직업이란다. 죄수들 감방에 들러 편지를 줄 때 죄수들의 표정이 환히 바뀌는 건 언제 보아도 즐겁다고 했다.

브루어 양은 이 말을 하며 막 모퉁이를 돌았고, 나는 그 뒤를 따라 모퉁이를 돌고 나서 이 말이 무슨 뜻인지 알았다. 브루어 양이 가리키는 죄수들은 기쁨의 환호성을 질렀고, 그녀가 건넨 편지를 가슴에 꼭 쥐었으며, 어떤 때는 가슴에 꼭 껴안거나 키스를 하곤 했다. 하지만 단 한 명은 그녀가 다가가자 두려운 표정을 지었다. 브루어 양이 그녀에게 재빨리 말했다. 「당신 건 없어요, 뱅크스. 두려워하지 말아요.」 그리고 브루어 양은 이 죄수에게는 아주 상태가 나쁜 여동생이 있으며, 그녀는 날마다 동생의 소식을 전하는 편지가 올 거라 예상한다고 말해 주었다. 브루어 양은 이게 이 일에서 유일하게 안 좋은 부분이라고 했다. 그녀는 그런 편지를 전해야만 하는 게 정말 마음 아픈단다. 「왜냐하면, 당연히 저는 뱅크스보다 먼저 그 편지 내용을 알게 되기 때문이죠.」

감옥에 도착하고 나가는 모든 편지는 목사 사무실을 거쳐야 하며, 그곳에서 대브니 씨나 그녀가 내용을 확인한단다. 내가 말했다. 「와, 그러면 당신은 이곳 여자들의 삶을 속속들이 알겠군요! 모든 비밀이며 계획이며…….」

브루어 양은 내 말을 듣자 마치 그전까지는 단 한 번도 그런 생각을 해본 적이 없다는 듯 얼굴을 붉혔다. 그녀가 대답했다. 「저희들이 편지를 먼저 읽어 봐야 해요. 그게 규칙이랍니다. 그리고 죄수들이 주고받는 편지는 다 그게 그거예요.」 이윽고 우리는 탑의 계단을 올라 형사범들이 갇힌 수용 구역을 지나 가장 높은 층에 이르렀다. 그때 뭔가가 떠올랐다. 편지 꾸러미는 점차 작아졌다. 나이 많은 죄수 엘런 파워에게 온 것이 한 통 있었다. 엘런은 편지를 슬쩍 보았고, 이윽고 내게 눈길을 주며 윙크를 보냈다. 엘런 파워가 말했다. 「제 손녀에게서 온 거랍니다. 그애는 절 절대로 잊지 않지요.」 우리는 그런 식으로 편지를 전하며 수용 구역의 모퉁이에 다다랐고, 마침내 나는 브루어 양에게 가까이 다가가, 셀리나 도스에게 온 편지는 없는지 물었다. 브루어 양은 놀라서 눈만 깜박거렸다. 「도스요? 전혀 없어요!」 그리고 내가 그 질문을 하다니 참으로 신기하단다. 도스는 이곳에서 편지를 한 번도 받지 않은 유일한 인물이기 때문이다!

나는 〈전혀요?〉라고 물었다. 브루어 양은 〈전혀요〉라고 대답했다. 하지만 도스가 이곳에 들어온 뒤로 편지가 한 통도 안 왔는지는 알 수 없다고 했다. 자신은 도스가 이곳에 수감된 다음에 이곳에서 일하기 시작했단다. 하지만 지난 열두 달 동안 도스에게 편지가 온 적도 없으며, 도스가 편지를 보낸 적도 없다고 했다.

내가 말했다. 「도스에게는 자신을 기억해 줄 친구나 가족이 없나요?」 그러자 브루어 양은 어깨를 으쓱해 보였다. 「설사 있다 하더라도 도스가 완전히 저버린 듯해요. 물론 상대도 도스를 버렸겠죠. 제 생각에는 그런 듯해요.」 그러더니 브루어 양이 어색한 웃음을 지었다. 「어떤 여자들은 자기 비밀을 꽁꽁 숨겨 놓지요…….」

브루어 양은 다소 새침을 떨며 그렇게 말하고는 계속 걸어갔다. 그리고 내가 브루어 양을 따라잡았을 때, 그녀는 어떤 죄수에게 편지를 큰 소리로 읽어 주고 있었다. 아마 글을 못 읽는 죄수인 듯했다. 하지만 좀 전에 그녀가 한 말이 머릿속에서 떠나지 않았다. 나는 브루어 양을 지나, 감방들이 다시 줄지어 있는 곳으로 조금 더 걸어갔다. 조용히 걸었기 때문에 도스가 눈을 들어 나를 보았을 때 나는 이미 그곳에서 1~2초 정도 서서 창살 안의 도스를 지켜본 뒤였다.

그전까지는 바깥세상의 누가 셀리나 도스를 그리워하거나, 찾아오거나, 평범한 내용이든 다정한 내용이든 간에 그녀에게 편지를 보낼 수 있다고 생각해 본 적이 없었다. 하지만 이제 그러는 사람이 아무도 없다는 사실을 알게 되자 그녀의 외로움과 침묵이 더욱더 짙게 느껴졌다. 브루어 양은 자신이 얼마나 큰 진실을 말했는지 알지 못하리라. 도스는 자신의 비밀을 간직하고 있다. 도스는 밀뱅크에서조차도 그 비밀들을 간직했다. 그리고 전에 다른 여교도관이 한 말이 떠올랐다. 그 여교도관은 도스는 아름답지만 그녀를 친구로 원하는 죄수가 아무도 없다고 했다. 이제 왜 그런지 이해할 수 있었다.

그리고 도스를 보며 연민이 솟구쳤다. 그리고 생각했다. 〈당신은 나와 같군요.〉

그 생각만 하고 그냥 그 자리를 떴으면 좋았을 텐데. 도스를 남겨 두고 갔으면 좋았을 텐데. 하지만 도스를 지켜보는 동안, 그녀는 고개를 들어 나를 보더니 싱긋 웃었고, 나는 그녀의 눈 속에서 기대감을 보았다. 그래서 그녀를 떠날 수가 없었다. 나는 수용 구역 저쪽에 있는 젤프 부인에게 손짓을 했다. 젤프 부인이 열쇠를 가져와 감방 문을 여는 동안, 도스는 뜨개질바늘들을 옆으로 밀쳐 두고 일어나 내게 인사를 했다.

여교도관이 우리를 함께 있게 한 다음 바로 자리를 비켜 주지 않아서 우리는 안절부절못했다. 그리고 마침내 우리가 이야기를 나눌 수 있게 되었을 때 먼저 말을 건 쪽은 도스였다. 그녀가 말했다. 「아가씨가 와줘서 정말 기뻐요!」 도스는 지난번에 나를 보지 못해 참 아쉬웠다고 했다.

내가 말했다. 「지난번요? 아, 네, 하지만 그때 당신은 선생님

하고 바빴어요.」

도스는 고개를 살짝 젖혔다. 「〈그 여자〉.」 도스가 말했다.

도스는 사람들이 자신을 꽤 머리가 좋다고 생각한다고 말했다. 아침에 예배당에서 들은 성경 구절을 오후에도 기억할 수 있기 때문이란다. 하지만 도스는 차고 넘치는 시간 동안 자신이 달리 뭘 할 수 있으리라고 그 사람들이 생각하는지 궁금하다고 했다.

도스가 말했다. 「저는 그 선생님보다는 당신과 이야기하고 싶었어요, 프라이어 양. 지난번에 우리가 이야기를 나눴을 때, 당신은 제게 상냥히 대했고, 그게 두려웠어요. 저는 그런 대접을 받을 만한 가치가 없으니까요. 하지만 그날 이후 전 바랐어요…… 음, 당신은 제 친구가 되려고 왔다 했잖아요. 저는 이곳에서 우정이란 걸 별로 겪어 보지 못했답니다.」

도스의 이야기를 들으니 만족감에 가슴이 뿌듯해졌고, 그녀를 더 좋아하고 동정하게 되었다. 우리는 감옥의 일상에 대해 조금 더 이야기를 나눴다. 내가 말했다. 「제가 알기론, 때가 되면 당신은 좀 더 나은 감옥, 아마 풀럼으로 이송된다지요?」 하지만 도스는 어깨를 으쓱해 보이면서 감옥은 어디든 다 똑같다고 말했다.

그때 도스를 떠나 다른 죄수를 만났다면 지금은 평온한 마음으로 있을 수 있었으리라. 하지만 도스에게 너무나 흥미가 갔다. 마침내 더는 자제할 수가 없었다. 나는 여교도관에게 들었다고 말하며 — 당연히 아주 다정하게 말했다 — 도스가 편지를 한 통도 받지 못했다는데 그게…….

도스에게 물었다. 「그게 사실인가요? 밀뱅크 밖에는 이곳에서 고통받는 당신을 걱정하는 이가 없나요?」 도스는 잠시 나를 살폈고, 그래서 나는 그녀가 다시 도도한 자세를 취하고 대답을 하지 않으리라 생각했다. 하지만 이윽고 도스는 자기에겐 친구가 많다고 대답했다.

물론 영혼 친구들을 말하는 거였다. 전에 내게 말한 적이 있었다. 「하지만 인간 가운데 당신을 그리워하는 이가 있지 않아요?」 다시 한번, 도스는 어깨를 으쓱해 보이며 아무 말도 하지 않았다.

「가족도 없어요?」

도스는 이모가 〈영혼〉으로 있으며, 가끔 자신을 찾아온다고 했다.

「살아 있는 이 가운데는 친구가 없어요?」 내가 말했다.

이윽고 도스는 다시 자존심을 세우는 듯했다. 그녀는 〈아가씨가 밀뱅크에 갇혀 있다면 얼마나 많은 친구들이 찾아올까요?〉 하고 물으며, 예전에 자신이 살던 세계가 훌륭하지는 않았지만 이곳에 있는 여자들이 살던 〈도둑과 깡패들〉의 세계는 아니었다고 말했다. 게다가 자신은 그런 세계에서 〈눈에 띄고 싶지 않다〉고 했다. 그리고 자신의 〈불행〉을 비웃기만 하는 사람들보다는 자신에게 선입관이 없는 영혼들을 더 좋아한단다.

신중히 골라서 쓴 단어들인 듯했다. 그 말을 듣고 있자니, 달갑지는 않지만 도스의 감방 밖에 걸린 에나멜 판에 적힌 다른 단어들이 떠올랐다. 에나멜 판에는 〈사기와 폭력〉이라고 적혀 있었다. 내가 찾아가는 다른 죄수들은 자기가 저지른 범죄에 대해 이야기하며 위안을 찾는다는 내 말에 도스는 즉시 대꾸했다. 「그리고 당신은 제가 저지른 범죄에 대해 말하게 하고 싶은 거고요? 말 못할 이유가 뭐 있겠어요? 단지 그게 범죄가 아니라는 점만 다를 뿐이죠! 다만……」

다만 뭐죠?

도스는 고개를 저었다. 「다만 영혼을 본 멍청한 소녀가 겁을 먹었을 뿐이에요. 그리고 그 소녀에 겁을 먹은 부인이 죽었고요. 그리고 저는 그 모든 일에 대해 비난을 받았죠.」

나는 그 사실을 이미 크레이븐 양에게 들어 알았다. 그래서 내가 물었다. 「왜 그 소녀가 겁을 먹었나요?」 도스는 1초 정도 머뭇거리다가, 영혼이 〈짓궂어졌기〉 때문이라고 말했다. 도스는 그렇게 표현했다. 영혼이 짓궂어졌으며, 〈브링크 부인〉은 그걸 보고 너무나 놀랐다. 「그 부인은 심장이 약했지만 전 그걸 전혀 몰랐어요. 부인은 기절했고, 결국 죽었죠. 부인은 제 친구였어요. 하지만 재판이 벌어지는 동안 그걸 생각한 사람은 아무도 없었어요. 사람들은 사람이 죽은 원인을 찾아내야만 했죠. 자신이 이해할 수 있는 걸로요. 브링크 부인이 죽은 거 말고도, 소녀의 어머니가 증언대에 나와 자기 딸이 해를 입었다는 증언을 했어요. 그리고 그 모든 일이 일어난 원인은 바로 제가 되었죠.」

「하지만 사실은 그…… 짓궂은 유령 때문이고요?」

「네.」 하지만 도스는 세상 그 어떤 재판관이, 그리고 심령술사가 아니고서야 그 어떤 배심원이 ― 도스는 심령술사가 자기 배심원이 되기를 얼마나 바랐는지는 하느님만이 아신다고 했다 ― 자기 말을 믿어 주겠냐고 했다. 「사람들은 영혼은 존재하지 않으니 영혼이 그랬을 리가 없다고만 했어요.」

나는 다쳤다는 소녀가 무슨 말을 했는지 물었다. 도스는 그 소녀가 분명히 영혼의 존재를 느꼈지만, 시간이 지나면서 혼란스러워했다고 대답했다. 「그 아이의 어머니는 부자였고, 모든 일을 꾸며 낼 수 있는 변호사를 고용했어요. 제 변호사는 아무 쓸

모도 없었고, 그러면서도 제가 번 돈을 모두 가져갔어요. 사람들을 도우며 번 모든 돈이, 그런 식으로! 헛되이 날아갔어요.」

하지만 그 소녀가 유령을 보지 않았어요?

「그 아이는 유령을 보지 않았어요. 느끼기만 했죠. 하지만 사람들은, 사람들은 그 아이가 느낀 게 제 손이었다고 하더군요…….」

도스가 가느다란 두 손을 모으고 거칠고 붉어진 마디를 천천히 쓰다듬던 모습이 아직도 눈에 선하다. 나는 그녀를 지지해 줄 친구가 없었는지 물었다. 그러자 그녀는 한쪽 입꼬리를 치켰다. 도스는 자신에게는 아주 많은 친구들이 있었으며 자신을 〈희생양〉이라고 불렀지만, 단지 처음에만 그랬을 뿐이라고 했다. 그녀는 〈심지어 영계를 다루는 사람〉들 속에서도 질투심 많은 사람들이 있다고 말하는 게 안타깝긴 하지만, 자신이 추락하는 걸 아주 즐거워한 사람들이 있었다고 말했다. 다른 이들은 그냥 겁을 먹었단다. 결국 도스는 유죄 판결을 받았고, 그녀 편을 들어주는 사람은 아무도 없었다…….

그 말을 마친 도스는 무척이나 비참해 보였으며, 굉장히 예민하고 어려 보였다. 내가 말했다. 「그리고 당신은 아직도 비난받아야 할 대상은 영혼이라고 주장하나요?」 도스는 고개를 끄덕였다. 그 반응에 나는 빙긋 웃은 듯하다. 내가 말했다. 「정작 당사자인 유령은 자유로이 돌아다니는데 당신은 이곳에 갇혀 있어야 하다니, 정말 불공평해요.」

그녀는 〈어머, 《피터 퀵》이 자유로울 거라고 생각하지 마세요!〉라고 했다. 도스는 내 뒤편, 젤프 부인이 잠가 둔 철창 문을 바라보았다. 「영혼도 그 세계에서 나름대로 벌을 받는답니다. 피터는 이곳과 마찬가지로 어두운 곳에 있어요. 저와 마찬가지로 형기가 끝나고 풀려나기만을 기다리고 있죠.」

　그녀는 그렇게 말했다. 그리고 도스가 서서 내 질문에 으스스하면서도 성실한 자세로 나름의 정교한 논리를 세워 조목조목 대답하는 말을 들었을 때보다 지금 이렇게 적고 있으니 더욱 이상하게 보인다. 하지만 그럼에도 나는 도스가 〈피터〉 또는 〈피터 퀵〉에 대해 무람없이 말하는 것을 들으며 다시 살짝 웃었다. 우리는 이야기를 하며 다소 가까이 있었다. 이제 나는 도스에게서 살짝 물러섰고, 그 모습을 본 그녀는 뭔가를 알아차렸다는 듯한 표정을 지었다. 도스가 말했다. 「아가씨는 제가 바보거나 배우라고 생각하는군요. 그 사람들이 생각한 것처럼 제가 연기를 하는 거라고…….」 「아니에요!」 내가 즉시 대답했다. 「아니에요, 당신이 연기를 한다고 생각하지 않아요.」 지금도 나는 그렇게 생각하지 않으며, 도스와 이야기를 할 때도 그렇게 생각하지 않았다. 전혀 그렇게 생각하지 않았다. 나는 고개를 저었다. 단지 아주 다른 일들, 평범한 일들을 생각하는 데 익숙해져 있을 뿐이라고 말했다. 나는 내 정신이 〈경이로움의 한계에 아주 무지한〉게 분명하다고 말했다.

　이제 도스는 싱긋 웃었지만, 아주 희미한 웃음이었다. 도스는 자신이 경이로움을 너무 많이 안다고 말했다. 「그리고 그에 대한 보답이란 게 여기에 이렇게 갇혀 있는 거죠…….」

　그렇게 말하며 도스는 살짝 손짓을 해보였다. 그 동작은 무미건조하고 고달픈 감옥 전체를, 그리고 그 안에서 고통받는 자신을 설명하는 듯했다.

　「여기 있는 게 굉장히 끔찍하겠지요.」 잠시 뒤 내가 말했다.

　도스는 고개를 끄덕였다. 도스가 말했다. 「아가씨는 강신술이 상상이라고 생각하실 거예요. 하지만 여기가 밀뱅크인 까닭에, 이곳에 와 있는 지금은 모든 것이 진실인 것처럼 보이지 않나요?」

나는 아무 장식도 없는 흰 벽을, 개켜 둔 해먹을, 파리 한 마리가 앉아 있는 더러운 상자를 바라보았다. 잘 모르겠노라고 말했다. 감옥이 힘든 곳이기는 하지만 그렇다고 강신술에 더 큰 진실을 부여하지는 않는다고 했다. 적어도 감옥은 내가 볼 수 있고 냄새 맡을 수 있고 들을 수 있는 곳이지만, 그녀의 영혼들은, 진짜로 존재할 수도 있겠지만, 내게는 아무 의미도 없다고 했다. 나는 영혼과 이야기를 할 수도 없고, 또한 어떻게 이야기를 나누는지도 모른다고 말했다.

도스는 그냥 내가 내키는 대로 말하면 된다고 했다. 영혼에게 말을 하면 〈영혼에게 힘〉을 주기 때문이란다. 또한 영혼이 하는 말에 귀를 기울이는 게 좋단다. 「그러면 영혼들이 아가씨에 대해 하는 말을 들을 수 있답니다, 프라이어 양.」

나는 소리 내어 웃었다. 나는 〈저에 대해서요? 하지만 영혼들에게 화젯거리가 마거릿 프라이어밖에 없다면 그날 천국은 정말로 아주 조용할 거예요!〉라고 말했다.

도스는 고개를 끄덕이고 머리를 살짝 옆으로 기울였다. 그녀에게는 분위기를 바꾸고, 음색을 바꾸고, 자세를 바꾸는 자신만의 방법이 있다. 전부터 그것을 알아차렸다. 도스는 그런 행동을 아주 미묘하게 했다. 하지만 사람 많고 어두운 극장 저편 무대에서 배우가 하는 그런 방식은 아니었다. 그녀는 그것을 마치 아주 살짝 다른 조표에 따라 음이 오르고 내리는 조용한 음악처럼 했다.

내가 싱긋 웃으며 영혼들이 내 이야기나 하고 있다면 영계도 참으로 지루할 거라고 말하는 그 순간, 도스는 바로 그 행동을 했다. 그녀는 참을성을 보이기 시작했다. 현명해 보이기 시작했다. 이윽고 그녀는 부드럽고 아주 침착하게 말했다. 「왜 그런 말을 하나요? 아가씨를 아주 소중히 여기는 영혼들이 있다는 걸 잘 알잖아요. 그리고 아가씨에게 아주 특별한 영혼이 있다는 걸 알잖아요. 그분은 지금 우리와 함께 있고, 저보다 더 가까이 당신 옆에 있어요. 그리고 당신은 그 영혼에게 누구보다도 소중한 존재고요, 프라이어 양.」

나는 목에 숨이 걸려 내쉬어지지 않는 것을 느끼며 도스를 뚫어져라 바라보았다. 지금 도스가 한 말은 영혼이 주는 선물이나 꽃 따위 이야기를 듣는 것과는 달랐다. 내 얼굴에 물을 끼얹거나 나를 꼬집어도 이렇게 놀라지는 않았으리라. 나는 다락 계단에서 아빠의 걸음 소리를 들었다던 보이드의 말을 멍하니 떠올렸다. 내가 말했다. 「그분에 대해 뭘 아나요?」 도스는 대답하지 않았다. 내가 말했다. 「내 검은 외투를 보고 그냥 추측을 한…….」

「당신은 영리해요.」 도스가 말했다. 그러면서 자신은 영리함과는 아무 관련이 없는 인물이라고 했다. 자신은 그냥 숨을 쉬고 꿈을 꾸고, 주어진 상황을 받아들여야 할 뿐이라고 했다. 심지어 그곳, 밀뱅크에서도! 그녀가 말했다. 「하지만 아시다시피, 그건 기묘한 일이에요. 그건 마치 스펀지가 된 느낌이에요. 또는…… 그 뭐죠? 주위 환경에 따라 피부색을 바꾸어 상대가 자신을 못 보게 하는 동물 말이에요.」 나는 대답하지 않았다. 그녀가 계속 말했다. 「어쨌든 예전에는 저의 삶이 그 동물 같았다고 생각하곤 했답니다. 아픈 사람이 절 만나러 왔을 때 그 사람과 이야기

137

를 하면 저도 몸이 아프곤 했어요. 한번은 임신한 여자가 만나러 왔는데, 제 몸안에서 그 여자의 아기를 느꼈어요. 한번은 어떤 신사가 오더니 영혼이 된 자기 아들과 이야기를 하고 싶어 했어요. 하지만 그 불쌍한 소년의 영혼이 찾아왔을 때, 영혼의 숨결이 저를 짓누르는 걸 느꼈고, 마치 머리가 으깨질 것만 같았어요! 알고 보니, 그 아이는 건물에서 떨어져 죽었어요. 제가 느낀 건 아이의 마지막 느낌이었어요.」

도스는 가슴에 한 손을 얹고 내게 좀 더 가까이 다가왔다. 그녀가 말했다. 「당신이 제게 오면, 프라이어 양, 저는 당신의 슬픔을 느껴요. 저는 당신의 슬픔을 이곳의 어둠처럼 느낀답니다. 오, 정말 고통스러운 슬픔이군요! 처음에는 당신이 그 슬픔 때문에 공허해졌다고, 알맹이가 빠져나가고 껍질만 남은 달걀처럼 속이 텅 비었다고 생각했어요. 당신도 그렇게 여긴다고 생각해요. 하지만 당신은 공허하지 않아요. 당신은 꽉 차 있어요. 다만 꽉 닫혀 자물쇠가 채워졌을 뿐이에요. 상자처럼 말이에요. 당신이 가슴 속에 그렇게 꽁꽁 숨겨 둔 것은 무엇인가요?」 도스는 자기 가슴을 톡톡 두드렸다. 그리고 다른 손을 들어 나를, 내 가슴을 가볍게 만졌다.

나는 도스의 손가락이 전기라도 띤 듯 움찔했다. 그녀의 눈동자가 커졌으며, 이윽고 도스는 싱긋 웃었다. 내 드레스 안의 로켓을 찾아낸 것이다. 우연도 그런 우연이 없으며, 참으로 신기한 우연이었다. 그리고 도스는 손가락 끝으로 로켓이 달린 사슬을 더듬기 시작했다. 사슬이 팽팽해지는 것이 느껴졌다. 그 동작이 너무나 가깝고 은근했기 때문에, 이 글을 쓰는 지금도 그녀가 내 목에 걸린 사슬을 손으로 만지며 따라가, 마침내 손가락을 구부려 옷깃 아래 로켓을 꺼내는 느낌이……. 하지만 그녀는 그러지 않았다. 대신 내 가슴 위에 손을 얹고 부드럽게 눌렀을 뿐이다. 도스는 황금 로켓 안쪽으로 맥동하는 내 심장 소리를 듣는 듯, 고개를 살짝 기울이고 가만히 서 있었다.

이윽고 도스는 또다시 묘한 느낌이 들게끔 자세를 바꾸더니 속삭였다. 「그분이 말씀하시네요. 〈저애는 소중한 것을 목에 하고 있으며 그걸 벗지 않을 거야. 저 아이에게 그걸 벗어야 한다고 말해 주게〉 하고요.」 그녀는 고개를 끄덕였다. 「그분이 환히 웃고 계세요. 그분은 당신처럼 영리했죠? 맞아요! 하지만 이제 그분은 여러 가지 새로운 것을 배우셨어요. 그리고…… 어머! 그분은 무척이나 당신과 함께 있고 싶어 하고, 또한 새로운 것들을 함께 배우고 싶어 하세요! 하지만 그분이 뭘 하시는 거죠?」 그녀의 표정이 다시 바뀌었다. 「고개를 젓고 계세요. 울고 계세요. 그분이 말씀하시네요. 〈그렇게 하면 안 돼! 오! 페기,[18] 그런 식으로 하면 안 돼! 넌 나와 함께 하겠지만, 나와 함께 하겠지만, 그렇게는 안 돼!〉」

이 글을 쓰는 지금도 전율이 인다. 하지만 도스가 한 손을 내 가슴에 올려놓고 그토록 묘한 표정으로 그 말을 할 때는 더욱더 전율이 일었다. 내가 빠르게 말했다. 「그만하세요!」 나는 도스의 손을 뿌리쳤고, 그녀에게서 떨어졌다. 아마 그러다가 감방 철문에 부딪혔고, 문이 덜컹거린 듯하다. 나는 그녀의 손길이 닿은 곳을 만져 보았다. 「그만하세요.」 내가 다시 말했다. 「당신은 말도 안 되는 소리를 하고 있어요!」 좀전까지 그녀의 뺨은 핼쑥했는데, 나를 보는 지금 표정에는 마치 울고 비명을 지르는 사람들

18 마거릿의 애칭이다.

을, 애시 의사 선생님과 어머니를, 모르핀의 매캐한 연기를, 튜브가 눌러 댄 탓에 부어오른 내 혀를 본 것처럼 공포가 서렸다. 나는 오로지 도스만을 생각하며 그녀에게 왔는데, 도스는 나의 약한 모습을 내게 다시 밀어붙인 것이다. 그녀는 나를 보았고, 그 눈에는 동정심이 가득 담겨 있었다!

나는 도스의 눈길을 견딜 수가 없었다. 철창 쪽으로 고개를 돌렸다. 그리고 새된 목소리로 젤프 부인을 불렀다.

젤프 부인은 마치 아주 가까이에 있었다는 듯이 금방 나타나 조용히 나를 감방에서 꺼내 주었다. 그러면서 부인은 날카롭고 불안한 눈으로 내 어깨 너머를 힐긋 보았다. 아마 내 외침에서 뭔가 이상한 점을 느낀 듯했다. 이윽고 나는 복도에 있었고, 철창은 도로 닫혔다. 도스는 양털실을 다시 집었고, 기계적으로 손을 움직여 뜨개질을 하기 시작했다. 하지만 얼굴은 나를 향했으며, 내 고통을 잘 안다는 눈으로 나를 보았다. 나는 뭔가를, 뭔가 평범한 말을 해주고 싶었다. 하지만 그러면 도스가 다시 말을 하기 시작할까 두려웠다. 아빠에 대해 이야기할까 두려웠다. 아빠가 느낀 슬픔과 분노와 부끄러움에 대해 아빠처럼, 또는 아빠를 대신해 이야기할까 두려웠다.

그래서 도스의 시선을 피해 고개를 돌렸고, 그녀의 감방에서 떠났다.

1층 수용 구역에 도착했을 때, 리들리 양이 아까 도착한 죄수들을 데리고 가는 모습이 보였다. 아마도 뺨에 멍이 든 나이 든 여자가 없었더라면 알아보지 못했을 터였다. 이제 모두 진흙색 프록을 입고 보닛을 써서 다 비슷해 보였기 때문이다. 나는 그 죄수들이 들어가고 문이 닫힐 때까지 그들을 지켜보고 섰다가 집으로 돌아왔다. 헬렌이 와 있었지만 헬렌과 이야기하고 싶지 않았다. 그래서 곧장 내 방으로 왔고, 방문을 굳게 걸어 잠갔다. 오직 보이드만 방에 들어오게 했다. 아니, 보이드가 아니다. 보이드는 떠났다. 내 방에 들어오게 한 건 새로 온 하녀인 비거스였다. 비거스는 목욕할 물을 가져왔다. 그리고 나중에 어머니가 클로랄 병을 가져왔다. 이제는 너무나 춥고, 온몸이 덜덜 떨린다. 내가 얼마나 늦게 자는지 알지 못하는 비거스는 벽난로 불을 충분히 피워 놓지 않았다. 하지만 나는 피곤해 지칠 때까지 이곳에 있을 생각이다. 나는 램프 심지를 아주 낮게 조절했으며, 손을 따뜻하게 하려고 가끔씩 둥그런 램프 등피에 손을 올린다.

내 로켓은 거울 옆 옷장 안에 걸려 있으며, 그토록 많은 그림자 속에서 반짝이는 유일한 물건이다.

1874년 10월 16일

지난 밤 끔찍한 꿈을 꾼 탓에 아침에 어리둥절한 기분으로 잠에서 깼다. 아빠가 살아 있는 꿈이었다. 창밖을 보니 아빠가 앨버트 다리의 난간에 몸을 기대고 쓸쓸한 눈으로 나를 바라보고 있었다. 나는 달려나가 아빠를 불렀다. 「맙소사, 아빠, 전 아빠가 죽은 줄로만 알았어요.」「죽어?」아빠가 대답했다. 「난 밀뱅크에 2년 동안 갇혀 있었단다! 발로 밟아 돌리는 바퀴에 묶여 있었는데, 덕분에 부츠가 다 닳아서 발바닥이……. 보렴.」아빠는 다리를 들어 올려 굽이 없는 신발과 갈라지고 엉망이 된 발을 보여 주었다. 그리고 나는 생각했다. 정말 이상해, 아빠 발을 한 번도 본 적이 없어…….

터무니없는 꿈이었다. 그리고 아빠가 돌아가시고 몇 주 동안 나를 괴롭히던 그런 꿈과도 무척 달랐다. 예전 꿈에서는 내가 아빠 무덤 옆에 쭈그리고 앉아 무덤을 파헤치며 아빠를 소리쳐 부르곤 했다. 잠에서 깨어도 손가락에 달라붙은 흙의 느낌이 남아 있곤 했다. 하지만 오늘 아침에는 두려움에 떨며 잠에서 깼다. 그리고 엘리스가 물을 가지고 왔을 때 엘리스를 붙잡고 이야기를 나눴고, 마침내 그 애는 자기가 계속 방에 있으면 물이 식을 거라고 말했다. 그래서 나는 일어나 물에 손을 담갔다. 그리 차갑지는 않아서 거울에 김이 서려 있었다. 거울을 닦으며 언제나처럼 로켓을……. 내 로켓이 없었다! 어디에 간 건지 모르겠다. 지난 밤 거울 옆에 걸어 둔 건 확실하고, 나중에 거울 쪽에 와서 그것을 만지작거리긴 한 거 같은데……. 어젯밤 언제 잠이 들었는지는 확실히 모르겠다. 하지만 그건 이상한 일이 아니다 — 바로 그러려고 클로랄을 먹는 거니까! — 그리고 로켓을 다시 목에 걸지 않은 건 확실하다. 자면서 그럴 이유가 없잖은가? 그러니 자면서 줄이 끊어져 시트 어딘가에 있을 리는 만무하다. 게다가 혹시 하는 마음에 이불을 아주 꼼꼼하게 살펴보았다.

그리고 오늘 하루 종일, 발가벗은 듯한 느낌과 함께 무척이나 비참한 기분이었다. 심장 위쪽, 로켓이 있던 자리가 허전했으며, 그 느낌은 고통처럼 다가왔다. 나는 엘리스, 비거스, 심지어 프리실라에게까지 로켓을 못 봤는지 물었다. 하지만 어머니에게는 묻지 않았다. 우선 어머니는 하녀 누군가가 가져갔을 거라고 생각할 터였다. 그리고 다른 예쁜 장신구들을 다 놔두고 하필이면 그런 평범한 물건 — 어머니 표현이다 — 을 가지고 그런 소란을 피우는 것을 보면 내가 다시 아프다고 생각할 터였다. 어머니는, 아니 그 누구도 하필이면 어젯밤에 로켓이 사라진 게 이상하다는 걸 알지 못하리라! 밀뱅크에 가서 셀리나 도스와 그런 이야기를 하고 돌아온 바로 그날 밤에 말이다.

그리고 이제, 나는 다시 아픈 게 아닐까 겁이 나기 시작한다. 아마 클로랄 때문이었으리라. 아마 침대에서 일어나 로켓을 쥐어 다른 어딘가에 두었으리라. 『월장석』[19]의 프랭클린 블레이크처럼 말이다. 아빠가 그 부분을 읽으며 웃음 짓던 기억이 난다. 하지만 우리를 방문한 숙녀가 고개를 설레설레 젓던 것도 기억난다. 그 숙녀는 자기 할머니가 아편을 먹는데 그 약효가 너무 강력해서, 할머니는 자다가 일어나 부엌칼을 들고 자기 다리를 찌른 다음에 다시 침대로 돌아갔고, 피가 매트리스를 흥건히 적셨으며 할머니는 하마터면 죽을 뻔했다고 말했다.

하지만 내가 자다가 일어나 나도 모르는 새에 뭔가를 했을 것 같지는 않다. 결국 하녀 누군가가 그것을 가져간 거라는 결론을 내렸다. 아마도 엘리스가 만지다가 사슬을 끊어 먹은 뒤 내가 알까 두려워하는 건 아닐까? 밀뱅크에 갇힌 죄수 가운데는 실수로 부인의 브로치를 망가뜨려서 고치려고 가져갔다가 그것을 가지고 있는 것을 들켜서, 절도죄로 갇힌 여자가 있었다. 아마도 엘리스는 그런 일을 두려워하는 것이리라. 어쩌면 너무나 두려워 부서진 로켓을 어딘가에 집어던져 두었을지도 모른다. 이제 나는 청소부가 그 로켓을 발견하고 자기 딸에게 주는 장면을 상상한다. 딸은 더러운 손톱으로 로켓을 열어 안에 빛나는 머리칼이 있는 것을 발견하고 이 머리칼의 주인은 누구이며 왜 로켓에 넣

19 영국 빅토리아 시대의 작가 윌키 콜린스의 장편소설. 아편에 취해 무의식 상태에 빠진 블레이크는 월장석을 훔쳐서 다른 사람에게 전해 주고 평온하게 잠이 들었다.

어 놨는지 궁금해하리라…….

엘리스가 그것을 망가뜨렸다 해도 상관없다. 그리고 청소부의 딸이 그것을 갖는다 해도 난 상관없다. 가져도 된다. 그 로켓은 내가 아버지에게서 받은 거지만 말이다. 집에는 아버지를 떠올릴 수 있는 물건이 몇천 개는 된다. 내가 안타까워하는 건 헬렌의 머리칼이다. 헬렌이 아직 나를 사랑했을 때, 자기 머리에서 직접 잘라 나보고 간직하라고 한 그 머리칼이다. 그걸 잃어버리는 게 안타까울 뿐이다. 그러지 않아도 내게는 헬렌의 흔적이 거의 남아 있지 않은데!

1872년 11월 3일

오늘은 아무도 오지 않을 듯하다. 날씨가 계속 궂은 탓에 지난 사흘 동안 아무도 집에 오지 않았다. 심지어 빈시 씨나 시브리 양을 찾아오는 이조차 없었다. 우리는 응접실에서 조용히 어둠 속 모임을 하고 있었다. 우리는 형식을 갖추려고 애써 왔다. 사람들 말이, 이제 영매는 형식을 갖추도록 노력해야만 한다. 미국에서는 강신회 참석자들이 그런 것을 요구한다. 어젯밤에 우리는 9시까지 노력했지만 영혼은 오지 않았고, 마침내 불을 켜고 시브리 양에게 노래를 하게 했다. 오늘도 다시 시도해 보았지만 아무런 일도 일어나지 않았고, 빈시 씨는 영매가 팔이나 다리를 불러오는 것처럼 보이려면 어떻게 해야 하는지 시범을 보였다. 하지만 그건 단지 빈시 씨 생각일 뿐이었다. 그는 다음처럼 행동했다.

나는 빈시 씨의 왼쪽 팔목을 잡았고, 시브리 양은 오른쪽 팔목을 잡은 듯했다. 사실 우리는 같은 팔을 잡고 있었지만 빈시 씨가 방을 아주 깜깜하게 해두었기 때문에 그것을 볼 수 없었을 뿐이다. 빈시 씨가 말했다. 「자유로운 손으로 저는 뭐든 할 수 있습

145

니다. 가령.」그리고 빈시 씨는 내 목에 손을 댔고, 나는 깜짝 놀라 비명을 질렀다. 빈시 씨가 말했다. 「방금 부도덕한 영매가 사람을 어떻게 속이는지를 보셨습니다, 도스 양. 제가 손을 아주 따뜻하게 또는 아주 차갑게, 또는 아주 축축하게 해두었다가 상대를 만진다면 훨씬 더 비현실적으로 느껴지지 않겠습니까?」나는 그에게 시브리 양한테 시범을 보이라고 말하고는 일어나 다른 의자로 갔다. 하지만 그래도 팔을 쓰는 기술을 배울 수 있어 기뻤다.

우리는 4~5시까지 앉아 있었다. 비는 더욱 거세게 퍼부었고, 마침내 우리는 오늘 아무도 오지 않으리라고 확신했다. 시브리 양이 창가에 서서 말했다. 「휴, 우리 직업을 누가 부러워하겠어요! 우리는 죽은 자와 산 자들이 자기들 마음 내킬 때 우리를 찾아와 주길 기다려야만 하잖아요. 오늘 제가 새벽 5시에 일어난 거 아세요? 방 모퉁이에서 영혼의 웃음소리가 들려 잠에서 깼답니다.」시브리 양은 두 손으로 눈을 비볐다. 나는 생각했다. 〈저도 그 영혼 소리를 들었죠. 그 영혼은 지난 밤 술병에서 나왔고[20] 당신은 그걸 요강에 싸대며 킬킬거렸죠.〉하지만 시브리 양은 이모에 관한 일로 내게 상냥히 대해 줬고, 그래서 그런 생각을 입 밖으로 옮기지는 않았다. 빈시 씨가 말했다. 「우리 직업은 정말 고달프죠. 그렇게 생각하지 않나요, 도스 양?」그리고 빈시 씨는 일어나 하품을 하더니, 오늘은 아무도 오지 않을 것 같으니 탁자에 천을 깔고 카드 게임을 하자고 제안했다. 하지만 빈시 씨가 카드를 가져오자마자 초인종이 울렸다. 빈시 씨가 말했다. 「게임은 그만두도록 하지요, 아가씨들! 장담컨대, 저를 찾아오

20 〈spirit〉에는 영혼과 독주라는 두 가지 뜻이 있다.

신 분일 겁니다.」

하지만 베티가 방에 오더니 찾은 사람은 빈시 씨가 아니라 나였다. 베티는 부인과 부인의 하녀인 듯한 소녀를 데려왔다. 부인은 내가 일어나는 모습을 보더니 가슴에 손을 얹고 외쳤다. 「당신이 도스 양인가요? 오, 당신인 줄 알겠어요!」 빈시 부인이 나를 보았고, 이윽고 빈시 씨와 시브리 양도, 심지어 베티마저 나를 바라보았다. 하지만 나도 놀라기는 마찬가지였으며, 내 머릿속에는 이 부인이 한 달 전에 본 여자의 어머니일 거라는 생각뿐이었다. 나는 한 달 전에 어떤 여자에게 그 여자의 자식들이 죽을 거라고 말했다. 내가 생각했다. 〈사람이 너무 솔직하면 이런 일을 당하는 거야. 결국 나도 빈시 씨처럼 행동해야 해. 그 여자가 슬픔에 겨워 자해를 했고, 이제 그 여자의 어머니가 내게 책임을 물으러 온 거야.〉

하지만 부인의 얼굴을 보았을 때 그 얼굴에 고통이 어리기는 했지만, 그 고통 뒤로 행복한 기운이 보였다. 내가 말했다. 「자, 제 방으로 가시는 게 좋겠네요. 그런데 제 방은 맨 꼭대기에 있답니다. 계단을 올라가야 하는데, 괜찮으시겠어요?」 부인은 자기 하녀를 보고 싱긋 웃더니 대답했다. 「괜찮겠냐고요? 당신을 25년 동안이나 찾아 헤맸답니다. 그런데 이제 계단 따위가 무슨 문제가 되겠어요!」

그래서 난 그 부인이 살짝 돈 게 아닐까 생각했다. 하지만 그녀를 내 방에 데려왔고, 부인은 가만히 서서 주위를 둘러보더니 하녀에게 시선을 돌렸고, 다시 나를 뚫어져라 쳐다보았다. 나는, 부인이 아주 조용한 성품이며, 손이 무척 하얗고 단정하며 비록 구식 반지들을 끼기는 했지만 아주 예쁘다는 사실을 깨달았다.

나는 부인이 쉰 또는 쉰한 살 정도일 거라고 생각했다. 그녀는 검은 드레스를 입었는데, 내 것보다 더 좋은 옷감을 썼다. 부인이 말했다. 「내가 여기에 왜 왔는지 모르겠죠? 이상한 일이죠. 난 당신이 짐작했으리라고 생각했거든요.」 내가 말했다. 「뭔가 슬픈 일에 이끌려 이곳에 오신 거죠.」 부인이 대답했다. 「꿈에 이끌려 이곳에 왔답니다, 도스 양.」

부인은 꿈 때문에 나를 찾아왔노라고 말했다. 사흘 전에 꿈을 꿨는데, 꿈에서 내 얼굴과 이름, 빈시 씨의 하숙집 주소를 알게 되었단다. 비록 그런 꿈을 꾸긴 했지만, 오늘 아침 『영매와 새벽』이라는 주간지를 우연히 보고, 거기서 내가 두 달 전에 낸 광고를 보기 전까지는 그 모든 게 진짜일 거라고는 상상도 하지 못했단다. 그래서 나를 보려고 홀본으로 왔고, 이제 내 얼굴을 보니 자신이 나를 만나는 걸 영혼들이 원했다는 사실을 알겠다고 했다. 나는 생각했다. 〈음, 이건 무슨 말인지 짐작이 안 가네.〉 나는 부인을, 그리고 부인의 하녀를 보며 다음 말을 기다렸다. 이윽고 부인이 말했다. 「오, 루스, 그 얼굴 봤어? 봤어? 저분에게 보여 드려야 할까?」 하녀가 말했다. 「보여 드려야 할 것 같아요, 마님.」 이윽고 부인은 외투에서 벨벳으로 싼 뭔가를 꺼내 벨벳을 풀었고, 내용물에 키스를 한 다음 내게 보여 주었다. 그건 액자에 든 초상화로, 부인은 그것을 보여 주며 거의 흐느끼다시피 했다. 나는 초상화를 살펴보았고, 부인은 나를 살폈으며, 부인의 하녀 역시 나를 살폈다. 마침내 부인이 말했다. 「이제 보이시겠죠?」

하지만 내게 보이는 건 금으로 된 액자와 바르르 떨리는 부인의 하얀 손뿐이었다. 하지만 부인이 초상화를 내 손에 댔을 때

나는 비명을 질렀다. 「오!」

그러자 부인은 고개를 끄덕였고, 두 손을 다시 가슴에 얹었다. 부인이 말했다. 「우리 둘이 해야 할 일이 아주 많답니다. 언제 시작할까요?」 나는 당장 시작해야겠다고 말했다.

부인은 계단참에서 기다리라며 하녀를 내보낸 뒤 나와 한 시간을 함께 있었다. 부인의 이름은 브링크이며 시드넘에 산다. 부인은 오로지 나를 보려고 이 먼 홀본까지 온 것이다.

1872년 11월 6일

이슬링턴의 베이커 부인을 방문. 68년 3월에 뇌염으로 영혼이 된 부인의 여동생 제인 고프를 위해. 2/-

킹스 크로스의 마틴 부부를 방문. 요트 〈드넓은 바다에서 위대한 진실을 찾아서〉호에서 떨어져 세상을 뜬 아들 알렉을 위해. 2/-

내 방에서, 브링크 부인. 그녀의 특별한 영혼을 위해. 1파운드

1872년 11월 13일

내 방에서, 브링크 부인. 2시간. 1파운드

1872년 11월 17일

오늘은 영매 역할을 마치고 정신을 차렸지만 계속 몸을 떨었고, 브링크 부인은 나를 침대에 누이고 이마에 손을 얹어 보았다. 부인은 하녀를 시켜 빈시 씨에게 와인 한 잔을 받아 오게 했고, 하녀가 가져온 와인을 보자 싸구려라며 베티를 시켜 술집에서 더 좋은 걸 사오게 했다. 부인이 말했다. 「나 때문에 너무 고

생하시네요.」나는 부인 때문에 그런 게 아니라 다른 사람과 일을 할 때도 자주 기절을 하거나 아프다고 했다. 그러자 부인은 주위를 둘러보더니 놀라운 일도 아니라면서, 내 방 같은 곳에 살면 누구라도 건강이 좋지 않을 거라고 했다. 부인은 자기 하녀를 보더니 말했다.「저 램프 좀 보렴.」부인이 말한 램프는 빈시 씨가 빨간색으로 칠해 놓은 것으로, 연기를 폴폴 냈다. 부인이 말했다.「이 더러운 카펫이랑, 이 침대보 좀 보렴.」부인이 가리킨 것은 내가 베스널 그린에서 산 실크 커버로, 이모가 바느질을 해준 것이었다. 부인은 고개를 설레설레 젓더니 내 손을 잡았다. 부인은 내가 이런 더러운 상자에 처박혀 있기에는 너무나 귀한 보석이라고 말했다.

1874년 10월 17일

오늘 저녁, 밀뱅크, 강신술, 셀리나 도스에 대해 아주 흥미로운 대화가 있었다. 우리는 바클레이 씨 집에서 저녁 식사를 했다. 나중에 스티븐과 헬렌과 윌리스 부인이 어머니와 카드 게임을 하려고 왔다. 이제 결혼식이 가까워지면서, 바클레이 씨는 우리 모두에게 자신을 〈아서〉라 불러 달라고 요청했다. 고집쟁이 프리실라는 그냥 단순히 바클레이라고 부른다. 오늘 모인 사람들은 매리시스의 집과 대지가 얼마나 훌륭하며, 프리실라가 안주인이 되면 얼마나 더 훌륭해질까에 대해 이야기한다. 프리실라는 승마를 배우고 있으며, 또한 마차 모는 법도 배운다. 프리실라가 2륜 경마차에 올라타 채찍을 손에 든 모습이 눈에 선하다.

프리실라는 결혼식 뒤 우리가 자기들 집에 오면 열렬히 환영하겠노라고 말한다. 프리실라는 그 집에는 방이 아주 많기 때문에 우리 모두에게 방을 하나씩 줘도 그 집 사람들 누구도 못 알아차릴 정도라고 말했다. 그곳에는 결혼 안 한 사촌이 있는데 아주 똑똑한 여자란다(나방과 딱정벌레를 수집하며, 곤충 학회에서 〈신사들과 어깨를 나란히 하고〉 자기 수집품을 전시하기도 했다). 내가 좋아할 만한 여자가 분명하다. 바클레이 씨, 아니 아서의 말에 따르면, 그는 내가 죄수들과 하는 일에 대해 그 사촌에게 편지로 써 보냈으며, 그녀는 나를 알게 되면 아주 기쁠 거라고 답장했단다.

그러자 월리스 부인은 내가 밀뱅크에 마지막으로 간 게 언제인지 물었다. 「폭군인 리들리 양과 자기 목소리를 잃은 늙은 여인은 어찌 지내니?」 엘런 파워를 뜻하는 것이다. 「불쌍한 인간 같으니!」

「불쌍하다고요?」 프리실라가 말했다. 「그 여자는 지적 장애 같아요. 사실, 마거릿이 말한 여자들은 모두 지적 장애인 것처럼 들려요.」 프리실라는 내가 어떻게 그런 여자들과 만나는 걸 참아 낼 수 있는지 신기하다고 했다. 「언니는 우리랑 만나는 건 늘 버거워하는 듯 보이거든.」 프리실라는 눈을 동그랗게 뜨고 나를 바라보았지만, 입을 연 것은 아서였다. 프리실라 발치 카펫에 앉아 있던 아서는 프리실라가 하는 말은 귀담아들을 필요가 없는데, 나도 그 점을 잘 알기 때문이라고 했다. 「거기에 다니면 바람도 쐬고 좋죠, 마거릿?」 물론 아서는 이제 나를 마거릿이라 부른다.

나는 아서를 보며 싱긋 웃어 주었고, 프리실라는 아서의 손을 잡고 꼬집으려 몸을 숙였다. 나는 그곳 여자들을 지적 장애라 하는 건 완전히 잘못된 행동이라고 말했다. 단지 그곳 여자들의 삶이 프리실라의 삶과 완전히 다를 뿐이라고 했다. 그리고 그 삶이 얼마나 다를지 프리실라가 과연 상상이나 할 수 있겠냐고 물었다.

프리실라는 내가 늘 상상이나 하고 이런 일들이나 하며 그 때문에 자기와 이처럼 다른 걸 보면, 구태여 상상하고 싶은 맘이 없다고 했다. 이제 아서는 프리실라의 양쪽 손목을 잡았고, 아서의 커다란 손 하나에 프리실라의 가느다란 손목 두 개가 모두 들어갔다.

월리스 부인이 계속 말했다. 「하지만 정말로 여자들 모두가 그런 사람들이니? 그 여자들이 모두 그렇게 처량한 죄만 저지른 거야? 유명한 살인자는 없어?」 부인은 이를 드러내며 웃었다. 부인의 이는 가지런했으며, 세로로 갈라져 검은 줄들이 난 게 마치 낡은 피아노 건반 같았다.

나는 살인자는 대개 교수형을 당한다고 했다. 하지만 헤이머라는 여자에 대해 이야기해 줬다. 헤이머는 자기가 일하던 집 여주인을 프라이팬으로 때렸지만, 그 여주인이 헤이머를 학대했다는 사실이 밝혀지면서 처벌이 가벼워졌다. 나는 프리실라에게 매리시스에 가면 그런 일이 벌어지지 않도록 조심하라고 했다. 프리실라는 내 말이 터무니없다는 듯이 소리 내어 웃었다.

내가 계속 말했다. 「그리고 남편을 독살한 여자가 있는데, 감옥에서는 〈숙녀〉로 통해요……」

아서는 매리시스에서는 그런 일들이 안 일어나길 바란다고 말했고, 그 말에 모두들 큰 소리로 웃었다.

그리고 사람들이 소리 내어 웃으며 다른 화제를 꺼내기 시작했을 때, 나는 그곳에 흥미로운 여자가 있는데, 영매라더라……고 말할까 생각했다. 처음에는 말하지 않기로 마음 먹었지만 곧 마음을 고쳐 먹었다. 못 할 건 또 뭔가. 그래서 마침내 그 말을 꺼내자 스티븐이 즉시 대답했다. 「아, 그래, 그 영매. 이름이 뭐더라? 게이츠인가?」

「도스야.」 나는 살짝 놀라며 말했다. 밀뱅크 감옥 밖에서 그 이름을 소리 내어 말한 적은 한 번도 없었다. 여교도관이 아닌 사람이 그녀의 이름을 말하는 걸 한 번도 들은 적이 없었다. 하지만 이제 스티븐이 고개를 끄덕였다. 물론 스티븐은 그 사건을 기억했다. 스티븐은 그 사건을 기소한 검사가 로크 씨라고 했다. 「아주 훌륭한 분이지. 이제 은퇴하셨어. 그분과 일을 함께 하고 싶었는데.」

그러자 어머니가 말했다. 「햄퍼드 로크 씨? 저녁 식사하러 집에 오신 적이 한 번 있어. 기억하니 프리실라? 아니, 그 당시 넌 너무 어려서 함께 식탁에 있지 못했겠구나. 넌 기억하니, 마거릿?」

기억나지 않는다. 기억나지 않아 기쁘다. 스티븐에게서 어머니에게로 시선을 옮겼다. 그리고 다시 윌리스 부인에게 고개를 돌려 부인을 뚫어져라 바라보았다. 부인이 말하고 있었다. 「도스, 영매라고? 아, 누군지 알아. 실베스터 부인의 딸 머리를 때렸었나 목을 졸랐었나 여하튼 거의 죽일 뻔한 여자였지…….」

내가 즐겨 보던 크리벨리의 초상화를 떠올렸다. 그리고 이제 마치 그 그림을 떼어내 수줍게 가지고 내려왔는데, 방의 누군가가 그걸 낚아채 사람들끼리 돌려 보고, 그래서 그림이 지저분해지는 느낌이 들었다. 나는 윌리스 부인에게 그 사건에 연루되어 다쳤다는 소녀를 정말로 아는지 물었다. 부인은 소녀의 어머니를 안다고 했다. 그 어머니는 미국인이고 〈아주 악명이 높으며〉 딸은 머리털이 붉고 숱이 많으며, 얼굴은 하얗고 주근깨가 있다고 했다. 「실베스터 부인은 그 영매랑 아주 큰 소동을 일으켰지! 그리고 그 영매 때문에 부인의 딸아이는 무척이나 불안해하는 듯하더라.」

나는 도스에게 들은 말을 부인에게 해주었다. 즉, 소녀는 다친 게 아니라 그냥 겁을 먹었을 뿐이며, 그 모습에 다른 부인이 겁을 먹었고, 죽었다고 말했다. 그리고 죽은 부인의 이름은 브링크 부인이라고 하는데, 혹시 아냐고 물었다. 윌리스 부인은 모른다고 했다. 내가 말했다. 「도스는 꽤 확신해요. 도스는 영혼이 모든 일을 저질렀다고 말하더군요.」

스티븐은 자기가 도스여도 모든 책임을 영혼에게 미루겠노라고 말했다. 또한 법정에서 그런 주장이 더 자주 나오지 않는 게 자기로서는 놀랍다고 했다. 나는 스티븐에게, 도스는 상당히 정직해 보인다고 말했다. 스티븐은 당연히 영혼-영매는 정직해 보여야 한다고 말했다. 그쪽 사람들은 영업을 위해 그렇게 보이려 연구를 많이 한단다.

아서가 쾌활하게 말했다. 「그 사람들 대부분은 사악합니다. 아주 영리한 사람들이죠. 그리고 바보들을 제물 삼아 호화롭게 산답니다.」

나는 가슴에, 로켓이 있어야 할 자리에 한 손을 얹었다. 목걸이가 없어졌다고 다른 사람들의 주의를 끌려고 그랬는지 아니면 없어진 걸 숨기려고 그랬는지 모르겠다. 헬렌을 보았지만, 헬렌은 프리실라와 함께 웃고 있었다. 윌리스 부인은 모든 영매가 사악한지는 잘 모르겠노라고 했다. 부인의 친구가 강신회에 참석한 적이 있는데, 그곳의 신사는 그 부인에게 보통 사람이라면 도저히 알 수 없는 여러 가지 일들, 가령 부인의 어머니며 화재로 죽은 조카 등에 대해 말해 줬다는 것이다.

이윽고 아서가 말했다. 「그 사람들에게는 책들이 있죠. 아주 유명하죠. 그 사람들에게는 마치 장부처럼 이름들이 적힌 책이 있고, 자기들끼리 그 책들을 돌려 봅니다. 아마도 당신 친구의 이름도 그 책에 들어 있을 겁니다. 당신 이름도 그렇고요.」

그 말을 들은 월리스 부인이 비명을 질렀다. 「영매의 안내서라니! 진짜 있는 건 아니죠, 바클레이 씨?」 프리실라의 앵무새가 깃털을 부르르 떨었다. 헬렌이 말했다. 「제 할머니가 사시던 집의 층계 중간, 방향을 바꿔 올라가기 시작하는 곳에 서면 유령을 볼 수 있다는 말이 있었어요. 그곳에서 떨어져 목이 부러져 죽은 소녀의 유령이 보인다는 거죠. 그 유령은 비단신을 신고 무도회에 가는 길이었다더군요.」

어머니는 놀라 〈유령이라니!〉 하고 외쳤다. 어머니는 이제 집 안에 있는 모든 사람이 유령에 대해 이야기하기 시작한 듯하다며, 계속 유령 이야기를 할 거면 아래층 부엌으로 가서 하녀들과 하라고 했다.

잠시 뒤, 사람들이 계속 이야기를 나누는 동안 나는 스티븐에게 가서 정말로 셀리나 도스가 유죄라고 생각하는지 물었다. 스티븐이 싱긋 웃었다. 「그 여자는 밀뱅크에 있잖아. 그러니 유죄가 분명해.」 나는 그 대답은 우리가 어렸을 때 스티븐이 나를 놀리려고 했던 유의 답이라고 말했다. 어릴 때에도 스티븐은 변호사처럼 말했다. 나는 헬렌이 우리를 지켜보는 것을 알아차렸다. 헬렌의 귀에는 진주 귀걸이가 걸려 있었다. 밀랍 방울처럼 생긴 진주였다. 예전에 헬렌이 그 귀걸이를 한 기억, 그리고 그 귀걸이가 헬렌 목의 열기에 녹아 떨어지는 상상을 한 기억이 난다. 나는 스티븐이 앉은 의자 팔걸이에 앉아 말했다. 「그토록 폭력적이고 계산적이라고 보기엔 셀리나는 너무 젊어…….」

하지만 스티븐은 그건 문제가 안 된다고 말했다. 자기는 열세 살이나 열네 살짜리 소녀가 법정에 온 것도 자주 봤다고 했다. 그 소녀들은 배심원들이 얼굴을 제대로 볼 수 있도록 밑에 상자를 받쳐 주고 세워야 할 정도로 어린 아이들이라고 했다. 하지만 그런 아이들 뒤에는 언제나 나이 든 여자나 남자들이 있으며, 아마 도스 역시 어린 시절에는 그런 사람들 곁에 있으면서 〈나쁜 영향에 물들었을〉 거라고 했다. 나는 스티븐에게 도스에게 영향을 준 존재는 오로지 영혼들뿐이라고 했다. 스티븐이 말했다. 「음, 그렇다면 도스가 보호하고 싶어 하는 사람이 있을지도 몰라.」

감옥에서, 밀뱅크 감옥에서 5년이라는 시간을 기꺼이 보낼 수 있을 정도로 귀한 사람?

스티븐은 그런 일이 종종 일어난다며, 도스가 젊고 예쁜 편 아니냐고 물었다. 「그리고 이 경우 〈영혼〉이라는 게, 이제 기억이 나는데, 남자 아니었어? 알겠지만, 강신회에서 유령이 나타나는 경우, 그건 대부분 남자들이 모슬린 천을 뒤집어쓰고 사람들을 속이는 거거든.」

나는 고개를 저었다. 스티븐의 생각이 틀린 게 분명하다고 힘주어 말했다. 확신했다! 하지만 그 말을 하자 스티븐은 나를 유심히 관찰했으며, 〈젊은 남자를 위해 예쁜 여자가 기꺼이 감옥에도 들어가게 하는 열정에 대해 네가 뭘 알겠어?〉 하고 생각하는 듯했다.

내가 그런 것에 대해 뭘 아느냐고? 나도 모르게 손이 다시 가슴으로 갔고, 그 동작을 감추려고 옷깃을 잡아당겼다. 나는 스티븐에게, 정말로 강신술을 사기로 보느냐, 모든 영매가 사기꾼이냐고 물었다. 스티븐이 손을 들었다. 「모두 그렇다고 말하지는 않았어. 대부분이 그렇다고 했지. 영매가 모두 사기꾼이라고 생각하는 건 바클레이야.」

나는 바클레이 씨와 이야기하고 싶지 않았다. 「스티븐 넌 어떻게 생각하는데?」 내가 다시 물었다. 스티븐은 자기 생각을 밝히며, 주어진 증거를 고려할 때, 이성적인 사람이라면 누구라도 그렇게 생각할 것이라고 말했다. 즉, 대부분 영혼-영매는 의심할 바 없이 단순한 사기극이며, 일부는 질병이나 강박 관념의 희생자이며, 도스 역시 그런 희생자 가운데 한 명일 가능성이 있고, 그렇다면 조롱하기보다는 안타까워해야 한다고 했다. 하지만 다른 부류는……. 「그게, 우리는 멋진 시대에 살아. 난 지금 전보국에 가서 대서양 저편 전보국에 있는 사람과 의사소통을 할 수 있어. 그게 어떤 원리냐? 그건 나도 몰라. 50년 전이었다면 그런 일은 자연의 섭리에 위배되며 절대로 불가능하다고 여겨졌을 거야. 하지만 내가 그 원리를 모른다고 해서 누군가 내게 메시지를 보내 왔을 때 그게 실은 가짜이며, 누군가 옆방에서 신호를 두드리는 거라고 생각하지는 않아. 그리고 나는 내게 말을 거는 신사가 실은 변장한 악마라고 생각하지도 않아. 일부 성직자는 그렇게 생각하는 거 같지만 말이야.」

나는 전신기는 전선으로 연결되어 있다고 말했다. 스티븐은 전선 없이도 작동하는 기계를 만들 수 있으리라 믿는 기술자들이 생겨났다고 했다. 「어쩌면 자연에 선이, 작은 필라멘트들이 있을 수도 있어.」 스티븐이 손가락을 흔들었다. 「아주 섬세하고 기묘해서 과학이 알아차리지 못한 그런 게 말이야. 어쩌면 네 친구 도스처럼 섬세한 여자만이 그런 선을 느낄 수 있고, 그 선을 통해 전달되는 메시지를 들을 수 있는지도 몰라.」

내가 말했다. 「죽은 사람에게서 오는 메시지?」 그러자 스티븐은 죽은 사람들이 다른 형태로 살고 있다면, 그들이 하는 말을 들으려면 아주 희귀하고 묘한 방식이 필요하지 않겠느냐고 대답했다.

나는 말했다. 그것이 사실이라면, 그리고 도스가 무죄라면…….

하지만 물론 스티븐은 그것이 사실이라고 말하지 않았다. 스티븐은 단지 그럴 수도 있다고 말한 것뿐이다. 「하지만 설사 그게 사실이라 할지라도, 도스를 믿을 수 있다는 말은 아니야.」

「하지만 도스가 정말로 무죄라면…….」

「그렇다면 영혼이 그걸 증명하게 해야지! 게다가 충격을 받았다는 소녀며 두려움에 죽은 부인에 대한 의문도 남아 있고. 그 점에 대해서 뭐라고 반론을 할 수가 없는걸.」 좀 전에 어머니는 종을 울려 비거스를 불렀고, 이제 스티븐은 몸을 기울여 비거스가 든 접시에 담긴 비스킷을 집었다. 조끼에서 부스러기를 털어 내며 스티븐이 말했다. 「내가 보기엔 처음 생각이 맞아. 그리고 알 수 없는 선보다는 모슬린 천을 뒤집어쓴 남자 이론이 더 끌리고.」

고개를 드니 헬렌은 여전히 우리를 주시하고 있었다. 내 생각에, 헬렌은 내가 스티븐과 있으면서 상냥하고 또한 여느 때와 같이 행동해 기뻐한 듯하다. 헬렌에게 다가가려 할 때, 어머니가 프리실라와 아서와 월리스 부인과 함께 카드 게임을 하자며 탁자로 헬렌을 불렀다. 어머니 일행은 반 시간 정도 〈21〉 게임을 했다. 이윽고 월리스 부인은 게임에서 완전히 털렸다고 외치곤 일어나 위층으로 갔다. 부인이 다시 내려왔을 때, 나는 부인을 잡고 실베스터 부인과 그 딸에 대해 다시 이야기해 달라고 했다. 부인에게 실베스터 부인을 마지막으로 만났을 때 그 딸이 어때 보였는지 물었다. 부인은 실베스터 부인의 딸은 〈진흙처럼 불쌍해〉 보였으며, 그 어머니는 입술이 붉고 검은 수염이 덥수룩하게 난 신사와 딸을 짝지어 줬다고 대답했다. 「그리고 누군가 안부라도 물으면 실베스터 양은 〈전 곧 결혼한답니다〉라고 말하며 달걀만 한 에메랄드가 박힌 반지를 낀, 빨간 털이 난 손을 내밀어 보인단다. 너도 알다시피, 그 아이는 물려받는 유산이 엄청나잖니.」

나는 실베스터 가족이 어디에 사는지 물었다. 그러자 월리스 부인은 교활한 눈으로 나를 보았다. 「돌아갔지. 미국으로.」 부인이 말했다. 부인은 실베스터 가족을 재판이 끝나기 전에 딱 한번 보았으며, 그 뒤 그들은 금세 집을 팔고 하인들을 정리했단다. 월리스 부인은 실베스터 부인처럼 자기 딸을 고향으로 데려가 결혼시키려고 그토록 일을 서둘러 처리한 사람은 생전 처음 보았다고 했다. 「하지만 재판이 있는 곳에는 늘 추문이 떠돌잖니. 잘은 몰라도 뉴욕에서는 그런 일들에 대해 그리 민감하게 반응들 하지 않을 것 같구나.」

이때 비거스에게 지시를 내리던 어머니가 말했다. 「무슨 이야기를 하는 거지? 누구 이야기? 설마 아직도 유령 이야기를 하는 건 아니지?」 탁자에 반사된 빛 때문에 그 앞에 앉은 어머니의 목은 두꺼비처럼 파랬다.

나는 고개를 저었고, 프리실라가 말하게 두었다. 카드를 나누는 동안 프리실라가 말하기 시작했다. 「매리시스에서는 말이지…….」 이윽고 잠시 뒤에는 이런 말을 했다. 「이탈리아에서는 말이지…….」

그리고 잠시 신혼여행에 대해 단편적인 이야기들이 있었다.

나는 벽난로 앞에 서서 불꽃을 바라보았고, 스티븐은 의자에 앉아 신문을 들고 꾸벅꾸벅 졸았다. 마침내 어머니가 말하는 소리가 들렸다. 「한 번도 가본 적이 없어. 그리고 가고 싶지도 않네! 여행을 가면 변화가 심해서 그걸 견디기도 어렵고 그곳의 열기며, 음식도 도통 안 맞는다니까.」 어머니는 아서와 여전히 이탈리아 이야기를 하고 있었다. 어머니는 우리가 어렸을 때 아빠가 그곳을 여행한 이야기를 해주었다. 그리고 나와 헬렌과 함께 짠 방문 계획에 대해서도 말했다(나와 헬렌은 아빠의 조수로 갈 계획이었다). 아서는 헬렌이 학문에 재능이 있는 줄 몰랐다고 말했다. 그러자 어머니는 〈어머, 하지만 헬렌이 우리와 함께 있는 건 프라이어 씨의 작업 덕분인걸!〉 하고 대답했다.

어머니가 말했다. 「헬렌은 프라이어 씨의 강의에 참석했지. 그리고 마거릿은 거기서 헬렌을 만났고, 집으로 데려왔고. 그 뒤로 헬렌은 늘 환영받는 손님이었고, 프라이어 씨는 언제나 헬렌을 총애했다네. 물론 헬렌이 우리 집에 온 건 사실 스티븐 때문이었지만, 우리는 그걸 전혀 몰랐다니까. 안 그러니, 프리실라? 어머, 얼굴 붉히지 않아도 돼, 헬렌!」

나는 벽난로 옆에 서서 이 모든 내용을 들었다. 헬렌의 뺨이 붉어지는 것을 보았다. 하지만 내 뺨은 차가운 채였다. 사실 그 이야기를 너무나도 여러 번 들었기 때문에 이제는 반쯤은 그게 진실이라고 믿는 지경에 이를 정도였다. 게다가 스티븐의 말 때문에 나는 깊은 생각에 잠겼다. 다른 누구와도 말하지 않았다. 하지만 이곳으로 올라오기 전, 졸고 있는 스티븐을 깨워 말했다. 「네가 말한 모슬린 천을 뒤집어쓴 남자 이야기인데, 지난번에 감옥을 방문했을 때 우편물을 관리하는 여자를 만났어. 그런데 그 여자가 뭐라고 했는지 알아? 셀리나 도스는 수감 기간 동안 편지를 한 통도 받은 적이 없대. 보낸 적도 없고. 자, 그러니 말해 봐. 아무 것도, 편지 한 통, 전언 하나 안 보내는 연인을 위해 밀뱅크 감옥에 자진해서 들어갈 사람이 과연 있을 거라고 생각해?」

스티븐은 대답을 하지 못했다.

1872년 11월 25일

끔찍한 밤이었다! 나는 브링크 부인과 오후 내내 있었고, 그래서 저녁 식사에 늦었다. 커틀러 씨도 아주 자주 식사 시간에 늦지만 그걸 마음 쓰는 사람은 아무도 없다. 하지만 내가 자리에 앉는 걸 본 빈시 씨가 말했다. 「흠, 도스 양, 당신 먹을 고기를 베티가 개에게 주지 않고 남겨 두었기 바랍니다. 우리는 당신이 너무 고귀한 몸이 되신 까닭에 더는 우리와 함께 식사를 하지 않을 거라고 생각했답니다.」 나는 절대 그런 일은 일어나지 않을 거라고 힘주어 말했다. 그러자 빈시 씨가 대답했다. 「그렇게 말씀하시면 그 말이 맞겠지요. 당신에게는 미래를 내다볼 줄 아는, 남들에게 보기 드문 능력이 있으니까요.」 빈시 씨는 넉 달 전만 해도 내가 자기 건물의 작은 방을 얻고 무척 기뻐했지만, 이제는 더 나은 것에 눈독을 들이는 것 같다고 했다. 빈시 씨는 토끼 고기 조각 하나와 삶은 감자 하나가 담긴 접시를 내게 건넸다. 내가 말했다. 「그러네요. 빈시 씨의 저녁 식사보다 더 나은 걸 찾기가 전혀 어렵지 않겠는걸요.」 그 말에 모두가 포크를 내려놓고 나를 바라보았으며, 베티가 킬킬거렸고, 빈시 씨는 그런 베티 등

짝을 후려쳤고, 빈시 부인은 비명을 지르며 외쳤다. 「어머! 어머! 내 하숙인이 내 식탁 앞에서 이런 모욕을 준 건 처음이야! 이 싸구려 매춘부야, 내 남편이 자비로운 마음에 방세도 적게 받으며 널 거두어 들였어. 네가 내 남편을 볼 때마다 가자미눈을 하는 걸 내가 못 본 줄 알아?」 내가 말했다. 「당신 남편은 천박하디 천박한 영매 사육사예요!」 그리고 나는 접시에서 삶은 감자를 집어 들어 빈시 씨의 머리를 향해 던졌다. 빈시 씨가 맞았는지는 보지 못했다. 나는 그냥 자리를 박차고 일어나 내 방으로 달려와서 침대에 누워 흐느끼다가 웃음을 터뜨렸고, 마침내 몸이 안 좋아졌다.

그리고 건물에 있는 모든 사람들 가운데, 오로지 시브리 양만이 빵과 버터 그리고 자기 유리잔에 담았던 포트와인을 약간 덜어 가지고 나를 찾아왔다. 빈시 씨가 아래층 복도에서 이야기하는 소리가 들렸다. 빈시 씨는 앞으로 자기 지붕 아래에 여자 영매를 절대로 들이지 않을 것이라고 말했다. 설사 그 여자가 자기 아버지와 함께 있는다 해도 절대로 안 된다고 했다. 빈시 씨가 말했다. 「그 사람들에게 아주 강력한 힘이 있다고 들었고, 진짜로 강력한 힘이 있을 수도 있지요. 하지만 영적 열정에 사로잡힌 젊은 여자라니. 맙소사, 커틀러 씨, 그건 정말 두 눈 뜨고 보기 민망할 정도랍니다!」

1874년 10월 21일

클로랄에 익숙해지는 날이 올까? 마치 어머니가 나를 더 약하게 하려고 클로랄을 점점 더 많이 주는 듯하다. 그리고 잠이 들어도 선잠을 자며 계속 뒤척이고, 눈꺼풀 안으로 그림자들이 지나가고, 귀에서는 뭔가 중얼거리는 소리가 계속 들린다. 그 때문에 잠에서 깨고, 혼란스러워진 나는 일어나 빈방을 서성인다. 이윽고 다시 피곤해 잠이 들길 바라며 한 시간쯤 침대에 누워 있는다.

내가 이렇게 된 것은 바로 로켓이 사라졌기 때문이다. 그 때문에 밤이 되면 편히 잠들 수가 없으며, 낮이 되면 하루 종일 멍한 상태로 있다. 오늘 아침, 나는 프리실라의 결혼에 관련된 작은 일에 대해 너무나도 멍청한 짓을 저질렀고, 어머니는 내가 어찌 된 건지 모르겠다고 말했다. 어머니는 밀뱅크의 거친 여인들과 섞여 지내다 보니 나 역시 바보가 된 것 같다고 했다. 어머니의 말에도 아랑곳없이, 나는 밀뱅크를 방문했고, 이제 바로 그 때문에 정신이 아주 맑아졌다…….

여교도관들은 우선 감옥의 세탁실부터 보여 주었다. 세탁실은 소름 끼치는 곳으로, 천장이 낮고 더우며 축축하고 냄새가 났다. 거대하고 무시무시해 보이는 탈수기와 풀이 끓는 단지들이 있었고, 천장을 가로질러 줄지은 선반들에서는 이름 모를, 그리고 형태를 분간할 수 없는 — 그래서 시트인지 내의인지 페티코트인지 알 수 없었다 — 온갖 빨래들이 매달려 물을 뚝뚝 흘리고 있었다. 그곳에 들어간 지 1분도 안 되어 세탁실의 열기에 얼굴과 머리가 화끈거렸다. 하지만 여교도관들 말로는, 여죄수들은 다른 곳보다 세탁실에서 일하는 걸 더 좋아한단다. 세탁실에서 일하면 보통 죄수들보다 음식이 더 잘 나와서 기본 식사 이외에 달걀과 신선한 우유와 고기를 맛볼 수 있단다. 세탁실에서 일하려면 힘이 좋아야 하기 때문이다. 게다가 세탁실에서는 함께 일을 하기 때문에 내 생각에는 가끔은 서로 대화를 할 수도 있으리라.

세탁실의 열기와 부산함을 겪고 나니, 보통 수용 구역은 아주 춥고 열악해 보인다. 오늘은 여러 명을 만나지 않고 전에 만나지 않은 죄수 두 명만 만났다. 처음에 본 이는 〈숙녀〉죄수 가운데 하나로, 이름은 툴리였고, 보석 사기죄를 지어 밀뱅크에 왔다. 내가 들어가자 툴리는 내 손을 꼭 잡고 말했다. 「오, 마침내 제대로 대화를 좀 할 수 있겠군요!」 하지만 툴리가 원하는 건 신문에 난 이야기뿐이었고, 물론 나는 규칙상 그 이야기를 해줄 수 없었다.

툴리가 말했다. 「하지만 우리 여왕님은 잘 계신 거죠? 적어도 그 정도는 말해 줄 수 있잖아요.」

툴리는 자신이 오즈번의 파티에 두 번이나 손님으로 참석했다면서, 유명한 부인 한두 명의 이름을 대며 그 사람을 아는지 물었다. 나는 알지 못했다. 그러자 툴리는 〈누구와 어울리는지〉

물었다. 내가 아버지는 단지 학자였을 뿐이라고 말하자 그녀의 태도는 무척이나 냉담해 보였다. 마침내 툴리는 몸에 맞는 코르셋과 치약 문제에 대해 내가 핵스비 양에게 영향력을 끼칠 수 있는지 물었다.

나는 툴리와 오래 있지 않았다. 두 번째로 만난 여자는 훨씬 더 마음에 들었다. 이름은 애그니스 내시였으며, 가짜 주화를 유통시킨 죄로 3년 전에 밀뱅크에 왔다. 내시는 뚱뚱했고, 얼굴이 검었고, 콧수염이 있었지만, 눈은 아주 파랗고 예뻤다. 내가 감방에 들어서자 내시는 일어섰으며, 무릎 굽혀 인사를 하지는 않았지만 자기 의자를 내게 주었고, 나와 함께 있는 시간 내내 자신은 접어 놓은 해먹에 몸을 기대고 있었다. 내시의 손은 창백했고 아주 깨끗했다. 손가락 하나는 두 번째 관절에서 끝나 있었다. 내시는 〈자신이 아기였을 때 푸주한의 개가 그 부분을 잘라 먹었다〉고 했다.

내시는 자기 죄를 뉘우치는 기색이 없이 꽤 뻔뻔했으며, 흥미롭게 이야기를 했다.「제 이웃은 모두 도둑이었어요. 그리고 보통 사람들은 우리가 아주 나쁜 사람이라고 생각하지만 우리는 서로에게는 상냥하답니다. 저는 필요하면 훔쳐야 한다고 교육을 받으며 자랐고, 실제로 수없이 그렇게 했답니다. 그리고 이런 말을 하는 제가 아무렇지도 않아요. 하지만 뭔가 많이 필요한 적은 결코 없었어요. 제 오빠가 그쪽에서 꽤 중요한 인물이어서 덕분에 편히 지낼 수 있었거든요.」내시는 자신의 인생이 망가지게 된 건 불량 주화 때문이라고 했다. 내시가 그 일을 담당했다(그 일이 쉽고 재미있기 때문에 많은 소녀들이 그 일을 맡아 한단다). 내시가 말했다.「저는 불량 주화를 유통시킨 죄로 이곳에 간혔지만, 결코 그것들을 유통시킨 적이 없어요. 집에서 주형 작업만 했고, 나머지는 다른 사람들이 했답니다.」

나는 이런 식으로 죄수들이 자신들이 저지른 죄를 여러 단계와 종류로 세세히 나누며 구별하는 소리를 많이 들어 왔다.

이 말을 듣고는 그럼 그 죄가 덜한 거냐고 물었다. 그러자 내시는 자기 죄가 덜하다는 게 아니라 설명을 했을 뿐이란다. 내시가 말했다. 「사람들이 잘 이해하지 못하는 직업이지요. 그리고 결국 그 때문에 제가 여기에 온 거고요.」

그래서 나는, 그게 무슨 뜻이냐, 화폐 위조가 결코 올바른 일은 아니지 않느냐, 위조 주화를 받은 사람은 억울하지 않겠느냐고 말했다.

「억울하지요. 맞아요. 하지만 우리의 가짜 돈이 아가씨 지갑으로 들어간다고 생각하셨어요? 물론 일부는 그럴 수도 있어요. 그건 저도 의심하지 않아요. 그렇지만 그건 운이 나빠서 그런 거예요. 우리는 가짜 돈 대부분을 바깥 사람들 모르게 우리끼리만 쓴답니다. 가령 제가 담배를 한 깡통 사며 동료에게 그런 주화를 주는 거죠. 그러면 그 동료는 또 자기 동료에게 그 주화를 주고, 또 그 사람은 짐배에서 내리는 양고기를 조금 사며 그 주화를 수지나 짐에게 주는 식이죠. 수지나 짐은 그 돈을 다시 제게 주고요. 그 돈은 오롯이 내부에서만 통용되고 해를 입는 사람은 아무도 없어요. 하지만 판사는 〈불량 주화 제작자〉라는 단어를 들으면 〈도둑〉이라는 단어를 떠올리죠. 그리고 덕분에 저는 5년이라는 시간을 이곳에 갇혀 있어야 한답니다……」

나는 도둑들의 지하 경제가 있으리라고는 생각도 못 해봤으며, 내시의 답변이 꽤 그럴듯하다고 말했다. 내 말에 내시는 고개를 끄덕였다. 내시는 다음에 내가 판사와 저녁 식사를 하게 되면 꼭 이 주제를 화제로 올려야만 한다고 말했다. 내시가 말했다. 「제 목표는 당신 같은 숙녀들을 통해 조금씩 제 생각을 전파하는 것이랍니다.」

내시는 웃지 않았다. 내시가 진심인지 아니면 장난으로 말하는지 분간할 수가 없었다. 나는 앞으로는 주화를 받을 때면 유심히 살펴보겠노라고 말했다. 내시가 말했다. 「그러세요. 그리고 혹시 알아요? 지금 아가씨 지갑에도 제가 주조하고 다듬은 주화가 들어 있을지요.」

하지만 가짜 주화인지 아닌지 어떻게 알 수 있냐는 내 질문에 내시는 조심성을 보이며 작은 표시가 있다고 말했다. 「아시잖아요. 여기에 있다 할지라도 그걸 말씀드릴 수는 없어요.」

내시는 내 시선을 맞받았다. 나는 내시가 방금 한 말이 자신이 석방되었을 때 예전 일을 다시 하겠다는 뜻은 아니면 좋겠다고 말했다. 내시는 어깨를 으쓱해 보이며, 달리 뭘 할 수 있겠냐, 아까 말했듯이 자신은 이 일을 하며 자라 왔지 않느냐, 자기가 돌아가지 않으면 자기 동료들은 자기를 좋아하지 않을 거라고 했다. 나는 남은 2년 동안 죄를 저지를 궁리만 하며 보낸다면 정말 부끄러운 일이라고 말했다. 내시는 대답했다. 「부끄러운 일이긴 하지만 달리 뭘 할 수 있겠어요. 그런 생각이 아니면 감방 벽돌이 몇 개인지, 바느질 땀이 몇 개인지 세는 것밖에 할 일이 없는데, 그런 일은 이미 다 한걸요. 그도 아니면 엄마를 잃은 제 아이들이 어떻게 지낼지 궁금해하며 시간을 보낼 수도 있지만, 이미 그 생각은 엄청나게 많이 한 데다가, 그 생각만으로 2년을 보낼 수는 없는 일이잖아요.」

나는 왜 내시의 아이들이 엄마 없이 지내야 하는지 생각해 볼 수도 있지 않겠느냐고 말했다. 내시의 나쁜 행실과 그 결과 아이들이 어떻게 되었는지 생각해 볼 수도 있지 않겠느냐고 말했다.

내시가 소리 내어 웃더니 말했다. 「그랬지요. 여기 들어온 첫해에는 그랬어요. 이곳에 갇힌 아무나 잡고 물어보세요. 우리 모두 그래요. 밀뱅크에서 보내는 첫해는, 아시겠지만, 끔찍하답니다. 첫해에는 온갖 맹세를 다 하지요. 다시 나쁜 짓을 저질러 이곳에 또 오느니 차라리 가족과 함께 굶어 죽겠노라고 다짐에 다짐을 하지요. 만나는 사람에게마다 잘못했다고, 다시는 안 그러겠노라고 말하지요. 하지만 첫해뿐이랍니다. 그 뒤로는 잘못했다는 생각을 안 해요. 자신이 저지른 범죄를 곰곰이 생각해 보지요. 하지만 〈그렇게 하지 않았더라면 이곳에 오지 않았을 텐데〉 이런 생각은 안 하지요. 오히려 〈그때 내가 좀 더 잘했더라면……〉 이런 생각을 하지요. 그리고 풀려나면 저지를 온갖 정교한 속임수와 사기 방법을 궁리한답니다. 그러고는 이렇게 다짐하지요. 〈내가 나쁜 짓을 저질렀다고 이곳에 가두었다 이거지. 좋아, 그럼 4년 뒤 풀려나면 정말로 나쁜 짓이 뭔지 제대로 보여 주겠어.〉」

내시는 내게 윙크를 했다. 나는 눈을 동그랗게 뜨고 내시를 바라보았다. 마침내 내가 말했다. 「설마 〈그런 말을 듣게 되어 참 기쁩니다〉라는 말을 하길 바라는 건 아니겠죠.」 그러자 내시는 여전히 생글거리며 즉시 내가 그러리라고는 기대하지 않는다고 대답했다.

나가려고 일어서자 내시도 자리에서 일어났으며, 마치 배웅이라도 하려는 듯 감방 문까지 서너 걸음을 함께 걸었다. 내시가 말했다. 「자, 아가씨, 이야기를 나누어 즐거웠어요. 이제 주화에 대해 절대 잊지 마세요!」 나는 알겠노라고 대답했고, 여교도관을 찾아 복도 쪽을 보았다. 내시가 고개를 끄덕였다. 「다음은 누구에게 가나요?」 내시가 물었다. 뭔가 해를 끼치려고 그러는 거 같지 않았기에 조심스레 대답했다. 「아마도 당신 이웃인 셀리나 도스에게 갈 듯해요.」

그러자 내시가 곧장 말했다. 「셀리나 도스! 그 이상한 여자…….」 내시는 예쁜 파란 눈을 굴리더니 다시 웃음을 터뜨렸다.

그래서 나는 내시가 무척 맘에 안 들었다. 창살 사이로 교도관을 불렀고, 젤프 부인이 와서 나를 꺼내 줬다. 그리고 나는 도스에게 갔다. 도스의 얼굴은 전보다 더 창백해진 듯했으며, 손은 확실히 더 빨갛고 거칠어졌다. 나는 두꺼운 외투를 입었으며, 가슴 쪽을 단단히 여미고 있었다. 로켓이 사라진 것에 대해, 그리고 도스가 지난번에 한 말에 대해서는 아무 언급도 하지 않았다. 대신, 도스를 생각했노라고 말했다. 또한 도스가 자신에 대해 한 말들을 생각했노라고 말했다. 그리고 오늘 좀 더 이야기해 줄 수 있는지 물었다.

도스는 무슨 말을 해야 하는지 물었다.

나는 밀뱅크에 오기 전의 삶에 대해 이야기해 보라고 했다. 내가 물었다. 「지금 당신처럼 된 게 얼마나 되었지요?」

「지금 저처럼요?」 도스가 고개를 옆으로 살짝 기울였다.

「지금 당신처럼요. 언제부터 영혼을 보기 시작했나요?」

「아.」 도스가 싱긋 웃었다. 「눈으로 사물을 보기 시작하면서부터인 듯해요…….」

그리고 도스는 그게 어떤 식이었는지 말했다. 도스는 어렸을 때 이모와 함께 살았는데, 병치레가 잦았단다. 그러던 어느 날, 평소보다 더 아팠는데, 어떤 숙녀가 도스에게 왔단다. 알고 보니 그 숙녀는 도스의 죽은 어머니였다.

「이모가 그렇다고 말해 줬어요.」도스가 말했다.

「무섭지 않았나요?」

「이모는 겁먹지 말라고 했어요. 어머니는 절 사랑하신다고요. 그래서 어머니의 영혼이 제게 오는 거라고 했어요……」

그렇게 도스 어머니의 영혼은 계속 찾아왔고, 마침내 이모는 도스의 〈능력을 최대한으로 끌어올려야〉 한다고 생각했고, 강신회에 참여하게 했다. 그러자 뭔가를 두드리는 소리, 비명이 들리며 더 많은 영혼들이 나타났다. 도스가 말했다. 「저는 살짝 두려웠어요. 이 영혼들은 어머니의 영혼과 달리 그리 친절하지 않았거든요!」나는 그때 몇 살이었는지 물었다. 「아마 열세 살 때인 듯해요……」

나는 탁자가 기울어질 때 도스가 창백하고 마른 얼굴로 〈이모!〉하고 외치는 상상을 한다. 어린 도스를 그런 것에 노출시킨 이모라는 사람은 정상일까 정말로 궁금하다. 하지만 내가 이렇게 말하자 도스는 고개를 저으며 이모가 그렇게 해준 게 자신에게 도움이 되었다고 했다. 혼자서 그런 영혼을 만났으면 훨씬 더 안 좋았을 거라고 했다. 그러면서 홀로 지내는 영매는 그렇게 되는 경우가 있다고 힘주어 말했다. 이윽고 어린 도스의 눈에 보이던 존재들이 그녀에게 익숙해졌단다. 도스가 말했다. 「이모는 저를 아주 가까이 두었어요. 다른 여자아이들은 멍청해 보였으며, 아주 평범한 이야기들을 나누었죠. 물론 그런 애들은 제가 좀 어떻게 된 아이라고 생각했죠. 어쩌면 언젠가 누군가를 만나 그 사람이 저와 비슷하다는 것을 알게 되었을 수도 있죠. 하지만 물론 그게 좋은 일은 아니에요. 상대가 그것을 알지 못한다면요. 그리고 그것을 알면서 두려워한다면 더욱더 안 좋은 일이고요…….」

도스는 내가 몸서리를 치며 시선을 피할 때까지 내 눈을 빤히 바라보았다. 도스는 좀 더 활기찬 목소리로 말했다. 「그 강신회 덕분에 제 능력은 강해졌어요.」곧 도스는 〈낮은〉영혼들을 돌려보내고 좋은 영혼들과 접촉할 수 있게 되었고, 곧 그 영혼들은 〈지상에 사는 자신들의 귀한 친구들에게 보낼〉메시지를 도스에게 말하기 시작했다. 그리고 도스는 슬퍼하고 비탄에 빠진 사람들에게 그런 메시지를 전하는 건 그 사람들을 기쁘게 하는 일이잖느냐고 내게 물었다.

나는 사라진 로켓을, 그리고 지난번에 도스가 내게 전달해 준 메시지를 떠올렸다. 하지만 아직까지 우리는 그 이야기를 하지 않았다. 나는 단지 이렇게 말했다. 「그렇게 해서 당신은 영매가 된 거로군요. 그리고 사람들은 당신을 만나고 돈을 지불하고요?」

도스는 힘주어 말하길, 자신은 그 돈을 자신을 위해서는 〈단한 푼〉도 쓰지 않았다고 했다. 어떤 때는 선물을 주기도 했지만, 그건 완전히 다른 거라고 했다. 게다가 영혼들은 돈을 약간 받아 그걸로 계속 영매 생활을 할 수 있다면 거리낄 필요가 없다고 말했단다.

도스는 이곳에 오기 전의 삶에 대해 말하며 싱긋 웃었다. 「몇 달 동안 즐거운 시간이었어요. 당시에는 전혀 몰랐지만 말이에요. 이모는 저를 떠났어요. 우리 표현을 쓰자면, 영계로 가셨죠. 이모가 그리웠지만 이모는 지상에 있을 때보다 훨씬 더 만족해

하며 지내셨기에 저도 마냥 그분이 살아 계셨으면 하고 바랄 수만은 없었어요. 한동안 저는 홀본의 하숙집에서 지냈어요. 그곳에는 심령술사 가족이 살았는데, 그 사람들은 제게 친절했죠. 비록 나중에는 저에게 등을 돌렸지만요. 이런 말을 해서 유감이네요. 저는 제 일을 했고, 사람들은 그 결과에 기뻐했죠. 흥미로운 사람들을 많이 만났어요. 똑똑한 사람들도요. 프라이어 아가씨, 당신처럼 똑똑한 사람들 말이에요. 사실, 저는 첼시에 있는 집들에도 몇 번 가보았답니다.」

나는 보석 사기꾼이 오즈번에 갔던 일을 자랑스레 떠벌리던 모습이 떠올랐다. 사방이 벽인 감방에 갇힌 도스의 자존심은 끔찍해 보였다. 내가 말했다. 「그리고 당신이 해치고 아프게 했다는 여인과 소녀가 그 집 가운데 하나에 살았나요?」

도스는 내게서 시선을 돌렸다. 도스는 조용히 〈아뇨, 그 집은 시드넘에 있는 다른 집이에요〉라고 말했다.

그리고 도스는 깜박했다며, 아침 기도 시간에 큰 소란이 일어났다고 했다. 매닝 양이 관리하는 수용 구역의 제인 프티트가 목사에게 기도서를 던졌단다.

도스는 기분이 달라져 있었다. 나는 도스가 더는 말을 하지 않으리라는 걸 깨닫고 아쉬웠다. 도스의 〈못된〉 영혼인 〈피터 퀵〉에 대해 더 듣고 싶었기 때문이다.

아주 가만히 앉아서 도스의 이야기를 들었다. 이야기를 듣던 나는 춥다는 생각이 들어 외투를 좀 더 단단히 여몄다. 그 때문에 내 주머니에 든 공책이 드러났고, 도스가 그 공책을 보았다. 그리고 우리가 말하는 내내, 도스는 공책 가장자리를 계속 힐긋거렸다. 마침내 내가 가봐야겠다며 일어서자 도스는 왜 늘 공책을 가지고 다니냐며, 혹시 감옥에 갇힌 여자들에 대해 글을 쓸 생각인지 물었다.

나는 어디를 가든 공책을 가지고 다니며, 아버지의 일을 도우며 생긴 버릇이라고 했다. 그리고 공책이 없으면 어딘가 허전한 느낌이 들며 공책에 적은 내용을 나중에 일기에 옮겨 적기도 한다고 했다. 그리고 그 일기는 내 가장 소중한 친구고, 일기에 내 모든 은밀한 생각을 털어놓으며, 일기는 그 모든 것을 비밀로 지켜 준다고 했다.

도스는 고개를 끄덕이더니 이야기할 대상이 아무도 없다는 점에서 내 일기와 자신은 같은 처지라고 했다. 그러면서 감방에 있는 자신에게 내 은밀한 생각을 털어놓아도 된다며, 자신이 누구에게 그 이야기를 퍼뜨리겠냐고 했다.

도스는 심술이 난 게 아니라, 거의 즐거운 듯한 목소리로 말했다. 나는 내게 들은 말을 영혼에게 털어놓을 수도 있다고 했다. 그러자 도스는 한쪽으로 고개를 살짝 기울였다. 「영혼은 모든 걸 다 안답니다. 아가씨의 비밀 일기책에 있는 내용까지도요. 심지어 아가씨가 거기에 쓸 내용까지도요.」 그리고 도스는 말을 멈추고 손가락 하나를 자기 입술에 살짝 가져다 댔다. 「제아무리 아가씨가 방문을 굳게 닫고 램프 심지를 낮춰 방을 어둡게 해놓아도 말이에요.」

나는 놀라 눈만 끔벅였다. 그리고 그런 말을 하다니 참으로 이상하다고, 왜냐하면 내가 일기를 쓸 때 그렇게 하기 때문이라고 말했다. 그러자 도스는 1초 정도 나와 시선을 마주하더니 싱긋 웃었다. 도스는 일기를 쓸 때는 모두 그렇게 한다며, 자신도 자유의 몸이었을 때는 일기를 썼는데, 늘 밤 시간에 어둠 속에서

175

썼으며, 일기를 쓰다 보면 하품이 나며 자고 싶어졌다고 말했다. 하지만 이제는 밤에 잠을 못 이루기 때문에 밤새라도 일기를 쓸 수 있는 시간이 있지만, 일기에 쓸 내용이 없기 때문에 그렇게 하기 무척 어려워졌다고 했다.

헬렌이 스티븐과 결혼하겠노라고 처음 내게 말했을 때 보내야 했던 비참하고 잠 못 이루던 밤들이 떠올랐다. 그때 나는 처음으로 모르핀을 먹었고, 그날부터 아빠가 죽은 날까지 모두 합쳐 사흘도 채 자지 않았다. 도스가 어두운 독방에 누워 눈을 뜨고 있는 모습을 떠올렸다. 내가 도스에게 모르핀이나 클로랄을 가져다주고 그것을 마시는 모습을 지켜보는 걸 상상했다……

이윽고 도스를 다시 보았고, 도스가 여전히 내 주머니 속 공책을 주시하는 걸 깨달았다. 그 때문에 나도 모르게 공책에 손이 갔다. 그리고 내가 공책에 손을 대는 걸 본 도스의 시선이 약간 날카로워졌다.

도스는 이곳에서는 모두 종이와 잉크를 간절히 원하니 공책을 소중히 간직하는 건 잘하는 행동이라고 했다. 도스가 말했다. 「감옥에 처음 들어오면 커다란 검은 공책에 이름을 적는답니다.」 그게 도스가 마지막으로 펜을 들고 자기 이름을 적은 때였다. 또한 자기 이름이 불린 마지막 때였다. 「여기서 사람들은 저를 〈도스〉라고 불러요. 마치 하인처럼요. 이제 누가 저를 〈셀리나〉라고 부르면 저는 고개를 돌려 대답을 하지 않을 듯해요. 셀리나, 셀리나. 그 여자가 누구인지 잊었어요! 셀리나라 불리던 여자는 이제 죽었을 거예요.」

도스의 목소리가 살짝 떨렸다. 나는 자기 친구에게 보낼 메시지를 적게 내 공책을 한 쪽만 찢어 달라고 부탁하던 창녀 제인 자비스를 떠올렸다. 그날 이후 나는 자비스를 결코 찾지 않았다. 하지만 단지 자기 이름을 적으려고, 그래서 그 행동을 통해 살아 있고 존재한다고 느끼려고 종이 한 장을 원하는 건······.

아주 작은 소원인 듯했다.

내 생각에, 나는 젤프 부인이 있는 쪽에서 나는 소리에 주의를 기울이며 부인이 수용 구역 저쪽에서 여전히 바쁜지 확인한 듯하다. 이윽고 주머니에서 공책을 꺼내 빈 쪽을 펼친 뒤 탁자 위에 올려놓았다. 그리고 도스에게 내 펜을 내밀었다. 도스는 펜을 물끄러미 바라보더니 이윽고 나를 바라보았다. 도스는 펜을 잡고 어색한 손짓으로 뚜껑을 돌려 열었다. 펜의 무게와 모양이 어색했던 모양이다. 이윽고 도스는 손을 살짝 떨며 공책 위에 펜을 쥐고 펜 끝에 반짝이는 잉크 방울이 맺힐 때까지 기다렸다. 그리고 그녀는 썼다. 〈셀리나.〉 그러더니 도스는 자기 이름을 온전히 썼다. 〈셀리나 앤 도스〉 그리고 성을 뺀 이름만 다시 썼다. 〈셀리나.〉

도스는 이름을 쓰려고 탁자에 다가와 있었고, 그녀의 머리는 내 머리에 아주 가까이 있었으며, 따라서 그녀가 말을 했을 때 그 목소리는 속삭이는 것보다 살짝 더 큰 정도였다. 도스가 말했다. 「아가씨가 일기를 쓰면서 그곳에 제 이름을 적을 때가 있을지 궁금해요, 프라이어 아가씨.」

나는 잠시 대답을 할 수가 없었다. 도스의 속삭임을 들으며, 추운 감방에서 그녀의 온기를 느끼며, 〈내가 도스에 대한 이야기를 무척이나 자주 일기에 썼구나〉 하는 생각에 살짝 놀랐기 때문이다. 하지만 일기에 다른 여자에 대해서도 쓰는데 도스에 대해 쓰지 못할 이유가 뭔가? 그리고 헬렌에 대해 쓰는 것보다 도스에 대해 쓰는 게 확실히 더 나았다.

그래서 나는 단지 〈그렇다면 싫어요?〉라고만 말했다.

도스는 〈싫냐고요?〉라고 묻더니 싱긋 웃었다. 도스는 누군가가 책상 앞에 앉아 〈셀리나는 이런 말을 했다, 셀리나는 저런 말을 했다〉라고 써주면 기쁠 거라고, 그리고 그 누군가가 나라면 더욱더 특별할 거라고 말했다. 그녀가 소리 내어 웃었다. 「〈셀리나는 영혼에 대해 온갖 터무니없는 말들을 했다…….〉」

그녀는 고개를 저었다. 그리고 그 웃음이 나타났을 때만큼이나 빠르게 웃음소리가 사라졌고, 미소 역시 사라졌다. 그녀가 낮은 목소리로 말했다. 「물론 아가씨는 그 단어를 쓰지 않겠죠. 다른 사람들과 마찬가지로 〈도스〉라고 쓰겠죠.」

나는 원하는 이름으로 쓰겠노라고 말했다.

「그래 주시겠어요?」 도스가 물었다. 그리고 덧붙여 말했다. 「오, 그렇다면 저도 혹시 〈프라이어 양〉 대신 다른 호칭을 써도 될지 물어봐도…….」

나는 주저했다. 나는 여교도관들은 그게 옳다고 생각하지 않으리라고 말했다.

「그렇겠지요. 하지만…….」 도스는 내게서 고개를 돌렸다. 「그 이름을 이곳에서는 입 밖으로 내지 않을 거예요. 하지만 아가씨를 떠올릴 때, 감옥이 조용한 밤에 아가씨를 떠올릴 때, 아가씨를 〈프라이어 양〉이라고 부르지 않는다는 걸 깨달았어요. 아가씨가 제게 처음 왔을 때, 친구가 되기 위해서 왔다고 말하며 다른 이름을 말해 주었죠…….」

약간 어색해하며, 셀리나는 공책에 펜을 대고 자기 이름 밑에 〈마거릿〉이라고 적었다.

마거릿. 나는 그 이름을 보고 움찔했다. 그녀가 마치 무슨 서약을 적거나 내 모습을 캐리캐처로 그린 듯한 느낌이 들었기 때문이다. 그런 내 모습을 본 셀리나는 곧바로 〈아! 적지 말았어야 하는데! 사람들이 지금 같은 표정 짓는 걸 너무나도 자주 봤어요!〉라고 했다. 나는 그런 게 아니라고 말했다. 「단지, 그게 전 이 이름을 좋아하지 않거든요. 제 가장 나쁜 면들이 담긴 이름 같아서요. 제 동생은 이름이 예뻐요. 마거릿이라는 이름을 들으면 어머니 목소리가 들리죠. 아빠는 절 〈페기〉라고 부르셨어요…….」

「그러면 그 이름으로 부를게요.」 도스가 말했다. 하지만 나는 그녀가 지난번에 벌써 그 이름으로 나를 불렀다는 사실을 떠올렸다. 아직도 그 생각을 하면 오싹해진다. 고개를 저었다. 마침내 도스가 속삭였다. 「그러면 당신을 부를 다른 이름을, 〈프라이어 양〉 말고 다른 이름을 알려 주세요. 그 이름은 마치 이곳의 여교도관이나 아니면 평범한 방문객 이름처럼 느껴져요. 그리고 그 사람들은 제게 아무런 의미가 없고요. 특별한 의미를 줄 수 있는 이름을, 비밀스러운 이름을, 당신의 가장 나쁜 점들이 담긴 이름이 아닌, 가장 아름다운 면이 담긴 이름을 알려 주세요…….」

도스는 내가 자신에게 공책과 펜을 건네게 한 활기차면서 이상한 열정이 담긴 목소리로 계속 졸라 댔고, 마침내 내가 말했다. 「오로라예요! 오로라라고 부르세요! 그 이름은, 그 이름은…….」

물론 나는 헬렌이 그 이름을 지어 줬다고 말할 수는 없었다. 헬렌이 스티븐과 결혼하기 전 일이었다. 대신 나는 〈내가 어렸을 때〉 나 자신을 부르던 이름이라고 말했다. 그리고 나는 그런 멍청한 말을 한 나 자신이 부끄러워 얼굴을 붉혔다.

하지만 셀리나는 엄숙한 표정을 하고 있을 뿐이었다. 셀리나는 다시 펜을 잡더니 〈마거릿〉에 줄을 긋고 대신 〈오로라〉라고 적었다.

이윽고 셀리나가 말했다. 「셀리나와 오로라. 정말 잘 어울려요! 마치 천사들 이름 같지 않나요?」 돌연 수용 구역이 끔찍할 정도로 조용해진 듯했다. 저 멀리 어디선가 철컹하며 문이 닫혔고, 이어 빗장이 비명을 질렀고, 감옥 바닥에 깔린 모래가 바스락거리는 소리가 아주 가까이서 들려왔다. 나는 그녀의 손가락 감촉을 확실히 느끼며 어색한 동작으로 펜을 받아 들었다. 내가 말했다. 「저 때문에 지루한 한 시간을 보냈을까 걱정이 되네요.」

「오, 설마요!」

「아니, 그렇지 않아요.」

나는 일어나 두려워하며 감방 문 쪽으로 갔다. 복도는 텅 비어 있었다. 내가 외쳤다. 「젤프 부인!」 그리고 저 멀리서 내 외침에 대답하는 소리가 들렸다. 「잠깐만요, 아가씨!」 이윽고 나는 몸을 돌렸고, 누군가 엿듣거나 엿볼 사람이 없었기에 손을 내밀었다. 「그럼 잘 있어요, 셀리나.」

다시 한번 셀리나의 손가락이 내 손에 닿았고, 그녀는 싱긋 웃었다. 「잘 가요, 오로라.」 셀리나가 감방의 차가운 공기 속으로 그 단어를 내뱉자, 길고 긴 1초 동안 그 단어는 새하얀 천처럼 셀리나의 입술 앞에 머물렀다. 나는 손을 내리고 감방 문 쪽으로 몸을 돌렸다. 셀리나의 표정에서 천진난만한 기운이 다시 살짝 사라진 듯했다.

나는 왜 그렇게 했는지 물었다.

「뭘요, 오로라?」

나는 왜 그렇게 비밀스러운 방식으로 웃느냐고 물었다. 「제가 비밀스러운 방식으로 웃나요?」

「잘 알잖아요. 왜 그렇게 웃어요?」

셀리나는 망설이는 듯했다. 이윽고 그녀가 말했다. 「단지 당신이 아주 자랑스러워서 그러는 거예요. 영혼에 대해 우리가 나눈 이야기며 그리고……」

그리고?

하지만 셀리나는 다시 쾌활해졌다. 그녀는 단지 고개를 젓고는 웃음을 터뜨렸다.

마침내 셀리나가 말했다. 「다시 펜을 줘보세요.」 그리고 내가 대답을 하기도 전에 셀리나는 내게서 펜을 가져가더니 다시 공책으로 다가가 뭔가를 빠르게 쓰기 시작했다. 그때 젤프 부인이 복도를 걸어오는 소리가 들렸다. 「빨리요!」 내가 말했다. 내 가슴속 심장이 너무나도 거세게 뛰었기 때문에 가슴 부분의 옷이 북 가죽처럼 빠르게 떨리는 게 보였다. 하지만 셀리나는 웃음을 머금고 계속 뭔가를 썼다. 부츠가 저벅거리는 소리는 계속 가까워졌고, 내 심장도 계속 쿵쾅거렸다! 마침내 셀리나는 공책을 덮었고, 펜 뚜껑을 돌려 닫아 내게 건넸으며, 젤프 부인이 철창 너머로 나타났다. 젤프 부인은 평소처럼 깐깐한 눈으로 뭔가 잘못된 건 없는지 감방 안을 살폈다. 하지만 파르르 떨리는 내 가슴을 제외하고는 별 다른 게 없었다. 그리고 젤프 부인이 열쇠를 돌려 문을 여는 동안 나는 코트를 여며 가슴을 가렸다. 도스는 내게서 한 걸음 물러나 있었다. 이제 그녀는 앞치마 앞으로 손을 모으고 고개를 숙이고 있었으며, 전혀 웃지 않았다. 셀리나가 말했다. 「안녕히 가세요, 프라이어 양.」

나는 고개를 끄덕여 보였고, 아무 말 없이 젤프 부인을 따라 감방을 나가 수용 구역을 가로질러 갔다.

하지만 걷는 내내 엉덩이 근처에서 흔들거리는 공책을 느꼈다. 셀리나는 공책에 무시무시하고 묘한 무게감을 더해 놓았다. 감옥들이 교차하는 곳에서 나는 장갑을 벗고 손바닥으로 공책의 제본 부분을 만져 보았다. 그녀의 거친 손이 닿았던 곳은 가죽이 아직까지 따뜻한 듯했다. 하지만 감히 공책을 주머니에서 꺼낼 용기는 나지 않았다. 마차에 타고 나서, 마부가 말에 채찍질을 하고 나서야 나는 공책을 꺼냈다. 셀리나가 뭔가를 적은 곳을 찾느라 약간 시간이 걸렸고, 가로등 빛에 그 내용을 알아보느라 다시 약간 시간이 걸렸다. 나는 그것을 읽고는 즉시 공책을 덮어 주머니에 넣었다. 하지만 그 위에 내 손을 올려놓았으며, 덜컹거리는 마차가 집에 도착할 때까지, 마침내 가죽 장정이 축축해질 때까지 손을 떼지 않았다.

이제 그 공책은 내 앞에 있다. 공책에는 잉크가 번진 자국이 있으며 셀리나가 쓴 이름들, 자신의 이름과 내 옛 이름이, 비밀리에 쓰던 이름이 적혀있다. 그리고 그 아래에는 이렇게 적혀 있다.

우리가 영혼에 대해 여러 가지 이야기를 나눴지만 당신의 로켓에 대해서는 아무 말도 없었네요. 당신은 영혼들이 그 로켓을 가져가며 제게 말을 하지 않았을 거라고 생각했나요? 영혼들은 당신이 로켓을 찾는 걸 지켜보며 싱글벙글했답니다!

나는 촛불 아래서 글을 쓰고 있으며, 심지는 낮아 불빛은 침침하다. 오늘 밤은 날씨가 매서워 문 아래로 바람이 들어오고 바닥의 카펫이 들썩인다. 어머니와 프리실라는 각자의 방에서 자고 있다. 체이니 워크 전체가, 아마 첼시 전체가 잠들었으리라. 오로지 나만, 오로지 나와 비거스만 깨어 있다. 예전 보이드가 쓰던 방에서 비거스가 뒤척이는 소리가 들린다. 비거스는 무슨 소리를 들었기에 이렇게 잠 못 들고 뒤척이는 걸까? 나는 이 집이 밤이면 조용하다고 생각했다. 이제는 집안의 모든 시계가 째깍이는 소리가 들리는 듯하고, 마루 널판과 계단이 삐걱거리는 소리는 빠짐없이 내 귀로 들어오는 듯하다. 나는 불룩한 창문에 반사된 내 얼굴을 바라본다. 무척 낯설어 보여 계속 그 모습을 살펴보기가 겁난다. 하지만 그 얼굴 너머에 있는, 거울에 비친 나를 압박하는 밤을 보는 것 역시 겁난다. 그 밤은 짙고 짙은 그늘 속에서 밀뱅크를 품고 있기 때문이다. 그리고 그 어둠 속에 셀리나가 누워 있기 때문이다. 셀리나. 그녀는 내가 이곳에 자기 이름을 쓰도록 했으며, 내가 펜으로 공책에 〈셀리나〉라고 쓸 때마다 그 존재는 더욱 현실이 되고 더욱 생생하고 확실하게 느껴진다. 저 어둠 속에 셀리나가 누웠다. 셀리나는 눈을 뜨고, 나를 바라본다.

1872년 11월 26일

내가 지금 어디에 있는지 이모가 볼 수 있으면 좋겠다. 왜냐하면 나는 지금 시드넘에, 브링크 부인의 집에 와 있기 때문이다! 부인은 하루 종일 걸려 나를 이곳으로 데려왔다. 그러면서 나를 빈시 씨 집에 더 있게 하느니 죽게 하는 게 차라리 마음이 더 편하겠노라고 했다. 빈시 씨는 〈데려가셔도 됩니다, 부인! 그리고 저 여자 때문에 골머리를 잔뜩 썩길 바랍니다〉라고 했다. 하지만 시브리 양은 내가 자기 방 앞을 지나는 걸 보며 훌쩍였고, 내가 아주 잘 거라고 말했다. 브링크 부인과 나는 부인의 전용 마차에 탔다. 그리고 마차가 부인의 집에 도착했을 때, 나는 기절하는 줄로만 알았다. 집은 물론이거니와 주변의 정원이며 정문으로 이어지는 자갈길까지, 지금까지 내가 봐온 가운데 가장 호화로운 곳이었기 때문이다. 브링크 부인은 내 표정을 보더니 이렇게 말했다. 「어휴, 우리 아이, 백악처럼 하얗네! 물론 좀 이상하긴 할 거예요.」 이윽고 부인은 내 손을 잡고 현관으로 들어갔고, 방들을 보여 주며 〈이건 어때 보여요? 이거 아세요? 이건요?〉 했다. 나는 잘 모르겠노라고 말했다. 계속 얼떨떨한 기분이었기 때문이다. 그러자 부인은 〈시간이 지나며 곧 익숙해질 거예요〉라고 했다.

그리고 부인은 나를 이 방으로 데려왔다. 예전에 부인의 어머니 방이었으며, 이제는 내 방이다. 이 방은 무척이나 넓어서 처음에는 또 다른 응접실인 줄 알았다. 하지만 침대가 보이기에 다가가서 침대 기둥을 만져 보았다. 그때 내 얼굴이 다시 창백해진 게 분명하다. 왜냐하면 부인이 〈어머! 충격이 너무 컸나 보네요! 홀본으로 다시 데려다줄까요?〉라고 물었기 때문이다.

나는 그러지 않아도 된다고 말했다. 내가 약해지긴 하겠지만 약해지는 건 문제가 아니며 곧 회복될 거라고 말했다. 부인이 말했다. 「자, 그럼 새 집에 익숙해지게 한두 시간 정도 혼자 놔둘게요.」 그리고 부인은 내게 키스를 했다. 키스하며 이렇게 말했다. 「이제 이렇게 해도 되겠지요?」 나는 지난 반년 동안 내가 손을 잡아 준, 내 앞에서 흐느끼던 모든 숙녀들을, 그리고 내 몸에 손을 댄, 내 방문 앞에서 기다리던 빈시 씨를 떠올렸다. 하지만 이모가 죽은 뒤 그 누구도, 그 누구도 내게 키스를 한 적이 없었다.

오늘 이전까지는 그 점에 대해 생각해 본 적이 없었지만, 브링크 부인의 입술이 내 뺨에 와 닿는 것을 느끼며 이제서야 나는 그 점에 대해 깨닫고 있었다.

부인이 방에서 나갔을 때, 나는 창가로 가서 밖을 바라보았다. 밖의 경치는 온통 나무와 수정궁뿐이었다. 하지만 사람들이 말하는 것과 달리 수정궁이 그리 멋지다고 생각하지 않는다. 그래도 홀본의 옛날 내 방에서 보던 것보다는 훨씬 더 경치가 좋다! 수정궁을 보며 나는 방을 약간 거닐었고, 방이 무척이나 넓었기에 폴카 스텝을 밟아 보았다. 나는 늘 넓은 방에서 폴카를 춰보고 싶었다. 15분 정도, 아래층에 있는 브링크 부인이 듣지 못하도록 신발을 벗고 아주 조용히 춤을 추었다. 그러고는 방을 둘러보며 무엇이 있는지 살펴보았다.

이 방은 꽤 기묘하다. 커다란 캐비닛과 서랍장이 잔뜩 있고, 그 안에는 레이스 조각, 서류, 그림, 손수건, 단추 따위가 가득 들었기 때문이다. 또한 거대한 옷장이 있으며, 거기엔 옷이 가득했고, 작은 신발들이 줄줄이 놓였으며, 시렁에는 개어 둔 스타킹들과 라벤더가 든 자루들이 있다. 화장대에는 솔과 반쯤 쓴 향수병들이 놓였고, 브로치와 귀걸이와 에메랄드 목걸이가 든 상자도 하나 있다. 그리고 이 모든 물건이 무척이나 오래되었지만, 먼지 하나 없이 깨끗하게 관리되었으며 모두가 반짝였고 신선한 냄새가 났기 때문에, 브링크 부인의 어머니를 모르는 사람이라 할지라도 이 물건들을 봤다면 부인의 어머니를 무척이나 깔끔한 숙녀라고 생각할 터였다. 또 〈부인이 금방이라도 돌아올 테니 여기 물건을 만지면 안 돼〉라고 생각할 터였다. 하지만 사실 그녀는 죽은 지 40년이 지났고, 원한다면 언제까지나 서서 그 물건들을 만져 볼 수도 있었다. 이 사실을 알았지만 그래도 이 물건들에 손을 대면 안 된다고 느꼈다. 손을 대면 뒤돌아 섰을 때 문가에 부인이 서서 나를 지켜보는 모습이 보일 거라는 생각이 들었다.

이런 생각을 하며 뒤돌아섰을 때 문가에 어떤 여자가 서서 나를 바라보고 있었다! 그녀를 보고 너무 놀라 입 밖으로 심장이 튀어나올 것만 같았다.

하지만 알고 보니 문 앞에 있는 이는 브링크 부인의 하녀인 루스였다. 루스는 베티와 달리 진짜 하녀처럼, 유령처럼 조용하게 온 것이다. 루스는 내가 놀라는 모습을 보더니 말했다. 「오,

아가씨, 죄송해요. 브링크 부인께서 아가씨가 쉬고 계실 거라고 말씀하셨어요.」루스는 세수할 물을 가져왔으며, 방으로 들어와 브링크 부인의 어머니가 쓰던 자기 그릇에 물을 붓고 말했다. 「저녁 식사 때 입으실 드레스는 어디에 있나요? 괜찮으시다면 제가 가져가서 다림질을 해놓겠어요.」루스는 계속 바닥에 시선을 고정시킨 채 나를 보지 않았다. 하지만 내가 맨발인 걸 루스가 알아차렸을 거라고 생각한다. 그리고 혹시 내가 춤추던 걸 루스가 눈치챈 건 아닐까 궁금하다. 루스는 내가 드레스를 건네주길 기다렸고, 물론 내게는 입고 있는 것보다 좋은 드레스가 단 한 벌뿐이었다. 내가 말했다. 「내가 옷을 갈아입고 나타나길 브링크 부인이 기대할까?」루스가 말했다. 「네, 그러실 거라고 생각해요.」그래서 루스에게 내 벨벳 드레스를 주었고, 나중에 루스는 드레스에 증기를 먹여서 다림질해 가져다주었고, 그 드레스는 아주 따뜻했다.

8시가 되어 저녁 식사 종이 울릴 때까지 나는 드레스를 입고 앉아 있었다. 이곳에서는 놀랍게도 이 시간에 저녁 식사를 한다. 루스가 나를 데리러 왔고, 내 허리의 나비매듭을 풀더니 다시 묶으며 말했다. 「보세요, 예뻐 보이죠?」루스가 나를 데리고 식당으로 가자 브링크 부인은 나를 보더니 〈와, 정말 예쁘군요!〉라고 말했고, 그래서 나는 루스를 보며 싱긋 웃어 보였다. 나는 윤이 반들반들 나는 커다란 식탁의 한쪽으로 안내되었고, 브링크 부인은 반대편에 앉아 내가 먹는 모습을 지켜보며 〈루스, 도스 양에게 감자 좀 더 주련?〉이라든가 〈도스 양, 루스에게 치즈를 좀 더 자르게 할까요?〉라는 식으로 계속 먹는 걸 챙겨 주었다. 부인은 내가 음식을 좋아하는지, 어떤 음식을 잘 먹는지 물었다. 저녁으로 나온 음식은 달걀, 돼지 등심과 콩팥, 치즈, 무화과였다. 나는 빈시 씨 집의 토끼 고기를 떠올리곤 소리 내어 웃었다. 왜 웃는지 묻는 브링크 부인에게 행복해서 웃었노라고 대답했다.

식사 후 브링크 부인이 말했다. 「자 그럼 이 집이 당신 능력에 어떤 영향을 주는지 한번 볼까요?」 그리고 나는 한 시간 정도 신들린 상태에 빠져 앉아 있었고, 내 생각에 부인은 아주 만족한 듯하다. 부인은 내일 드레스를 몇 벌 사려고 나와 함께 쇼핑을 갈 것이고, 모레 또는 글피에는 자기 친구들을 소개해 주겠노라고 했다. 그 친구들은 내가 자신들을 위해 일해 주길 무척이나 바란단다. 부인은 나를 다시 이 방으로 데려왔으며, 또 키스를 해주었고, 루스는 따뜻한 물을 더 가져왔고, 요강 — 베티가 치우던 것과는 완전히 달랐다 — 을 비웠고, 그 때문에 나는 얼굴이 붉어졌다. 이제 11시고, 비록 이곳 사람들에게 말하고 싶지는 않지만, 신들린 상태가 끝나고 나면 언제나 그렇듯이 정신이 말짱한 채 졸리지 않다. 이 커다란 집은 쥐 죽은 듯이 고요하며 아무 소리도 들리지 않는다. 이 집에는 브링크 부인, 루스, 요리사, 다른 하인 한 명, 나뿐이다. 우리는 흡사 수녀원의 수녀들이 된 것 같다.

높고 커다란 침대에는 브링크 부인의 어머니가 입던 하얀 레이스 드레스가 놓였고, 부인은 내가 그걸 입었으면 좋겠다고 한다. 하지만 나는 뜬 눈으로 밤을 새워도 전혀 놀랍지 않을 듯하다. 창가에 서서 마을의 불빛을 바라보았다. 갑자기 내게 찾아온 거대하고 멋진 변화에 대해 생각해 보았다. 이 모든 건 브링크 부인의 꿈 덕분이다!

인정한다. 등이 환하게 켜지니 이제 수정궁은 꽤 멋져 보인다.

2부

1874년 10월 23일

이번 주는 계속 추워졌다. 올해는 아빠가 돌아가신 해만큼이나 겨울이 일찍 찾아왔고, 아빠가 아파 누워 있는 그 끔찍하던 시간 동안 그러했듯이, 나는 이번에도 도시가 그 모습을 바꾸는 것을 지켜보았다. 체이니 워크로 오는 행상인들은 걸음을 멈추고 서서 낡은 부츠를 신은 발을 구르며 추위를 욕해 댄다. 그리고 말들이 기다리는 곳에서는 아이들이 추위를 피하려고 따뜻한 말 옆구리에 모여 있다. 엘리스가 말하길, 이틀 전에 강 건너편 거리에서 남자아이 셋과 그 어머니가 굶주린 채 얼어 죽은 게 발견되었단다. 그리고 아서는 새벽이 되기 전 이른 시간에 마차를 타고 스트랜드 거리를 지나오는데 가장자리에 서리가 내린 담요를 덮은 거지들이 문가에 웅크린 모습을 보았다고 했다.

안개도 꼈다. 노란 안개, 갈색 안개, 그리고 꼭 액체 그을음 같아 보이는 검은 안개. 안개는 마치 악마의 엔진 속 부글거리는 하수구에서 만들어진 듯이, 포장한 도로 바닥에서 스멀스멀 피어난다. 안개 때문에 옷이 얼룩지고, 허파가 따끔거리고, 기침이 나고, 창문이 짓눌린다. 그리고 조명 아래 특정한 각도에서 보면 엉성한 창틀 사이로 안개가 집 안으로 들어오는 걸 볼 수 있다. 오후 3~4시가 되면 저녁의 어둠이 깔리기 시작하고, 비거스가 램프에 불을 켜지만 불꽃은 힘이 없고 빛은 침침하다.

지금 내 방 램프도 아주 침침한 빛을 낸다. 우리가 어렸을 때 쓰던 골풀 양초 램프 불빛만큼이나 침침하다. 어렸을 때 침대에 누워 골풀 램프의 등피에 보이는 밝은 부분을 헤아리던 기억이, 그 시간에 내가 집에서 깨어 있는 유일한 사람임을 깨닫던 기억이, 유모가 침대에서 자며 숨을 쉬던 기억이, 스티븐과 프리실라가 잠을 자며 가끔은 코를 골고 가끔은 칭얼거리던 기억이 아주 생생히 떠오른다.

나는 여전히 이 방을 우리가 어렸을 때 자던 곳으로 인식한다. 천장에는 그네를 매달았던 흔적이 아직도 남아 있으며, 책꽂이에는 어릴 때 보던 책들 일부가 아직 꽂혀 있다. 그 가운데 한 권은 — 여기서 그 책등이 보인다 — 스티븐이 가장 좋아하던 책이다. 그 책에는 악마와 유령이 화려한 색으로 그려져 있으며, 그 그림을 집중해 보다가 빈 벽이나 천장을 보면 그곳에 유령들이 원래 그림과는 완전히 다른 색깔로 둥둥 떠다니는 모습을 볼 수 있다.

요즘은 늘 유령 생각만 하는 듯하다!

집에 있으면 지루하다. 오늘 아침에는 책을 읽으러 대영 박물관에 갔다. 하지만 안개 때문에 그곳은 평소보다 어두웠으며, 오후 2시가 되자 오늘은 열람실 문을 닫을 거라는 소문이 돌며 사람들이 웅성거리는 소리가 들렸다. 그런 일이 일어나면 늘 투덜거리는 사람들이 있고 조명을 더 준비하라는 요구가 있다. 하지만 나는 — 별다른 이유가 아니라 그냥 심심풀이로 감옥의 역사에 대해 읽으며 메모를 하는 나는 ─ 아무 상관이 없다. 오히려 박물관을 나와 이토록 잿빛이며 축축하고 비현실적인 날을 즐기는 것도 괜찮으리라고 생각했다. 오늘처럼 그레이트 러셀 스트리트가 색이 짙고 축축한 느낌으로 다가온 것은 처음이다. 혹시 나도 거리의 포장과 지붕처럼 회색으로 변하는 건 아닐까 두려운 마음에 주저하며 거리로 발을 들여놓았다.

물론 멀리서 보았을 때 더 짙어 보이는 게 안개의 특성이다. 안개 낀 날씨였지만 내 정신은 평소처럼 또렷했다. 이건 안개가 아니라 내가 움직이면 따라 움직이는 돔일지도 몰랐다. 망사로 된 돔. 이제 그 돔이 또렷이 보였다. 그 돔은 하인들이 말벌을 쫓으려고 여름용 디저트 케이크가 담긴 접시 위에 씌우는 망사 덮개와 비슷했다.

이 거리를 걷는 다른 사람들도 나와 마찬가지로 망사 돔이 자기 주위를 감싼 걸 또렷하게 볼 수 있는지 궁금했다.

하지만 돔에 대해 생각하다 보니 답답한 기분이 들기 시작했다. 나는 서둘러 마차 대기소로 가 마차를 탄 뒤 집에 도착할 때까지 차양을 내리고 있어야겠다고 생각했다. 나는 토트넘 코트 로드 쪽으로 걷기 시작했다. 걸어가며 내가 지나가는 집들의 문패와 창문들을 바라보았다. 그리고 아빠와 팔짱을 끼고 이 거리를 걸었을 때 이후로 상점들이 거의 아무것도 바뀌지 않았으며 거리 역시 별다른 변화가 없었다는 생각에 위안을 받으면서도 왠지 우울해졌다.

그리고 그런 생각을 하다가, 다른 집들 것보다 좀 더 반짝여 보이는 사각형 놋쇠 판이 어느 문에 달린 것을 보았다. 가까이 다가가 보니 놋쇠 판에 검은색으로 이름이 새겨진 게 보였다.

〈영국 심령술사 협회 회의실, 열람실 및 도서실〉.

장담하건대, 2년 전에는 그곳에 없던 명패였다. 어쩌면 계속 그곳에 있었지만 강신술이 내게 아무런 의미도 없던 때에는 보고도 알아차리지 못했을 수도 있다. 하지만 이제는 걸음을 멈추고 그것을 보았으며, 좀 더 가까이 다가갔다. 당연히 셀리나가 떠올랐다. 셀리나의 이름을 쓰는 건 여전히 새롭게 다가온다. 셀리나가 자유의 몸이었을 때는 이곳에 왔으리라고 생각했다. 어쩌면 바로 이 거리에서 나를 지나쳤을 수도 있었다. 헬렌을 처음 알게 되었을 무렵, 이곳 길모퉁이에서 헬렌을 기다린 기억이 났다. 어쩌면 그때 셀리나가 지나갔을 수도 있었다.

정말은 어땠을까 궁금해졌다. 다시금 놋쇠 명판을 바라보았다. 그리고 문손잡이를 보았다. 그리고 손잡이를 잡고 돌린 뒤 건물 안으로 들어갔다.

처음에는 좁은 계단 말고는 아무것도 보이지 않았다. 이 거리의 건물들은 1층은 가게고 방은 2층과 3층에 있기 때문에, 그곳을 보려면 계단을 올라가야만 한다. 계단을 따라가면 작은 사무실이 나온다. 나무 널 벽이 있어 꽤 멋진 곳으로, 나무 블라인드가 걸렸는데, 오늘은 안개가 짙어서 닫아 두었다. 창문들 사이에는 아주 커다란 그림이 걸려 있다. 〈엔돌의 마녀 집에 있는 사울〉인데, 내 생각에는 꽤 못 그린 그림이다. 바닥에는 진홍색 카펫이 깔렸고 책상이 보였다. 그리고 책상 뒤에는 어떤 숙녀가 종이를 한 장 들고 앉아 있었으며, 그 곁에는 신사 한 명이 보였다. 숙녀는 가슴에, 묘비에서 가끔 볼 수 있는, 맞잡은 손 모양의 은 브로치를 했다. 신사는 비단 실내화를 신었다. 둘은 나를 보자 싱긋 웃더니 미안한 표정을 지었다. 남자는 계단이 아주 가팔라 유감이라고 말했다. 「이렇게 힘들게 올라오셨는데, 참 죄송합니다! 시연을 보시고 싶으신 거였나요? 오늘은 안개 때문에 취소되었답니다.」

그 남자는 여느 사람과 전혀 다른 점이 없었고 무척 친절했다. 나는 시연을 보러 온 것이 아니며, 우연히 간판을 보고 호기심에 들어왔다 — 거짓이 아니었다 — 고 말했다. 그 말에 둘은 미안한 표정 대신 끔찍할 정도로 점잔을 빼는 표정으로 나를 바라보았다. 여자가 고개를 끄덕이고 말했다. 「우연, 그리고 호기심. 정말 멋진 조합이네요!」 신사는 악수를 하려고 내게 손을 내밀었다. 내가 기억하는 한, 내가 만난 모든 사람 가운데 가장 동작이 우아하고 손발이 가늘다. 남자가 말했다. 「아가씨의 흥미를 채워 줄 만한 것이 별로 없을 듯하군요. 오늘 같은 날씨에는 방문객이 없어 저희도 별 준비를 안 하거든요.」 나는 열람실이 열렸는지, 내가 써도 되는지 물었다. 열람실은 열려 있고 써도 되지만, 1실링을 내라고 했다. 큰돈 같아 보이지 않았다. 그들은 책상에 있는 공책에 내 이름을 적고 서명을 하게 했다. 「프라이어 양.」 남자가 고개를 살짝 옆으로 기울이고 내 이름을 읽었다. 여자의 이름은 — 남자가 말해 줬다 — 키슬링베리 양이었다. 비서였다. 남자는 이곳 관장이었고, 이름은 히더 씨였다.

이윽고 남자는 나를 열람실로 안내했다. 그곳은 꽤 수수해 보였다. 내가 보기에, 클럽이나 작은 대학에 있을 법한 곳이다. 책꽂이가 서너 개 있었으며, 모두 책으로 가득했고, 봉이 달린 보관대가 하나 있는데 그곳에는 신문과 잡지들이 물이 뚝뚝 흐르는 빨래처럼 걸려 있었다. 탁자 하나와 가죽 의자들이 놓였고, 벽에는 여러 가지 사진들이 걸렸으며, 앞면이 유리로 된 캐비닛

195

이 하나 있었다. 그 캐비닛은 사람의 호기심을 불러 일으켰다. 나는 나중에야 이 캐비닛이 사실은 끔찍한 물건이라는 것을 알게 되었다. 처음에는 책 쪽으로 갔다. 책을 보니 기운이 났다. 사실인즉, 나는 내가 왜 이곳에 들어왔으며, 내가 찾는 게 무엇일까 궁금해지기 시작했다. 비록 책꽂이에 꽂힌 책은 기묘한 주제를 다루는 것일 수도 있지만 어쨌든 들고 책장을 넘겨 읽을 수 있다는 점에선 매한가지일 터였다.

그래서 나는 책꽂이 앞에 서서 책들을 살펴보았고, 히더 씨는 몸을 구부리고 탁자 앞에 앉은 숙녀에게 뭔가를 속삭였다. 우리를 빼면 열람실에는 그 여자만이 있었으며, 꽤 나이가 들어보였다. 그 여자는 작은 책을 보았는데, 더러운 흰색 장갑을 낀 손으로 책장이 넘어가지 않게 누르고 있었다. 그 여자는 히더 씨와 눈을 마주치자 다급히 손짓을 했다. 그녀가 말했다. 「정말 멋진 내용이에요! 무척 고무적이에요!」

그 여자가 손을 들었고, 그러자 보던 작은 책이 덮였다. 덕분에 제목을 볼 수 있었다. 〈생명 에너지〉라는 제목이었다.

내 앞에 있는 책꽂이들에는 비슷한 종류의 책들이 가득했다. 나는 한두 권을 뽑아봤는데, 그 책의 내용은 〈의자에 대해서〉라는 식으로 아주 간단한 것이었다. 내가 본 책에 따르면, 많은 사람들이 아무 생각 없이 속을 채운 의자나 쿠션 있는 의자에 앉지만, 그런 의자에 앉으면 좋지 않은 영향을 받게 되기 때문에, 영매는 앉는 부분이 등나무로 된 것이나 아니면 나무로 된 의자에만 앉아야 한단다. 이 내용을 읽으며 고개를 돌려야만 했다. 내가 웃는 모습을 혹시라도 히더 씨가 볼까 두려웠기 때문이다. 이윽고 서가를 떠나 신문이 걸린 곳 부근을 어슬렁거리다가, 마침내 그 위 벽에 걸린 사진들을 살펴보았다. 〈머리 부인의 영능력을 통해 나타난 영혼들, 1873년 10월〉 따위였는데, 사진에는 평온해 보이는 여인이 의자에 앉았고 그 옆에는 사진사의 종려나무가 있고, 뒤로는 흐릿한 흰색 옷을 입은 세 명이 어렴풋이 보였다. 액자에 있는 설명에 따르면 그 셋은 〈산초〉, 〈애너벨〉, 〈킵〉이었다. 그 사진은 책보다 더 웃겼으며, 나는 돌연 〈아, 아빠가 여기 있는 것들을 보았으면 정말 좋았을 텐데!〉 하는 생각이 들며 마음 한 켠이 아파 왔다.

그런 생각을 하는데 팔꿈치 부분에 뭔가 닿는 느낌이 들어 그쪽을 보았다. 히더 씨였다.

히더 씨는 사진들을 향해 고개를 까닥이며 말했다. 「우리는 저 사진을 자랑스러워한답니다. 머리 부인은 아주 능력이 뛰어나시지요. 애너벨이 입은 옷이 얼마나 섬세한지 보셨습니까? 사실, 우리는 사진 말고도 저 옷의 깃 일부도 얻어 액자에 넣어 두었는데, 1~2주 지나자 완전히 녹아 사라졌답니다. 원래 영혼의 물건들은 다 그렇답니다. 우리에게는 안타까운 일이죠! 그래서 그 옷깃이 담긴 액자는 이제 텅 비었답니다.」 나는 히더 씨를 물끄러미 바라보았다. 그가 말했다. 「네, 그렇습니다.」 이윽고 히더 씨는 나를 지나, 유리문이 달린 캐비닛으로 가더니 손을 흔들어 나를 불렀다. 히더 씨가 말했다. 「이건 저 사람들이 자존심을 걸고 수집한 물건들이랍니다. 그리고 이건 좀 더 확실한 증거가……」

히더 씨의 목소리와 태도는 흥미로웠다. 멀리서 보았을 때 캐비닛은 조각상의 부서진 조각들 또는 하얀 돌멩이들로 가득 찬 듯했다. 하지만 가까이 다가가서 보니 유리문 너머에 있는 것은 대리석이 아니라 석고와 왁스 덩어리였다. 얼굴과 손가락, 발,

팔을 석고와 왁스로 떠놓은 것들이었다. 그 상당수가 뒤틀려 있었으며, 기묘했다. 어떤 것은 금이 갔고, 시간이 흐르고 햇빛에 노출된 탓에 누렇게 변한 것도 있었다. 영혼 사진과 마찬가지로 각각에는 설명이 붙어 있었다.

나는 다시 히더 씨를 바라보았다. 히더 씨가 말했다. 「물론 과정에 대해 익숙하시겠죠? 아, 더할 나위 없이 간단하면서도 빈틈이 없답니다! 우선 물과 녹인 파라핀 왁스를 담은 양동이를 하나씩 준비합니다. 그리고 영혼을 불러옵니다. 영혼은 손이나 다리를 왁스 양동이에 담갔다가 곧바로 빼내 물 양동이에 담급니다. 그리고 영혼이 떠나면 거푸집이 생기지요.」 히더 씨는 사과하듯 덧붙여 말했다. 「물론 제대로 되는 경우는 극히 드뭅니다. 그리고 성공한다 할지라도 석고 모형을 만들 수 있을 만큼 단단한 경우는 드물고요.」

내 눈에는 우리 앞에 있는 것 대부분이 끔찍할 정도로 완벽해 보였다. 발톱이나 주름, 눈, 튀어나온 눈의 속눈썹 따위 세밀한 부분까지 알아볼 수 있어 기괴한 느낌이 들 정도였다. 하지만 미완성이거나 휘어졌거나, 묘하게 둔탁한 것들도 있었다. 마치 거푸집을 만들던 영혼이 왁스에 손이나 발을 담갔다가 왁스가 채 굳기도 전에 서둘러 자기 영역으로 돌아간 것 같았다. 히더 씨가 말했다. 「여기 작은 거푸집을 보십시오. 이건 아기 영혼이 만든 거랍니다. 포동포동한 팔과 귀여운 손가락이 보이시죠?」 나는 히더 씨가 가리키는 것을 보았고, 구역질이 났다. 내 눈에는 그것이 기괴하고 불완전한, 형태를 다 갖추지 못하고 일찍 태어난 아기처럼 보였다. 내가 어렸을 때 이모가 아기를 낳던 일이, 그리고 어른들이 목소리를 낮춰 속삭이던 내용이, 그리고 그 속삭임이 한동안 내 꿈에서 악몽이 되어 나타난 기억이 떠오른다. 나는 시선을 돌려 캐비닛의 가장 아래쪽, 가장 침침한 구석을 보았다. 하지만 그곳에도 기괴한 물건이 있었다. 그건 남자 손을 뜬 것이었다. 왁스로 되었으며, 다섯 손가락은 끔찍할 정도로 부풀었고, 손목에는 정맥이 툭 불거졌으며, 가스등 불빛이 닿은 곳은 물기처럼 반짝였다. 아기 형상을 보고는 구역질이 났다. 그리고 손 형상을 보고는 거의 몸이 부들부들 떨렸지만 왜 그런지 이유를 알 수 없었다.

이윽고 나는 설명을 읽었다. 그리고 놀라 몸을 부르르 떨었다.

설명에는 〈영혼 피터 퀵의 손, 셀리나 도스에 의해 체현됨〉이라고 적혀 있었다.

나는 히더 씨를 힐긋 보았다. 그는 여전히 포동포동 살진 아기 팔을 보며 고개를 끄덕이고 있었다. 나는 몸을 떨며 나도 모르게 진열장으로 다가갔다. 부풀어 오른 왁스를 바라보며 셀리나의 가는 손가락을, 감옥에서 스타킹을 만들려고 잿빛 양털실을 이리저리 만지던 섬세한 뼈를 떠올렸다. 그 비교는 끔찍했다. 갑작스레 내가 몸을 구부리고 캐비닛 안을 바라보고 있으며, 내 가쁜 숨으로 흐릿한 유리에 김이 서렸다는 사실을 깨달았다. 나는 몸을 바로 폈다. 하지만 너무 빠르게 몸을 움직인 모양이었다. 다음 순간 히더 씨가 내 팔을 잡았기 때문이다. 「아가씨, 괜찮으십니까?」 그가 말했다. 탁자 앞에 앉은 숙녀가 고개를 들고 나를 보더니 때문은 흰 장갑을 낀 손으로 입을 가렸다. 그녀가 보던 소책자가 다시 덮이면서 바닥에 떨어졌다.

나는 실내가 아주 따뜻한 데다가 갑자기 몸을 일으킨 탓에 어지러웠던 거라고 말했다. 히더 씨는 의자를 가져와 나를 앉게 했다. 덕분에 나는 캐비닛을 가까이서 볼 수 있었고, 다시금 몸이 떨려 왔다. 그때 책을 읽던 숙녀는 물을 마시고 싶은지, 그리고 키슬링베리 양을 불러 줄지 물었다. 나는 이제는 괜찮으며, 자상하게 마음 써주셔서 고맙다고 대답했다. 내 생각에 히더 씨는 나를 자세히 관찰했지만 별다른 티를 내지 않았다. 그리고 나는 히더 씨가 내 외투와 드레스를 살펴보는 것을 눈치챘다. 당연하겠지만, 지금 생각해 보면, 그런 곳을 찾는 많은 숙녀들은 애도를 뜻하는 색 옷을 입었을 터고, 혹시나 하는 마음과 호기심에서 문턱을 넘고 계단을 오르게 될 터였다. 어쩌면 그 가운데 몇은 왁스 캐비닛 앞에서 기절하기도 할 터다. 왜냐하면 내가 책꽂이에 있는 주형들을 다시 보았을 때 히더 씨의 시선과 목소리가 점잖아졌기 때문이다. 히더 씨가 말했다. 「좀 이상하죠? 하지만 그럼에도 놀랍지 않습니까?」

나는 대답을 하지 않고 히더 씨가 원하는 대로 생각하게 두었다. 히더 씨는 다시금 왁스와 물과 거푸집을 만드는 팔다리에 대해 이야기했다. 그리고 마침내 마음이 진정되자 나는 유령을 불러 저런 주형을 만들 수 있는 영매는 아주 재주 있는 자일 거라고 말했다. 그리고 그 말에 히더 씨는 생각에 잠긴 표정을 지었다.

히더 씨가 말했다. 「저라면 재주 있다기보다는 능력 있다는 표현을 쓰겠습니다. 두뇌 측면에서 보자면 아마 저나 아가씨와 다를 바가 없을 겁니다. 이건 영혼의 문제고, 그건 꽤 다른 겁니다.」 그러면서 바로 그런 점 때문에, 믿지 않는 자들에겐 영능력자의 믿음이 무척 〈초라해〉 보일 수도 있는 거라고 말했다. 또한 영혼은 나이나 계급 따위 〈죽을 운명을 지닌 인간들에게 있는 그 어떤 구분〉에도 관심이 없으며, 들판에 떨어진 낟알을 찾듯이 사람들 사이에 흩어진 영매들의 능력을 찾을 뿐이라고 말했다. 그는 그건 마치 감수성이 강해 보이는 신사를 방문했더니 실제로 감수성이 뛰어난 이는 신사가 아니라 신사의 부엌에서 부츠를 닦는 소녀라는 걸 깨닫는 것과 마찬가지라고 했다. 히더 씨는 다시금 캐비닛을 가리켰다. 「여기를 보십시오. 이 주형을 만든 이는 기퍼드 양입니다. 기퍼드 양은 한때 하녀였으며, 그 집 여주인이 종양으로 쓰러지기 전까지는 자기 능력을 알지 못했습니다. 하지만 기퍼드 양이 종양 있는 부분에 손을 대자 종양은 치료되었습니다. 그리고 여기는 세번 씨입니다. 세번 씨는 열여섯 살 소년이며 열 살 때부터 영혼을 불러왔습니다. 저는 영매를 서너 명 정도 만나 봤습니다. 요람에 있는 아기들이 펜을 들고 영혼들이 자신을 사랑한다고 적는 걸 보기도 했습니다…….」

나는 책꽂이 쪽을 돌아보았다. 어찌 되었든, 내가 왜 이곳에 왔으며, 무엇을 찾으려 했는지 아주 잘 알았다. 가슴에 손을 얹고 왁스로 뜬 〈피터 퀵〉의 두 손을 향해 고개를 까딱해 보였다. 그리고 셀리나 도스라는 저 영매는 어떤 사람인지, 히더 씨가 셀리나 도스에 대해 아는 게 있는지 물었다.

히더 씨는 즉각 그렇다고 대답했다. 그리고 그가 입을 열자 탁자 앞에 앉은 숙녀가 다시 고개를 들고 우리를 보았다. 히더 씨는 당연히 셀리나 도스를 안다면서 그녀의 불행에 대해 들어 보지 못했냐고 내게 반문했다. 히더 씨가 말했다. 「그 여인은 지금 감옥에 갇혀 있답니다!」

히더 씨는 고개를 설레설레 저었고, 아주 진지한 표정을 지었다. 나는 그 여자에 대한 이야기를 조금은 들은 듯하다고 말했다. 하지만 셀리나 도스가 그렇게 유명하지는 않다고 생각…….

히더 씨가 말했다. 「유명? 아, 바깥의 큰 세상에서는 유명하지 않을지도 모르죠. 하지만 심령술사들 사이에서는 유명합니다. 이 나라의 모든 심령술사가 가엾은 도스 양의 체포 소식을 듣고 떨었기 때문이죠! 영국의 모든 심령술사는 도스 양의 재판 내용 하나하나에 온 신경을 집중했습니다. 그리고 그 결과를 듣고 흐느꼈습니다. 또는 흐느껴야 마땅했습니다. 도스 양의 처지 그리고 자신들의 처지 때문에요. 법은 우리를 〈악한과 무뢰한〉으로 규정했습니다. 우리가 〈손금 보기와 기타 교활한 술수〉를 부린다는 거죠. 도스 양의 죄목이 뭔지 아십니까? 폭력과 사기? 사람을 모함해도 정도가 있는 겁니다.」

히더 씨의 뺨이 꽤 불그스름해졌다. 그의 열정에 나는 깜짝 놀랐다. 그는 내게 도스 양의 체포와 구금에 대해 자세히 들어 보았는지 물었다. 그리고 내가 아주 약간만 안다며 더 알고 싶다고 하자, 나를 데리고 책꽂이 쪽으로 가 가죽 장정들을 손가락과 눈으로 훑더니 이윽고 한 권을 뽑아냈다. 「『심령술사』라는 저희 소식지 가운데 하나입니다. 이건 작년 7월부터 12월 사이에 발행된 것들을 모은 것입니다. 도스 양이 경찰에 잡혀간 게…… 언제였더라?」

「8월이었을 거예요.」 더러운 장갑을 낀 숙녀가 말했다. 그녀는 우리의 모든 이야기를 엿들었으며 여전히 우리를 보고 있었다. 히더 씨는 고개를 끄덕이더니 책장을 넘겼다. 잠시 뒤 히더 씨가 말했다. 「여기 있군요. 여기를 보십시오.」

나는 히더 씨가 가리킨 〈도스 양을 위해 심령술사들의 강력한 청원이 필요〉라고 찍힌 부분을 물끄러미 바라보았다. 거기에는 〈영혼을 체현시키는 영매가 경찰에 구속. 심령술사의 증언이 고려되지 않다〉라고 적혀 있었다. 다음은 그 내용을 요약한 것이다. 영혼을 체현시키는 영매 도스 양이 브링크 부인의 자택에서 강신회를 벌이는 동안 고객인 브링크 부인이 죽었으며, 그로 인해 도스 양이 체포, 구금되었다. 그리고 그곳에 있던 매들린 실베스터 양 역시 부상을 당했다고 한다. 이 소동은 도스 양이 불러온 영혼인 〈피터 퀵〉 또는 영혼인 척하는 사악하고 폭력적인 자에 의해 벌어졌으며⋯⋯.

내가 여교도관인 크레이븐 양, 스티븐, 윌리스 부인 그리고 셀리나 자신에게서 전해 들은 내용과 같은 것이었다. 하지만, 물론 사건을 일으킨 게 영혼이라는 셀리나의 진술을 지지하는 최초의 것이었다. 나는 히더 씨를 보았다. 내가 말했다. 「이걸 어떻게 받아들여야 할지 모르겠네요. 사실, 저는 심령술에 대해 아무것도 모른답니다. 당신은 셀리나 도스가 억울한 일을 당했다고 생각하시는군요⋯⋯.」

히더 씨는 도스 양은 무척이나 억울한 일을 당했으며, 자신은 그걸 확신한다고 했다. 나는 〈당신은 확신하시겠지요〉라고 대답했다. 셀리나에게서 들은 이야기 가운데 어떤 게 떠올랐기 때문이다. 「하지만 다른 심령술사들도 당신처럼 확신하나요? 살짝 의심을 품은 사람은 없나요?」

히더 씨는 고개를 조금 숙였다. 그는 〈일부〉에서는 의심을 한다고 말했다.

의심이라니, 셀리나 도스의 정직함을 의심한다는 뜻이냐고 내가 물었다.

히더 씨는 눈을 끔뻑이더니 놀람과 나무람이 담긴 듯한 태도로 목소리를 낮춰 말했다. 「도스 양의 지혜에 대한 의심이랍니다. 도스 양은 강력한 영매지만 또한 젊은 편이죠. 실베스터 양은 더욱더 어리고요. 아마 열다섯 살일 겁니다. 그렇게 젊은 영매에 게는 거친 영혼이 달라붙는 경우가 종종 있습니다. 그리고 도스 양이 불러낸 피터 퀵은 가끔 아주 거칠게 행동했습니다…….」

히더 씨는 도스 양이 그렇게 거친 영혼을 아무런 관리 감독도 없이 고객에게 직접 노출시킨 건 조심성 없는 행동인 듯하다고 했다. 또한 도스 양은 예전에도 다른 숙녀들에게 그렇게 했다고 했다. 또한 실베스터 양의 아직 발달하지 않은 재능의 문제도 있다고 했다. 그 능력이 피터 퀵의 경우 듣지 않았을지 누가 알았 겠는가? 그곳에 있던 이들이 어떤 근원적 능력에 의해 공격당할지 누가 알았겠는가? 히더 씨 말에 따르면, 그런 능력은 미숙한 자들을 특별한 목표로 삼고, 그들을 이용해 못된 짓을 한단다. 그가 말했다. 「그리고 신문들이 주장하는 바와 달리, 그런 나쁜 행동은 우리 운동이 추구하는 경이로움이 아닙니다! 절대로요! 안타깝게도, 가엾은 도스 양이 다른 사람들의 호의를 가장 필요로 했을 때 도스 양에게 등을 돌린 사람들 일부는 바로 도스 양의 성공을 가장 축하하던 사람들이었습니다. 그리고 제가 듣기론, 도스 양은 그때의 경험으로 더욱더 비참해졌다고 하더군요. 도스 양은 우리에게 등을 돌렸습니다. 심지어 여전히 도스 양을 지지하고 친구로 남으려던 사람들에게서도요.」

나는 말없이 물끄러미 히더 씨를 바라보았다. 그가 셀리나를 칭송하는 소리를 듣고, 그가 그녀를 〈도스〉 또는 〈죄수〉 또는 〈여자〉라 부르는 대신 존경을 담아 〈도스 양〉 또는 〈셀리나 도스 양〉이라 부르는 걸 듣자니 얼마나 당혹스러웠는지 모른다. 어둠 침침한 감방에서 그녀의 입을 통해 직접 그 이야기를 듣는 것도 독특한 느낌이었지만, 내가 익숙한 바깥세상, 죄수도, 여교도관도, 심지어 나조차 다른 존재로 있는 이곳에서 그녀에 대한 이야기를 듣는 건 무척 다른 느낌이었으며 또한 무척이나 현실감 있게 다가왔다. 이곳에서, 신사가 그 이야기를 하는 걸 들으니 아주 다른 느낌이 들었다. 마침내 내가 말했다. 「그 사고가 있기 전까지, 도스 양은 정말로 승승장구했나요?」 그러자 히더 씨는 기쁨이 넘친다는 듯 두 손을 맞잡고 말했다. 「세상에, 도스 양의 강신회는 기적으로 가득 차 있었습니다! 물론 런던의 거피 부인, 해크니의 홈 씨, 쿡 양처럼 아주 유명하지는 않았습니다만…….」

나는 히더 씨가 말한 사람들 이름을 들어 보았다. 내가 듣기로, 홈 씨는 둥둥 떠서 창을 통과해 갈 수 있으며, 활활 타는 불에서 맨손으로 석탄을 끄집어 낼 수도 있단다. 거피 부인은 하이베리에서 홀본까지 순간 이동을 했단다. 내가 말했다. 「쇼핑 목록에 〈양파〉라고 적을 때 갑자기 순간 이동을 했다고 들었어요.」

히더 씨가 말했다. 「이제 웃으시는군요. 아가씨도 다른 분들과 마찬가지군요. 우리가 더 강한 능력을 보여 드리면 보여 드릴수록 일반인들은 더 흥미를 보이지만, 어느 순간 그건 말도 안 된다며 부인을 하지요.」

하지만 히더 씨의 시선은 여전히 따뜻했다. 나는 히더 씨의 생각이 맞을지도 모르지만, 셀리나 도스의 능력이 홈 씨나 거피 부인의 능력처럼 그렇게 놀라운 종류는 아니지 않느냐고 말했다.

히더 씨는 어깨를 으쓱해 보이더니 자신이 생각하는 〈놀라움〉의 정의가 내가 생각하는 그 단어의 정의와는 굉장히 다르다고 말했다. 히더 씨는 말을 하며 다시 책꽂이로 가 다른 책을 꺼냈다. 아까 꺼낸 『심령술사』의 앞쪽 권이었다. 그는 잠시 책을 뒤적여 원하는 부분을 찾더니 내게 보여 주며 그게 내가 말하는 〈놀라운 일〉이냐고 말했다.

기사에 따르면 셀리나가 홀본에서 강신회를 열었는데, 어둠 속에서 종들이 나타났고, 유령들이 종을 흔들었으며, 종이 튜브를 통해 속삭이는 소리가 들렸단다. 히더 씨는 두 번째 책을 내게 건넸다. 다른 신문의 기사가 실린 책이었는데 제목은 기억나지 않는다. 그 책은 클러큰웰에서 열린 강신회를 설명했다. 그 모임에서는 보이지 않는 손이 꽃을 떨어뜨리고, 흑판에 분필로 이름들을 썼단다. 같은 신문의 예전 호는, 영혼의 세계에서 온 메시지가 셀리나의 팔에 진홍색으로 나타났으며, 슬픔에 젖어 있던 신사가 이를 보고 크게 놀란 사건에 대해 설명했다…….

아마도 이 기사가, 셀리나에게 들은 적이 있는 그 시기인 것 같다. 셀리나는 이때가 〈행복하던 시절〉이라며 자랑스럽게 말했다. 하지만 그 말을 들을 당시, 나는 셀리나의 자부심이 슬프게 느껴졌다. 그리고 그 기억을 떠올리니 더욱 슬퍼졌다. 꽃과 종이 튜브, 그녀의 살 위에 나타난 단어들……. 설사 그것이 영혼에 의해 행해졌다 할지라도, 내 눈에는 겉만 번지르르한 싸구려 쇼 같아 보였다. 밀뱅크에서 셀리나는 마치 여배우처럼, 자신이 아주 잘나갔다고 말했다. 하지만 이제 신문에 난 기사를 보니 셀리나가 실제로 어떤 일을 했는지 알 수 있었다. 나비나 나방을 다루고, 낯선 이의 집에 가서 묵고, 울적한 지역에서 또 다른 울적한 지역으로 옮겨 다니고, 잔돈푼을 받으려고 겉만 번지르르한 속임수를 보이는, 싸구려 뮤직홀 공연자와 다를 바가 없었다.

나는 셀리나에게 그런 길을 걷게 한 그녀의 이모를 생각했다. 죽은 브링크 부인을 생각했다. 히더 씨가 말해 주기 전까지, 나는 셀리나가 브링크 부인의 집에서 함께 살았다는 사실을 몰랐다. 「오, 그랬습니다.」 히더 씨가 말했다. 히더 씨는 바로 그 사실 때문에 폭력과 더불어 사기죄로도 기소되었다며, 해도 너무하다고 했다. 히더 씨는, 브링크 부인이 셀리나를 무척이나 좋아했기 때문에 묵을 곳을 제공했을 뿐이라고 했다. 「부인은 도스 양에게 어머니와도 같았습니다.」 셀리나의 능력이 길러지고 강해진 건 모두 부인의 보살핌 덕분이었단다. 그리고 셀리나가 처음으로 〈피터 퀵〉을 불러온 것도 시드넘의 부인 집에서였다.

나는 물었다. 「그런데도 피터 퀵이 브링크 부인이 죽을 정도로 겁을 줬나요?」

히더 씨는 고개를 저었다. 「저희가 볼 때는 영혼 말고는 어떻게 해도 설명할 길이 없는 묘한 사건입니다. 안타까운 일이지만, 도스 양의 변호를 위해 소환된 영혼은 없었습니다.」

히더 씨의 말이 내 흥미를 자아냈다. 나는 그가 처음 보여 준 신문을 살펴보았다. 셀리나가 체포되던 주에 발행된 것이었다. 나는 그 신문보다 더 뒤에 나온 것은 없는지, 재판, 판결, 밀뱅크로 셀리나를 데려가는 이야기가 기사로 실렸는지 물었다. 히더 씨는 당연히 있다고 말했고, 책꽂이로 갔다가 잠시 뒤 내가 원하는 것을 찾아 건네주고는 이전 책들을 꼼꼼하게 정리해 치웠다. 나는 탁자 앞에 의자를 가져와 하얀 장갑을 낀 숙녀에게서 멀찌감치 떨어진 곳에 놓았으며, 주형이 들어 있는 캐비닛이 내 시선에 안 들어오도록 살짝 방향을 바꾸었다. 이윽고 히더 씨가 싱긋 웃더니 고개 숙여 인사를 하고 방을 나갔으며, 나는 의자에 앉아 신문을 읽기 시작했다. 나는 공책을 가지고 있었는데, 거기에는 대영 박물관에 있는 감옥의 역사에 대한 책에서 베껴 둔 구절들이 담겨 있었다. 이제 그 쪽을 접어 둔 뒤 셀리나의 재판에 대한 부분을 적기 시작했다.

처음에 법정은 미국 여자이자 두려움에 질린 소녀의 어머니이자 윌리스 부인의 친구인 실베스터 부인을 증인으로 불렀다. 「셀리나 도스를 언제 처음 알게 되었습니까?」—「7월에 브링크 부인의 집에서 열린 강신회에서 처음 보았습니다. 저는 도스 양이 아주 능력 있는 영매라는 말을 런던에 있을 때부터 들었고, 그래서 꼭 만나 보고 싶었습니다.」

「직접 만나 본 인상은 어땠습니까?」—「만나자마자, 저는 도스 양이 아주 재주 있는 사람이라는 걸 알았습니다. 또한 겸손해 보였습니다. 강신회에는 영혼을 볼 수 있다는 사실에 다소 들뜬 젊은 신사 둘이 있었는데, 처음에는 도스 양이 그 둘에게 꼬리를 칠 거라고 생각했습니다. 하지만 도스 양은 그러지 않았고, 저는 그게 기뻤습니다. 도스 양은 다른 사람들이 묘사한 대로 무척 교양 있고 점잖은 아가씨로 보였습니다. 물론 제 딸과 친하게 지내도록 두지 말았어야 했지만요. 그건 제 실수였습니다.」

「딸과 친하게 지내도록 한 목적은 무엇이었습니까?」—「의학적 이유였습니다. 저는 도스 양이 제 딸의 건강을 회복시키는 데 도움이 되길 바랐습니다. 제 딸은 몇 년째 아팠습니다. 도스 양은 그 병이 육체적인 게 아니라 영적 질환에서 기인한 거라고 말했습니다.」

「그리고 도스 양은 시드넘의 그 집에서 당신 딸을 치료했나요?」—「네.」

「얼마나 오랫동안이었습니까?」—「두 주 동안이었습니다. 제 딸은 도스 양과 하루에 한 시간씩 어두운 방에 함께 있었습니다. 일주일에 이틀씩 그렇게 했습니다.」

「그 과정 동안 당신 딸은 도스 양과 단둘이만 있었나요?」—「아니요. 제 딸은 두려워했고, 그래서 저도 함께 있었습니다.」

「도스 양에게 두 주 동안 치료를 받고 난 뒤 당신 딸의 상태는 어떻게 바뀌었습니까?」—「큰 효과가 있어 놀랐습니다. 하지만 지금 생각해 보니 그 진전은 도스 양의 치료에 의해 제 딸이 비정상적으로 흥분한 까닭이라고 생각합니다.」

「그렇게 믿는 이유는 뭡니까?」—「왜냐면 그 사건이 있던 날 밤 도스 양이 제 딸을 몹시 심하게 대한 걸 알았기 때문입니다.」

「브링크 부인이 치명적 발작을 일으킨 그날 밤을 말씀하시는 거죠? 그러니까, 1873년 8월 3일 밤이요.」—「네.」

「그리고 그날 밤, 평소와 달리 당신은 딸이 혼자서 도스 양을 만나러 가는 것을 허락했습니다. 왜 그랬습니까?」—「도스 양은 제가 함께 있으면 매들린의 치료 효과가 더디게 나타난다고 했습니다. 그러면서 자신과 제 딸 사이에는 어떤 채널이 연결되어 있는데, 제가 함께 있으면 그 채널이 방해를 받는다고 했습니다. 도스 양은 말주변이 좋았고, 그래서 저는 그 말을 곧이곧대로 믿었습니다.」

「음, 그 부분에 대해서는 여기 계신 신사분들이 결정하실 겁니다. 그러니까, 당신이 실베스터 양을 시드넘으로 혼자 가게 한 건 사실이라는 거군요.」—「네, 하녀만 데리고 갔습니다. 물론 마부도요.」

「실베스터 양이 도스 양과 만나러 갈 때 어때 보였습니까?」—「신경과민 상태인 듯했습니다. 말씀드렸듯이, 도스 양의 치료 때문에 비정상적으로 흥분했다고 생각합니다.」

「어떤 식으로 〈흥분〉했다는 건가요?」 —「잘난 척을 했습니다. 제 딸은 순진한 아이입니다. 도스 양은 제 딸에게 영매의 능력이 있다고 부추겼습니다. 그러면서 그 능력을 개발하면 다시 건강을 회복할 수 있을 거라고 했습니다.」

「부인은 딸이 그런 능력을 가지고 있다고 믿습니까?」 —「제 딸의 병의 근원을 밝혀 주기만 한다면 뭐든지 믿을 준비가 되어 있었습니다.」

「흠, 이 사건에 대한 부인의 믿음은 보답을 받게 될 겁니다.」 —「그러길 바랍니다.」

「그렇게 되리라 확신합니다. 자, 부인께서는 따님이 혼자 도스 양을 만나러 갔을 때 따님의 건강 상태에 대해 말씀해 주셨습니다. 그 다음에 딸을 본 건 언제입니까?」 —「몇 시간 뒤였습니다. 저는 딸이 9시까지는 돌아오리라고 생각했지만, 10시 반이 되도록 아무런 연락조차 없었습니다.」

「왜 그렇게 늦게까지 기다리셨습니까?」 —「딸아이가 걱정이 되어 제정신이 아니었습니다! 저는 딸이 안전한지 알기 위해 하인과 마차를 보냈습니다. 하인이 돌아오더니 딸의 하녀를 만났다고 했습니다. 하인은 딸이 부상을 당했으며 제가 즉시 가봐야 한다고 했습니다. 그래서 그렇게 했습니다.」

「부인이 그곳에 갔을 때 그 집은 어때 보였나요?」 —「혼란 상태였습니다. 하인들이 이 층 저 층 돌아다녔고, 모든 불이 환히 켜진 상태였습니다.」

「그리고 부인의 따님은 어떤 상태였습니까?」 —「제가 딸아이를 봤을 때는, 오! 딸아이는 기절했다가 정신을 차리고 있었고, 옷은 흐트러졌고, 얼굴과 목에는 폭력의 흔적들이 보였습니다.」

「부인이 오는 걸 본 따님은 어떤 반응을 보였습니까?」—「정신이 나간 아이 같았습니다. 저를 밀쳐냈고, 욕을 해댔습니다. 제 딸은 사기꾼인 도스 양에게 나쁜 영향을 받은 겁니다!」

「도스 양을 보셨습니까?」—「네.」

「도스 양은 어떤 상태였습니까?」—「혼란스러운 듯 보였습니다. 그게 연기를 한 거라고 자신있게 말할 수는 없을 듯합니다. 그리고 도스 양은, 남자 영혼이 제 딸을 거칠게 대했다고 말했습니다. 제 평생 그렇게 기괴한 말은 처음이었습니다. 그리고 제가 그렇게 말하자 도스 양은 사나워졌습니다. 저보고 조용히 하라고 말하더니 흐느꼈습니다. 그리고 제 딸이 바보며, 제 딸 때문에 자신은 모든 것을 잃었노라고 했습니다. 그리고 전 브링크 부인이 졸도해 위층에 쓰러져 있는 걸 알게 되었습니다. 제가 딸아이를 간호하던 그 시각에 부인은 이미 죽은 듯합니다.」

「그리고 부인은 도스 양의 말을 똑똑히 기억하시는 겁니까? 도스 양이 〈모든 것을 잃었다〉라고 한 게 확실합니까?」—「확실합니다.」

「그게 무슨 뜻이라고 생각하셨습니까?」—「처음에는 아무 생각 없었습니다. 당시 저는 딸의 건강이 너무나 걱정되어 다른 것은 신경 쓸 틈이 없었습니다. 하지만 이제는 무슨 말인지 잘 압니다. 도스 양이 한 말은 매들린 때문에 자기 야망이 좌절되었다는 뜻이었습니다. 제 딸을 자기 특별한 친구로 삼고, 마지막 한 푼까지 몽땅 쥐어 짜낼 생각이었다는 뜻이었습니다. 하지만 제 딸이 그런 상태가 되고 브링크 부인이 죽었는데 어떻게 그렇게 할 수 있겠습니까? 게다가…….」

그 뒤로 좀 더 이야기가 계속 되지만 나는 그것을 옮겨 적지 않았다. 이 모든 것이 신문 한 호에 전부 실렸다. 다음 주에 발행된 신문에는 매들린 실베스터 양이 직접 증인으로 나온 내용이 실렸다. 그녀는 세 번이나 증인으로 불려 오지만 매번 울음을 터뜨리고 만다. 나는 실베스터 부인에게는 별 관심이 없다. 그녀 이야기를 보면 내 어머니가 떠오른다. 하지만 난 부인의 딸이 싫다. 그 아이는 나 자신을 떠올리게 한다.

실베스터 양의 질의 응답은 다음과 같다.

「그날 밤의 일에 대해 기억나는 게 있습니까, 실베스터 양?」—「잘 모르겠습니다. 확실하지 않습니다.」

「집을 떠난 건 기억하십니까?」—「네.」

「브링크 부인 집에 도착한 건 기억하십니까?」—「네.」

「그곳에서 가장 먼저 하신 일이 뭡니까?」—「브링크 부인과 도스 양과 함께 차를 마셨습니다.」

「브링크 부인이 어때 보이던가요? 건강해 보이던가요?」—「그럼요!」

「브링크 부인이 도스 양을 어떻게 대하던가요? 차갑게 또는 불친절하게 대했다거나 아니면 뭔가 특이한 방식으로 대하지는 않았나요?」—「친절하게 대하셨습니다. 부인과 도스 양은 아주 가까이 앉았고, 부인은 가끔 도스 양의 손을 잡았고 도스 양의 머리나 얼굴을 만졌습니다.」

「브링크 부인이나 도스 양이 한 말 가운데 생각나는 것이 있습니까?」—「브링크 부인은 제가 아주 흥분할 거라고 말씀하셨습니다. 저는 그럴 거라고 말했습니다. 부인은 도스 양이 저를 가르쳐 주는 건 큰 행운이라고 하셨습니다. 이윽고 도스 양은 브링크 부인에게 저와 도스 양만이 남아 있을 시간이라고 했습니다. 그러자 브링크 부인이 방을 나갔습니다.」

「브링크 부인이 도스 양과 당신만을 두고 나갔나요? 그리고 무슨 일이 일어났습니까?」—「도스 양은 저를 데리고 우리들이 평소 쓰는 방으로 갔습니다. 작은 캐비닛이 딸려 있는 방입니다.」

「그 방은 도스 양이 강신회, 소위 〈어둠의 모임〉을 주관하던 곳입니까?」—「네.」

「그리고 그 작은 캐비닛은 도스 양이 영혼에 매혹되었을 때 앉는, 천이 덮인 곳입니까?」—「네.」

「그리고 무슨 일이 일어났습니까, 실베스터 양?」— (목격자가 망설인다.) 「도스 양은 저와 함께 앉아 제 손을 잡더니 이제 자신은 준비를 해야 한다고 말했습니다. 도스 양은 작은 캐비닛으로 갔고, 캐비닛에서 나왔을 때는 드레스를 벗은 채 페티코트만 입고 있었습니다. 그리고 저보고도 같은 차림이어야 한다고 했습니다. 하지만 캐비닛에서 옷을 벗는 게 아니라 자기 앞에서 벗어야 한다고 했습니다.」

「도스 양이 실베스터 양에게 드레스를 벗으라고 했습니까? 그렇게 시킨 이유는 뭡니까?」—「제 능력을 발전시키는 작업을 제대로 하려면 그렇게 해야 한다고 말했습니다.」

「드레스를 벗었습니까? 여기 있는 신사분들에게는 마음 쓰지 마시고 오직 진실만을 말씀하십시오.」—「네. 벗었습니다. 제하녀는 다른 방에 있었기 때문에 도스 양이 벗겨 주었습니다.」

「도스 양이 보석을 빼놓으라고 하지는 않았습니까?」—「제 브로치를 빼라고 했습니다. 브로치가 드레스와 안쪽 옷을 연결하고 있었는데, 브로치를 빼지 않고는 드레스를 벗을 수 없었기 때문입니다.」

「도스 양이 그 브로치를 어떻게 했습니까?」— 「기억나지 않습니다. 제 하녀인 루핀이 나중에 그것을 돌려주었습니다.」

「잘 알았습니다. 도스 양이 실베스터 양에게 드레스를 벗게 했을 때 어떤 기분이 들었습니까?」— 「처음에는 이상했지만 이윽고 별 상관없었습니다. 그날 밤은 더운데다가 도스 양이 방문을 꼭 닫아 두었습니다.」

「방에 조명이 밝았습니까 아니면 다소 어두웠습니까?」— 「어둡지는 않았지만 아주 밝지도 않았습니다.」

「도스 양을 또렷하게 볼 수 있었습니까?」— 「오, 그럼요.」

「그리고 무슨 일이 일어났습니까?」— 「도스 양은 다시 제 두 손을 잡더니 영혼이 온다고 말했습니다.」

「어떤 기분이었습니까?」— 「두려웠습니다. 도스 양은 다가오는 영혼은 피터니 두려워하지 말라고 했습니다.」

「소위 〈피터 퀵〉이라는 영혼인가요?」— 「네. 도스 양은 그냥 피터라고 불렀습니다. 그리고 저는 이전에 어둠의 모임에서 피터 퀵을 본 적이 있었습니다. 도스 양은 이제 피터가 와서 제 능력을 계발하는 걸 도우려 한다고 했습니다.」

「그래서 두려움이 가셨습니까?」— 「아뇨. 더 두려워지기 시작했습니다. 저는 두 눈을 꼭 감았습니다. 도스 양이 말했습니다. 〈보세요, 매들린, 오고 있어요.〉 그리고 방에 다른 누가 있는 것 같은 소리가 났습니다. 하지만 너무나 무서워 눈을 뜨지 않았습니다.」

「다른 사람 소리를 들은 게 확실합니까?」— 「그렇다고 생각합니다.」

「그리고 무슨 일이 일어났습니까?」— 「확실하지 않습니다.

저는 너무나 무서워 울기 시작했습니다. 이윽고 피터 퀵이 〈왜 우는 거지?〉 하고 말하는 소리가 들습니다.」

「그 말을 한 게 도스 양이 아닌 다른 이의 목소리가 확실합니까?」—「그렇다고 생각합니다.」

「도스 양과 다른 이의 목소리가 동시에 들린 적이 있습니까?」—「모르겠습니다. 죄송합니다.」

「죄송하실 이유가 없습니다, 실베스터 양. 실베스터 양은 아주 용감하십니다. 자, 다음에 무슨 일이 벌어졌는지 말씀해 주시겠습니까?」—「손이 하나 다가오더니 저를 만졌습니다. 그 손은 아주 거칠고 차가웠습니다.」 (증인이 흐느낀다.)

「고맙습니다, 실베스터 양. 지금까지 아주 잘 대답해 주셨습니다. 이제 질문 몇 개만 더 하면 끝입니다. 대답할 수 있겠습니까?」—「해보겠습니다.」

「좋습니다. 손이 만지는 걸 느꼈다고 하셨지요. 어디를 만졌습니까?」—「제 팔입니다. 팔꿈치 위쪽입니다.」

「도스 양은 그 순간 당신이 울기 시작했다고 주장합니다. 기억나십니까?」—「아뇨.」

「도스 양은 당신이 발작을 일으켰으며 자신은 당신을 진정시키려고 했고, 그 과정에서 당신을 다소 세게 움켜쥐어야만 했다고 주장합니다. 기억나십니까?」—「아니요.」

「그러면 당시 일 가운데 기억나는 게 있습니까?」—「브링크 부인이 와서 문을 열기 전까지 일어난 일은 아무것도 기억 나지 않습니다.」

「브링크 부인이 왔다고 하셨죠. 어떻게 부인인 줄 아셨습니까? 눈을 뜨고 계셨습니까?」—「아니요. 여전히 눈을 감고 있었습니다. 겁이 났거든요. 하지만 문밖에서 부르는 소리를 듣고 브링크 부인인 걸 알았습니다. 그리고 자물쇠가 돌아가고 문이 열리는 소리가 났으며, 브링크 부인의 목소리가 다시 들렸습니다. 아주 가까이서요.」

「당신 하녀 말에 따르면, 이 시점에서 당신은 집이 떠나가라 비명을 질렀다고 합니다. 〈브링크 부인, 오, 브링크 부인, 저들이 절 죽이려 해요!〉라고 소리쳤다고 합니다. 기억나십니까?」 — 「아니요.」

「그런 말을 한 기억이 전혀 나지 않는 게 확실합니까?」 — 「잘 모르겠습니다.」

「그런 말을 했다면 왜 그랬을까 이유를 아시겠습니까?」 — 「아뇨. 피터 퀵이 무척 겁이 나서 그랬을지도 모르겠습니다.」

「겁이 난 건 피터 퀵이 당신을 해치려 한다고 생각했기 때문입니까?」 — 「아닙니다. 영혼이라서 겁이 난 것뿐입니다.」

「알겠습니다. 브링크 부인이 문을 여는 소리를 들었을 때 무슨 일이 일어났는지 말씀해 주시겠습니까? 부인이 뭐라고 했나요?」 — 「부인은 〈어머, 도스 양〉이라고 말했고, 다음에는 〈어머!〉하고 다시 외쳤습니다. 그리고 부인이 자기 어머니를 부르는 소리가 들렸습니다. 목소리가 독특하게 들렸습니다.」

「〈독특〉하다니 어떤 식으로 말입니까?」 — 「아주 가늘고 높았습니다. 이윽고 부인이 쓰러지는 소리가 들렸습니다.」

「그리고 무슨 일이 일어났습니까?」 — 「도스 양의 하녀가 왔고, 도스 양은 하녀에게 브링크 부인을 살펴보라고 했습니다.」

「그때는 눈을 뜨고 있었습니까, 아니면 여전히 감은 채였습니까?」 — 「뜨고 있었습니다.」

「방에 영혼이 있던 어떤 흔적이 있었습니까?」—「아니요.」

「당신이 눈을 감기 전에는 없던 물건이 눈을 뜨고 나니 보였습니까? 예를 들어 옷가지 같은 게 있었습니까?」—「없었던 듯합니다.」

「다음에는 무슨 일이 일어났습니까?」—「저는 옷을 입으려 애를 썼고, 잠시 뒤 제 하녀 루핀이 왔습니다. 루핀은 저를 보자 비명을 지르기 시작했고, 저 역시 비명을 질렀습니다. 그러자 도스 양은 우리 둘 다 조용히 해야 한다고 말했고, 자신을 도와 브링크 부인을 보살펴야 한다고 했습니다.」

「브링크 부인은 바닥에 쓰러져 있었습니까?」—「네. 그리고 도스 양과 도스 양의 하녀는 부인을 일으키려 했습니다.」

「당신은 도스 양이 말한대로 도스 양을 도왔습니까?」—「아니요. 루핀이 그러지 못하게 했습니다. 루핀은 저를 데리고 아래층 응접실로 갔으며, 물을 한 잔 가져다주었습니다. 그리고 어머니가 올 때까지는 아무 기억도 나지 않습니다.」

「당신 어머니가 도착했을 때 어머니에게 한 말을 기억하십니까?」—「아뇨.」

「어머니에게 상스러운 말을 한 게 기억나지 않으십니까? 어머니에게 상스러운 말을 하도록 도스 양이 북돋운 기억이 없습니까?」—「없습니다.」

「그 집을 떠나기 전에 도스 양을 다시 보았습니까?」—「어머니와 이야기하는 걸 봤습니다.」

「어때 보이던가요?」—「울고 있었습니다.」

그 외에 다른 증인들이 있다. 하인, 실베스터 부인이 부른 경찰, 브링크 부인을 진찰한 의사, 집을 방문한 친구들. 하지만 신문에는 이들의 증언을 모두 실을 공간이 부족했고, 다음 기사는 셀리나의 증언이었다. 나는 셀리나의 증언을 읽기 전에 잠시 망설였고, 그녀가 교도관에 이끌려 우울한 법정을 가로질러 걷는 모습을 상상했다. 모두 검은 정장을 입은 신사들 속에서, 셀리나의 머리는 아주 아름답고 화려하고 밝았을 거라고 생각한다. 한편 뺨은 아주 창백했으리라. 『심령술사』에 따르면 셀리나는 〈아주 용감하게〉 행동했다. 법정은 셀리나를 취조하는 걸 보려는 사람들로 가득찼다. 그리고 셀리나의 목소리는 살짝 낮았으며, 가끔씩 떨렸다.

셀리나는 처음에는 자신의 변호사 세드릭 윌리엄스의 질문을 받았고, 다음에는 검사인 로크 씨, 체이니 워크에 저녁 식사를 하러 한 번 왔다는 바로 그 핼퍼드 로크, 오빠가 아주 훌륭한 사람이라고 말한 바로 그 사람이 질문을 했다.

로크 씨가 말했다. 「도스 양, 당신은 브링크 부인의 집에서 1년 좀 안 되는 기간 동안 살았습니다. 맞습니까?」—「네.」

「무슨 이유로 그곳에서 살았습니까?」—「저는 브링크 부인의 손님이었습니다.」

「브링크 부인에게 방세를 냈습니까?」—「아니요.」

「브링크 부인의 집에서 살기 전에는 어느 곳에서 살았습니까?」 —「홀본, 램스 콘딧 스트리트에 있는 하숙집에서 살았습니다.」

「당신은 자신의 미래에 대해 생각해 본 적이 전혀 없습니까?」 —「영혼들이 절 이끌어 줄 거라는 걸 알았습니다.」

「그렇군요. 당신을 브링크 부인의 집으로 가게 한 것도 영혼의 인도였습니까?」—「네. 말했듯이, 브링크 부인이 홀본에 있는 하숙집으로 절 찾아왔고, 영혼의 인도를 받은 부인은 저에게 자기 집으로 가서 함께 살자고 했습니다.」

「당신은 브링크 부인과 함께 부인을 위해 강신회를 주관했습니까?」―「네.」

「브링크 부인의 집에서 돈을 받고 다른 사람들을 위해 강신회를 벌였습니까?」―「처음에는 그러지 않았습니다. 그런데 영혼들이 그렇게 해야 한다고 했습니다. 하지만 저는 강신회에 참석한 사람들에게 그 무엇도 달라고 요구하지 않았습니다.」

「하지만 강신회를 연 건 사실이로군요. 그리고 당신이 강신회를 열어 준 대가로 참석자들이 돈을 선물로 남겨 놓고 가는 게 관습이지요?」―「네, 그러고 싶으면요.」

「당신이 그 사람들에게 해주는 일은 무엇입니까?」―「그 사람들을 위해 영혼들에게 조언을 구합니다.」

「어떻게 그렇게 합니까? 그렇게 하기 위해 신들린 상태가 됩니까?」―「대개 그렇습니다.」

「그러면 무슨 일이 일어납니까?」―「그 부분에 대해서는 강신회에 참석한 분들에게 물어보셔야 합니다. 저는 제대로 기억하지 못하니까요. 하지만 보통은 영혼이 저를 통해 말을 합니다.」

「그리고 〈영혼〉이 자주 나타납니까?」―「네.」

「당신의 고객, 실례했습니다, 〈참석자〉들이 숙녀와 여자가 대부분이라는 게 사실입니까?」―「숙녀뿐 아니라 신사들도 저를 찾아왔습니다.」

「신사분과 단둘서만 만나기도 합니까?」―「천만에요. 절대로 그러지 않습니다. 다른 숙녀분들이 있을 경우에만 신사분들을 어둠의 모임에 참석케 합니다.」

「하지만 숙녀의 경우에는 영혼과 개인 상담을 하거나 영적 수업을 하려고 단독으로 만나셨죠?」―「네.」

「이러한 단독 만남의 경우에는 거기에 참석한 숙녀분에게 상당한 영향을 끼치셨겠군요?」―「그분들이 저를 찾아온 건 제 영향을 받기 위해서였습니다.」

「그렇다면 그 영향의 성질은 무엇입니까, 도스 양?」―「무슨 의미신가요?」

「건전한 영향입니까, 아니면 불건전한 영향입니까?」―「건전한, 그리고 아주 영적인 영향입니다.」

「그리고 숙녀분들 가운데에는 이러한 영향이 가벼운 병과 고충을 누그러뜨리는 데 도움이 된다고 생각하는 분들이 있었군요. 실베스터 양이 그러한 숙녀 가운데 한 명이고요.」―「네. 많은 숙녀들이 찾아왔습니다……. 실베스터 양과 같은 증상으로요.」

「무슨 증상인가요?」―「허약 체질, 신경과민, 고통입니다.」

「그리고 당신의 치료는 무엇이었나요? (증인이 망설인다.) 동종 요법인가요? 최면술인가요? 전기 충격이었나요?」―「영적인 치료였습니다. 저는, 실베스터 양과 같은 증상을 보이는 숙녀들은 영적으로 민감한 경우가 종종 있으며, 그런 분들은 천리안이 있어서 그 능력을 발달시킬 필요가 있다는 사실을 알게 되었습니다.」

「그리고 이것이 당신이 제안한 특별한 도움이었나요?」―「네.」

「그리고 그건 무엇을 통해 하는 거였나요? 문지르기? 마사지?」―「손을 통해 하는 일이었습니다.」

「문지르기와 마사지군요.」―「네.」

「그 도움을 받으려면 당신의 방문객은 옷의 일부를 벗어야 하는 건가요?」―「어떨 때는요. 여성의 드레스는 귀찮을 때가 있습니다. 제가 알기로 의사 역시 환자에게 같은 요구를 할 겁니다.」

「하지만 의사는 자기 옷을 벗지는 않을 듯하군요.」(웃음소리.)—「영적 치료와 일반 치료는 요구하는 조건이 다릅니다.」

「다행이군요. 다른 질문을 하지요, 도스 양. 당신을 찾아오는, 그러니까 영적인 마사지를 받으려고 당신을 찾는 숙녀분들 상당수가 부유하지요?」—「어떤 분들은요.」

「제가 생각하기에는 모든 분이 그럴 것 같은데요. 안 그런가요? 당신이 숙녀가 아닌 여자를 브링크 부인의 집에 오게 하지는 않았을 것 같은데요. 그렇죠?」—「음, 네. 그런 사람을 데려오지는 않았을 거예요.」

「그리고 물론 당신은 매들린 실베스터가 아주 부자라는 걸 알았습니다. 바로 그 때문에 실베스터 양을 특별한 친구로 삼으려한 게 아닌가요? 제 말이 맞지요?」—「아닙니다. 전혀 아닙니다. 단지 실베스터 양이 안됐다는 생각을 했고, 나아지길 원했을뿐입니다.」

「당신은 많은 숙녀분의 상태를 더 낫게 만들었겠죠?」—「네.」

「그분들의 이름을 대주시겠습니까?」—(증인이 망설인다.)「그렇게 하는 게 옳지 않다는 생각이 드네요. 개인적인 일이니까요.」

「당신이 옳다고 생각합니다. 도스 양. 아주 개인적인 일이지요. 사실, 너무나도 사적이기에, 제 친구인 윌리엄스 씨는 이 법정에서서 당신의 능력을 증언해 줄 숙녀분을 단 한 명도 찾을 수가 없었습니다. 흥미롭지요?」—(증인은 대답을 하지 않는다.)

「도스 양, 시드넘에 있는 브링크 부인의 저택은 얼마나 큽니까? 방이 몇 개나 있습니까?」—「아마 아홉 개나 열 개 정도 될 겁니다.」

「제가 알기로는 열세 개입니다. 홀본의 하숙 집에서는 방을 몇 개나 쓰셨습니까?」―「하나입니다.」

「당신과 브링크 부인은 무슨 관계였습니까?」―「무슨 뜻인 가요?」

「직업적인 관계였습니까? 아니면 애정 어린 관계였습니까?」 ―「애정 어린 관계였습니다. 브링크 부인은 남편과 사별했고, 아이가 없었습니다. 저는 고아였습니다. 우리 사이에는 공감이 있었습니다.」

「브링크 부인은 당신을 일종의 딸로 여겼나요?」―「음, 그런 듯합니다.」

「브링크 부인이 심장이 약해 고생하는 걸 알았나요?」―「아뇨」

「부인이 그 말을 하지 않았나요?」―「네.」

「부인이 자기가 죽은 뒤에 자기 물건이며 재산을 어떻게 할 계획인지 당신과 의논한 적이 있나요?」―「아니요. 없습니다.」

「제 생각에, 당신은 브링크 부인과 단둘이서 많은 시간을 함께 보냈겠군요?」―「다소요.」

「부인의 하녀 제니퍼 윌슨은 매일 밤 당신이 브링크 부인의 방에서 부인과 한 시간 정도 단둘이서만 있었다고 증언했습니다.」 ―「그건 부인을 위해 제가 영혼에게 조언을 구할 때였습니다.」

「당신과 브링크 부인은 영혼에게 조언을 구하려고 밤마다 한 시간 정도를 함께 보낸 겁니까?」―「네.」

「특별히 한 영혼에게 조언을 구했겠죠?」― (증인이 망설인 다.)「네.」

「무슨 문제에 대해 조언을 구했습니까?」―「말할 수 없습니 다. 그건 브링크 부인의 사생활입니다.」

「그 영혼은 당신에게 부인의 심장이 약하다는 이야기나 유언장에 대해서는 아무 말도 하지 않았습니까?」—(방청석에서 웃음이 터진다.)「전혀요.」

「브링크 부인이 죽은 그날 밤, 당신이 실베스터 부인에게 매달린 실베스터가 〈바보이며, 그 아이 때문에 당신은 모든 것을 잃었다〉라고 말했는데, 그건 무슨 의미였습니까?」—「그런 말을 한 기억이 나지 않습니다.」

「지금 그 대답은 실베스터 부인이 법정에서 거짓말을 했다는 뜻입니까?」—「아니요. 단지 그런 말을 한 게 기억나지 않을 뿐입니다. 저는 브링크 부인이 죽을 것 같다는 생각에 아주 당황했습니다. 그리고 지금 그 문제로 저를 괴롭히는 건 과하다고 생각합니다.」

「브링크 부인이 죽을지도 모른다는 생각이 당신에게는 끔찍했나요?」—「당연하죠.」

「부인은 왜 죽었습니까?」—「부인은 심장이 약했습니다.」

「하지만 실베스터 양은 브링크 부인이 죽기 두세 시간 전까지만 해도 아주 건강하고 평온해 보였다고 증언했습니다. 부인이 아프기 시작한 건 당신 방의 문을 열면서부터인 듯 합니다. 부인이 왜 그렇게 겁에 질린 겁니까?」—「부인은 실베스터 양이 발작을 일으키는 모습을 보았습니다. 또 영혼이 실베스터 양을 다소 거칠게 다루는 모습을 보았습니다.」

「부인은 영혼처럼 차려입은 당신을 보지 못했습니까?」—「제가 아닙니다. 부인은 피터 퀵을 보았고, 그 모습에 놀란 겁니다.」

「부인은 퀵 씨를 보았군요. 성질 나쁜 퀵 씨를요. 아무래도 진상을 알려면 그분을 증인으로 부르기라도 해야겠군요. 퀵 씨가

223

당신이 강신회에서 〈체현화〉하곤 하던 바로 그자인가요?」—
「네.」

「정확히는 월, 수, 금요일 저녁마다 〈체현화〉했으며 다른 숙
녀들과 개인 강신회를 할 때 부르던 그자인가요? 올해 2월 부터
브링크 부인이 죽던 날 밤까지 6개월 동안요.」—「네.」

「퀵 씨를 지금 〈체현화〉해 주시겠습니까, 도스 양?」— (증인
이 망설인다.) 「지금은 그럴 수 있는 적절한 장비가 없습니다.」

「무엇이 필요하십니까?」—「캐비닛이 필요합니다. 방이 어
두워야 합니다. 아니, 할 수 없습니다.」

「할 수 없습니까?」—「네.」

「퀵 씨가 부끄럼을 타는 모양이군요. 아니면 퀵 씨는 도스 양
대신 기소될까 두려워하는 건가요?」—「피터 퀵은 영혼에 반하
는 적대적 분위기에 휩싸인 곳에는 나타날 수 없습니다. 다른 영
혼도 마찬가지입니다.」

「안타까운 일이로군요, 도스 양. 퀵 씨가 당신을 위해 증언 해
주지 않으면, 지금까지 나온 증거들이 당신에게 불리하기 때문
입니다. 한 어머니가 당신에게 섬세한 딸을 맡겼고, 그 딸은 심
신이 지쳤으며 이상한 취급을 받았습니다. 당신이 그 딸에게 손
을 대는 모습을 본 당신의 후원자 브링크 부인이 기절을 하고는
곧 죽을 정도로, 너무나도 이상한 취급을 말입니다.」—「말도
안 되는 주장입니다. 실베스터 양은 단지 피터 퀵에게 겁을 먹은
것뿐입니다. 실베스터 양이 당신에게 그렇게 말했습니다.」

「실베스터 양은 자신이 당신의 영향 아래에 있다고 생각했노
라고 말했습니다. 저 역시 실베스터 양이 아주 겁을 먹었다고 생
각합니다. 사실, 너무나도 겁을 먹었기에, 당신이 자신을 죽이려

한다고 외쳤습니다! 자, 좀 골치 아픈 부분이지요? 저는 당신이 그런 외침을 막으려고 실베스터 양을 다소 거칠게 다루었으며, 그 과정에서 브링크 부인이 오게 되었다고 생각합니다. 그래서 브링크 부인은 영혼처럼 꾸민 당신을, 그 동안 자신을 속여 온 영혼을 본 겁니다. 그리고 부인은 깨달은 거죠. 자신의 꿈이 깨진 것을요. 가엾은 여인 같으니! 자신의 죽은 어머니와 이야기하고 싶다는, 심장 마비를 일으킬 정도로 간절한 꿈이 말입니다! 그리고 부인은 아마도 〈피터 퀵〉이 밤마다 어떻게 자신에게 왔는지, 당신에 대해 어떻게 말했는지 기억했겠죠. 부인은 피터 퀵이 입에 침이 마르도록 당신을 칭찬하고, 당신을 부인이 결코 갖지 못한 딸이라 칭하고, 당신에게 선물과 돈을 주도록 유도한 걸 떠올렸을 겁니다.」—「아닙니다! 사실이 아닙니다! 저는 피터 퀵을 부인에게 보인 적이 없습니다. 그리고 부인이 제게 준 것은 부인이 원해서였습니다. 저를 사랑했기 때문에요.」

「그리고 아마도 부인은 당신을 찾아온 모든 숙녀를 떠올렸겠죠. 당신이 그 숙녀들을 어떻게 특별한 친구로 만들고, 아첨을 떨었는가를, 그리고 실베스터 부인의 표현을 빌리자면, 〈비정상적으로 흥분〉하게 만들었는가를요. 어떻게 당신이 그 숙녀들에게서 선물과 돈과 호의를 이끌어 냈는지를요.」—「아니요, 아닙니다. 전혀 사실이 아닙니다!」

「저는 사실이라고 주장합니다. 그렇지 않다면 당신이 당신보다 어리지만 사회적 지위가 훨씬 높은 매들린 실베스터 같은 소녀, 돈이 많고 심신이 약해 금방이라도 쓰러질 것 같은 소녀에게 흥미를 보인 것을 어떻게 설명할 수 있습니까? 돈이 아니라면 왜 그 소녀에게 흥미를 보였단 말입니까?」—「그건 가장 고귀하고 가장 순수하며 가장 영적인 이유에서였습니다. 실베스터 양이 자신에게 천리안 능력이 있는 걸 깨닫도록 돕고자 해서였습니다.」

「그리고 그게 이유의 전부였습니까?」 — 「네! 달리 또 무슨 이유가 있단 말입니까?」

이 대답에 방청석에서는 고함과 야유가 쏟아진다. 밀뱅크에서 셸리나가 내게 해준 말은 진실이다. 신문은 처음에는 셸리나를 지지하지만 재판이 진행될수록 신문이 보이던 호의는 옅어진다. 〈왜 도스 양의 방법을 통해 자신들이 경험한 사실을 기꺼이 선전해 주려는 숙녀가 없단 말인가?〉 처음에 신문은 분노에 찬 듯 이런 질문을 던진다. 하지만 로크 씨의 심문이 끝나고 난 뒤 신문은 같은 질문을 아주 다른 의미로 던진다. 이윽고 셸리나가 홀번에서 묵었던 하숙집 주인 빈시 씨가 증언을 한다. 「저는 도스 양이 아주 야심있고 흉계가 있는 여자라는 걸 잘 알았습니다.」 빈시 씨가 말한다. 빈시 씨는 셸리나를 〈교활하고〉, 〈남에게 질투를 유발하고〉, 〈툭하면 성질을 부리는 경향이 있는〉 여자로 묘사한다.

그리고 『펀치』에 실린 풍자 만화를 다시 실은 것을 끝으로 셸리나에 대한 기사는 끝이 난다. 만화에서는 얼굴이 날카롭게 생긴 영매가 소심한 표정을 지은 젊은 아가씨의 목에서 진주 목걸이를 잡아당기고 있다. 〈진주 목걸이도 벗어야 하나요?〉 소심한 아가씨가 묻는다. 만화에는 〈내키지 않는 권유〉라는 제목이 붙어 있다. 아마 이 만화가 그려진 건 셸리나가 창백한 모습으로 서서 판결을 받았을 때거나 아니면 수갑을 차고 감옥으로 가는 마차에 탔을 때 또는 리들리 양이 가위를 머리에 대는 동안 앉아서

부들부들 떨었을 당시였으리라.

그 만화가 싫고 더는 보고 싶지 않았다. 그래서 고개를 든 나는 탁자 저편 끝에 앉은 숙녀가 나를 주시하는 걸 깨달았다.

내가 공책에 글을 적는 동안 그 숙녀는 고개를 숙이고『생명 에너지』를 보았다. 내 생각에 우리 둘은 두 시간 반 정도 그곳에 머문 듯하며, 그동안 나는 그 숙녀에게 전혀 관심을 두지 않았다. 하지만 내가 시선을 드는 것을 본 여자는 싱긋 웃었다. 그 여자는 자기 평생 나처럼 뭔가에 열심인 숙녀를 처음 보았단다! 그리고 그처럼 배움에 대한 강렬한 욕망이 이는 건 그 방에 깔린 아우라 때문일 거라고 했다. 여자는 내 앞에 펼쳐 둔 책을 보며 고개를 까닥였다. 「제가 보기에 당신은 가엾은 도스 양에 대해 읽고 계신 듯하네요. 정말 굉장한 사건이었지요! 도스 양을 위해 뭔가 행동을 취하실 생각인가요? 저는 도스 양의 어둠의 모임에 꽤 자주 갔답니다.」

나는 그 숙녀를 물끄러미 바라보았고, 하마터면 웃을 뻔 했다. 돌연 내가 거리로 나가 아무나 어깨를 만지면서〈셀리나 도스〉라고 말하면 상대방이 뭔가 야릇한 사실 또는 기사 내용, 밀뱅크의 감옥 문 안에 갇혀 버린 역사의 한 조각을 말해 줄 것만 같다는 생각이 들었다.

내 얼굴을 본 숙녀가 말했다. 「오, 정말이랍니다.」그랬다. 그 여자는 시드넘에서 열린 강신회에 참석했다. 그 여자는 도스 양이 신들리는 것을 여러 번 보았으며,〈피터 퀵〉을 보았다. 심지어 피터 퀵이 자기를 잡았고 손가락에 키스를 하기까지 했단다!

숙녀가 말했다. 「도스 양은 정말 상냥했어요. 한 번 보면 좋아하지 않을 수 없는 사람이지요. 브링크 부인이 도스 양을 데리고 우리에게 오곤 했는데, 도스 양은 묶지 않은 금발 머리에 수수한 드레스 차림이곤 했답니다. 도스 양은 우리와 함께 앉아 각자 원하는 걸 말하게 했지요. 그리고 사람들이 소원을 말하기도 전에 신들린 상태에 빠지곤 했답니다. 무척이나 빠르고 조용하게 그 상태로 들어갔기 때문에 옆에 있는 사람조차도 알아차리기 어려웠죠. 도스 양이 말을 하기 시작해야만 그 사실을 알 수 있었어요. 물론 그 목소리는 도스 양의 목소리가 아니라 영혼의……」

그 숙녀는 자기 할머니가 셀리나의 입을 통해 하는 말을 들었단다. 그녀의 할머니는 그녀에게 슬퍼하지 말라며 자신은 그녀를 사랑한다고 말했단다.

나는 셀리나가 방 안의 모든 사람에게 그런 식으로 메시지를 전했는지 물었다.

「도스 양은 영혼들의 목소리가 너무 약해지거나 또는 너무 커질 때까지 그런 메시지를 전달했어요. 어떤 때는 영혼들이 도스 양 주위에 몰려 귀찮게 하기도 했답니다. 아시겠지만, 영혼들이 늘 예의 바르지는 않답니다! 그러면 피터 퀵이 와서 영혼들을 쫓아내죠. 하지만 어떤 때는 피터 퀵 혼자만으로도 다른 영혼들이 몰려 있을 때만큼 떠들썩했죠. 도스 양은 우리에게 자신을 캐비닛으로 어서 빨리 데려가 달라고 말하곤 했죠. 피터 퀵이 오고 있고, 우리가 즉시 캐비닛에 자신을 넣지 않으면 피터 퀵이 자기 생명력을 빼앗아 갈 거라면서요!」

그 숙녀는 〈캐비닛〉이라는 단어를 마치 도스의 〈발〉, 〈얼굴〉, 〈손가락〉이라고 말하는 것처럼 말했다. 내가 그에 대해 묻자 숙녀는 놀라 대답했다. 「어머! 모든 영매는 자기 캐비닛이나 그 비슷한 곳이 있어요. 그곳에서 영혼이 나오게 하지요!」 숙녀의 말에 따르면 영혼은 빛이 있는 곳으로 나오려 하지 않는단다. 빛이 있는 곳으로 나오면 다치기 때문이란다. 숙녀는 나무로 특수 제작되고 자물쇠가 달린 캐비닛들을 본 적이 있지만, 셀리나의 캐비닛은 벽의 우묵한 곳에 칸막이가 있고 그 앞을 가로질러 그냥 두꺼운 커튼이 양쪽으로 쳐져 있을 뿐이라고 했다.

내가 물었다. 「피터 퀵은 어떤 식으로 나타났나요?」

그 숙녀는 피터 퀵이 도착하면 셀리나가 비명을 지르기 때문에 금방 알 수 있다고 했다. 「그리 보기 즐거운 장면은 아니었죠. 피터 퀵에게서 메시지를 얻으려면 영매와 영혼이 연결되어야 하는데, 그게 도스 양에게는 고통스러운 과정이었거든요. 그리고 제 생각에, 피터 퀵이 너무 열심인 나머지 도스 양에게 좀 거칠게 대했어요. 피터 퀵은 언제나 거칠었답니다. 가엾은 브링크 부인이 죽기 전부터요…….」

그 숙녀의 말로는, 피터 퀵이 나타나면 셀리나가 비명을 지른다. 이윽고 피터 퀵은 커튼 앞에 나타난다. 처음에는 그리 크지 않은, 공만 한 크기의 에테르다. 하지만 에테르 공은 점차 커지고, 흔들리고 자라고, 결국 커튼만큼이나 자란다. 그리고 그 공은 천천히 남자의 모습으로 변한다. 마침내 에테르 공은 구레나룻이 난 남자가 되어 사람들에게 고개 숙여 인사를 하고 의사 표시를 한다. 그녀가 말했다. 「제가 본 가운데 가장 기묘하고 색다른 장면이었죠. 그 장면을 여러 번 보았답니다. 피터 퀵은 늘 강신술에 대한 이야기부터 했죠. 새로운 시대가 오고 있으며, 그때가 되면 강신술이 진실임을 많은 사람들이 알게 될 것이고 영혼들은 대낮에 도시의 거리를 활보하게 될 거라고 했죠. 하지만 피터 퀵은 장난이 심했어요. 피터 퀵은 나타나면 이런 내용으로 말문을 열었지만 곧 싫증을 냈죠. 그러곤 주위를 둘러봐요. 방 안에는 인으로 빛을 내는 작은 등이 하나 있죠. 영혼은 그 빛을 견딜 수 있어요. 피터 퀵은 주위를 둘러봐요. 뭘 찾는지 아세요? 그곳에 있는 가장 예쁜 여자를 찾는 거랍니다! 그리고 가장 예쁜 여자에게 아주 가까이 다가가 말을 하죠. 런던의 거리를 자신과 함께 걷고 싶지않냐고요. 그러고는 여자를 일으켜 방안을 함께 거닐곤 키스를 해요.」숙녀는 피터 퀵이 〈언제나 여자들에게 키스를 하고, 선물을 가져다주고, 장난을 쳤다〉고 말했다. 피터 퀵은 남자들에게는 전혀 관심을 두지 않았다. 그 숙녀 말에 따르면, 피터 퀵은 남자들을 꼬집고, 수염을 잡아당겼다. 한번은 어떤 남자의 코를 때렸으며 너무나 세게 때렸기 때문에 피가 났단다.

그 숙녀는 소리 내어 웃었고, 얼굴이 붉어졌다. 피터 퀵은 이런 식으로 사람들을 헤집고 다니지만 반 시간쯤 지나면 지친단다. 그러면 캐비닛으로 돌아가고, 처음 등장했을 때 점점 몸이 커진 것과는 반대로 이번에는 몸이 줄어든다. 마침내 피터 퀵은 사라지고, 바닥에 반짝이는 웅덩이 같은 것만 남고, 그마저도 점차 줄어들고, 빛이 약해진다. 숙녀가 말했다. 「그리고 나면 도스 양이 다시 비명을 지르지요. 그리고 방은 조용해져요. 그러고는 노크 소리가 들려요. 캐비닛 커튼을 젖히라는 신호지요. 그러면 우리 가운데 한 명이 가서 도스 양을 풀어서 데리고 나오…….」

내가 말했다. 「풀다뇨?」 다시 한번, 그 숙녀의 뺨이 붉게 물들었다. 그녀가 말했다. 「도스 양이 그렇게 시켰어요. 제 생각에, 우리는 도스 양이 묶이지 않아도 괜찮다고 여겼어요. 아니면 그냥 허리와 의자에 얇은 리본을 묶는 정도면 충분하다고 생각했어요. 하지만 의심하는 자와 믿는 자 모두에게 증거를 보여 주는 게 자신의 임무라면서 강신회가 있을 때마다 자신을 꽁꽁 묶게 했어요. 그래도 남자들이 묶게는 하지 않았어요. 밧줄을 묶는 건 늘 여자였어요. 도스 양을 캐비닛으로 데려가 혹시 뭔가 이상한 물건이 있는지 검사하고 밧줄로 묶는 건 늘 여자 몫이었어요……」

셀리나의 허리와 발목은 의자에 묶였으며, 매듭은 왁스로 봉해졌다고 했다. 또는 팔을 등 뒤로 돌린 채 소매를 드레스에 대고 꿰매기도 했다. 비단 끈으로 눈을 가렸으며, 입도 비단 끈으로 막았고, 어떤 때는 면실을 귓불에 난 구멍에 통과시켜 커튼 밖 바닥에 고정시켜 두기도 했다. 하지만 대개는 〈가는 벨벳 초커〉를 목에 두르게 하고 그 버클에 줄을 연결해 강신회에 참석한 여자 가운데 한 명이 잡고 있게 했다. 「피터가 나타나면 줄이 살짝 팽팽해지죠. 하지만 나중에 우리가 도스 양에게 가보면 줄도 여전히 꽁꽁 묶여 있고 왁스 봉인도 그대로였어요. 단지 도스 양이 무척 지치고 피곤해했을 뿐이에요. 우리는 도스 양을 소파로 데려가 와인을 주었고, 브링크 부인이 와서 도스 양의 두 손을 비벼 따뜻하게 했어요. 도스 양은 여자 한두 명 정도가 남도록 해서 이야기를 나누곤 했죠. 하지만 저는 남은 적이 없어요. 우리 때문에 도스 양이 이미 너무 지쳐 보였거든요.」

그 숙녀는 말하는 내내 지저분한 하얀 장갑 낀 손으로 손짓을 하며, 셀리나가 어디를 묶게 했는지, 어떻게 앉았는지, 브링크 부인이 셀리나를 어떻게 비볐는지를 묘사했다. 마침내 나는 내 의자로 돌아와 그 여자에게서 시선을 돌렸다. 그 여자의 말과 행동 때문에 불쾌해졌다. 내 로켓과 스티븐과 월리스 부인을 떠올렸다. 그리고 이 열람실에 어떻게 들어오게 되었는지를 떠올렸다. 우연, 순전히 우연이었지만, 셀리나와 무척이나 관련이 있었으며…… 이제는 전혀 우스꽝스럽지 않아 보였다. 단지 이상해 보일 뿐이었다. 그 여자가 일어나 외투를 집는 소리가 들렸지만 나는 여전히 그녀에게서 시선을 돌리고 있었다. 하지만 그 여자는 보던 책을 책꽂이에 돌려 놓으려고 걸어오며 내게 가까이 다가왔다. 그리고 내가 보던 쪽을 주시하더니 고개를 설레설레 흔들었다.

「도스 양을 그리겠다고 그린 거지요.」약삭빠른 얼굴의 영매 캐리캐처를 가리키며 그 여자가 말했다. 「하지만 도스 양을 진짜로 보았다면 저렇게 그릴 수가 없지요. 도스 양을 아세요? 천사의 얼굴을 하고 있답니다.」그녀는 몸을 숙이더니 다른 그림을 찾아낼 때까지 책장을 넘겼다. 셀리나가 체포되기 전에 발행되었던 신문에 실린 그림 두 개였다. 그 여자가 말했다. 「여기를 보세요.」이윽고 그 여자는 잠시 가만히 서서 그림을 살펴보는 나를 지켜보았다. 이윽고 그 여자는 돌아갔다.

그 그림들은 초상화로, 한 쪽에 나란히 실렸다. 첫 번째 것은 사진을 인쇄한 것이고, 1872년 6월이라고 날짜가 있었으며, 열일곱 살 때의 셀리나 모습이었다. 그 사진에서 셀리나는 약간 살이 쪘으며 눈썹은 짙고 맵시 있었다. 목이 높은, 태피터 천으로 만든 듯한 드레스를 입었으며, 목과 귀에는 보석 장신구를 했다. 머리는 꽤 공들여 장식을 해서, 마치 여점원이 일요일에 외출을 위해 치장하듯 했다. 하지만 숱이 많은 금발에 아주 예뻤다. 전혀 크리벨리의 〈진리〉 같아 보이지 않았다. 밀뱅크에 갇히기 전에는 이토록 아름다웠는데.

다른 초상화는 이상하달까 우스꽝스럽달까. 영매 화가가 그린 연필 스케치로, 브링크 부인의 집에서 열린 어둠의 모임에서 모습을 드러내는 피터 퀵의 상반신을 그린 것이었다. 피터 퀵은 어깨에는 하얀 천을 둘렀으며, 머리에는 하얀 모자를 썼다. 뺨은 창백해 보이고, 구레나룻은 풍성하고 아주 검었다. 눈썹과 속눈썹도 검었으며, 눈동자도 검었다. 피터 퀵의 얼굴은 정면이 아닌 45도 각도로, 셀리나의 초상화 쪽을 향하고 있었다. 마치 자신에게 시선을 돌리라고 셀리나에게 강요를 하는 듯한 표정이었다.

어쨌든, 오늘 오후에 본 그 그림들은 그렇게 느껴졌다. 그 숙녀가 떠난 뒤, 나는 자리에 앉아서 그림의 선이 흔들리고, 얼굴이 씰룩이는 것 같은 착각이 들 때까지 두 그림을 뚫어져라 바라보았다. 그리고 자리에 앉아 그림을 보는 동안 캐비닛에 있던 피터 퀵의 손을 뜬 노란 왁스를 떠올렸다. 나는 생각했다. 〈그것도 떨릴까?〉 고개를 돌려 보면 왁스로 된 손이 떨리는 상상을, 으스스한 왁스 손가락이 캐비닛의 유리를 꾹 누르며 내게 신호를 보내는 상상을 했다.

하지만 나는 뒤돌아보지 않았다. 대신 잠시 더 가만히 앉아 있었다. 앉아서 피터 퀵의 검은 눈동자를 바라보았다. 무척이나 이상하게 들리겠지만, 그 두 눈은 낯익었다. 마치 이미 어디선가 본 듯한 느낌이 들었다. 아마도 꿈에서이리라.

1872년 12월 9일

브링크 부인은 내게 아침 10시 전에는 절대로 침대에서 일어
나지 말라고 한다. 부인은 내 기력을 보존하고 강하게 하려면 수
단과 방법을 가리지 말아야 한다고 한다. 부인은 자기 하녀인 루
스에게 나만을 시중들게 했으며 자신은 제니라는 여자를 하녀
로 썼다. 부인은 내가 편안히 있을 수만 있다면 자신은 아무래도
좋다고 한다. 이제 루스가 내게 아침 식사를 가져다주고 내 드레
스들을 다룬다. 내가 냅킨이나 스타킹 또는 뭔가 대수롭지 않은
것을 떨어뜨려도 루스가 그것을 주워 주고, 내가 〈고마워요〉라
고 말하면 루스는 싱긋 웃으며 〈고맙다고 하실 필요 없어요, 아
가씨〉라고 한다. 루스는 나보다 나이가 많다. 루스가 말하길, 자
신은 6년 전 브링크 부인의 남편이 죽었을 때 이 집에 왔단다.
오늘 아침 나는 루스에게 말했다. 「그 뒤로 브링크 부인이 이 집
에 영매를 여럿 데려왔겠죠?」 그러자 루스가 대답했다. 「아마
1천 명은 될 거예요. 불쌍한 영혼 하나를 위해서 말이에요. 하지
만 모두 사기꾼인 게 밝혀졌답니다. 우리는 곧 그자들의 정체를
알게 되었죠. 그자들의 속임수를 모두 간파했고요. 저 같은 하녀

234

가 자기가 모시는 부인을 어떻게 여기는지 잘 아실 거예요. 그런 사기꾼들 때문에 부인의 머리털 한 올이라도 다치느니 차라리 제 심장이 열 번 터지는 게 나아요.」루스는 내 드레스를 여며 주며 거울 속의 나를 보고 말했다. 내 새 드레스들은 뒤에서 여미게 되어 있기 때문에 입으려면 루스의 도움이 필요하다.

옷을 입으면 나는 보통은 브링크 부인이 있는 곳으로 가 한 시간 정도 앉아 이야기를 나누거나, 부인을 따라 상점 또는 수정궁의 정원으로 간다. 어떤 때는 우리와 함께 어둠의 모임을 하려고 부인의 친구들이 오기도 한다. 친구들은 나를 보고는 〈어머, 생각보다 무척이나 젊은 분이시네! 당신은 제 딸보다도 어리군요〉라고 말한다. 하지만 우리가 자리에 앉으면 사람들은 내 손을 잡고 고개를 흔든다. 브링크 부인은 아는 사람 모두에게 내가 자신과 함께 살며 내게 아주 특별한 능력이 있다고 말한다. 하지만 내 생각에, 부인이 그렇게 묘사한 영매가 아주 많을 듯하다. 손님들은 묻는다. 〈영혼이 제 근처에 오면 그게 보이나요, 도스 양? 제게 전해 줄 무슨 메시지가 있는지 영혼에게 물어봐 줄 건가요?〉지난 5년 동안 이런 일을 해온 나는 아무 어려움 없이 일을 해낼 수 있다. 하지만 멋진 드레스를 입고 브링크 부인의 멋진 응접실에서 이런 일을 해내는 나를 본 손님들은 깜짝 놀란다. 이들이 브링크 부인에게 속삭이는 소리가 들린다. 〈오, 마저리, 정말 놀라운 능력을 가진 분이에요! 저분을 제 집에 초대하게 해주세요. 제 파티에서 어둠의 모임을 열게 해주세요.〉

하지만 브링크 부인은 나를 그런 모임에 참가시켜 내 능력을 낭비케 하는 건 생각도 해본 적이 없다고 말한다. 나는 부인에게, 내가 내 능력을 써서 부인을 돕는 것처럼 다른 사람도 도와야 하며 그게 바로 내가 능력을 부여받은 이유라고 말했지만, 부인은 언제나 이렇게 말한다. 「물론 나도 알아요. 때가 되면 그렇게 하게 할 거랍니다. 하지만 지금은 나만 당신과 있고 싶어요. 조금만 더 나하고만 있어 달라고 한다면 나를 이기적인 사람이라고 생각할 건가요?」 그래서 부인 친구들은 오후에만 오고 밤에는 절대로 오지 않는다. 밤이 되면 부인은 우리끼리 둘러앉아 강신회를 연다. 그리고 내가 기운을 잃고 힘이 빠지면 오로지 루스만을 불러들여 와인과 비스킷을 가져오게 한다.

1874년 10월 28일

밀뱅크로. 마지막으로 방문한 건 겨우 지난주였지만, 마치 계절을 따라 바뀐 듯 감옥의 분위기가 바뀌어서, 그 어느 때보다도 더 어둠침침하고 괴로운 곳이 되었다. 탑들은 더 높아지고 커진 듯 보였고 창문들은 줄어든 듯했다. 마지막으로 갔을 때 이후로 감옥을 특징짓던 냄새들이 바뀐 것 같았다. 땅에서는 안개와 굴뚝 연기, 사초 냄새가 났으며, 수용 구역들에서는 요강에서 새어 나오는 오줌 냄새와 죄수들의 감지 않은 머리와 씻지 않은 몸과 양치하지 않은 입 냄새가 여전히 진동했지만, 동시에 가스와 녹과 질병의 냄새가 배어 있었다. 복도 모퉁이에는 커다란, 검은색 칠이 일어난 방열기들이 있고, 이 방열기들 때문에 복도는 아주 답답하고 좁아 보인다. 하지만 감방들은 여전히 쌀쌀하며 벽에는 수증기가 맺혀 축축하고, 벽에 바른 석회는 물러져서 쉽게 묻어나는 바람에 여자들의 스커트 여기저기에는 흰 줄 자국이 나 있다. 그 결과, 수용 구역 이곳저곳에서 기침 소리가 들리고, 많은 이들이 격통과 고통에 시달리는 표정을 짓고 사지를 떤다.

또한 건물은 내게 익숙하지 않은 어둠에 잠겨 있다. 오후 4시가 되면 불을 밝히지만, 하늘을 등진 높고 좁은 창은 검은색으로 보이며, 춤추는 가스등 불빛은 모래를 깐 판석을 비추고, 감방은 어둠침침하며 그 안의 여인들은 마치 고블린처럼 웅크린 자세로 바느질을 하거나 섬유를 뽑아내며, 수용 구역은 그 어느 때보다 더 끔찍하고 오래되어 보인다. 심지어 여교도관들마저 새로운 어둠의 영향을 받은 듯하다. 여교도관들은 예전보다 조심스레 복도를 걸으며, 가스 등불에 비친 손과 얼굴은 노랗게 보이고, 드레스 위로 입은 망토는 마치 그늘을 뒤집어쓴 듯 검게 보인다.

오늘은 죄수들의 면회실로 안내되었다. 여자들이 친구와 남편과 아이들을 만나는 곳이다. 내 생각에 그곳은 밀뱅크에서 본 곳 가운데 가장 서글픈 장소이다. 말이 좋아 면회실이지, 사실상 그 이름이 부끄러울 정도다. 오히려 가축을 모아 놓은 외양간에 더 가깝다. 그곳은 복도 양쪽을 따라 좁디좁은 구획들로 나뉘어 있기 때문이다. 누군가가 밀뱅크의 여죄수를 면회하러 오면 담당 교도관은 죄수를 이곳으로 데려와 비좁게 칸막이가 된 곳에 넣는다. 죄수의 머리 위로는 모래시계가 고정되어 있으며, 죄수가 칸막이 안에 들어가면 모래시계 안에 든 소금이 흘러내리기 시작한다. 그리고 죄수 얼굴 앞에는 구멍이 하나 있으며, 그곳에는 철창이 쳐 있다. 죄수의 정반대 쪽, 복도의 반대편에는 다른 구멍이 나 있으며, 그곳에는 철창이 아니라 철망만 쳐 있다. 이곳이 죄수를 면회 온 사람들이 서 있도록 허락받은 곳이다. 이곳에는 또 다른 모래시계가 설치되어 있고, 첫 번째 모래시계와 마찬가지로 시간을 잰다.

칸막이들을 가로지르는 복도는 폭이 대략 2미터 정도 되며 교도관 한 명이 계속 순찰을 돌며 복도를 넘어가는 사람이 없는지 주의 깊게 감시한다. 죄수와 면회객은 남들이 들을 수 있도록 목소리를 높여 말을 하도록 되어 있으며, 그렇기 때문에 어떤 때는 면회실이 꽤 시끄럽다. 죄수는 친구에게 큰 소리로 말을 해야 하기 때문에 주변 사람들 모두가 그녀의 일에 대해 듣게 되기도 한다. 모래시계에 든 소금은 15분간 흐르고, 그 시간이 지나면 면회객은 떠나야 하며 죄수는 자기 감방으로 돌아간다.

밀뱅크의 죄수들은 친구와 가족을 1년에 네 번 만날 수 있다.

「그리고 지금보다 더 가깝게 만날 수는 없는 건가요?」 나를 그곳으로 데려간 여교도관을 따라 죄수용 칸막이가 설치된 복도를 걸으며 여교도관에게 물었다. 「이곳 여자는 자기 남편 또는 아이마저 안아 볼 수 없는 건가요?」

여교도관 — 오늘 나를 안내하는 여교도관은 리들리 양이 아니라 금발에 더 젊은, 고프리 양이다 — 은 고개를 끄덕였다. 「그게 규칙이랍니다.」 고프리 양이 말했다. 이곳에 오면서부터 이말을 대체 얼마나 많이 들었던가. 「그게 규칙이랍니다. 가혹하게 들린다는 건 저도 압니다. 하지만 일단 죄수와 면회객이 접촉할 수 있게 하면 감옥의 다른 모든 일에 영향이 가게 됩니다. 열쇠며 담배……. 아기들이 죄수에게 키스를 하며 칼을 전해 주게끔 교육을 받을 수도 있고요.」

나는 안내된 칸막이에 있는 죄수들을 살폈다. 그들은 순찰을 도는 여교도관의 그림자 너머, 복도 건너편에 있는 자신들의 친구들을 바라보고 있었다. 하지만 오로지 칼이나 열쇠를 어떻게 숨겨 들어갈 기회를 얻으려고 포옹을 고대하는 것처럼 보이지는 않았다. 그들은 내가 전에 본 어떤 여인들보다도 더 가엾어 보였다. 뺨에 면도칼로 베인 듯이 반듯한 흉터가 있는 여인은 자신을 부르는 남편 목소리를 더 잘 들으려고 철창에 머리를 대고 있었다. 그리고 자신의 안부를 묻는 남편 질문에 이렇게 대답했다. 「감옥에서 지낼 수 있는 한 잘 지내요, 존. 그러니까 다시 말해서 그리 잘 지낸다고 할 수는……」 다른 한 명은 젤프 부인의 수용 구역에서 핵스비 양에게 청원을 넣어 달라고 여교도관에게 간청하던 로라 사이크스였다. 사이크스의 어머니가 면회를 왔는데, 초라한 차림이었으며, 철망 앞에서 몸을 떨며 아무 말 없이 흐느끼기만 했다. 사이크스가 말했다. 「진정해요, 엄마. 괜찮을 거예요. 아는 대로 말해 주시겠어요? 크로스 씨와는 아직 이야기 안 해 보셨어요?」 하지만 딸의 목소리를 들은 어머니는 지나가는 여교도관을 보더니 더욱 몸을 떨 뿐이었다. 그러자 사이크스가 외쳤다. 「오!」 이렇게 사이크스의 어머니는 울면서 예정된 면회 시간의 반을 보냈다. 「다음번에는 패트릭을 보내세요. 왜 패트릭이 오지 않은 거죠? 계속 그렇게 울기만 하실 거면 이제 오지 마세요……」

둘을 지켜보는 나를 본 고프리 양이 고개를 끄덕였다. 「이곳 여자들에게는 힘든 일이죠.」 고프리 양이 동의했다. 「사실 어떤 사람들은 전혀 참아 내지 못한답니다. 그런 사람들은 하루하루 날짜를 지워 가며 친구들이 오는 날만 손꼽아 기다리지요. 하지만 막상 면회객을 만나면 화만 벌컥 내지요. 그리고 친구들에게 다시는 찾아오지 말라고 한답니다.」

우리는 다시 수용 구역으로 걸음을 옮겼다. 나는 혹시 이곳 죄수들 가운데 그 누구도 찾아오지 않은 사람이 있는지 물었다. 그러자 고프리 양이 고개를 끄덕였다. 「몇 있지요. 제 생각에는 친구나 가족이 없는 듯하더군요. 이곳에 온 뒤 다른 사람들 기억에서 잊힌 겁니다. 그런 사람들은 석방되면 참으로 난감할 겁니다. 콜린스, 반스, 제닝스가 그런 죄수들이죠. 그리고…….」 고프리 양은 쓰기 불편한 자물쇠에 열쇠를 넣고 비틀며 계속 말했다. 「E 수용 구역의 도스가 있지요.」

고프리 양이 말하기 전에 이미 나는 그 이름이 나오리라는 것을 알았다고 생각한다. 더는 질문을 하지 않았고, 고프리 양은 나를 젤프 부인에게 인계했다. 나는 평소처럼 죄수들을 만났다. 처음에는 좀 주저하는 마음이 들었다. 좀 전 장면을 본 뒤로, 죄수들에게 아무런 존재도 아닌 내가 내키는 대로 죄수들에게 말을 걸면 그들은 대답을 해야만 한다는 사실이 끔찍해 보였기 때문이다. 물론 죄수들은 내게 말을 하지 않으면 조용히 있어야만 했다. 그 사실을 잊을 수는 없었다. 그리고 마침내 죄수들은 내가 자신들을 찾아와 어떻게 지내는지 물어 주면 고마워하는 것을 알았다. 전에도 말했듯이, 많은 이들이 잘 지내지 못했다. 아마도 비록 감옥 벽과 창이 두껍지만 계절이 변하고 해가 가는 것을 느끼기 때문인 듯했다. 죄수들은 〈시간〉과 출감일에 대해 자주 이야기했다. 가령 이런 식이다. 〈오늘로 17개월이 남았어요!〉 또는 〈1년 1주일 남았어요, 프라이어 아가씨!〉 또는 〈3개월이면 끝나요!〉

마지막 말을 한 이는 엘런 파워로, 남녀가 키스할 수 있도록 자기 응접실을 빌려 준 죄로 수감된 이다. 날씨가 추워진 뒤로 나는 엘런 파워 생각을 많이 했다. 만나 보니 그녀는 쇠약하고 살짝 떨고 있었지만 걱정한 것만큼 나쁜 상태는 아니었다. 나는 젤프 부인에게 엘런 파워가 있는 감방에 넣어 달라고 했고, 우리 둘은 반 시간 정도 이야기를 나눴다. 그리고 그곳을 나서기 전에 엘런 파워의 손을 잡고는, 손아귀 힘이 강해서 정말 다행이며 건강한 모습을 보아서 좋았다고 말했다.

내 말에 엘런 파워는 교활해졌다. 그녀가 대답했다. 「음, 핵스비 양이나 리들리 양에게 아무런 말도 하시면 안 됩니다. 이런 말을 하는 걸 용서해 주세요. 아가씨께서는 그러지 않으리라는 걸 전 알거든요. 하지만 진실인즉, 모든 공은 젤프 부인에게 돌아가야 합니다. 부인은 자기에게 할당된 고기를 제게 줬고 밤에 몸에 감고 자라며 빨간 플란넬을 주었지요. 그리고 아주 추운 날이면 여기를 문질러 주었어요.」 그러면서 그녀는 흉부와 어깨를 만졌다. 「그랬더니 이렇게 건강하지 뭡니까. 젤프 부인은 제 딸처럼 제게 잘해 준답니다. 사실, 젤프 부인은 저를 〈엄마〉라고 부르지요. 제게 이렇게 말하곤 해요. 〈엄마를 어서 내보내 드려야 하는데 말이에요.〉」

엘런 파워는 말을 하며 눈을 희번덕거렸고, 올이 거친 파란 손수건으로 잠시 얼굴을 가렸다. 나는 적어도 젤프 부인만이라도 친절해서 다행이라고 말했다.

엘런 파워가 말했다. 「젤프 부인은 우리 모두에게 친절해요. 이 감옥에서 가장 친절한 여교도관이랍니다.」 엘런 파워가 고개를 설레설레 흔들었다. 「가엾은 사람 같으니! 그 사람은 온 지 얼마 안 되어서 밀뱅크가 어떤 식으로 돌아가는지 아직 잘 몰라요.」

나는 그 말에 깜짝 놀랐다. 젤프 부인은 너무나도 우울하고 고생에 찌들어 보였기 때문에, 그녀에게 최근까지 감옥 말고 다른 삶이 있었으리라고는 상상도 하지 못했다. 하지만 파워는 고개를 끄덕여 보였고, 자기 생각에 젤프 부인은 이곳에 있은 지 1년도 되지 않았을 거라고 했다. 파워는 왜 젤프 부인 같은 숙녀가 밀뱅크에 와야 했는지 도무지 이해할 수 없다고 말했다. 젤프 부인처럼 밀뱅크 감옥 여교도관에 안 어울리는 사람은 본 적이 없단다.

파워의 외침이 마치 젤프 부인을 불러낸 듯했다. 복도를 따라 걷는 소리가 들렸고, 고개를 들어 보니 젤프 부인이 파워가 갇힌 감방 문을 지나 순찰을 돌고 있었다. 젤프 부인은 자기 쪽으로 고개를 돌린 우리를 보더니 걸음을 늦추고는 싱긋 웃어 보였다.

파워가 얼굴을 붉게 물들였다. 「프라이어 양에게 당신이 얼마나 친절한지 이야기하는 순간에 오셨네요, 젤프 부인. 이런 이야기를 한다고 뭐라고 안 하셨으면 좋겠어요.」

하지만 그 말을 들은 젤프 부인은 곧바로 얼굴이 굳어지더니 가슴에 손을 얹고는 살짝 불안한 표정으로 복도 쪽을 바라보았다. 나는 혹시라도 리들리 양이 근처에 있는 건 아닐까 젤프 부인이 걱정한다는 사실을 깨달았고, 그래서 플란넬이며 고기에 대한 이야기는 하지 않은 채 파워를 향해 고개를 까닥해 보이고는 문을 가리켰다. 젤프 부인은 문을 열어 줬지만 나와 시선을 마주치려 하지 않았으며 내 웃음에도 마주 웃어 주지 않았다. 마침내 젤프 부인이 좀 진정이 되었을 때, 나는 부인이 밀뱅크에 온 지 얼마 안 된 걸 전혀 몰랐다고 말했다. 그러고는 이곳에 오기 전에는 어디에서 일했는지 물었다.

젤프 부인은 허리띠에 열쇠 꾸러미를 차고 소매에 묻은 석회 흔적을 털어 내느라 잠시 시간을 보냈다. 이윽고 부인은 무릎 굽혀 인사하는 자세를 보여 주며, 자신은 하녀로 일했다고 말했다. 하지만 모시던 숙녀가 해외로 갔으며, 다시 하녀로 일하려고 다른 자리를 찾아보고 싶지는 않았단다.

우리는 복도를 따라 걸었다. 나는 이 일이 잘 맞는지 물었다. 부인은 밀뱅크를 떠나게 되면 아쉬울 거라고 했다. 내가 말했다. 「이곳 일이 좀 힘들지 않으세요? 그리고 근무 시간은요? 가족이 없으세요? 제 생각에 이곳 근무 시간에 맞춰 살면 가족이 무척이나 힘들어 할 텐데요.」

그러자 이곳의 여교도관들 가운데 남편이 있는 이는 아무도 없으며, 모두 노처녀이거나 자신과 같은 과부라고 말했다. 부인이 말했다. 「여교도관이 되면 결혼 생각은 접어야 한답니다.」부인은 어떤 여교도관들은 아이들이 있지만, 다른 어머니들에게 돌보게 한다고 했다. 하지만 자신은 아이가 없다고 했다. 부인은 말하는 내내 눈을 내리깔고 있었다. 나는 어쩌면 그 때문에 부인이 다른 여교도관들보다 죄수들에게 더 잘하는지도 모르겠노라고 말했다. 부인이 담당한 수용 구역에는 여죄수들이 1백여 명 있으며, 이들 모두는 아기처럼 무기력해 부인의 보살핌과 지도를 기다렸다. 그리고 내 생각에 부인은 그 여자들 모두에게 친절한 어머니 역할을 하는 게 분명했다.

이제 부인은 나를 바라보지만 보닛의 그늘이 드리워진 눈은 어둡고 우울해 보였다. 부인이 말했다. 「제가 그런 역할을 하고 있으면 좋겠어요, 아가씨.」그러고는 다시 소매에 묻은 먼지를 털어 냈다. 부인의 손은 내 손처럼 커다랬다. 노동과 상실로 인해 마르고 앙상해진 여자의 손이었다.

나는 더는 질문을 하지 않았고, 다른 여자들을 만나러 갔다. 메리 앤 쿡을 만나러 갔고, 다음에는 주화 위조범인 애그니스 내시를, 그리고 마지막에는 언제나와 마찬가지로 셀리나를 만나러 갔다.

나는 두 번째 복도로 가려고 이미 셀리나가 있는 감방을 지나 쳤다. 하지만 셀리나를 만나려고 나중에 돌아왔다. 셀리나에 대 해 글을 쓰려고 다시 이 일기장을 펼쳐 든 것과 마찬가지로 말이 다. 그리고 셀리나의 감방 문을 지나칠 때는 벽으로 고개를 돌리 고 그녀를 바라보지 않았다. 그건, 뭐랄까, 일종의 미신이었던 듯 하다. 나는 면회실을 떠올렸다. 그리고 셀리나의 감방에는 마치 우리가 만나는 시간을 재는 모래시계가 설치되어 있는 느낌이 들었다. 그리고 나는 제대로 된 만남을 갖기 전에는 단 하나의 소 금이라도 헛되이 흘러내리는 걸 원치 않았다. 심지어 젤프 부인 과 함께 셀리나의 감방 앞에 서 있는 동안에도 그녀를 바라보지 않았다. 젤프 부인이 자물통에 열쇠를 넣어 돌리고, 다시 꾸물거 리며 열쇠 꾸러미를 허리춤에 차고, 셀리나와 내가 있는 감방 문 을 잠그고 순찰을 돌러 간 뒤에야 마침내 고개를 들어 셀리나를 바라보았다. 그리고 셀리나를 본 순간, 나는 놀라서 어디에 시선 을 고정시켜야 할지 알 수 없었다. 보닛 가장자리로 보이는 셀리 나의 머리는, 전에 보았을 때 그렇게나 아름답던 셀리나의 머리 털은 이제는 깡뚱하게 잘려 있었다. 벨벳 초커를 했던 목을 보았 다. 묶였던 손을, 자신의 목소리가 아닌 목소리로 말하던, 살짝 삐뚤어진 입을 보았다. 이 모든 것을, 그녀의 이상한 직업의 상 징을 보았다. 그것들은 지금 그녀의 가엾고 창백한 육신을 맴돌 며 그 육신을 희미하게 보이도록 하는 것만 같았다. 그것들은 마 치 성인에게 찍힌 성흔과도 같았다. 하지만 셀리나가 바뀐 게 아 니었다. 바뀐 건 새로운 지식을 얻은 나였다. 마치 와인 한 방울 이 평범한 물을 바꾸듯이, 이스트가 평범한 반죽을 발효시키듯 이, 그 지식은 비밀리에 그리고 미묘하게 나를 바꾸어 놓았다.

서서 셀리나를 물끄러미 바라보는 동안 그 지식은 내 안에서 살짝 생기를 띠었다. 나는 그것을 느꼈다. 그리고 두려운 생각에 살갗이 따끔거렸다. 가슴에 손을 얹었고 셀리나에게서 몸을 돌렸다.

이윽고 셀리나가 말을 했고, 그녀의 목소리는 무척이나 낯익고 평소와 다름이 없었다. 그 목소리를 듣고 기뻤다! 셀리나가 말했다. 「아가씨가 오지 않을 줄 알았어요. 저 있는 곳을 지나 다음 수용 구역으로 가는 걸 봤거든요.」

나는 셀리나가 있는 탁자 쪽으로 가서 그 위에 놓인 양털실을 만졌다. 그리고 셀리나뿐 아니라 다른 여자들도 만나야 한다고 말했다. 하지만 셀리나가 고개를 돌리고 슬퍼하는 것 같았고, 그래서 괜찮다면 항상 제일 마지막에 찾아오겠노라고 덧붙여 말했다.

「고마워요.」 셀리나가 말했다.

다른 여자들과 마찬가지로, 셀리나 역시 침묵에 갇혀 있느니보다는 나와 이야기를 나누는 편을 더 좋아했다. 그래서 우리는 이야기를 나누었다. 감옥에 대한 내용이었다. 축축한 날씨 때문에 감방에는 거대한 검은 딱정벌레들이 생겼단다. 셀리나 말에 따르면, 이곳 사람들은 그 벌레를 〈블랙잭〉이라 부르며 해마다 나타난단다. 그리고 부츠 뒤축으로 여남은 마리를 때려잡아 석회 벽에 생긴 흔적을 보여 주었다. 셀리나는 약간 모자란 여자들 가운데는 그 벌레를 애완용으로 키우는 경우도 있다는 소문을 들었다고 했다. 또한 배가 고파 잡아먹는 이가 있다는 말도 들었단다. 진실인지는 모르겠지만, 여교도관들이 그런 말을 하는 걸 들었단다.

나는 셀리나가 하는 말을 들으며 얼굴을 찡그리고 고개를 끄덕였다. 셀리나가 내 로켓에 대해 어떻게 아는지는 물어보지 않았다. 영능력자 협회 사무실에 갔다는 말도 하지 않았으며, 그곳에 두 시간 반 동안 앉아서 셀리나에 대해 이야기하고 그녀에 대한 내용을 적었다는 말도 하지 않았다. 하지만 셀리나를 보노라니 그곳에서 읽은 모든 내용이 절로 떠올랐다. 나는 그녀의 얼굴을 보았고, 신문에 실린 초상화를 떠올렸다. 그녀의 손을 보았고, 선반에 있는 왁스로 된 손이 떠올랐다.

이윽고 나는 그에 관련된 화제를 꺼내지 않을 수 없었다. 나는 셀리나의 예전 삶에 대해 좀 더 듣고 싶다고 말했다. 내가 말했다. 「지난번에 만났을 때, 당신이 시드넘에 가기 전에는 어떻게 살았는지 말했잖아요. 이번에는 그곳에 간 뒤로는 어땠는지 말해 주겠어요?」

셀리나는 얼굴을 찡그렸다. 셀리나는 왜 그것을 알고 싶어 하냐고 말했다. 나는 호기심이 생겼다고 말했다. 모든 여자들의 이야기가 궁금하지만 셀리나의 경우는 특히 더 궁금하다고 말했다. 「아시겠지만, 당신처럼 사는 사람은 좀 드물거든요…….」

잠시 뒤, 마침내 셀리나는 내게는 드물어 보이겠지만, 내가 영능력자였다면, 그리고 자기처럼 영능력자들 사이에서 살아왔다면, 그리 호기심이 일지 않았을 거라고 말했다. 「영능력자들이 펴내는 신문을 한 부 사서 공지란을 한번 보세요. 그러면 제가 얼마나 평범한 사람인지를 아실 거예요! 그곳을 보면 내세에 있는 영혼의 수보다 이 세상에 있는 영능력자의 수가 더 많다는 생각을 하시게 될 거예요.」

그러며 셀리나는 계속해서 자신은 이모와 함께 사는 시절에 결코 드문 존재였던 적이 없으며 홀본의 영능력자 집에서 역시 마찬가지였다고 말했다.

「브링크 부인을 만나고 함께 살면서부터였어요. 그때부터 저는 드문 존재가 되었어요, 오로라.」

셀리나의 목소리가 작아졌고, 그래서 나는 그녀의 말을 잘 들으려고 몸을 숙였다. 그리고 셀리나가 그 바보 같은 이름으로 날 부르는 것을 듣고 얼굴이 붉어졌다. 내가 말했다. 「브링크 부인의 어떤 점이 당신을 그렇게 바꾼 건가요? 부인이 뭘 했는데요?」

셀리나는 말하길, 자신이 홀본에 있을 때 브링크 부인이 자신을 찾아왔단다. 「처음 부인이 절 찾아왔을 때, 저는 평범한 손님이라고 생각했어요. 하지만 알고 보니 무엇인가가 부인을 제게 인도한 거였어요. 부인은 오로지 저만이 해결할 수 있는 특별한 목적이 있어 저를 찾아온 거였죠.」

그게 뭐였죠?

셀리나는 두 눈을 감았고, 그녀가 다시 눈을 떴을 때는 눈동자가 좀 더 커 보였으며 고양이 눈처럼 녹색으로 비쳤다. 셀리나는 마치 뭔가 멋진 것을 말하는 듯한 목소리로 말했다. 「부인은 어떤 영혼을 자기 앞에 불러 주길 원했어요.」 셀리나가 말했다. 「부인은 영혼을 위해 제가 제 몸을 포기하도록 요구했어요. 영혼이 그 몸을 쓸 수 있게끔요.」

셀리나는 나를 정면으로 바라보았다. 그리고 그 순간, 감방 바닥에 뭔가 시커먼 것이 빠르게 움직이는 게 내 시야 가장자리에 들어왔다. 허기진 죄수가 딱정벌레 등껍질을 비집어 열고 그 안에 든 고기와 즙을 빨고 꿈틀거리는 다리를 깨물어 먹는 모습이 눈에 선했다.

나는 고개를 저었다. 「브링크 부인은 당신을 그곳에 살게 했어요.」 내가 말했다. 「그곳에 살게 하면서 남들 앞에서 영혼을 부르는 척하는 속임수를 쓰게 했어요.」

「부인은 제 운명 앞에 저를 데려간 거예요.」 셀리나가 대답했다. 이 말을 아주 담담히 하던 셀리나의 모습이 지금도 눈에 선하다. 「부인은 자기 집에서 저를 기다리던 저 자신에게 데리고 간 거예요. 부인은 저를 찾던 영혼들이 저를 찾을 수 있는 곳으로 데려간 거예요. 부인은…….」

나는 〈피터 퀵에게 데려간 거죠〉라고 셀리나를 대신해 말했고, 셀리나는 말을 멈추더니 고개를 끄덕였다. 나는 검사가 재판에서 했던 말들, 셀리나가 브링크 부인과 맺은 우정에 대해 암시한 모든 내용을 떠올렸다. 내가 천천히 말했다. 「부인은 피터 퀵이 당신을 찾을 수 있는 곳으로 당신을 데려간 거고, 또한 당신이 피터 퀵을 밤에 조용히 자신에게 데려와 줄 곳으로 데려간 거라는 말인가요……?」

하지만 내가 말을 하는 동안 셀리나의 표정이 변했고, 내 말에 거의 충격을 받은 듯했다. 「저는 피터 퀵을 부인에게 데려 간 적이 없어요.」 셀리나가 말했다. 「브링크 부인에게 피터 퀵을 데려간 적은 한 번도 없어요. 부인이 절 그곳에 둔 건 피터 퀵 때문이 아니었어요.」

피터 퀵 때문이 아니라면 누구 때문이었는지 물었다. 셀리나는 처음에는 질문에 대답하려 하지 않았고, 고개를 설레설레 흔들며 시선을 돌릴 뿐이었다. 내가 다시 말했다. 「피터 퀵이 아니라면 부인에게 어떤 영혼을 불러 준 건가요? 그게 누구죠? 부인의 남편이었나요? 언니? 아이?」

셀리나는 한 손을 입술에 대더니 마침내 차분한 목소리로 말했다. 「부인의 어머니였어요, 오로라. 브링크 부인이 어렸을 때 돌아가신 부인의 어머니였어요. 부인의 어머니는 부인에게, 자신은 떠나지 않을 것이며 돌아오겠노라고 말했지요. 하지만 그러지 않았어요. 그리고 브링크 부인은 자기 어머니의 영혼을 불러 줄 영매를 20년 동안 찾아다녔지만 마땅한 이를 찾지 못했죠. 그러다가 저를 발견한 거예요. 부인은 꿈에서 저를 발견했어요. 부인의 어머니와 저 사이에는 비슷한 점이 있어요. 공명이 있었어요. 브링크 부인은 그걸 보고는 저를 시드넘으로 데려갔어요. 그리고 자기 어머니 물건들을 제게 쓰게 했죠. 그러면서 부인의 어머니는 저를 통해 나타나 부인의 방으로 부인을 만나러 오곤 했어요. 부인의 어머니는 어둠 속에서 나타나 부인을 위로해 주곤 했어요.」

내가 알기로, 셀리나는 법정에서 이에 관한 어떤 증언도 하지 않았다. 그리고 지금 내 앞에서 그 사실을 인정하기 위해서 꽤 큰 노력을 들였다. 셀리나는 더는 자세히 말하고 싶어 하지 않는 듯했다. 이야기가 더 있지만 나머지는 알아서 추측해 주길 은근히 바라는 듯했다. 하지만 도무지 감이 오지 않았다. 무슨 내용일지 전혀 추측할 수 없었다. 내가 브링크 부인이라고 상상하는 숙녀가 열일곱 살의 셀리나 도스를 만나고는 그 얼굴에서 죽은 자기 어머니의 그림자를 본 뒤 그 그림자가 더 짙어지게 하려고 밤에 자신을 찾아오도록 설득하는 장면은 신기할 뿐 기분 좋은 장면은 아니었다.

그러나 우리는 그것에 대해 이야기하지 않았다. 단지 피터 퀵에 대해 좀 더 물었을 뿐이다. 나는 피터 퀵이 셀리나만을 위해

나타났냐고 물었다. 셀리나는 그렇다고 대답했다. 그리고 왜 피
터 퀵이 나타났냐는 내 질문에 셀리나는 피터 퀵은 자신의 보호
자이며 익숙한 영혼이라고 답했다. 피터 퀵은 셀리나를 지배하
는 영혼이었다. 셀리나는 간단히 말했다. 「피터 퀵은 저를 위해
출현했어요. 그리고 제가 뭘 어쩔 수 있겠어요? 저는 피터 퀵의
영매인걸요.」

　이제 셀리나의 얼굴은 창백해졌으며, 뺨에 붉은 부분들이 보
였다. 나는 셀리나가 흥분한 것을 깨달았다. 셀리나가 점점 더
흥분하고, 그 기운이 감방의 시큼한 공기 위로 올라가는 것만 같
았다. 그리고 그런 느낌에 거의 질투가 날 지경이었다. 내가 조
용히 말했다. 「피터 퀵이 당신에게 올 때 어떤 느낌인가요?」 내
질문에 셀리나는 고개를 설레설레 저었다. 「오, 그걸 어떻게 말
로 표현할 수 있을까? 마치 저 자신을 잃어버리는 듯한 느낌,
제가 옷이나 장갑 또는 스타킹이라도 된 듯 제 몸에서 스르르 빠
져나오는 느낌이랄까…….」

　내가 말했다. 「끔찍하게 들리는군요!」 「끔찍해요.」 셀리나가
말했다. 「하지만 동시에 멋지기도 하답니다. 그것은 제게 모든
것이었으며, 제 삶을 바꾸어 놓았지요. 비루한 하계의 친구에서
더 높은 친구로 올라가는 영혼이 된 느낌이라고나 할까요.」

　나는 무슨 말인지 이해하지 못해 얼굴을 찡그렸다. 셀리나는
어떻게 하면 내가 이해할 수 있도록 설명할 수 있을지 모르겠다
고, 적당한 표현을 찾을 수 없다고 했다. 셀리나는 주위를 둘러
보며 어떻게 하면 내가 이해할지 설명할 방법을 찾기 시작했다.
그리고 마침내 선반에 있는 무엇인가를 물끄러미 바라보더니
싱긋 웃었다. 「아까 영혼을 부르는 척하는 속임수에 대해 말했

251

죠?」 셀리나가 말했다.「그게…….」

셀리나는 가까이 다가오더니 마치 내가 자기 손을 잡기를 바라는 듯이 팔을 내밀었다. 나는 내 로켓, 그리고 내 공책에 있던 셀리나의 메시지를 떠올리며 움찔했다. 하지만 셀리나는 가만히 서서 싱긋 웃을 뿐이었고, 마침내 부드러운 목소리로 말했다. 「제 소매를 걷어 보세요.」

나는 셀리나가 무엇을 하려는지 도무지 짐작할 수 없었다. 셀리나의 얼굴을 한 번 보고는 조심스레 그녀의 소매를 팔꿈치 부분까지 걷어 올렸다. 셀리나는 팔을 돌리더니 팔 안쪽 살을 내게 보여 주었다. 살은 하얬으며 아주 매끄러웠고, 옷 때문에 따뜻했다. 내가 팔을 보고 있자니 셀리나가 말했다. 「자, 이제 두 눈을 감으세요.」

나는 잠깐 망설였지만 셀리나가 시키는 대로 했다. 이윽고 셀리나가 어떤 이상한 일을 시키든 간에 그대로 할 용기를 내려고 숨을 깊이 들이마셨다. 하지만 셀리나는 내 뒤로 손을 뻗어 탁자 위에 놓인 양털실 뭉치에서 뭔가를 꺼냈을 뿐이다. 그리고 셀리나가 선반으로 가 뭔가를 꺼내는 소리가 들렸다. 그러고는 아무 소리도 들리지 않았다. 눈을 꼭 감고 있었지만 눈꺼풀이 파르르 떨렸고, 이윽고 경련이 일기 시작했다. 침묵이 계속될수록 점점 더 불안해졌다. 「잠시만요.」 내가 몸을 뒤척이는 걸 본 셀리나가 말했다. 그리고 다시 몇 초가 흘렀다. 「이제 눈을 뜨세요.」

나는 조심스레 눈을 떴다. 셀리나가 무딘 칼로 팔을 그어 피를 흘리는 모습을 상상했다. 하지만 팔에는 칼자국이 없었으며 다치지도 않았다. 셀리나는 팔을 내게 가까이 대고 있었고 — 하지만 아까처럼 가까이는 아니었다 — 아까는 팔을 빛이 드는 곳에 내놓았지만 지금은 옷 그림자가 팔 위에 드리워지도록 했다. 열심히 살폈다면 약간 거친 상태나 붉어진 모습을 알아차렸을지도 모른다. 하지만 셀리나는 자세히 살피게 하지 않았다. 어리둥절해서 눈을 끔벅이며 물끄러미 바라보는 동안, 셀리나는 다른 팔을 들어 올리더니 드러난 살을 꽉 잡고 쓸어 올렸다. 셀리나는 이런 행동을 한 번, 두 번, 세 번, 네 번 반복했다. 셀리나는 살을 쓸어 올리며 손가락을 꿈틀거렸고, 내 눈앞에서 단어가 하나 나타났다. 진홍색에, 거칠고 약간 희미하지만 확실히 알아볼 수 있는 단어였다.

〈진실〉이라는 단어였다.

그 단어가 완전히 나타나자 셀리나는 손을 치운 뒤 나를 바라보며 솜씨 좋지 않냐고 물었다. 나는 대답할 수 없었다. 셀리나는 팔을 더 가까이 대며 만져 보라고 했다. 그리고 만져 보자 내 손가락을 입술로 가져가 맛을 보라고 했다.

머뭇거리며, 나는 손을 들어 올렸고 손가락 끝을 바라보았다. 손가락 끝에는 하얀 물질이 묻어 있는 듯했다. 나는 그게 영혼의 물질인 에테르라고 생각했다. 나도 모르게 혀끝으로 그것을 맛보았지만 하마터면 구역질을 할 뻔했다. 그 모습을 본 셀리나가 소리 내어 웃었다. 이윽고 셀리나는 내가 앉아서 눈을 감고 있는 동안 꺼낸 물건을 보여 주었다.

그것은 나무로 된 뜨개질바늘과 식사용으로 쓰는 소금이 담긴 소금 통이었다. 뜨개질바늘은 단어를 피부에 적을 때 쓰며 소금은 그 단어를 쓴 자국을 진홍색으로 바꾼단다.

나는 셀리나의 팔을 다시 잡았다. 이미 자국은 사라지고 있었다. 나는 심령술사 신문에서 읽은 내용을 떠올렸다. 신문에서는 셀리나의 이런 속임수를 그녀의 능력을 증명하는 것이라 선언했으며 사람들은 그런 속임수에 넘어갔다. 히더 씨도 속아 넘어갔다. 나 역시 속아 넘어갔다. 나는 셀리나에게 그 말을 했다. 「당신의 도움을 구하러 온 가엾고 슬픔에 잠긴 사람들에게 이런 걸 한 건가요?」

셀리나는 팔을 거둬들이더니 죄수복 소매로 천천히 팔을 덮고는 어깨를 으쓱해 보였다. 셀리나는 그런 사람들은 영혼이 보내는 이런 신호를 봐야만 행복해한다고 말했다. 하지만 나는 물었다. 「이런 식으로 피부에 소금을 뿌리거나 어둠 속에서 숙녀의 무릎 위에 꽃이 떨어지게 하는 속임수를 쓰면 영혼이 거짓처럼 보이지 않겠어요?」 셀리나가 말했다. 「제가 말한 영매들 전부, 광고를 해대던 모든 영매가 다 이런답니다. 영매 가운데 이런 식으로 재주를 부리지 않는 이는 아무도 없어요. 단 한 명도요.」 셀리나가 아는 영매 가운데는 영혼이 주는 메시지를 적으려고 머리털에 바늘을 넣고 다니는 이도 있단다. 또한 어둠 속에서 목소리가 이상하게 들리도록 하려고 종이 확성기를 가지고 다니는 사람들도 안단다. 이쪽 직업에서는 흔하단다. 그러면서 영혼이 사람에게 오는 날도 있지만, 때로는 영혼이 올 수 있도록 도움을 주어야 한다고 했다.

그리고 브링크 부인의 집에 가기 전에 셀리나는 이런 일을 하며 살았다. 하지만 브링크 부인을 만나고 난 뒤에는 이런 속임수는 아무런 필요가 없어졌단다. 시드넘에 가기 전에는 셀리나에게 있는 재능이라고는 단지 이런 속임수뿐이었다! 「어쩌면 제겐 능력이란 게 전혀 없었는지도 몰라요. 무슨 말인지 알겠어요? 피터 퀵을 통해 제 안에서 찾아낸 능력에 비하면 그전의 능력은 아무것도 아니었어요.」

나는 셀리나를 보았지만 아무 말도 하지 않았다. 오늘 셀리나가 한 말과 보여 준 것이 무슨 뜻인지 안다. 아마 이런 속내를 털어놓고 그런 속임수를 보여 준 건 아마 내가 처음이었으리라. 지금 셀리나가 말하는 더 커다란 능력, 셀리나의 희귀함에 대해서는 나도 약간 느꼈다. 그것을 잊을 수 없다. 그게 뭔가 특별하다는 것을 안다. 하지만 여전히 셀리나에게는 수수께끼 같은 면이, 뭔가 속 모를 의도가, 거리감이 느껴진다……

나는 이해할 수 없다고 했다. 히더 씨에게도 한 말이었다. 그토록 뛰어난 능력 때문에 결국 셀리나는 이곳, 밀뱅크에 오게 되었다. 또한 한 소녀를 다치게 하고 브링크 부인이 겁을 먹어 죽게 한 이는 바로 셀리나가 자신의 보호자라고 한 그 피터 퀵이었다! 셀리나를 이곳으로 보내는 게 과연 셀리나를 보호하고 돕는 행동이라고 할 수 있단 말인가? 셀리나의 능력은 과연 셀리나에게 어떤 도움이 되었는가?

셀리나는 내게서 시선을 돌리고 말했다. 히더 씨가 한 바로 그 말이었다. 즉 〈영혼은 자신만의 의도가 있고 그 깊은 속뜻을 우리 인간은 알 수 없다〉는 말이었다.

나는 영혼이 무슨 의도로 셀리나를 밀뱅크로 보냈는지, 정말로 그 깊은 속뜻을 알 수 없다고 대답했다. 「당신을 질투하고 죽여서 자기들처럼 영혼으로 만들 생각이 아니라면 말이에요.」

하지만 셀리나는 얼굴을 찌푸릴 뿐 내 말을 이해하지 못했다. 셀리나는 천천히 말하길, 살아 있는 이를 질투하는 영혼들이 있다고 했다. 하지만 설사 그런 영혼들이라도 지금과 같은 처지에 놓인 자신을 부러워하지는 않을 거라고 했다.

셀리나는 말을 하며 한 손을 목에 대더니 하얀 살을 문질렀다. 나는 한때 그곳에 채웠던 초커와 손목에 채운 구속구를 다시 떠올렸다.

셀리나의 감방은 추웠고, 나는 몸을 떨었다. 우리가 얼마나 오랫동안 이야기를 나눴는지 모르겠다. 이곳에 적은 것보다 훨씬 더 많은 내용을 이야기했다고 생각한다. 그리고 감방 창문을 보니 밖은 아주 깜깜했다. 셀리나는 여전히 목에 손을 대고 있었다. 이제 셀리나는 기침을 했고, 침을 꼴깍 삼켰다. 셀리나는 내가 자신에게 너무 말을 많이 시켰다고 했다. 셀리나는 선반으로 가 물 주전자를 잡더니 주둥이를 통해 물을 약간 마시고는 다시 기침을 했다.

그리고 셀리나가 그렇게 하는 동안, 젤프 부인이 오더니 우리를 살폈고, 나는 다시금 셀리나와 함께 보낸 시간이 오래되었음을 깨달았다. 나는 마지못해 일어나 젤프 부인에게 나를 꺼내 달라는 표시로 고개를 끄덕였다. 셀리나는 여전히 목을 매만졌으며, 그런 셀리나를 본 젤프 부인의 친절한 눈에 눈물이 그렁거렸고, 나를 복도로 나오게 하더니 자신은 셀리나 옆으로 갔다. 부인이 말했다. 「왜 그래요? 아파요? 의사를 데려올까요?」

나는 가만히 서서 부인이 셀리나에게 다가가는 모습을 지켜보았다. 가스등이 내는 침침한 불빛이 셀리나를 비추었다. 그렇게 셀리나를 지켜보는 동안 누군가가 내 이름을 불렀고, 누가 나를 부르나 싶어 고개를 돌려 보니 옆 감방의 주화 위조범인 내시였다.

「아직도 이곳에 오시네요, 아가씨?」 내시가 말했다. 그러더니 내시는 셀리나의 감방 쪽으로 고개를 휙 젖혀 보이고는 부드러우면서도 과장된 방식으로 말했다. 「전 저 여자가 아가씨에게 마법을 건 줄로만 알았어요. 저 여자의 유령들이 아가씨를 데려갔거나 아니면 개구리나 생쥐로 만든 줄 알았답니다.」 내시는 몸서리를 쳤다. 「어휴, 그놈의 유령들! 밤이면 그 유령들이 저 여자를 찾아오는 거, 아세요? 제가 그 소리를 두 귀로 똑똑히 들었답니다. 저 여자가 유령들에게 말을 하고, 어떤 때는 웃고, 어떤 때는 우는 소리를 들었어요. 정말 조용한 밤에 유령들 소리가 들리는 이곳만 아니라면 그 어떤 감방에 있어도 전 아무 불평을 안 할 거예요.」 내시가 다시 몸서리를 치더니 얼굴을 찌푸렸다. 전에 주화 위조 이야기로 나를 놀렸듯이, 내시는 이번에도 나를 놀리고 있는 것일 수도 있었다. 하지만 내시는 웃지 않았다. 그리고 크레이븐 양이 해준 말을 기억한 나는, 수용 구역이 조용하면 죄수들이 공상에 잠기는 모양이라고 했다. 그러자 내시가 코웃음을 쳤다. 「공상요? 아무리 저 같은 사람이라 할지라도 공상이랑 유령은 구별할 줄 안답니다!」 내시가 말했다. 「공상이라고요?」 내시는 그런 말을 하기 전에 도스의 옆방인 자기 감방에서 하루 자보라고 했다.

내시는 다시 바느질감으로 주의를 돌렸고, 뭔가 투덜거리며 고개를 저었으며, 나는 복도를 따라 돌아왔다. 셀리나와 젤프 부인은 가스등 옆에 서 있었다. 부인은 스카프를 셀리나의 목 주위로 좀 더 단단히 둘러매 주었고, 이제 스카프를 토닥여 주었다. 둘은 나를 바라보지 않았다. 아마 내가 갔다고 생각하는 듯했다. 하지만 나는 셀리나가 손으로 팔을 만지는 것을 보았다. 〈진실〉이라는 붉은 글자가 희미해져 가던 그 팔이었다. 그 팔은 이제 싸구려 옷에 의해 가려져 있었다. 그리고 나는 손끝의 느낌이,

그리고 그 끝에 묻은 소금의 맛이 떠올랐다.

  젤프 부인이 내게 다가왔을 때도 나는 여전히 그 생각에 잠겨 있었고, 우리는 함께 수용 구역 복도를 걸었다. 우리가 지나가는 데 로라 사이크스가 우리를 괴롭혔다. 사이크스는 우리가 지나가는 소리를 듣더니 감방 문에 얼굴을 대고 제발 핵스비 양에게 한 마디만 전해 줄 수 없겠냐고 외쳐댔다. 핵스비 양이 자기 남동생과 면회를 하게 해준다면, 자신이 남동생에게 편지만 보낼 수 있게 해준다면, 자기 사건은 재심에 들어갈 거라고 주장했다. 핵스비 양의 한 마디만 있으면 자신은 한 달 안에 자유의 몸이 될 거라고 했다.

1872년 12월 17일

오늘 아침, 옷을 입는데 브링크 부인이 찾아왔다. 부인이 말했다. 「자, 도스 양, 당신이랑 해결해야 할 문제가 있어요. 정말로 당신에게 보수를 지불하지 않기를 원해요?」 나는 부인이 나를 이곳에 데려온 뒤로 부인이 주는 돈을 사양해 왔고, 부인의 질문에 다시 한번 전과 같은 대답을 했다. 즉 부인이 내게 옷과 식사를 주는 것으로 보수는 충분하며, 더구나 영혼과 관련된 일로 돈을 받을 순 없노라고 했다. 부인이 말했다. 「아무래도 당신이 그렇게 말하겠구나 싶었어요.」 부인은 내 손을 잡고 아직까지 자기 어머니의 상자가 놓여 있는 화장대로 데려가더니 그것을 열었다. 부인이 말했다. 「보수는 받지 않는다 쳐도 나이 든 여인이 주는 선물까지 거부하지는 않았으면 좋겠어요. 난 당신이 이것을 하고 있으면 정말 좋겠답니다.」 부인이 말한 선물은 에메랄드 목걸이였다. 부인은 상자에서 목걸이를 꺼내더니 내게 아주 바짝 다가서서 목걸이를 해주었다. 부인이 말했다. 「우리 어머니 물건을 다른 누군가에게 주리라고는 상상도 하지 못했답니다. 어머! 정말 잘 어울리는군요! 에메랄드 덕분에 눈이 더욱 돋

보여요. 우리 어머니도 그랬답니다.」

목걸이가 얼마나 잘 어울리는지 보려고 거울로 갔다. 목걸이
는 무척이나 오래되었지만 놀랄 만큼 내게 잘 어울렸다. 나는 이
렇게 멋진 물건을 준 이는 아무도 없었으며 — 사실이었다 —
단지 영혼이 내게 요구하는 걸 했다는 이유만으로 이런 물건을
받을 자격은 없는 것 같다고 했다. 부인은 내게 그럴 만한 자격
이 없다면 달리 누가 목걸이를 가질 자격이 있는지 자신은 모르
겠노라고 했다.

이윽고 부인은 다시 가까이 다가오더니 목걸이의 걸쇠 부분
에 손을 댔다. 부인이 말했다. 「아시겠지만, 난 단지 당신의 능력
을 키워 주려는 것뿐이랍니다. 그렇게만 할 수 있다면 무슨 일이
든 할 거예요. 내가 얼마나 오래 기다려 왔는지 잘 알 거예요. 당
신이 전달해 준 메시지를 받기 위해서 말이에요. 오! 난 그 메시
지를 절대로 받지 못할 거라고 생각해 왔답니다! 하지만 도스
양, 마저리는 점점 탐욕스러워져 가요. 그리고 말을 듣는 것뿐
아니라 어쩌면 모습을 볼 수도 있고, 손을 만질 수도 있지 않을
까 은근히 기대하고 있답니다. 그게, 마저리는 그런 물건들을 가
져오기 시작한 영매들이 있다는 사실을 알거든요. 마저리는 자
신을 위해 일하는 영매에게 보석이 가득한 상자를 통째로 주고
도 전혀 아까워하지 않을 거예요.」

부인은 목걸이를 어루만졌고 목걸이와 함께 내 맨살에도 부
인의 손길이 닿았다. 물론 빈시 씨와 시브리 양과 함께 영혼을
불러 오려 했을 때마다 나는 실패만 했다. 내가 말했다. 「영매는
일을 하려면 캐비닛이 있어야 하는 거 아시죠? 부인께선 이게
아주 진지한 일이란 건 아시지만, 아직 완전히 이해하시진 못한

듯하네요.」부인은 안다고 말했다. 나는 거울을 통해 부인의 얼굴을 보았다. 부인은 나를, 내 눈을 보고 있었다. 내 눈은 보석 빛 때문에 더 선명하게 녹색으로 보였으며 마치 다른 사람 눈 같았다. 이윽고 나는 눈을 감았지만 여전히 뜨고 있는 기분이었다. 나는 나를 바라보는 브링크 부인을 보았고, 목걸이를 한 내 목을 보았다. 하지만 목걸이 줄은 금빛이 아니라, 마치 납으로 된 것처럼 회색으로 보였다.

1872년 12월 19일

오늘 저녁, 브링크 부인의 응접실에 내려갔을 때 루스가 그곳에 있었다. 루스는 봉에 검은 천을 끼워 벽감을 가로질러 걸고 있었다. 나는 재질은 상관없이 단지 검은 천이기만 하면 된다고 말했지만, 다가가 살펴보니 벨벳이었다. 천을 만지는 나를 본 루스가 말했다. 「좋은 천이죠? 제가 골랐답니다. 아가씨를 위해 고른 거예요. 벨벳 정도는 되어야 아가씨에게 어울린다고 생각했거든요. 아가씨와 브링크 부인과 우리 모두를 위해 오늘은 아주 뜻깊은 날이거든요. 그리고 더구나 아가씨는 이제 더는 홀본에 계시지 않고요.」나는 루스를 보고 아무 말도 하지 않았고, 루스는 싱긋 웃더니 내가 천을 뺨에 대볼 수 있도록 천을 들고 있었다. 오래된 검은색 벨벳 드레스 차림으로 천을 뺨에 대고 있는 날 본 루스는 말했다. 「와, 마치 그림자에 먹힌 것처럼 보여요! 얼굴이랑 밝은 머리털만 보이네요.」

그때 브링크 부인이 들어오더니 루스를 내보냈다. 부인은 준비되었는지 물었고, 나는 준비가 된 듯하지만 시작하기 전까지는 확실히 알 수 없다고 말했다. 우리는 램프 빛을 아주 어둡게 하고 앉았다. 내가 말했다. 「그 일이 일어난다면 지금 일어날 거예요.」 나는 커튼 뒤로 갔고, 브링크 부인은 불을 완전히 껐다. 잠시 두려웠다. 어둠이 이토록 깊고 뜨거우리라고는, 그리고 내가 앉아 있는 공간이 이토록 좁으리라고는 생각도 하지 못했으며 곧 이 안의 모든 공기를 들이마시고 숨이 막혀 죽을 것만 같았다. 내가 외쳤다. 「브링크 부인, 확신이 안 서네요!」 하지만 브링크 부인은 단지 이렇게 말했을 뿐이다. 「제발 시도해 주세요, 도스 양. 제발 시도해 주세요. 마저리를 위해서요! 뭔가 작은 신호나 암시도 없나요?」 벨벳 커튼 너머로 들려오는 부인의 목소리는 높고 평소와 달랐으며 마치 갈고리가 달린 듯했다. 그 목소리가 나를 끌고 가는 듯한 기분이었고, 마침내는 내 드레스 뒷부분을 잡아당기는 듯한 느낌이 들 정도였다. 이윽고 갑자기 어둠이 온갖 색으로 가득해지는 듯했다. 누군가 외치는 소리가 들렸다. 「오, 나 여기 있단다!」 그리고 브링크 부인이 말했다. 「보여요! 보여요!」

나중에 커튼 밖으로 나가 부인에게 가보니 부인은 울고 있었다. 내가 말했다. 「우시면 안 돼요. 기쁘지 않은가요?」 부인은 기뻐서 우는 거라고 했다. 이윽고 부인은 종을 울려 루스를 불렀다. 부인이 말했다. 「루스, 오늘 밤 난 이 방에서 불가능한 일이 일어난 걸 보았단다. 어머니가 서서 내게 손짓하는 걸 보았어. 어머니는 빛나는 가운을 입고 계셨단다.」 루스는 응접실이 평소와 달라 보였고, 전에는 맡아 보지 못한 독특한 향으로 응접실이 가득하다며, 부인의 말을 믿는다고 했다. 루스가 말했다. 「그건 천사들이 우리 근처에 있는 거래요. 천사들이 강신회를 찾아오면 향을 뿌리고 간다네요.」 나는 그런 말을 들어 본 적이 없다고 말했고, 루스는 눈을 동그랗게 뜨고 나를 보더니 고개를 끄덕였다. 루스가 말했다. 「어, 맞아요, 정말이에요.」 그리고 루스는 입술에 손가락을 갖다 댔다. 루스는 영혼은 입에 향수를 가지고 다닌다고 말했다.

1873년 1월 8일

우리는 두 주 동안 집에 틀어박혀 아무 일도 안 하며 하루해가 저물고 영혼이 나타나도 될 정도로 응접실이 어두워지기만을 기다렸다. 나는 브링크 부인에게 부인의 어머니가 매일 밤 나타날 거라는 기대를 하면 안 된다고 말하며 어떨 때는 어머니의 하얀 손이나 얼굴 정도만 보일지도 모른다고 했다. 부인은 그런 사실을 잘 아노라고 말은 하지만 밤이 되면 굉장히 감정이 격해지고 나를 더 가까이 끌어당기며 말한다. 「와주세요! 오, 조금만 더 가까이 와주시겠어요? 절 알아보시겠어요? 키스해 주시겠어요?」

하지만 사흘 전, 마침내 키스를 받은 부인은 한 손을 가슴에 대며 비명을 질렀고, 그 모습에 너무나도 겁을 먹은 나는 놀라 죽는 줄 알았다. 커튼 밖으로 나가 부인에게 가보니 부인 곁에 루스가 있었다. 루스가 먼저 달려와 이미 등을 켜놓았다. 루스가 말했다. 「이런 일이 생길 줄 알았어요. 부인은 너무나 오랫동안 기다리셨고 그래서 견디지 못하신 거예요.」 브링크 부인은 루스가 건네는 방향염을 받아 냄새를 맡고는 조금 진정이 되었다. 부인이 말했다. 「다음번에는 기꺼이 받아들일 거예요. 다음번에는 마음의 준비를 할 거예요. 하지만 루스, 너도 나와 함께 앉아 있어야겠구나. 네 힘센 손으로 나를 꽉 잡아 주렴. 내가 겁먹지 않게 말이야.」 루스는 그러겠노라고 말했다. 그날 밤에는 다시 시도를 하지 않았고, 이제 내가 커튼 밖에 있는 브링크 부인에게 가자 루스가 부인 옆에 앉아 지켜보고 있다. 브링크 부인이 말한다. 「보이니, 루스? 내 어머니가 보여?」 그리고 루스가 말한다. 「보여요, 부인. 그분이 보여요.」

하지만 내가 보기에 브링크 부인은 루스의 존재를 잊은 듯하다. 부인은 자기 어머니의 두 손을 꼭 잡는다. 부인이 말한다. 「마저리는 착하죠?」 그리고 부인의 어머니가 대답한다. 「아주 착하지. 아주 착해. 그래서 이렇게 그 아일 보러 왔단다.」 이윽고 부인이 말한다. 「얼마나 착해요? 키스를 열 번 받을 만큼 착한가요? 아니면 스무 번?」 부인의 어머니가 말한다. 「키스를 서른 번은 받을 만큼 착하단다.」 부인이 눈을 감자, 나는 몸을 숙이고 두 눈과 뺨에 키스를 한다. 하지만 입에는 절대로 하지 않는다. 서른 번 키스를 받은 부인은 한숨을 쉬고, 이윽고 두 팔로 나를 감싸고 머리는 자기 어머니의 가슴에 기댄다. 부인은 가슴 위 얇은 천이 축축해질 때까지 이런 자세로 반 시간 정도 있는다. 그리고 부인은 〈이제 마저리는 행복해〉 또는 〈이제 마저리는 만족해!〉 라고 말한다.

그리고 그동안 내내 루스는 가만히 앉아 그런 우리를 지켜본다. 하지만 루스는 나를 만지지 않는다. 나는 이 영혼은 브링크 부인의 영혼이며 오로지 부인을 만나려고 왔으니 부인을 제외한 그 누구도 이 영혼에게 손을 대면 안 된다고 말해 두었다. 그래서 루스는 그 검은 눈으로 오로지 지켜보기만 할 뿐이다.

그리고 내가 다시 온전한 나 자신으로 돌아오면 루스는 나를 데리고 내 방으로 가서 내 옷을 벗긴다. 루스는 내가 옷을 입고 벗는 일 따위에 신경 쓸 필요 없으며, 숙녀는 결코 그런 일에 신경 쓰지 않는다고 말한다. 루스는 내 옷을 벗겨 주름을 펴고, 내 신발을 벗기고 날 의자에 앉힌 뒤 머리를 빗어 준다. 루스가 말한다. 「예쁜 숙녀들이 어떤 머리를 원하시는지 전 잘 안답니다. 제 튼튼한 팔을 보세요. 제가 빗어 드리면, 숙녀분들의 머리는 정수리부터 허리까지 마치 물이나 비단처럼 매끄럽게 찰랑거린답니다.」 루스의 머리털은 아주 새까맣고, 모자 밑으로 모두 밀어 넣었지만 가끔은 가르마가 보이기도 한다. 루스의 가르마는 칼날처럼 하얗고 곧다. 오늘 밤, 루스는 나를 앉혔고, 루스가 내 머리를 빗기기 시작했을 때 나는 비명을 질렀다. 루스가 말했다. 「왜 그러세요?」 나는 머리 솔이 내 머리털을 잡아당겨서 그렇다고 말했다. 루스가 말했다. 「솔질 따위에 울다니 놀랍네요!」 루스는 일어나 소리 내어 웃었고, 다시 좀 더 세게 머리를 빗기기 시작했다. 루스는 빗질을 1백 번 하겠노라고 했고, 내게 숫자를 세게 했다.

이윽고 루스는 머리 솔을 옆으로 치우고 나를 거울로 데려갔다. 루스는 자기 손을 내 머리 위에 올렸으며, 내 머리털은 빠지직 소리를 내며 루스의 손바닥에 달라붙었다. 나는 우는 걸 멈췄고, 루스는 서서 나를 가만히 바라보았다. 루스가 말했다. 「이제 예뻐 보이죠, 도스 아가씨? 신사분들이 좋아할 만한 젊은 숙녀로 보이지 않으세요?」

1874년 11월 2일

내 방으로 왔다. 아래층이 끔찍하리만치 소란스럽기 때문이다. 프리실라의 결혼식이 다가올수록 사람들은 요란을 떨며 뭔가를 더 주문하고 계획에 추가한다. 어제는 침모들이었고, 그제는 요리사들과 미용사들이었다. 더는 참고 봐줄 수가 없다. 나는 언제나처럼 엘리스에게 내 머리를 하게 할 생각이며 — 비록 스커트 폭을 줄이는 데는 동의했지만 — 드레스는 회색을, 외투는 검은색을 입을 것이라고 단언했다. 물론 덕분에 어머니에게 꾸지람을 들었다. 어머니가 나를 어찌나 격하게 혼내는지 마치 옷핀을 내뱉는 것 같은 느낌이 들 정도다. 내가 근처에 있지 않다면 어머니는 엘리스나 비거스를 꾸짖으리라. 심지어 프리실라의 앵무새 걸리버라도 능히 꾸짖으리라. 어머니는 놀란 걸리버가 날카로운 소리로 울어 대고 날개를 퍼덕일 때까지 계속해 꾸짖으리라.

그리고 프리실라는 이 모든 사태의 중심에서, 마치 태풍의 눈에 있는 범선처럼 조용히 앉아 있다. 프리실라는 자기 초상화가 완성될 때까지 아주 가만히 있기로 작정을 했다. 프리실라 말로는, 콘윌리스 씨는 원본에 아주 충실한 화가란다. 그래서 자기 얼굴에 그늘이나 주름이 생기면 콘윌리스 씨는 그 모습을 그대로 캔버스에 옮길 거라고 했다.

이제는 프리실라와 함께 앉아 있으니 차라리 밀뱅크의 죄수들과 함께 있고 싶다. 어머니에게 꾸지람을 듣느니 차라리 엘런 파워와 이야기를 하는 편이 낫다. 가든 코트에 있는 헬렌을 만나러 가느니 차라리 셀리나를 만나러 가고 싶다. 다른 사람들과 마찬가지로 헬렌 역시 결혼식 이야기만 할 뿐이지만, 셀리나가 하는 이야기에서는 평범한 규칙과 습관들을 찾아보기 어렵기 때문에 마치 그녀가 차갑고 우아한 달 표면에 사는 것만 같은 느낌이 든다.

그래서 어쨌든 오늘 전까지는 그랬다. 하지만 오늘 오후, 감옥에 도착했을 때 그곳은 혼란 상태였고, 셀리나와 여죄수들은 모두 다른 일에 정신이 팔려 있었다. 「때를 잘못 골라 오셨네요, 아가씨.」 입구의 여교도관이 말했다. 「죄수 한 명이 폭주했고, 그 때문에 수용 구역이 아주 혼란스럽답니다.」 나는 여교도관을 물끄러미 바라보았다. 당연히, 누군가 탈출했다는 뜻으로 이해했다. 하지만 그렇게 말하자 여교도관은 소리 내어 웃었다. 〈폭주〉는 여죄수들이 종종 미쳐 날뛰며 감방을 난장판으로 만드는 것을 일컫는 감옥 용어란다. 핵스비 양이 설명해 주었다. 나는 탑 계단에서 핵스비 양을 만났다. 핵스비 양은 리들리 양과 함께 퍽 지친 표정으로 계단을 오르고 있었다.

「폭주는 묘하지요.」 핵스비 양이 말했다. 「그리고 여자 감옥에서는 꽤 독특한 거랍니다.」 핵스비 양은 감옥에 갇힌 여자들에게 그것은 본능과 다름없다고 생각하는 사람들도 있다고 했다.

그러면서 자기는 밀뱅크에 있는 여죄수들은 형기 동안 거의 모두가 한 번은 폭주를 겪는 것만은 확실히 안다고 했다. 「그리고 여죄수들이 젊고 힘이 세고 단호할 때는, 꼭 야만인 같습니다. 비명을 지르고 주위 물건을 때려 부수고. 그럴 때면 우리는 도저히 다가갈 수가 없고, 결국 남자를 부르게 된답니다. 감옥 전체가 그 소동을 알게 되고 죄수들을 진정시키려면 안간힘을 써야 하지요. 한 명이 폭주를 하면 다른 사람이 꼭 그 뒤를 따라요. 잠자고 있던 충동이 깨어나는 거지요. 자기 자신도 어쩔 수 없는 그런 상황이 되는 거죠.」

핵스비 양은 한 손으로 자기 얼굴을 쓰다듬었다. 핵스비 양에 따르면, 이번에 폭주한 여자는 절도범인 피비 제이컵스로, D 수용 구역에 있단다. 핵스비 양과 리들리 양은 상황이 얼마나 심각한지 살피러 가는 길이라고 했다.

핵스비 양이 물었다. 「저희와 함께 그 일이 일어난 감방에 가 보시겠어요?」

나는 D 수용 구역을 떠올렸다. 언제나 빠르게 닫히는 감방 문, 표정이 우울한 죄수들, 야자 섬유가 가득한 고약하고 답답한 공기, 무시무시한 복도. 이제 그곳은 그 어느 때보다도 더 음산해 보였으며 기묘한 정적에 싸여 있었다. 우리는 그곳 끝 부분에서 프리티 부인을 만났다. 부인은 소매를 내린 채 촉촉한 윗입술을 가볍게 두드리고 있었다. 마치 방금 레슬링 경기장에서 내려온 듯한 모습이었다. 부인은 나를 보더니 알았다는 듯이 고개를 끄덕였다. 「난장판을 보러 오셨나요? 흠, 이번에는 꽤 대단했답니다!」 부인은 손짓을 했고, 우리는 부인의 안내를 받아 수용 구역을 따라 난 좁은 복도를 걸었고, 잠기지 않은 감방 문으로 향했다.「스커트 조심하세요.」나와 핵스비 양이 문 앞에 다가설 때 부인이 말했다.「그 악다구니가 오물통을 뒤엎었답니다…….」

오늘 밤, 나는 헬렌과 스티븐에게 제이컵스의 감방이 얼마나 난장판이었는지 설명하려 애써 보았다. 둘은 앉아서 고개를 설레설레 저었지만 내 말을 제대로 알아듣지 못한 걸 한눈에 알 수 있었다.「감방이 네 말처럼 으스스하고 황량하다면 어떻게 죄수들이 그걸 더 황량하거나 엉망으로 만들 수가 있겠어?」둘은 오늘 내가 본 장면을 상상조차 할 수 없었다. 그건 마치 지옥에 있는 작은 방 같았다. 아니, 간질병 환자가 발작을 일으킨 뒤의 두뇌 상태와 비슷했다.

우리는 감방 안에 서서 주위를 둘러보았다. 핵스비 양이 말했다.「죄수들의 재간은 정말로 놀랍답니까요. 저 창문을 보세요. 유리를 깨려고 철창살을 떼어 냈어요. 가스 파이프가 뜯겼고요. 다른 죄수들이 가스에 중독되지 않도록 파이프 구멍을 걸레 조각으로 막아야만 했답니다. 보이시죠? 담요도 단순히 찢긴 게 아니라 아예 조각이 되었어요. 입으로 저렇게 만들었답니다. 전에는 격분한 죄수들이 담요를 찢을 때 빠진 이를 발견하기도 했답니다…….」

핵스비 양은 마치 부동산 중개업자 같아 보였지만 소개하는 항목은 폭력의 결과물이었다. 핵스비 양은 조목조목 설명했고, 나는 그녀가 설명할 때마다 눈을 동그랗게 뜨고 그곳을 바라보았다. 단단한 나무로 만든 침대는 산산조각이 났다. 커다란 나무 문은 감옥용 신발 뒤꿈치의 가격을 받아 움푹 들어갔으며 구멍이 났다. 감옥 규칙이 적힌 판은 갈기갈기 찢어져 짓밟혀 있었다. 성경 — 이게 가장 끔찍했으며, 내가 이 부분을 설명할 때 헬

렌은 얼굴이 하얗게 질렸다 ─ 은 뒤집힌 오물통 바닥에 짓이겨
져 곤죽이 되어 있었다. 핵스비 양은 지루하면서 단조로운 목소
리로 빠짐없이 짚어 나가며 설명을 했다. 그리고 내가 평소와 같
은 목소리로 질문을 하자 핵스비 양이 손가락을 입술에 댔다.
「너무 크게 말하면 안 됩니다.」 핵스비 양이 말했다. 핵스비 양
은 다른 죄수들이 자기 말을 듣고 그대로 따라 행동할까 두려워
했다.

마침내 핵스비 양은 프리티 부인 옆에 가 서더니 감방을 정돈
하는 문제를 상의했다. 이윽고 핵스비 양은 시계를 꺼냈다.

핵스비 양이 말했다. 「제이컵스가 어둠에…… 음, 얼마나 오래
있었죠, 리들리 양?」 한 시간 정도 있었다고 여교도관이 대답
했다.

「그러면 이제 제이컵스를 만나 보는 게 좋겠군요.」 핵스비 양
은 망설이더니 나를 돌아보았고, 같이 가고 싶은지 물었다. 「〈어
둠〉요?」 여기 오각형 건물을 아마 여남은 번은 다녀 본 듯하다.
하지만 그런 곳이 있다는 말은 단 한 번도 들은 적이 없었다. 「어
둠요?」 내가 다시 말했다. 나는 그게 무엇이냐고 물었다.

내가 감옥에 도착한 건 오후 4시가 조금 지나서였고, 우리가
부서진 감방에 가서 상황을 확인했을 때는 감옥 복도가 이미 어
두워지고 있었다. 나는 아직도 밀뱅크의 짙은 밤과 헬쑥한 가스
등 불빛이 익숙하지 않다. 이제 조용한 감방들과 탑들이 갑자기
완전히 낯설게 다가왔다. 리들리 양, 핵스비 양과 나는 내가 알
지 못하는 복도를 지났다. 그리고 놀랍게도 그 복도는 수용 구역
에서 멀어져 밀뱅크의 심장부 쪽으로 이어졌다. 나선형 계단들
과 내리막길을 따라 가는 동안 공기는 더욱더 차가워졌고, 냄새

는 더 고약해졌고 짠 내가 살짝 났으며, 나는 이곳이 지하임을 확신했다. 아마도 템스강보다도 더 아래쪽인 듯했다. 마침내 우리는 약간 넓어진 복도로 들어섰다. 그곳에는 예스런 나무 문이 몇 개 있었다. 문은 모두가 낮았다. 핵스비 양은 첫 번째 문 앞에 서더니 고개를 끄덕였고, 리들리 양은 문을 열고 안으로 들어가 방의 불을 켰다.

안으로 들어서며 핵스비 양이 내게 말했다. 「오신 김에 이것들도 한번 보시죠. 여기는 사슬실이랍니다. 수갑이며 구속복 같은 것을 보관하는 곳이지요.」

핵스비 양은 벽 쪽을 가리켰고, 나는 두려운 표정으로 핵스비 양이 가리키는 곳을 보았다. 그 벽은 지상의 벽과 달리 회반죽을 바르지 않았고, 아무런 마감도 하지 않았으며 습기로 꽤 반짝였다. 각 벽에는 고리며 사슬, 족쇄 그리고 이름을 알 수는 없지만 그 용도를 상상하면 몸서리가 쳐지는 물건들이 걸렸다.

핵스비 양은 내 표정을 보더니 서글픈 웃음을 지어 보였다.

핵스비 양이 말했다. 「이 물건들은 대부분 밀뱅크 초창기부터 있던 거랍니다. 그리고 단순히 전시용으로 이곳에 걸려 있는 거지요. 하지만 모두가 깨끗하고 기름칠이 잘된 걸 보실 수 있을 겁니다. 이곳에 오는 죄수들이 모두가 얌전해서 이것들을 다시 쓸 일이 없을 거라고 장담할 수 없으니까요! 여기에 여자용 수갑이 있지요. 보세요. 마치 숙녀용 팔찌처럼 예쁘죠? 이건 재갈입니다. 여기에 가죽으로 된 끈이 있고, 구멍이 있어서 죄수들이 숨을 쉴 수는 있지만 〈고함을 지르지는 못하게〉 되어 있지요. 그리고 이건 다리 줄입니다.」 핵스비 양은 다리 줄은 남자에게는 안 쓰고 오로지 여자에게만 쓴다고 했다. 핵스비 양이 말했다.

「여죄수들이 자기 감방에 누워 발로 감방 문을 차려고 할 때 이걸 쓰지요. 여죄수들은 꽤 자주 그런 짓을 벌인답니다. 이걸 채우면 얼마나 조이는지 상상이 가세요? 이 줄로는 발목에서 허벅지까지 묶고, 이건 손을 묶는 거랍니다. 이걸 찬 여자는 무릎을 꿇은 자세로 있게 되며 교도관이 숟가락으로 음식을 먹이죠. 그러면 죄수들은 곧 지쳐서 다시 고분고분해지지요.」

나는 핵스비 양이 집어 든 다리 줄의 끈을 만지작거렸다. 버클을 채웠던 곳은 골이 졌으며 닳아서 매끈하고 검은색이 되어 있었기 때문에 확실히 알 수 있었다. 나는 이런 물건을 자주 쓰는지 물어보았다. 핵스비 양은 어쩔 수 없이 이런 물건에 의존해야 할 때가 있다며, 아마도 1년에 대여섯 번은 쓴다고 했다. 「당신 의견은 어떤가요, 리들리 양?」 리들리 양은 고개를 끄덕였다.

핵스비 양이 계속 말했다. 「하지만 우리가 주로, 그리고 꽤 자주 쓰는 건 구속복이랍니다. 여기를 보세요.」 핵스비 양은 옷장으로 걸어가 묵직한 물건을 두 개 꺼냈다. 캔버스 천으로 된 것으로, 너무나도 거칠고 형체가 잡히지 않아 처음에는 자루인 줄로만 알았다. 핵스비 양은 하나를 리들리 양에게 건넸고 다른 하나는 마치 옷을 몸에 대고 거울로 그 모양새를 보는 듯한 자세로 들어 올렸다. 이윽고 나는 자루 같아 보이던 그 물건이 사실은 일종의 조악한 웃옷이며, 소매와 허리에는 장식용 술이나 리본 대신 끈이 달려 있다는 사실을 깨달았다. 「우리는 이걸 죄수들의 프록 위에 입히죠. 프록을 쥐어뜯는 걸 막으려고요.」 핵스비 양이 말했다. 「여기 여미개를 보세요.」 핵스비 양이 가리킨 곳에는 버클 대신 튼튼한 놋쇠 나사가 있었다. 「우리는 열쇠를 써서 저걸 잠그는데, 아주 빠르게 할 수 있답니다. 저기 리들리 양이 들고 있는 건 구속복이랍니다.」그 말에 리들리 양은 들고 있던 구속복을 흔들었다. 구속복의 소매는 타르 색깔 가죽이며 비정상적으로 길었고, 소매 끝은 막혔으며 끈으로 조여 있었다. 다리 줄과 마찬가지로, 이것 역시 버클을 계속 채운 부분에는 표시가 나 있었다. 나는 그것을 물끄러미 바라보았고, 장갑을 낀 손에서 땀이 나기 시작했다. 밤이라 무척이나 추웠지만 내 두 손에서 땀이 나던 기억은 지금도 생생하다.

여교도관들은 물건들을 다시 정돈해 놓았고, 우리는 그 무시무시한 방을 떠나 복도를 따라 높이가 낮은 석조 아치 길에 도착했다. 그곳을 지나니 내 스커트가 양쪽 벽에 닿을 정도로 복도가 좁아졌다. 가스등도 없으며, 조명이라고는 핵스비 양이 든 촛대 위 촛불이 전부였다. 핵스비 양은 소금기 밴 지하의 바람 때문에 촛불이 꺼지지 않도록 손으로 촛불 주위를 막고 있었다. 주위를 둘러보았다. 밀뱅크에 이런 곳이 있는 줄은 전혀 몰랐다. 세상에 이런 곳이 있으리라고는 생각도 하지 못했으며, 돌연 공포가 밀려왔다. 나는 생각했다. 이 사람들은 나를 죽일 작정이야! 내가 홀로 빛을 찾아 더듬거리며 어둠 속을 헤매거나 미쳐 버리게 나를 내버리고 떠날 작정인 거야!

이윽고 우리는 문 네 개가 겹겹이 있는 곳에 도착했고, 핵스비 양은 첫 번째 문 앞에서 걸음을 멈추었다. 희미한 촛불 빛 아래에서 리들리 양은 허리춤에 찬 열쇠 꾸러미를 더듬었다.

리들리 양은 자물쇠에 열쇠를 넣고 문고리를 잡았지만, 내 예상과 달리 문을 밀거나 당겨 여는 대신 옆으로 밀었다. 그리고 문이 두껍고, 뒷면이 매트리스처럼 두꺼운 것으로 덧대어져 있는 게 보였다. 그곳에 갇힌 죄수의 욕설이나 흐느낌이 들리지 않게 하기 위해서였다. 그리고 당연하겠지만, 죄수는 이제 그 문이 움직이는 것을 눈치챘다. 돌연 문 안쪽의 작고 조용하고 어둠침침한 공간에서 무엇인가가 문을 향해 무시무시한 속도로 부딪혀 왔고, 이윽고 다시 한번 부딪혀 오더니 비명이 들렸다. 「이 나쁜 년! 내가 썩어 가는 걸 보러 왔구나! 못된 년, 내가 내 목을 스스로 졸라 죽지 않는다면 다음번에는 널 없애 버리겠어!」 매트리스를 덧댄 문은 다시 닫혔고, 리들리 양은 안에 있는 두 번째 나무 문의 작은 쪽문을 열었다. 쪽문 안에는 창살이 있었다. 창살 너머로는 어둠뿐이었다. 너무나도 짙은 어둠이라 내 눈에는 아무것도 보이지 않았다. 나는 계속 어둠을 응시했고, 마침내 머리가 아파 오기 시작했다. 비명은 잠잠해졌고, 감방은 이제 고요했다. 이윽고 끝없는 어둠을 헤치고 얼굴이 어렴풋이 나타나더니 창살에 와 닿았다. 끔찍한 얼굴이었다. 허옇고 땀과 눈물 자국이 났고, 여기저기 멍이 들고 핏자국이 있었으며, 입술에는 거품과 침이 묻었다. 비록 우리가 든 희미한 촛불에 가늘게 뜨긴 했지만 눈빛은 거칠고 사나웠다. 그 모습을 본 핵스비 양은 움찔했으며 나는 뒤로 물러섰다. 이윽고 그 얼굴이 나를 보고 말했다. 「뭘 꼬나봐, 이 쌍년아!」 리들리 양이 손꿈치로 나무를 쳐 여자를 조용히 시켰다.

「입 조심해, 제이컵스, 안 그러면 여기에 한 달 동안 가둬 둘 테니까. 알아들었어?」

창살에 머리를 들이밀던 여자는 하얀 입술을 꽉 다물었지만 매섭고 끔찍한 눈으로 계속 우리를 뚫어져라 노려보았다. 핵스비 양이 제이컵스 쪽으로 약간 다가갔다. 「정말 바보 같은 짓을 저질렀어. 그리고 프리티 부인과 리들리 양과 나는 네게 아주 실망했어. 넌 감방을 엉망으로 만들었어. 네 머리를 자해했고, 네 머리를 자해하는 게 네가 원하던 거였어?」

여자는 흥분해 숨을 들이켰다. 「뭔가를 부수고 싶었어. 프리티? 그 쌍년! 언젠간 그년을 갈기갈기 찢어 버릴 거야. 그럴 수만 있다면 이 어둠 속에 얼마를 갇혀 있든 상관없어.」

「그만!」 핵스비 양이 말했다. 「그만해. 내일 다시 찾아오겠어. 어둠 속에서 하룻밤을 보내고 난 뒤에 얼마나 뉘우치는지 두고 보겠어. 리들리 양.」 리들리 양이 열쇠를 들고 앞으로 나왔고, 그 모습을 본 제이컵스는 좀 전보다 더욱더 도끼눈을 떴다.

「잠그지 마, 그만두란 말이야! 촛불을 가지고 가지 마! 오!」 제이컵스는 창살에 얼굴을 비벼 댔다. 그리고 리들리 양이 나무 쪽문을 닫기 직전, 제이컵스의 목 부분에 재킷이 얼핏 보였다. 뭉툭한 검은색 소매와 버클이 있는 것으로 볼 때 구속복인 듯했다. 열쇠가 돌아가고 문이 잠기자 다시 한번 부딪히는 소리가 들렸다. 머리로 나무 문을 들이받는 게 분명했다. 이윽고 아까와 달리 날카로운 목소리가 문 너머로 둔하게 들렸다. 「절 두고 가지 마세요, 핵스비 양! 오! 핵스비 양, 뭐든 잘할게요!」

그 비명은 욕설보다 더 지독했다. 나는 여교도관들을 보며 「설마 진짜로 저 여자만 두고 가는 건 아니겠죠? 이렇게 어두운 곳에 저 여자 혼자만 두고 가는 건 아니죠?」라고 물었다. 핵스비 양은 아주 뻣뻣한 자세로 서 있었다. 핵스비 양은 제이컵스를 감시하기 위해 교도관들을 보낼 거라고 말했다. 그리고 한 시간 뒤에는 빵을 가져다줄 거란다. 「하지만 이렇게 어두운데요, 핵스비 양!」 내가 다시 말했다.

「어둠 속에 있는 게 바로 벌입니다.」 핵스비 양이 간단하게 답했다. 핵스비 양은 촛불을 들고 내게서 멀어졌고, 어둠 속에서 그녀의 하얀 머리가 창백하게 보였다. 매트리스를 덧댄 문은 리들리 양이 이미 닫아 둔 상태였다. 여자의 외침은 점차 작아져 아주 나직하게 들렸지만 그럼에도 아주 또렷했다. 「이 나쁜 년들!」 제이컵스가 외쳤다. 「못된 년. 그리고 숙녀인 체하는 너도 마찬가지야!」 나는 1초 정도 그곳에 서서 빛이 점차 희미해져 가는 모습을 보았다. 이윽고 제이컵스의 비명은 더욱더 날카로 워졌고, 나는 춤추는 듯한 촛불 빛을 따라 황급히 걷다가 하마터면 넘어질 뻔했다. 「이 나쁜 년들, 나쁜 년들!」 여자는 여전히 울부짖었다. 아마 지금까지도 울부짖고 있을지 모른다. 「전 어둠 속에서 죽을 거예요. 들리세요, 아가씨? 전 어둠 속에서 죽을 거라고요. 냄새나는 생쥐처럼 말이에요.」

「다들 그렇게 말하지.」 리들리 양이 심술궂게 말했다. 「그런 데 정작 죽는 사람은 없으니 참 안타깝다니깐.」

나는 핵스비 양이 리들리 양을 나무랄 거라고 생각했다. 하지만 핵스비 양은 그러지 않았다. 그녀는 그냥 걸어가 사슬실 문을 지나 감방들이 있는 경사로를 올라갈 뿐이었다. 그리고 핵스비 양은 우리를 놔두고 밝은 자기 사무실로 돌아갔다. 리들리 양은 나를 데리고 더 높은 곳으로 갔다. 우리는 형사범들이 갇힌 수용 구역을 가로질렀다. 프리티 부인이 다른 여교도관과 함께 제이 컵스의 감방 문 앞에 기대어 섰고, 죄수 두 명이 물 양동이와 빗 자루를 들고 똥오줌을 치우고 있었다. 리들리 양은 젤프 부인에 게 나를 인계했다. 리들리 양이 나를 두고 떠났을 때 나는 젤프 부인을 바라보았고, 두 눈을 손으로 가렸다. 젤프 부인이 중얼거 렸다. 「어둠 감방을 다녀오셨군요.」 나는 고개를 끄덕였다. 그리고 여죄수들을 그런 식으로 다뤄도 되는 건지 물었다. 젤프 부인은 대답을 하지 않았고, 내 시선을 피한 채 고개를 저었다.

젤프 부인이 관리하는 수용 구역 역시 다른 수용 구역들과 마찬가지로 이상하리만큼 조용했으며, 죄수들은 경직되었고 경계하는 눈치였다. 죄수들은 내가 다가가면 즉시 폭주에 대해 물었다. 죄수들은 뭐가 부서졌고 누가 그것을 부쉈는지, 그리고 그일을 벌인 죄수가 어떤 처벌을 받았는지 알고 싶어 했다. 「어둠으로 보내졌죠?」 죄수들은 몸서리를 치며 이렇게 물었다.

「어둠으로 보내진 거죠, 프라이어 양? 모리스가 그랬죠?」

「번스가 그랬죠?」

「아주 많이 다쳤나요?」

「그렇게 한 걸 후회하고 있을 거예요!」

「저도 어둠에 갇힌 적이 한 번 있답니다, 아가씨.」 매리 앤 쿡이 내게 말했다. 「생전 그렇게 무서운 곳은 처음이었어요. 어둠을 그냥 웃어넘기는 여자들도 있지만 저는 아니랍니다, 아가씨. 전 아니에요.」

「저도 아니에요, 쿡.」 내가 말했다.

심지어 셀리나마저도 수용 구역의 분위기에 휩쓸린 듯했다. 셀리나는 뜨개질감을 내려 둔 채 감방 안을 왔다 갔다 했다. 셀리나는 나를 보더니 눈을 끔벅거렸고, 이윽고 팔짱을 끼더니 흥분한 듯 계속해 서성였다. 나는 셀리나에게 가 두 손으로 셀리나를 꽉 잡고 진정시켜 주고 싶었다.

「폭주가 있었어요.」 내 등 뒤로 젤프 부인이 문을 닫는데 셀리나가 말했다. 「누구였나요? 호이인가요? 프랜시스인가요?」

「말해 줄 수 없는 거 잘 알잖아요.」 내가 살짝 실망하며 말했다. 셀리나는 시선을 돌렸다. 셀리나는 자기가 그런 질문을 한 건 그냥 나를 떠보기 위해서였다고 했다. 자신은 누가 그랬는지 잘 안다며, 피비 제이컵스가 그랬다고 했다. 셀리나는 제이컵스에게 구속복을 입혀 어둠 감방으로 보냈는데, 그게 과연 친절한 행동이냐고 물었다.

나는 망설이다가 제이컵스처럼 말썽을 일으키는 게 상냥한 행동이냐고 물었다.

「제 생각에, 이곳에 있는 모든 이는 친절이 무엇인지 잊고 살아요.」셀리나가 대답했다. 「그리고 아가씨 같은 숙녀가 나타나 우리를 상냥하게 대해 우리를 뒤흔들어 놓지만 않는다면 친절함을 그리워하지도 않을 테지요.」

셀리나의 목소리는 거칠었다. 제이컵스의 목소리만큼이나, 리들리 양의 목소리만큼이나 거칠었다. 나는 셀리나의 의자에 앉아 탁자 위에 두 손을 올려 놓았다. 손가락을 쭉 뻗자 손가락이 떨리는 게 보였다. 나는 지금 한 말이 진심이 아니길 바란다고 셀리나에게 말했다. 하지만 셀리나는 내 말이 끝나기 무섭게 자신이 한 말은 진심이라고 강조했다. 셀리나는 〈철창과 벽돌로 둘러싸인 감방에서 다른 여자가 폭주하는 소리를 듣고 앉아 있어야만 하는 게 얼마나 끔찍한지 아세요?〉 하고 물었다. 그건 마치 누가 자기 얼굴에 모래를 뿌리는데 눈을 깜박이지 못하는 것과 다를 바 없다고 했다. 가려우면서도 아픈 것과 마찬가지라고 했다. 「비명을 지르거나 죽을 수밖에 없어요! 하지만 비명을 지르면 자신이 짐승이라는 사실을 깨닫게 되지요! 핵스비 양이 오고, 목사가 오고, 아가씨가 오죠. 우리는 짐승이 될 수 없어요. 우리는 여자여야만 해요. 아가씨가 아예 오지 않으면 좋으련만!」

셀리나가 이처럼 초조해하고 심란해하는 모습을 본 적이 없었다. 나는 셀리나가 여자임을 자각할 수 있는 유일한 방법이 내가 방문하는 것이라면 좀 더 자주 찾아오겠노라고 했다.「오!」이윽고 셀리나는 빨간 손마디가 점점이 하얗게 될 정도로 옷소매를 꽉 움켜쥐고 외쳤다.「오! 사람들 말이 틀리지 않았군요!」

셀리나는 감방 문에서 창문 쪽으로, 다시 창문에서 감방 문 쪽으로 서성거리기 시작했다. 마치 경고를 발하는 광선 같은 가스등 불빛 아래 셀리나의 소매에 수놓인 별이 이상할 정도로 생생하게 보였다. 폭주는 죄수들 사이에 전염이 된다던 핵스비 양의 말이 떠올랐다. 셀리나가 광기에 사로잡혀서 얼굴은 피떡이 된 채 구속복 차림으로 그 어두운 감방에 던져지는 모습은 생각만 해도 끔찍했다. 나는 아주 차분한 목소리로 말했다.「누가 그런 말을 하던가요, 셀리나? 핵스비 양인가요? 핵스비 양과 목사인가요?」

「풋! 그 사람들이 그토록 현명한 말을 할 수 있을 리 없잖아요!」

내가 대꾸했다.「쉿.」젤프 부인이 셀리나의 말을 들을까 겁났다. 셀리나를 보았다. 셀리나가 누구를 말하는지 아주 잘 알았다. 내가 말했다.「당신 말은, 당신 영혼 친구들 말이군요.」「네. 영혼들이에요.」셀리나가 말했다.

영혼들. 오늘밤, 여기 어둠 속에 있으니 그 영혼들이 진짜처럼 느껴진다. 하지만 오늘 낮, 갑작스럽게 폭력에 물든 밀뱅크에서는 영혼들이 설득력 없게, 터무니없는 존재처럼 보였다. 나는 손으로 두 눈을 가린 듯하다.「당신의 영혼들 이야기를 하기에는 오늘 너무 지쳤어요, 셀리나…….」

「지쳐요?」내 말에 셀리나가 외쳤다.「영혼의 압박을 받아 본 적이 한 번도 없는 분이, 영혼의 속삭임이나 비명을 들어 본 적도, 영혼에게 잡아당겨지거나 꼬집혀 본 적도 없는 당신이?」 이제 셀리나의 눈썹은 눈물로 새까맸다. 셀리나는 더는 서성거리지 않았지만, 여전히 자기 몸을 부여잡고 떨었다.

나는 그녀의 친구들이 그토록 그녀에게 부담이 되는 줄 몰랐으며, 오히려 위안이 되는 줄로만 알았노라고 말했다. 셀리나는 불행한 목소리로 대답했다. 「영혼들은 아가씨처럼 왔다가 아가씨처럼 떠난답니다. 그러고 나면 저는 갇혔다는 사실을 더욱더 절실히 느끼며 비참해지고, 다른 이들과 같다는 생각이 더욱더 강렬히 들지요.」 셀리나는 말을 하며 다른 감방들을 향해 고개를 까닥해 보였다.

셀리나는 숨을 내뱉고 두 눈을 감았다. 그동안 나는 마침내 그녀 곁으로 다가가 두 손을 잡았다. 뭔가 평범한 행동을 해서 셀리나를 진정시키려는 생각이었다. 그리고 내 행동에 셀리나는 마음이 가라앉은 듯했다. 셀리나는 눈을 뜨더니 내 손 안에서 손가락을 움직였다. 그런데 셀리나의 손가락이 너무나도 뻣뻣하고 차가워 나도 모르게 몸을 움찔했다. 어떻게 반응을 해야 할지 아무 생각도 들지 않았다. 나는 장갑을 벗어 셀리나의 손에 올려둔 뒤 다시 그녀의 손을 잡았다. 「이러면 안 돼요.」 셀리나가 말했다. 하지만 셀리나는 손을 빼지 않았으며, 잠시 뒤 셀리나는 손바닥에 놓인 장갑의 낯선 감각을 음미하려는 듯 손가락을 살짝 구부렸다.

우리는 그런 자세로 아마 1분 정도 서 있었다. 「장갑은 가지세요.」 내가 말했다. 셀리나가 고개를 저었다. 「그러면 영혼에게 엄지 장갑을 가져다 달라고 하셔야 해요. 그게 꽃보다 더 사리에 맞는 거 아닌가요?」

셀리나는 내게서 고개를 돌렸다. 셀리나는 조용히 자신이 영혼들에게 가져다 달라고 부탁한 물건들 내역을 알면 실망할 것이라고 말했다. 셀리나는 음식과 물과 비누를, 심지어 자기 모습을 보기 위해 거울을 가져다 달라고 했단다. 영혼들은 가능하면 그 물건들을 가져다주었단다. 「하지만 다른 물건들은⋯⋯.」

셀리나는 한번은 밀뱅크의 모든 자물쇠를 여는 열쇠를 요구했단다. 그리고 평범한 옷과 돈을 요구했단다.

「끔찍한 일이라고 생각하나요?」 셀리나가 물었다.

나는 그렇지 않다고 말했다. 하지만 밀뱅크를 탈옥하는 건 아주 그릇된 일이기 때문에 영혼들이 셀리나를 돕지 않아 다행이라 생각한다고 말했다.

셀리나가 고개를 끄덕였다. 「제 친구들도 그렇게 말했답니다.」

「그렇다면 당신 친구들은 현명한 거예요.」

「아주 현명하죠. 단지 절 여기서 꺼내 줄 수 있으면서도 가둬둔다는 사실을 깨닫고는 가끔씩 너무 힘들 뿐이에요.」 셀리나의 말을 들은 내가 깜짝 놀라 몸이 굳은 모양이다. 셀리나는 계속 말했다. 「오, 맞아요. 저를 이곳에 가둬 두는 건 제 영혼 친구들이랍니다! 맘만 먹는다면 지금 당장이라도 절 풀어 줄 수 있어요. 아가씨가 저를 잡고 있는 지금이라도 제 친구들은 저를 여기서 꺼내 줄 수 있어요. 자물쇠를 따는 수고를 할 필요조차 없지요.」

셀리나는 너무 솔직해졌다. 나는 셀리나에게서 손을 뺐다. 그리고 이곳에서 보내는 시간을 쉽게 받아들일 수만 있다면 그렇게 생각해도 괜찮을 거라고 말했다. 하지만 그런 생각 때문에 주변의 진실을 그릇되게 받아들인다면 그건 안 될 말이라고 했다.
내가 말했다. 「당신을 이곳에 가둔 건 핵스비 양이에요, 셀리나.
핵스비 양과 실리토 씨와 다른 여교도관들이에요.」

셀리나가 차분히 말했다. 「저를 여기에 가둔 건 영혼들이랍니
다. 그리고 때가 될 때까지 여기에 가둬 둘 거랍니다.」

때라니요?

「영혼들의 목적이 이루어지는 때요.」

나는 고개를 설레설레 젓고는 그 목적이 무엇이냐고, 셀리나
를 벌주는 것이냐고, 그렇다면 피터 퀵에게는 왜 벌을 안 주는
지, 진짜로 벌을 받아야 할 이는 피터 퀵이지 않느냐고 물었다.
셀리나는 거의 애타는 듯한 목소리로 말했다. 「그게 아니에요.
그런 뜻으로, 핵스비 양이 생각하는 그런 이유가 아니에요! 제
말뜻은······.」

셀리나의 말뜻은 영혼의 목적이 있다는 거였다. 내가 말했다.
「당신은 전에도 이 말을 한 적이 있어요. 그때도 전 그 말을 이해
하지 못했고, 지금도 마찬가지예요. 그리고 제 생각에 당신도 이
해하지 못하는 듯해요.」

셀리나는 내게서 살짝 고개를 돌렸다가 다시 나를 바라보았
고, 나는 셀리나의 표정이 바뀐 것을 깨달았다. 셀리나는 아주
침통한 표정을 지었다. 셀리나는 거의 속삭이는 듯한 목소리로
말했다. 「저는 이제 이해하기 시작했다고 생각해요. 하지만 걱
정이 돼요.」

셀리나의 말과 표정, 어둑어둑해지는 주변. 좀 전까지는 셀리
나가 불편했고 그녀에게 엄격하게 대했지만 이제 나는 다시 셀
리나의 두 손을 잡았고, 그녀에게서 장갑을 치우고 잠시 내 손으

로 셀리나의 손을 따뜻하게 데웠다. 나는 그게 무엇인지, 무엇을 겁내는지 물었다. 셀리나는 대답하려 하지 않고 고개만 돌렸다. 그리고 내가 잡은 셀리나의 손이 그런 행동에 비틀리며 내 손에 든 장갑이 바닥에 떨어졌고, 나는 장갑을 주우려고 몸을 굽혔다.

장갑은 차갑고 깨끗한 판석 위에 떨어졌다. 그리고 장갑을 줍던 나는 장갑 옆 바닥의 하얀 얼룩을 보게 되었다. 하얀 얼룩은 반짝였으며, 눌러 보자 금이 갔다. 습기로 물러진 벽에서 떨어진 석회는 아니었다.

그건 왁스였다.

왁스. 나는 그것을 바라보며 떨기 시작했다. 그곳에 서서 셀리나를 바라보았다. 셀리나는 내 시선을 잡았던 물건이 아니라 창백해진 내 얼굴을 바라보았다. 「왜 그러죠?」 셀리나가 물었다. 「무슨 일이에요, 오로라?」 그 말을 들은 나는 몸을 움찔했다. 그 목소리 뒤에서 헬렌의 목소리가, 책의 등장인물을 따서 내게 그 이름을 붙여 준 헬렌의 목소리가 들렸기 때문이다. 한때 내게 진짜 이름이 자신과 너무나도 어울리기에 더 나은 이름을 절대로 가질 수 없으리라고 했던 헬렌의 목소리가…….

「무슨 일이에요?」

나는 셀리나의 손을 잡았다. 셀리나의 감방에서 영혼들의 목소리가 들린다고 한 주화 위조범 애그니스 내시의 말이 떠올랐다. 내가 말했다. 「당신이 두려워하는 거, 그게 뭐죠? 그자인가요? 그자가 여전히 당신에게 오나요? 밤이 되면 당신에게, 지금도, 여기까지 찾아오는 건가요?」

셀리나의 죄수복 소매 아래로 팔의 홀쭉한 살이, 그리고 그 살 아래로 뼈가 느껴졌다. 셀리나는 마치 내가 자신을 아프게 했다는 듯이 숨을 들이켰고, 그 소리를 들은 나는 옷을 잡은 손에서 힘을 빼고 한 발 뒤로 물러서 내 행동을 후회했다. 내가 생각한 건 피터 퀵의 왁스 손이었기 때문이다. 그리고 그건 밀뱅크에서 1킬로미터 넘게 떨어진 곳의 캐비닛에 들어 있으며, 셀리나에게 해를 입힐 수가 없는, 안이 텅 빈 주형일 뿐이었다.

하지만 그래도, 하지만 그래도…… 오, 뭔가 논리로는 설명할 수 없는 끔찍한 느낌이 들었으며, 그 생각을 하면 지금도 몸이 오싹하다.

그 손은 왁스로 만든 것이었다. 난 그 열람실을 떠올렸다. 밤이면 그곳은 어떨까? 조용하고, 어둡고, 정적에 잠겨 있으리라. 하지만 왁스 덩어리들이 있는 선반은 정적에 잠겨 있지 않으리라. 왁스는 꿈틀거리리라. 영혼 얼굴의 입술은 씰룩이고, 눈꺼풀은 떨리리라. 아기 팔의 움푹 들어간 곳은 팔이 펴지며 더욱 깊게 들어가리라. 셀리나의 감방에서 그녀에게서 물러설 때, 나는 그 모습을 보았고, 몸서리를 쳤다. 피터 퀵의 주먹 쥔 손의 부푼 손가락들 — 나는 보았다, 나는 보았다! — 이 펴지고 구부러졌다. 이제 그 손은 선반 위를 천천히 움직였고, 손가락은 손바닥을 이끌고 나무를 가로질러 갔다. 이제 그 손가락들은 캐비닛 문을 열고 있었다. 손가락들은 유리문에 손자국을 남겼다.

이제 왁스 덩어리가 조용한 열람실을 가로질러 기어가는 모습이 보였다. 그렇게 기어가는 동안 손가락들은 물러지고, 서로 섞여 하나가 되었다. 그렇게 녹아 내린 왁스가 거리를 천천히 가로질러, 밀뱅크로, 조용한 감옥으로, 자갈길을 지나, 감방으로 흘러들고, 문 경첩의 갈라진 틈으로, 문틈으로, 쪽문으로, 열쇠 구멍으로 천천히 스며드는 게 내 눈에 보였다. 가스 불 아래로 왁스는 창백해 보였지만 누구도 그것을 알아차리지 못했다. 왁스는 아무 소리도 없이 조용히, 조용히 천천히 움직였다. 모두가 잠든 감옥에서 오로지 셀리나만이 모래가 깔린 복도를 스르르 흘러오는 왁스의 희미한 움직임을 감지했다. 나는 왁스가 셀리나 감방 문 옆 회를 바른 벽돌을 타고 조금씩 기어오는 것을 보았다. 경첩 판을 조금씩 미는 것을, 그리고 그늘진 셀리나의 감방으로 천천히 흘러 들어오는 것을, 그리고 차가운 돌 바닥에서 다시 그 모습을 갖추는 걸 보았다. 그것이 석순처럼 뾰족해지고 단단해지는 모습을 보았다.

이윽고 그것은 피터 퀵이 되었고, 그는 셀리나를 껴안았다.

순식간의 일이었다. 그리고 너무나 생생했기에 속이 메슥거릴 정도였다. 셀리나는 다시 내게 가까이 다가왔고, 나는 그런 그녀에게서 물러섰다. 그리고 셀리나를 보며 소리 내어 웃었다. 그 웃음소리는 내 귀에도 끔찍하게 들렸다. 내가 말했다. 「오늘 저는 당신에게 아무런 도움도 되지 않는군요, 셀리나. 전 당신에게 위로가 되려고 왔어요. 하지만 오늘은 아무것도 아닌 걸로 스스로 겁만 먹고 말았네요.」

하지만 아무것도 아닌 것이 아니었다. 나는 그것이 아무것도 아닌 게 아님을 알았다.

셀리나의 발꿈치 옆에는 왁스 얼룩이 돌바닥에 퍼져 있었다. 그 얼룩은 아주 하얬다. 어떻게 저 왁스가 이곳에 올 수 있었을까? 이윽고 셀리나는 다시 한 걸음을 내디뎠고, 왁스 자국은 그녀 옷 가두리가 드리운 그늘에 가려지는가 싶더니 완전히 덮였다.

나는 셀리나와 잠시 더 있었지만, 내내 속이 메슥거렸고, 집중을 할 수 없었다. 마침내 여교도관이 지나가다가 내가 이렇게 창백하고 어색한 모습으로 있는 걸 보면 어떻게 여길까 하는 생각이 들었다. 아마도 내 표정에서 내 정신을 산만하게 하는 뭔가가 있다고 눈치채리라는 생각이 들었다. 헬렌을 방문했다가 집에 돌아갔을 때 내 표정에서 어머니가 무슨 눈치를 채면 어쩌나 하며 걱정하던 기억이 났다. 나는 젤프 부인을 불렀다. 하지만 부인은 내가 아닌 셀리나를 보았고, 우리는 복도를 따라 침묵 속에서 걸었다. 그리고 수용 구역 끝의 문에 도착했을 때, 부인은 손을 목으로 가져가 대더니 말했다. 「오늘은 이곳 여자들이 꽤 흥분해 있지요? 안타깝게도, 여기 죄수들은 늘 폭주를 한답니다.」

난 셀리나가 그런 말들을 털어놓았는데도 단지 반짝이는 왁스 조각 하나를 봤다는 이유만으로 두려워져 그녀를 홀로 두고 떠났다는 사실이 마음에 걸렸다. 하지만 셀리나에게 돌아갈 수 없었다. 나는 창살 앞에서 망설이며 서 있었을 뿐이었고, 젤프 부인은 상냥한 갈색 눈으로 그런 나를 보며 끈기 있게 기다렸다. 나는 여자들이 꽤 흥분해 있더라고 말했다. 그리고 도스, 셀리나 도스가 그 가운데 가장 흥분해 있다고 생각했다.

내가 말했다. 「여교도관 가운데 당신이 저를 안내해 주셔서 정말 기쁘답니다.」

부인은 수줍은 듯이 눈을 내리깔았고, 자신은 이곳 모든 여죄수들의 친구로 있고 싶다고 말했다. 「셀리나 도스에 대해서라면 걱정 마세요. 제가 이곳에 있는 한, 셀리나 도스가 그 어떤 피해도 입지 않도록 할 테니까요.」

이윽고 젤프 부인은 문에 열쇠를 꽂았다. 그림자에 대비되어 하얀, 부인의 커다란 손이 보였다. 다시금 나는 흐르는 왁스를 떠올렸고, 또다시 욕지기가 났다.

바깥에 나오니 날은 어두워졌고, 거리는 짙은 안개로 흐릿해 보였다. 수위가 굼뜨게 마차를 잡아 줬다. 마침내 마차에 올랐을 때, 나는 마치 안개 타래에 삼켜진 듯한 기분이 들었고, 스커트에 안개가 스며들어 그 탓에 스커트가 무거워진 느낌이었다. 오늘 저녁, 어머니가 저녁 식사를 하라며 엘리스를 보냈을 때, 나는 거울 옆에 서서 종이 뭉치로 창틀 틈을 막고 있었다.

엘리스는 내가 그곳에서 무엇을 하는지, 혹시 감기에 걸렸는지, 아니면 손을 다쳤는지 물었다.

나는 방에 안개가 스며들어 어둠 속에서 나를 숨 막혀 죽게 할까 두렵다고 말했다.

1873년 1월 25일

오늘 아침, 브링크 부인에게 가서 꼭 해야 할 말이 있다고 했다. 부인이 내게 물었다. 「영혼에 대한 건가요?」 그렇다고 말하자 부인은 나를 자기 방으로 데려갔다. 내가 의자에 앉자 부인은 내 두 손을 꼭 잡았다. 내가 말했다. 「브링크 부인, 영혼이 저를 찾아왔답니다.」 그 말을 들은 부인의 표정이 바뀌었다. 나는 부인이 누구를 떠올리는지를 알았다. 내가 말했다. 「아니요, 그분이 아니에요. 저도 처음 보는 영혼이었답니다. 제 안내자랍니다, 브링크 부인. 저를 지배하는 영혼이랍니다. 모든 영매가 기다리는 존재지요. 그런데 마침내 그자가 와서 제게 모습을 드러냈어요!」 내 말을 들은 부인이 바로 대답했다. 「그가 왔군요.」 내가 고개를 저으며 말했다. 「그, 그녀, 천상에서는 그건 아무 상관이 없답니다. 하지만 이 영혼은 지상에 있을 때는 남자였으며 이제 남자의 형태를 띠고 저를 찾아오지요. 그 영혼이 제게 온 건 강신술이 진실임을 증명하기 위해서랍니다. 그 영혼은, 브링크 부인, 부인 집에서 그 일을 하고 싶어 한답니다!」

나는 부인이 기뻐하리라 생각했지만, 부인은 그렇지 않았다.

부인은 내 손을 놓고 시선을 돌리며 말했다. 「오, 도스 양, 그게 무슨 뜻인지 안답니다! 그건 이제 우리만의 강신술을 끝내야 한다는 뜻이지요! 물론 당신을 영원히 내 곁에 둘 수 없다는 건 알아요. 하지만 당신에게 남자가 이런 식으로 접근하리라고는 생각도 하지 못했어요!」

그때서야 나는 부인이 왜 나를 그토록 가까이 뒀는지, 왜 숙녀 친구들만 나를 만나게 했는지 깨달았다. 나는 소리 내어 웃었고 다시 부인의 손을 잡았다. 내가 말했다. 「어떻게 그게 그런 뜻이 되나요? 제가 세상 전부 그리고 부인에게 쓸 힘이 없다고 생각하세요? 마저리는 자기 엄마가 떠난 뒤 다시 돌아오지 않으리라고 생각하나요? 전 마저리의 엄마가 더 나은 모습으로 오리라고 생각한답니다. 제 안내자가 그분의 팔을 잡고 도와준다면 말이죠! 하지만 우리가 그 안내자를 오지 못하게 한다면 제 힘은 손상될 거예요. 그리고 그게 무슨 뜻인지는 잘 아실 거예요.」

부인은 나를 빤히 바라보았고 얼굴은 창백해져 갔다. 부인은 속삭이는 목소리로 말했다. 「난 어째야 하나요?」 나는 약속해 둔 것을 말했다. 즉 부인의 친구 예닐곱 명에게 연락을 해서 내일 저녁에 있을 어둠의 모임에 와달라고 해야 한다고 했다. 그리고 두 번째 벽감 자리에서 감응력이 훨씬 더 강해지니 그곳으로 캐비닛을 옮겨야 한다고 했다. 그리고 영혼을 볼 수 있도록 인을 넣은 기름 단지를 준비해 두고 내게는 흰 살코기 조금과 레드 와인 말고는 아무것도 먹지 못하게 해야 한다고 일러두었다. 나는 말했다. 「이건 아주 엄청나고도 놀라운 일이 될 거예요. 전 알아요.」

하지만 나는 이것이 끔찍이 두렵다는 것을 알지 못했다. 어쨌거나 부인은 루스를 불러 내가 한 말을 그대로 반복했고, 루스는 브링크 부인의 친구들 집으로 갔다. 그리고 나중에 돌아온 루스는 일곱 명이 꼭 참석하겠노라고 했으며, 모리스 부인은 자기 조카 둘을 데려가도 괜찮냐고 물었다고 했다. 모리스 부인의 조카 어데어 자매는 지금 부인 집에 놀러 와 있으며 누구 못지않게 어둠의 모임을 좋아한단다. 그래서 도합 아홉 명이 올 예정이며 이는 내가 전에 한 어둠의 모임보다 더 많은 숫자였다. 브링크 부인은 내 얼굴을 보더니 말했다. 「왜요? 초조한 건가요? 저에게 이런저런 준비를 하라고 다 말하고서요?」 그리고 루스가 말했다. 「왜 그리 겁을 먹으세요? 이건 아주 굉장할 거예요.」

1873년 1월 26일

일요일이었고, 여느 때처럼 아침에 브링크 부인과 함께 교회에 갔다. 하지만 그 뒤에는 루스가 나를 위해 특별히 부엌에 준비해 둔 차가운 닭고기 조금과 생선 토막을 먹으러 내려간 것 말고는 계속 내 방에 있었다. 따뜻한 와인을 한 잔 받아 마신 나는 전보다 더 침착해졌고, 자리에 앉아서 사람들이 응접실로 가 말하는 소리에 귀를 기울였다. 마침내 브링크 부인이 나를 데리고 그 사람들에게 갔을 때 보니 의자들은 모두 벽감 앞에 놓여 있었으며, 여자들은 나를 빤히 바라보았고, 나는 몸을 떨기 시작했다. 내가 말했다. 「오늘 밤에 무슨 일이 벌어질지는 저도 알지 못해요. 특히나 여기엔 낯선 분들도 있으니까요. 하지만 제 안내자가 저보고 여러분과 함께 앉으라고 말했으니 저는 그 말을 따라야 한답니다.」 그러자 누군가 말했다. 「왜 캐비닛을 문이 있는 벽감 앞으로 옮긴 건가요?」 브링크 부인은 그곳에서 감응력이 더 강하기 때문이라고 대답하며 하녀가 열쇠를 잃어버린 이후

부터 벽감 문은 열린 적이 없는 데다가 문 앞에 칸막이를 해두었으니 문은 신경 쓸 필요가 없다고 말했다.

이윽고 모두가 입을 다물고 나를 빤히 바라보았다. 나는 우리가 어둠 속에서 앉아서 메시지를 기다려야 한다고 말했고, 10분 정도 그렇게 앉아 있자 톡톡 두드리는 소리가 몇 번 나서, 이건 내가 캐비닛 안으로 들어가야만 한다는 신호이며 기름 단지에 씌워 둔 천을 벗기라고 했다. 사람들은 내 말대로 했고, 벽감 위쪽, 커튼이 닿지 않는 곳의 천장에 푸르스름한 빛이 비친 게 내 눈에 보였다. 이윽고 나는 사람들에게 노래를 불러야 한다고 말했다. 사람들은 찬송가 두 곡을 마지막 절까지 불렀으며, 나는 이게 결국 성공할지 실패할지 궁금해지기 시작했고, 내가 슬플지 기쁠지 감이 오지 않았다. 하지만 그걸 궁금해하던 바로 그 순간 내 곁에서 뭔가 꿈틀거렸고, 내가 외쳤다. 「오, 영혼이 왔어요!」

하지만 그 영혼은 내가 상상하던 모습이 아니었다. 그곳에는 남자가 서 있었는데, 팔이 굵고 구레나룻은 검으며 입술은 붉다는 걸 여기에서 밝혀 두어야겠다. 나는 그 영혼을 바라보며 덜덜 떨었고 기어 들어가는 목소리로 말했다. 「오, 당신은 진짜인가요?」 그는 내 떨리는 목소리를 들었고, 이윽고 그의 이마가 물처럼 매끈해졌으며, 그는 싱긋 웃더니 고개를 끄덕였다. 브링크 부인이 외쳤다. 「그게 뭔가요, 도스 양, 거기 누가 있나요?」 내가 말했다. 「뭐라고 말해야 할지 모르겠어요.」 그러자 그는 몸을 굽히더니 입을 내 귀에 아주 가까이 대고 말했다. 「네 주인이라고 말해.」 그래서 나는 그렇게 말했고, 그 영혼은 나를 떠나 방으로 갔고, 그를 본 사람들이 〈어머나!〉 〈어이쿠!〉 〈영혼이닷!〉 하고 외치는 소리가 내 귀에 들렸다. 모리스 부인이 외쳤다. 「당신은 누군가요, 영혼이시여?」그러자 영혼은 우렁찬 목소리로 대답했다. 「내 영혼 이름은 〈무적〉이지만 지상에서 살았을 때의 이름은 피터 퀵이지. 너희 죽을 운명의 존재들은 나를 지상의 이름으로 불러야 해. 내가 너희들에게 나타날 때는 남자의 모습을 하고 나타날 것이기 때문이야!」그러자 누군가 말하는 소리가 들렸다. 「피터 퀵.」그리고 그녀가 그 단어를 말할 때 나도 함께 그 단어를 말했다. 나 역시 그때까지 영혼의 이름을 몰랐기 때문이다.

이윽고 브링크 부인이 말하는 게 들렸다. 「우리 사이를 지나가실 건가요, 피터?」하지만 피터는 그렇게 하지 않은 채 가만히 서서 사람들의 질문을 받았다. 사람들은 피터와 함께 있는 내내 그가 수많은 질문에 대해 진실된 답을 주는데 놀라서 감탄사를 연발했다. 이윽고 피터는 우리가 그를 위해 미리 준비해 둔 담배를 피웠으며, 레모네이드가 담긴 잔을 들더니 맛을 보았고, 껄껄거리며 말했다. 「흠, 적어도 독주 한 방울 정도는 넣었어야지.」누군가가 피터가 사라지고 나면 레모네이드는 어찌 되는 거냐고 물었고, 피터는 잠시 생각에 잠기더니 말했다. 「도스 양의 위에 남게 될 거야.」피터가 잔을 들고 있는 모습을 본 레이놀즈 부인이 말했다. 「당신 손을 만져 봐도 될까요, 피터? 당신 손이 얼마나 단단한지 알고 싶어요.」피터는 미심쩍어하는 듯했지만 마침내 레이놀즈 부인에게 가까이 오라고 말했다. 피터가 말했다. 「그래, 어떤 느낌이 들지?」그러자 부인이 대답했다. 「따뜻하고 단단하군요.」피터가 껄껄거렸다. 이윽고 피터가 말했다. 「이런, 당신이 내 손을 좀 더 오래 잡고 있길 바랐는데. 나는 당신처럼 아름다운 여인이 전혀 없는 경계지에서 왔거든.」하지만 피터는 커튼 쪽을 향해 이 말을 했다. 나를 놀리려는 게 아니라 마치 〈내 말 들려? 내가 예쁘다고 생각하는 게 누구인지 저 여자가 어떻게 알겠어?)라고 말하는 듯했다. 하지만 피터의 말에 레이놀즈 부인은 몸을 흔들어 대며 까르르거렸고, 피터가 커튼 뒤로 돌아와 내 얼굴에 손을 댔을 때 그의 손바닥에서 부인이 몸을 흔들어 대는 냄새가 나는 듯했다. 이윽고 나는 사람들에게 다시 큰 소리로 노래를 부르라고 외쳤다. 누군가 말했다.「도스 양은 괜찮을까요?」그러자 브링크 부인이 나는 영혼을 다시 내 안으로 집어 넣고 있으며 그 과정이 완전히 끝나기 전까지는 방해해서는 안 된다고 대답했다.

이윽고 나는 다시 혼자가 되었다. 가스등을 켜달라고 외친 뒤 사람들 앞으로 나갔다. 하지만 너무나 몸이 떨려 제대로 걸을 수가 없었다. 그 모습을 본 사람들은 나를 소파에 뉘었다. 브링크 부인이 종을 울려 하인을 불렀고, 그 소리에 제니가 먼저 왔고 다음에 루스가 왔다. 루스가 말했다.「어머, 무슨 일이래요? 멋 졌나요? 왜 도스 양이 이렇게 창백한가요?」루스의 목소리를 들은 나는 전보다 더욱더 몸을 떨었으며, 브링크 부인은 이를 알아차리고 내 두 손을 잡고 문질러 주며 말했다.「너무 약해진 건 아니죠?」루스는 내게서 실내화를 벗기고 두 손으로 내 발을 잡더니 몸을 굽히고 따뜻한 입김을 불었다. 하지만 마침내 어데어 자매 가운데 언니가 루스에게 말했다.「됐어요. 이제 내가 할게요.」이윽고 그녀는 내 옆에 앉았고, 다른 숙녀가 내 손을 잡았다. 어데어 양이 조용히 말했다.「오, 도스 양, 저는 그 영혼에 비견될 만한 걸 본 적이 없어요! 어둠 속에서 그 영혼이 당신 곁에 나타났을 때는 어떤 느낌이었나요?」

사람들이 떠날 때, 두세 명은 나에게 주라며 루스에게 돈을 맡겼고, 루스의 손에서 주화가 짤그랑거리는 소리가 들렸다. 하지만 너무나도 피곤했기에 그 주화가 페니인지 아니면 파운드인지 신경 쓸 여력이 없었다. 어두운 곳으로 가 머리를 누일 수 있다는 사실만으로도 기뻤다. 나는 계속 소파에 누워 있었다. 이어서 루스가 빗장을 잠그는 소리가 들렸고, 브링크 부인이 자기 방으로 올라가서 침대에 들어가 기다리는 소리가 들렸다. 이윽고 나는 부인이 누구를 기다리는지 깨달았다. 나는 계단을 올라가 손을 내 얼굴에 댔고, 루스는 그런 나를 보더니 고개를 끄덕였다. 「그래야 착한 아이죠.」 루스가 말했다.

3부

1874년 11월 5일

어제 날짜로 아빠가 세상을 떠난 지 2년이 되었다. 그리고 오늘 동생 프리실라가 마침내 첼시 교회에서 아서 바클레이와 결혼을 했다. 프리실라는 적어도 내년 봄이 시작될 때까지는 런던을 떠나 있는다. 둘은 이탈리아로 10주간 신혼여행을 갔다가 곧바로 워릭셔로 돌아갈 예정이며, 우리도 그곳에 가서 1월부터 봄까지 함께 지내는 게 어떻겠냐는 이야기가 나오고 있다. 하지만 지금은 별로 그 일에 대해 생각하고 싶은 기분이 들지 않는다. 나는 어머니, 헬렌과 함께 교회에 앉아 있고, 프리실라가 스티븐과 함께 들어왔으며, 바클레이 집안의 아이 가운데 한 명이 꽃이 담긴 바구니를 들고 왔다. 프리실라가 하얀 베일을 쓰고 제의실에서 걸어 나오자 아서가 뒤로 돌았고, 그러자 지난 6주 동안 무표정한 얼굴로 지내려 애쓴 프리실라의 노고가 마침내 빛을 발했다. 프리실라가 그렇게 예뻐 보인 건 처음이었기 때문이다. 어머니는 손수건으로 눈물을 콕콕 찍었고, 교회 문가에서 엘리스가 훌쩍이는 소리가 들렸다. 프리실라는 당연히 이제 자기 전담 하녀가 있었다. 매리시스의 가정부가 보내 준 하녀였다.

교회에서 프리실라가 나를 지나쳐 가는 걸 보면 무척이나 슬플 거라고 생각했는데, 실제로 겪어 보니 그렇지 않았다. 둘에게 작별 키스를 할 때, 그리고 프리실라의 짐이 담긴 상자들이 끈에 묶여 이름표가 붙은 걸 보았을 때 살짝 감상에 젖었을 뿐이었다. 겨자색 망토 — 지난 24개월 사이에 색이 들어간 옷은 이게 처음이었다 — 를 걸친 프리실라는 눈이 부셨으며 밀라노에서 선물을 보내겠노라고 약속했다. 한두 명이 호기심 또는 동정 어린 시선으로 나를 힐긋거리는 듯했지만, 스티븐의 결혼식 때처럼 많지는 않았다. 내 생각에, 이전까지 나는 어머니의 짐이었다. 하지만 이제는 어머니의 위안이다. 아침 식사 때 사람들은 이렇게 말했다. 「그래도 마거릿이 남아 있는 걸 다행으로 생각하세요, 프라이어 부인. 마거릿은 자기 아버지를 쏙 빼닮았어요! 이제 그 아이가 부인에게 위로가 될 거예요.」

어머니는 나를 보며 위안을 느끼지 않는다. 어머니는 자기 딸을 보며 자기 남편의 얼굴과 버릇을 상기하고 싶어 하지 않는다! 결혼 축하객들이 모두 돌아가고 난 뒤, 어머니가 고개를 흔들며 한숨을 쉬고 집을 서성이는 것을 발견했다. 「정말 조용하구나!」 마치 내 동생이 아이이고, 계단을 오르내리며 꺅꺅거리던 소리를 그리워하는 듯한 목소리였다. 나는 어머니를 따라 프리실라의 침실 문까지 갔고, 어머니와 함께 텅 빈 선반을 물끄러미 바라보았다. 선반에 있던 물건들은 상자에 넣어 매리시스로 보냈다. 심지어 어린아이용 물건까지 남김없이 보냈다. 프리실라는 자기 딸을 위해 그 물건을 가지고 있고 싶어 하는 듯했다. 내가 말했다. 「점차 방들이 텅 비어 가네요.」 그러자 어머니는 다시 한숨을 쉬었다.

이윽고 어머니는 침대로 가서 커튼 하나를 떼어 내고 침대 겉이불도 걷어 내면서, 축축해지거나 곰팡이가 필까 봐 그런다고 했다. 그리고 종을 울려 비거스를 부르더니 매트리스를 들어내고, 양탄자를 걷어 먼지를 떨어내고 벽난로 창살을 닦게 시켰다. 어머니와 함께 응접실에 앉아 있는데 평소와 다르게 부산을 떠는 소리가 들렸다. 어머니는 성마른 목소리로 비거스가 〈굼벵이처럼 굼뜨다〉고 투덜거렸고, 시계를 보며 한숨을 쉬며 〈프리실라가 이제는 사우스햄튼쯤에 있겠구나〉라고 말하거나 〈이제는 영국 해협을 건너고 있겠구나……〉라고 말하곤 했다.

〈시계 소리가 정말 크구나!〉 어머니는 이렇게 말하기도 했다. 이윽고 고개를 돌려 앵무새가 앉아 있던 곳을 물끄러미 바라보더니 〈걸리버가 사라지고 나니 정말 조용하네〉라고 말했다.

어머니는 동물을 집에 들이면 이게 안 좋다고 말했다. 동물이 있는 것에 익숙해지면 나중에 그게 사라졌을 때 마음이 허전해진다는 것이다.

시계는 계속 째깍거렸다. 우리는 결혼식과 하객 이야기를, 그리고 매리시스의 집, 아서의 예쁜 누이들과 그녀들이 입은 드레스에 대해 이야기했다. 그리고 얼마 지나지 않아 어머니는 바느질감을 꺼내더니 바느질을 하기 시작했다. 그리고 9시쯤 되었을 때 내가 평소처럼 자리에서 일어나 안녕히 주무시라고 말하자 어머니는 날카롭고 이상한 시선으로 나를 바라보았다. 어머니가 말했다. 「날 혼자 두고 가지 말렴. 혼자 두면 멍하니 있을 것만 같구나. 가서 네 책을 가져오렴. 내게 책을 좀 읽어 주겠니. 네 아버지가 돌아가시고 나서는 내게 책을 읽어 준 사람이 아무도 없구나.」 나는 어머니가 안됐다는 생각이 들면서도 당황해서, 어머니는 내가 보는 책을 좋아하지 않을 거라고 했다. 하지만 어머니는 자기가 좋아할 만한 책, 소설이나 서간집을 가져오라고 대답했다. 그리고 내가 멍하니 서서 어머니를 바라보는 동안, 어머니는 일어나 벽난로 옆에 있는 상자로 가더니 아무 책이나 하나 골라 꺼냈다. 『어린 도릿』[1] 첫 권이었다.

그래서 나는 어머니에게 책을 읽어 주었고, 어머니는 의자에 앉아 바느질을 했으며, 종종 시계를 힐긋거렸고, 비거스를 불러 케이크와 차를 내오게 했고, 비거스가 잔을 쓰러뜨리자 혀를 찼다. 크레몬에서는 불꽃놀이가 시작되었고, 거리에서는 간간히 고함과 웃음소리가 들려왔다. 나는 책을 읽었지만 어머니는 별로 열심히 듣는 것 같지 않았고, 웃거나 얼굴을 찡그리거나 고개를 갸우뚱하지도 않았다. 하지만 읽기를 멈추면 어머니는 고개를 끄덕이며 〈계속 읽으렴, 다음 장까지 계속 읽어〉라고 말하곤 했다. 나는 책을 읽으며 속눈썹 아래로 슬쩍 슬쩍 어머니를 살폈다. 그리고 또렷하고도 무시무시한 광경이 마음속에 그려졌다.

어머니가 나이 들어 가는 게 그려졌다. 어머니가 늙고 허리가 구부정해지고 불평불만이 늘어 가는 게 보였다. 가는귀도 약간 먹으리라. 그리고 슬퍼하는 모습이 보였다. 아들과 총애하는 딸이 다른 곳에 살림을 차리고 즐겁게 살고, 그 집에서는 아이들이 북적이고, 발소리로 시끄럽고, 젊은이들이 있고, 새 드레스를 차려입기 때문이다. 그리고 자신의 위안이라고 남들이 이야기하는 딸은 최신 유행 옷과 음식보다는 감옥과 시를 더 좋아하며, 그래서 전혀 위안이 되지 않는 노처녀 딸만 없었더라면 자신도 그곳에 초대받아 그 행복을 함께 할 수 있을 터이기 때문이다.

1 찰스 디킨스의 작품이다.

프리실라가 떠나고 나면 이렇게 되리라는 것을 어째서 나는 예견하지 못했을까? 나는 오로지 내 질투만을 생각했다. 이제 이렇게 앉아서 어머니를 지켜보고 있노라니 두려운 생각이 들었고, 내 두려움이 부끄러웠다.

그리고 어머니가 일어나 자기 방으로 가자, 나는 창으로 가 창밖을 바라보며 서 있었다. 비가 오는데도 크레몬의 숲 너머에서는 사람들이 여전히 폭죽을 쏘아 올렸다.

그게 오늘 저녁이었다. 내일 저녁에는 헬렌이 친구인 파머 양과 우리 집에 온다. 파머 양은 곧 결혼할 예정이다.

나는 스물아홉이다. 석 달 뒤면 서른이 된다. 어머니는 나이가 들어 구부정해지고 불평불만이 많아지겠지만, 나는 어떻게 될까?

나는 생기 없어지고 창백해지고 종이처럼 얇디얇은 나뭇잎이 되어 우울한 검은 책의 책장 속에 끼어 잊히리라. 어제 그러한 나뭇잎을 한 장 보았다. 담쟁이 잎이었는데 아빠 책상 뒤쪽 책장의 책 사이에 있었다. 어머니에게 아빠 편지를 좀 살펴보겠노라고 말한 뒤 아빠 서재에 갔을 때였다. 하지만 내가 그곳으로 간 건 단지 아버지를 그리기 위해서였다. 서재는 아빠가 계실 때 그대로였고, 압지 위에는 아빠가 쓰던 펜이 있었고, 인장, 시가 커터, 돋보기 따위가 그대로 놓여 있었다…….

암에 걸린 걸 알게 되고 2주 뒤에 아빠가 저 앞에 서 있던 모습을 기억한다. 당시 아빠는 내 쪽으로 얼굴을 돌리고 억지웃음을 지어 보였다. 아빠가 어렸을 때 아빠의 유모는, 환자는 자기 모습을 거울에 비춰보면 안 된다고 했단다. 환자의 영혼이 거울로 날아가 환자를 죽일 수도 있기 때문이다.

이제 나는 그 거울 앞에 오랫동안 서서 그 안에서 아빠를 찾아본다. 아빠가 죽기 전 그 어떤 흔적은 없는지 찾아본다. 단지 내 모습만이 보일 뿐이다.

1874년 11월 10일

오늘 아침에 1층에 내려갔더니 아빠의 모자 세 개가 모자걸이에 걸렸고 지팡이 역시 예전에 놓던 그 자리 벽에 기대어 있었다. 순간 나는 정신이 아찔해지며 내 로켓을 떠올렸다. 나는 생각했다. 〈셀리나가 한 거야. 집안사람들에게 이 일을 어떻게 설명해야 하지?〉 하지만 그때 엘리스가 나타나더니 나를 이상한 눈으로 보았고, 자초지종을 설명했다. 어머니가 이 물건들을 내놓으라고 한 거였다. 어머니는 혹시 도둑이 들더라도 이 물건이 있는 걸 보면 집 안에 남자가 있다고 생각해 겁먹고 도망갈 거라고 믿었다! 또한 어머니는 경찰에게 체이니 워크를 순찰하도록 부탁했고, 그래서 내가 밖에 나가면 그 경찰은 모자에 손을 대고는 〈좋은 오후입니다, 프라이어 양〉이라고 말한다. 아마도 어머니는 다음번에는 요리사에게 장전된 총을 베개 아래에 두고 자게끔 하리라. 칼라일 가족이 했던 것처럼 말이다. 그러면 요리사는 밤에 몸을 뒤척이다가 머리에 총을 맞게 될 거고, 어머니는 〈빈센트 부인처럼 커틀릿과 스튜 요리를 잘하는 요리사는 없는데, 이를 어째〉라며 아쉬워하리라.

하지만 나는 냉소적이 되어 가고 있다. 헬렌이 내게 그렇게 말했다. 헬렌은 저녁에 스티븐과 함께 이 집에 왔다. 나는 둘이 어머니와 이야기하게 두고 내 방으로 왔지만 잠시 뒤 헬렌이 내 방문을 두드렸다. 헬렌은 자주 그랬다. 내 방에 와서 잘 자라고 인사를 했고, 나는 그런 헬렌의 행동에 익숙했다. 하지만 이번에는 헬렌이 손에 무엇인가를 들고 있었다. 헬렌이 어색하게 들고 있는 것은 클로랄 병이었다. 헬렌은 내 시선을 피하며 말했다. 「널 만나러 가는 걸 보고 네 어머니가 약을 가져다주라고 하셨어. 나는 네가 좋아하지 않을 거라고 말했지. 하지만 어머니는 계단을 오르는 게 힘들다고 하시더라. 계단을 오르락내리락하면 다리가 아프시대. 그리고 하인보다는 내가 더 믿음직하다고 하시네.」

헬렌보다는 차라리 비거스가 그걸 가져오는 게 나았으리라고 생각한다. 내가 말했다. 「다음번에는 응접실에 나를 세워 놓고 손님들 앞에서 숟가락으로 약을 먹이려 드시겠네. 그리고 어머니가 너 혼자 자기 방에 가서 그 약병을 가져오게 한 거야? 어머니가 그걸 어디에 두는지 알게 됐으니 영광인 줄 알아. 내게는 말씀 안 해주시거든.」

클로랄과 가루약이 혼합되어 담긴 유리잔 위로 헬렌의 얼굴에 고통이 서리는 것을 지켜보았다. 헬렌이 약을 건네자, 나는 그것을 책상 위에 올려놓았다. 그러자 헬렌이 말했다. 「네가 그걸 먹을 때까지 여기서 지켜봐야 해.」 나는 잠시 뒤에 먹겠노라고 말했다. 그리고 헬렌을 방에 붙잡아 두기 위해 약을 늦게 먹을 생각은 없으니 그런 걱정은 안 해도 된다고 했다. 그 말에 헬렌은 얼굴을 붉혔고, 내게서 고개를 돌렸다.

오늘 아침, 프리실라와 아서가 파리에서 보낸 편지가 도착했고, 우리는 그 편지에 대해 간단히 이야기를 나눴다. 내가 말했다. 「결혼식 이후 내가 이곳에서 얼마나 숨막혀 하며 지내는지 알아? 그런 내가 이기적이라고 생각해?」 헬렌은 대답을 망설였다. 이윽고 헬렌은 동생이 결혼을 했으니 당연히 지금이 내게는

303

어려운 시기일 거라고 말했다.

　나는 헬렌을 물끄러미 바라보았고, 고개를 저었다. 나는 〈오, 그런 이야기를 너무나도 많이 들었어!〉라고 했다. 내가 열 살 때 스티븐이 학교를 갔고, 사람들은 그때가 〈어려운 시기〉라고 말했다. 왜냐하면 나는 무척이나 영리했는데 왜 학교에 가는 대신 여자 가정교사를 두어야 하는지 이해할 수 없을 거라고 생각했기 때문이다. 스티븐이 케임브리지에 갔을 때도 같은 말이 있었다. 그리고 집에 돌아와 법조계로 진출했을 때도 같은 말을 들었다. 프리실라가 커가며 아주 예뻐졌을 때도 사람들은 내게 어려운 시기라고 말했다. 물론 내가 너무나도 평범하게 생겼기 때문이다. 그리고 스티븐이 결혼하고, 아빠가 죽고, 조지가 태어나고, 이런저런 일들이 꼬리에 꼬리를 물고 일어났을 때도 사람들은 언제나 당연하다는 듯이 내가 그런 일들에 고통스러워할 거라고 여겼다. 나이 든 노처녀라면 당연히 그래야 한다는 듯이 말이다. 내가 말했다. 「하지만 헬렌, 사람들이 지금이 어려운 시기라고 생각한다면 왜 상황을 더 쉽게 바꾸지 않는 걸까? 내게 약간의 권한만 허용된다면…….」

　헬렌은 어떤 권한이냐고 물었다. 그리고 내가 대답을 하지 않자 헬렌은 내가 가든 코트에 더 자주 가야 한다고만 말했다. 「너와 스티븐을 보려고 말이지.」 내가 쌀쌀하게 말했다.

　「조지를 보러 말이지.」 헬렌은 프리실라가 돌아오면 분명 우리를 매리시스로 초대할 거고, 거기에 가면 내 일상에 변화를 줄 수 있을 거라고 했다. 내가 외쳤다. 「매리시스! 그리고 프리실라는 나를 저녁 식사 때 부목사의 아들 옆에 앉히겠지. 그리고 낮시간 동안에는 아서의 노처녀 사촌과 함께 검은 딱정벌레들을 녹색 모직 천을 바른 판에 붙이는 걸 도울 거고.」

헬렌은 나를 유심히 살폈다. 이윽고 헬렌은 내가 냉소적이 되었다고 말했다. 나는 내가 언제나 냉소적이었지만 헬렌이 그걸 그렇게 표현한 적이 없었을 뿐이라고 했다. 예전에 헬렌은 내가 용감하다고 표현했다. 색다르다고 말했다. 그리고 그 때문에 나를 사모하는 듯했다.

그 말에 헬렌은 다시 얼굴이 붉어졌고, 한숨을 쉬었다. 헬렌은 내게서 멀어져 침대 쪽으로 걸어갔고, 그 모습을 본 내가 곧장 말했다. 「침대에 너무 가까이 가지 마! 우리가 예전에 한 키스들이 그곳에서 유령처럼 떠도는 걸 모르는 거야? 너무 가까이 가면 그 키스들이 너를 덮쳐 겁을 줄 거야.」

「오!」 헬렌이 외쳤고, 주먹으로 침대 기둥을 치더니 침대에 앉아 두 손으로 얼굴을 가렸다. 헬렌은 영원히 자기를 고문할 셈이냐고 물었다. 헬렌은 내가 용감하다고 생각했다. 심지어 지금도 내가 용감하다고 생각한다. 하지만 나 역시 헬렌이 용감하다고 생각했다. 헬렌이 말했다. 「하지만 난 네가 원한 것만큼 훌륭한 존재였던 적이 없었어, 마거릿. 그리고 이제 내 절친한 친구로 있을 수 있는데도, 오! 난 정말로 너와 친구로 있고 싶어! 그런데 너는 이걸 싸움으로 변질시키고 있어! 이러는 거 너무 지쳐.」

헬렌은 고개를 저었고 두 눈을 감았다. 나는 헬렌의 피로를 느낄 수 있었고, 그 피로는 내 것이 되었다. 그것은 어둡고 묵직하게 나를 덮쳐 왔다. 내가 먹던 그 어떤 약보다도 더 어둡고 무거웠다. 죽음처럼 무거웠다. 나는 침대를 바라보았다. 가끔 난 그 침대에서 우리들의 키스를 본 듯했다. 커튼에 박쥐처럼 매달려 당장이라도 내게 달려들 것만 같은 느낌이 들곤 했다. 그리고 지금은 내가 침대 기둥을 흔들어 댄다면 그 키스들이 떨어져 산산조각이 나 결국 가루가 될 거라고 생각했다.

내가 말했다. 「미안해.」하지만 실제로는 그런 감정이 들지 않았다. 그리고 한 번도 그런 적이 없으며 앞으로도 그럴 리가 없으면서도 다음처럼 말했다. 「다른 누가 아니라 너와 결혼한 게 스티븐이라 기뻐. 스티븐이 네게 친절히 잘해 줄거라 믿어.」

헬렌은 스티븐은 자신이 아는 사람 가운데 가장 친절하다고 대답했다.

이윽고 헬렌은 망설이다가 말하길, 자신이 생각하기에 내가 조금만 더 사교적이 되면 친절한 남자들이 많이 있다고…….

나는 생각했다. 친절하겠지. 분별 있고, 멋진 사람들이겠지. 하지만 그 사람들이 네가 될 수는 없잖아.

하지만 그 말을 하지는 않았다. 그런 말을 해봤자 아무 소용이 없다는 사실을 알았다. 대신 그냥 평범하고, 따뜻한 말을 했다. 무슨 말을 했는지는 기억나지 않는다. 그리고 잠시 뒤 헬렌이 와 내 뺨에 키스를 하고 방을 떠났다.

헬렌은 클로랄 병을 가지고 왔다. 하지만 결국은 내가 약을 마시는 것을 확인하지 못했다. 약병은 내 책상 위에 놓여 있고, 물은 맑고 묽고 눈물처럼 약하며, 잔 아래에는 클로랄이 진흙처럼 가라앉아 있다. 좀 전에 나는 일어나 액체를 따라 내고 숟가락으로 약을 퍼냈다. 숟가락이 닿지 않는 바닥에는 손가락을 넣어 약을 떠냈고, 그런 뒤 손가락을 빨았다. 이제 입맛이 아주 쓰며 입술은 감각을 잃었다. 아마 피가 날 정도로 혀를 깨물어도 느끼지 못하리라.

1874년 11월 14일

음, 어머니와 나는 『어린 도릿』을 20장까지 읽었고, 일주일 내내 나는 정말 착하고 참을성 많은 딸로 지냈다. 우리는 윌리스 부인 집에 차를 마시러 갔고, 파머 양과 약혼자와 함께 가든 코트에서 저녁 식사를 했다. 우리는 하노버 스트리트의 양장점에 갔다. 그리고 맙소사! 턱이 좁은 얼굴에 새침한 표정을 짓고 목은 포동포동한 여자들이 선웃음을 치며 내 앞에서 걷는 동안, 양장점의 숙녀는 스커트 안에 있는 〈파유〉나 〈그로젤리〉 또는 〈플라르〉 같은 천을 자세히 보여 주려고 스커트 주름을 들쳐 올렸다. 참으로 끔찍한 광경이었다. 내가 혹시 회색은 없냐고 묻자 그 숙녀는 이상한 눈으로 나를 보았다. 좀 더 간소하고 평범하고 깔끔한 드레스는 없냐고 하자 뼈대가 들어간 드레스를 입은 여자를 보여 주었다. 그 여자는 작고 맵시 있었다. 모양이 잘 잡힌 부츠에 든 발목 같아 보였다. 나는 내가 그 드레스를 입는다면 칼집에 든 칼 같아 보이리라는 것을 알았다.

나는 담황색 새끼 염소 가죽 장갑을 샀다. 그리고 여남은 쌍을 더 사서 추운 감방에 있는 셀리나에게 가져다줄 수 있으면 좋겠다고 생각했다.

내 생각에, 어머니는 여전히 우리가 큰 진전을 이루고 있다고 믿는 듯하다. 오늘 아침, 식사를 할 때 어머니는 은 상자에 든 선물을 내게 주었다. 어머니가 주문해 만든 명함이었다. 가장자리는 검은색으로 둥그렇게 테두리가 되어 있었고, 우리 이름이 찍혀 있었다. 어머니 이름이 먼저였고, 그 밑으로는 약간 덜 화려한 서체로 내 이름이 있었다.

명함을 보자 마치 주먹을 쥐듯이 위가 오그라드는 느낌이 들었다.

나는 거의 두 주 동안 어머니에게 감옥 이야기를 하지 않았으며 그곳을 방문하지도 않았다. 이 모두가 어머니와 함께 외출을 하기 위해서였다. 나는 어머니 역시 이 사실을 짐작하고 또한 고마워하리라고 여겼다. 하지만 오늘 아침에 어머니는 내게 명함을 가져다준 뒤 자신은 외출을 할 생각인데 같이 갈지 아니면 그냥 계속 책을 읽을지를 물었다. 내 기억에 나는 그 즉시 밀뱅크에 가겠노라고 말했다. 그러자 어머니는 정말로 놀랐다는 듯이 날카로운 눈으로 나를 쏘아보았다. 어머니가 말했다. 「밀뱅크라고? 이제 거기 가는 건 그만둔 줄 알았는데?」

「그만둔다뇨? 어떻게 그런 생각을 할 수 있어요, 어머니?」

어머니는 핸드백 여미개를 채웠다. 「네 맘대로 하렴.」 어머니가 말했다.

나는 프리실라가 떠나기 전처럼 하고 싶다고 말했다. 「프리실라가 없는 것 말고는 달라진 게 아무것도 없잖아요.」 어머니는 아무 대답도 하지 않았다.

어머니의 새로운 신경질, 일주일 동안 벌어진 끈질긴 방문들, 『어린 도릿』은 내가 밀뱅크 방문을 〈그만뒀다〉는 터무니없는 추측을 낳았고, 그 모든 것이 작용하여 나를 울적하게 만들었다. 잠시 멀리했다 다시 가본 밀뱅크는 언제나처럼 비참해 보였으며, 그곳에 수용된 여자들은 그 어느 때보다도 더 가엾었다. 엘런 파워는 열이 있었으며 기침을 한다. 너무나 심하게 기침을 하기 때문에 몸이 다 들썩일 정도이며, 입술을 닦는 천에 핏자국이 묻어난다. 상냥한 젤프 부인이 추가로 준 고기며 진홍색 플란넬도 결국 아무 소용이 없었다. 〈검은 눈 수〉라는, 낙태주의자 집시 여인은 이제 얼굴에 더러운 붕대를 둘렀으며 손가락으로 더듬거리며 양고기를 먹어야만 한다. 그녀는 낙담해서 또는 광기에 빠져서 식사용 나이프로 자신의 검은 눈 한쪽을 찔렀으며, 자기 독방으로 돌아온 지 이제 3주도 되지 않았다. 여교도관 말에 따르면 나이프는 눈을 완전히 관통해서 이제 그 눈은 멀었단다. 감방들은 여전히 식품 저장 창고처럼 춥다. 수용 구역 사이를 안내하던 리들리 양에게 사람들을 이렇게 춥고 절망적인 가운데 두고 아프게 하는 것이 어떻게 그들에게 도움이 될 수 있느냐고 물었다. 리들리 양이 말했다. 「우리는 이자들을 도우려고 이곳에 있는 게 아닙니다, 아가씨. 우리는 이자들을 벌주려고 있는 겁니다. 세상에는 가난하거나 아프거나 배고픈 처지에 놓인 착한 사람들이 너무나도 많기 때문에 우리는 나쁜 자들까지 돌볼 여유가 없답니다.」 그러며 덧붙이길, 〈잽싸게 바느질을 했다면〉 모두가 따뜻하게 지냈을 거라고 했다.

말했듯이, 나는 파워에게 갔다. 그 다음에는 쿡, 그리고 다음에는 헤이머를 만났다. 그리고 셀리나에게 갔다. 내 발소리를 들은 셀리나는 고개를 들더니 여교도관의 경사진 어깨 너머로 나와 시선을 마주쳤고, 눈이 밝게 빛났다. 그 순간, 단지 밀뱅크뿐 아니라 셀리나에게서 떨어져 있는 게 얼마나 어려운 일인지 깨달았다. 속에서 뭔가 꿈틀하는 듯한 느낌이 들었다. 아마도 배 속에서 아기가 처음으로 발길질을 했을 때가 바로 이런 느낌이리라.

내가 그런, 그토록 작고 조용하고 비밀스러운 느낌을 느끼는 게 문제일까?

그 순간 셀리나의 감방에서 그런 건 아무 문제도 아닌 듯했다.

셀리나는 자신을 찾아 주었다고 너무나도 고마워했기 때문이다! 셀리나가 말했다. 「지난번에 제가 정신이 없을 때 저를 잘 참아 주셨어요. 그리고 오랫동안 오지 않았죠. 그리 오랜 시간이 지난 게 아니란 건 알아요. 하지만 저에게는 *끔찍할* 정도로 길게 느껴졌어요. 그래서 아가씨가 오기 않기에 저는 아마 당신이 마음을 바꿔 다시는 이곳에 오지 않기로 한 모양이라고 생각했어요…….」

나는 지난번 방문을, 그리고 그게 얼마나 기묘했으며 나를 기묘한 공상에 잠기게 했는지를 떠올렸다. 나는 셀리나에게 그런 생각을 할 필요가 없다고 말했다. 그러면서 돌바닥을 보았다. 이제 그곳에 흰 줄무늬는 사라지고 없었다. 왁스나 기름, 심지어 회반죽 자국도 보이지 않았다. 나는 집에서 이런저런 할 일들이 있었기 때문에 잠시 동안 이곳을 방문할 수 없었노라고 말했다.

셀리나는 고개를 끄덕였지만 슬퍼 보였다. 그녀는 자기 생각에 내게 친구가 많을 거라고 했다. 그래서 밀뱅크에 오니 친구들과 시간을 보내고 싶어 하는 게 당연하다고 했다.

내 일상이 얼마나 지루하고 공허한지를 셀리나가 알 수 있다면 좋으련만! 내 하루가 그녀의 하루만큼이나 더디게 가는 걸 알아주면 좋으련만! 나는 그녀의 의자에 가서 앉았고, 팔을 탁자 위에 올려놓았다. 프리실라가 결혼했으며 그 이후 어머니는 내가 더 오래 집에 머물기 원한다는 이야기를 했다. 셀리나는 나를 보며 고개를 끄덕였다. 「동생이 결혼했군요. 남편은 좋은 분이고요?」 나는 그렇다고 말했다.

「그러면 동생이 결혼해서 당신은 행복하겠군요.」 그 말에 내가 단지 웃어 보이며 대답을 하지 않자 셀리나는 내 곁에 더 가까이 다가왔다.

셀리나가 말했다. 「제가 보기엔, 오로라, 당신은 동생을 살짝 부러워하는지도 몰라요.」

내가 싱긋 웃어 보였다. 그녀의 말이 맞다고 대답하며 덧붙여 말했다. 「동생에게 남편이 있어서가 아니에요. 그건 절대 아니에요! 제가 부러운 건, 음, 뭐라고 말해야 하나, 동생은 진화를 했거든요, 당신의 영혼들 가운데 하나처럼요. 동생은 집을 떠났어요. 그리고 저는 남았고요. 완전히 정체된 상태로 말이죠.」

「그러면 당신은 저와 같은 처지로군요.」 셀리나가 말했다. 「사실, 당신은 밀뱅크에 있는 우리 모두와 같은 처지죠.」

나는 그렇다고 말했다. 하지만 이곳에 갇힌 사람들은 형기가 정해져 있으나 내 경우에는……

나는 눈을 내리깔았다. 하지만 여전히 셀리나의 시선을 느낄 수 있었다. 셀리나는 동생에 대해 좀 더 이야기해 줄 수 있냐고 물었다. 나는 셀리나가 나를 이기적이라고 생각할 거라고 말했다. 그 말에 셀리나가 즉시 대답했다. 「어머! 절대 그렇지 않아요.」

「아니, 제 말이 맞아요. 동생이 신혼여행 가는 걸 도저히 지켜볼 수가 없었어요. 동생에게 키스하는 것도, 잘 가라고 말하는 것도 견딜 수가 없었어요. 부러웠으니까요! 오, 제 혈관에는 피 대신 식초가 흐를 거예요!」

나는 망설였다. 하지만 셀리나는 여전히 나를 살폈다. 그리고 마침내 그녀는 조용한 목소리로, 이곳 밀뱅크에서 진실을 말하는 걸 부끄러워할 필요가 없다고 말했다. 이곳에서 내 말을 들을 수 있는 존재는 돌벽과 자신뿐이며, 자신은 돌과 마찬가지로 입을 다물고 아무에게도 말하지 않겠노라고 했다.

셀리나는 전과 다름없는 투였다. 하지만 오늘은 그게 무척이나 설득력 있게 들렸고, 마침내 내가 입을 열자 단어들이 마치 팽팽한 실에 꿰여 세게 내 가슴속에서 끌려 나오는 듯했다. 내가 말했다. 「동생은 이탈리아로 떠났어요, 셀리나. 그리고 저는 바로 그곳에 갈 예정이었어요. 아빠 그리고 친구와 함께요.」 나는 밀뱅크에서 헬렌에 대해 이야기한 적이 한 번도 없었다. 그냥 우리는 피렌체와 로마에 갈 예정이었다고만 말했다. 그곳에서 아빠는 문서 보관소와 화랑들을 다니며 연구를 하고, 내 친구와 나는 아빠를 도울 생각이었다고 했다. 이탈리아가 내게는 심취의 대상이자 상징이 되었다고 했다. 「우리는 프리실라가 결혼하기 전에 그곳에 갈 예정이었어요. 어머니가 혼자 남지 않도록요. 이제 프리실라가 결혼했죠. 그런데 프리실라가 그곳에 갔죠. 그곳에 가려고 치밀하게 계획을 짰던 저와는 달리, 대충 내키는 대로 계획을 짜서 말이죠. 하지만 저는……」

마지막으로 운 지 굉장히 오래되었기에, 나는 내가 거의 흐느끼기 직전인 것을 깨닫고는 경악하고 부끄러움을 느꼈고, 셀리나에게서 고개를 돌려 표면이 울퉁불퉁 일어난 석회 벽 쪽으로 향했다. 내가 다시 셀리나 쪽으로 고개를 돌렸을 때, 그녀는 전보다 더 가까이 다가와 있었다. 그녀는 탁자 가장자리 쪽으로 몸을 숙이고 두 팔을 그 위에 올린 채 턱을 팔목에 괴고 있었다.

그녀는 내가 아주 용감하다고 말했다. 한 주 전에 헬렌이 한 말이었다. 그 말을 다시 들은 나는 하마터면 웃음을 터뜨릴 뻔했다. 내가 말했다. 용감하다뇨! 모든 걸 꾹꾹 참는 게 말인가요! 차라리 터뜨려 버려야 하는데 그럴 수 없고, 그러지 못했고, 심지어 금지당했는데 그게 어떻게…….

셀리나가 고개를 저으며 다시 말했다. 「용감한 거예요. 우리 모두가 기다리는 이곳 밀뱅크로 온 게요……」

셀리나는 내 가까이 있었고, 감방은 추웠기에 나는 그녀의 온기를, 생명력을 느낄 수 있었다. 하지만 이제 그녀는 내게서 시선을 떼지 않은 채 자리에서 일어났다. 셀리나가 말했다. 「당신이 그토록 부러워하는 동생 말인데요, 뭘 그리 부러워하는 건가요? 동생이 뭘 그리 멋진 일을 했는데요? 당신은 동생이 진화했다고 생각하지만 정말 그럴까요? 남들 다 하는 일을 한 것뿐인데요? 동생은 단지 다른 사람들과 좀 더 비슷해졌을 뿐인걸요. 그게 현명한 일일까요?」

나는 프리실라를 떠올렸다. 아빠를 닮은 나와는 달리 스티븐과 어머니를 닮은 프리실라. 나는 20년 뒤 자기 딸을 꾸짖고 있을 프리실라를 상상했다.

하지만 내가 말했듯이, 사람들은 똑똑한 걸 원치 않는다. 적어도 여자들에게서는 원치 않는다. 「여자들은 똑같이 행동하도록 교육받고 자라죠. 그게 여자들의 기능이에요. 저 같은 여자들만이 사회 체계를 엇나가게 하고 흔들고……」

그러자 셀리나는 같은 일을 반복하기 때문에 우리가 〈지상에 묶여〉 있는 거라고 말했다. 우리는 지상을 벗어날 운명을 지니고 태어났지만 우리가 변화하기 전에는 결코 그럴 수 없노라고 했다. 그리고 남녀에 대해서는, 우선 그런 구분부터 없애야 한단다.

나는 셀리나의 말을 이해할 수 없었다. 그녀가 싱긋 웃더니 말했다. 「우리가 천상으로 갈 때, 지상의 모습을 그대로 가져갈 거라고 생각하나요? 육체에 관련된 걸 찾는 건 새로이 영혼이 되어 어리둥절한 상태에 빠진 존재들뿐이에요. 그리고 안내자가 그런 영혼들에게 오면 영혼들은 안내자를 물끄러미 보며 뭐라고 말해야 할지 알지 못하죠. 그리고 결국 이렇게 묻죠. 〈당신은 남자인가요, 여자인가요?〉 하지만 안내자는 둘 다 아니며 동시에 둘 다이기도 해요. 그리고 영혼 역시 둘 다 아니며 동시에 둘 다이고요. 그것을 이해했을 때에만 영혼은 더 높은 곳으로 올라갈 준비가 된 거고요.」

나는 셸리나가 설명하는 세상, 셸리나의 말에 따르면 아빠가 있는 세상을 상상해 보려 애썼다. 옷도 입지 않고 성별이 없는 아빠를, 그리고 그 옆에 내가 있는 모습을 상상해 보았다. 그 생각을 하니 끔찍했으며, 식은땀이 났다.

내가 말했다. 그렇지 않아요. 당신이 말한 건 옳지 않아요. 그럴 리가 없어요. 어떻게 그럴 수가 있나요? 그건 혼돈이에요!

「그건 오히려 자유예요.」

하지만 내게는 특징이 없는 세상이자 사랑이 없는 세상 같아 보였다.

「그건 사랑으로 이루어진 세상이에요. 당신 동생이 남편을 사랑하는 그런 사랑만 있을 거라고 생각했나요? 수염을 기른 남자가 여기 있고, 저쪽에는 드레스를 입은 여자가 있는 그런 광경만 생각하나요? 영혼들이 사는 곳에는 수염이나 드레스란 게 없다고 제가 말하지 않았던가요? 당신 동생의 남편이 죽고, 동생이 다른 남자를 받아들여야 한다면 동생은 어떻게 될까요? 동생이 친구들을 가로질러 갈 때 누구에게 날아갈까요? 천상에서 동생은 누군가에게 날아가야 하거든요. 천상에서 우리 모두는 누군가에게 날아가야 해요. 우리 모두는 우리 영혼이 분리되어 나왔던 곳으로, 우리의 빛나는 반쪽을 찾아 날아가야만 해요. 당신 동생 남편이 바로 그 반쪽일 수도 있죠. 그러길 저도 바라고요.

하지만 어쩌면 동생이 만나는 다음 남자일 수도 있어요. 아닐 수도 있고요. 또한 지상에서는 절대로 생각도 못 한, 그릇된 경계 너머에 있기 때문에 만나지 못한 그런 사람일 수도 있어요…….」

젤프 부인이 순찰을 돌고, 주위에서는 3백 명의 여자들이 기침을 하고 투덜거리고 한숨을 쉬고, 빗장이 덜그럭거리고 열쇠가 달그락거리는 와중에, 문이 굳게 닫힌 감방 안에서 이런 기묘한 이야기를 했다니, 지금 생각해도 놀랍기만 하다. 하지만 셀리나의 녹색 눈이 나를 지켜보는 동안에는 그런 생각이 들지 않았다. 다만 나는 셀리나를 바라보며 그 목소리에 귀를 기울였을 뿐이다. 그리고 마침내 내가 입을 열었을 때는 이렇게 물었다. 「그 영혼의 반쪽이 자기 가까이에 있다면 그걸 어떻게 알 수 있나요, 셀리나?」

셀리나가 대답했다. 「알게 될 거예요. 우리가 숨을 쉬기 전에 공기를 찾던가요? 사랑이 인도해 줄 거예요. 그리고 자기의 반쪽이 온다면 저절로 알게 될 거예요. 그리고 그렇게 되면 그 사랑을 자기 곁에 두려고 무슨 일이든 하게 될 거예요. 왜냐면, 그것을 잃는 건 죽음이나 마찬가지기 때문이죠.」

셀리나는 여전히 내게 시선을 고정하고 있었다. 하지만 이제 나는 그녀의 눈빛이 점차 이상해지는 것을 알아차렸다. 셀리나는 마치 모르는 사람을 보는 눈으로 나를 보았다. 이윽고 셀리나는 마치 자기 자신을 너무나 드러내 보여 부끄럽다는 듯이 고개를 돌렸다.

나는 다시금 그녀가 갇힌 감방 바닥을 보며 왁스 흔적을 찾아보았다. 아무것도 보이지 않았다.

1874년 11월 20일

프리실라와 아서에게서 또 편지가 왔다. 이번에는 이탈리아 피아첸차에서 보낸 것이다. 셀리나에게 그 얘기를 하자 그녀는 내게 그 이름을 서너 번 반복해 말하게 했다. 「피아첸차, 피아첸차…….」 그리고 셀리나는 내가 그 단어를 말하는 것을 들으며 싱긋 웃었다. 셀리나가 말했다. 「시에서 나올 법한 이름이군요.」

나 역시 종종 그런 생각을 했다고 말했다. 그리고 아빠가 살아 계셨을 때, 나는 잠에서 깨면 누워서 기도문이나 시를 외우는 대신 베로나, 레조, 리미니, 코모, 파르마, 피아첸차, 코첸차, 밀라노…… 하는 식으로 이탈리아의 도시 이름을 죽 외웠다고 했다. 그리고 그곳을 직접 보면 어떤 느낌일지 상상하며 오랜 시간을 보냈다고 말했다.

셀리나는 내가 아직도 그곳을 볼 수 있을 거라고 했다. 나는 싱긋 웃었다. 「그럴 수 없을 거예요.」

「하지만 당신은 아직 시간이 많잖아요. 언젠가는 이탈리아에 갈 수 있어요!」 셀리나가 말했다. 내가 말했다. 「어쩌면요. 하지만 예전의 내 모습으로 가지는 못해요.」

「지금 있는 모습으로요, 오로라. 아니면 곧 될 모습으로요.」

그리고 셀리나는 내가 시선을 돌릴 때까지 나를 똑바로 바라보았다.

이윽고 셀리나는 내게 그토록 이탈리아를 동경하는 이유가 무엇이냐고 물었다. 나는 즉시 대답했다. 「오, 이탈리아! 저는 이탈리아가 세상에서 가장 완벽한 곳이라고 생각해요…….」 그곳이 내게 어땠을지 상상해 보라고, 오랫동안 아빠의 일을 돕는 게 어땠을지 상상해 보라고, 책들에서 그리고 인쇄물들에서 검은색, 흰색, 회색, 탁한 진홍색으로 찍힌 이탈리아의 훌륭한 그림과 조각상을 보는 게 얼마나 멋졌을지 상상해 보라고 말했다. 「하지만 우피치 미술관과 바티칸에 가는 건요, 프레스코 벽화가 그려진 평범한 시골 교회에 발을 디딘다는 건요, 제 생각에 그건 색과 빛의 세계로 들어 가는 거라고요!」 나는 피렌체의 기벨리나 거리에 있는 집에 대해 말했다. 그곳에 가면 미켈란젤로가 쓰던 방이 있으며, 그가 신던 실내화며, 짚던 지팡이, 글을 쓰던 작은 방을 볼 수 있다고 말해 주었다. 나는 말했다. 그런 걸 본다고 상상해 봐요. 라벤나에 있는 단테의 무덤을 보는 걸 상상해 봐요. 1년 내내 따뜻하고 긴 낮 시간을 상상해 봐요. 모퉁이마다 분수가 있고, 오렌지 꽃이 핀 가지가 보이는 모습을 상상해 봐요. 오렌지 꽃 향기로 가득한 거리를, 우리가 걷는 거리에 안개가 자욱하게 낀 모습을 상상해 봐요! 「그곳 사람들은 느긋하고 솔직해요. 영국 여자들은 아마도 자유로이, 아주 자유로이 그곳을 활보하고 다닐 수 있을 거예요. 바다가 반짝이는 모습을 상상해 봐요! 그리고 베네치아도요! 바다의 일부인 그곳을, 보트를 빌려 베네치아를 가로지르는 모습을요……」

나는 계속 말했다. 그러다가 문득 흥분한 내 목소리를 자각했고, 셀리나가 기쁨에 겨워 말하는 내 목소리를 들으면서 싱긋 웃으며 선 걸 깨달았다. 셀리나는 창문을 향해 반쯤 고개를 돌리고 있었고, 그 얼굴을 비추는 빛 때문에 얼굴의 날카롭고 비대칭적인 선이 아주 또렷하게 보였다. 나는 셀리나의 얼굴을 처음 살펴보았을 때의 흥분이 떠올랐고, 그 모습에서 크리벨리의 〈진리〉를 떠올린 기억이 났다. 그리고 그 기억 때문에 내 표정이 바뀐 모양이다. 셀리나가 왜 갑자기 말이 없는지, 무슨 생각을 하는지 물었기 때문이다.

나는 피렌체의 미술관을, 그리고 그곳에 걸린 그림을 생각했다고 말했다.

셀리나는 그 그림이 내가 아빠와 친구와 함께 연구하고 싶던 그림이냐고 물었다.

나는 아니라고, 그 그림은 계획을 세울 당시에는 내게 아무런 의미도 없던 작품이었다고 대답했다…….

셀리나는 내 대답을 이해하지 못하고 얼굴을 찡그렸다. 그리고 내가 더는 말을 하려 들지 않자 고개를 설레설레 젓더니 이윽고 웃음을 터뜨렸다.

셀리나는 다음번에는 그렇게 소리 내어 웃지 않도록 조심해야만 한다. 젤프 부인이 나를 꺼내 주고 수용 구역을 지나 여자 감옥에서 남자 감옥으로 이어지는 문에 도착했을 때, 누군가가 나를 불렀다. 돌아보니 핵스비 양이 다소 굳은 얼굴로 다가왔다. 지난번 징벌방을 같이 다녀온 뒤로 핵스비 양을 본 적이 없었다. 당시 어둠 속에서 핵스비 양 곁에 딱 붙어 있던 기억이 나면서 나는 얼굴이 붉어졌다. 핵스비 양은 잠깐 시간을 내줄 수 있느냐고 물었다. 내가 고개를 끄덕이자 핵스비 양은 나를 안내하던 젤프 부인을 보낸 뒤 나와 함께 문을 지나 복도로 들어섰다.

「어떻게 지내시나요, 프라이어 양?」 핵스비 양이 입을 열었다. 「지난번에 뵈었을 때는 워낙 정신이 없어서 그동안 이곳에 다니시며 어떤 결과가 있었는지 여쭤 보지도 못했어요. 제가 게으르다고 생각하실 듯하네요.」 핵스비 양은 사실 자신은 이곳 여교도관들이 나를 잘 보살폈을 거라고 믿으며 부하에게서 보고를 받았다고 했다. 「그리고 제 대리인 리들리 양에게서 특히 자세히 보고를 받았답니다.」 그리고 말하길, 그 보고에 따르면 내가 자기 도움 없이도 잘 해나가고 있단다.

이전까지는 내가 이곳에서 하는 행동이 보고의 대상이 되거나 핵스비 양과 그 직원들 사이 대화의 주제가 되리라고는 한 번도 생각한 적이 없었다. 나는 핵스비 양이 책상에 올려 둔 커다랗고 짙은 표지의 인성 기록부를 떠올렸다. 그리고 혹시 거기에 〈숙녀 방문객들〉이라는 특별 칸이 있는 건 아닐까 궁금해졌다. 하지만 나는 단지, 이곳 여교도관들이 모두가 큰 도움이 되었으며 무척이나 친절하다고만 말했다. 우리는 수위가 문을 열어 주는 동안 걸음을 멈췄다. 당연한 말이지만, 핵스비 양이 가진 열쇠고리는 남자 수용 구역 문을 여는 데는 아무 쓸모가 없었다.

이윽고 그녀는 내가 만난 죄수들이 어땠는지 물었다. 그녀는 엘런 파워와 메리 앤 쿡의 예를 들며 내가 자신들에게 무척이나 친절히 대해 줬다고 끊임없이 말한다고 했다. 「제 생각에 프라이어 양은 그 사람들 친구가 된 듯하더군요! 죄수들은 그 가치를 알게 될 거예요. 숙녀가 자기들에게 관심을 보인다면 그 사람들이 자기 자신에게 관심을 갖는 데 큰 도움이 될 거랍니다.」

나는 그러길 바란다고 말했다. 핵스비 양은 나를 힐긋 보더니 시선을 돌렸다. 그녀는 물론 그렇게 우정을 쌓아 가는 과정에서 죄수가 잘못된 길로 빠져들 위험은 늘 존재하며, 그렇게 되면 죄수가 자기 자신에게 너무나 큰 관심을 보이게 된다고 말했다. 「우리 죄수들은 많은 시간을 혼자 보내야 하고, 그러다 보면 상상력이 다소 심해지는 경우가 있답니다. 숙녀가 와서 죄수를 만나고 〈친구〉라고 부르며 시간을 보내지만, 그러고 나면 그 숙녀는 다시 자기 세상으로 돌아가지요. 물론 죄수는 그럴 수 없고요.」핵스비 양은 내가 그런 위험을 이해하길 바란다고 했다. 나는 이해할 수 있다고 생각했다. 하지만 핵스비 양은 머리론 쉽게 이해할 거 같아도 실제론 이해하지 못하는 경우가 종종 있다고 했다…….

마침내 핵스비 양이 말했다. 「혹시 프라이어 양이 저희 죄수들 일부에게 좀 과도하게 흥미를 보이는 건 아닌가 걱정이 되네요.」

그 말을 듣는 순간은 걸음을 늦춘 듯하다. 그리고 곧 좀 전보다 빠르게 걸었다. 물론 핵스비 양이 누구를 말하는지 알았다. 그녀의 말을 듣는 즉시 깨달았다. 하지만 나는 물었다. 「어떤 죄수들을 말하시는 건가요, 핵스비 양?」

그녀가 대답했다. 「유독 딱 한 명 그런 사람이 있답니다, 프라이어 양.」

나는 그녀를 보지 않았다. 내가 말했다. 「아마도 셀리나 도스를 말하시는 듯한데요?」

그녀가 고개를 끄덕였다. 그녀는 여교도관들 보고에 따르면 내가 밀뱅크를 방문하는 시간 가운데 상당 부분을 도스의 감방에서 보낸다고 했다.

리들리 양이 말한 모양이군. 씁쓸한 생각이 들었다. 나는 생각했다. 당연히 제재를 가하겠지. 이미 머리도 짧게 잘랐고, 밖에서 입던 옷도 다 압수했는걸. 더러운 감옥용 옷을 입고 땀을 흘리게 하고, 아무 쓸모없는 노동을 시켜 곱던 손이 거칠어지게 했잖아. 그러니 나를 만나며 느낀 자그마한 편안함과 안도감을 빼앗으려는 게 당연하지. 그리고 다시금 셀리나를 처음 만난 때가, 그녀가 두 손에 제비꽃을 들고 있던 모습이 떠올랐다. 당시 나는 확실히 알았다. 처음 본 그 순간부터 알고 있었다. 여교도관들이 그 꽃을 발견했다면 당장에 빼앗아 짓이겨 버리리라는 사실을 말이다. 지금 우리의 우정을 그렇게 짓이기려고 하듯이. 규칙에 위배된다는 구실로.

하지만 물론, 나는 그런 씁쓸한 감정을 내보일 정도로 철이 없지는 않았다. 그저 도스 양에게 특별한 관심을 보인 게 사실이며, 방문객이 특별히 몇몇 죄수에게 관심을 보이는 게 보통일 거라 생각했노라고 말했다. 핵스비 양은 그렇다고 대답했다. 핵스비 양은 숙녀 방문객들이 죄수들에게 큰 도움이 되며, 죄수들이 자기 상황에 적응하도록 도와주고, 예전의 부끄러운 삶에서 멀어지고, 예전의 나쁜 영향에서 벗어나 새로운 삶을 살도록 해주며, 어떤 경우에는 결혼을 해 영국을 떠나 식민지로 가게 이끌기도 한다고 말했다.

핵스비 양은 날카로운 눈으로 계속 바라보며 혹시 내가 셀리나 도스에게 그렇게 할 계획이 있는지 물었다.

나는 셀리나에 대해서 어떤 계획도 가지고 있지 않노라고 말했다. 단지 셀리나에게 필요한 작은 위안을 주고 싶을 뿐이라고 했다. 내가 말했다. 「당신은 셀리나의 과거에 대해 아시잖아요. 그리고 지금 셀리나 도스가 처한 상황이 얼마나 특별한지도요.」 나는 셀리나는 하녀로 들어갈 훈련이나 받을 사람이 아니라고 말했다. 그녀가 사려 깊고 감수성이 예민하며 사실상 거의 숙녀라고 했다. 「저는 다른 어떤 죄수보다도 셀리나 도스가 엄격한 감옥 생활로 큰 영향을 받는다고 생각한답니다.」

잠시 뒤 핵스비 양이 말했다. 「프라이어 양은 뚜렷한 자기 주관을 가지고 감옥을 방문하셨어요. 하지만 여기 밀뱅크에서는, 아시다시피, 그 생각이 좀 다르답니다.」 그녀는 싱긋 웃었다. 우리는 이제 우리 치마가 서로 스치고 겹칠 정도로 좁은 통로에 들어섰다. 그녀는 여교도관들 눈으로 보자면 꼭 있어야 할 경우가 아니라면 그 어떤 차별도 있어서는 안 되고, 도스 양의 경우는 이미 필요한 모든 조치가 취해진 상태라고 했다. 그러고는 이어서 내가 계속 한 죄수에게만 특별한 관심을 보인다면 자신은 크게 실망할 것이며, 다른 죄수들이 불만을 보여 결국 밀뱅크를 방문할 수 없게 될 거라고 말했다.

그녀는 요약하자면 앞으로는 도스 양을 지금보다 덜 만나고 방문하는 시간도 줄여 주면 자신과 부하 직원들이 고맙게 여기겠노라고 했다.

나는 핵스비 양에게서 시선을 돌렸다. 처음에 느낀 씁쓸함이 다시 돌아왔고 이제는 공포가 되어 다가왔다. 셀리나가 소리 내어 웃던 모습이 떠올랐다. 처음 셀리나를 만났을 때, 그녀는 시무룩하고 슬픈 표정만 지었을 뿐 절대로 웃음 짓지 않았다. 밀뱅크에서는 시간이 너무나 천천히 흐른다면서 내가 찾아오길 얼마나 기다렸는지 말하던 모습이, 그리고 내가 찾아가지 않았을 때 실망했다고 하던 모습이 떠올랐다. 어쩌면 이 사람들은 내가 셀리나를 만나지 못하게 막고 셀리나를 어둠 감방으로 데려가 그곳에 가둬 둘지도 모른다는 생각이 들었다!

그리고 동시에, 어쩌면 이 사람들은 나 역시 그곳으로 데려가 가둘지도 모른다는 생각이 들었다.

내가 그런 생각을 한다는 것을 핵스비 양이 눈치채게 하고 싶지 않았다. 하지만 그녀는 여전히 나를 살피는 듯했고, 이제 우리는 1번 오각형의 문에 도달했다. 그곳 수위 역시 약간 호기심 어린 눈으로 나를 보았으며, 나는 얼굴이 화끈 달아오르는 것을 느꼈다. 두 손을 앞으로 모아 꽉 움켜쥐었다. 그때 우리 뒤쪽 복도에서 발소리가 들렸고, 나는 누군가 하고 돌아보았다. 실리토 씨였다. 그는 내 이름을 불렀다. 실리토 씨는 여기서 만나다니 정말 반갑다고 말했다. 그리고 핵스비 양을 향해 고개를 까닥해 보였고, 내 손을 잡았다. 그는 이곳을 방문하는 일은 잘되어 가냐고 물었다.

내가 말했다. 「생각하던 대로 잘되어 간답니다.」 나는 아주 침착하게 말했다. 「하지만 핵스비 양이 제게 주의를 주셨어요.」 「아.」 실리토 씨가 말했다.

핵스비 양은, 어느 한 죄수에게 너무 특혜를 주지 않아야 한다는 조언을 했노라고 말했다. 내가 한 죄수를 감싸고 돈다고 했으며 — 핵스비 양은 〈감싸고〉라는 단어를 아주 묘하게 발음했다 — 그 때문에 그 죄수가 동요하는 듯 보였다고 했다. 그 죄수는 〈영능력자〉인 도스라고 했다.

그 말을 들은 실리토 씨는 좀 전과 살짝 다른 어조로 〈아〉 하고 말했다. 그는 자신도 종종 셀리나 도스를 떠올리며 새로운 환경에 잘 적응하는지 궁금해한다고 했다.

나는 그에게, 새로운 규칙 때문에 셀리나가 무척 힘들어한다고 말했다. 그녀가 허약해졌다고도 말했다. 그러자 그는 즉시 놀라운 일도 아니라고 대답했다. 셀리나와 같은 유형은 모두가 허약하며, 바로 그렇기 때문에 소위 그들이 〈영적〉이라 부르는 비자연적인 존재의 영향을 받는 거라고 했다. 그들 안에 영적인 게 담겨 있을 수도 있지만, 하느님과 관련이 없는 자들이며, 성스러운 존재도, 착한 존재도 아니며, 모두가 언젠가는 사악한 존재임이 밝혀져야 한다고 주장했다. 그리고 도스가 바로 그 증거란다! 그러면서 그는 영국의 모든 영능력자들이 도스 양과 함께 나란히 감옥에 갇혔으면 좋겠단다!

나는 실리토 씨를 물끄러미 바라보았다. 내 옆에서 핵스비 양이 망토를 어깨 주위로 약간 높이 끌어올렸다. 나는 느릿느릿하게, 그의 의견이 옳다고 말했다. 내 생각에 도스는 뭔가 이상한 힘에 이용당하고 영향을 받은 것 같다고 했다. 하지만 그녀는 상냥하며 감옥의 고독한 생활을 힘겨워한다고 했다. 환상이 찾아들 때 그녀 혼자 힘으로는 그런 환상을 떨쳐 낼 수 없으며 이끌어 줄 사람이 필요하다고 말했다.

「다른 죄수들에게 그러하듯이, 우리 여교도관들이 이끌어 줄 수 있습니다.」 핵스비 양이 말했다.

나는 도스 양에게는 감옥 내부 사람이 아닌, 방문객이 친구로서 대하면서 그렇게 해줄 필요가 있다고 말했다. 그녀가 일을 하는 동안, 또는 정적에 잠긴 수용 구역에서 밤에 가만히 누워 있는 동안 생각을 단단히 여며 줄 대상이 필요하다고 했다. 「바로 그럴 때에 그런 으스스한 영향들을 받는 듯하거든요. 그리고 제가 말한 대로 도스 양은 허약해요. 또 그러한 것들 때문에 곤란해하고요.」

여교도관은 죄수들이 곤란해하고 좌절할 때마다 그 응석을 다 받아 주려면 여성 방문객을 떼로 들여야 한다고 했다.

하지만 실리토 씨는 눈을 살짝 가늘게 뜨더니 발로 복도의 판석을 툭툭 치며 생각에 잠겼다. 나는 그의 얼굴을 보았고, 핵스비 양도 그의 얼굴을 바라보았다. 우리 둘은 마치 솔로몬 왕 앞에서 한 아이가 서로 자기 아이라 주장하며 열을 올리는 두 여인처럼 실리토 씨 앞에 서 있었다.

그리고 마침내 실리토 씨는 핵스비 양을 보며, 자기 생각에 〈프라이어 양이 옳은 듯합니다〉라고 했다. 자신들에게는 죄수들에게 벌을 줄 의무뿐 아니라 보호해야 할 의무가 있다고 했다. 그리고 도스 양의 경우에는 보호하는 게 벌주는 것보다 조금은 더 우선해야 하는 듯하다고 했다. 그리고 진짜로 숙녀들이 떼로 필요하다고 했다. 「우리는 프라이어 양이 그 일을 위해 자기 시간을 이렇게 할애해 주는 걸 고마워해야 합니다.」

핵스비 양은 자신도 그 점에 대해 고마워한다고 말했다. 그녀는 실리토 씨에게 무릎을 굽혀 인사를 했고, 열쇠 꾸러미에서 둔탁한 소리가 울렸다.

핵스비 양이 가고 나자 실리토 씨가 다시 내 손을 잡았다. 「아가씨 아버지가 무척 자랑스러워하셨을 겁니다. 지금 이 모습을 그분이 보셨으면 얼마나 좋아하셨을까요!」

1873년 3월 10일

어둠의 모임에 참가하려고 온 사람이 너무나 많아서, 방이 다 차자 입구에 제니를 세워 두고 나중에 온 사람들에겐 명함을 받고 다음 저녁에 다시 와달라고 말해야 할 정도였다. 남자와 함께 온 경우도 있었지만, 대부분은 여자였다. 피터는 여자를 좋아 했다. 그는 여자들 사이로 다니며 여자들이 자기 손을 잡아 보게 하고 콧수염을 만져 보게 했다. 자기 담배에 불을 붙이게도 했다. 피터는 〈이럴 수가, 정말 아름답군요! 당신은 낙원의 이쪽에 서 본 가장 아름다운 분입니다!〉라고 말하곤 한다. 피터가 그런 식으로 말을 하면 사람들은 깔깔거리며 〈어머, 참 짓궂기도 하셔라!〉라고 대꾸하곤 한다. 사람들은 피터 퀵이 하는 키스는 키스라고 생각하지 않는다.

피터는 남자들을 못살게 군다. 피터는 남자를 보면 〈지난주에 아주 예쁜 여자 집을 찾아가는 걸 봤어. 그 여자는 당신이 가져간 꽃다발을 좋아하지 않더군!〉이라고 말하며 남자의 아내를 살피곤 하며, 또한 휘파람을 불면서 〈흠, 이쪽과 관련된 소문을 내가 좀 알지. 하지만 더는 말하지 않을 거야〉라고 말하곤 한다.

그러고는 이렇게 말한다. 「나는 비밀을 지킬 줄 아는 사나이라고, 걱정 마!」 오늘 밤 어둠의 모임에는 남자가 한 명 참가했다. 하비 씨로, 실크해트를 쓰고 왔다. 피터는 그 모자를 받아 자기 머리에 쓰더니 응접실을 걸어 다녔다. 피터가 말했다. 「이제 나도 멋쟁이가 되었군. 나를 새빌 로[2]의 피터 퀵이라고 불러 줘. 이런 모습을 한 날 영혼 친구들에게 보여 주고 싶은걸.」 그러자 하비 씨가 말했다. 「원하면 갖게나.」 그러자 피터가 놀란 목소리로 대답했다. 「정말로 그래도 되나?」 하지만 피터는 캐비닛으로 돌아오자 실크해트를 보여 주며 속삭였다. 「흠, 이걸로 뭘한다? 브링크 부인 방의 요강에 넣어 놓을까?」 그 말을 들은 내가 소리 내어 웃었고, 밖에서 내 웃음소리를 들은 사람들이 궁금해하며 이유를 물었고, 나는 〈아, 피터가 자꾸 저에게 장난을 치네요!〉라고 외쳤다.

물론 사람들이 나중에 캐비닛을 살펴보았을 때 그곳은 텅 비었고, 모두들 고개를 설레설레 저으며 피터가 하비 씨의 실크해트를 가지고 영계로 돌아갔다고 생각했다. 하지만 나중에 사람들은 실크해트를 찾았다. 그것은 복도의 그림대에 놓여 있었다. 챙은 망가졌고 모자 춤은 뻥 뚫려 있었다. 하비 씨는, 친구로 가져가기에는 너무 단단한 물건이라서 피터가 모자를 가져갈 수 없었지만, 그럼에도 피터는 참으로 용감하게도 그걸 가지고 가려고 시도했던 거라고 말했다. 그는 실크해트를 마치 유리 제품처럼 조심스레 들어올렸다. 하비 씨는 그것을 액자에 넣어 영혼이 만진 기념품으로 삼을 생각이라고 했다.

하지만 루스는 나중에 내게 그 모자는 새빌 로 제품이 아니라

2 런던의 쇼핑가. 맞춤 남성복 전문 거리로 유명하다.

베이스워터의 싸구려 재단사에게서 사 온 거라고 했다. 그리고
하비 씨가 부자처럼 행동하기는 하지만 모자 쪽 취향은 완전히
싸구려라고 말했다.

1874년 11월 21일

아직 자정은 아니지만 몹시 춥고 <u>으스스</u>하며, 피곤하고 클로랄 때문에 멍하다. 하지만 집은 조용하고 나는 이것을 적어야만 한다. 오늘은 셀리나의 영혼이 방문한 흔적을 발견했기 때문이다. 그리고 이곳이 아니라면 어디에 그것을 말할 수 있단 말인가?

그것은 내가 가든 코트에 있을 때 왔다. 나는 오늘 아침 가든 코트에 가서 오후 3시까지 머물다가 집에 돌아왔으며, 언제나 그러하듯 곧장 내 방으로 왔다. 그리고 그 즉시 뭔가 변한 것을 알아차렸다. 방이 어두웠기 때문에 뭐가 달라졌는지를 볼 수는 없었지만 느낄 수 있었다. 처음 떠오른 끔찍한 생각은 어머니가 내 책상을 뒤져 이 일기책을 발견하고는 앉아서 차근차근 읽어 보았으리라는 것이었다.

하지만 일기책 때문이 아니었다. 나는 한 걸음 더 내디뎠고, 뭐가 달라졌는지 볼 수 있었다. 벽난로 선반의 꽃병에 꽃다발이 꽂혀 있었다. 꽃병은 내 책상에 있던 것으로, 이제는 오렌지 꽃이 꽂혀 있었다. 영국의 겨울에 오렌지 꽃이!

나는 곧바로 꽃병으로 다가갈 수가 없었다. 여전히 망토를 두르고 벗은 장갑을 꽉 쥔 채 그냥 가만히 서 있었다. 벽난로에서는 불이 타올랐고 공기는 따뜻했으며, 꽃향기가 났다. 방에 들어서자마자 뭔가 달라졌다고 느낀 건 아마도 향기 때문이었으리라. 그리고 이제는 그 향기 때문에 몸이 떨렸다. 셀리나는 나를 기쁘게 하려고 이랬겠지만 두려웠다. 영혼들 때문에 셀리나가 무서워졌다!

이윽고 생각했다. 나도 참 멍청하지! 이건 아빠의 모자를 보았을 때랑 같은 거야. 프리실라가 보낸 걸 거야. 프리실라가 이탈리아에서 꽃을 보낸 거야……. 그리고 꽃다발로 가서 그것을 들고 얼굴에 대보았다. 프리실라가 보낸 거야, 프리실라가 보낸 것뿐이야. 나는 생각했다. 하지만 송곳처럼 파고들었던 공포가 사라지자 그 빈자리를 날카로운 실망감이 채웠다.

그러나 여전히 확신할 수 없었다. 나는 확실히 해야 한다고 생각했다. 꽃병을 내려놓고는 종을 울려 엘리스를 부른 뒤 엘리스가 문을 여는 소리가 들릴 때까지 방을 서성거렸다. 하지만 들어온 이는 엘리스가 아니라 비거스였다. 비거스의 우울해 보이는 얼굴은 평소보다 더 마르고 창백해 보였으며, 소매를 팔꿈치까지 걷고 있었다. 비거스는 엘리스는 식당에서 저녁상을 차리는 중이며, 그래서 내 부름에 응할 수 있는 사람은 자기와 요리사뿐이었노라고 말했다. 나는 꼭 엘리스가 아니어도 되니 괜찮다고 했다. 내가 말했다. 「이 꽃 말인데, 누가 가져온 거야?」

비거스는 멍한 표정으로 책상을, 꽃병을, 그리고 다시 나를 보았다. 「네?」

꽃! 내가 나갈 때는 없었다고. 누군가 이 꽃을 집에 가져왔고, 누군가 꽃을 내 방 마욜리카 도자기 꽃병에 꽂은 거야. 비거스가 그랬냐는 내 질문에 그녀는 아니라고 했다. 오늘 하루 종일 집에 있었냐고 묻자 그랬다고 답했다. 나는 그렇다면 소포를 배달하는 아이가 왔다 간 모양이라고 말했다. 「누구에게서 소포가 왔지? 이탈리아에 있는 내 동생 프리실라 양, 아니 바클레이 부인에게서 소포가 왔어?」

비거스는 알지 못했다.

나는 뭔가 아는 게 없냐고 물었다. 그리고 가서 엘리스를 불러오라고 했다. 비거스는 재빨리 나가더니 엘리스를 데려왔고, 둘은 눈을 끔벅이며 서 있었다. 나는 방을 서성였고 꽃을 가리키며 말했다. 꽃! 꽃! 누가 저 꽃을 가져와 꽃병에 꽂은 거야? 내 동생이 보낸 소포를 받은 사람이 누구야?

「소포라뇨, 아가씨? 오늘은 소포가 온 적이 없답니다.」

「프리실라에게서 소포가 안 왔어?」 —「아무도 소포를 보내지 않았어요.」

이제는 다시 두려워졌다. 나는 손을 입술로 가져갔고, 아마도 떨리는 내 손을 엘리스는 보았으리라. 엘리스는 꽃을 치울까 물었다. 엘리스에게 뭐라고 말해야 할지, 내가 뭘 해야 할지 알 수 없었다. 알 수 없었다. 엘리스는 내 명령을 기다렸고, 비거스도 기다렸다. 이윽고 내가 어찌 할 바 모르고 서 있는데 문소리가 났고 어머니의 치마가 바스락거리는 소리가 들렸다. 「엘리스? 엘리스, 어디 있니?」 어머니가 종을 울려 엘리스를 부른 것이다.

이제 나는 재빨리 말했다. 「됐어. 됐어! 꽃은 두고 가봐. 둘 다, 어서!」

하지만 어머니가 나보다 빨랐다. 어머니는 복도로 들어섰고, 위로 고개를 들었다가 하녀들이 내 방 문 앞에 있는 걸 보았다.

「무슨 일이니, 엘리스? 마거릿, 무슨 일 있는 거냐?」어머니가
계단을 올라오는 소리가 들렸다. 나는 엘리스가 몸을 돌려, 〈마
거릿 아가씨가 꽃에 대해 물으셨어요, 마님〉이라고 하는 말을
들었다. 그러자 어머니의 목소리가 다시 들렸다. 「꽃이라니? 무
슨 꽃 말이냐?」

「아무것도 아니에요, 어머니!」내가 외쳤다. 엘리스와 비거스
는 여전히 문에서 망설였다. 「가, 어서.」내가 말했다. 하지만 이
제 어머니가 둘의 길을 막고 서 있었다. 어머니는 나를 보더니
이윽고 책상으로 시선을 옮겼다. 어머니가 말했다. 「와, 정말 예
쁜 꽃이로구나!」그러더니 다시 나를 보았다. 그리고 말했다.
「무슨 일이냐? 얼굴이 왜 이리 창백하냐? 여기는 왜 이리 어둡
니?」어머니는 비거스를 시켜 가는 초로 벽난로에서 불을 붙여
램프를 켜게 했다.

　　나는 아무 일도 아니라고 했다. 착각을 했으며, 그 때문에 하
녀들을 괴롭혀 정말 미안하다고 했다.

　　착각이라니? 어머니가 말했다. 무슨 착각? 「엘리스?」

　　「프라이어 양께서 누가 꽃을 가져왔는지 모르겠다고 하셨어
요, 마님.」

　　「모르다니? 마거릿, 어떻게 네가 모를 수가 있니?」

　　나는 알지만 잠시 헛갈렸을 뿐이라고 대답했다. 내가 꽃을 가
져왔다고 했다. 어머니의 시선을 피했지만 어머니가 더욱 날카
로운 눈으로 나를 살펴보는 것을 느낄 수 있었다. 마침내 어머니
가 하녀들에게 뭐라고 나지막하게 말하자 하녀들은 즉시 자리
를 떠났다. 어머니는 내 방으로 들어오더니 문을 닫았다. 나는
어머니가 방에 들어오자 몸을 움찔했다. 어머니는 보통 밤에만

내 방에 온다. 어머니가 말했다. 「자, 말해 보렴, 이게 다 무슨 소동이냐?」 나는 여전히 어머니의 시선을 피하며 아무 일도 아니라고, 그냥 멍청한 착각이었을 뿐이라고 했다. 그러니 방으로 돌아가셔도 좋다고 했다. 신발을 벗고 옷을 갈아입어야겠노라고 말했다. 나는 어머니 옆을 돌아 망토를 걸었고, 장갑을 떨어뜨렸고, 주웠고, 다시 떨어뜨렸다.

어머니가 말했다. 「실수라니 그게 무슨 말이니? 이렇게 예쁜 꽃을 가져와 놓고 어떻게 그걸 잊을 수가 있어? 무슨 생각을 하던 게냐? 그러다가 너무 신경이 날카로워져서 하녀들 앞에서……」

나는 신경이 날카로운 게 아니라고 말했다. 하지만 말을 하면서도 내 목소리가 떨리는 것을 느낄 수 있었다. 어머니가 조금 더 가까이 다가왔다. 나는 손으로 내 팔을 잡았다. 아마도 어머니가 내 팔을 잡지 못하게 하려고 그랬던 듯하다. 그리고 돌아섰다. 하지만 그러자 꽃다발이 보였고, 향기가 전보다 더 강하게 내 코에 와 닿았다. 그래서 꽃다발과 향기를 뒤로 하고 다시 몸을 돌렸다. 나는 생각했다. 날 내버려 두지 않으면 울거나 아니면 어머니를 때리게 될 거야!

하지만 어머니는 여전히 내게 다가왔다. 어머니가 말했다. 「괜찮니?」 그리고 내가 대답을 하지 않자 이렇게 말했다. 「괜찮지가 않구나……」

어머니는 이런 일이 벌어질 줄 알았다고 했다. 내가 아직 건강하지 않은데도 집 밖으로 너무 자주 나간다며, 이러다간 예전 병이 도지게 된다고 했다.

「하지만 저는 멀쩡해요.」 내가 말했다.

「멀쩡하다고? 넌 오로지 네 목소리밖에 못 듣는데도? 하녀들에게 그런 말을 하고서도 멀쩡해? 이제 그 애들은 아래층에서 머리를 맞대고 수군거…….」

내가 외쳤다. 「전 아프지 않아요. 아주 건강하고, 옛날의 신경증은 완전히 다 나았어요! 모두 다 그렇게 말했어요. 월리스 부인도 그렇게 말했어요.」

어머니는 내 이런 모습을 월리스 부인은 본 적이 없다고 했다. 월리스 부인은 밀뱅크를 다녀온 뒤 유령처럼 창백해진 내 모습을 본 적이 없다고 했다. 늦은 밤 몇 시간이고 책상 앞에 앉아 초조해하며 잠 못 이루는 모습을 본 적도 없다고 했다.

어머니는 그렇게 말했다. 그리고 그 말을 듣자 리들리 양이나 핵스비 양처럼 어머니도 나를 비밀리에 조용히 감시하고 있었다는 사실을 깨달았다. 나는 늘, 아빠가 죽기 전에조차, 어렸을 적부터 잠을 잘 못 이루었노라고 했다. 그 불면증은 아무런 의미도 없으며, 어쨌든 약을 먹으면 해결이 되었고, 편히 쉴 수 있었다. 어머니는 말꼬리를 잡고는, 나를 어릴 적에 너무 오냐오냐하면서 키웠다고 했다. 아빠에게만 맡겨 놨더니 아빠가 날 응석받이로 망쳐 놓았다고 했다. 그래서 내가 끊임없이 슬퍼하는 것도 그렇게 응석받이로 큰 결과이며……. 「난 늘 그렇게 말해 왔다! 그리고 지금 네가 그렇게 제멋대로 굴며 다시 옛날 병이 도지게 하려는 모습을 보니 확실히 알겠구나!」

나는 울면서 어머니가 날 그냥 내버려 두지 않으면 정말로 병이 나고 말 거라고 외쳤다. 그리고 단호한 자세로 어머니에게서 등을 돌리고 창가로 가 그쪽을 바라보았다. 그 다음에 어머니가 뭐라고 했는지는 기억나지 않는다. 들으려고 하지 않았고, 대답도 하지 않았다. 마침내 어머니는 내가 아래로 내려가 자기와 함께 있어야 한다고 했고, 20분 뒤에도 내려오지 않으면 엘리스를 올려 보내겠노라는 말을 남기고 방을 나갔다.

나는 서서 창밖을 물끄러미 바라보았다. 강에는 보트가 한 척 떠 있는데, 그 안에서 어떤 남자가 금속판에 망치질을 하고 있었다. 나는 그의 팔이 올라갔다 내려갔다 올라갔다 내려갔다 하는 모습을 지켜보았다. 금속판에서 불꽃이 튀는 모습을 지켜보았다. 하지만 매번 망치질은 소리보다 한순간 빨랐다. 강철이 쿵하고 내는 소리는 다시 올라가는 망치를 한 번도 따라잡지 못했다.

망치질을 서른 번까지 센 다음 어머니에게 내려갔다.

어머니는 더는 아무 말도 하지 않았지만, 내 몸이 허약해진 징후를 찾으려고 내 얼굴과 손을 유심히 살폈다. 하지만 나는 전혀 그런 티를 내지 않았다. 나중에는 어머니에게 아주 차분한 목소리로 『어린 도릿』을 읽어 주었고, 이제는 램프 심지를 아주 낮춘 상태로 아주 조심스레 ─ 클로랄에 취한 상태에서도 조심스레 행동하는 게 가능하다 ─ 펜을 움직여 글을 쓴다. 어머니가 올라와 문에 귀를 대고 내가 뭘 하는지 엿들을지도 모르기 때문이다. 어머니는 무릎을 꿇고 열쇠 구멍을 통해 나를 지켜볼지도 모른다. 그래서 나는 천으로 구멍을 막아 두었다.

지금 내 앞에는 오렌지 꽃이 놓여 있다. 문이 닫힌 내 방에서 그 향기는 너무나도 짙어서 현기증이 난다.

1874년 11월 23일

오늘은 영능력자 협회의 열람실에 다시 갔다. 셀리나의 이야기에 대한 자료를 찾고 사람 마음을 자극하는 피터 퀵의 초상화를 살펴보고 캐비닛에 든 주물들을 보기 위해서였다. 당연히 캐비닛은 지난번에 보았던 그곳에 있었다. 선반과 왁스와 먼지가 켜켜이 쌓인 손발 모양 석고는 그대로였다.

서서 그것들을 보는데 히더 씨가 다가왔다. 그는 이번에는 터키식 샌들을 신었으며 옷깃에는 꽃을 꽂았다. 히더 씨는 자신과 키슬링베리 양은 내가 다시 올 거라 확신했다고 말했다. 「그리고 드디어 오셨네요. 다시 뵙게 되어 반갑습니다.」 이윽고 그는 나를 살펴보았다. 「그런데 왜 표정이 왜 그러십니까? 너무나 우울해 보이시네요! 저희 전시물을 보고 생각에 잠기는 건 이해할 수 있는 일입니다. 그건 좋은 거죠. 하지만 그것들이 얼굴을 찌푸리게 만들면 안 되는데요, 프라이어 양. 오히려 당신을 웃게 만들어야 하는데요.」

그 말에 나는 싱긋 웃었다. 그러자 그도 싱긋 웃었다. 그의 눈은 전에 없이 초롱초롱하고 상냥해졌다. 열람실에 다른 사람들이 오지 않았기 때문에, 우리는 서서 거의 한 시간 동안 이야기를 나눴다. 나는 이런저런 질문을 했고, 또한 그가 영능력자가 된 지 얼마나 오래되었나 물었다. 그리고 어떻게 하다가 영능력자가 되었는지도 물었다.

그가 말했다. 「먼저 영능력에 관심을 보인 건 제 형이었습니다. 처음에 저는 그런 말도 안 되는 걸 믿다니, 형도 참 속기 쉬운 사람이라고 생각했죠. 형은 자신은 하늘나라에 있는 아버지와 어머니를 볼 수 있으며, 부모님은 그곳에서 우리가 하는 일을 모두 지켜본다고 했죠. 생각만 해도 끔찍하더군요!」

나는 그런데 어떻게 하다가 생각을 바꾸게 되었는지 물었다. 히더 씨는 망설이더니, 자기 형이 죽었다고 했다. 그 말을 들은 나는 즉시 유감이라고 말했다. 하지만 히더 씨는 고개를 설레설레 저었고, 거의 소리 내어 웃기까지 했다. 「아니요. 절대 그렇게 생각하실 필요 없습니다. 형이 죽고 한 달이 채 안 되어 형이 제게 돌아왔답니다. 형은 와서 저를 껴안았습니다. 지금 제 앞에 있는 아가씨만큼이나 뚜렷한 실체를 띠었으며, 살아 있을 때보다 더 건강했고 평생 몸에 달고 다니던 병색도 말끔히 사라지고 없었습니다. 형이 온 건 제가 믿게끔 하려고였습니다. 하지만 저는 진실을 믿기 거부했죠. 제가 환상을 보았다고 생각했습니다. 그 뒤로도 여러 증거가 나타났지만 언제나 그걸 거부했습니다. 사람이 완고하면 어떤 증거가 나타나도 절대로 안 믿습니다. 참 신기하죠? 하지만 마침내 저는 보았습니다. 그리고 이제 형은 제 가장 절친한 친구가 되었죠!」

내가 말했다. 「그리고 당신은 당신 주위에 영혼이 있는 걸 알아차리나요?」 그는 영혼이 근처에 오면 알 수 있다고 말했다. 하지만 자신은 능력이 뛰어난 영매는 아니라고 했다. 「저는 단지 낌새만 알 수 있답니다. 시인 테니슨의 표현을 빌리자면 〈작은 반짝임, 신비로운 암시〉만을요. 전체를 볼 수는 없습니다. 운이 좋은 경우에는 간단한 멜로디를, 몇 마디 음을 들을 수 있지요. 하지만 진짜 능력자들은 심포니를 들을 수 있답니다.」

나는 말하길, 영혼의 존재를 알아차리는 건……

「일단 영혼을 본 사람이면 그 뒤로 영혼의 존재를 의식하지 못하는 건 불가능하답니다! 하지만.」 이 대목에서 그는 싱긋 웃었다. 「영혼을 정면으로 보는 건 두려운 일일 수도 있습니다.」 그는 팔짱을 꼈고 다음과 같은 흥미로운 예를 들어 설명했다. 영국 사람의 90퍼센트가 빨간색을 볼 수 없는 상황이라고 가정하잔다. 그리고 나 역시 그런 상황에 처했다고 가정한다. 그런 내가 마차를 타고 런던을 가로지르면 푸른 하늘, 노란 꽃을 볼 수 있으며 세상은 참으로 아름답다고 생각할 거란다. 내게 장애가 있어 세상의 일부를 제대로 볼 수 없다는 사실을 전혀 알지 못할 거란다. 그리고 특별한 몇몇이 세상에는 또 다른 색깔이 있다고 말해 줘도 나는 그 사람들을 멍청이라고 여길 터라고 했다. 그는 말하길 내 친구들 역시 내 의견에 동조할 거란다. 신문 역시 마찬가지란다. 사실, 내가 읽는 모든 것은 그런 주장을 펴는 사람들이 바보라는 내 믿음을 더 확고히 해줄 거란다. 심지어 『펀치』는 그런 사람들이 얼마나 멍청한지 조롱하는 만화를 실을 게 뻔하단다! 나는 그 만화를 보고 만족한 표정을 짓고 싱긋 웃을 거란다.

그가 계속 말했다. 「그러던 어느 날 아침, 당신이 깨어났을 때 눈이 모든 색을 제대로 보기 시작했다고 가정해 보지요. 이제 당신은 우체통, 입술, 양귀비, 체리, 근위병의 재킷 색을 볼 수 있게 됩니다. 빨간 계통의 모든 색을 볼 수 있게 됩니다. 진홍, 주홍, 루비, 그림의 주홍 채색, 카네이션, 장미…… 처음에는 놀라고 두려운 마음에 두 눈을 질끈 감고 싶겠죠. 하지만 결국 눈을 뜨고 색을 보고, 친구들에게, 가족에게 말을 할 터이고, 그 결과 비웃음만을 사겠지요. 당신 주장을 들은 사람들은 당신을 보며 얼굴을 찡그릴 거고, 당신을 외과의나 뇌 전문의에게 보낼 겁니다. 아름다운 진홍색 물건들을 보고 인지하는 과정은 아주 어려울 겁니다. 하지만, 과연 프라이어 양, 당신이 다시 파랑, 노랑, 녹색만 볼 수 있게 된다면, 그 상태를 참아 낼 수 있을까요?」

나는 한참 동안 아무 대답도 하지 않았다. 그의 말에 생각할 점이 무척 많았기 때문이다. 마침내 나는 이렇게 답했다. 「당신이

338

설명한 그런 사람이 진짜로 존재한다고 생각해 봐요.」 물론 나는 셀리나를 생각하고 있었다. 내가 말했다. 「그 여인이 진홍색을 본다고 가정해 봐요. 그러면 그 여자는 어떻게 해야 하나요?」

히더 씨는 즉시 대답했다. 「그 여자는 자신과 같은 능력이 있는 다른 사람들을 찾아야만 합니다! 그 사람들이 그 여자를 인도하고 위험에서 보호해 줄 겁니다……」

그는 영혼과 영능력자 관계가 형성되는 건 아주 중대한 일이며 아직도 제대로 이해되지 않고 있다고 말했다. 내가 생각하는 그 사람은 자신이 몸과 마음의 변화에 희생이 되리라는 걸 알 거라고 했다. 그녀는 또 다른 세상의 문턱으로 인도되었으며, 그 너머를 바라볼 수 있도록 초대된 거란다. 하지만 그곳에는 그녀에게 조언을 해주는 〈현명한 지도자 영혼〉이 있는가 하면 〈천하고, 달라붙어 괴롭히는 영혼들〉도 있단다. 그런 영혼들은 그녀를 매력 넘치고 선량하게 보이도록 할 수도 있지만 그들이 진정으로 원하는 건 그녀를 이용해 자신들의 이익을 얻는 것이라고 했다. 그런 영혼들은 자신들이 지상을 떠나며 잃어버린 뒤 너무나도 그리워하던 속세의 보물을 찾아내는 데 그녀를 이용한단다…….

나는 그런 영혼들에게서 그녀가 자신을 지키려면 어떻게 해야 하는지 물었다. 히더 씨는 그녀는 지상의 친구를 신중히 골라야만 한다고 대답했다. 그가 말했다. 「자기 능력을 부적절히 쓴 까닭에 절망하고 심지어 미치기까지 한 젊은 여자들이 얼마나 많은지 모릅니다. 그런 여자들은 재미 삼아 영혼을 불러 달라고 초대받기도 하지요. 절대로 그러면 안 됩니다. 사람들 부탁에 넘어가 아무 생각 없이 너무 자주 강신회를 여는 경우도 있습니다. 그러면 피곤해져서 결국은 몸을 망치게 되지요. 또는 혼자 앉아서 자기 능력을 발휘하려고 하는 경우도 있습니다. 이게 최악의 경우입니다, 프라이어 양. 저도 그런 사람을 한 명 압니다. 아주 신사인 젊은이였습니다. 제 친구인 병원 목사의 소개로 알게 되었습니다. 그 사람 병실로 가서 만났죠. 그 사람은 자기 목을 칼로 그어 거의 죽어 가는 상태에서 발견되어 제 친구가 담당한 병동에 입원했습니다. 그 사람은 제 친구에게 묘한 고해를 했습니다. 자신이 영(靈) 작가라고 말이지요. 그 단어가 무슨 뜻인지 아십니까? 그 사람은 몰지각한 친구의 꼬임에 넘어가 펜과 종이를 준비해 혼자 영혼을 불렀고, 그렇게 온 영혼은 그 사람에게 메시지를 전달하고, 그 사람의 팔은 저절로 움직이는 겁니다⋯⋯.」

히더 씨 말로는 그건 영능력자들이 보이는 훌륭한 능력이며, 그런 영능력자는 쉽게 찾아볼 수 있고, 대부분은 그런 능력을 적당히 자제해 가며 쓴다고 했다. 하지만 히더 씨가 말하는 젊은 사람은 현명하지 않았단다. 밤에 홀로 앉아 강신회를 하기 시작했고, 결국 그는 영혼이 전달하는 메시지가 전에 없이 빨라진 것을 깨달았다. 그는 자다가 영혼의 부름을 받기 시작했다. 손이 저절로 움직이며 이불 위에서 꿈틀거렸다. 펜을 쥐어 뭔가를 쓰게 할 때까지 손은 계속 꿈틀거렸다. 이윽고 그는 종이, 벽, 심지어 자기 살갗에까지 뭔가를 적기 시작했다! 손에 물집이 잡히도록 뭔가를 적어 갔다. 처음에는 자신이 적는 게 죽은 친척들이 보내는 메시지라고 생각했다. 「하지만, 아시다시피, 착한 영혼은 영매를 그런 식으로 괴롭히지 않습니다. 그 신사의 행동은 못된 영혼의 조종에 의한 것이었습니다.」

이 영혼은 마침내 가장 끔찍한 방법으로 이 신사에게 모습을 드러냈다. 히더 씨의 말에 따르면 그 영혼은 두꺼비가 되어 나타났다. 「그리고 그것은 그 사람 몸에 들어갔습니다. 여기로요.」 히더 씨는 자기 어깨를 가볍게 만졌다. 「목과 연결되는 부분으로요. 이제 그 천한 영혼은 신사의 몸에 들어갔고 자기 맘대로 그 사람을 조종했습니다. 영혼은 그 사람을 조종해 온갖 못된 짓을 하게끔 시켰죠. 하지만 그 사람은 전혀 저항할 수가 없었습니다…….」

히더 씨는 그게 지독한 고문이라고 말했다. 마침내 영혼은 남자에게 면도칼로 손가락들을 자르라고 속삭였단다. 그리고 남자는 영혼의 말대로 면도칼을 집어 들었다. 하지만 손 대신 목에다 면도칼을 댔다. 「영혼을 내쫓으려고 말이죠. 그렇게 되어 병원에 오게 된 거고요. 병원에서 그 사람은 목숨을 구할 수 있었지만 달라붙은 영혼은 여전히 그 사람을 지배하고 있었습니다. 그 사람의 옛날 나쁜 버릇들이 돌아왔고, 결국 그로 인해 정신 착란 진단을 받았죠. 제가 알기로 그 사람은 지금 정신 병원에 수용되어 있습니다. 가엾은 사람 같으니! 자신에게 상냥히 대하고 현명한 조언을 해줄 영혼을 추구했다면 그 사람의 운명은 아마도 완전히 달라졌겠죠…….」

히더 씨가 마지막 말을 하며 목소리를 낮추고는 나를 아주 의미심장한 눈으로 보던 기억이 난다. 나는 히더 씨가 내가 속으로 셀리나 도스를 떠올리는 것을 짐작한다고 생각했다. 지난번에 왔을 때 셀리나에게 그토록 큰 관심을 보였으니 당연했다. 우리는 잠시 말없이 서 있었다. 히더 씨는 내가 무슨 말이든 하길 원하는 듯했다. 하지만 나는 아무 말도 할 수 없었다. 시간이 없었기 때문이다. 키슬링베리 양이 열람실 문을 열더니 히더 씨를 불렀다. 히더 씨가 말했다. 「잠시만요, 키슬링베리 양!」 그리고 그는 내 팔을 잡고 나지막이 말했다. 「나중에 더 이야기를 나눌 기회가 있으면 좋겠습니다. 가능하겠죠? 꼭 다시 들러 주십시오, 네? 그리고 제가 좀 여유가 있을 때 이야기를 더 나누도록 하지요.」

나 역시 히더 씨와 더 이야기를 나누지 못해 아쉬웠다. 셀리나에 대한 그의 생각을 좀 더 알고 싶었기 때문이다. 히더 씨가 말한 진홍색을 보게 되었을 때 셀리나가 어떤 식으로 행동했어야 하는지 알고 싶었던 것이다. 셀리나가 두려워한 건 알고 있었다. 하지만 셀리나가 말했듯이 그녀는 운이 좋았다. 자신의 능력을 갈고닦아 더욱더 귀한 것으로 발전시킬 수 있도록 그녀를 이끌어 줄 현명한 친구들이 있었기 때문이다.

그래서 나는 셀리나가 믿는다고 생각한다. 하지만 셀리나에게 진정으로 누가 있었나? 셀리나에게는 그녀의 인생을 바꿔 준 이모가 있었다. 그리고 시드넘의 브링크 부인이 있었다. 브링크 부인은 손님들을 데려오고 커튼을 달고 셀리나가 그 뒤에 앉아 벨벳 초커와 줄로 묶이게 했으며, 자기 어머니를 보려는 생각에 셀리나를 편안하고 안전하게 생활케 했다. 또한 부인이 있던 곳에서 셀리나는 피터 퀵을 만날 수 있었다.

피터 퀵은 셀리나에게 무슨 짓을 한 걸까, 혹은 무슨 짓을 시킨 걸까? 그래서 그 결과 셀리나를 밀뱅크에 갇히게 만들고.

그리고 이제 그곳에 있는 셀리나를 지켜 줄 이는 누구인가? 그녀에게는 핵스비 양, 리들리 양, 크레이븐 양이 있다. 하지만 온화한 젤프 부인을 뺀다면 감옥 전체에서 그녀에게 상냥히 대해 줄 이는 아무도 없다.

히더 씨, 키슬링베리 양, 그리고 다른 방문객의 목소리가 들렸다. 하지만 열람실 문은 굳게 닫힌 채 아무도 들어오지 않았다. 나는 여전히 영혼의 주물이 담긴 캐비닛 앞에 서 있었다. 이제 나는 몸을 굽히고 캐비닛 안을 들여다보았다. 피터 퀵의 손은 맨 아래쪽 선반 원래 자리에 그대로 있었다. 손가락은 뭉툭했고 부풀어 오른 엄지는 유리 가까이에 있었다. 지난번에 보았을 때는 단단해 보였다. 하지만 오늘은 지난번과 달리 캐비닛 옆면으로 갔다. 옆모습을 보기 위해서였다. 그리고 손목 뼈 부분에서 왁스가 아주 깔끔히 마무리 된 모습을 보았다. 그게 완전히 텅 빈 걸 보았다. 왁스 안쪽에는 노란 표면 위로 손바닥의 손금이며 지문, 관절 자국들이 아주 선명하게 찍혀 있었다.

그동안은 그게 속까지 꽉 찬 주물이라고 생각해 왔다. 하지만 제대로 보니 장갑에 더 가까웠다. 어쩌면 방금 전 만들어진 것으로, 그 모양을 만든 손가락들이 닿았던 온기가 아직 채 식지 않았을지도 몰랐다. 그 생각을 하니 텅 빈 방에 홀로 있는 게 갑자기 불안해졌다. 나는 그곳을 떠나 집으로 돌아왔다.

이제 스티븐이 집에 있으며, 어머니와 이야기하는 소리가 들린다. 스티븐의 목소리는 평소보다 높고 다소 언짢은 기색이 배어 있다. 내일 마쳐야 하는 소송이 있는데 의뢰인은 프랑스로 도망쳤으며 경찰은 그자를 추적할 수 없단다. 스티븐은 소송을 포기해야만 하고 수수료를 받을 수 없게 될 터였다. 다시 스티븐의 목소리가 전보다 더 크게 들려왔다.

여자 목소리는 그토록 쉽게 억눌리는 반면에 남자들 목소리는 왜 그리 또랑또랑하게 들리는 걸까?

1874년 11월 24일

셀리나를 만나러 밀뱅크로. 셀리나에게 갔다. 먼저 다른 여자들을 한두 명 만났고, 그 여자들이 늘어놓는 이야기를 내 공책에 자세히 적는 척했다. 하지만 마침내 셀리나에게 갔을 때, 셀리나는 내게 다짜고짜 물었다. 꽃은 마음에 들던가요? 셀리나는 내가 이탈리아를 떠올릴 수 있도록, 그곳의 따뜻한 날씨를 떠올리도록 하려고 자신이 보낸 거라고 했다. 셀리나가 말했다. 「영혼이 배달한 거예요. 가지고 계세요. 한 달 동안 시들지 않을 거예요.」

나는 그 꽃 때문에 겁을 먹었다고 말했다.

셀리나와 반 시간 정도 같이 있었다. 그리고 수용 구역 문이 쾅 하고 닫히는 소리가 났고, 발소리가 들렸다. 셀리나가 조용히 말했다. 「리들리 양이에요.」 나는 철창으로 갔고, 리들리 양이 지날 때 꺼내 달라는 신호를 보냈다. 나는 아주 꼿꼿이 서서 다른 말 없이 〈잘 있어요, 도스〉라고만 했다. 셀리나는 두 손을 다 소곳이 앞으로 모았고, 온순한 표정을 지었으며, 내 인사를 듣고는 무릎 굽혀 인사하고는 대답했다. 「안녕히 가세요, 프라이어 양.」 나는 그런 셀리나의 행동이 리들리 양에게 보이기 위한 것임을 잘 안다.

나는 서서 리들리 양이 셀리나가 갇힌 감방 문을 닫는 모습을 지켜보았다. 뻑뻑한 자물쇠에 들어간 열쇠가 돌아가는 모습을 보았다. 그 열쇠가 내 것이면 좋겠다고 생각했다.

1873년 4월 2일

피터는 내가 캐비닛 안에서 묶여 있어야 한다고 말한다. 오늘 저녁, 피터가 어둠의 모임에 오더니 나를 꽉 잡았고, 커튼 뒤로 왔을 때 이렇게 말했다. 「내가 받은 임무를 마치기 전까지는 너희와 함께 있을 수 없어. 알다시피, 내가 너에게 보내진 건 강신술이 진짜라는 걸 보이기 위해서야. 그런데 이 도시에는 그걸 불신하고, 영혼의 존재를 부인하는 사람들이 있어. 그런 자들은 영매의 능력을 조롱하고 영매가 원래 있던 자리를 떠나 변장을 하고 어둠의 모임 주위를 돌아다닌다고 생각해. 우리는 그렇게 불신과 의심이 있는 곳에는 나타날 수가 없어.」 그 말에 브링크 부인이 말했다. 「여기에는 의심하는 이가 없어요, 피터. 당신은 언제든 우리와 함께 해도 된답니다.」 피터가 말했다. 「안돼, 먼저 해야 할 일이 있어. 여길 봐, 그럼 내 영매가 보일거야. 네가 이에 대해 증언하고 기록하는 거야. 그러면 불신자들이 믿게 될 거야.」 이윽고 피터는 커튼을 잡고 천천히 젖혔다……

피터는 전에는 이런 적이 한 번도 없었다. 나는 어둠의 황홀경 속에 앉아 있었지만 어둠의 모임의 사람들이 나를 뚫어져라 바

345

라 보는 걸 느낄 수 있었다. 여자 한 명이 물었다. 「도스 양이 보이나요?」 그러자 다른 이가 대답했다. 「의자에 앉은 윤곽이 보이는군요.」 피터가 말했다. 「내가 여기 있는 동안 당신들이 그쪽을 보면 내 영매가 다쳐. 의심하는 자들 때문에 내가 이런 일을 하고 있긴 하지만 내가 할 수 있는 일이 또 있지. 시험을 하겠어. 탁자의 서랍을 열고 그 안에 있는 걸 가져와 봐.」 서랍 열리는 소리가 들리더니 누군가가 〈여기에 밧줄이 있어요〉라고 말했다. 피터가 말했다. 「그래, 그걸 내게 가져와.」 이윽고 피터는 의자에 앉은 나를 밧줄로 묶으면서 말했다. 「앞으로 어둠의 모임을 할 때면 늘 이래야 해. 안 그러면 난 더는 네게 오지 않을 거야.」 피터는 내 손목과 발목을 묶었고 눈에는 가리개를 했다. 이윽고 피터는 방으로 다시 갔고, 의자 끌리는 소리가 들렸고, 피터가 〈나와 함께 가지〉라고 말하는 소리가 들렸다. 피터는 여자 한 명을 데려왔다. 그녀의 이름은 데스터 양이었다. 피터가 말했다. 「데스터 양, 내 영매가 꽁꽁 묶인 게 보이지? 한번 만져 봐. 그리고 얼마나 꽉 묶였는지 한번 확인해 봐. 장갑을 벗고.」 장갑 벗는 소리가 들리더니 데스터 양의 손가락이 나를 만졌고, 피터가 그 손가락을 꾹 눌렀고, 손가락들을 뜨거워지게 만들었다. 그녀가 말했다. 「떨고 있어요!」 그리고 피터가 말했다. 「이렇게 하는 건 다 내 영매를 위해서야.」 이윽고 피터는 그녀를 자기 자리로 돌려 보내더니 내 쪽으로 몸을 숙이고 속삭였다. 「이러는 건 다 너를 위해서야.」 나는 대답했다. 「알아요, 피터.」 피터가 말했다. 「난 너의 모든 힘이야.」 나는 안다고 말했다.

이윽고 피터는 비단 줄로 내 입에 재갈을 물렸고, 커튼을 닫고는 사람들이 있는 곳으로 갔다. 신사 한 명이 말하는 소리가 들렸다. 「잘 모르겠어, 피터. 이렇게 하는 게 영 마음이 편치 않아. 이렇게 도스 양을 꽁꽁 묶어 놓아도 능력이 손상되지 않는 거야?」 피터가 껄껄거렸다. 피터가 말했다. 「비단 줄 서너 가닥에 묶였다고 능력이 약해질 정도라면 애당초 형편없는 영매일걸!」 피터는 줄이 내 신체를 구속할 수는 있어도 내 영혼은 절대로 묶거나 구속할 수 없다고 했다. 피터가 말했다. 「사랑하는 이에게 자물쇠가 아무런 소용이 없듯이 영혼에게도 자물쇠는 아무 소용 없다는 걸 모르겠어? 영혼 앞에 자물쇠는 있으나마나야.」[3]

하지만 사람들이 내 쪽으로 와 날 풀어 줬을 때, 내 손목과 발목에는 밧줄에 쓸린 자국이 생겼고, 피가 났다. 루스가 이걸 보고 말했다. 「어머, 불쌍한 우리 아가씨에게 이런 짓을 하다니 정말 잔인한 영혼이네.」 그리고 이어 말했다. 「데스터 양, 도스 양을 방으로 데려가도록 좀 도와주시겠어요?」 그리고 둘은 나를 부축해 이곳으로 왔고, 루스는 내게 연고를 발라줬으며, 데스터 양은 연고 단지를 들고 있었다. 데스터 양은 피터가 자신을 데리고 캐비닛으로 갔을 때만큼 놀란 적이 없었노라고 말했다. 루스는 피터가 데스터 양에게서 뭔가 작은 신호를 본 모양이라고, 다른 여자들에게서는 찾아볼 수 없는 특별한 점을 보았기 때문에 곧장 그녀에게 간 모양이라고 말했다. 데스터 양이 루스를 보더니 이윽고 나를 바라보았다. 데스터 양이 말했다. 「그렇게 생각하세요? 저도 느껴요. 가끔요.」 이윽고 그녀는 바닥으로 시선을 돌렸다.

나는 데스터 양을 보는 루스의 눈을 보았고, 피터 퀵의 목소리가 내 머릿속에서 속삭이는 듯한 느낌이 들었다. 내가 말했다.

---

3 〈사랑 앞에 자물쇠는 있으나마나〉라는 속담을 빌려 쓴 표현.

「루스가 옳아요. 피터는 당신에게서 뭔가를 본 게 분명해요. 아마도 당신은 다시 한번 피터를 만나러 와야 할 듯해요. 그때는 다른 사람들 없이 만나는 게 좋을 것 같네요. 괜찮으세요? 다음에 오실래요? 그러면 우리 둘만 있으면서 피터를 불러낼 수 있는지 시도해 보죠.」 데스터 양은 아무 말도 하지 않은 채 연고가 담긴 단지만을 물끄러미 바라보았다. 루스가 기다리다가 이윽고 말했다. 「오늘 밤 방에서 혼자 계실 때 주위를 조용하게 하고 피터를 떠올려 보세요. 피터는 정말로 아가씨를 좋아했어요. 어쩌면 영매의 도움 없이도 아가씨에게 나타나려 할지 몰라요. 하지만 제 생각에는 어두운 침실에서 혼자 만나는 것보다는 여기서 도스 양과 함께 피터를 만나는 게 더 좋을 거 같아요.」 데스터 양이 말했다. 「저는 제 여동생과 한 침대에서 자요.」 루스가 말했다. 「그래도 피터는 당신을 찾아낼 수 있을 거예요.」 이윽고 루스는 연고 단지를 들고 뚜껑을 닫더니 내게 말했다. 「됐어요, 아가씨. 이제 기분이 훨씬 더 나아지셨을 거예요.」

데스터 양은 아무 말 없이 계단을 내려갔다.

나는 데스터 양을 생각했고, 이윽고 브링크 부인에게 갔다.

1874년 11월 28일

밀뱅크에 다녀옴. 끔찍했다. 여기에 적는 게 부끄러울 지경이다.

얼굴이 얽은 크레이븐 양이 감옥 입구에서 나를 맞이했다. 오늘은 다른 일로 바쁜 리들리 양 대신 크레이븐 양이 내 보호자 역을 하기로 되어 있었다. 그녀를 보아 기뻤다. 내가 생각했다. 잘됐어. 셀리나의 감방으로 간다 해도 리들리 양이나 핵스비 양이 알지 못할 거야…….

하지만 우리는 바로 수용 구역으로 가지 않았다. 우리가 걷는 동안 그녀가 감옥의 다른 부분 가운데 먼저 보고 싶은 곳이 있는지를 내게 물었기 때문이다. 크레이븐 양은 의심스러운 목소리로 말했다. 「아니면 오로지 감방만 가보고 싶으신 건가요?」 그녀가 나를 안내하는 건 처음이고 따라서 오늘 감옥을 골고루 보여 주고 싶어 하는 것일 수도 있다. 하지만 말하는 표정이며 억양을 보니 뭔가를 아는 듯했다. 결국 크레이븐 양은 나를 잘 살펴보라는 임무를 맡았을 거고 그러니 조심해야 한다는 결론에 도달했다. 그래서 나는 크레이븐 양이 원하는 곳으로 데려가라고, 감방에 있는 여인들은 내가 조금 늦게 나타나도 아무 상관하지 않을 거라고 말했다. 크레이븐 양이 대답했다. 「저도 그럴 거라고 생각해요, 아가씨.」

그녀가 나를 데려간 곳은 욕실과 죄수용 의복 저장소였다.

그 두 곳에 대해서는 별로 할 말이 없다. 욕실은 커다란 욕탕하나로 이루어졌으며 여자들은 밀뱅크에 도착하면 의무적으로 단체로 그곳에 앉아 몸에 비누칠을 하고 씻어야 한다. 오늘은 새로 온 죄수가 없었고, 욕실은 물때 자국을 향해 가는 검은색 딱정벌레 대여섯 마리를 제외하고는 텅 비어 있었다. 의복 저장소에는 모든 크기별로 죄수용 갈색 옷과 하얀 보닛, 부츠를 두는 선반들이 있었다. 부츠는 한 쌍씩 부츠 끈을 서로 묶어 보관해 두었다.

크레이븐 양은 내 발에 맞을 것 같다고 생각한 부츠 한 쌍을들어 올렸다. 물론 끔찍할 정도로 큰 것이었으며, 나는 그녀가그것을 들어 올리며 싱긋 웃었다고 생각했다. 그녀는 감옥에서쓰는 부츠는 세상에서 가장 튼튼한 것으로, 심지어 군화보다도더 튼튼하다고 했다. 한번은 죄수가 여교도관을 때려눕히고 그녀의 망토와 열쇠를 훔친 뒤 정문까지 도망쳐 거의 탈출할 뻔했지만, 그녀의 부츠를 본 수위는 그녀가 죄수인 것을 알아차렸다고 했다. 그녀는 다시 잡혀 어둠 속으로 보내졌단다.

그녀는 이 말을 한 뒤 들고 있던 부츠를 상자에 다시 넣고는소리 내어 웃었다. 이윽고 그녀는 나를 데리고 다른 저장소로 갔다. 〈사제 의복실〉이라고 불리는 곳이었다. 이곳은 죄수들이 밀뱅크에 도착했을 당시 착용했던 의복, 모자, 신발, 소지품 따위를 보관해 두는 곳이었다. 당연히 이런 곳이 있어야 한다는 생각을 나는 미처 하지 못했다.

이 방과 이 방에 보관된 물건들을 보고 있자니 멋지면서도 끔찍한 느낌이 들었다. 기묘한 기하학을 추구하는 밀뱅크의 정열에 따라 벽은 육각형으로 배열되었다. 그리고 바닥부터 천장까지 선반이 들어찼고, 그 선반에는 상자들이 가득했다. 상자는 담황색 마분지로 만들어졌으며, 놋쇠 징이 박혔고 모서리도 놋쇠로 보강되어 있었다. 폭이 좁고 길쭉한 상자에는 죄수들 이름이 적힌 명패가 달렸다. 꼭 소형 관을 보는 느낌이었다. 그리고 방 자체도 마찬가지였다. 처음 그곳에 들어갔을 때는 소름이 쫙 끼쳤다. 마치 어린아이들을 집단으로 묻은 커다란 무덤이나 시체 보관실에 들어선 느낌이었다.

크레이븐 양은 내가 움찔하는 모습을 보더니 허리춤에 두 손을 올렸다. 「기묘하죠?」 그녀는 주위를 둘러보며 말했다. 「제가 여기 왔을 때 무슨 생각을 했는지 아세요, 아가씨? 벌들이 윙윙거리는 소리가 들린다고 생각했어요. 이제 벌이나 말벌이 자기 작은 보금자리로 돌아가면 어떤 느낌이 들지 잘 알겠어요.」

우리는 물끄러미 벽을 바라보며 서 있었다. 내가 물었다. 감옥에 있는 여자들마다 상자가 하나씩 있나요? 그녀는 고개를 끄덕였다. 「모두 하나씩 있답니다. 더 있는 사람도 있고요.」 그녀는 선반으로 가더니 아무 상자나 꺼내 자기 앞에 있는 책상 위에 내려놓았다. 그곳에는 의자도 하나 있었다. 그녀가 상자 뚜껑을 열자 유황 냄새가 희미하게 났다. 이곳에 오는 옷들은 대부분 벼룩이나 이가 있기 때문에 보관 전에 모두 소독을 해야 한다고 했다. 그러면서 〈물론 다른 것들보다 상태가 좋은 프록도 있지요〉라고 덧붙였다.

크레이븐 양은 들고 있던 상자에 든 옷을 꺼냈다. 날염이 된

얇은 옷으로, 소독을 했다고는 하지만 큰 효과를 못 본 듯했다. 옷깃이 헤졌으며 소매가 그슬려 있었기 때문이다. 들어낸 옷 아래로는 노란 속옷들, 닳고 닳은 빨간 가죽 신발 한 쌍, 진주 박편 핀이 달린 모자 하나, 검게 변한 결혼 반지 하나가 있었다. 상자에 적힌 이름을 살펴보았다. 메리 브린이라고 적혀 있었다. 한번 만난 적이 있는 여자였다. 팔에 자기가 문 자국이 나 있었는데, 그게 쥐가 물어서 그렇다고 주장한 여자였다.

크레이븐 양이 상자를 닫아 선반의 원래 자리로 돌려놓았을 때 나는 벽에 좀 더 가까이 다가가 별 생각 없이 상자에 적힌 이름들을 살펴보기 시작했다. 그리고 크레이븐 양은 계속해 상자 뚜껑들을 들어 올리고는 그 안에 있는 내용물을 살폈다. 한 상자의 안을 들여다보던 크레이븐 양이 말했다. 「어떤 여자들은 정말 하찮은 차림으로 오죠. 한번 보면 놀라실 거예요.」

나는 크레이븐 양 옆으로 가서 그녀가 보여 주는 것을 보았다. 색바랜 검은 드레스, 캔버스 천으로 만든 실내화 한 쌍, 긴 노끈에 달린 열쇠 하나. 이 열쇠로 무엇을 열 수 있을까 궁금했다. 크레이븐 양은 상자를 닫고 가볍게 혀를 찼다. 「머리에 쓸 스카프 한 장도 없네요.」 이윽고 그녀는 선반을 따라 걸었고, 나도 따라 걸으며 상자의 내용물들을 훔쳐 보았다. 어떤 상자에는 아주 아름다운 드레스 한 벌, 박제되어 눈이 반짝거리는 새를 위에 얹은 벨벳 모자가 있었다. 하지만 그 모자 아래의 속옷은 너무나 새까매졌으며 마치 말이 짓밟은 것처럼 헤져 있었다. 다른 상자에는 칙칙한 갈색 얼룩이 흩뿌려진 페티코트가 담겨 있었다. 핏자국이 분명했다. 그 모습에 나는 몸서리가 쳐졌다. 또 다른 상자 역시 나를 놀라게 했다. 그 상자에는 프록 한 벌과 페티코트와 신발과 스타킹이 들어 있었다. 또한 붉은기 도는 갈색 머리 타래가 조랑말 꼬리 또는 이상한 소형 채찍처럼 묶여 있었다. 죄수가 처음 이곳에 도착했을 때 자른 머리털이었다. 크레이븐 양이 말했다. 「출감하면 가발을 만들 수 있도록 돌려준답니다. 특히 이 머리 주인에게는 아주 좋을 거예요! 채플린 거예요. 그 여자를 아세요? 독살죄로 왔지요. 거의 교수형을 당할 뻔했답니다. 지금은 그 여자가 예쁜 빨간 머리지만 여기서 나갈 때면 허옇게 변해 있을 거거든요!」

그녀는 상자를 닫더니 까칠하면서 몸에 익은 듯한 자세로 상자를 원래 자리로 밀어 넣었다. 보닛 밑으로 보이는 그녀의 머리털은 쥐털처럼 미웠다. 신입 죄수들을 맞이하던 여교도관이 집시 여인인 멍든 눈 수에게서 잘라 낸 머리 타래를 만지작거리던 모습을 본 기억이 났다. 그리고 돌연 그녀와 크레이븐 양이 잘라 낸 머리 다발이나 프록 또는 새 장식을 단 모자를 보며 속삭이는 불쾌한 모습이 떠올랐다. 「이걸 해봐. 왜, 누가 본다고 그래? 네 남자 친구가 보면 완전히 반하겠는걸! 4년 뒤에 이걸 누가 갖게 될지는 아무도 모르는 거야!」

그 모습과 속삭임이 너무나 생생했기 때문에 상상을 쫓아 내려고 나도 모르게 고개를 돌리고 손으로 얼굴을 가렸다. 그리고 다시 크레이븐 양을 보았을 때, 그녀는 다른 상자 쪽으로 가 있었고, 안의 내용물을 보더니 코웃음을 쳤다. 나는 그녀를 지켜보았다. 그리고 곧이어, 이곳 여자들의 평범했던 삶의 잔해를, 이제는 멈추어 버린 슬픈 잔해를 들여다보는 건 부끄러운 짓이라는 생각이 들었다. 상자들이 마치 관처럼 여겨졌고, 아이 어머니들이 우리를 인식하지 못한 채 우는 동안 우리 둘이 그 안에 있는 어린아이 시체들을 훔쳐보는 듯한 느낌이 들었다. 하지만 부끄러운 동시에 매료되기도 했다. 그리고 크레이븐 양이 천천히 다른 선반 쪽으로 갔을 때, 부끄럽고 그러면 안 된다고 생각을 하면서도 나도 모르게 그 뒤를 따라갔다. 우리가 간 곳에는 주화 위조범인 애그니스 내시의 상자가 있었다. 그리고 엘런 파워의 상자도 있었다. 파워의 상자 안에는 어린 여자아이 초상화가 들어 있었다. 손녀인 듯했다. 아마도 파워는 초상화를 자기 감방에 간직할 수 있으리라는 희망을 품었으리라.

이윽고 내 어찌 그 행동을 하지 않을 수 있으랴? 나는 주위를 둘러보며 셀리나의 상자를 찾아보았다. 셀리나의 상자 안에 든 물건들을 보면 어떤 느낌이 들지 상상하기 시작했다. 셀리나의 물건을 볼 수만 있다면, 무슨 물건인지는 알 수 없지만, 아무 것이든 볼 수만 있다면 그녀에 대해 더 잘 알고 더 가까워 질 수 있는 물건을 볼 수 있다면…… 크레이븐 양은 계속해 상자들을 꺼내 안에 든 초라하거나 멋진 옷들을 보며 흥분해 소리를 질렀고, 또 어떤 때는 구식 패션을 비웃곤 했다. 나는 그녀 곁에 서 있었지만 그녀가 가리키는 것을 보지 않았다. 대신 고개를 들고 두리번거리며 주위를 살폈다. 마침내 내가 말했다. 「여기는 어떤 순서로 정리되었나요? 상자가 어떤 순서로 배치되었나요?」

하지만 크레이븐 양이 여기저기 가리키며 설명을 하는 동안에 나는 원하던 이름을 찾았다. 그 상자는 크레이븐 양의 손이 안 닿는 곳에 있었다. 선반에 사다리가 기대어져 있었지만 그녀는 사다리에 올라가지 않았다. 사실, 그녀는 이미 손에 묻은 먼지를 털어내고 있었다. 나를 데리고 수용 구역으로 갈 준비를 하는 것이다. 이제 그녀는 허리춤에 두 손을 올리고 시선을 들었다. 그녀가 숨 쉬며 나른히 중얼거리는 소리가 내 귀에 들렸다. 「윙 윙 윙 윙……」

크레이븐 양을 떼어 놓아야만 했다. 그리고 내가 생각해 낼 수 있는 방법은 단 하나 뿐이었다. 내가 말했다. 「아!」 나는 손으로 머리를 짚었다. 「아, 여기를 둘러보느라 어지러워졌어요!」 그리고 나는 걱정이 되어 현기증이 났다. 그 때문에 얼굴이 창백해진 모양이었다. 내 얼굴을 본 크레이븐 양이 비명을 지르더니 한 걸음 다가왔기 때문이다. 나는 계속 손으로 이마를 짚고 있었다. 그리고 기절을 하지는 않을 것같지만 물을 한 잔 가져다줄 수 있느냐고 부탁했다.

크레이븐 양은 의자를 가져와 나를 앉혔다. 그녀가 말했다. 「다녀올 동안 혼자 계셔도 되겠어요? 의사 사무실에 방향염이 있을 거예요. 하지만 의사는 지금 진료소에 있기 때문에 열쇠를 가져오려면 1~2분 정도 걸릴 거예요. 리들리 양이 열쇠를 가지고 있어요. 쓰러질 것 같으세요?」

나는 쓰러지지 않을 거라고 말했다. 그녀는 두 손을 모았다. 이건 예기치 못한 상황이라고 외쳤다. 이윽고 크레이븐 양은 서둘러 밖으로 나갔다. 그녀의 열쇠 꾸러미와 발소리, 그리고 문이 쾅 닫히는 소리가 들렸다.

이윽고 나는 일어나 사다리를 잡고 내가 올라가야 하는 곳으로 가져갔다. 그리고 치마를 잡고 사다리를 올라 셀리나의 상자를 꺼내 뚜껑을 열었다.

뚜껑을 열자마자 톡 쏘는 유황 냄새가 났고, 나도 모르게 고개를 옆으로 돌리며 눈을 가늘게 떴다. 이윽고 내 뒤쪽 조명 때문에 상자 쪽으로 내 그림자가 드리워진 걸 깨달았다. 나는 상자 안에 무엇이 들었는지 알아볼 수가 없었고, 안을 보려면 사다리에서 몸을 기울여 선반 가장자리에 뺨을 댄 어색한 자세를 취해야만 했다. 이윽고 상자에 든 옷가지들을 알아볼 수 있었다. 외투, 모자, 검은 벨벳 드레스, 신발, 페티코트, 하얀 비단 스타킹……

나는 그것들을 만져 보고 들춰 보고 뒤집어 보았다. 살펴보고 계속 살펴보았다. 왜 그러는지는 나도 알지 못했다. 하지만 결국은 평범한 여자들 옷이었다. 드레스와 외투는 거의 닳지 않은, 새것처럼 보였다. 신발은 빳빳하고 광택이 났으며, 밑창에는 아무런 흔적도 보이지 않았다. 심지어 손수건 한 귀퉁이에 묶어 놓은 평범한 흑석 귀걸이조차 깔끔했고 와이어도 변색되지 않았으며, 손수건은 아주 빳빳했고 가장자리에 검은 비단을 둘렀으며 구겨진 곳이 거의 없었다. 특별한 것은 아무것도 없었다. 아무것도. 셀리나는 마치 상을 치르는 집에서 입게끔 점원이 골라준 옷과 장신구를 걸쳤던 것만 같았다. 나는 셀리나가 누렸으리라고 생각한 삶의 흔적을 전혀 발견할 수 없었다. 의복에서는 아무런 힌트도 얻을 수가 없었으며, 그녀의 가녀린 사지가 그것들을 걸친 모습 역시 상상할 수가 없었다. 상자 안의 물건은 아무런 도움도 되지 않았다.

아니 나는 그렇게 생각했다. 하지만 벨벳과 비단을 마지막으로 뒤집었을 때 상자 안에 무엇인가가 보였다. 마치 그늘 속에서 뱀이 똬리를 틀고 잠들어 있는 듯한……

셀리나의 머리털이었다. 셀리나의 머리털은 두꺼운 밧줄처럼 단단하게 땋아 둥그렇게 말렸으며, 머리에서 잘린 끝 부분은 감옥에서 쓰는 거친 삼실로 묶여 있었다. 손가락을 대어 보았다. 묵직하고 건조한 느낌이 들었다. 보기엔 광택이 나지만 막상 만져 보면 건조하다던 뱀처럼 말이다. 빛을 받은 곳은 둔탁한 황금색으로 빛났다. 하지만 보는 각도에 따라 그 황금색은 다른 색으로 변했다. 어떤 부분은 은색이었으며 어떤 부분은 거의 녹색으로 보였다.

나는 셀리나의 사진을 열심히 살펴본 기억이 떠올랐다. 사진 속 그녀의 머리털은 아름답게 구불거렸다. 그 때문에 나는 셀리나를 더욱 생생하게 느꼈었다. 진짜라고 느꼈었다. 관 같은 상자, 숨 막히는 방, 이제 이 모든 것이 돌연 셀리나의 머리털을 두기에는 너무나도 어둡고 끔찍해 보였다. 여기에 빛이 조금만 더 들어온다면, 공기가 조금만 더 들어올 수 있다면……. 그리고 여교도관들이 속삭이는 모습이 다시 떠올랐다. 아마 그들은 이곳에 와 셀리나의 머리 타래를 보며 비웃고 굳은살 박인 손으로 만져 보거나 툭툭 쳐보는 건 아닐까?

이제 내가 셀리나의 머리 타래를 가져가지 않으면 교도관들이 망가뜨릴 것만 같다는 생각이 불현듯 들었다. 나는 머리 타래를 집어 접었다. 지금 생각해 보면 외투 주머니나 가슴을 여민 단추 안쪽에 쑤셔 넣을 생각이었던 것 같다. 하지만 사다리에서 몸을 기울여 선반에 뺨을 댄 어색한 자세로 손을 뻗어 머리 타래를 잡고 만지작거리고 있을 때 복도 끝에서 문이 쾅 닫히는 소리가 들렸고, 이윽고 목소리들이 들렸다. 크레이븐 양과 리들리 양 목소리였다! 나는 놀라 하마터면 사다리에서 떨어질 뻔했다. 머리 타래는 정말 뱀이었을지도 모르겠다. 나는 마치 머리 타래가 갑자기 살아나 독니를 드러냈다는 듯이 깜짝 놀라 그것을 내팽개치고 말았다. 그런 다음 상자 뚜껑을 닫고 힘겹게 사다리에서 내려왔다. 그리고 그러는 내내 여교도관들의 목소리가 가까이,

더 가까이 들렸다.

둘이 왔을 때 나는 의자 등받이에 손을 올린 채 공포와 부끄러움으로 벌벌 떨고 있었다. 아마도 뺨에는 선반에 기댔던 자국이 나고, 외투에는 먼지가 묻어 있었을 것이다. 크레이븐 양이 방향염 병을 들고 내게 다가왔다. 하지만 리들리 양은 눈을 가늘게 뜨고 나를 보았다. 리들리 양이 사다리, 선반, 그 위의 상자를 살피는 것 같다는 생각이 들었다. 둘이 오는 소리를 들었을 때 너무나 놀라 황급히 내려온 바람에 상자를 제 위치에 두지 못했을 수도 있었다. 하지만 모르겠다. 나는 상자 쪽으로 고개를 돌리지 않았다. 단지 그녀를 힐긋 보았을 뿐이다. 그러고는 시선을 돌렸고, 더 심하게 몸을 떨었다. 내가 아픈 것처럼 보이게 된 것은, 그래서 마침내 방향염을 든 크레이븐 양이 내가 아프다고 여기게 된 것은 바로 감정이 그대로 드러나던 나의 눈, 그 시선 때문이었다. 리들리 양이 조금만 더 일찍 왔더라면 무엇을 보았을지 내가 알았기 때문이었다. 나는 정말로 알았다. 지금도 생생하고 끔찍하게 그 장면을 상상할 수 있다.

그것은 바로 나, 창백하고 지루한 노처녀인 내가 흥분한 상태로 땀을 흘리며 흔들거리는 감옥 사다리에서 손을 뻗어 아름다운 소녀의 잘린 노란 머리 타래를 잡으려 하는 모습이었다……

크레이븐 양이 곁에 서서 물이 담긴 유리잔을 내 입에 댔고, 나는 물을 마셨다. 셀리나가 차가운 감방에 앉아서 나를 무척이나 기다린다는 사실을 잘 알았다. 하지만 지금은 그녀에게 갈 수 없었다. 지금 셀리나에게 간다면 나 자신이 정말 싫어질 것이었다. 나는 오늘은 수용 구역을 방문하지 않겠노라고 말했다. 리들리 양도 그게 나을 것 같다며 동의했다. 그녀는 나를 수위실이 있는 곳까지 데리고 갔다.

오늘 저녁, 어머니에게 책을 읽어 줄 때, 어머니는 내 뺨에 난 자국이 뭐냐고 물었다. 그 말에 거울을 보니 뺨에 멍이 들어 있었다. 선반에 기댔을 때 생긴 것이었다. 멍이 든 걸 안 뒤로 내 목소리가 떨렸고, 나는 책을 내려놓았다. 목욕을 해야겠노라고 말했고, 비거스에게 내 방 벽난로 앞에서 목욕을 할 테니 준비를 하라고 시켰다. 다리를 구부리고 욕조 안에 누웠고, 내 살갗을 유심히 살펴보았다. 그리고 식어 가는 물속으로 얼굴을 담갔다. 눈을 떴을 때 비거스가 욕조 옆에서 수건을 들고 서 있었다. 비거스의 시선은 암울해 보였고, 얼굴은 나만큼이나 창백했다. 어머니와 마찬가지로 비거스도 말했다. 「뺨을 다치셨어요, 아가씨.」 비거스는 뺨에 식초를 발라 주겠노라고 했다. 나는 비거스가 내 얼굴에 천을 대고 있는 동안 어린아이처럼 고분고분 앉아 있었다.

그러더니 비거스는 오늘 내가 집에 없어서 무척 안타까웠다고 말했다. 프라이어 부인, 즉 내 동생과 결혼한 헬렌 프라이어 부인이 아기와 함께 왔으며 내가 없어서 아쉬워했기 때문이란다. 비거스가 말했다. 「프라이어 부인은 정말 아름다우세요.」

그 말은 들은 나는 식초 냄새에 속이 울렁거린다는 핑계를 대며 비거스를 밀쳐 냈다. 그리고 목욕물을 치운 다음, 어머니에게 내 약을 가져다 달라고 전하게 했다. 당장 약을 먹고 싶었다. 어머니가 와서 말했다. 「대체 왜 그러는 거니?」 내가 말했다. 「아무 일도 아니에요, 어머니.」

하지만 내 손이 너무나 떨렸기 때문에 어머니는 내게 잔을 건네지 않고 대신 들어 줬다. 크레이븐 양이 한 것처럼.

어머니가 감옥에서 뭔가 험한 걸 봐서 당황했냐고 물었다. 어머니는 그런 꼴을 당하게 여교도관들이 놔둔다면 이제 그곳에 가면 안 된다고 말했다.

어머니가 나간 뒤, 나는 손을 비틀어 대며 방을 서성거리면서 속으로 되뇌었다. 이 바보, 바보……. 이윽고 나는 이 일기장을 꺼내 페이지를 넘기기 시작했다. 아서가 〈여자의 책은 마음을 담은 일기장이 전부〉라고 했던 게 기억났다. 밀뱅크를 다녀온 내용을 이 일기에 적으면서 그러한 아서의 의견에 반대하고 짜증을 낸 기억이 난다. 나는 내 삶을 옮겨 적는 책을, 삶이나 사랑이 전혀 배어 있지 않은, 그냥 카탈로그처럼, 일종의 목록처럼 만들 자신이 있었다. 하지만 이제 결국 내 마음이 일기장의 모든 페이지에 스며든 걸 볼 수 있다. 일기장의 굴곡진 길이 보였고, 페이지를 넘길 때마다 그것은 더욱 견고해졌다. 그리고 계속해 견고해지더니 마침내 하나의 이름이 되었다.

셀리나.

오늘 저녁, 나는 이 일기장을 불태워 버릴 뻔했다. 지난번 것을 그리했듯이 말이다. 하지만 고개를 들었을 때 책상 위에 놓인 꽃병이 보였다. 꽃병에는 오렌지 꽃다발이 꽂혀 있었다. 그리고 그 꽃다발은 셀리나가 약속한 대로 계속 하얗고 향기로웠다. 나는 오렌지 꽃다발로 다가가 물이 뚝뚝 떨어지는 채로 꽃병에서 뽑아냈다. 내가 태운 것은 그것이었다. 나는 쉿쉿거리는 석탄불 위에 그것을 들고 있었고, 꽃다발이 비틀어지고 시커메지는 모습을 지켜보았다. 꽃잎 한 장만을 남겨 두었다. 그것을 여기에 넣고 눌러두었으며, 이제 이 페이지는 절대로 열지 않을 생각이다. 내가 일기장을 다시 펼치면 꽃향기가 나며 내게 경고하리라. 그것은 칼날처럼 빠르고 날카롭고 위험하게 나를 위협하리라.

1874년 12월 2일

오늘 일어난 일을 어떻게 써야 할지 모르겠다. 앉거나 서거나 걷거나 말하거나, 기타 평소 하는 행동을 어떻게 하는지 모르겠다. 하루 반 동안 나는 정신이 빠져 있었으며, 나를 진찰하려고 의사가 왔고, 헬렌이 보러 왔다. 심지어 스티븐까지 왔다. 스티븐은 침대 발치에 서서 잠옷을 입은 나를 물끄러미 바라보았다. 내가 잠들었다고 생각한 둘이 소곤거리는 소리가 들렸다. 그러는 내내 나는 나를 혼자 두기만 하면, 그래서 생각할 수 있게 하고, 여기에 글을 쓸 수 있게 그냥 내버려 두면, 내가 괜찮으리라는 사실을 잘 알았다. 이제 저들은 떠났고, 문밖에 비거스를 의자에 앉혀 놓았고, 내가 비명을 지를 경우를 대비해 문을 살짝 열어 두었다. 하지만 나는 조용히 내 책상으로 가서 마침내 내 일기장을 펼쳤다. 이곳만이 내가 솔직해질 수 있는 장소다. 하지만 단어를 써야 할 줄조차 잘 보이지 않는다.

셀리나가 〈어둠〉 속에 갇혔다! 그리고 그건 나 때문이다. 그리고 셀리나에게 가보아야 하지만 겁이 난다.

마지막으로 감옥을 방문하고 난 뒤, 슬프지만 셀리나를 멀리해야겠다고 결심했다. 셀리나를 만날수록 내가 낯설어지고 내가 아닌 것처럼 느껴지는 것을 깨달았다. 아니, 상황은 그보다 더 심각해서, 셀리나를 만나면 만날수록 더욱더 나다워졌고, 예전의 나, 벌거벗은 오로라다워졌다. 이제 다시 마거릿이 되려 애써 보았지만 그럴 수가 없었다. 마거릿은 마치 옷이 줄어들 듯 작아져 버린 것만 같았다. 마거릿이 무엇을 했는지, 어떻게 움직이고 어떻게 말했는지 전혀 모르겠다. 나는 어머니와 함께 앉아 있었다. 거기에 앉아 있는 것은 어머니의 말에 그냥 고개만 까닥이는 인형, 종이 인형이나 다름없었다. 그리고 헬렌이 왔을 때, 헬렌에게 시선을 줄 수가 없었다. 헬렌이 내게 키스했을 때, 그녀의 입술에 닿는 내 뺨의 건조함을 깨달은 나는 전율했다.

밀뱅크를 마지막으로 다녀온 뒤, 그렇게 시간은 흘러갔다. 그러다가 어제 나는 그림을 보면 좀 기분 전환이 될까 하는 마음에 혼자 국립 미술관에 갔다. 마침 그날은 학생의 날이었고, 한 소녀가 크리벨리의 「성수태고지」 앞에 이젤을 설치해 놓고 캔버스에 흑연심으로 성모의 얼굴이며 손을 그리고 있었다. 그 얼굴은 셀리나의 얼굴이었으며, 내 얼굴보다 더 진짜같이 보였다. 나는 왜 셀리나를 멀리했는지 알지 못했다. 시각은 5시 반이었으며, 어머니는 저녁 식사에 손님들을 초대해 두었다. 하지만 나는 그 어떤 것도 괘념치 않았다. 그저 곧장 밀뱅크로 가서 감방을 방문하고 싶다며 여교도관에게 안내를 부탁했다. 여죄수들은 저녁 식사를 거의 다 마치고 빵 부스러기로 접시를 닦아 먹고 있었다. 셀리나가 있는 수용 구역에 도착했을 때, 젤프 부인의 목소리가 들렸다. 부인은 복도 귀퉁이에 서서 큰 소리로 저녁 기도를 했으며, 그 목소리는 수용 구역 복도에 반사되며 울려 퍼졌다.

내 쪽으로 온 부인은 내가 기다리는 걸 보더니 깜짝 놀랐다. 그녀는 죄수 두세 명에게 나를 데리고 갔다. 마지막은 엘런 파워였다. 그녀가 전과 너무나 달랐고, 무척이나 아팠으며, 자길 보러 와줬다고 무척 고마워했기 때문에 바로 나올 수가 없었다. 대신 파워와 함께 앉아 손을 잡고 부어오른 손가락 마디를 쓰다듬으며 그녀를 달랬다. 이제 그녀는 말을 할 때마다 기침을 했다. 의사가 약을 주기는 했지만 입원을 할 수는 없었다. 파워 말에 따르면, 자기보다 젊은 여자들이 침상을 다 차지했기 때문이란

362

다. 그녀 옆에는 양털실이 담긴 쟁반과 반쯤 완성된 스타킹 한 쌍이 있었다. 감옥에서는 이렇게 아픈 사람에게도 여전히 일을 시켰다. 파워는 아파서 빈둥거리느니 차라리 일을 하는 게 낫다고 말했다. 내가 말했다. 「이건 옳지 않아요. 핵스비 양과 이야기를 해보겠어요.」 하지만 내 말을 듣자마자 파워는 아무 소용이 없을 거라고 했다. 그리고 그렇게 하지 않았으면 좋겠다고 말했다.

그녀가 말했다. 「저는 7주 뒤면 출감해요. 제가 골칫거리라고 생각되면 교도관들은 석방을 뒤로 미룰 거예요.」 나는 골치 아픈 일을 일으킨다 해도 그건 파워가 아니라 나라고 말했지만, 그렇게 말하면서도 속으로 움찔했고 그런 내가 부끄러웠다. 내가 파워가 아픈 걸로 말참견을 하면 핵스비 양은 그 사실을 내게 반하는 일을 꾸미는 데 이용할 수도 있었다. 가령 내가 더는 이곳을 방문하지 못하게 한다든가…….

이윽고 파워가 말했다. 「그런 행동을 할 생각도 하지 마세요, 아가씨. 정말로, 그렇게 하시면 안 돼요.」 그녀는 운동 시간에 자기만큼 아픈 여자를 스무 명이나 만났다고 했다. 그리고 자기를 위해 규칙을 완화한다면 스무 명 모두에게도 그렇게 할 수밖에 없다고 말했다. 「하지만 그 사람들이 왜 그런 일을 하겠어요?」 그녀는 자기 가슴을 토닥였다. 「제게는 플란넬이 조금 있어요.」 윙크를 보내려 애쓰며 그녀가 말했다. 「아직 그것을 가지고 있어요, 다행히도요!」

젤프 부인이 나를 감방에서 꺼내 줬을 때, 나는 〈진료소에 파워가 있을 침상이 없다는데 사실인가요?〉 하고 물었다. 그녀는 파워를 입원시켜 달라고 의사에게 말했는데 의사가 자기 일은 자기가 더 잘 아니 참견 말라고 아주 대놓고 말했다고 했다. 부인은 그 의사가 파워를 〈갈보〉라고 불렀다고 했다.

그녀가 계속 말했다. 「리들리 양의 말이라면 의사도 따르겠죠. 하지만 리들리 양은 형벌에 관한 한 의견이 아주 확고합니다. 그리고 제가 복종해야 하는 사람은 바로 리들리 양이고요.」이 대목에서 그녀는 주위를 둘러보았다. 「엘린 파워나 다른 여자들이 아니라 말이에요.」

그 말에 나는 생각했다. 당신도 다른 죄수들과 마찬가지로 밀뱅크의 덫에 걸렸군요.

이윽고 그녀는 나를 데리고 셀리나에게 갔다. 나는 엘린 파워는 완전히 잊어버렸다. 셀리나의 감방 앞에 서서 떠는 나를 본 젤프 부인이 말했다. 「추우시군요, 아가씨!」그 순간까지도 나는 그 사실을 알지 못했다. 그때쯤엔 이미 상당히 얼어붙어 손발에 감각이 없었던 듯하다. 하지만 셀리나의 시선을 받자, 내 생명이 천천히 내 안으로 돌아왔고, 그것은 황홀한 느낌이었지만 또한 끔찍하게 고통스럽고 혹독했다. 이윽고 나는 셀리나를 멀리하려 하다니 참으로 멍청했다는 사실을 깨달았다. 이곳에 오지 않는 동안 내 감정은 무뎌지고 평범해진 게 아니라 더 절박해지고 더욱 예민해졌던 것이다. 셀리나는 두려워하는 눈으로 나를 바라보았다. 「미안해요.」셀리나가 말했다. 내가 물었다. 「뭐가 미안하다는 건가요?」셀리나가 대답했다. 「아마도 꽃다발?」그녀는 그 꽃다발을 준 것이었다. 하지만 내가 더는 자신을 찾아오지 않자 그녀는 지난번에 한 말, 즉 그 꽃다발 때문에 내가 겁을 먹었다고 한 말을 떠올렸다고 했다. 그녀는 아마도 그것 때문에 내가 자기에게 벌을 주는 것이라고 생각했단다.

내가 말했다. 「오, 셀리나, 어떻게 그런 생각을 할 수가 있어요? 제가 한동안 오지 않은 건 단지, 단지 전…….」

나는 내 열정이 두려웠다고 말하려 했다. 하지만 그 말을 하지 않았다. 그 끔찍한 환영이, 노처녀의 환영이, 머리 타래를 움켜쥔 환영이 다시 나를 찾아왔기 때문이다…….

나는 단지 그녀의 손을 아주 잠깐 잡았다가 다시 놓았다. 그녀의 손가락이 축 처졌다. 「두려운 건 아무것도 없어요.」내가 말했다. 그리고 그녀에게서 시선을 돌렸다. 나는 프리실라가 결혼해나갔기 때문에 이제 집에서 내가 해야 할 일이 많다고 말했다.

우리는 이런 식으로 이야기를 했다. 셀리나는 경계했으며 여전히 반쯤 두려워하는 기색을 보였다. 나는 심란했고, 셀리나에게 너무 가까이 다가갈까 봐 겁이 났으며 심지어 너무 열심히 바라보는 것조차 두려웠다. 그때 발소리가 들리더니 젤프 부인이 다른 교도관과 함께 감방 문 앞에 나타났다. 나는 같이 온 교도관이 맨 가죽 가방을 보기 전까지는 그녀가 누군지 알지 못했다. 하지만 이윽고 그녀가 목사의 서기이자 죄수들에게 편지를 배달해 주는 브루어 양임을 깨달았다. 그녀는 나와 셀리나를 향해 싱긋 웃었다. 뭔가 자신만 아는 게 있다는 듯한 웃음이었다. 그녀는 선물을 가지고 있으면서 그 선물을 반쯤 숨겨 둔 듯한 기운을 풍겼다. 나는 알았다. 그녀를 보자마자 알았다! 그리고 셀리나 역시 알아차렸으리라고 생각한다. 나는 생각했다. 우리를 뒤흔들 뭔가가 있는 게 분명해. 골칫거리를 가져온 거야.

문 뒤 의자에 앉은 비거스가 몸을 움직이며 한숨을 쉬는 소리가 들린다. 나는 조용히, 조용히 써야만 한다. 그러지 않으면 비거스가 와서 일기장을 빼앗고 나를 자게 하리라. 하지만 내가 아는 이 사실을 두고 어찌 잠들 수 있단 말인가? 브루어 양이 셀리나의 독방으로 들어왔다. 젤프 부인은 감방 문을 닫았지만 잠그지는 않았고, 그녀가 좁은 복도를 따라 걸어가는 소리가 들렸다. 이윽고 발소리가 멈췄다. 아마도 다른 죄수를 살피는 듯했다. 브루어 양은 마침 내가 여기에 있어서 다행이라고 했다. 도스에게 전할 소식이 있으며, 그 소식을 들으면 나 역시 기뻐할 거라고 했다. 셀리나가 손을 들어 목을 만졌다. 그녀가 말했다. 무슨 소식인가요? 브루어 양은 자기가 전할 소식에 기뻐 얼굴에 홍조를 띠었다. 「이감될 거예요!」 브루어 양이 셀리나에게 말했다. 「이감될 거예요. 사흘 뒤 풀럼에 있는 감옥으로요.」

이감된다고요? 셀리나가 말했다. 이감된다고요? 풀럼으로요? 브루어 양이 고개를 끄덕였다. 그녀는 이미 명령이 내려왔으며 성급 죄수들은 모두가 옮긴다고 했다. 그리고 핵스비 양은 해당자에게 이 소식을 즉시 알리기를 바랐단다.

브루어 양이 내게 말했다. 「생각해 보세요. 풀럼 죄수들은 상냥하답니다. 그곳에서는 여자들이 함께 일하고 심지어 대화를 나누기까지 해요. 음식도 여기보다는 조금은 더 잘 나오고요. 그리고 풀럼에서는 차를 마시는 대신에 초콜릿을 먹어요! 어때요, 도스 양?」

셀리나는 아무 말도 하지 않았다. 그녀는 아주 뻣뻣하게 굳었으며 손은 여전히 목에 대고 있었다. 오로지 눈동자만이 인형 눈동자처럼 살짝 움직였다. 브루어 양의 소식에 심장이 뒤틀리는 듯한 느낌이었지만, 나는 말을 해야만 하며 내 본심을 드러내면 안 된다는 사실을 잘 알았다. 내가 말했다. 「풀럼이래요, 셀리나.」 하지만 내 머릿속에는 어떻게 하면, 어떻게 해야 그곳을 방문할 수 있을까 하는 생각뿐이었다.

하지만 내 목소리의 음색이며 얼굴에서 본심이 드러난 게 분명하다. 브루어 양이 어리둥절한 표정으로 나를 봤기 때문이다.

이제 셀리나가 말했다.「저는 안 갈 거예요. 밀뱅크를 떠나 다른 곳으로 가지 않을 거예요.」브루어 양이 나를 힐긋 보았다.「안 간다고요?」그녀가 말했다.「도스 양이 무슨 말을 하는 건가요? 제 말을 제대로 이해하지 못했군요. 이감을 하는 건 벌이 아니에요.」—「전 가고 싶지 않아요.」셀리나가 말했다.

「하지만 당신은 가야 해요.」—「당신은 가야 해요.」내가 풀죽은 목소리로 따라 말했다.「저들이 가야 한다고 말한다면 따라야만 해요.」—「안 가요.」셀리나의 눈동자는 여전히 움직였지만 나를 보고 있지 않았다. 이제 셀리나가 말했다.「왜 저를 그곳으로 보내려 하나요? 제가 할 일을 제대로 하지 않았나요? 원하는 모든 일을 하지 않았나요? 고분고분하지 않았나요?」셀리나의 목소리는 평소와 달리 이상하게 들렸다.

「예배당에서 기도문을 제대로 외우지 못했나요? 아니면 학교 선생님이 지도하는 내용을 제대로 따라가지 못했나요? 수프를 다 먹지 않았나요? 제 감방을 깨끗하게 정돈하지 않았나요?」

브루어 양이 싱긋 웃더니 고개를 저었다. 그녀가 말했다.「이감이 되는 건 당신이 바르게 행동했기 때문이에요. 당신은 그 보답을 받고 싶지 않은 건가요?」브루어 양의 목소리는 부드러워졌다. 그녀는 말하길, 도스는 그냥 놀랐을 뿐이란다. 그녀는 밀뱅크의 수감자들이 이 세상에 좀 더 친절한 곳이 있다는 상상을 하기 어렵다는 사실을 자신도 잘 안다고 했다.

브루어 양은 문 쪽으로 한 걸음 다가갔다. 그녀가 말했다.「이제 저는 갈 테니, 프라이어 양과 같이 있으세요. 당신이 현 상황을 이해할 수 있도록 프라이어 양이 도와줄 거예요.」 그녀는 나중에 핵스비 양이 와서 더 자세한 상황을 말해 줄 거라고 했다.

브루어 양은 셀리나의 대답을 기다렸는지, 아무 대답도 듣지 못하자 다시 어리둥절한 표정을 지었다. 잘 모르겠다. 내가 아는 건, 그녀가 문 쪽으로 돌아섰다는 사실이다. 아마도 문에 손을 댄 듯하지만 확실히 기억나지는 않는다. 그리고 셀리나가 움직이는 게 보였다. 너무나도 급작스레 움직였기 때문에 나는 셀리나가 기절하는 걸로 여겼고, 부축을 하려고 한 걸음 다가섰다. 하지만 셀리나는 기절한 게 아니었다. 그녀는 탁자 뒤에 있는 선반으로 쏜살같이 다가가 그 위에 있는 무엇인가를 집어 들었다. 주석 머그와 숟가락과 책이 굴러떨어지는 소리가 들렸고, 물론 브루어 양도 그 소리를 듣고 돌아보았다. 이윽고 브루어 양의 얼굴이 꿈틀거렸다. 셀리나는 팔을 들어 올리더니 힘껏 휘둘렀다. 그녀는 나무 접시를 쥐고 있었다. 브루어 양이 팔을 들어 막으려 했지만 때는 너무 늦었다. 셀리나는 나무 접시를 세워 가장자리로 브루어 양을 때렸다. 내 생각에는 눈 근처인 듯하다. 브루어 양이 손을 눈에 갖다댔고, 이윽고 다음 공격을 막으려고 팔로 얼굴을 가렸기 때문이다.

이윽고 브루어 양이 가엾게도 대자로 쓰러졌고, 스커트가 하늘을 향하며 속의 거친 모직 스타킹, 대님, 분홍색 허벅지가 드러났다.

이 모든 일은 내가 지금 여기에 내용을 적는 것보다도 더 빠른 시간에 일어났다. 나는 그렇게 단시간에 그런 일이 벌어질 수 있다곤 상상도 못 해봤다. 머그와 숟가락이 딸그락거리는 소리 그리고 나무 접시가 끔찍한 소리를 낸 뒤로 들리는 소리라고는 브루어 양의 거친 숨소리와 벽에 닿은 그녀의 가방 버클이 벽을 긁는 소리뿐이었다. 나는 두 손으로 얼굴을 가렸다. 나는 이렇게 말한 듯하다. 「맙소사!」 내 손가락 사이로 단어가 흘러나오는 것이 느껴졌다. 그리고 마침내 브루어 양 옆으로 다가갔다. 이윽고 셀리나가 아직까지도 나무 접시를 꽉 쥐고 있는 걸 알아차렸다. 그녀의 얼굴은 창백하게 질렸으며 땀에 젖었고 낯설었다.

그리고 나는 생각했다. 순간 생각했다. 다쳤다던 실베스터 양을 떠올렸다. 나는 생각했다. 당신이 그 여자를 때렸군요! 그리고 나는 당신과 같은 감방에 갇혀 있고요! 나는 겁에 질려 뒤로 물러섰고, 두 손을 의자 위에 올려놓았다.

이윽고 셀리나는 나무 접시를 떨어뜨리더니 접어 놓은 해먹 위에 무너지듯 앉았고, 나는 그녀가 나보다도 더 심하게 떠는 걸 깨달았다.

브루어 양이 뭐라고 중얼거리며 주위의 벽과 탁자를 움켜쥐려 애를 썼고, 그 모습을 본 나는 그녀에게 가서 무릎을 꿇고 떨리는 손으로 이마를 짚어 보았다. 내가 말했다. 「가만히 누워 계세요. 가만히 누워 계세요, 브루어 양.」 그녀는 흐느끼기 시작했다. 이윽고 내가 복도를 향해 외쳤다. 「젤프 부인! 오, 젤프 부인! 어서 좀 와보세요!」

젤프 부인은 즉시 복도를 달려왔고, 감방 빗장을 잡고 숨을 골랐다. 이윽고 무슨 일이 벌어졌는지를 본 젤프 부인은 비명을 질렀다. 내가 말했다. 「브루어 양이 다쳤어요.」 이윽고 더 낮은 목소리로 말했다. 「얼굴을 맞았어요.」 젤프 부인은 창백해지더니 사나운 눈으로 셀리나를 노려보았고, 가슴에 손을 얹고 잠시 서 있었다. 이윽고 그녀는 감방 문을 밀었다. 문은 브루어 양의 치마와 다리에 걸렸다. 우리는 브루어 양의 옷을 잡아당기고 다리를 돌리느라 잠시 낑낑거렸다. 셀리나는 여전히 아무 말 없이 계속 떨면서 우리를 지켜보았다. 브루어 양의 눈가가 부풀어 오르기 시작했고, 창백한 뺨과 이마에는 이미 멍이 피어났다. 드레스와 보닛에는 감방 벽의 석회가 잔뜩 묻어 있었다. 젤프 부인이 말했다. 「브루어 양을 제 방으로 옮기도록 좀 도와주세요, 프라이어 양. 수용 구역들 사이에 있어요. 그런 다음 우리 가운데 한 명이 가서 의사를 불러와야 해요. 그리고, 그리고 리들리 양도 불러와야 하고요.」 이 대목에서 그녀는 잠시 나와 시선을 마주쳤고, 다시 셀리나 쪽으로 시선을 돌렸다. 셀리나는 이제 무릎을 굽혀 가슴에 대고 두 팔로 무릎을 감싸 안고 고개를 숙이고 있었다. 소매를 따라 구겨진 별이 그늘 속에서 아주 밝게 보였다. 와들와들 떠는 셀리나에게 앞으로 무슨 일이 일어날지 아는 상황에서 아무런 위로의 말도 없이 서둘러 떠나야 한다는 생각은 갑자기 끔찍해 보였고, 그 생각이 들자 몸서리가 쳐졌다. 내가 말했다. 「셀리나.」 여교도관이 듣든 말든 상관없었다. 내 말에 셀리나가 고개를 들었다. 그녀의 시선은 멍했으며 초점이 풀려 있었다. 셀리나의 시선이 나를 향한 건지 아니면 젤프 부인을 향한 건지, 아니면 우리 둘 사이에 맞고 쓰러져 흐느끼는 브루어 양을 향한 건지는 알 수 없었다. 아마도 나를 본 거 같다는 생각이 든다. 하지만 셀리나는 아무 말도 하지 않았고, 마침내 여교도관은 나를 셀리나에게서 떼어 놓았다. 그녀는 감방 문을 잠갔고, 잠시 망설이더니 두 번째 나무 문을 닫은 뒤 빗장을 걸었다.

이윽고 우리는 교도관의 방까지 갔다. 정말로 길고 길게 느껴진 시간이었다! 내 외침, 교도관의 비명, 브루어 양의 흐느낌을 들은 죄수들이 감방 문으로 와 철창에 얼굴을 바짝 누르며, 우리가 볼품없는 자세로 가다 말다 하며 걸어가는 모습을 지켜보았기 때문이다. 한 명이 외쳤다. 오, 누가 브루어 양을 다치게 한 거야? 그러자 대답이 들렸다. 「도스야! 셀리나 도스가 자기 감방에서 폭발해 버렸어. 셀리나 도스가 브루어 양의 얼굴을 쪼개 버렸어!」 셀리나 도스! 그 이름은 마치 더러운 물결을 탄 듯이 여자들 사이로, 감방 사이로 퍼져 나갔다. 젤프 부인은 조용히 하라고 소리쳤다. 하지만 그 목소리에는 불만이 담겨 있었고, 죄수들의 외침은 계속되었다. 그러던 중 다른 목소리를 뚫고 누군가가 말했다. 하지만 이번에는 다른 이에게 말을 하려거나 감탄을 하는 것이 아니라 웃기기 위함이었다. 「셀리나 도스가 마침내 폭주해 버렸네! 셀리나 도스가 구속복을 입고 어둠으로 가게 됐어!」

내가 말했다. 「아, 제발! 저 사람들은 어째 늘 떠들어 대나요?」 이 여자들 때문에 셀리나가 광기에 빠지지는 않을까 걱정되었다. 하지만 그런 생각을 하고 있을 때 문을 꽝 치는 소리가 들렸고, 내가 알아들을 수 없는 또 다른 외침이 뒤따랐다. 그러자 즉시 죄수들이 조용해졌다. 리들리 양과 프리티 부인이었다. 둘이 시끌벅적한 소리를 듣고 아래층 수용 구역에서 올라온 것이었다. 우리는 여교도관의 방에 다다랐다. 젤프 부인이 문을 열고 브루어 양을 의자로 데려갔고, 손수건에 물을 적셔 눈에 올려 주었다. 내가 빠르게 말했다. 「정말로 셀리나가 어둠에 갇히나요?」「네.」 젤프 부인은 나와 똑같이 낮은 목소리로 대답했다. 이윽고 그녀는 허리를 굽히고 브루어 양을 살폈다. 리들리 양이 와서 〈자, 젤프 부인, 프라이어 양, 대체 이 소란은 뭔가요?〉라고 물을 즈음, 젤프 부인의 손은 더는 떨리지 않았고, 얼굴도 상당히 침착해졌다.

젤프 부인이 말했다. 「셀리나 도스가 나무 접시로 브루어 양을 때렸습니다.」

리들리 양은 고개를 들더니 브루어 양에게 다가가 질문했다. 「어떻게 해서 다친 거죠?」 브루어 양이 말했다. 「모르겠어요.」 프리티 부인이 그 말을 듣더니 상처를 자세히 살피려고 더 가까이 다가왔다. 리들리 양이 손수건을 치웠다. 그녀가 말했다. 「눈가가 퉁퉁 부어올랐어요. 그거 말고는 크게 다친 곳은 보이지 않네요. 하지만 젤프 부인이 가서 금방 의사를 데려올 거예요.」 그 말에 즉시 젤프 부인이 나갔다. 리들리 양은 손수건을 도로 눈 위에 놓고 한 손을 그 위에 올려놓았다. 다른 손은 브루어 양의 목에 댔다. 리들리 양은 나를 보지 않았고, 프리티 부인에게 고개를 돌렸다. 「도스.」 그녀가 말했다. 그리고 리들리 양은 프리티 부인이 복도로 나설 때 덧붙여 말했다. 「반항하면 절 부르세요.」

나는 그냥 가만히 서서 듣고만 있었다. 프리티 부인이 모래 깔린 판석 위를 빠르고 육중하게 걷는 소리가 들렸고, 이윽고 셀리나의 감방 나무 문 빗장이 열리고 감방 문을 열려고 열쇠가 덜커덕거리는 소리가 들렸다. 중얼거리는 소리가 들렸다. 비명이 들린 듯하다. 이윽고 정적이 뒤따랐으며 다시 빠르고 육중한 발소리, 그리고 더 가벼운 사람이 비틀거리는 또는 질질 끌려오는 듯한 소리가 났다. 이윽고 복도 끝 문이 요란한 소리를 냈다. 그러고는 아무 소리도 들리지 않았다.

나는 리들리 양이 나를 주시하는 걸 알아차렸다. 그녀가 말했다. 「소동이 있었을 때 죄수와 함께 있었죠?」 나는 고개를 끄덕였다. 그녀가 물었다. 「왜 이런 일이 벌어진 건가요?」 나는 잘 모르겠노라고 답했다. 그녀가 다시 물었다. 「왜 도스가 브루어 양은 때렸으면서 당신은 가만히 둔 건가요?」 나는 다시 말했다. 「잘 모르겠어요. 도스가 왜 사람을 때렸는지 모르겠어요.」

내가 말했다. 「브루어 양이 소식을 가지고 왔어요.」「그리고 그 소식을 듣고 도스가 폭주한 건가요?」「네.」

「무슨 소식이었나요, 브루어 양?」

「도스는 이감될 예정이에요.」 브루어 양이 가냘픈 목소리로 말했다. 그녀는 곁에 있는 탁자에 한 손을 올렸다. 탁자 위에는 카드 한 벌이 있었다. 페이션스 게임[4]을 하려고 젤프 부인이 순서대로 펼쳐 놓은 것이었는데, 이제 카드들은 엉망으로 헝클어졌다. 「도스는 풀럼의 감옥으로 이송될 예정이에요.」

리들리 양이 코웃음 쳤다. 「〈예정〉이었죠.」 신랄한 만족감을 보이며 그녀가 말했다.

이윽고 그녀의 얼굴이 씰룩였고 — 마치 시계 안의 톱니와 기어들이 엉클어지면서 시계 판이 가끔씩 꿈틀거리는 것 같았다 — 두 눈이 다시 내 눈을 정면으로 바라보았다.

나는 그녀가 무슨 짐작을 하는지 알아챘다. 그리고 생각했다. 맙소사.

나는 그녀에게서 등을 돌렸다. 그녀는 더는 아무 말도 하지 않았고, 잠시 뒤 젤프 부인이 감옥 의사를 데리고 돌아왔다. 그는 나를 보더니 고개 숙여 인사했고, 이윽고 브루어 양의 곁으로 가서 손수건을 들춰 보고는 혀를 쯧쯧 차더니 젤프 부인에게 가루약을 건네면서 물에 섞으라고 말했다. 나는 냄새를 맡고 그게 무엇인지 알았다. 나는 서서 브루어 양이 그것을 홀짝이는 모습을

4 트럼프 카드를 혼자 종횡으로 늘어놓으며 진행하는 게임.

지켜보았고, 그녀가 약을 약간 흘리는 순간, 다가가서 그녀가 흘린 액체를 받아 마시고 싶은 충동에 나도 모르게 몸이 움찔했다.

「멍이 들 겁니다.」의사가 브루어 양에게 말했다. 하지만 멍은 없어질 거라고 했다. 코나 광대뼈를 맞지 않은 게 다행이라고 했다. 눈에 붕대를 감아 준 뒤, 의사는 내게로 몸을 돌렸다. 그가 말했다. 「사건이 일어나는 과정을 전부 다 보셨습니까? 죄수가 당신은 때리지 않았나요?」 나는 멀쩡하다고 말했다. 의사는 그것 참 이상하다고 답했다. 그리고 숙녀가 얽혀 좋을 게 없는 일이라면서 내 하녀를 이곳에 불러 그녀의 도움을 받아 즉시 집으로 가는 게 좋겠노라고 충고했다. 그 말에 리들리 양은 아직 내가 핵스비 양에게 증언을 하지 않았노라고 항의했고, 의사는 〈프라이어 양의 경우〉에는 핵스비 양이 좀 늦게 이야기를 듣는다고 문제 삼지 않을 거라고 말했다. 이제 기억나는데, 이 남자가 바로 가엾은 엘런 파워를 입원시키지 않은 자였다. 하지만 당시에는 그런 생각이 전혀 나지 않았다. 그에게 고마워했을 뿐이었다. 그 순간에 핵스비 양의 질문 공세를 받고 이러저러한 추측을 듣다가는 아마도 죽어 버릴 것 같다는 생각이 들었기 때문이다. 나는 의사와 함께 수용 구역을 가로질렀고, 셀리나의 감방을 지났으며, 이제 걸음을 늦추고 감방 내부의 자그마한 혼란을 보며 몸서리를 쳤다. 문은 활짝 열렸고, 나무 접시, 머그, 숟가락은 바닥에 뒹굴었고, 밀뱅크 규칙대로 접혀 있어야 할 해먹은 엉망이 되었고, 책 —『죄수의 동반자』— 은 찢기고 책등에는 석회가 덕지덕지 묻어 있었다. 내가 안을 들여다보자 의사 역시 내 시선이 향하는 곳을 보았고, 고개를 설레설레 흔들었다.

의사가 말했다. 「듣기로는 얌전한 여자라더군요. 하지만 때로는 얌전한 고양이가 부뚜막에 먼저 올라가는 법이지요.」

의사는 하인을 불러와 마차를 타고 가라고 말했다. 하지만 셀리나가 그토록 비좁은 공간에 있을 걸 상상하니 마차의 답답함을 견딜 수 없을 것만 같았다. 대신 나는 내 안전은 뒷전으로 하고 어둠을 뚫고 빠르게 집으로 걸어갔다. 타이트 스트리트 끝에 도착해서야 걸음을 늦추었고, 열을 식히려고 서늘한 바람 쪽으로 얼굴을 돌렸다. 어머니는 물으리라. 오늘 방문은 어땠니? 나는 평소와 다름없는 대답을 해야 함을 잘 알았다. 〈오늘 여죄수 한 명이 폭주했어요, 어머니. 그리고 그 죄수가 여교도관을 때렸어요〉라고 말할 수는 없었다. 그런 대답을 들은 어머니가 죄수들이 더는 온순하고 안전하며 불쌍한 존재가 아니라고 생각할까 두려워서 그런 건 아니다. 단지 그것뿐은 아니다. 진짜 이유는 그 말을 한다면 나는 분명히 훌쩍이고 몸을 떨 것이며 결국 이렇게 외치고야 말 터이기 때문이다.

셀리나 도스가 여교도관의 눈을 때렸어요. 그래서 구속복을 입고 캄캄한 감방으로 끌려갔어요. 밀뱅크를 떠나는 걸, 내게서 멀어지는 걸 셀리나는 견딜 수 없었거든요.

그래서 나는 침착히, 아무 말 없이, 조심스레 내 방으로 갈 작정이었다. 몸이 안 좋아서 자야겠노라고 말할 작정이었다. 하지만 엘리스가 문을 열었을 때, 그 표정에서 나는 뭔가 이상한 점을 느꼈다. 그리고 내가 들어갈 수 있도록 엘리스가 옆으로 비켜섰을 때 식당의 식탁이 보였다. 식탁 위는 꽃과 초와 자기 접시로 가득했다. 이윽고 어머니가 창백한 얼굴에 걱정과 안달이 잔뜩 난 표정으로 계단을 내려왔다. 「오! 어쩜 그리 아무 생각이 없을 수 있니! 어쩌면 날 이렇게 곤란하게 만드는 거니!」

오늘은 프리실라가 결혼한 뒤로 처음 여는 저녁 파티였으며, 손님들이 올 때가 다 되었는데 나는 까맣게 잊고 있었다. 어머니가 오더니 손을 들어 올렸다. 어머니가 나를 때리려는 줄 알고 움찔했다.

하지만 어머니는 나를 때리지 않았다. 어머니는 내 외투를 벗기더니 내 옷깃에 손을 대었다. 「여기서 드레스를 벗겨라, 엘리스!」 어머니가 외쳤다. 「먼지를 잔뜩 묻힌 몸으로 카펫을 밟고 2층에 올라갈 수는 없어.」 그때야 나는 옷에 석회가 잔뜩 묻은 걸 깨달았다. 브루어 양을 부축하다가 묻은 것일 터였다. 어머니가 내 옷소매 한쪽을 잡고 엘리스가 다른 쪽을 잡고 있는 동안 나는 어리둥절해 서 있었다. 둘은 내게서 보디스를 벗겼고, 나는 비틀거리며 치마에서 걸어 나왔다. 이윽고 둘은 내 모자, 장갑 그리고 신발을 벗겼다. 모두 거리의 먼지가 잔뜩 묻어 있었다. 이윽고 엘리스가 옷을 벗겼고 어머니는 닭살이 돋은 내 팔을 잡고 식당으로 끌고 간 뒤 문을 닫았다.

나는 미리 계획한 대로, 몸이 좋지 않다고 말했다. 하지만 내 말을 들은 어머니는 쓴웃음을 지었다. 「몸이 안 좋아?」 어머니가 말했다. 「아니, 그건 안 돼, 마거릿. 넌 편리할 때마다 그 카드를 써먹곤 하지. 꼭 너 편할 때만 아프더구나.」

「전 지금 아파요.」 내가 말했다. 「그리고 어머니가 절 더 아프게 만들고…….」

「내가 보기에 넌 밀뱅크의 죄수들을 만나러 다닐 정도로 건강해!」 나는 한 손을 머리에 댔다. 어머니가 그 손을 쳐냈다. 어머니가 말했다. 「넌 이기적이야. 그리고 제멋대로고. 더는 못 봐주겠구나.」

「제발요.」 내가 말했다. 「제발요. 제 방으로 가서 침대에 좀 누워 있으면…….」

어머니는 나에게 방으로 가서 옷을 제대로 입어야 한다고 말했다. 그리고 모든 사람이 다 바쁘기 때문에 아무 도움 없이 나 혼자 옷을 입어야 한다고 했다. 나는 그렇게 할 수 없다고, 감옥에서 무척이나 비참한 모습을 보았기 때문에 심란해서 그럴 수 없다고 말했다.

「네 집은 여기야!」 어머니가 대답했다. 「감옥이 아니란 말이야. 그리고 이제 그걸 알 때가 됐고, 이제 프리실라가 결혼했으니 이 집에서 네 의무를 제대로 다 해야 해. 네 집은 여기야. 네 집은 여기란 말이다. 넌 여기, 네 어머니 곁에 있으면서 손님들이 도착하면 인사를 해야 하고…….」

어머니는 그렇게 계속 말을 했다. 나는 스티븐과 헬렌이 나를 대신해 손님을 맞이할 수 있다고 말했고, 그 말에 어머니는 버럭 역정을 냈다. 안돼! 어머니는 견딜 수 없었다! 어머니는 우리 친구들이 날 몸이 약하거나 괴상하다고 여기는 걸 견딜 수 없었다! 어머니는 〈괴상〉이라는 단어를 거의 내뱉 듯이 말했다. 「네가 아무리 원한다 할지라도 넌 브라우닝 부인이 아니야, 마거릿. 사실, 넌 그 누구의 부인도 아니야. 넌 다만 프라이어 양일 뿐이야. 그리고 얼마나 많이 이야기를 해야 알아듣겠니? 네가 있어야 할 곳은 바로 여기, 네 어머니 곁이라는 사실을 말이다.」

밀뱅크 때부터 아프던 내 머리는 이제 둘로 쪼개질 것만 같았다. 하지만 그렇게 말하자 어머니는 손을 저으며 클로랄을 먹으라고 말했을 뿐이다. 어머니가 가져다 줄 시간이 없기 때문에 내가 직접 꺼내 먹어야 했다. 그리고 어머니는 클로랄을 어디에 두는지 내게 알려 줬다. 어머니 서랍장 안쪽 서랍에 들어 있었다.

그래서 나는 여기에 왔다. 나는 복도에서 비거스를 지나쳤지만 고개를 돌렸다. 그 아이가 깜짝 놀란 표정으로 내 맨팔과 페티코트, 스타킹을 멍하니 지켜보는 걸 깨달았기 때문이다. 방에 가보니 침대에 내 드레스가 펼쳐져 있고 드레스에 꽃을 브로치가 놓여 있었다. 그리고 더듬거리며 드레스를 여미는 동안 밖에서 마차들이 도착하는 소리가 들렸다. 스티븐과 헬렌이 타고 온 합승 마차였다. 나는 엘리스의 도움 없이 서투르게 옷을 입었다. 드레스 허리 부분의 철사 하나가 풀려 있었지만 어떻게 해야 제대로 끼울 수 있는지 알지 못했다. 머리가 지끈거려서 그 무엇도 제대로 보이지가 않았다. 솔빗으로 머리를 빗어 석회를 떨어냈지만 솔빗은 바늘로 만들어진 것만 같았다. 거울로 얼굴을 보았다. 눈가는 멍든 것처럼 시커멨으며, 목의 뼈는 철사처럼 도드라져 보였다. 두 층 아래에서 스티븐의 소리가 들렸다. 그리고 응접실 문이 닫혀 있다고 확신이 들었을 때, 어머니의 방으로 내려가서 클로랄을 찾았다. 20스크루플[5]을 따라 마셨다. 이윽고 약 기운이 퍼지기를 기다렸지만 아무런 효과도 느낄 수 없었다. 다시 10스크루플을 따라 마셨다.

이윽고 피가 엉기고 얼굴이 둔탁해지는 느낌이 들기 시작했고, 이마 뒤쪽 고통이 줄기 시작했다. 약 기운이 도는 것이었다. 나는 서랍 안에 클로랄 병을 어머니가 그러하듯이 아주 단정하게 놓았다. 이윽고 아래층으로 내려가 어머니 옆에 서서 손님들을 향해 웃어 보였다. 어머니는 내가 나타나자 단정한 차림인지를 한 번 살피더니 그 뒤로 다시는 내게 눈길을 주지 않았다. 하

5 약26밀리리터.

지만 헬렌은 내게 와 키스를 했다. 「말다툼을 했구나.」 헬렌이 속삭였다. 내가 말했다. 「오, 헬렌. 프리실라가 떠나지 않았으면 좋았을 텐데!」 이윽고 헬렌이 내 입에서 약 냄새를 맡지는 않을까 걱정이 되었다. 나는 입냄새를 없애려고 비거스가 든 접시에서 와인 잔을 집어 들었다.

내가 잔을 집어 들었을 때 비거스가 나를 보더니 조용히 말했다. 「머리핀이 느슨하네요, 아가씨.」 비거스는 허리로 잠시 쟁반을 버티면서 손으로 내 머리를 정돈해 줬다. 돌연, 나는 그게 그동안 누군가 내게 보인 모든 행동 가운데 가장 상냥한 행동처럼 느껴졌다.

이윽고 엘리스가 저녁 식사를 알리는 종을 쳤다. 스티븐이 어머니를 데리고 갔으며 헬렌은 월리스 씨와 함께 갔다. 나는 파머 양의 구혼자인 댄스 씨와 함께 갔다. 댄스 씨는 구레나룻을 길렀으며 이마가 아주 넓었다. 내가 말했다 — 하지만 지금 생각해 보면 마치 다른 여자가 말한 것 같은 느낌이 든다 — 「댄스 씨, 당신 얼굴이 참 재미있네요! 제가 어렸을 때 아빠는 당신같은 얼굴을 그려 주시곤 했어요. 다 그린 다음 위아래를 뒤집으면 또 다른 얼굴이 보였죠. 스티븐, 그 그림들 기억나?」 댄스 씨가 껄껄거렸다. 헬렌이 어리둥절한 눈으로 나를 보았다. 내가 말했다. 「머리로 서셔야 해요, 댄스 씨. 그래서 숨겨진 다른 얼굴을 우리에게 보여 주셔야 해요.」

댄스 씨가 다시 껄껄거렸다. 내가 기억하기로, 사실 그는 식사 내내 껄껄거렸으며, 마침내 나는 그 웃음에 물렸고 손으로 눈을 비볐다. 그러자 월리스 부인이 말했다. 「오늘 밤 마거릿이 피곤한가 보네요. 피곤하니, 마거릿? 네가 만나는 여자들에게 너무

정성을 들인 모양이구나.」나는 눈을 떴다. 식탁 위 조명이 무척 밝게 보였다. 댄스 씨가 물었다. 「어떤 여자들인가요, 프라이어 양?」그리고 월리스 부인은 내가 밀뱅크 감옥을 방문해 그곳의 모든 여죄수들과 친구가 되었노라고 대신 대답했다. 댄스 씨가 입을 닦더니 말했다. 「흥미롭군요.」드레스 안의 철사가 다시 느껴졌다. 철사는 훨씬 더 심하게 나를 찔러댔다. 월리스 부인이 하는 말이 들렸다. 「마거릿이 우리에게 해준 말에 따르면, 여죄수들이 사는 환경이 아주 열악하더군요. 하지만 물론 그 여자들은 그런 가혹한 환경에서 사는 데 익숙하고요.」나는 월리스 부인을 물끄러미 바라 보았고, 이윽고 댄스 씨를 바라보았다. 댄스 씨가 물었다. 「그리고 프라이어 양은 그 여자들을 연구하려고 그곳에 가는 건가요? 아니면 가르치려고?」「위로하고 영감을 주기 위해서랍니다. 숙녀로서 모범을 보여 여죄수들을 인도하려고요.」월리스 부인이 말했다. 「아, 숙녀로서…….」

이제 내가 소리 내어 웃었고, 댄스 씨는 내 쪽으로 고개를 돌리고는 눈을 끔벅였다. 그가 말했다. 「제 생각에 프라이어 양은 그곳에서 아주 가엾은 모습을 많이 보았겠군요.」

내가 댄스 씨의 접시를 본 기억이 난다. 접시에 놓인 비스킷, 블루 치즈 조각, 상아 손잡이가 달린 나이프, 그리고 나이프 날 위에 땀을 흘리듯 물기를 머금고 돌돌 말려 있던 버터의 모습이 아직도 생생히 기억난다. 나는 천천히 말했다. 「네, 그곳에서 가엾은 모습들을 보았지요.」그곳에서는 여교도관들이 죄수들에게 조용히 있으라고 하기 때문에 여죄수들이 말을 하지 못하는 모습을 보았노라고 했다. 일상의 변화를 주려고 자해를 하는 모습을 보았노라고 했다. 죄수들이 미쳐 가는 모습을 보았노라고 했다. 있는 곳이 너무나 춥고 음식이 열악해서 죽어 가는 여인을 보았노라고 했다. 또 한 명은 자기 눈을 파내⋯⋯.

내가 말을 하는 동안 댄스 씨는 상아 손잡이 나이프를 집어든 상태였다. 이제 그는 나이프를 다시 내려놓았다. 파머 양이 비명을 질렀다. 어머니가 말했다. 「마거릿!」 그리고 나는 헬렌이 스티븐을 힐금 보는 모습을 보았다. 하지만 단어가 계속해서 내 입 밖으로 줄줄 흘러 나왔다. 마치 내 입을 나서는 단어들의 형태며 맛이 느껴지는 것 같은 기분이었다. 어쩌면 그곳에 앉아 있으면서 아팠는지도 모른다. 사람들은 나를 말리지 못했다.

내가 말했다. 「사슬실에 가봤어요. 그리고 어둠 감방에도요. 사슬실에는 족쇄며 구속복, 다리 끈이 있지요. 다리 끈은 여자의 손목, 발목을 뒤로 묶어 허벅지에 닿게 하죠. 그걸 묶은 여자는 마치 아기처럼 남들이 음식을 떠먹여 줘야만 뭔가를 먹을 수 있답니다. 그리고 옷을 입은 채 용변을 보게 되고 계속 그 상태로 있어야만 하지요.」 어머니가 전보다 더 날카로운 목소리를 냈고, 그에 더해 스티븐의 목소리도 들렸다. 내가 말했다. 「어둠 감방에는 철창 문이 있고, 다시 문이 있고, 그 안에는 짚을 댄 문이 하나 더 있어요. 여자들은 두 팔이 꽁꽁 묶인 채 빛 한 점 없는, 어둠이 목을 조르는 그곳에 갇혀요. 지금도 그곳에는 어떤 여자가 갇혀 있답니다. 그런데 가장 흥미로운 점이 뭔지 아세요, 댄스 씨?」 나는 댄스 씨에게 몸을 기울여 속삭였다. 「정말로 그곳에 갇혀야 할 사람은 사실 저랍니다! 그 여자가 아니라요.」

댄스 씨는 내 시선을 피해 월리스 부인을 보았다. 부인은 내가 속삭일 때 큰 소리를 쳤다. 누군가가 불편한 목소리로 말했다. 「무슨 목적인가요? 무슨 목적으로 그런 말을 하는 건가요?」

내가 대답했다. 「하지만 자살 미수자들이 감옥에 가는 걸 모르셨어요?」

이제 어머니가 재빠르게 말했다. 「아버지가 돌아가시고 나서 마거릿은 아팠답니다, 댄스 씨. 그리고 아픈 동안 저 애는 그만 실수로 약 복용량을 혼동해서…….」

「저는 모르핀을 복용했어요, 댄스 씨!」 내가 외쳤다. 「그리고 조금만 더 늦게 발견되었더라면 죽을 수 있었어요. 조금만 더 주의를 기울였으면 성공할 수 있었는데. 하지만 사람들이 저를 구한 거나 제가 그러려고 한 걸 남들이 아는 게 전 아무렇지도 않아요. 당신은 그게 이상하다고 생각하지 않으세요? 평범하고 거칠게 자란 여자는 모르핀을 마시면 감옥에 가는데 같은 일을 한 저는 단지 숙녀라는 신분 때문에 감옥에 갇힌 그 여자를 방문하는 게 말이에요.」

아마도 나는 그 어떤 때보다도 앞뒤 안 가리고 열을 내 말을 한 듯하다. 그리고 마치 성질을 부리는 것처럼 으스스한 내용을 또박또박 내뱉은 듯하다. 나는 식탁을 둘러보았다. 누구도 나를 보고 있지 않았으며, 어머니만이 나를 보았다. 하지만 어머니는 마치 내가 누구냐는 듯한 눈으로 나를 보았다. 마침내 어머니가 아주 나직하게 말했다. 「헬렌, 마거릿을 방으로 좀 데려다 주겠니?」 그리고 어머니가 일어났고, 어머니를 따라서 모든 숙녀들이 일어났으며, 이윽고 여자들에게 인사를 하려고 신사들이 일어났다. 의자가 바닥에 끌리는 소리가 났고, 접시와 유리잔들이 식탁 위에서 흔들렸다. 헬렌이 내게 왔다. 내가 말했다. 「내게 손 댈 필요 없어!」 그리고 헬렌은 움찔했다. 아마도 내가 다음에 할 말에 지레 겁을 먹은 듯하다. 하지만 헬렌은 내 허리에 팔을 두르고 날 일으킨 다음, 스티븐과 월리스 부인과 댄스 씨 그리고 문가에 있는 비거스를 지났다. 어머니가 숙녀들을 데리고 응접실로 갔고, 우리는 그 뒤를 약간 따라가다가 이윽고 앞질러 갔다. 헬렌이 말했다. 「왜 그래, 마거릿? 지금의 너는 평소의 너와 너무나도 달라. 네가 이러는 건 한 번도 본 적이 없어.」

이제 나는 약간 침착해졌다. 맘 쓰지 말라고, 그냥 피곤하고 두통이 있는데다가 드레스가 자꾸 나를 찔러 대는 바람에 예민해져서 그런 거라고 했다. 헬렌을 내 방으로 들이고 싶지 않고, 그래서 돌아가서 어머니를 도우라고 말했다. 이제 잘 것이며 아침이 되면 나아질 거라고 말했다. 헬렌은 의심스러운 눈빛이었다. 하지만 내가 손으로 헬렌의 얼굴을 쓰다듬자 — 단지 상냥한 마음에서, 그리고 그녀를 안심시키기 위해서였다! — 그녀는 다시 움찔했고, 나는 그녀가 나를 두려워하며, 또한 남들에게서 전해 들은, 내가 할 언행을 두려워한다는 사실을 알았다. 그래서 소리 내어 웃었다. 그리고 헬렌은 계단을 내려가는 내내 계속 나를 힐금거렸다. 계단통 그늘 속에서 그녀의 얼굴은 점점 작아지고 창백해지고 희미해졌다.

이 방은 꽤 어둡고 조용하다는 걸 깨달았다. 조명이라고는 꺼져 가는 벽난로 불이 내는 은은한 빛과 블라인드 가장자리로 흘러 들어오는 가로등 불빛 조각뿐이었다. 어둠이 반가웠으며 램프에 불을 붙일 마음은 없었다. 나는 단지 문에서 창으로, 창에서 문으로 걸었다. 그리고 나를 꽉 조인 보디스를 풀 생각으로 고리에 손을 댔다. 하지만 손가락이 제대로 움직이지 않았다. 드레스는 내 팔을 따라 약간 미끄러졌을 뿐이며 그 때문에 좀 전보다 더욱 꽉 몸을 조이는 듯했다. 그래서 그냥 서성였다. 내가 생각했다. 〈아직 충분히 어둡지 않아!〉 나는 더욱 어둡길 원했다. 어디가 어두울까? 옷장 문이 반쯤 열린 게 보였다. 하지만 옷장 안에 들어가니 구석이 다른 곳보다 더 어두워 보였다. 그래서 구석으로 가 쪼그려 앉고 머리를 무릎에 댔다. 이제 드레스는 주먹을 움켜쥐듯 나를 조여 댔고, 몸을 조금이라도 편하게 하려고 움직이면 움직일수록 더욱 조여 들었다. 마침내 나는 기억해 냈다. 등 뒤에 나사가 있잖아. 그것 때문에 이렇게 조이는 거야!

이윽고 나는 내가 어디에 있는지 알았다. 셀리나와 함께 있었다. 가까이, 아주 가까이. 셀리나가 뭐라고 했더라? 왁스보다 가까이. 나는 나를 가둔 감방을 느꼈고, 나를 옥죄는 구속복을 느꼈다……

그리고 비단 가리개가 내 눈을 가리고 벨벳 초커가 내 목을 두른 느낌이 들었다.

그곳에서 얼마나 웅크리고 있었는지 모르겠다. 계단을 올라오는 소리가 들렸고, 이어 문을 가볍게 두드리더니 누군가 속삭였다. 「깨어 있어?」 헬렌이거나 아니면 아래층에 있는 여자들 가운데 한 명인 듯했다. 어머니는 아니었다고 생각한다. 그게 누가 되었든 간에, 나는 대답을 하지 않았고, 그 여자는 방으로 들어오지 않았다. 내가 잠들었다고 생각한 듯하다. 그리고 나는 막연히 생각했다. 빈 침대를 보면서 왜 그렇게 생각하는 걸까? 이윽고 복도에서 목소리들이 들렸고, 스티븐이 휘파람으로 합승마차를 부르는 소리도 들렸다. 내 방 창 아래 거리에서 댄스 씨가 웃는 소리가 들렸고, 현관문이 닫히고 빗장이 걸리고 어머니가 이 방 저 방을 돌아다니며 불이 모두 꺼졌는지 확인하며 뭐라고 날카롭게 외치는 소리가 들렸다. 나는 두 귀를 막았다. 다음으로 들리는 소리는 내 윗방에서 비거스가 움직이는 소리, 그리고 그 아이의 침대 스프링이 한숨을 쉬며 삐걱거리는 소리뿐이었다.

나는 일어나려다가 비틀거렸다. 다리가 차갑고 뻣뻣해서 똑바로 설 수가 없었으며, 드레스는 여전히 내 팔꿈치께에서 나를 찔러 댔다. 하지만 일어서자 드레스는 쉽사리 벗겨졌다. 내가 아직 약에 취해 있었는지 아니면 깨어났는지는 모르겠지만, 그 순간에는 욕지기가 난다고 생각했다. 나는 어둠을 뚫고 가서 얼굴과 입을 씻었고, 욕지기가 가실 때까지 세면대에 고개를 숙이고 서 있었다. 벽난로에서는 석탄 두세 개가 아직까지 희미하게 이글거렸다. 나는 그쪽으로 가 손을 뻗어 초에 불을 붙였다. 내 입술, 내 혀, 내 두 눈은 전혀 내 것이 아닌 느낌이었으며, 거울로 가서 내가 어떻게 바뀌었는지 볼 작정이었다. 하지만 몸을 돌렸을 때 침대가 보였고, 베개에 뭔가가 있었다. 그리고 손이 너무나 심하게 떨리는 바람에 초를 놓쳤다.

나는 그곳에서 머리를 봤다고 생각했다. 그곳에, 시트 위로 내 머리를 보았다고 생각했다. 이제 나는 겁에 질려 꼼짝도 하지 못했으며, 내가 이불을 덮고 침대에 누워 있고, 내가 옷장 안에 웅크리고 있는 동안 아마도 계속 침대에서 잤으며, 이제 잠에서 깨어 일어나 내가 서 있는 곳으로 걸어와 나를 껴안을 거라고 확신했다. 나는 생각했다. 불을 켜야 해! 불을 켜야 해! 어둠 속에서 내게 오게 할 수는 없어! 나는 몸을 구부리고 초를 주웠다. 초에 불을 켠 뒤, 바람에 펄럭이다 꺼지지 않게 두 손으로 들었다. 그리고 베개 쪽으로 가서 그곳에 있는 것을 유심히 살폈다.

그것은 머리가 아니었다. 그것은 내 두 주먹만큼이나 굵은, 노란 머리털이 둘둘 말린 다발이었다. 밀뱅크 감옥에서 내가 훔치려 했던 것이었다. 셀리나의 머리털이었다. 셀리나는 어두운 감방에서 도시를 가로질러, 밤을 가로질러 그것을 내게 보낸 것이다. 나는 그것에 내 얼굴을 댔다. 황 냄새가 났다.

나는 오늘 아침 6시, 밀뱅크의 종소리를 들었다고 생각하며 잠에서 깨었다. 아직 어둠에 잡혀 있는, 여전히 흙에 묻힌 시체가 죽음에서 깨어나듯이 깨어났다. 나는 셀리나의 머리 타래가 내 옆에 있는 걸 깨달았다. 머리 타래는 윤이 났지만, 땋은 곳이 느슨하게 풀린 부분은 윤기가 약간 바래 있었다. 어제 나는 셀리나의 머리 타래를 곁에 두고 잠을 잤다. 머리 타래를 보니 그날 저녁이 떠오르며 몸이 떨렸다. 하지만 그걸 그냥 그곳에 둘 수는 없기에 정신을 가다듬고 그걸 들고 일어나 스카프로 싼 뒤 눈에 안 보이는 곳, 서랍 안에 넣어 두었다. 양탄자를 가로질러 갈 때, 마치 배의 갑판처럼 양탄자가 기울어진 느낌이 들었다. 심지어 가만히 누워 조용히 있을 때도 그런 느낌이 들었다. 그런 날 발견한 엘리스는 즉시 어머니를 데려왔고, 어머니는 인상을 쓰며 나를 나무라러 왔지만 내가 창백한 얼굴로 몸을 떨며 비참한 표정으로 울부짖는 것을 발견하고는 비거스를 보내 애시 의사를 불렀다. 의사가 도착했을 때도 나는 계속해 훌쩍였다. 나는 의사에게 월경 기간이라 그럴 뿐이라고 말했다. 의사는 이제 클로랄이 아닌 아편을 복용해야 하며 바깥출입은 삼가야 한다고 말했다.

의사가 가자 어머니와 비거스는 내 배에 올려 놓으려고 접시를 따뜻하게 데웠다. 내가 배가 아프다고 말했기 때문이다. 이윽고 어머니는 아편을 가져왔다. 적어도 아편은 클로랄보다 맛은 좋았다.

어머니가 말했다. 「너도 알겠지만, 그렇게 아픈 줄 알았다면 어젯밤에 너를 손님들과 함께 있으라고 하지 않았을 거란다.」
어머니는 앞으로는 좀 더 조심하겠으며 내가 어떻게 지내는지
도 잘 살피겠노라고 말했다. 이윽고 어머니는 헬렌과 스티븐을
데려왔다. 그리고 셋이서 수군거렸다. 나는 잠이 들었다가 흐느
끼며 비명과 함께 깨어났고, 그러고 나서 반 시간 정도는 머리가
멍하여 정신을 차릴 수가 없었다. 그 다음에는 사람들이 서서 나
를 지켜보는 동안에 다시 열이 오르면 뭐라고 말해야 할지 두려
워지기 시작했다. 마침내 나는 혼자 있게 해달라고, 그러면 곧
괜찮아질 거라고 말했다. 그러자 가족은 이렇게 대답했다. 「혼
자 두라고? 말도 안 되는 소리! 널 혼자 아프게 내버려 두란 말
이냐?」 내 생각에 어머니는 밤새 내 곁을 지킬 생각이었던 듯하
다. 결국 나는 마음을 가라앉히고 가만히 누워 있었고, 가족은
하녀 한 명이 나를 지켜보게 하면 충분하다고 결론지었다. 이제
비거스는 문밖에서 동이 틀 때까지 나를 살핀다. 나는 어머니가
비거스에게 내가 뒤척이거나 피곤해하지는 않나 잘 살피라고
말하는 소리를 들었다. 하지만 비거스는 내가 일기장을 넘기는
소리를 들었음에도 방에 들어오지 않았다. 오늘, 비거스는 우유
를 데운 뒤 당밀을 잔뜩 넣어 달게 하고 달걀도 하나 넣어 진하
게 만든 다음 잔에 담아 들고 내 방으로 조용히 들어 왔다. 비거
스는 그걸 하루에 한 잔씩 마시면 곧 괜찮아질 거라고 했다. 하
지만 나는 마실 수가 없었다. 한 시간 뒤, 비거스는 잔을 치웠고,
소박한 그 아이의 얼굴에 슬픔이 서렸다. 나는 물과 빵 조금 말
고는 아무것도 먹지 않았다. 그리고 촛불 속에서 덧문을 굳게 닫
고 누워 있었다. 어머니가 더 밝은 램프를 켰을 때 나는 움찔했
다. 그 빛에 눈이 아팠다.

1873년 5월 26일

오늘 오후, 방에서 아주 조용히 앉아 있을 때 초인종 소리가
들리더니 루스가 누군가를 내게 데려왔다. 지난 수요일에 어둠
의 모임에 왔던 이셔우드 양이라는 숙녀였다. 이셔우드 양은 나
를 보더니 울음을 터뜨리며 그날 밤 이후로 하루도 자지 못했다
며 이 모든 것이 피터 퀵 때문이라고 했다. 피터 퀵이 자기 얼굴
과 손을 만졌는데, 아직도 그 손길을 느낄 수 있으며, 또한 그 손
길이 보이지 않는 흔적을 남겼는데, 그 흔적이 액체인지 분비물
인지를 흘리며, 자신은 그것이 물처럼 자기 몸에 흐르는 것을 느
낀다고 말했다. 내가 말했다. 「손을 줘보세요. 지금 당신 손에서
이 분비물을 느낄 수 있나요?」 이셔우드 양은 느낄 수 있다고 했
다. 나는 잠시 그녀를 지켜보다가 말했다. 「저도 느낄 수 있네
요.」 이셔우드 양은 나를 물끄러미 바라보았고, 나는 소리 내어
웃었다. 물론 이셔우드 양의 문제가 무엇인지 알았다. 내가 말했
다. 「당신은 저와 같아요, 이셔우드 양. 하지만 그걸 모르는 거
죠. 당신에게는 능력이 있어요! 당신 몸에는 영적 물질이 가득
하고 그래서 그게 흘러나오는 거예요. 그게 당신이 느끼는 액체

예요. 그게 자라고 싶어 하는 거예요. 우리는 그렇게 하도록 도와야만 해요. 그러면 당신의 힘은 제대로 자랄 수 있어요. 소위 계발 과정을 거치기만 하면 돼요. 지금 이 현상을 무시하면 당신 능력은 시들거나 당신 안에서 비틀리게 되고, 당신은 병이 들 거예요.」 나는 하얗게 질린 이셔우드 양의 얼굴을 바라보았다. 내가 말했다. 「제 생각에는 이미 당신도 당신 능력이 뒤틀리기 시작한 걸 느낀 거 같네요. 그렇죠?」 그녀는 그렇다고 했다. 내가 말했다. 「하지만 그 능력이 이제 더는 당신에게 해가 되지 않을 거예요. 이렇게 잡고 있으니 기분이 조금 나아지지 않았나요? 어떻게 당신을 도울 수 있을지 생각해 봐야겠네요. 피터 퀵의 손이 제 손을 인도해 줄 거예요.」 나는 루스에게 응접실을 준비하라고 말했고, 종을 울려 제니를 불러 한 시간 동안 응접실과 그 주변 방에 아무도 오지 못하게 하라고 말했다.

그리고 준비가 될 때까지 기다렸다가 이셔우드 양을 데리고 아래층으로 내려갔다. 우리는 브링크 부인을 지나쳤다. 나는 이셔우드 양이 개인 강신회를 하러 왔다고 말했고, 그 말을 들은 부인이 말했다. 「어머, 이셔우드 양, 정말 운이 좋으시군요! 하지만 제 천사를 너무 지치게 하면 안 되는 거, 아시죠?」 이셔우드 양은 명심하겠노라고 말했다. 응접실로 가보니 루스는 커튼을 쳐놓기는 했지만 인을 넣은 기름을 한 단지 만들 시간은 없었기에 그냥 램프 심지를 아주 낮춰 놓기만 했다. 내가 말했다. 「이제 우리는 이 램프에 불을 켜둘 거예요. 그리고 당신은 피터 퀵이 왔다는 생각이 들면 제게 알려 주셔야 해요. 당신에게 능력이 있다면 피터가 당신에게 올 거예요. 제가 커튼 뒤에 있어야만 하는 건 여러 명과 함께 어둠의 모임을 할 때뿐이에요. 평범한 사람들의 눈에서 나오는 방사로부터 저를 보호해야만 하거든요.」
우리는 그렇게 20분 정도 앉아 있었고, 이셔우드 양은 그 시간
내내 아주 초조해했다. 마침내 벽을 두드리는 소리가 들리자 그
녀가 속삭였다. 「저게 무슨 소리죠?」 내가 말했다. 「글쎄요.」 이
윽고 두드리는 소리가 점점 커졌고, 이셔우드 양이 말했다. 「온
거 같아요!」 그리고 피터가 신음과 함께 머리를 흔들며 캐비닛
에서 나오면서 말했다. 「왜 이렇게 엉뚱한 시간에 나를 불러낸
거야?」 내가 말했다. 「여기에 당신의 도움이 필요한 숙녀가 있
어요. 제 생각에 여기 이분은 영혼을 불러올 능력이 있지만 그
능력이 너무나 약하기에 계발을 할 필요가 있어요. 저는 당신이
이 숙녀분의 능력을 불러일으켰다고 생각하는데요.」 피터가 말
했다. 「이셔우드 양인가? 그래, 내가 한 표식이 보이는군. 자, 이
셔우드 양, 이건 아주 고된 일이야. 가벼이 받아들이면 절대로
안 돼. 네게 있는 능력은 치명적인 재능이라 불리기도 해. 이 방
에서 일어나는 일은 무딘 사람들 귀에는 이상하게 들릴 거야. 넌
모든 일을 비밀에 부쳐야지 안 그랬다가는 영혼의 무한한 분노
를 받게 될 거야. 그렇게 할 수 있겠어?」 이셔우드 양이 말했다.
「할 수 있어요. 전 도스 양이 말한 게 진실이라고 생각해요. 제게
도스 양과 아주 닮은 능력이 있다고, 적어도 그 비슷하게 만들
수 있다고 생각해요.」

내가 피터를 보았더니 그는 싱긋 웃고 있었다. 피터가 말했다.
「내 영매의 능력은 아주 특별해. 넌 영매가 된다는 게 네 영혼 말
고 다른 영혼을 네 몸에 담는 거라고 믿지. 하지만 그게 아니야.
넌 영혼들의 하인이 되고 영혼의 손에 부림받는 나긋나긋한 도
구가 되는 거야. 네 영혼이 부림을 받게 해야만 하고, 기도할 때

도 늘 〈제가 부림받게 해주시옵소서〉라고 해야만 해. 그렇게 말해, 셀리나.」 내가 그렇게 말하자 피터는 이셔우드 양에게 말했다. 「셀리나에게 말하라고 해봐.」 이셔우드 양이 말했다. 「말해보세요, 도스 양.」 나는 다시 〈제가 부림받게 해주시옵소서〉라고 말했다. 피터가 말했다. 「봤지? 내 영매는 셀리나처럼 명령받은 대로 해야 해. 넌 셀리나가 깨어 있다고 생각하지만 사실 셀리나는 신 들린 상태야. 셀리나에게 다른 걸 말해.」 이셔우드 양이 침을 꿀꺽 삼키는 소리가 들렸고, 이윽고 그녀가 말했다. 「일어나주시겠어요, 도스 양?」 하지만 즉시 피터가 말했다. 「부탁을 하면 안돼. 명령을 내려야 한다고.」 이윽고 이셔우드 양이 말했다. 「일어나요, 도스 양.」 그리고 나는 일어났고, 피터가 말했다. 「다른 걸 말해.」 그녀가 말했다. 「두 손을 모으고 눈을 감고 아멘이라고 말해.」 나는 그 모든 걸 했고, 피터가 껄껄거렸으며, 그의 목소리는 점점 더 높아졌다. 피터가 말했다. 「너에게 키스하라고 말해.」 이셔우드 양이 말했다. 「제게 키스하세요, 도스 양!」 피터가 말했다. 「셀리나에게 내게 키스하라고 말해.」 그리고 이셔우드 양이 말했다. 「도스 양, 피터에게 키스하세요!」 이윽고 피터가 말했다. 「드레스를 벗으라고 말해!」 이셔우드 양이 말했다. 「어머, 그건 못 해요!」 피터가 말했다. 「말해!」 그러자 그녀는 내게 그렇게 말했다. 피터가 말했다. 「셀리나가 단추 푸는 걸 도와줘.」 그리고 이셔우드 양은 그렇게 하며 말했다. 「도스 양의 심장이 무척 빨리 고동쳐요!」

이윽고 피터가 말했다. 「이제 넌 내 영매가 옷을 벗은 모습을 봤어. 육신이 거두어졌을 때의 영혼은 이렇게 보이는 거야. 네 손을 셀리나에게 올려 놔, 이셔우드 양. 셀리나의 몸이 뜨거운가?」

이셔우드 양은 내 몸이 아주 뜨겁다고 했다. 피터가 말했다. 「그 건 셀리나의 영혼이 육신 표면에 아주 가까이 있기 때문이야. 너도 또한 뜨거워져야만 해.」 그녀가 말했다. 「사실, 저도 아주 뜨거워졌어요.」 피터가 말했다. 「좋은 현상이야. 하지만 아직 계발을 할 수 있을 정도로 뜨거워지지는 않았어. 넌 내 영매가 널 더 뜨겁게 하도록 허용해야만 해. 이제 옷을 벗고 도스 양을 껴안아야 해.」 나는 이셔우드 양이 이 모든 명령에 따르는 것을 느꼈다. 나는 여전히 두 눈을 꼭 감고 있었다. 피터가 눈을 뜨라고 하지 않았기 때문이다. 나는 이셔우드 양의 두 팔이 나를 안는 것과 그녀의 얼굴이 내 얼굴에 아주 가까이 다가오는 것을 느꼈다. 피터가 말했다. 「이제 어떤 기분이지, 이셔우드 양?」 그녀가 대답했다. 「잘 모르겠어요.」 피터가 말했다. 「다시 말해, 기도할 때 뭐라고 해야 한다고?」 그녀가 말했다. 「제 영혼이 부림받게 하시옵소서.」 피터가 말했다. 「그럼 그렇게 말해.」 그녀가 그렇게 말했고, 이윽고 피터는 더 빠르게 말해야 한다고 했고, 이셔우드 양은 그 말에 따랐다. 이윽고 피터가 오더니 이셔우드 양의 목에 손을 댔고, 그녀의 몸이 살짝 밀렸다. 피터가 말했다. 「이런, 아직 네 영혼은 충분히 뜨겁지가 않아! 너무나 뜨겁기에 네 영혼이 녹아 버릴 것 같은 느낌이 들고 내가 네 안으로 들어가 네 영혼을 대신하는 느낌이 들어야 해!」 피터는 두 팔로 이셔우드 양을 안았으며, 나는 그의 손이 내게 와 닿는 것을 느꼈다. 이제 우리는 이셔우드 양을 끼고 힘껏 눌렀으며 그녀는 몸이 떨리기 시작했다. 피터가 말했다. 「영매는 기도할 때 뭐라고 한다고 했지, 이셔우드 양? 영매의 기도가 뭐라고?」 그리고 그녀는 목이 쉴 때까지 그 말을 계속했고, 이윽고 피터가 내게 속삭였다. 「눈을 떠.」

1874년 12월 11일

나는 일주일 내내 그 불가능한 소리, 밀뱅크에서 여죄수들에게 노동 시간을 알리는 종소리를 들으며 잠에서 깼다. 죄수들이 모직 스타킹을 신고 싸구려 옷을 걸치고 일어나는 모습을 상상했다. 나이프와 나무 접시를 들고 감방문 앞에 서 있는 모습을, 두 손으로 차가 담긴 머그를 감싸 언 손을 녹이는 모습을, 작업할 채비를 하고, 손이 다시 곱은 걸 깨닫는 모습을 상상했다. 그 사람들 가운데 셀리나가 있다고 생각했다. 셀리나의 감방과 함께 나누던 어둠이 살짝 걷힌 것을 느꼈기 때문이다. 하지만 나는 셀리나가 불쌍한 처지에 놓인 것을 안다. 그리고 나는 셀리나를 찾지 않았다.

처음에는 공포, 부끄러움 때문에 셀리나를 멀리했다. 하지만 이제는 어머니 때문이다. 내 상태가 좋아지자 어머니는 다시금 성을 잘 냈다. 의사가 왔다간 이튿날, 어머니는 내게 다가와 옆에 앉았고, 비거스가 접시를 한 장 더 가져오는 모습을 보더니 고개를 저었다. 「결혼을 했더라면 이렇게 아프지 않았을 텐데.」 어머니가 말했다. 어제는 목욕을 하는 동안 옆에 서서 지켜보았으며, 옷을 입지 못하게 했다. 어머니는 잠옷을 입고 내 방에만 있으라고 했다. 이윽고 비거스가 벽장에서 외출복을 가져왔다. 내가 밀뱅크에 갈 때 입는 옷이었다. 저녁 식사가 있던 저녁 그곳에 넣고 까맣게 잊고 있었으며, 내 생각에 비거스는 그 옷을 깨끗하게 할 생각으로 가지고 나온 듯하다. 옷에는 석회가 잔뜩 묻었고, 그걸 보니 브루어 양이 벽에 기대어 비틀거리던 모습이 떠올랐다. 어머니는 그런 나를 힐긋 보더니 비거스에게 고개를 끄덕였다. 어머니는 비거스에게 드레스를 가지고 나가 깨끗하게 한 뒤 치우라고 했다. 그리고 내가 비거스에게 잠깐 기다리라고, 밀뱅크에 가려면 그 드레스가 필요하다고 말하자 어머니는 〈이런 일이 일어났는데도 계속 감옥을 방문할 생각은 아니겠지?〉 하고 물었다.

이윽고 어머니는 비거스에게 좀 더 나직하게 말했다. 「옷을 가지고 나가렴.」 그리고 비거스는 나를 한 번 보더니 나갔다. 비거스가 빠르게 계단을 내려가는 소리가 들렸다.

그렇게 해서 우리는 지루한 논쟁을 다시금 했다. 어머니가 말했다. 「그곳에 다녀와 이렇게 아프니 다시는 널 밀뱅크에 가게 하지 않을 생각이다.」 나는 내가 가겠다고 하면 어머니가 막을 수 없다고 말했다. 어머니가 대답했다. 「예의범절을 알면 그렇게 하지 못할 거다. 네 어머니에게 효도를 해야지!」

나는, 그곳에 가는 게 전혀 잘못되지 않았으며, 어머니에게 불효를 하는 것도 아닌데 어떻게 그렇게 생각할 수 있냐고 했다. 어머니는 저녁 파티 때 댄스 씨와 파머 양 앞에서 자기를 그렇게 부끄럽게 해놓고도 불효가 아니냐고 물었다. 어머니는 자신은 이 모든 것을 죽 알고 있었으며, 애시 의사 역시 내가 좀 나아졌다가 밀뱅크에 다녔기 때문에 다시 아프게 되었다고 말했다고 했다. 그리고 내가 너무나 멋대로 지냈으며 그게 내 성격에는 맞지 않는다고 했다. 또한 내가 다른 사람에게 물들기 쉬우며, 감옥의 거친 여자들을 만나고 다니는 바람에 제대로 사는 법을 잊었다고 했다. 아무것도 하지 않고 멍하니 공상에 잠기는 시간이 너무 많고 기타 등등, 기타 등등.

마침내 어머니가 말했다. 「실리토 씨가 네 안부를 묻는 편지를 보내셨단다.」 알고 보니 그 편지는 내가 그곳을 방문한 다음 날 도착했다. 어머니는 내가 너무 아파 답장을 보낼 수 없노라 답을 하겠다고 했다.

어머니와 말다툼을 한 탓에 피곤했다. 하지만 이제 어머니가 내 편지를 어떻게 했는지 알고 나니 부아가 치밀어 올랐다. 나는 생각했다. 〈네까짓 게 뭔데, 이 나쁜 년아.〉 그 단어들이 내 비밀스러운 입을 통해 나와 한순간 내 머릿속을 아주 뚜렷하게 지나가는 것을 느꼈다. 단어들이 너무나 뚜렷하게 떠올랐기 때문에 움찔했고, 어머니 역시 내가 떠올린 표현을 들었을 게 분명하다고 생각했다. 하지만 어머니는 뒤도 돌아보지 않고 문 쪽으로 갔다. 그리고 단호히 걷는 어머니의 걸음걸이를 본 나는 어떻게 해야 하는지 알았다. 나는 손수건을 꺼내 입술을 닦았다. 어머니에게 편지를 쓸 필요가 없다고, 내가 실리토 씨에게 직접 답장을 쓰겠노라고 외쳤다.

어머니가 옳았다고, 밀뱅크에 더는 가지 않겠노라고 말했다. 그 말을 하면서 어머니와 눈을 마주치지 않았고, 어머니는 내가 부끄러워서 그러는 줄 안 모양이다. 내게 다시 와 내 뺨을 만지며 이렇게 말했기 때문이다. 「다 네 건강을 위해서란다. 난 오로지 그 생각뿐이란다.」

내 얼굴에 닿은 어머니의 반지가 차갑게 느껴졌다. 모르핀 때문에 위험한 상황에 처한 나를 사람들이 구했을 때 어머니가 어떻게 하고 왔는지를 떠올렸다. 어머니는 검은 드레스 차림에 머리를 모두 푼 모습으로 나타났다. 어머니는 머리를 내 가슴에 대고 내 잠옷이 축축해질 정도로 울었다.

이제 어머니는 내게 종이와 펜을 건넸으며, 침대 발치에 서서 내가 쓰는 모습을 지켜보았다. 나는 적었다.

셀리나 도스.

셀리나 도스.

셀리나 도스.

셀리나 도스.

그리고 종이 위로 펜이 움직이는 걸 본 어머니는 방을 나갔다. 그리고 나는 벽난로에 종이를 태워 버렸다.

그리고 종을 울려 비거스를 불러 말하길, 오해가 있었으며, 드레스를 깨끗이 하기는 하되 어머니가 바깥에 나간 뒤에 내게 다시 가져오라고 했다. 그리고 프라이어 부인이나 엘리스는 이 일에 대해 절대로 몰라야 한다고 덧붙였다.

그리고 혹시 부쳐야 할 편지가 있는지 물었다. 비거스는 고개를 끄덕이더니 한 통 있다고 했고, 나는 어서 가서 우편함에 넣으라고 하면서 누가 물으면 내 편지라고 대답하라고 했다. 비거스는 무릎을 굽혀 인사를 하는 동안 눈을 무척 낮게 깔았다. 그게 어제 일이었다. 나중에 어머니가 오더니 다시 내 얼굴을 만졌다. 하지만 이번에 나는 자는 척했으며 어머니를 보지 않았다.

이제 체이니 워크에서 마차 소리가 들린다. 월리스 부인이 어머니를 데리고 연주회에 가려고 오는 것이다. 어머니는 나가기 전에 내게 약을 주려고 잠시 이곳에 들를 것이다.

나는 밀뱅크에 갔고, 셀리나를 만났다. 그리고 이제 모든 것이 바뀌었다.

그곳 사람들은 물론 나를 맞을 준비가 되어 있었다. 내 생각에 수위는 늘 나를 주시한 듯하다. 내가 그에게 갔을 때 아는 듯했기 때문이다. 그리고 여자 감옥에 도착하자 여교도관 한 명이 나를 기다리다가 즉시 핵스비 양의 방으로 데려갔고, 그곳에는 실리토 씨와 리들리 양이 있었다. 마치 우리가 처음 만나 인사를 한 날 같았다. 그 첫 만남은 이제 완전히 다른 세계에서 일어난 듯한 느낌이지만 오늘 오후의 만남은 그렇지 않았다. 더구나 그때와 이번 만남의 차이를 느낄 수 있었다. 핵스비 양이 전혀 웃지 않았으며 실리토 씨마저도 수심 가득한 얼굴이었기 때문이다.

실리토 씨는 나를 그곳에서 다시 보게 되어 무척 기쁘다고 말했다. 내게 보낸 편지에 답장이 없었기 때문에, 지난주에 수용 구역에서 일어난 일로 내가 겁을 먹어 밀뱅크에 다시는 오지 않을까 무척 걱정을 했노라고 했다. 나는 몸이 좀 안 좋았을 뿐이며 그 편지는 덤벙거리는 하녀가 잊고 전해 주지 않았다고 했다. 내가 말하는 동안 핵스비 양은 내 뺨과 눈가의 그늘을 유심히 살폈다. 아마 아편을 복용한 탓에 눈가가 까매진 모양이다. 하지만 아편이 없었으면 상황은 더욱 나빴을 거라고 생각한다. 오늘 전까지 일주일 이상 나는 방에만 틀어박혀 있었고, 약 기운을 빌려 힘을 낼 수 있었기 때문이다.

핵스비 양은 내가 다 나았길 바란다고 말했다. 이윽고 그날 사건 이후 나와 이야기하지 못해 유감이라고 말했다. 「가엾은 브루어 양을 빼고는 그날 무슨 일이 있었는지 우리에게 말해 줄 사람이 아무도 없었습니다. 안타깝게도, 도스는 전혀 입을 열지 않았지요.」

리들리 양이 좀 더 편한 자세를 취하자 그녀의 신발이 끌리는 소리가 났다. 실리토 씨는 아무 말도 하지 않았다. 나는 셀리나를 어둠 속에 얼마나 오래 가두었는지 물었다. 「사흘요.」 둘이 내게 말했다. 〈법적 절차〉 없이 여죄수를 가두어 둘 수 있는 최대한의 시간이라고 했다.

내가 말했다. 「사흘은 너무 가혹해 보이네요.」

여교도관을 공격했는데요? 핵스비 양은 그렇게 생각하지 않았다. 그녀는 브루어 양이 너무나도 심하게 다쳤고 그 일로 충격을 받았기 때문에 밀뱅크에서 나갔다고, 사실 감옥 일을 완전히 관두었다고 말했다. 실리토 씨가 고개를 설레설레 저었다. 「아주 안 좋은 일이죠.」 그가 말했다.

나는 고개를 끄덕이고 물었다. 「도스는요?」 「도스는 괜찮습니다. 좀 고달픈 시간을 보냈지만 그거야 당연히 치러야 할 죗값이고요.」 그녀는 이제 도스는 프리티 부인이 담당하는 수용 구역에서 야자 섬유를 뽑고 있으며, 풀럼으로 이송하려던 계획은 취소되었다고 했다. 그 말을 한 리들리 양은 내 눈을 바라보았다. 그녀가 말했다. 「적어도 당신은 그게 기쁠 것 같군요.」

나는 이 말이 나올 줄 알았으며, 답을 준비해 둔 상태였다. 나는 아주 침착한 목소리로 그렇게 되어 기쁘다고 말했다. 이제 셀리나는 그 어느 때보다도 더 그녀에게 조언을 해줄 친구가 필요하기 때문이라고 했다. 이제 셀리나는 전보다 더 방문객의 위로를 받아야만 하며……

「안 됩니다.」핵스비 양이 말했다. 「안 됩니다, 프라이어 양.」 내 동정심이 셀리나에게 나쁜 영향을 미쳐 그녀가 감방에서 소란을 일으키고 여교도관을 다치게 한 마당에 내가 어찌 핵스비 양의 의견에 반대할 수 있단 말인가? 바로 이런 상황을 불러온 게 바로 내가 그녀에게 관심을 보인 탓이지 않은가? 핵스비 양이 말했다. 「당신은 자신을 도스의 친구라고 말하지요. 하지만 당신이 이곳을 방문하기 전까지 도스는 밀뱅크에서 가장 얌전한 죄수였어요! 그렇게 얌전한 여자가 그토록 흥분해 버려 성을 내도록 자극하는 게 어떻게 우정이 되나요?」

내가 말했다. 「도스를 다시는 만나지 말라는 말씀이군요?」

「도스가 좀 차분해져야 할 필요가 있다는 뜻이에요. 자기 자신을 위해서 말이에요. 그리고 당신과 함께 있는 한, 도스는 차분해질 수 없어요.」

「도스는 제가 없이 차분해질 수가 없어요!」

「그렇다면 그럴 수 있는 법을 배워야겠지요.」

내가 말했다. 「핵스비 양.」 하지만 이 단어를 더듬거리며 말했다. 하마터면 〈어머니〉라고 말할 뻔했기 때문이다. 나는 목에 손을 댔고, 실리토 씨를 바라보았다. 실리토 씨가 말했다. 「폭주는 아주 심각한 사건입니다. 다음번에 도스가 당신을 때릴 수도 있다고 상상해 보세요.」

「도스는 절 때리지 않을 거예요!」 내가 말했다. 나는 셀리나가 지금 얼마나 어려운 처지에 놓였는지를, 그리고 나를 만남으로써 얼마나 마음이 편해졌는지 둘은 알지 못하느냐, 둘은 오로지 셀리나만을 생각해야 한다고, 총명하고, 상냥하며, 핵스비 양이 말했듯이 밀뱅크에서 가장 얌전한 그 여인만을 생각해야 한다고 힘주어 말했다. 감옥이 셀리나에게 어떤 영향을 미쳤는지를, 셀리나가 자기 죄를 뉘우치게도 하지 못했고, 개선시키지도 못했으며, 단지 그녀를 비참하게 바꾸었고, 그래서 자신이 갇힌 감옥 밖의 다른 세상을 상상조차 할 수 없게 바꾸었으며, 그래서 이곳을 떠나야 한다고 말해 주러 온 여교도관을 때리게 된 거라고 말했다. 내가 말했다. 「두 분이 도스를 조용히 있게 하고, 아무도 찾아오지 못하게 한다면, 그건 두 분이 도스를 미치도록 만드는 거예요. 죽이는 거라고요…….」

나는 이런 식으로 계속 말을 했다. 살아오며 이렇게 유창하게 말하긴 처음이었다. 지금 생각해 보면, 내가 변호한 건 내 삶이었다. 그리고 내 입밖으로 나온 목소리는 다른 이에게서 나온 것이라고 생각한다. 실리토 씨는 예전처럼 생각에 잠긴 표정을 지었다. 그 뒤 우리가 무슨 이야기를 나누었는지는 잘 기억나지 않는다. 기억나는 건 마침내 실리토 씨가 셀리나를 만나도 된다고 동의했으며, 셀리나의 상태가 어떻게 개선되는지 주시하겠노라고 말했다는 것뿐이다. 실리토 씨가 말했다. 「도스를 담당하는 젤프 부인 역시 당신 편을 들었지요.」 젤프 부인의 의견이 실리토 씨에게 영향을 준 듯했다.

핵스비 양을 보았더니 그녀는 시선을 내리깔고 있었다. 실리토 씨가 우리를 두고 나간 뒤에야, 그리고 내가 수용 구역을 향해 가려고 일어선 뒤에야 핵스비 양은 다시 내게 시선을 주었다. 그리고 핵스비 양의 표정을 본 나는 깜짝 놀랐다. 화가 났다기보다는 어색하고 부끄러운 듯한 표정이었기 때문이다. 나는 그녀가 내 앞에서 망신을 당했고, 그 때문에 마음의 상처를 입은 거라고 생각했다. 내가 말했다. 「우리가 서로 다투지 않았으면 좋겠어요, 핵스비 양.」그러자 그녀는 즉시, 자신은 나와 다툴 마음이 전혀 없다고 대답했다. 하지만 내가 자신의 감옥에 대해 아무것도 모르는 상태로 왔다고 했다. 이 대목에서 핵스비 양은 잠시 머뭇거리며 리들리 양을 재빨리 힐긋 보았다. 핵스비 양이 말했다.「물론 저는 실리토 씨의 명령에 따라야만 합니다. 하지만 실리토 씨는 이곳을 다스릴 수 없어요. 이곳은 여자 감옥이니까요. 실리토 씨는 이곳 분위기와 경향을 이해하지 못해요. 예전에 아가씨에게 농담처럼 저는 이곳에서 아주 여러 번 형기를 마쳤다고 한 적이 있죠. 하지만 그건 농담이면서도 농담이 아니에요, 프라이어 양. 저는 감옥에서 벌어지는 온갖 나쁜 일들을 다 알아요. 제 생각에 실리토 씨나 당신은 모르시는 것 같아요. 도스 같은 여자가 갇히게 되면 그 성격이……」이 대목에서 핵스비 양은 마땅한 표현을 찾으려고 잠시 뜸을 들이는 듯하다가 계속 말을 이었다.「그 기질이, 뭐랄까 이상해진달까…….」

핵스비 양은 여전히 마땅한 단어를 찾지 못하는 듯했다. 마치 이곳 죄수들이 그러하듯, 감옥 용어가 아닌 평범한 단어를 떠올리려 하지만 그러지 못하는 것 같았다. 하지만 나는 핵스비 양이 말하고자 하는 바가 무엇인지 알았다. 하지만 핵스비 양이 말하는 기질은 거칠고 진부한 것으로, 제인 자비스나 에마 화이트에게나 있는 것이며, 셀리나나 내게서는 찾아볼 수 없는 것이었다. 핵스비 양이 다시 말을 하기 전에, 나는 그 경고를 마음속 깊이 담아 두겠노라고 말했다. 이윽고 핵스비 양은 나를 잠시 살피더니 리들리 양을 시켜 나를 감방이 있는 곳으로 데려가게 했다.

하얀 감옥 통로를 지나는 동안, 나는 약 기운이 퍼지는 것을 느꼈다. 수용 구역에 도착했을 때, 그 어느 때보다도 약 기운을 느낄 수 있었다. 바람 때문에 가스등 불꽃이 춤을 췄고, 그래서 모든 단단한 표면들이 흔들리고 부풀어 오르고 떠는 듯 보였기 때문이다. 언제나처럼, 나는 징벌방 구역의 음울한 기운과 악취와 정적에 충격을 받았다. 그리고 내가 오는 모습을 본 프리티 부인은 짓궂은 눈으로 나를 노려보았으며, 그녀의 얼굴은 휘어진 철판에 반사된 것처럼 넙데데하고 이상하게 보였다. 그리고 확신하건대, 그녀는 이렇게 말했다. 「어이구, 프라이어 양이시군요. 아가씨의 사악한 어린양을 보려고 다시 오신 건가요?」 그녀는 나를 데리고 문으로 가더니 아주 은밀한 태도로 감시용 구멍에 눈을 댔다. 이윽고 그녀는 자물쇠를 따고 그 뒤에 있는 문의 빗장을 열었다. 「들어 가시지요, 아가씨.」 마침내 그녀가 말했다. 「어둠에 잠시 있다 온 뒤로는 아주 얌전해졌답니다.」

셀리나가 갇힌 곳은 보통 감방보다 작았으며, 강철로 된 작은 비늘창이 달렸고, 가스등 주위로는 철망을 설치해 죄수가 불꽃에 접근하지 못하도록 했는데, 그 때문에 감방은 무척이나 음울해 보였다. 탁자나 의자는 없었다. 셀리나는 단단한 목재 침대 위에 앉아서 야자 섬유가 담긴 쟁반 위로 어색하게 몸을 숙이고 있었다. 감방 문이 열리자 셀리나는 쟁반을 옆으로 치우고 일어나려 했다. 하지만 그녀는 비틀거렸고, 몸을 바로 세우려고 벽을 짚었다. 소매에 있던 별 표시는 사라졌고, 새로 받은 옷은 몸에 비해 너무 컸다. 뺨은 창백했고, 관자놀이와 입술에는 푸른 기가 돌았으며, 이마에는 노란 멍이 들어 있었다. 손톱은 야자 섬유를 뽑느라 갈라져 생살이 드러났다. 야자 섬유가 모자, 앞치마, 손목, 침구 여기저기에 묻어 있었다.

프리티 부인이 문을 닫고 잠그자, 나는 셀리나에게 한 걸음 다

402

가갔다. 그때까지 우리는 아무 말도 없이 마치 서로를 두려워하듯 상대방을 바라보기만 했다. 하지만 이윽고 나는 이렇게 속삭인 듯하다. 「여교도관들이 당신에게 무슨 짓을 한 건가요? 그 사람들이 무슨 짓을 한 거예요?」그리고 내 말에 셀리나는 고개를 급히 흔들더니 싱긋 웃어 보였지만, 그 힘없는 웃음은 마치 밀랍이 녹듯이 사라졌고, 셀리나는 한 손을 얼굴로 가져가더니 흐느끼기 시작했다. 나는 다가가 팔로 셀리나를 감싸 안고 침대에 도로 앉힌 다음 그녀가 진정할 때까지 멍이 든 가엾은 얼굴을 쓰다듬는 것 말고는 달리 할 수 있는 게 없었다. 셀리나는 나를 붙잡고 내 외투 옷깃에 계속해서 머리를 기대었다. 그리고 셀리나가 입을 열어 말을 하려 했을 때, 그녀 목소리는 속삭임이 되어 나왔다. 「당신은 제가 정말 약해 빠졌다고 생각할 거예요.」

「왜요, 셀리나?」

「당신이 오면 정말 좋겠다는 생각뿐이었어요.」

셀리나는 몸을 떨었지만 마침내 진정이 되었다. 나는 셀리나의 손을 잡고 부러진 손톱을 보며 안타까워 비명을 질렀고, 셀리나는 야자 섬유를 날마다 2킬로그램씩 뽑아내야 한다며 말했다. 「그러지 않으면 프리티 부인은 다음 날 더 많은 양을 가져다준답니다. 그리고 야자 섬유가 사방으로 날리기 때문에, 숨이 막힐 지경이에요.」또한 음식은 물과 검은 빵만 준다고 했다. 그리고 예배당에 데려갈 때는 족쇄를 채운단다. 나는 셀리나가 하는 말을 더는 참고 들을 수가 없었다. 하지만 내가 다시 셀리나의 손을 잡자 그녀는 몸이 뻣뻣해지며 손을 빼냈다. 그녀가 중얼거렸다. 「프리티 부인, 프리티 부인이 와서 우리를 감시할 거예요…….」

그때 문에서 뭔가 움직이는 소리가 들리더니 곧이어 감시용 구멍이 흔들렸고, 뭉툭하고 하얀 손가락들이 천천히 구멍 문을 열었다. 내가 외쳤다. 「우리를 감시할 필요 없어요, 프리티 부인!」 그러자 여교도관은 킬킬거리며, 자신은 늘 수용 구역을 감시해야 한다고 말했다. 하지만 구멍 문이 다시 닫혔다. 그녀가 멀어지는 소리가 들렸고, 이윽고 다른 감방 문 앞에서 뭐라고 외치는 소리가 들렸다.

우리는 조용히 앉아 있었다. 나는 셀리나의 머리에 난 멍을 바라보았다. 셀리나는 어둠 감방에 갇혔을 때 비틀거리다가 부딪혀 생긴 거라고 했다. 셀리나는 그때를 떠올리며 몸서리를 쳤다. 내가 말했다. 「그곳은 아주 끔찍하더군요.」 그러자 그녀는 고개를 끄덕였다. 그녀가 말했다. 「그곳이 얼마나 끔찍한지 당신도 알 거예요.」 이윽고 그녀가 말을 이었다. 「전 그곳을 도무지 버텨 내지 못했을 거예요. 당신이 그 어둠 속에서 잠시 함께 있어 주지 않았다면요.」

나는 셀리나를 빤히 바라보았다. 그녀가 계속 말했다. 「그러다가 깨달았어요. 그 모든 걸 다 보았으면서도 내게 와주다니, 당신이 정말로 좋은 사람이라는 것을요. 그곳에 갇혔을 때 처음 한 시간 동안 가장 두려웠던 게 무엇인지 아세요? 오, 그것은 제게 고문과도 같았어요! 그 어떤 형벌보다도 더 끔찍했어요. 그건 당신이 저를 멀리할 거라는 생각이었어요. 당신을 가까이 두려고 한 바로 그 행동 때문에 오히려 당신과 멀어질 거라는 생각이었어요!」

나는 그 사실을 알았다. 하지만 사실을 아는 게 편치 않았으며, 셀리나가 그렇게 고백하는 것을 참고 들을 수가 없었다. 「그러면 안 되는 거였어요, 그러면 안 되는 거였어요.」 하지만 셀리나는 격노한 듯한 목소리로 속삭였다. 그럴 수밖에 없었어요! 하지만 브루어 양이 너무나 가여워요! 다치게 할 생각은 전혀 없었어요. 그러나 다른 곳으로 이송된다니, 소위 자유라는 것을 더 누리고, 다른 죄수들과 이야기를 나누는 건! 「당신과 이야기를 할 수 없는데 제가 왜 다른 죄수들과 이야기를 나누고 싶어 하겠어요?」

그리고 나는 셀리나의 입술에 내 손을 가져다 댄 듯하다. 나는 다시는 그런 말을 하면 안 된다고, 안 된다고 말했다. 마침내 셀리나는 내 손을 치우고는, 자신은 자기가 브루어 양을 다치게 했다고, 구속복을 입고 어둠 속에 갇혀 있었노라고 말하려 했다고 했다. 그래도 여전히 자신의 입을 막고 조용히 시키고 싶으냐고 물었다.

이윽고 나는 셀리나의 팔을 잡고 거의 비난하는 듯이 쉿 소리를 냈다. 내가 말했다. 「그렇게 해서 무엇을 얻었나요? 그렇게 한 결과, 여교도관들이 우리를 더 유심히 관찰하게 되었을 뿐이 잖아요! 핵스비 양이 저를 당신에게서 떼어 놓으려 한 걸 모르나요? 리들리 양이 우리가 얼마나 오랫동안 같이 있는지 확인하려는 것을? 프리티 부인이 확인하려는 것을? 심지어 실리토 씨마저 그러려는 것을? 이제부터 우리가 얼마나 조심해야 하고 남의 눈을 피해야 하는지 아세요?」

나는 셀리나를 내 쪽으로 끌어당기고 이런 말들을 하고 있었다. 그리고 이제는 셀리나의 두 눈, 그녀의 입, 그녀의 따뜻하고 시큼한 숨결을 느끼게 되었다. 말을 하는 내 목소리가 마치 다른 사람 입을 통해 나오는 듯한 느낌이 들었다.

나는 셀리나의 팔을 잡은 손을 놓고 고개를 돌렸다. 그녀가 말했다. 「오로라.」

내가 즉시 말했다. 「그렇게 부르지 마세요.」

하지만 셀리나는 다시 그렇게 말했다. 오로라, 오로라.

「그렇게 부르면 안 돼요.」

「왜 안 되는데요? 저는 어둠 속에서 그 이름을 불렀고, 당신은 그 이름을 듣고 기뻐했고, 제게 대답했어요! 왜 지금은 제게서 물러서 있는 건가요?」

그때 나는 침대에서 일어나 있었다. 내가 말했다. 「그래야 하니까요.」

「왜 그래야 하는데요?」

나는 우리가 너무 가까이 있으면 옳지 않다고 말했다. 그건 규칙 위반이며 밀뱅크 규칙에 따라 금지되어 있다고 했다. 하지만 이제 셀리나가 일어섰으며, 감방은 무척이나 좁기에 나는 그녀와 닿지 않도록 물러설 곳이 없었다. 내 치마가 야자 섬유 쟁반에 걸렸고, 먼지가 일었지만 셀리나는 먼지에 아랑곳 않고 내게 가까이 다가왔고, 손을 뻗어 내 팔을 잡았다. 그녀가 말했다. 「당신은 제가 가까이 있기를 원해요.」 그리고 내가 즉시 대답했다. 아니요, 그렇지 않아요. 그러자 셀리나가 말했다. 「아니, 당신은 저를 원해요. 그렇지 않다면 왜 당신 일기장에 제 이름을 적는 거죠? 왜 제 꽃을 간직하는 거죠? 왜 오로라는 제 머리 타래를 가지고 있는 거죠?」

「당신이 보낸 거예요!」 내가 말했다. 「제가 원한 게 아니에요!」

셀리나는 흥분하지 않고 차분하게 대답했다. 「당신이 원하지 않았다면 전 그걸 보낼 수가 없었어요.」

그 말에 나는 아무 대답을 할 수가 없었다. 셀리나는 내 얼굴을 보고는 내게서 물러섰고, 표정이 변했다. 그녀는 언제 프리티 부인이 들여다볼지 모르니 내가 조심해서 서 있어야 하며 차분히 있어야 한다고 했다. 나는 서 있어야 하며 자신이 하는 말을 들어야 한다고 했다. 자신이 어둠 속에 있는 동안 모든 것을 알았단다. 그리고 이제 내가 그것을 알아야 한다고…….

셀리나는 머리를 살짝 숙였지만 두 눈은 계속 나를 보았고, 그 두 눈은 그 어느 때보다 더 커보였으며 마치 마법사의 눈처럼 새까맸다. 그녀가 말했다. 「제가 언젠가 이곳에 있는 목적이 있다고 말하지 않았나요? 영혼이 와서 그 목적을 제게 알려 줄 거라고 하지 않았나요? 제가 그 감방에 있을 때 영혼들이 왔어요. 와서 말해 줬어요. 무슨 내용인지 짐작이 가세요? 저는 이미 알고 있었던 듯해요. 그리고 그건 저를 두렵게 만들었어요.」

그녀는 혀를 내밀어 입술을 핥고는 침을 삼켰다. 나는 꼼짝 않고 그녀를 지켜보았다. 내가 말했다. 「뭐죠? 그 목적이 뭐죠? 왜 영혼들이 당신을 이곳에 가둔 건가요?」

그녀가 말했다. 「당신 때문이에요. 우리가 만날 수 있도록, 만나서, 알고, 연결되고…….」

셀리나의 말은 비수가 되어 내 심장을 찌르는 듯했다. 심장이 쿵쾅거리는 게 느껴졌고, 그 쿵쾅거림 뒤로 또 다른 날카로운 움직임이 느껴졌다. 그것은 점점 더 빨라지며, 그 어느 때보다도 격렬해졌다. 나는 그것을 느꼈고, 그녀에게도 같은 움직임이 있는 것을 느낄 수 있었다…….

그건 일종의 번민이었다.

셀리나가 말한 것이 내게는 단지 끔찍해 보였기 때문이다. 「그렇게 말하면 안 돼요.」 내가 말했다. 「왜 그런 말을 하나요?

407

영혼들이 당신에게 말한 게 무슨 소용이에요? 영혼이 아무렇게나 한 말에 휘둘려 그렇게 난폭하게 행동하면 안 돼요. 진정하고, 차분해야 해요. 당신이 풀려날 때까지 제가 계속 당신을 만나러 온다면…….」

「4년이에요.」 셀리나가 말했다. 그리고 물었다. 「그 기간 동안 계속 이곳을 올 수 있도록 밀뱅크가 허락해 줄 것 같나요? 핵스비 양이 허락해 줄 거라고 생각해요? 당신 어머니가 허락해 줄 거라고 생각해요? 그리고 설사 모두 허락해 준다 할지라도, 일주일, 또는 한 달에 한 번 와서 30분간 만나는 게 전부인데, 그걸 당신이 견딜 수 있을 거라고 생각해요?」

나는 지금까지 견뎌 왔다고 말했다. 형량을 감해 달라고 항소를 할 수도 있다고 했다. 우리가 조금 조심하기만 한다면…….

셀리나가 단조로운 목소리로 말했다. 「오늘 이후로 당신은 조심하면서 차분한 상태로 견딜 수 있나요? 아니…….」 내가 그때 셀리나에게 한 걸음 다가섰다. 「아니, 움직이지 마세요! 거기 가만히, 저와 떨어져 있으세요. 프리티 부인이 볼지도 몰라요…….」

나는 두 손을 모으고, 장갑에 살갗이 쏠려 나갈 정도로 손가락을 비비 꼬았다. 내가 외쳤다. 「그럼 우린 어떻게 해야 하나요? 당신은 저를 고문하고 있어요! 우리가 함께, 밀뱅크에서 만나야 한다면서요!」 내가 다시 말했다. 「왜 영혼들은 당신에게 그런 말을 한 거죠? 왜 당신은 지금 제게 그 말을 하는 건가요?」

「지금 그런 말을 당신에게 하는 건 선택의 여지가 있고, 당신이 그 선택을 해야만 하니까 그런 거예요. 전 탈출할 수 있어요.」 셀리나가 속삭이는 소리로 대답했고, 소리가 너무나 가늘었기 때문에 나는 그 소리를 들으려고 소용돌이치는 먼지 속으로 몸을 기울여야만 했다.

아마 나는 그 말에 소리 내어 웃은 듯하다. 소리를 죽이려 손으로 입을 가리고 웃은 듯하다. 셀리나는 나를 지켜보며 답을 기다렸다. 진지한 표정이었다. 그리고 처음으로, 셀리나가 어두운 감방 안에 갇혔던 탓에 정신이 흐려진 모양이라는 생각이 들었다. 나는 시체처럼 창백한 셀리나의 뺨을, 멍이 든 이마를 보았고, 점차 정신을 가다듬었다. 그리고 아주 조용하게 말했다. 「당신은 너무 말을 많이 했어요.」

「전 할 수 있어요.」 셀리나가 담담하게 말했다.

내가 말했다. 「아니요. 그렇게 하는 건 전혀 옳지 않아요.」

「저 사람들의 법에 따르면 옳지 않겠죠.」

「안 돼요. 게다가, 밀뱅크에서 어떻게 그렇게 할 수 있다는 건가요? 모든 통로 문이 잠겼고, 남녀 교도관들이 감시를 하는 이곳에서…….」 나는 주위를, 나무 문을, 강철 비늘창 문을 바라보았다. 내가 말했다. 「당신이 그러려면 열쇠가 있어야 해요. 상상조차 할 수 없는 물건들이 필요해요. 그리고 설사 당신이 탈출한다 해도 무엇을 할 건가요? 어디로 갈 건가요?」

셀리나는 여전히 나를 바라보았다. 그녀의 눈동자는 여전히 아주 까맸다. 이윽고 셀리나가 말했다. 「영혼이 도와주는 한 열쇠 따위는 필요 없어요. 그리고 전 당신에게 갈 거예요, 오로라. 우리는 함께 떠날 거예요.」

셀리나는 그렇게 말했다. 갑자기. 너무나도 갑자기. 이제 나는 웃지 않았다. 내가 말했다. 「제가 같이 갈 거라고 생각하나요?」

그녀는 내가 함께 갈 거라 생각한다고 말했다.

그녀 생각에 내가 그냥 떠날…….

409

「무엇이 아쉬운데요? 누구를 떠나요?」

어머니를 떠나는 것. 헬렌과 스티븐과 조지와 태어날 아이들을 떠나는 것. 아버지의 무덤을 두고 떠나는 것. 대영 박물관 열람실 입장권을 두고 떠나는 것.「제 삶을 두고 떠나는 것요.」마침내 내가 말했다.

그녀는 자신이 내게 더 나은 삶을 주겠노라고 대답했다.

내가 말했다.「우린 아무것도 없을 거예요.」

「당신 돈이 있어요.」

「그건 제 어머니 돈이에요!」

「당신 소유의 돈이 분명히 있을 거예요. 팔 만한 물건이 있을 거예요…….」

「이건 미련한 계획이에요.」내가 말했다.「미련한 정도가 아니라, 터무니없고 말도 안 되는 생각이에요! 어떻게 모든 것을 다 버리고 우리 둘만 살 수 있어요? 어디로 간단 말인가요?」

하지만 나는 그렇게 물으면서도 셀리나의 눈을 보았고, 알았다…….

「생각해 보세요!」셀리나가 말했다.「그곳에서, 태양이 늘 우리를 비추는 곳에서 살 생각을 해보세요. 당신이 그토록 가고 싶어 하던 환한 곳을 생각해 보세요. 레조, 파르마, 밀라노, 베네치아를요. 우리는 그런 곳 어디에든 가서 살 수 있어요. 자유롭게요.」

나는 셀리나를 물끄러미 바라보았다. 그때 문 뒤에서 프리티 부인이 모래를 밟는 소리가 났다. 내가 속삭였다.「우리는 미친 거예요, 셀리나. 밀뱅크에서 탈출이라뇨! 당신은 그럴 수 없어요. 곧바로 잡히고 말 거예요.」셀리나는 자기 영혼 친구들이 자신을 안전하게 지켜 줄 거라고 했다. 이윽고 내가 〈아니요, 전 믿을 수가 없어요)라고 말하자 그녀가 말했다. 「왜요?」 셀리나는 자신이 내게 보낸 물건들을 생각해 보라고 했다. 「왜 제 자신을 보낼 수 없을 거라고 생각하나요?」

여전히 나는 말했다. 「아니요, 그건 진실일 리가 없어요. 그게 진실이라면 당신은 이미 1년 전에 이곳에서 빠져나갔을 거예요.」 그녀는 자신은 기다렸으며, 이곳을 나가기 위해서는 내가 필요하다고 했다. 자신을 내게 보내려면 내가 필요하다고.

셀리나가 말했다. 「당신이 저를 데려가지 않으면 영혼들은 당신이 이곳을 더는 방문하지 못하게 할 거예요. 그러면 당신은 무엇을 할 건가요? 당신 여동생의 삶을 부러워하며 지낼 건가요? 당신만의 어두운 감방에 갇힌 죄인으로 영원히 지낼 건가요?」

그리고 나는 다시 한번 그 무시무시한 환영이, 나이 들어 불평불만이 많아진 어머니가 책을 너무 작은 소리로 읽는다고 또는 너무 빠르게 읽는다고 나를 나무라는 모습이 보였다. 진흙처럼 갈색인 드레스를 입고 어머니 곁에 앉아 있는 내 모습이 보였다.

내가 말했다. 「하지만 우리는 발각될 거예요. 경찰이 우리를 추적할 거예요.」

「영국을 떠나면 우리를 잡지 못할 거예요.」

「사람들은 우리가 무슨 짓을 저질렀는지 알게 될 거예요. 사람들은 저를 보면 제가 누군지 알아차릴 거예요. 우리는 사회에서 쫓겨날 거예요!」

셀리나는 말했다. 「언제부터 당신이 그런 사회의 일원인 걸 좋아했어요? 사회가 무슨 생각을 하든 당신이 왜 신경을 쓰지요? 우리는 그 모든 것에서 떨어져 지낼 수 있는 곳을 찾을 거예요. 우리가 있는 그대로 살 수 있는 장소를 찾을 수 있어요. 제가 하게끔 되어 있는 일을 할 수 있는 그런 곳을…….」

셀리나는 고개를 설레설레 저었다. 그녀가 말했다. 「제 평생, 제가 살아온 주, 달, 해 내내 저는 이해한다고 생각했어요. 하지만 저는 아무것도 몰랐어요. 저는 제가 빛 속에 있다고 생각했지만, 실은 그 내내 제 눈은 감겨 있었어요! 저를 찾아오는 가엾은 숙녀들, 제 손을 만지고 저에게서 제 영혼의 일부를 자신에게 끌어가던 그 숙녀들은 하나같이 모두가 그림자였을 뿐이에요. 오로라, 그 사람들은 당신의 그림자였어요! 저는 단지 당신을 찾아다닌 것이었어요. 당신이 저를 찾듯이요. 당신은 저를 찾아 다녔어요, 당신의 반쪽을요. 그리고 이제 당신이 저를 멀리한다면 우리는 죽고 말 거예요!」

내 반쪽. 내가 그것을 알았나? 셀리나는 내가 알고 있었다고 말했다. 셀리나가 말했다. 「당신은 짐작을 했고, 느꼈어요. 그리고 저는 당신이 저보다도 먼저 느꼈다고 생각해요. 당신이 저를 처음 본 순간, 당신은 그것을 느꼈을 거예요.」

나는 밝은 감방에 있는 셀리나를 지켜보았던 기억을 떠올렸다. 태양을 향해 살짝 머리를 기울이고, 두 손에 제비꽃을 들고 있던 그 모습을. 셀리나가 방금 말한 대로, 내 시선에 그러한 목적이 담겨 있지는 않았을까?

나는 손을 입으로 가져갔다. 내가 말했다. 「잘 모르겠어요. 잘 모르겠어요.」

「잘 모르겠다고요? 당신 손가락을 보세요. 그게 당신 것인지 아닌지 잘 모르겠나요? 당신 몸의 어디든 보세요. 당신이 보는 것이 바로 저예요! 우리는 한 몸이에요. 당신과 저는요. 우리는 빛나는 한 몸이었다가 잘려 반쪽이 된 거예요. 오, 제가 당신을 사랑한다고 말할 수도 있겠죠. 당신 동생이 자기 남편에게 말하듯이요. 그렇게 말하는 건 간단해요. 또는 이곳 감옥에서 1년에 네 번 보낼 수 있는 편지를 통해 그렇게 말할 수 있겠지만, 하지만 제 영혼은 당신 영혼을 사랑하지 않아요. 우리의 영혼은 서로 얽혀 있어요. 우리의 육체는 사랑을 하지 않아요. 우리의 육체는 하나고, 간극을 뛰어넘고 싶어 하며 그래야만 하는데, 그러지 못하면 시들고 말아요! 당신은 저와 같아요. 당신은 그게 어떤 것인지, 당신의 삶, 당신 자신을, 옷을 벗어 두듯 두고 떠나는 것이 어떤 것인지 느꼈어요. 당신이 자기 삶을 놓아 버리기 전, 그것들이 당신의 발목을 잡지 않았나요? 당신은 돌아오고 싶지 않았으나 그것들이 당신을 잡아 다시 끌어당기지 않았나요……?」

셀리나는 계속 말했다. 「아무 목적도 없이 영혼이 그런 일이 벌어지도록 내버려 두었다고 생각하나요? 당신이 영계로 가야만 하는 상황이었다면 아버지가 분명히 당신을 데려가셨으리라는 걸 모르세요?」 셀리나는 덧붙였다. 「그분은 당신을 돌려보냈고, 이제 당신에게는 제가 있어요. 당신은 당신 삶을 마구 대해 왔어요. 하지만 이제 제가 그것을 가지고 있어요. 당신은 그래도 그것과 싸울 건가요?」

이제 내 가슴속 심장은 무시무시하게 뛰었다. 내 심장은 한때 로켓이 달려 있던 곳에서 뛰어 댔다. 고통스럽게, 망치로 후려치듯 뛰어 댔다. 내가 말했다. 「당신은 제가 당신과 같다고 했지요. 제 팔다리가 당신의 팔다리이며, 제가 빛나는 물질에서 만들어졌다고 했어요. 하지만 제 생각에 당신은 저를 본 적이…….」

셀리나가 조용히 말했다. 「전 당신을 보았어요. 하지만 저들의 눈으로 당신을 보았을 거라고 생각하나요? 당신이 답답한 회색 드레스를 벗었을 때 제가 그것을 보지 못했을 거라고 생각하나요? 당신이 머리를 풀어 내리고 어둠 속에 우유처럼 하얀 모습으로 누운 걸 보지 못했을 거라고 생각하나요……?」

마침내 셀리나가 말했다. 「당신은 제가 그 여자, 당신 대신 당신 남동생을 택한 그 여자처럼 될 거라고 생각하나요?」

그리고 나는 알았다. 셀리나가 한 모든 말이, 지금까지 한 모든 말이 진실임을 알았다. 나는 서서 흐느꼈다. 서서 흐느끼고 몸을 떨었고, 셀리나는 그런 나를 위로하려고 다가오지 않았다. 다만 지켜보며 고개를 끄덕이고 말했다. 「이제 당신은 이해했어요. 이제 당신은 왜 우리가 단지 조심스럽고, 은밀하게 만나는 걸로 만족할 수 없는지 알아요. 이제 당신은 왜 당신이 제게 끌리는지 알아요. 왜 당신의 몸이 제 몸으로 휘감겨 오는지, 무엇을 원하는지를 알아요. 그렇게 두세요, 오로라. 제게 와서 휘감기게 두세요…….」

셀리나는 격렬하면서도 천천히 속삭이는 목소리로 말했다. 그 목소리는 나를 깊이 취하게 한 약물이 되어 내 혈관을 타고 흘렀다. 이윽고 셀리나가 나를 잡아당기는 것을 느꼈다. 나는 셀리나의 유혹을, 손길을 느꼈고, 야자 섬유 먼지가 가득한 공기를 가로질러 셀리나의 속삭이는 입술로 다가가는 나를 느꼈다. 감방 벽을 그러잡았다. 하지만 벽은 매끈했고 석회는 미끄러웠다. 벽에 기대자 벽이 내게서 미끄러져 내리는 것이 느껴졌다. 내 몸이 늘어나고 부풀어 오른다고 생각하기 시작했다. 내 얼굴이 옷깃에서 부풀어오르고, 장갑 안에서 손가락이 팽창하고…….

나는 내 두 손을 보았다. 셀리나는 그것이 자기 손이라고 했지만, 내 눈에 들어온 손은 크고 낯설었다. 나는 손의 감촉을, 살갗의 주름과 소용돌이 모양을 느꼈다.

손이 단단해지며 깨지기 쉬운 상태로 변하는 것을 느꼈다.

손이 부드러워지며 뚝뚝 흘러내리기 시작하는 것을 느꼈다.

그리고 나는 그 두 손이 누구의 것인지 알았다. 그건 셀리나의 손이 아니라 그의 것이었다. 거푸집을 이용해 왁스로 만든 손, 한밤에 그녀의 감방으로 와 얼룩을 남긴 그 손이었다. 그 손은 내 손이며 또한 피터 퀵의 손이었다! 그 생각을 하니 끔찍했다.

내가 말했다. 「아니요, 그건 가능하지 않아요. 그리고 전 그렇게 하지 않을 거예요!」 그러자 부풀어 오르던 현상이 즉시 사라지고 심장 박동 역시 즉시 정상으로 돌아왔고, 나는 한 발 물러서 손을 문에 댔다. 그리고 그것은 검은 비단 장갑을 낀 내 손이었다. 그녀가 말했다. 「오로라.」 내가 말했다. 「저를 그렇게 부르지 말아요. 그건 진실이 아니에요! 그건 진실이었던 적이 없어요. 한 번도요!」 나는 주먹을 쥐어 문을 두드리며 외쳤다. 「프리티 부인! 프리티 부인!」 그리고 고개를 돌려 셀리나를 보았더니, 그녀의 얼굴은 뺨을 한 대 맞은 것처럼 빨갛게 얼룩덜룩했다. 셀리나는 뻣뻣이 서 있었고, 충격을 받아 가엾은 표정이었다. 이윽고 그녀는 흐느끼기 시작했다.

「우리는 다른 방법을 찾을 거예요.」 내가 말했다. 하지만 셀리나는 고개를 젓고는 속삭였다. 「모르겠어요? 이 방법 말고는 다른 길이 없다는 걸 모르겠어요?」 셀리나의 눈 가장자리에 눈물이 맺혀 그렁거리더니 뺨을 타고 흘러내리며 야자 섬유 먼지와 섞였다.

그리고 프리티 부인이 들어와 셀리나는 본 척도 않고 나를 향해 고개를 끄덕였고, 나는 고개를 돌리지 않고 문을 나섰다. 뒤

돌아보면 셀리나의 눈물, 그녀의 멍, 그리고 그녀와 함께 하고 싶은 간절한 마음 때문에 그녀에게 돌아갈 게 분명하고, 그러면 이성을 잃을 터였다. 문이 닫히고 잠겼고, 나는 그곳을 떠났다. 그리고 셀리나의 감방에서 멀어지자 마치 재갈을 물린 채 막대기에 찔리는 듯 고통스러웠고, 뼈와 살이 찢기는 듯한 느낌이 들었다.

나는 탑의 계단까지 걸었다. 프리티 부인은 그곳에 나를 남겨두고 떠났고, 나는 혼자서 계단을 내려가야 하는 모양이라고 생각했다. 하지만 그러지 않았다. 그늘 속에서, 차갑고 하얀 벽에 얼굴을 대고 서 있었다. 그리고 꼼짝 않고 있는데 머리 위쪽 계단에서 발소리가 들렸다. 리들리 양이 내려오는 모양이라고 생각하며 고개를 돌렸고, 눈물이나 석회가 묻었을지도 모른다는 생각에 뺨을 닦았다. 발소리가 더 가까워졌다.

리들리 양이 아니었다. 젤프 부인이었다.

부인은 나를 보더니 눈을 끔벅거렸다. 그녀는 말하길 계단에서 뭔가 움직이는 소리가 나서 무슨 소리인가 하고⋯⋯. 나는 고개를 저었다. 내가 막 셀리나 도스를 보고 오는 길이라고 말하자 젤프 부인은 몸을 떨었다. 그녀는 거의 나만큼이나 가엾어 보였다. 부인이 말했다. 「셀리나가 나가고 나서 제가 맡은 수용 구역은 무척이나 달라졌어요. 성급 여자들이 모두 나가고 새로운 죄수들을 맡게 되었는데 몇몇은 처음 보는 사람들이죠. 그리고 엘런 파워, 엘런 파워 역시 없어요.」

「파워가 없어요?」 내가 멍한 목소리로 말했다. 「파워에게는 잘된 일이네요. 풀럼에 가면 좀 편하게 지낼 수 있으니까요.」

하지만 내 말을 들은 부인은 그 어느 때보다도 괴로워 보였다.

「풀럼으로 간 게 아니랍니다, 아가씨.」 그녀가 말했다. 젤프 부인은 내가 몰랐다니 유감이라면서, 파워는 닷새 전에 마침내 입원할 수 있었지만 그곳에서 죽었고 손녀가 와서 시체를 가져갔다고 했다. 젤프 부인의 친절함은 결국 아무 소용이 없게 되었다. 파워의 옷 안에서 진홍색 플란넬 조각이 발견되었고, 죄수에게 허용되지 않은 물건을 주었다는 이유로 젤프 부인은 감봉 처분을 당했다.

나는 이 말을 듣고는 공포에 질려 온몸의 감각이 다 사라지는 듯했다. 마침내 내가 말했다. 「맙소사. 우리가 이걸 어떻게 견뎠죠? 우리가 이걸 어떻게 견딜 수 있을까요?」〈4년을 더〉라는 게 내 의미였다.

젤프 부인은 고개를 설레설레 젓더니 얼굴에 손을 올리고 돌아섰다. 그녀가 계단을 걷는 소리가 들리더니 그 소리는 점차 어둠 속에서 잦아들었다.

그리고 나는 매닝 양이 관리하는 수용 구역으로 내려왔고, 긴 복도를 지나며 자기 감방에 앉아 있는 여자들을 물끄러미 바라보았다. 모두가 한결같이 몸을 웅크리고 떨었고, 모두가 가여웠고, 모두가 병이 들었거나 병들기 직전이었으며, 배고파하거나 메스꺼워했으며, 추위와 감옥에서 시키는 일로 손톱이 갈라져 있었다. 수용 구역 끝 부분에서는 다른 여교도관이 나를 2번 오각형 문으로 데려가려고 기다리고 있었다. 그리고 그곳에서는 남교도관이 나를 호위해 남자 감옥을 관통했다. 나는 그들에게 말을 하지 않았다. 수위실로 가는 자갈 깔린 길 어귀에 도착했을 때 날은 이미 어두웠고 우박 섞인 강바람이 거셌다. 나는 손으로 모자를 눌러 썼고, 바람에 비틀거리며 걸었다. 내 주위 사방에 밀뱅크 건물들이 높이 솟아 있었고, 무덤처럼 황폐하고 조용했지만, 불쌍한 남녀로 가득했다. 이제까지 이곳을 방문해 왔지만, 지금처럼 이곳에 갇힌 사람들의 절망감이 내 온몸을 짓누른 것은 처음이었다. 나는 파워를, 나에게 신의 가호를 빌어 주던, 그러나 지금은 세상을 떠난 여인을 떠올렸다. 멍들어 흐느끼며 나를 자신의 반쪽이라 부르는 셀리나를 생각했다. 우리가 서로를 찾아 헤맸으며, 지금 서로를 잃는다면 우리는 죽고 말 거라고 말한 그녀를 떠올렸다. 템스강 위쪽에 있는 내 방을 떠올렸다. 그리고 방문 뒤 의자에 앉아 있는 비거스를 떠올렸다. 수위가 열쇠 꾸러미를 흔들고 있었고, 그는 사람을 보내 내가 탈 마차를 불러오게 했다. 지금이 몇 시인지 궁금했다. 6시일 수도, 자정일 수도 있었다. 나는 생각했다. 어머니가 집에 계실 텐데, 뭐라고 변명을 해야 할까? 옷에는 석회가 묻었고, 감옥의 냄새가 배어 있었다. 어머니가 실리토 씨에게 편지를 보내거나 애시 의사를 부르러 보내면?

이제는 망설였다. 수위실 문 앞에 있었다. 머리 위로는 더럽고 안개로 숨 막히는 런던 하늘이 보였고, 발아래로는 악취 나는, 꽃 한 송이 자라지 못하는 밀뱅크의 흙이 밟혔다. 얼굴을 때려 대는 우박은 바늘처럼 날카로웠다. 수위는 나를 수위실로 안내하려고 서 있었지만 나는 여전히 망설였다. 수위가 말했다. 「프라이어 양? 왜 그러시나요?」 그리고 수위는 손을 얼굴로 가져가 물기를 닦았다.

내가 말했다. 「잠깐요.」 처음에는 조용히 말했기 때문에 그는 내 말을 잘 듣지 못했고 몸을 기울여야만 했다. 「잠깐요.」 좀 더 크게 다시 말했다. 「잠깐요. 기다리세요. 돌아가야 해요. 돌아가야 해요!」 나는 뭔가 빼먹고 하지 않은 일이 있어서 꼭 돌아가야만 한다고 말했다.

아마도 수위가 뭐라고 다시 말을 한 것 같지만 나는 그 말을 듣지 않았다. 그냥 몸을 돌려 감옥의 그늘 속으로 돌아갔다. 발꿈치로 자갈길을 파내듯 빠르게, 거의 뛰다시피 하며 돌아갔다. 남교도관들을 만날 때마다 나는 같은 말을 했다. 돌아가야 해요! 여자 감옥으로 돌아가야만 해요! 그리고 그들은 이상하다는 눈으로 나를 보았지만 내가 지나가도록 두었다. 여자 감옥에서 크레이븐 양을 발견했다. 그녀는 막 교대 시간이 되어 근무를 하려고 문으로 온 참이었다. 그녀는 나를 잘 알았기에 안으로 들여보내 주었고, 내가 사소한 일을 하나 처리하지 않고 나왔을 뿐이기에 안내인이 필요 없다고 말하자 고개를 끄덕이고는 다시는 내 쪽을 보지 않았다. 1층 수용 구역에서도 같은 이야기를 했다. 그리고 탑의 계단을 올라갔다. 이윽고 프리티 부인의 발소리가 들렸고, 그녀의 발소리가 멀어지자 셀리나의 감방으로 달려가 문에 얼굴을 대고 누르며 그녀를 바라보았다. 그녀는 야자 섬유 쟁반 옆에서 풀이 죽어 앉아 피 흘리는 손가락으로 섬유를 힘없이 뽑고 있었다. 눈은 여전히 촉촉하게 젖었고 눈가는 진홍빛이었으며, 어깨가 떨렸다. 나는 셀리나를 부르지 않았다. 하지만 내가 지켜보는 동안 그녀는 고개를 들더니 두려움에 몸을 떨었다. 내가 속삭였다. 「어서 이리 와요. 어서 문 쪽으로 와요!」 그녀가 뛰듯이 다가와 벽에 몸을 기댔다. 셀리나의 얼굴이 내게 가까워졌고, 나는 그녀의 숨결을 느낄 수 있었다.

내가 말했다. 「할게요. 당신과 함께 갈게요. 당신을 사랑해요. 그리고 당신을 포기할 수 없어요. 제가 무슨 일을 해야 하는지만 말해 줘요. 그러면 할게요!」

　그리고 나는 셀리나의 눈을 보았다. 그녀의 두 눈은 새까맸고, 그 안에서 내 얼굴이 진주처럼 창백한 모습으로 헤엄쳤다. 이윽고 그것은 아빠 그리고 거울 같았다. 내 영혼이 나를 떠났다. 나는 영혼이 나를 떠나 그녀 안으로 들어가는 것을 느꼈다.

1873년 5월 30일

지난밤에는 끔찍한 꿈을 꿨다. 꿈에서, 나는 잠에서 깨어났더니 팔다리가 마비되어 움직일 수가 없었고 눈꺼풀에는 반죽이 달라붙어 눈을 뜰 수가 없었으며, 그 반죽이 입으로 흘러내려 입 역시 벌릴 수 없었다. 루스나 브링크 부인을 부르고 싶었으나, 반죽 때문에 그럴 수가 없었으며, 내가 내는 소리가 들렸는데, 그냥 신음이었다. 이러다가 결국 계속 이렇게 누워 있다가 숨이 막혀 죽거나 굶어 죽는 건 아닐까 겁이 나기 시작했으며, 그런 생각이 들자 울기 시작했다. 이윽고 눈물이 눈에 달라붙은 반죽을 씻어 내렸으며 마침내 눈꺼풀을 살짝 뜰 수 있었고, 나는 생각했다. 〈이제 적어도 내 방을 볼 수는 있겠네.〉 하지만 내가 보길 기대한 방은 시드넘의 내 방이 아니라 빈시 씨의 하숙집에 있던 내 방이었다.

그런데 막상 눈을 떠보자, 내가 누운 곳이 완전히 깜깜하다는 것만이 보였고, 이윽고 나는 내가 관에 누워 있으며, 사람들은 내가 죽었다고 여긴다는 사실을 깨달았다. 나는 관 속에서 울부짖었고, 눈물 때문에 마침내 입에 달라붙었던 반죽이 녹았으며,

마구 외치며 생각했다. 〈열심히 소리를 지르면 누군가가 듣고 나를 꺼내 줄 거야.〉 하지만 아무도 오지 않았고, 머리를 들자 위쪽 나무에 부딪혔으며, 그 부딪히는 소리로 나는 관 위에 흙이 덮였고 내가 이미 내 무덤에 들어와 있다는 걸 알게 되었다. 이윽고 내가 아무리 큰 소리를 질러도 아무도 오지 않으리라는 사실을 깨달았다.

그래서 꼼짝 않고 가만히 있으면서 어떻게 해야 하나 생각을 했고, 그렇게 하는 동안 내 옆에서 속삭이는 목소리가 들렸다. 그 소리는 내 귓가에서 났고, 그 때문에 온몸이 떨렸다. 그 목소리가 말했다. 「너 혼자였다고 생각했어? 내가 여기 있으리라고는 생각도 못한 거야?」 나는 말하는 이를 찾아보았지만 너무 어두워 아무것도 보이지 않았으며, 단지 내 귀 옆에 입이 있는 것만 느낄 수 있었다. 그게 루스의 입인지 아니면 브링크 부인의 입인지 아니면 이모의 입인지, 또는 다른 누군가의 입인지 전혀 알 수가 없었다. 말을 하는 소리를 통해, 그 입이 싱글거리고 있다는 사실을 알 뿐이었다.

4부

1874년 12월 21일

이제 셀리나가 보낸 선물은 매일 도착한다. 꽃일 때도 있고, 향기일 때도 있다. 내 방이 아주 미묘하게 달라지는 형태의 선물일 때도 있다. 방에 돌아와 보면 내 장신구를 썼다가 비뚤어지게 놓았거나, 벽장 문이 살짝 열리고 내 실크와 벨벳 드레스에 손가락 자국이 났거나, 마치 누가 머리를 기댔던 것처럼 쿠션이 꺼져 있다. 하지만 그 선물들은 내가 방에서 지켜볼 때는 절대로 오지 않는다. 내가 있을 때 오면 좋으련만. 이제 그 선물들 때문에 겁을 먹지는 않는다. 오히려 그 선물들이 사라지면 겁이 나리라! 선물들이 오는 동안은, 그 선물들이 우리 사이 공간을 짙게 하려고 오는 것임을 알기 때문이다. 그것들은 어두운 물질을 써서 떨리는 끈을 만들고, 그 끈은 밀뱅크에서 체이니 워크까지 늘어난다. 그리고 셀리나는 바로 그 끈을 통해 자신을 내게 보내리라.

끈은 내가 아편을 먹고 자려고 눕는 밤에 가장 두꺼워진다. 왜 미리 그 생각을 못 했을까? 이제는 기쁜 마음으로 약을 먹는다. 그리고 낮에 어머니가 밖으로 나갈 때면 — 그 끈은 낮 시간에도 만들어져야 하기 때문에 — 어머니의 서랍으로 가서 한 모금 더 마시곤 한다.

물론 내가 이탈리아에 있게 되면 더는 약이 필요 없으리라.

이제 어머니는 내게 인내심을 보인다. 「마거릿은 밀뱅크에 안 간 지 3주나 되었어. 그리고 이제 애가 달라진 것 좀 봐!」 어머니가 헬렌과 월리스 모녀에게 말한다. 어머니는 아빠가 죽은 뒤로 내가 이렇게 건강한 건 처음이란다. 어머니는 자기가 외출하는 동안 내가 몰래 감옥에 다녀오는 것에 대해 알지 못한다. 어머니는 벽장 속에 넣어 둔 외출용 회색 드레스에 대해 알지 못한다. 착한 비거스는 그 사실을 어머니에게 말하지 않았고, 이제 나는 엘리스 대신 비거스에게 옷을 입혀 달라고 한다. 어머니는 내가 한 약속에 대해, 자신을 버리고 욕보이려는 내 대담하고 끔찍한 의도를 알지 못한다.

그 생각을 할 때면 가끔 약간씩 몸이 떨린다.

하지만 그럼에도 나는 그 생각을 해야만 한다. 어둠의 끈은 스스로 생겨나겠지만 우리가 진짜로 갈 거라면, 셀리나가 진짜로 탈출 — 오! 그 단어가 정말로 기이하게 들린다! 우리가 마치 싸구려 타블로이드판 신문에 나오는 한 쌍의 노상강도 같은 느낌이다 — 할 거라면, 셀리나가 올 거라면, 그 일은 곧 해야만 하고, 계획을 짜야만 하며, 나는 준비를 해야만 한다. 위험한 일이 될테니 말이다. 다른 삶을 얻으려면 지금 삶을 버려야만 한다. 그것은 죽음과도 같으리라.

한때, 나는 죽는 게 간단하다고 여겼다. 하지만 죽기는 아주 어려웠다. 그리고 이번에는 그때보다 분명히 더 어렵지 않을까?

오늘, 어머니가 외출한 동안 나는 셀리나에게 갔다. 셀리나는 여전히 프리티 부인이 담당하는 감방에 갇혀 있고, 여전히 비참해 보이며, 손가락에서는 전보다도 더 심하게 피가 나지만, 울지 않는다. 그녀는 나와 같다. 그녀가 말했다. 「저는 무엇이든 참을 수 있었어요. 이제는 왜 제가 참아야 하는지 알아요.」 셀리나의 말에는 격렬함이 담겼지만, 마치 램프 등피 뒤에 불꽃이 숨어 있듯 잘 갈무리되어 있다. 하지만 여교도관들이 그것을 알아차릴까, 짐작할까 두렵다. 오늘 여교도관들이 나를 볼 때 두려웠다. 나는 오늘 마치 처음 감옥에 왔을 때처럼 움찔거리며 감옥을 통과해 걸은 듯하다. 나는 감옥의 엄청난 덩치와 중압적인 무게감을 다시금 인식하고 있었다. 감옥의 벽들, 철창들, 자물쇠들, 모직과 가죽 제복을 입고 감시를 늦추지 않는 여교도관들, 감옥의 냄새, 소란함 등, 마치 납에서 잘라낸 듯한 그 모든 것을 다시 느끼고 있었다. 이윽고 그곳을 걸어가며, 나는 우리 모두 멍청이라고, 〈셀리나가 탈출하리라는 건 생각도 못 해본 멍청이들!〉이라고 생각했다. 그리고 셀리나의 격렬함을 느끼자, 나는 내가 옳았다고 다시 확신했다.

우리는 내가 해야 할 준비 과정을 이야기했다. 그녀는 우리에게 돈이 필요하다고, 내가 구할 수 있는 돈을 전부 준비해야 한다고 말했다. 또한 옷과 신발, 그것들을 넣을 상자가 있어야 한다고 말했다. 셀리나는 우리가 프랑스까지 간 다음 그런 물건들을 사려 하면 안 된다고 말했다. 왜냐면 기차에서 이상하게 보여서는 안 되며, 우리는 숙녀와 그 동반자로 보여야 하는데 그것을 증명하려면 짐이 있어야 하기 때문이라고 했다. 셀리나가 그 말을 하기 전까지, 나는 그런 생각을 하지 못했다. 그런 일들을 내방에서 생각하면 좀 어리석어 보일 때가 있다. 하지만 셀리나가 눈을 번득이며 격렬하게 자기 계획과 순서를 설명하는 것을 듣고 있을 때는 어리석어 보이지 않았다.

셀리나가 속삭였다. 「기차랑 배 표가 필요할 거예요. 여권 서류도 있어야 하고요.」 나는 그것들을 준비할 수 있다고 말했다. 아서가 그런 것들을 이야기한 적이 있다는 기억이 났기 때문이다. 사실, 나는 이탈리아로 여행하는 데 필요한 모든 것을 준비할 수 있었다. 동생 프리실라가 자기 신혼여행에 대해 자세하게 몇 번이고 반복해 내게 말했기 때문이다.

이윽고 셀리나가 말했다. 「제가 당신에게 갔을 때 당신은 준비가 되어 있어야만 해요.」 하지만 내가 어떤 준비를 하고 있어야 하는지는 말하지 않았기 때문에 나도 모르게 몸이 덜덜 떨렸다. 내가 말했다. 「두려워요! 뭔가 이상한 건가요? 어둠 속에 앉아 있거나 마법의 단어를 말해야 하나요?」 그녀가 싱긋 웃었다. 「그런 식으로 작용하리라고 생각하나요? 그건 사랑을 통해 작용해요. 그리고 간절함을 통해서요. 당신은 그냥 저를 원하기만 하면 돼요. 그럼 제가 갈 거예요.」

셀리나는 오직 자신이 내게 말한 일만 해야 한다고 했다.

오늘 밤, 어머니가 책을 읽어 달라고 했을 때, 나는 어머니를 위해 『오로라 리』[1]를 뽑아 들었다. 한 달 전이었다면 절대 그런 일을 하지 않았으리라. 어머니가 책을 보더니 말했다. 「롬니가 돌아오는 부분을 읽어 주렴. 불쌍한 사람, 그렇게 다치고 눈이 멀다니.」 하지만 나는 그 부분을 읽지 않았다. 그 부분을 다시는 읽지 않으리라고 생각했다. 어머니에게는 7권, 즉 오로라가 매리언 얼에게 연설하는 부분을 읽어 드렸다. 한 시간 동안 책을

1 영국 대표 시인 엘리자베스 버넷 브라우닝의 장편 서사시로, 여성과 사회 문제를 노래한다.

읽었고, 읽기를 마치자 어머니는 싱긋 웃으며 말했다. 「오늘 밤 네 목소리는 정말로 달콤하구나, 마거릿!」

오늘은 셀리나의 손을 잡지 않았다. 이제 셀리나는 혹시 지나가던 여교도관이 볼 경우를 대비해 내가 손을 잡지 못하게 한다. 하지만 우리가 이야기하는 동안 나는 앉아 있었고, 셀리나는 내게 아주 가까이 서 있었고, 내 발을 그녀 발 위에 댔다. 내 단조로운 신발을 더 단조로운 그녀의 감옥 부츠 위에 댔다. 그리고 린지와 비단으로 된 우리 치마를 약간, 아주 약간, 가죽이 키스를 할 정도로 아주 약간만 들어 올렸다.

1874년 12월 23일

오늘 우리는 프리실라와 아서가 보낸 소포와 함께 편지를 받았다. 편지에는 둘이 1월 6일에 돌아오는 게 확정되었다면서, 우리 모두, 즉 어머니, 나, 스티븐, 헬렌, 조지를 매리시스에 초대하니 봄까지 함께 휴가를 즐기자는 내용이 담겨 있었다. 이 일에 대해 지난 몇 달간 계속 이야기가 있었다. 하지만 어머니가 우리 모두 그곳에 그렇게 빨리 가야 한다고 말할 줄은 몰랐다. 어머니는 새해 두 번째 주, 9일에 떠나겠노라고 했다. 이제 3주도 안 남았다. 그 말을 들은 나는 공황 상태에 빠졌다. 어머니에게 〈돌아온 지 며칠 되지도 않았는데 정말로 우리와 함께 있고 싶어 할까요? 이제 프리실라는 큰 집과 하인들을 책임지는 안주인인데 자기의 새로운 임무에 익숙해질 시간을 주어야 하지 않을까요?〉라고 물었다. 어머니는 지금이 새로 아내가 된 여자에게 어머니의 조언이 필요한 시기라고 했다. 어머니는 말했다. 「아서의 누이들이 친절하길 기대하고만 있을 수는 없잖니.」

그러면서 어머니는 내가 결혼식 때보다는 좀 더 프리실라에게 상냥하게 대하길 바란다고 말했다.

어머니는 자기가 내 모든 약점을 훤히 꿰뚫어 본다고 생각한다. 물론 어머니는 내 가장 큰 약점을 알지 못한다. 진실인즉, 지난 한 달 넘게 나는 프리실라와 그 애가 성취한 평범한 성공에 대해 생각해 본 적이 없다. 거의 완전히 그 일을 잊어버렸다. 사실, 나는 내 예전 삶의 모든 것에서 분리되어 있다. 또한 사람들에게서도 그렇다. 어머니, 스티븐, 조지……

심지어 이제 나는 헬렌에게도 거리를 느낀다. 어젯밤, 헬렌이 우리 집에 왔다. 헬렌이 말했다. 「네가 평온해지고 더 건강해졌다고 어머니가 말씀하시던데, 정말이야?」 헬렌은 내가 단지 더 조용해졌을 뿐이며, 그 어느 때보다도 더욱더 내 문젯거리를 남에게 드러내지 않고 있다는 생각을 금할 수 없다고 했다.

헬렌의 상냥하고 균형 잡힌 얼굴을 물끄러미 바라보았다. 나는 생각했다. 말해야 하나? 그럼 넌 무슨 생각을 할까? 잠깐 동안은 모든 것을 털어놓으려 했다. 상상할 수 있는 가장 쉽고 간단한 방법이며, 결국 누군가가 나를 이해한다면 그건 다름 아닌 헬렌이기 때문이다. 다만 이렇게 말하기만 하면 되었다. 「난 사랑에 빠졌어, 헬렌! 사랑에 빠졌어! 너무나도 귀하고 멋지고 야릇한 여자가 있어. 그리고 그 여자는 내 모든 삶을 가지고 있어!」

그렇게 말하는 장면을 상상해 보았다. 그 모습은 너무나 생생했고, 그 말에 담긴 열정은 나를 뒤흔들어 거의 눈물이 날 지경이었다. 그리고 내가 그 말을 했다고 생각했다. 하지만 나는 말하지 않았다. 헬렌은 여전히 걱정이 듬뿍 담긴 상냥한 눈으로 바라보며 내가 말하길 기다렸다. 그래서 나는 머리를 돌려 내 책상 위에 핀으로 꽂아 둔 크리벨리의 그림 인쇄본 쪽을 고갯짓한 다음 그림을 쓰다듬었다. 내가 말했다. 헬렌을 시험하기 위해서였다. 「이게 멋지다고 생각해?」

헬렌은 눈을 끔벅였다. 그녀는 나름대로 멋지다고 생각한다고 말했다. 이윽고 그녀는 그림에 좀 더 가까이 몸을 기울였다. 그녀가 말했다. 「하지만 그 안에 있는 소녀의 얼굴을 제대로 알아볼 수가 없어. 저 불쌍한 소녀의 얼굴은 거의 다 지워졌네.」

그리고 나는 헬렌에게 셀리나에 대해 절대로 말하면 안 된다는 사실을 깨달았다. 말한다 해도 헬렌은 내 말을 듣지 않을 터였다. 지금 셀리나를 헬렌 앞에 데려온다 해도 그녀는 보지 않으려 할 터였다. 지금 헬렌이 〈진리〉의 선명하고 짙은 선을 보지 못하는 것과 마찬가지로 말이다. 이 둘은 헬렌이 알아보기에는 너무나도 섬세하다.

나 역시 섬세해지고 비현실적이 되어 가고 있다. 진화하고 있다. 하지만 내 주위 사람들은 그것을 알아차리지 못한다. 나를 보고는 다만 내 얼굴에 홍조가 돌고 내가 싱긋 웃는 것만을 알아차린다. 어머니는 내 허리가 굵어지고 있단다! 사람들은 내가 자신들과 함께 앉아 있을 때 내 의지력을 모두 발휘해서 버텨 낸다는 사실을 알지 못한다. 그것은 아주 피곤하다. 지금처럼 혼자일 때는 완전히 다르다. 지금 나는 내 살을 물끄러미 바라보고, 그 아래 있는 창백한 뼈를 본다. 뼈는 날마다 더 창백해진다.

내 살이 나에게서 흘러나가고 있다. 나는 나 자신의 영혼이 되고 있다!

새로운 삶을 시작하게 되면 나는 내 영혼이 이 방에 출몰하리라고 생각한다.

하지만 옛날의 내 모습으로 좀 더 있어야만 한다. 오늘 오후, 가든 코트에서 어머니와 헬렌이 조지와 앉아 웃는 동안, 나는 스티븐에게 가서 묻고 싶은 게 있노라고 했다. 내가 말했다. 「어머니의 돈, 그리고 내 돈이 어떻게 돌아가는지 설명을 좀 해줬으면 좋겠어. 그쪽에 대해서 난 전혀 모르잖아.」 스티븐은, 전에 대답한 것과 마찬가지로, 자신이 내 피신탁인으로 있으니 그 문제에 대해서는 전혀 알 필요가 없다고 말했다. 하지만 이번에 나는 끈질기게 졸랐다. 나는 아빠가 죽은 뒤로 스티븐이 너그럽게도 우리 일을 모두 돌보아 주었지만 그래도 조금은 알고 싶다고 했다. 내가 말했다. 「어머니는 당신이 죽은 뒤에도 우리 집이 안전한지, 또 내게 충분한 수입이 있는지 알고 싶어 하시는 듯해.」 나는 이런 일들을 알고 난 뒤 어머니에게 말씀드릴 생각이라고 말했다.

스티븐은 잠깐 망설이더니 내 손목에 손을 올려놓았다. 그러더니 조용히 나 역시 좀 걱정이 많은 거 같다고 말했다. 어머니에게 무슨 일이 일어난다 해도 자기와 헬렌의 집에는 언제나 내가 함께 할 곳이 있을 거라고 했다.

언젠가 헬렌은 스티븐을 가리켜 〈내가 아는 가장 상냥한 남자〉라고 했다. 이제 그런 스티븐의 상냥함은 내게 무시무시하게 보였다. 돌연 나는 생각했다. 내가 계획하는 일을 실행에 옮기면 스티븐이, 변호사로서 스티븐이 얼마나 상처를 입을까? 우리가 사라지고 나면 물론 사람들은 셀리나가 감옥에서 나오도록 도운 이는 영혼이 아니라 나라고 생각할 터였다. 사람들은 표와 여권을 발견할 거고……

이윽고 나는 변호사들이 셀리나에게 어떤 상처를 입혔는지 떠올렸고, 스티븐에게 고맙다고만 했을 뿐 더는 말을 하지 않았다. 스티븐이 계속 말했다. 「어머니 집의 안전에 대해서는, 그런 것을 걱정하느라 시간을 낭비할 필요가 전혀 없어!」 스티븐은 아빠는 무척이나 사려 깊었다고 말했다. 자신이 변론을 맡은 남자들이 아빠의 반만큼만 사려가 깊었으면 좋겠단다! 스티븐은 어머니는 부자며, 계속 부자로 남을 거라고 했다. 스티븐이 말했다. 「마거릿 누나 역시 당연히 부자고.」

물론 나도 그 사실을 알았다. 하지만 그 부를 쓸 목적이 없는 한, 그건 내게 언제나 텅 빈 종류의 지식, 쓸모없는 지식이었다. 나는 어머니를 바라보았다. 어머니는 조지를 위해 철사에 달린 작고 검은 인형을 춤추게 하고 있었다. 인형의 도자기 발이 탁자 위에서 달그락거리는 소리를 냈다. 나는 스티븐에게 좀 더 몸을 기울였다. 내가 얼마나 부자인지 알고 싶다고 했다. 내 부가 어떻게 이루어졌으며, 어떻게 현금화할 수 있는지 알고 싶다고 했다.

「내가 원하는 건 다만 내 재산에 대한 설명이야.」 내가 재빨리 덧붙였고, 그 말에 스티븐이 껄껄 웃었다. 스티븐은 자기도 그걸 안다고 했다. 그러고는 내가 모든 것의 설명을 원하고 또한 언제나 그것을 알아낸다고 말했다.

하지만 필요한 서류 대부분이 여기, 아빠의 서재에 있기 때문에 지금 당장은 숫자가 어떻게 되는지 알려 줄 수가 없다고 했다. 우리는 내일 밤 한 시간 정도를 함께하기로 약속했다. 스티븐이 말했다. 「크리스마스이브인데, 괜찮겠어?」 나는 잠시 크리스마스에 대해 깜박했으며, 그 때문에 스티븐은 다시 싱긋 웃었다.

이윽고 조지가 인형을 보고 까르르 웃는 모습을 보라며 어머니가 우리를 소리쳐 불렀다. 그리고 내가 깊은 생각에 잠긴 모습을 본 어머니가 말했다. 「스티븐, 네 누나에게 무슨 말을 한 거니? 그 아이에게 근심거리를 심어 주면 안 돼! 앞으로 한두 달은 이러면 안 되는 거 알잖니?」

어머니는 신년에는 내 일상을 바쁘게 해줄 여러 가지 멋진 계획들이 있다고 말한다.

1874년 12월 24일

휴, 스티븐과 수업을 마치고 방금 돌아왔다. 스티븐은 나를 위해 종이에 숫자들을 적었고, 그것을 본 나는 몸이 떨렸다. 「놀랐구나.」 스티븐이 말했다. 하지만 그 때문이 아니었다. 내가 떤 것은 아빠가 내 재산을 안전하게 처리해 둔 게 신기했기 때문이다. 마치 병상의 어려움 속에서도 아빠는 내가 은밀히 세울 모든 계획을 미리 내다보고 나를 도우려 한 것만 같았다. 셀리나는 아빠가 지금도 나를 지켜보며 싱긋 웃고 있노라고 말한다. 하지만 나는 확신이 들지 않는다. 아빠가 어떻게 내 모든 활기와 기묘한 욕망들, 내 절박한 계획, 내 거짓을 전부 지켜보며 다만 웃을 수 있단 말인가? 셀리나는 아빠가 영혼의 눈으로 나를 보고 있으며, 그 눈을 통해 보는 세상은 우리가 보는 것과 다르다고 말한다.

이제 나는 아빠의 서재 책상 앞에 앉았고, 스티븐이 말했다. 「놀랐구나. 누나 재산이 얼마나 되는지 전혀 짐작도 못 했나 보네.」 물론 내 재산의 상당 부분은 다소 추상적이다. 즉 부동산과 주식에 묶여 있다. 하지만 그것은 수입을 낳고, 아빠가 내게 남겨 준 돈과 함께 온전히 내 소유다. 스티븐이 말한다. 「물론 누나가 결혼을 하지 않으면 말이야.」

이 말에 우리는 서로를 보며 싱긋 웃었다. 하지만 우리는 서로 다른 생각을 하며 웃었으리라. 나는 〈내가 어디에 살든 내 재산

을 찾아 쓸 수 있어?)라고 물었다. 스티븐은 내 재산이 체이니
워크에 사는 조건에 묶여 있지 않다고 말했다. 하지만 내가 물은
건 그런 뜻이 아니었다. 나는 〈내가 외국에 나가 살면 어떻게
돼?〉라고 물었다. 스티븐은 나를 빤히 바라보았다. 나는 놀라지
말라고, 어머니가 찬성한다면 〈말동무〉와 함께 여행을 할까 생
각하는 중이라고 말했다.

아마도 스티븐은 내가 밀뱅크나 대영 박물관에서 성실한 노
처녀 친구를 사귄 모양이라고 생각하는 듯했다. 스티븐은 아주
좋은 계획 같다면서, 수입에 대해서는 원하는 곳 어디에서든 그
돈을 받을 수 있으며, 누구도 그 권리에 대해 간섭할 수 없다고
했다.

내가 물었다. 「그 누구도 간섭할 수 없다는 건,」 이 대목에서
나는 다시 떨었다. 「내가 뭔가 심각한 일을 저질러서 어머니 기
분을 상하게 해도 돈을 받을 수 있다는 거야?」

스티븐은 거듭 그 돈은 내 것이지 어머니 것이 아니라고 말했
다. 그리고 자신이 내 재산의 피신탁인으로 있는 한 내 재산은
그 누구의 간섭도 받지 않고 안전하다고 했다.

「내가 네 기분을 상하게 해도?」

스티븐은 나를 물끄러미 바라보았다. 집 어느 방에선가 헬렌
이 조지를 부르는 소리가 들렸다. 우리는 둘을 어머니와 두고 이
곳에 왔다. 나는 우리가 아빠가 남긴 글에 대해 논의할 일이 있
다고 말했다. 어머니는 투덜거렸지만 헬렌은 싱긋 웃었다. 이제
스티븐은 자기 앞에 있는 서류를 만지작거리며 수입에 관한 한
자신은 아빠와 같은 입장에서 나를 지지한다고 했다. 스티븐이
말했다. 「누나 정신이 멀쩡하다면, 그리고 뭔가 나쁜 영향을 받

지 않았다면, 누나 재산을 누나 자신에게 해가 되는 일에 쓸 계획이 아니라면 말이야! 그렇지만 않다면, 약속하는데, 난 누나의 재산권을 무조건 지지할 거야.」

그건 스티븐의 약속이었고, 스티븐은 그 말을 하며 껄껄 웃었다. 나는 그의 상냥함이 혹시 거짓은 아닐까, 혹시 스티븐이 내 비밀을 알고 일부러 말에 가시를 박아 말하는 건 아닐까 잠시 궁금했다. 확신할 수 없었다. 그래서 다음으로 〈내가 지금 런던에서 돈이 필요하다면, 즉 어머니에게서 타는 돈보다 더 많은 돈이 필요하다면 어떻게 해야 해?〉 하고 물었다.

스티븐은 그냥 은행에 가서 자기와 공동 서명한 지급 요구서를 제출하면 된다고 했다. 스티븐은 그 말을 하며 서류 가운데 지급 요구서를 한 장 꺼내더니 펜을 돌려 열고 요구서에 서명을 했다. 나는 스티븐의 이름 옆에 내 이름을 쓰고 원하는 액수를 적으면 되었다.

나는 그의 서명을 살펴보며 진짜 서명이 맞는 걸까 생각했다. 진짜라고 생각한다. 스티븐은 나를 살펴보았다. 스티븐이 말했다. 「알겠지만, 원하면 언제든지 그런 지급 요구서를 내게 달라고 하면 돼.」

나는 그 종이를 집어 들었다. 종이에는 내가 원하는 숫자를 적는 빈칸이 있고, 나는 스티븐이 다른 서류들을 치우는 동안 자리에 앉아 그 빈칸이 점점 커져 보일 때까지, 내 손만 하게 보일 때까지 빈칸을 응시했다. 아마도 스티븐은 내가 이상한 눈으로 그 종이를 바라보는 모습을 보았으리라. 마침내 스티븐이 그 종이 끝에 손가락을 대고 목소리를 낮춰 말했기 때문이다. 「물론, 이걸 아주 조심스럽게 다뤄야 한다는 건 굳이 말하지 않아도 알 거야. 예를 들어, 하녀에게 이걸 보여 주면 안 돼. 그리고.」스티븐이 싱긋 웃었다. 「밀뱅크에 가져갈 생각은 아니겠지?」

이윽고 나는 스티븐이 지급 요구서를 다시 가져갈까 두려웠다. 나는 지급 요구서를 접어 내 드레스 허리띠 뒤에 꽂았고, 우리는 일어났다. 내가 말했다. 「이제 더는 밀뱅크에 가지 않는다는 걸 알잖아.」이제 우리는 홀로 나가 아빠 서재 문을 닫았다. 나는 그 덕에 내가 다시 건강해진 것이라고 말했다.

물론 스티븐은 그걸 깜박했노라고 말했다. 헬렌에게서 내가 건강해졌다고 여러 번 들었단다. 스티븐은 다시 한번 나를 살폈고, 내가 싱긋 웃어 보인 뒤 가려고 하자 내 팔을 가볍게 잡았다. 스티븐은 퍽 빠르게 말했다. 「내가 오지랖 떤다고 여기지 말아 줘, 마거릿. 물론, 누나를 어떻게 돌봐야 할지는 어머니와 애시 의사가 가장 잘 알겠지. 하지만 헬렌이 말해 준 바에 따르면, 누난 이제 아편을 먹고 있으며, 그 전에는 클로랄을 먹었잖아. 그렇게 약을 섞어 먹으면 어떤 부작용이 있지는 않을까 계속 걱정이 돼.」나는 스티븐을 바라보았다. 스티븐은 얼굴이 벌게진 상태였으며, 나도 내 뺨이 붉어진 걸 느꼈다. 스티븐이 말했다. 「아무 증상이 없는 거야? 몽유병이나 공포감이나 환상 같은 게 없어?」

그리고 그 말을 듣고, 나는 스티븐이 내 돈을 원하는 게 아니라고 생각했다. 스티븐이 원하는 건 약이었다! 스티븐은 셀리나가 오는 걸 막을 작정이었다! 내 약을 자기가 먹고 셀리나를 자기에게 오게 할 작정이었다!

스티븐은 푸른 혈관이 비치는 살갗 위로 검은 털이 난 손을 여전히 내 팔에 대고 있었다. 하지만 이제 계단에서 발소리가 들렸고, 하녀 한 명이 나타났다. 석탄 통을 든 비거스였다. 비거스를 본 스티븐은 내게서 손을 뗐고, 나는 스티븐에게서 등을 돌렸다. 나는 멀쩡하다고, 나를 아는 아무나 잡고서 물어보라고 했다. 「비거스에게 물어봐도 되겠네. 비거스, 프라이어 씨에게 내가 멀쩡한지 아닌지를 말해 주겠어?」

비거스는 나를 보며 눈을 끔벅거리더니 우리 눈에 석탄이 안 띄도록 석탄 통을 치웠다. 비거스의 뺨은 빨갰다. 이제 우리 셋 모두가 얼굴이 붉었다! 비거스가 말했다. 「전 아가씨가 건강하다고 확신해요.」 이윽고 그녀는 스티븐을 힐긋 보았고, 나도 스티븐을 보았다. 스티븐은 어색해했다. 스티븐은 단지 이렇게 말했을 뿐이다. 「흠, 그 말을 들으니 기쁜걸.」 결국 스티븐은 자신이 셀리나를 가질 수 없다는 사실을 알았다. 그는 내게 고개를 끄덕여 보이더니 응접실로 내려갔다. 문이 열렸다 닫히는 소리가 들렸다.

나는 그 소리를 기다렸다가 살금살금 계단을 올라가 이 방으로 왔다. 그리고 의자에 앉아 지급 요구서를 꺼내 숫자가 들어가야 할 빈칸이 다시 팽창해 보일 때까지 그곳을 뚫어져라 바라보았다. 마침내 그 빈칸은 성에가 긴 유리창처럼 보였으며, 내가 보는 동안 성에가 녹아내리며 엷어지기 시작했다. 이윽고 나는 그 얼음 너머로 보이는 것이 내 미래의 꽁꽁 언 선과 짙어져 가는 색임을 알았다.

이윽고 내가 있는 곳 아래층 방들에서 소리가 들렸고, 그 소리를 들었을 때 나는 서랍을 열고 이 일기책을 꺼내 페이지를 넘겨 지급 요구서를 끼워 넣었다. 그런데 일기책이 약간 불룩해 보였다. 그래서 일기책을 기울이자 무엇인가가 스르르 미끄러져 나왔다. 가늘고 검은색인 뭔가가 내 치마 위로 떨어지더니 가만히 있었다. 만져 보니 따뜻했다.

그것을 본 적이 한 번도 없지만 보자마자 무엇인지 알았다. 그것은 청동 여미개가 있는 벨벳 초커였다. 셀리나가 쓰던 것으로 그녀가 내게 보낸 것이다. 내가 스티븐을 현명하게 대한 것에 대한 상이라고 생각한다.

나는 창가에 서서 그 초커를 목에 여몄다. 목을 꽉 죄는 듯이 딱 맞았다. 심장이 박동함에 따라 초커가 내 목을 조이는 게 느껴졌다. 마치 셀리나가 초커에 연결된 끈을 쥐고 가끔씩 잡아당기며 자기가 내 근처에 있다는 사실을 상기시켜 주는 것만 같았다.

1875년 1월 6일

마지막으로 밀뱅크를 다녀오고 닷새가 지났다. 하지만 이제 셀리나가 나를 찾아온다는 사실을 알기에 그곳에 가지 않아도 전혀 아무렇지 않다. 이제는 셀리나가 곧 올 것이며 다시는 나를 떠나지 않으리라는 사실을 안다! 나는 만족하여 집에 머무르고, 손님들과 이야기를 하고, 심지어 혼자서 어머니와 이야기를 나누기도 한다. 어머니 역시 평소보다 집에 있는 시간이 더 길어졌기 때문이다. 어머니는 매리시스에서 입을 옷들을 고르고 하녀들을 다락방에 보내 트렁크와 상자들, 그리고 우리가 없을 때 가구와 깔개 위에 씌워 놓을 천을 가져오게 하느라 분주하다.

방금 나는 〈우리가 없을 때〉라고 적었다. 적어도 한 가지 진전 사항이 있기 때문이다. 나는 어머니의 계획을 이용해 내 계획을 감출 방법을 찾아냈다.

일주일 전의 어느 밤, 어머니와 나는 함께 앉아 있었다. 어머니는 종잇조각과 펜을 들고 목록을 만들었다. 나는 책과 칼을 무릎에 올려놓고 있었다. 손으론 책의 봉한 페이지들을 자르고 있었지만, 내 눈은 벽난로를 응시하며 아마도 아주 조용히 앉아 있었던 듯하다. 하지만 어머니가 고개를 들고 혀를 차기 전까지는 그것을 알지 못했다. 어머니가 말했다. 「넌 어떻게 거기 앉아서 아무것도 안 하고 그렇게 차분히 있을 수가 있니? 열흘 뒤면 우리는 매리시스로 갈 거고 떠나기 전에 해야 할 일이 백 가지는 될 텐데 말이다. 엘리스에게 네 옷에 대해 이야기해 봤니?」

나는 벽난로 불에서 시선을 떼지 않았으며 칼로 페이지를 가르는 손놀림도 늦추지 않았다. 내가 말했다. 「어머, 바로 그 점이 제가 나아지고 있다는 증거인 걸요. 한 달 전에 어머니는 제가 너무 부산하다고 나무라셨어요. 그러니 이제 좀 과하게 차분히 있는다고 나무라시는 건 다소 심해 보여요.」

그것은 내가 이 일기장을 위해 준비한 어조였지 어머니를 위한 어조가 아니었다. 내 말을 들은 어머니는 목록을 내려놓더니 〈네가 차분한지는 전혀 모르겠고, 네 건방진 태도부터 좀 나무라야겠구나!〉라고 했다.

나는 어머니를 바라보았다. 그리고 이제는 한가한 느낌이 들지 않았다. 나는 느끼길, ─ 음, 아마도 셀리나가 나를 대신해 말하는 것만 같았다! ─ 하지만 내 것이 아닌, 전혀 내 것이 아닌 광택이 발라져 있는 듯한 느낌도 들었다. 내가 말했다. 「전 하녀가 아니에요. 질책을 받거나 해고되는 그러한 사람이 아니라고요. 저는 하녀가 아니에요. 어머니 자신이 그렇게 말씀하셨어요. 하지만 어머니는 여전히 저를 그런 사람처럼 다루고 계세요.」

어머니가 재빨리 말했다. 「그만하거라! 내 집에서 내 딸에게 그런 말을 듣고 싶지 않구나. 그리고 매리시스에서도 그런 말을 듣고 싶지 않아.」

나는 말했다. 「맞아요, 어머니는 듣지 않을 거예요. 그리고 어머니는 매리시스에서 저와 함께 있지 않을 거예요. 적어도 한 달 정도는요.」 그리고 어머니가 스티븐과 헬렌과 함께 그곳에 가 있는 동안 나는 이곳에 혼자 있겠노라고 했다.

「혼자서 여기에 머문다고? 그건 또 무슨 터무니없는 생각이냐?」 나는 터무니없는 생각이 아니라고 말했다. 그게 오히려 완벽히 사리에 맞는 생각이라고 했다.

「또 옛날의 외고집을 부리는구나! 마거릿, 우리는 이에 대해 스무 번도 넘게 이야기를 나누지 않았니.」

「그러니 그에 대해 더는 이야기를 나누지 않아도 될 충분한 이유가 되잖아요.」 사실, 들을 말이 없었다. 나는 말했다. 「한두 주 정도 혼자 있고 싶어요. 그리고 제가 첼시에 있으면 매리시스의 모든 사람들 역시 더 만족할 거라고 확신해요!」

어머니는 내 말에 답하지 않았다. 나는 다시 책에 칼을 대고 페이지들을 더 빨리 잘라 냈으며, 어머니는 종이가 잘리는 소리를 들으며 눈만 끔벅였다. 어머니는 나를 두고 어머니만 가면 친구들이 자신을 어떻게 생각하겠느냐고 했고, 나는 그 사람들이 멋대로 생각하게 두라고, 어머니가 원하는 대로 이야기를 꾸며 말하라고 했다. 내가 아빠의 편지들을 출판할 준비 중이라고 말해도 된다고 했다. 사실, 집이 조용해진다면 그 일을 시작할지도 모른다고 했다.

어머니가 고개를 저었다. 어머니가 말했다. 「넌 아팠잖니. 네가 다시 아프다면 여기에서는 널 돌봐 줄 사람이 아무도 없잖니?」

나는 아프지 않을 거라고 말했다. 그리고 계속 혼자 있지도 않을 거라고 했다. 이곳에는 요리사가 있을 것이며, 아빠가 죽고 몇 주 뒤에 그러했듯이, 요리사는 자기 어린 사촌 남자아이를 데려와 밤이 되면 아래층에서 재울 거라고 했다. 그리고 또한 비거스도 있다고 했다. 나는 어머니에게 비거스를 여기 두어 내 시중을 들게 하고 그 대신 워릭셔로는 엘리스를 데려가라고 했다…….

이 모든 것을 말했다. 좀 전까지 내가 지금 말한 그 어느 것도 생각해 본 적이 없었지만 이제 나는 손쉽게 칼을 움직여 내 무릎에 있는 책 페이지를 잘라 내고 그 안에 있는 단어들을 어머니에게 날아가게 하는 것만 같았다. 나는 어머니가 생각에 잠기는 것을 보았다. 하지만 여전히 어머니는 얼굴을 찡그렸다. 어머니가 다시 말했다. 「네가 아프게 된다면…….」

「왜 제가 아플 거라고 생각하세요? 지금 제가 얼마나 건강해졌는지를 보세요!」

이윽고 어머니는 나를 바라보았다. 어머니는 내 눈을 바라보았다. 당시 내 두 눈은 아편 때문에 생기가 넘친 것 같다. 그리고 내 뺨을 보았다. 뺨은 벽난로 불 또는 종이를 자르느라 손을 움직인 탓에 빨갛게 달아올랐다. 어머니는 내가 입은 드레스를 보았다. 낡은 자두색 드레스로, 비거스에게 옷장에서 꺼내 줄여 놓도록 한 것이다. 내가 가진 회색이나 검은 옷들 가운데에는 목에 한 벨벳 초커를 감출 만큼 목 부분이 높은 게 없기 때문이다.

내 생각에, 어머니가 거의 결심을 굳힌 건 바로 드레스 덕분인 듯하다. 이윽고 내가 말했다. 「저를 두고 가겠다고 말해 주세요, 어머니. 우리가 늘 너무 가까이 붙어 있는 건 안 좋잖아요? 제가 없으면 적어도 스티븐과 헬렌은 더 즐겁게 휴가를 보낼 수 있잖아요.」

마치 이 대목에서 약삭빠른 무엇인가가 나를 대신해 말한 것 같은 기분이다. 하지만 나는 전혀 그런 뜻으로 말한 게 아니었다. 그전까지는 어머니에게 헬렌을 향한 내 감정에 대해 무슨 의견이 있으리라고는 생각해 본 적이 없었다. 내가 헬렌을 물끄러미 바라보는 모습을 어머니가 지켜보거나 내가 헬렌을 부를 때 그 목소리에 주의를 기울이며 듣거나 어머니가 헬렌에게 키스할 때 내가 시선을 돌리는 모습을 어머니가 살폈으리라고는 생각해 본 적이 없었다. 하지만 이제 어머니는 내가 밝고 침착한 목소리로 말하는 것을 들었고, 나는 어머니의 표정을 보았다. 안도감이나 만족감이라고 할 수는 없었지만, 뭔가 그 비슷한 것, 아주 비슷한 것이었다. 그리고 그 표정을 보는 즉시 어머니가 그 모든 것을 해왔음을 깨달았다. 지난 2년 반 동안 어머니가 위에 말한 일들을 해왔음을 나는 깨달았다.

그리고 이제는 내가 내 사랑을 좀 더 꽁꽁 숨겼더라면, 아니 아예 그런 사랑을 느끼지 않았더라면 우리 둘 사이 관계가 얼마나 달라졌을까 궁금하다.

어머니는 의자에서 몸을 뒤척였고, 무릎 위의 치마를 가지런히 했다. 어머니는 나만 남겨 두는 건 아무래도 영 옳지 않은 것 같다고 말했다. 하지만 비거스가 이 집에 남을 거라면, 3~4주 뒤에 내가 그 아이와 함께 여행을 할 수도 있을 거라고 생각한다고 했다.

어머니는 내게 완전히 허락하기 전에 먼저 스티븐과 헬렌에게 상의해야겠다고 말했다. 그리고 섣달그믐에 우리가 둘을 방문했을 때, 나는 이제 내가 헬렌에게 거의 시선을 주지 않는다는 사실을 발견했으며, 자정이 되어 스티븐이 그녀에게 키스를 했을 때는 다만 싱긋 웃기만 했다. 어머니는 둘에게 내 계획을 말했고, 둘은 나를 보며 말하길, 이미 내가 집에서 그토록 많은 시간을 혼자 보낸 마당에 이제 그 집에 혼자 있다고 나쁠 게 뭐가 있겠냐고 했다. 그리고 우리와 함께 식사를 한 윌리스 부인은 〈기차를 타고 여행하며 건강을 해칠 위험에 노출되는 것보다는 체이니 워크에 머무르고 싶어 하는 게 더 정상처럼 보이는걸!〉 하고 말했다.

그날 우리는 새벽 2시에 집에 돌아왔다. 문단속을 한 뒤에도 나는 망토를 두르고 신년의 가는 비를 느끼려고 창을 약간 연 채 창가에 한참 동안 서 있었다. 3시가 되어서도 강에서는 배들의 종소리와 사람들 목소리가 들렸으며, 체이니 워크를 따라 빠르게 달리는 소년들 소리도 들렸다. 하지만 내가 밖을 보던 중에 한순간, 모든 소란과 소동이 사라지고, 새벽은 완벽히 고요해졌다. 비는 가늘었으며, 템스강 수면에 흔적을 남기지 못할 정도로 가늘었기에 강 표면은 유리처럼 빛났고, 다리의 등불과 계단 수로가 있는 곳에는 붉은색과 노란색으로 빛의 뱀들이 꿈틀거리는 게 보였다. 포장도로는 마치 자기 접시처럼 아주 푸른빛을 번득였다.

이렇게 어두운 밤에 이토록 여러 가지 색깔이 있으리라고는 상상도 하지 못했다.

이튿날 어머니가 외출한 동안, 나는 밀뱅크에, 셀리나에게 갔다. 셀리나는 일반 수용 구역으로 돌아갔고, 그래서 이제는 다시 평범한 감옥 식사를 했고 야자 섬유 대신 양털실 작업을 했다. 그리고 그녀에게 잘 대해 주는 젤프 부인이 다시 그녀를 담당했다. 나는 셀리나를 만나는 걸 맨 마지막으로 아껴 두는 게 얼마나 즐거웠는지, 다른 죄수들을 먼저 만나고 나서 셀리나를 마음껏 볼 수 있을 때까지 그녀를 보는 것을 참고 기다리는 과정이 얼마나 즐거웠는지를 떠올리며 그녀의 감방으로 걸어갔다. 이제는 어떻게 그녀를 만나지 않고 참을 수 있을까? 그게 내게는 어떤 의미이며 다른 여자들은 그것을 어떻게 생각할까? 나는 한두 개 정도의 감방 문에서 걸음을 멈추고 그 안에 있는 죄수들에게 좋은 한 해가 되길 빈다고 말하고 그들과 악수를 했다. 하지만 수용 구역은 바뀐 듯 보였으며, 복도를 따라 보았을 때 보이는 거라고는 진흙색 옷을 입은 수많은 창백한 여자들뿐이었다. 내가 만나던 죄수들 가운데 두셋은 풀럼으로 옮긴 상태였다. 그리고 물론 엘런 파워는 죽었으며, 이제 그 감방에 새로 들어 온 여자는 나를 알지 못한다. 메리 앤 쿡은 내가 오는 걸 꽤 좋아하는 듯했으며, 주화 위조범인 애그니스 내시 역시 마찬가지였다. 하지만 내가 이곳에 온 건 셀리나를 보기 위해서였다.

셀리나가 조용히 물었다. 「당신은 우리를 위해 무엇을 했나요?」 그리고 나는 스티븐이 했던 말을 셀리나에게 모두 전했다. 셀리나는 그 수입이 확실하지 않을 수도 있다고 생각한다며, 내가 직접 은행으로 가서 가능한 한 많은 돈을 인출한 뒤 우리가 준비를 마칠 때까지 금고에 넣어 둬야 한다고 했다. 나는 어머니가 매리시스에 간다고 이야기했고, 그러자 셀리나가 싱긋 웃었다. 셀리나가 말했다. 「영리하네요, 오로라.」 나는 진짜로 영리한 건 셀리나며, 셀리나가 모든 일을 다 했고, 나는 단지 셀리나의 뜻대로 움직이는 매개물일 뿐이라고 말했다.

「당신은 저의 영매예요.」 셀리나가 말했다.

이윽고 셀리나는 내게 조금 더 가까이 왔고, 나는 그녀가 내 옷을, 그리고 이어서 내 목을 살피는 것을 보았다. 셀리나가 말했다. 「제가 당신 근처에 있는 것을 느꼈나요? 제가 당신 주위 어느 곳에나 있는 걸 느꼈나요? 밤이면 제 영혼이 당신에게 간답니다.」

내가 대답했다. 「알아요.」

그러자 그녀가 말했다. 「초커를 했나요? 보여 주세요.」 나는 내 목 주위 천을 내리고 그 안쪽에서 내 목을 단단히 두른 따뜻한 벨벳 천을 보여 주었다. 그녀가 고개를 끄덕였고, 벨벳은 점점 더 단단히 내 목을 조였다.

「이건 아주 좋은 거예요.」 셀리나가 속삭였다. 그녀의 목소리는 마치 손가락이 되어 나를 어루만지는 듯했다. 「이 초커가 제가 어둠을 뚫고 당신에게 갈 수 있도록 인도할 거예요. 안 돼요.」 내가 한 걸음 그녀에게 다가가려 했기 때문이다. 「안 돼요. 사람들이 지금 우리를 본다면 저를 당신에게서 멀리 떼어 놓을 거예요. 조금 더 기다려야만 해요. 곧 절 가지게 될 거예요. 그리고 그때가 되면 원하는 만큼 절 가까이 둘 수 있을 거예요.」

나는 셀리나를 물끄러미 바라보았고, 살짝 궁금증이 일었다. 내가 말했다. 「그게 언젠가요, 셀리나?」

셀리나는 내가 정해야 한다고 말했다. 내가 혼자인 게 확실한, 어머니가 떠나고 난 다음 날 밤, 우리에게 필요한 물건들을 찾게 되는 밤일 거라고 했다. 내가 말했다. 「어머니는 9일에 떠나세요. 그날 뒤로는 어느 날 밤이든 상관없……」

그때 뭔가가 생각났다. 나는 싱긋 웃었다. 아마 소리 내어 웃은 게 아닌가 싶다. 왜냐하면 셀리나가 이렇게 말했기 때문이다. 「조용히, 안 그러면 젤프 부인이 당신 소리를 듣겠어요!」

내가 말했다. 「미안해요. 당신이 제 선택을 바보 같다고 생각하지 않는다면 그날이 딱 좋겠군요.」 셀리나가 어리둥절한 표정을 지었다. 나는 하마터면 다시금 웃음을 터뜨릴 뻔했다. 내가 말했다. 「1월 20일요, 셀리나. 성 아그네스의 저녁요!」

하지만 셀리나는 여전히 무슨 말인지 모르겠다는 표정이었다. 이윽고 잠시 뒤 그녀는 「혹시 그날이 당신 생일인가요……?」라고 말했다.

나는 고개를 저으며 〈성 아그네스의 저녁요! 성 아그네스의 저녁!〉이라고 하며 시구를 읊었다.

> 그들은 유령처럼 미끄러지누나, 넓은 홀로.
> 유령처럼, 철 현관으로 그들은 미끄러지누나
> 문지기가 불편한 자세로 누운 곳으로.
> 하나씩, 하나씩, 빗장이 쉽게 열리고,
> 사슬은 발길에 닳은 돌 위에 조용히 놓이고,
> 열쇠가 돌아간다! 경첩에 달린 문이 신음을 토하고……[2]

나는 그렇게 시를 읊었고, 그녀는 무슨 뜻인지 모른 채 가만히 서서 나를 지켜보았다. 무슨 뜻인지 모른 채! 그리고 마침내 나는 입을 다물었다. 내 가슴에서 움직임이 느껴졌다. 일부는 실망이었고, 일부는 공포였으며, 일부는 순수한 사랑이었다. 이윽고 내가 생각했다. 셀리나가 알아야 할 이유가 뭐람? 지금까지 셀리나에게 그런 걸 가르쳐 준 사람이 없었잖아?

나는 생각했다. 이제는 그런 사람이 있을 거야.

2 존 키츠의 시 「성 아그네스의 전야」 중에서.

1873년 6월 14일

어둠의 모임이 끝난 뒤 드라이버 양이 머물렀다. 드라이버 양은 지난 달 개인적으로 피터를 보려고 왔던 이셔우드 양의 친구다. 그녀는 이셔우드 양은 지금처럼 몸이 좋다고 느낀 적이 없었으며, 이 모두가 영혼들 덕분이라고 했다. 그녀가 말했다. 「도스 양, 피터가 저도 도와줄 수 있는지 알아봐 주실 수 있나요? 저는 잠을 못 자고 이상한 경련이 일어나는 경향이 있어요. 이셔우드 양과 비슷한 경우라서 계발이 필요한 거 같아요.」 드라이버 양은 한 시간 반을 머물렀고, 비록 시간은 더 걸렸지만 치료법은 친구인 이셔우드 양과 같았다. 피터는 드라이버 양에게 다시 와야만 한다고 말했다. 1파운드.

1873년 6월 21일

계발. 드라이버 양 한 시간. 2파운드

처음 세션. 틸네이 부인과 노아크스 양. 노아크스 양은 관절이 아프다고 한다. 1파운드.

1873년 6월 25일

계발. 노아크스 양. 내가 무릎을 꿇고 그녀에게 입김을 내뿜는 동안 피터는 그녀의 손을 잡고 있었다. 두 시간. 3파운드

1873년 7월 3일

모티머 양, 등뼈가 불편함. 신경과민.

윌슨 양, 통증. 피터의 눈에는 너무 평범함.

1875년 1월 15일

모두가 워릭셔로 갔다. 일주일 전에 갔다. 나는 문가에 서서 짐이 합승 마차에 실리는 모습을, 그리고 사람들이 마차를 타고 멀어지는 모습을, 그들이 창문으로 손을 흔드는 모습을 지켜보았다. 그리고 이곳에 와서 흐느껴 울었다. 어머니는 내게 키스를 했고, 나는 거부하지 않았다. 그리고 헬렌에게는 따로 불러내 말했다. 「조심해서 다녀와!」 달리 할 말이 떠오르지 않았다. 하지만 그렇게 말했을 때, 헬렌은 소리 내어 웃더니, 내가 그런 말을 하는 게 무척이나 신기하다고 했다. 헬렌이 말했다. 「한 달 뒤에야 보겠네. 그 전에 편지 보내 줄 거지?」 우리는 이전까지 그토록 오래 떨어져 있었던 적이 없었다. 나는 그러겠노라고 말했지만 일주일이 지난 지금까지도 편지를 보내지 않았다. 때가 되면 편지를 쓰리라. 하지만 아직은 아니다.

집은 그 어느 때보다도 조용하다. 요리사는 아래층에서 같이 자려고 조카를 데려왔지만 오늘 밤은 이미 둘 다 잠이 들었다. 비거스는 내게 석탄과 물을 가져다준 뒤로는 딱히 더 나를 시중들 일이 없었다. 9시 반에 집 문을 잠갔다.

하지만 이렇게 조용할 수가! 내 펜이 속삭일 수 있다면, 나는 지금 그것이 속삭이게 하리라. 내게는 우리의 돈이 있다. 1천3백 파운드가 있다. 어제 은행에서 인출했다. 내 돈이지만 그것을 가져오는 동안 도둑이 된 듯한 느낌이었다. 나는 은행에 스티븐이 서명한 지급 요구서를 내밀었다. 은행원은 뭔가 이상하다고 생각한 모양이었다. 창구에서 물러나 상사와 이야기를 나누고는 내게 돌아오더니, 〈수표로 드릴까요?〉라고 물었다. 나는 수표는 안 된다고 대답했다. 혹시라도 은행에서 내 목적을 눈치채고 스티븐을 불러오면 어쩌나 하는 생각에 계속해 몸이 떨렸다. 하지만 나는 숙녀고, 그 돈은 내 돈인 것을, 은행이 달리 어찌할 수 있겠는가? 은행원은 돈을 종이 지갑에 넣어 내게 건넸다. 그리고 허리 굽혀 인사했다.

나는 그에게 이 돈은 자선을 위한 것으로, 감화원에 있는 소녀들이 외국으로 가는 경비로 쓰일 것이라고 말했다. 은행원은 못마땅한 표정을 지으면서도 자선이 돈을 쓰는 가장 값어치 있는 방법이라 생각한다고 말했다.

은행을 나선 나는 2인용 마차를 타고 워털루로 가서 기차표를 산 뒤 빅토리아에 있는 외무국 사무소에 가서 나와 내 동반자용 여권 두 개를 받았다. 그곳 직원에게 동반자의 이름은 매리언 얼이라고 말했고, 서기는 단지 철자가 어떻게 되는지를 물었을 뿐 전혀 의심하는 기색 없이 그 이름을 받아 적었다! 그 뒤 나는 내가 앞으로 다녀야 할 모든 관공서를 떠올리며 그곳 사람들에게 거짓말하는 모습을 상상했다. 내 거짓말이 들통 나기 전에 얼마나 많은 신사들이 속아 넘어갈지 궁금했다.

하지만 오늘 아침 내 방 창가에 서 있는데 경찰관이 체이니 워크를 따라 순찰하는 모습이 보였다. 어머니는 그 경찰관에게 이제 집에 나 혼자만 있으니 우리 집을 특별히 신경 써서 순찰해 달라고 부탁을 했다. 경찰관은 나를 보더니 고개를 까닥해 보였고, 나는 가슴이 덜컹 내려앉는 느낌이었다. 하지만 셀리나에게 그 경찰관에 대해 이야기했더니 셀리나는 싱긋 웃었다. 셀리나가 말했다. 「겁이 나요? 겁낼 필요 없어요! 이곳에서 제가 사라졌을 때 당신과 함께 있으리라고 생각할 이유가 없잖아요?」 셀리나는 사람들은 아주 아주 오랜 시간이 흐르고 나서야 그 생각을 할 거라고 말했다.

1875년 1월 16일

오늘 윌리스 부인이 집에 들렀다. 나는 아빠의 편지를 정리하느라 바쁘다고 했으며, 아무 방해도 받지 않고 일에 집중하고 싶다고 했다. 부인이 다시 온다면 비거스를 시켜 내가 외출했다고 말하게 해야겠다. 물론 닷새 뒤에 부인이 온다면 나는 집에 없으리라. 오, 그날이 얼마나 기다려지는지! 하지만 지금은 그날을 기다리는 것 말고는 달리 할 수 있는 일이 없다. 다른 모든 일은 내 손 밖에 있다. 분침이 창백한 시계판의 숫자들을 휩쓸며 지나가는 순간순간, 이 집에서 점점 더 마음이 멀어진다. 어머니는 내게 아편을 조금 주고 갔다. 나는 그것을 모두 복용했고, 더 샀다. 약국에 가서 아편을 사는 건 생각보다 훨씬 더 쉽다! 이제 나는 뭐든지 할 수 있다. 원한다면 밤새 잠을 안 자고, 낮에 잘 수도 있다. 어렸을 때 하던 놀이가 생각난다. 〈네가 커서 어른이 되면 무엇을 하고, 어떤 집을 가지고 싶니? ─ 나는 지붕에 탑을 지어서 거기서 대포를 쏠 거야! 나는 감초 과자만 먹을 거야! 난 찬장

에 개를 키울 거야. 나는 베개에 쥐를 재울 거야……〉 이제 나는
그 어느 때보다도 더 자유를 누리고 있지만, 늘 해오던 일만을
한다. 전에는 그 일이 공허하게 다가왔지만, 셀리나가 그 일에
의미를 부여했고 그래서 이제 그녀를 위해 그 일들을 한다.

　나는 셀리나를 기다린다. 하지만 이 경우 기다림이라는 단어
는 너무나도 빈약한 표현이다. 나는 흐르는 시간의 본질에 속박
되어 있다. 내 살갗이 떨리는 걸 느낀다. 그건 마치 달이 근처에
서 자신을 끌어당기는 것을 아는 바다 표면과도 같다. 책을 집어
들면, 마치 그전까지 한 번도 보지 못한 내용이 나타나는 것만
같다. 이제 책들은 오로지 나에게만 보내는 내용으로 가득 차 있
다. 한 시간 전, 다음과 같은 내용을 발견했다.

　　피가 내 몸에 귀를 기울이고
　　밀어닥치는 그림자는 빠르고 짙게
　　흘러넘치는 내 두 눈 위로 떨어지…….[3]

　그것은 마치 자신의 사랑을 위해 시를 쓴 모든 시인이 사실은
비밀리에 나, 그리고 셀리나를 위해 시를 쓴 것만 같았다. 내 피,
심지어 지금 이 글을 쓰는 동안에도 내 피, 내 근육, 내 안의 모
든 근섬유가 그녀에게 귀 기울이는 듯하다. 내가 자면, 그건 그
녀의 꿈을 꾸기 위해서이다. 내 눈을 가로 질러 그늘이 지날 때
면 이제는 그것이 그녀를 위한 그늘임을 안다. 내 방은 고요하지
만 절대로 조용하지 않다. 나는 그녀의 심장 소리가 밤을 가로질
러 내 심장과 박동을 맞추는 것을 안다. 내 방은 어둡지만 이제

　3 퍼시 셸리의 「콘스탄티아에게 노래를」 중에서.

그 어둠은 다르게 다가온다. 나는 어둠의 깊이와 질감을 훤히 안다. 어둠은 벨벳 같으며, 어둠은 야자 섬유나 감옥의 양털실같이 뻣뻣한 느낌이 난다.

집은 나로 인해 바뀌어, 진정이 되었다. 주술에 걸린 것만 같다! 음악으로 시간을 알리는 시계의 인형들처럼, 하인들은 열심히 자기 일을 한다. 불을 지펴 빈 방을 따뜻하게 하고, 밤이 되면 커튼을 치고, 아침이 되면 커튼을 걷는다. 창을 통해 밖을 보는 이가 없음에도, 여전히 커튼을 걷는다. 요리사는 내게 음식이 담긴 쟁반을 올려 보낸다. 나는 요리사에게 모든 코스를 다 차려 줄 필요가 없이, 스프나 생선이나 닭고기만 주면 된다고 말했다. 하지만 요리사는 옛 버릇을 쉽게 버리지 못한다. 쟁반들이 오고, 나는 죄책감 속에서 마치 어린아이처럼 고기를 순무와 감자 아래 숨겨 음식을 돌려보낸다. 식욕이 없다. 내 생각에 돌려보낸 음식은 요리사의 조카가 먹는 듯하다. 그들이 부엌에서 아주 잘 먹는다고 생각한다. 가서 〈먹어요! 모두 먹어요!〉라고 말하고 싶다. 그 사람들이 지금 무엇을 먹든 그게 나와 무슨 상관이란 말인가?

비거스 역시 예전의 일과 시간을 그대로 지킨다. 나는 비거스에게 나한테 맞춰 일어날 필요 없이 7시까지 자도 된다고 말을 해줬음에도 비거스는 나처럼 밀뱅크의 종소리를 혈관으로 느껴 깨어나는지 예전처럼 6시에 일어난다. 한두 번인가, 비거스는 내 방으로 와 이상하다는 듯이 나를 살폈다. 지난밤에는 내가 음식에 손도 안 댄 것을 보고는 〈음식을 드셔야 해요, 아가씨! 아가씨가 음식을 거르는 걸 프라이어 부인이 보시면 제게 뭐라고 하시겠어요?〉라고 말했다.

하지만 내가 그 말에 소리 내어 웃자 비거스는 싱긋 웃었다. 비거스의 웃음은 아주 평범하지만 눈은 거의 아름답다고까지 할 수 있다. 비거스는 나를 괴롭히지 않는다. 내가 고개를 돌리고 있다고 생각한 그녀가 내 목에 두른 벨벳 초커를 호기심 어린 눈으로 보는 것을 보았다. 하지만 용기를 내어 〈그건 아버지를 애도하는 의미에서 하신 건가요?〉라고 한 번 물은 게 다.

가끔, 나는 내 열정이 그녀에게 전염된 게 분명하다고 생각한다. 가끔 내 꿈이 너무나 격정적이기에 비거스 역시 자신의 꿈속에서 내 꿈의 색과 형체를 본다는 확신이 든다.

가끔은, 비거스에게 내 모든 계획을 말하면 그녀는 심각한 표정을 지으며 단지 고개를 끄덕일 거라고 상상한다. 그리고 생각하길, 내가 요구하면 나를 따라서 함께…….

하지만 곧이어, 제아무리 하녀의 손이라 할지라도 그 손이 셀리나를 만지면 나는 질투를 할 거라고 생각한다. 오늘은 옥스퍼드 스트리트에 있는 커다란 가게에 가서 기성품으로 나온 드레스들이 줄지은 매대들을 돌아다니면서 셀리나의 외투와 모자, 신발, 속옷들을 샀다. 나는 셀리나를 위해 이런 일을 한다는 것이, 평범한 세상에 셀리나를 위한 자리를 만든다는 것이 어떤 기분일지 미처 알지 못했다. 나 자신을 위해 물건을 골라야 할 때는 어머니나 프리실라처럼 색깔이나 재단, 천을 살핀 적이 없었다. 하지만 셀리나를 위해 드레스를 사면서는 마음이 말랑말랑해졌다. 물론 셀리나의 치수는 몰랐다. 하지만 물건을 고르면서 그녀의 치수를 안다는 사실을 깨달았다. 셀리나의 뺨이 내 턱 정도라는 기억에서 그녀의 키를 알았다. 그리고 우리가 서로 안았을 때의 기억에서 셀리나의 몸매가 어떤지를 기억해 냈다. 우선 평범한 와인색 여행 드레스를 골랐다. 나는 생각했다. 뭐, 지금은 이 정도면 됐어. 다른 물건은 우리가 프랑스에 도착해서 사면 돼. 하지만 그 드레스를 들고 있을 때 진주 빛깔 회색 캐시미어 드레스가 눈에 들어왔다. 속치마는 녹색이 도는 두꺼운 비단이었다. 녹색이 셀리나의 눈 색깔과 어울릴 것 같았다. 캐시미어라면 이탈리아의 겨울에도 충분히 따뜻하리라.

나는 드레스 두 벌을 샀다. 그리고 벨벳으로 단을 댄, 허리가 좁은 흰색 드레스도 한 벌 샀다. 이 드레스를 입으면 밀뱅크가 억눌러 온 여성성이 확 드러나리라.

그리고 셀리나에게 페티코트 없이 드레스를 입으라고 할 수는 없는 법이기에, 페티코트를 몇 벌 샀고, 코르셋, 슈미즈, 검은색 스타킹도 몇 개 샀다. 그리고 구두 없는 스타킹은 무용지물이기에 셀리나를 위해 검은 구두도 샀다. 그리고 담황색 부츠도 샀다. 그리고 여성스러운 드레스에 어울리는 하얀 벨벳으로 만든 실내화도 샀다. 그리고 엉망인 셀리나의 머리가 자라날 때까지 가릴 수 있도록, 베일이 달린 커다란 모자들도 샀다. 그리고 외투 한 벌, 캐시미어 드레스에 어울리는 망토 하나, 또 셀리나가 이탈리아의 태양 아래에서 나와 함께 거닐 때 햇빛에 반짝이며 흔들거릴 노란 비단 술 장식이 있는, 소매 달린 망토도 샀다.

이 의복들은 상자에 담겨 지금 내 벽장 안에 있다. 가끔 나는 그 상자들로 가 카드에 손을 대본다. 그 안에 담긴 비단과 캐시미어의 숨소리가 들리는 듯하다. 옷들에서 천천히 맥박 뛰는 게 느껴지는 듯하다.

이윽고 나는 나와 마찬가지로 의복들 역시 셀리나가 그 권리를 주장해 주길 기다린다는 사실을 안다. 자신들에게 생기를 불어넣고, 진짜로 만들어 주고, 윤기와 생명을 더해 주길 기다리며 두근거리고 있다는 사실을 안다.

1875년 1월 19일

이제는 우리가 할 여행을 위한 모든 준비를 마쳤다. 하지만 오늘 해야 할 일이 하나 더 있었다. 나를 위한 일이다. 나는 웨스트민스터 묘지로 가서 아빠의 묘지에서 아빠를 생각하며 한 시간을 있었다. 새해 들어 가장 추운 날이었다. 장례를 치르는 사람들이 왔을 때, 고요하고 엷은 1월의 공기를 통해 그들의 목소리가 아주 또렷하게 들렸다. 그리고 우리가 서 있는 동안, 눈송이가 몇 개 날리기 시작했고, 마침내 내 외투와 조문객들 외투는 하얗게 변했다. 예전에 아빠와 함께 로마에 있는 키츠와 셸리의 무덤에 꽃을 가져갈 계획을 짰었다. 오늘은 호랑가시나무 화환을 아빠의 무덤에 가져갔다. 화환 위에 눈이 내려앉으며 장과의 진홍색을 가렸다. 하지만 잎의 뾰족한 끝은 여전히 핀처럼 날카로워 보였다. 나는 목사의 설교를 들었고, 이윽고 사람들은 열린 무덤의 관 위로 흙을 뿌리기 시작했다. 흙은 단단해서 마치 총을 쏘듯 덜거덕거렸고, 그 소리를 들은 조문객들이 뭐라고 중얼거렸고, 한 여인이 울음을 터뜨렸다. 관은 작았다. 아이용이었던 듯하다.

나는 그동안 아빠가 내 근처 어디에 있다는 느낌을 전혀 받지 못했다. 하지만 이번에는 그게 일종의 축복 같아 보였다. 아빠 무덤에 간 건 작별 인사를 하기 위해서였다. 이탈리아에 가면 다시 아빠를 찾을 수 있으리라.

그리고 공동묘지를 나와 도시 중심가로 갔고, 아마도 오랫동안 다시는 보지 못할 모든 것들을 구경하며 이 거리 저 거리를 걸어 다녔다. 2시부터 6시 반까지 걸어 다녔다.

이윽고 마지막으로 밀뱅크에 갔다.

저녁 식사가 배급되어 모두 식사를 마치고 치우고도 한참 지난 시간에 감옥에 도착했다. 평소 내가 가던 시간보다 훨씬 더 늦은 시간이었다. 젤프 부인이 담당하는 수용 구역에서는 죄수들이 그날의 남은 일을 하는 중이었다. 이 시간은 하루 가운데 죄수들에게 가장 좋은 시간이었다. 7시에 저녁 종이 울리면 이들은 일감을 옆으로 치워 둔다. 담당 여교도관은 여자 한 명을 감방에서 꺼내 복도를 함께 걸으며 그날 죄수들이 사용한 핀과 바늘과 날이 무딘 가위를 수거한다. 나는 젤프 부인이 이 일을 하는 것을 지켜보며 서 있었다. 부인은 펠트로 된 앞치마를 입었으며, 거기에 핀과 바늘을 꽂았다. 가위는 물고기처럼 철사에 꿰었다. 7시 45분이 되면 해먹을 펼쳐 묶어야 하고, 8시에는 문이 잠기고 가스가 차단되지만, 그동안에는 죄수들이 원하는 일을 할 수가 있다. 죄수들이 편지를 읽거나 성경을 읽는 모습을 보니 묘했다. 한 명은 씻으려고 대접에 물을 졸졸 따랐고, 어떤 이는 보닛을 벗더니 낮에 뜨개질을 하는 동안 챙겨 놓은 짧은 양털실 몇 가닥으로 머리를 말리려고 애썼다. 나는 체이니 워크에서 내가 유령 같다고 느끼기 시작했다. 아마 오늘 밤 밀뱅크에서는 유령이었을 것이다. 수용 구역 두 군데의 복도를 따라 걸었지만, 고개를 들고 나를 보는 여자는 거의 없었고, 내가 아는 몇 명을 부르자 그들은 무릎 굽혀 인사를 했지만 곧 자기 일로 돌아갔다. 예전에 이들은 내가 찾아가면 자기 일을 기꺼이 미뤄 두곤 했다. 하지만 하루의 마지막 시간, 자신만의 시간을 희생할 수는 없는 노릇이었고 나는 그 시간이 이들에게 얼마나 소중한지 알았다.

물론 셀리나에게는 내가 유령이 아니었다. 셀리나는 내가 자기 감방 입구를 지나쳐 가는 것을 보았고, 다시 돌아오기를 기다렸다. 셀리나의 얼굴은 아주 평화롭고 창백했지만, 턱의 그늘 아래로는 빠르게 맥박이 뛰었다. 그것을 본 나는 내 심장 박동이 빨라지는 것을 느꼈다.

이제 내가 얼마나 오랫동안 그녀와 시간을 보내는지, 우리가 얼마나 가까이 서 있는지 남들이 알든 말든 상관없었다. 그래서 우리는 아주 가까이 서 있었고, 셀리나는 내일 밤이 어떻게 될지에 대해 내게 속삭였다.

셀리나가 말했다. 「앉아서 기다리며 저를 생각하셔야 해요. 당신 방에만 있어야 해요. 촛불을 하나만 켜고 촛불을 가려 두어야 해요. 그러면 제가 갈 거예요. 촛불이 꺼지기 전에…….」

그 태도가 너무나 진지하고 엄숙했기에, 나는 갑자기 두려워지기 시작했다. 내가 말했다. 「어떻게 할 생각인가요? 오, 셀리나, 그게 어떻게 가능해요? 어떻게 허공을 통과해 제게 올 수 있단 말인가요?」

셀리나는 나를 보더니 싱긋 웃었고, 이윽고 손을 뻗어 내 손을 잡았다. 그리고 내 손가락을 펴고 장갑을 벗기더니 내 손목을 쥐고 자기 입 앞으로 살짝 가져갔다. 셀리나가 말했다. 「제 입과 당신의 맨팔 사이에 뭐가 있죠? 하지만 제가 이렇게 할 때 당신은 절 느끼지 못하나요?」 이윽고 그녀는 내 손목, 핏줄이 파랗게 보이는 곳에 숨을 쉬었다. 내 안의 모든 열기를 그곳에서 뽑아내는 듯했고, 나는 몸을 떨었다.

「이런 식으로 당신에게 갈 거예요. 내일 밤에요.」 셀리나가 말했다.

　나는 그것이 어떤 식으로 일어날지 상상하기 시작했다. 셀리나가 몸을 길게 늘여, 화살처럼, 머리카락처럼, 바이올린 현처럼, 미궁 속의 실처럼 길게 늘인 뒤 팽팽하게 되어 떠는 모습을 상상했다. 너무나도 팽팽하기에 셀리나는 거친 그림자들에게 뒤흔들리다 끊어질 수도 있었다! 내가 떠는 모습을 본 셀리나는 겁먹으면 안 된다며, 내가 겁을 내면 자신의 여행이 더 어려워진다고 했다. 그 말에 돌연 공포가 밀려왔다. 공포에 대한 공포였으며, 내 공포 때문에 셀리나가 혹사당하고 지치고, 어쩌면 다칠 수도 있고, 어쩌면 내게 못 올 수도 있다는 공포였다. 나는 〈저도 모르게 제가 당신의 능력에 해를 입히면 어떻게 하죠? 당신의 능력이 제대로 발휘되지 않으면 어떻게 하나요?〉라고 물었다. 그리고 셀리나가 오지 않으면 어떻게 될지를 생각했다. 셀리나가 아니라, 내가 어떻게 될지를 생각했다. 갑작스레 그녀가 만든 나의 모습대로의 나를 보는 듯했다. 변화된 내 모습을 보았다. 나는 일종의 공포 속에서 그 모습을 보았다.

　내가 말했다. 「당신이 오지 않으면 전 죽고 말 거예요, 셀리나.」 셀리나도 나에게 똑같은 말을 했었다. 하지만 이제 나는 너무나 단순하고 너무나 멍청하게 말을 했으며, 그녀는 그런 나를 보았고, 그녀의 표정이 낯설어졌고, 그녀의 얼굴은 창백해지고, 늘어나고, 꾸밈이 없었다. 그녀는 내게 오더니 두 팔로 나를 감쌌고, 내 목에 자기 얼굴을 댔다. 「당신은 제 반쪽이에요.」 그녀가 속삭였다. 그리고 비록 셀리나는 꼼짝 않고 서 있었지만, 그녀가 마침내 내게서 물러났을 때, 내 초커는 그녀의 눈물로 젖어 있었다.

이윽고 자유 시간이 끝났다고 외치는 알리는 젤프 부인의 목소리가 들렸고, 셀리나는 손으로 눈물을 훔치더니 내게 등을 돌렸다. 나는 감방 문의 철창을 그러잡고 서서, 셀리나가 해먹을 벽에 고정하고 시트와 이불을 털어 펴고 회색 베개의 먼지를 떨어내는 모습을 지켜보았다. 셀리나의 심장은 내 심장만큼 강렬하게 고동쳤다. 나는 그것을 알았다. 그리고 그녀의 두 손은 내 손처럼 살짝 떨렸다. 그럼에도 셀리나는 마치 인형처럼 절도있게 움직여 할 일을 했다. 해먹의 끈을 묶고 매듭을 지었고, 하얀 경계가 보이도록 감옥용 이불을 다시 접었다. 깔끔하게 지내 온 지난 1년처럼, 셀리나는 오늘 밤마저도 그것들을 깔끔하게 정돈해 놓으려고 했다. 아마도 영원히 그 상태로 남겨 두려는 듯했다.

　더는 참고 볼 수가 없었다. 나는 고개를 돌렸고, 수용 구역에 있는 모든 여자들이 같은 동작을 하는 소리가 들렸다. 그리고 셀리나를 다시 보았을 때, 그녀의 손가락들은 옷의 단추를 풀고 있었다. 그녀가 말했다. 「우리는 가스가 끊기기 전에 침대에 누워 있어야만 해요.」 그녀는 나를 보지 않고, 마치 혼잣말하듯이 말했다. 하지만 그럼에도 나는 젤프 부인을 부르지 않았다. 다만 〈당신을 보여 주세요〉라고만 말했다. 내가 그렇게 말할 줄은 나도 몰랐으며, 내 목소리에 깜짝 놀랐다. 셀리나 역시 눈만 끔벅이며 망설였다. 이윽고 셀리나는 드레스를 떨어뜨렸고, 속치마와 감옥용 부츠를 벗었으며, 이윽고 다시 망설인 뒤 보닛을 벗었고, 마침내 모직 스타킹과 페티코트만 입은 상태로 살짝 떨며 서 있었다. 그녀는 꼿꼿이 서 있었지만 얼굴은 내게서 돌리고 있었다. 마치 내 시선이 고통스럽지만 나를 위해 그 고통을 참는 듯했다. 셀리나의 쇄골은 기묘한 악기의 정교한 상아빛 건반처럼 튀어나와 있었다. 두 팔은 그녀의 누레진 속옷보다도 더 창백했으며, 손목부터 팔꿈치까지 푸른 정맥이 부드러운 그물 무늬를 그렸다. 머리털 — 이제까지 그녀가 모자를 쓰지 않은 모습을 본 적이 한 번도 없었다 — 은 소년의 머리털처럼 귀에 딱 달라붙어 있었다. 입김이 닿은 머리털은 황금색이었다.

내가 말했다. 「정말 아름다워요!」 그러자 셀리나는 놀라움이 담긴 표정으로 나를 바라보았다.

「제가 많이 변했다고 생각하지 않나요?」 셀리나가 속삭였다.

나는 「어떻게 그런 생각을 할 수 있겠어요?」라고 물었고, 셀리나는 고개를 젓더니 다시금 몸을 떨었다.

복도를 따라 문이 거칠게 닫히고 빗장이 잠기는 소리, 고함과 중얼거림이 들려오기 시작했다. 이제 그 소리들은 더 가까이 다가왔다. 그리고 젤프 부인의 목소리가 들렸다. 그녀는 잠그는 모든 문마다 안쪽의 여자들에게 〈괜찮아?〉라고 외쳤고, 그러면 안에 있는 여자는 〈괜찮습니다〉라든가 〈좋은 밤 되세요!〉라고 대답했다. 하지만 나는 여전히 아무 말 없이 셀리나를 응시했다. 그때는 아마 숨도 제대로 쉬지 않은 듯하다. 이윽고 셀리나의 문이 근처 문들이 닫히는 충격에 흔들리기 시작했고, 그것을 본 셀리나는 마침내 침대로 올라가 이불을 높이 끌어올려 덮었다.

이윽고 젤프 부인이 나타나 열쇠를 문에 넣고 돌렸다. 그리고 그 어색하고 별난 한순간, 부인과 나는 망설이며 서서 함께 침대에 누운 셀리나를 바라보았다. 그것은 마치 아이 방 문 앞에 선 성마른 부모와 같은 모습이었다.

「아주 단정하게 누운 모습이 보이시죠, 프라이어 양?」 여교도관이 나직하게 내게 말했다. 그리고 속삭이는 목소리로 셀리나에게 말했다. 「괜찮아?」

셀리나는 고개를 끄덕였다. 그녀는 나를 응시했으며 여전히 몸을 떨었다. 내 생각에, 그녀는 자신을 끌어당기는 내 살을 느낄 수 있었던 듯하다. 「좋은 밤 되세요.」 그녀가 말했다. 「좋은 밤 되세요, 프라이어 양.」 그녀는 아주 진지한 목소리로 내게 말했다. 아마도 여교도관 때문인 듯하다. 나는 철창 문이 닫혀 우리 사이를 갈라놓을 때까지 그녀의 얼굴에서 눈을 떼지 않았다. 이윽고 젤프 부인은 나무 문을 닫고 빗장을 걸어 잠근 후 다음 감방으로 갔다.

나는 잠시 나무와 빗장과 쇠징을 물끄러미 본 뒤 젤프 부인을 따라 E 수용 구역의 나머지 부분을 함께 걸었고, 그 뒤에는 F 구역을 걸었다. 부인은 모든 수감자들에게 일일이 질문을 했고, 여자들은 〈좋은 밤 되세요!〉라든가 〈신의 가호가 있기를!〉이라든가 〈또 하루가 갔으니 출감일이 하루 가까워졌네요!〉 따위 각자의 개성대로 답을 했다.

나는 흥분되고 초조했기에 젤프 부인의 리듬감 있는 순찰, 계속되는 외침과 문이 쾅하고 닫히는 소리에서 일종의 위로를 받았다. 마침내 젤프 부인은 두 번째 수용 구역의 저 끝에서 감방의 가스등으로 가는 가스 파이프를 잠갔다. 그러자 복도를 따라 켜져 있던 가스등이 일제히 활기를 띠는 듯하더니 살짝 밝게 너울거렸다. 젤프 부인이 조용히 말했다. 「이쪽은 저와 교대해 야간 근무를 할 캐드먼 양이에요. 안녕하세요, 캐드먼 양? 이쪽은 프라이어 양이라고, 우리 감옥을 방문하는 숙녀분이세요.」 캐드먼 양은 내게 좋은 밤이 되라고 인사하더니 장갑을 벗고 하품을 했다. 그녀는 거친 나사로 된 여교도관용 망토를 걸쳤지만 두건은 쓰지 않아 어깨 정도 높이로 내려와 있었다. 「오늘은 누구 속 썩이는 죄수 없나요, 젤프 부인?」 캐드먼 양은 다시 하품을 하며 물었다. 그녀가 우리를 떠나 여교도관용 방으로 갈 때, 나는 그녀의 부츠 바닥에 고무를 대어서 모래가 깔린 판석을 아주 조용히 지나간다는 것을 알았다. 죄수들은 이 부츠에 이름을 붙였다. 이제 기억이 난다. 죄수들은 이 부츠를 〈살금이〉라 불렀다.

나는 젤프 부인의 손을 잡았다. 그녀를 두고 떠나야 하는 게 미안하다는 생각이 들었다. 나는 계속 나아가는데 부인을 이곳에 두는 게 미안했다. 내가 말했다. 「당신은 친절해요. 이 감옥에서 가장 친절한 여교도관이에요.」 젤프 부인은 내 손을 꼭 잡더니 고개를 설레설레 저었다. 내가 한 말 또는 내 기분 또는 그녀가 한 저녁 순찰 때문에 감상적이 된 듯했다. 「하느님의 가호가 있기를 빌겠어요, 아가씨!」 젤프 부인이 말했다.

나는 감옥을 쭉 가로지르면서도 리들리 양을 만나지 못했다. 만났으면 하고 거의 바라기까지 했다. 프리티 양은 보았다. 그녀는 짙은 색 가죽 장갑을 낀 손을 가볍게 주먹 쥐고 야간 당번을 맡은 여교도관과 함께 계단을 올라 자신이 맡은 수용 구역으로 가고 있었다. 또한 나는 핵스비 양도 만났다. 핵스비 양은 맨 아래층 감방에서 부스럭대는 여자를 꾸짖으려고 나와 있었다. 「늦게까지 계시네요, 프라이어 양!」 그녀가 말했다.

마침내 그곳을 떠날 때가 되자 발걸음이 잘 떨어지지 않았고, 그래서 나는 일부러 천천히 걸었으며, 나를 거기까지 바래다준 남자를 물리친 채 조약돌 깔린 길 어귀에서 꾸물거렸다고 여기에 쓰면 이상하게 들릴까? 나는 밀뱅크를 방문하면 내가 석회나 쇠로 바뀌는 듯한 느낌이 든다고 종종 생각했다. 그리고 아마도 진짜 그런 모양이다. 왜냐하면 오늘 밀뱅크는 나를 자석처럼 끌어당기기 때문이다. 수위실까지 간 다음 걸음을 멈추고 뒤를 돌아다보았다. 그리고 1분쯤 뒤, 내 옆에서 누군가가 움직였다. 문 근처에서 꾸물거리는 게 누구인지 확인하러 나온 수위였다. 어둠 속에서 나를 알아 본 수위는 좋은 밤이 되라고 인사를 했다. 이윽고 그의 시선이 내 시선이 향한 곳을 따라갔고, 그는 두 손을 비비댔다. 아마도 추위 때문인 듯하다. 하지만 일종의 만족감 때문인 듯도 하다.

「정말 보기만 해도 으스스해지는 늙다리 괴물이죠, 아가씨?」 수위가 어럼풋한 빛이 나는 벽과 등불 없는 창문들을 향해 고개를 끄덕이며 말했다. 「비록 제가 여기 수위이기는 하지만 그래도 정말 끔찍한 곳입니다. 그리고 물이 줄줄 새지요. 그거 아셨어요? 옛날에 홍수가 있었습니다. 그것도 아주 여러 번요. 바로 여기, 이 비참한 땅에요. 이곳에서는 아무것도 자라지 못 할겁니다. 그 어떤것도 여기에 제대로 서지 못할 거고요. 설사 그게 밀뱅크처럼 거대하고, 오래되고 으스스한 괴물이라 할지라도요.」

나는 아무 말 없이 그저 그를 바라보기만 했다. 그는 주머니에서 검은 파이프를 꺼내더니 엄지손가락으로 담배를 재운 곳을 꾹꾹 누른 뒤 몸을 돌려 벽돌 벽에 성냥을 그어 켰고, 담 쪽으로 몸을 숙여 바람을 막으며 담배에 불을 붙였다. 그의 뺨이 오목해졌고, 불꽃이 일어났다가 사라졌다. 그는 성냥을 버리고 다시 한 번 감옥 쪽으로 고개를 끄덕여 보였다. 그가 계속 말했다. 「저 건물이 마구 몸을 비틀 수도 있다는 거, 생각해 보셨습니까?」 나는 고개를 저었다. 「이제는 그 누구라도 그런 생각을 못 할 겁니다. 하지만 제게 이 일을 넘긴 전임자가 몸부림에 대해, 홍수에 대해 이야기해 줬습니다! 밤에 천둥 같은 소리를 내던 균열에 대해 이야기했지요! 그 남자가 말하길, 아침에 교도소장이 밀뱅크에 도착해 보니 오각형 하나는 중간까지 갈라져 있고, 그 틈으로 남자 죄수 열 명이 탈옥하고 있더랍니다. 그 가운데 여섯 명이 어둠 속에서 물에 빠져 죽었습니다. 감옥 하수구가 터져 템스강 물이 역류한 곳에서요. 그래서 기초 공사를 위해 엄청난 시멘트를 퍼부었죠. 하지만 그 공사를 했다고 저 건물이 흔들거리는 게 멈출까요? 남교도관들에게 한번 물어보십시오. 경첩에 달린 문이 비틀린 탓에 잘 닫히지 않아서 자물쇠로 잠그는 데 어려움이 있지는 않나, 옆에 아무도 없었는데 혼자 깨지고 금이 간 창들이 있지 않나 말입니다. 감히 말씀드리건대, 밀뱅크가 아가씨 눈엔 조용해 보이겠지요. 하지만 프라이어 양, 바람 한 점 불지 않는 밤, 저는 지금 아가씨가 서 계신 곳에 서서 밀뱅크가 숙녀처럼 꾸밈없이 신음하는 걸 듣곤 합니다.」

그는 귀에 한 손을 가져가 댔다. 저 멀리서 이런저런 소리들이 들렸다. 강물이 출렁이는 소리, 기차가 덜커덕거리는 소리, 마차 위 종이 울리는 소리……. 수위는 고개를 저었다. 「저 건물은 언젠가는 무너질 겁니다. 확신합니다. 그리고 우리 가운데 많은 사람들을 함께 데려가겠죠! 아니면 저 건물이 들어설 수 있게 한 이 사악한 땅이 가라앉으며 우리 역시 떨어지겠죠.」

그는 파이프를 빨았고, 기침을 했다. 다시 우리는 귀를 기울였다……. 하지만 감옥은 조용했고 땅은 아주 단단했으며, 사초 잎은 바늘처럼 날카로웠다. 그리고 마침내 바람이 너무나 매서워졌기에 우리는 더는 그곳에 서 있을 수가 없었다. 나는 몸을 떨기 시작했다. 그는 나를 수위실로 안내했고, 나는 그가 마차를 잡아 줄 때까지 벽난로 앞에 서 있었다.

그곳에서 기다리는 동안 여교도관 한 명이 왔다. 그녀가 망토를 얼굴 뒤로 살짝 젖히기 전까지는 누구인지 몰랐다. 이윽고 그녀가 젤프 부인임을 알았다. 부인은 나를 향해 한 번 고개를 끄덕여 보였고, 곧 수위의 안내를 받아 나갔다. 그리고 내가 탄 마차에서 그녀를 다시 한번 본 것 같다. 젤프 부인은 텅 빈 거리를 재빨리 걷고 있었다. 내 생각에 그녀는 자신의 평범한 삶의 어둡고 가느다란 리본을 잡으려 열심이었던 듯하다.

그 삶은 어떤 것일까? 상상이 안 간다.

1875년 1월 20일

성 아그네스의 밤이다. 마침내 그날이다.

오늘 밤은 매섭다. 바람이 굴뚝을 타고 신음하고 있으며, 창을 뒤흔든다. 벽난로 속 석탄은 우박을 맞아 쉬익 소리를 낸다. 9시고 집은 조용하다. 오늘 밤 빈센트 부인과 그녀의 조카는 밖으로 보냈지만 비거스는 집에 남아 있게 했다. 내가 비거스에게 말했다. 「내가 두려워져서 널 부르면 와줄 거지?」 —「도둑이 들까 두려우세요, 아가씨?」 비거스가 대답했다. 그러더니 비거스는 두꺼운 자기 팔을 보여 주고 소리 내어 웃었다. 비거스는 모든 문과 창문이 잘 잠겼는지 확인할 테니 걱정할 필요 없다고 말했다. 그리고 아까 비거스가 빗장들을 거는 소리가 들렸지만, 비거스는 지금 다시 한번 빗장을 확인하며 다니는 듯하다. 이제 비거스는 조용히 위층으로 올라가 자기 방 자물쇠에 열쇠를 넣고 돌리고 있다…….

결국 나는 비거스를 초조하게 만들고 말았다.

밀뱅크에서는, 야간 담당 여교도관인 캐드먼 양이 수용 구역을 걸어 다닌다. 그곳이 어두워진 지는 한 시간이 되었다. 〈저는 날이 밝기 전에 갈 거예요.〉 셀리나는 그렇게 말했다. 이미 창밖의 밤은 내가 아는 그 어느 밤보다도 더 짙어보인다. 새벽이 온다는 게 도무지 믿기지 않는다.

셀리나가 먼저 오지 않는다면 새벽을 다시 보고 싶지 않다.

나는 오후 4시, 빛이 스러지기 시작할 무렵부터 내 방에만 있었다. 방이 낯설게 느껴진다. 내 책의 반을 상자에 쌓아 두었기에 책장이 텅 비어서 그렇다. 처음에는 책을 전부 트렁크에 넣었다. 하지만 당연히 트렁크를 들 수 없었다. 우리가 들 수 있는 만큼만 가져가야 하는데 지금까지는 그 생각을 하지 못했다. 미리 그 생각을 했더라면 책을 넣은 상자 하나를 파리로 보냈을 텐데. 이제는 너무 늦어 버렸다. 그래서 무엇을 가져가고 무엇을 놓고 갈지를 정해야 했다. 콜리지의 책 대신 성경을 가져가기로 했다. 성경에 헬렌의 머리글자가 쓰여 있기 때문이다. 콜리지는 다시 구할 수 있으리라. 아빠의 방에서는 문진을 가져왔다. 안에 해마 한 쌍이 든 반구형 유리 제품으로, 내가 어렸을 때 공부하며 쓰던 것이었다. 셀리나의 모든 의류는 트렁크 하나에 꾸렸다. 와인색 여행용 드레스와 외투 한 벌, 그리고 신발과 스타킹 한 쌍만 빼고는 전부. 이 물건들은 침대에 펼쳐 두었으며, 이제 어둠 속에서 그것들을 응시하면 셀리나가 선잠에 들거나 기절해 누운 것처럼 보인다.

나는 셀리나가 감옥에서 입던 옷 그대로 오는지 아니면 어린 아이처럼 벌거벗은 상태로 오는지조차 알지 못한다.

비거스의 침대가 삐걱이는 소리, 그리고 석탄이 쪼개지는 소리가 들린다.

이제 10시에서 15분 전이다.

이제 거의 11시다.

오늘 아침, 헬렌이 매리시스에서 보낸 편지가 도착했다. 헬렌 말에 따르면 집이 크긴 하지만 아서의 누이들은 다소 잘난 체를 한단다. 그리고 프리실라는 자기가 임신한 것 같다고 했단다. 영지에는 얼어붙은 호수가 있어서 거기서 스케이트를 탔단다. 그 대목을 읽은 나는 눈을 감고 셀리나를 상상했다. 어깨까지 흘러 내린 머리털, 머리에 쓴 진홍색 모자, 벨벳 외투, 스케이트. 그녀 의 모습이 눈에 선하다. 아마 어디 그림에서 본 걸 떠올리는 모 양이다. 셀리나 옆에 내가 있는 모습을, 입 안에 차가운 공기가 느껴지는 순간을 상상했다. 셀리나를 이탈리아가 아닌 매리시 스에 있는 동생 집에 데려간다면 어땠을지 상상했다. 그곳에서 함께 앉아 저녁 식사를 하고, 방을 같이 쓰고, 키스를 하고…….

그곳 사람들이 무엇에 가장 겁먹을지 모르겠다. 셀리나가 영 매라는 점일까 아니면 죄인이라는 점일까 아니면 여자라는 점 일까.

헬렌은 편지에 이렇게 썼다. 〈윌리스 부인이 그러는데 네가 일을 하고 있으며 뚱하다더라. 그 소식을 들으니 네가 건강히 잘 있다는 걸 알 수 있었어! 하지만 너무 열심히 일을 하는 바람에 이곳에 와서 우리와 함께 지내기로 했다는 사실을 잊으면 안 돼. 프리실라의 시누들에게서 나를 구해 줄 내 시누가 필요하다고! 적어도 편지는 해줄 거지?〉

오늘 오후 헬렌에게 편지를 써서 비거스에게 부치라고 건넸 고, 비거스가 편지를 아주 조심스레 들고 우체국으로 가는 모습을 서서 지켜보았다. 이제 그 편지를 되찾아올 방법은 없다. 하지만 나는 그 편지를 매리시스가 아니라 가든 코트의 집으로 보냈다. 그리고 편지 봉투에 이렇게 적었다. 〈프라이어 부인이 돌아올 때까지 열지 말 것.〉 편지에는 이렇게 적었다.

사랑하는 헬렌에게

이런 묘한 편지를 쓰다니! 아마 내가 누군가에게 보낸 편지 가운데 가장 이상한 편지일 거야. 그리고 물론 ― 내 계획들이 성공한다면 ― 두 번 다시 써야 한다고 느낄 필요가 없는 종류의 편지겠지. 이 편지를 통해 내 뜻을 아주 명확히 밝힐 수 있으면 좋겠어.

이제 내가 하려는 일 때문에 네가 나를 싫어하거나 동정하지 않았으면 좋겠어. 나 역시 한편으로는 내가 싫어. 이제 하려는 일이 어머니와 스티븐과 프리실라를 부끄럽게 만들리라는 것을 잘 알거든. 네가 내 행동이 잘못되었다며 소리 지르는 대신 내가 널 떠난 걸 안타까워해 줬으면 좋겠어. 날 생각하며 고통스러워하는 대신 애정을 느꼈으면 좋겠어. 내가 가는 곳에서는 네 고통이 날 돕지 못해. 하지만 네 애정은 어머니와 스티븐에게 도움이 될 거야. 예전에도 그랬듯이 말이야.

바라건대, 누군가가 이 일에서 잘못을 찾는다면 모든 책임은 내게 있다는 걸 알게 되었으면 좋겠어. 평범한 규칙을 따르는 이곳에서는 너무나도 튀어 보이는 내 이상한 본성 때문에 그 본성 그대로 살 장소를 찾을 수 없거든. 그리고 이건 늘 사실이었어. 물론 누구보다도 네가 그 사실을 더 잘 알 거야. 하지만 넌 내가 힐금 본 장면들을 알지 못해. 나를 반가이 맞아주는 듯한 또 다른 눈부신 장소가 있다는 걸 알지 못해! 나는 멋지고 낯선 이에게 이끌려 그곳으로 갔어. 넌 이 점을 알지 못할 거야. 사람들은 네게 그녀에 대해 말할 거고, 그녀가 더럽고 평범해 보이게 만들 거야. 또한 내 열정을 더럽고 잘못된 걸로 묘사하겠지. 하지만 그 모든 게 사실이 아니라는 건 너도 잘 알 거야. 그건 단지 사랑일 뿐이야, 헬렌. 사랑일 뿐이라고.

나는 어머니 옆에서는 살 수가 없고 존재할 수가 없어!

어머니는 내가 외고집이라고 생각했지. 어머니는 이것도 외고집의 결과라고 생각할 거야. 하지만 어떻게 그게 가능하겠어? 이 일은 내가 원해서 일어나는 게 아니야. 내가 그냥 이 일에 순응할 뿐이야! 나는 현재의 삶을 포기하는 거야. 새롭고 더 나은 삶을 얻기 위해서 말이야. 나는 여기서 멀리 떨어진 곳에 갈 거야. 내가 늘 가려고 했던 곳으로 말이야. 나는……

태양에 더 가까이 가려,
사람들이 더 편히 잘 수 있는 곳으로 가려 서두르네.[4]

스티븐이 네게 상냥히 대해서 참 다행이야, 헬렌.

그리고 서명을 한다. 인용구가 맘에 든다. 그리고 그 부분을 쓰면서 기묘한 기분이 들며 〈이렇게 인용을 하는 것도 이번이 마지막이야〉라고 생각한다. 셀리나가 내게 오는 순간부터 나는 살아날 테니까!

셀리나는 언제 올까? 이제 12시다. 매섭던 밤은 점차 거칠어

4 『오로라 리』중에서.

471

진다. 왜 거친 밤은 자정이 되면 더 거칠어지는 걸까? 밀뱅크, 셀리나의 감방에서는 밤의 가장 끔찍한 부분이 들리지 않으리라. 어쩌면 아무 준비 없이 밤으로 나섰다가 찢기고 다치고 실패할지도 모른다. 하지만 기다리는 것 말고는 셀리나를 위해 해줄 수 있는 게 아무것도 없다. 셀리나는 언제 올까? 날이 밝기 전이라고 했다. 언제 동이 틀까? 이제 여섯 시간 남았다.

아편을 복용하면 그게 셀리나를 내게로 인도해 줄지도 모른다.

목에 한 초커에 손가락을 대고 벨벳을 어루만져 보아야 한다. 셀리나는 그 초커가 자신을 내게 오게 할 거라고 말했다.

이제 1시다.

이제 2시다. 다시 한 시간이 지났다. 아직 같은 페이지인데 시간이 참 빨리도 흐른다! 나는 오늘 밤 1년을 살았다.

셀리나는 언제 올까? 3시 30분이다. 흔히 사람들이 죽는 시간이라고 하는 그 시간이다. 하지만 아빠는 이 시간이 아닌 훤한 대낮에 죽었다. 아빠가 죽은 뒤로는, 밤에 이렇게 결연한 태도로 말짱하게 깨어 있어 본 적이 없다. 오늘 밤 셀리나가 왔으면 좋겠다. 아빠가 죽지 않기를 바랐을 때도 지금처럼 그 마음이 간절하지는 않았다. 셀리나가 믿듯이 아빠는 정말로 나를 살피고 있을까? 아빠는 이 펜이 종이 위를 움직이는 걸 보고 있을까? 오, 아빠, 지금 아빠가 절 보고 계신다면, 셀리나가 어둠을 헤치고 절 찾아오는 걸 보신다면, 우리 두 영혼을 인도해 주세요! 아빠가 절 사랑하셨다면 제가 사랑하는 그이를 제게 데려다주심으로써 지금도 절 사랑해 주세요.

두려워하면 안 되는데 두려워지기 시작한다. 나는 셀리나가 오리라는 것을 안다. 셀리나는 뻗어 나가는 내 생각을 느낄 수 없고, 그래서 그 생각에 영향을 받지 않기 때문이다. 하지만 어떻게 온단 말인가? 나는 셀리나가 흐릿해져서, 죽음처럼 창백해져서 오는 상상을 한다. 상처를 입고, 또는 광기에 젖어 오는 상상을 한다! 셀리나의 옷을 꺼냈다. 여행용 드레스뿐 아니라 진주 회색 드레스, 그리고 셀리나의 눈 색깔을 한 치마, 벨벳 단이 달린 하얀 드레스 전부를 꺼냈다. 촛불의 미광을 받게 하려고 그 옷들을 방 주위에 펼쳐 놓았다. 이제 그녀는 마치 프리즘에 굴절된 것처럼 내 주위 사방에 있는 것 같다. 나는 셀리나의 머리 타래를 들고 빗질을 한 뒤 땋았다. 그리고 내 옆에 두고 가끔 키스를 한다.

셀리나는 언제 올까? 이제 5시지만 밖은 여전히 밤에 속해 있다. 하지만, 오! 그녀를 기다리는 내 걱정이 나를 병들게 한다! 창으로 가서 창문을 열었다. 바람이 불어 들어오며 벽난로 불길을 갑자기 확 키웠고, 내 머리털을 흩날렸고, 살을 엘 듯한 우박을 내 뺨에 뿌려 댔다. 하지만 그럼에도 나는 밤 속으로 몸을 기울여 그녀를 찾았다. 셀리나의 이름을 부른 듯하다. 나는 그렇게 했다. 그리고 바람은 그 이름을 메아리치게 하는 듯했다. 몸을 떤 듯하다. 내 떨림에 집 전체가 떨린 것만 같았고, 그래서 심지어 비거스마저 나를 느낀 듯했다. 비거스의 간이 침대 밑 마루 널이 삐걱거리는 소리가 들린다. 비거스가 꿈을 꾸며 몸을 뒤척이는 소리가 들린다. 내 목의 초커가 더 조여 오는 느낌이 들고, 그에 따라 비거스가 돌아눕는 것 같다. 비거스는 내가 〈언제 올 건가요? 언제 올 건가요?〉 하고 외치는 소리를 듣고 자다가 깜짝 놀랐을지도 모른다. 결국 나는 다시 외친다. 〈셀리나!〉 그리고 그 외침은 메아리가 되어 우박과 함께 다시 나를 후려친다.

하지만 나는 내가 셀리나의 목소리를 들었다고 생각한다. 그건 셀리나가 부르는 내 이름이었다. 나는 가만히 서서 다시 그 소리에 귀를 기울인다. 그리고 비거스도 조용해진다. 비거스가 꾸던 꿈이 스러졌다. 이제 바람마저 약간 약해진 듯하며 우박도 덜 내리는 듯하다. 그리고 강물은 어둡고 잔잔하다.

하지만 아무 목소리도 들리지 않는다. 하지만 셀리나가 아주 가까이에 느껴지는 것 같다. 그리고 그녀가 온다면 분명 곧 오리라.

곧 오리라. 아주 곧 오리라. 어둠이 얼마 남지 않았으니.

이제 거의 7시고 밤은 지났다. 거리에서는 수레들이 지나는 소리, 개 짖는 소리, 수탉 울음이 들린다. 셀리나의 드레스들이 내 주위 사방에 펼쳐져 있고, 드레스들의 빛이 꽤 바랬다. 이제 곧 일어나 드레스들을 접어 원래의 종이 포장지로 싸리라. 바람은 잦아들었고, 우박은 싸라기눈으로 바뀌었다. 템스강에서는 안개가 피어오른다. 이제 비거스가 하루를 시작할 난롯불들을 지피려고 침대에서 일어난다. 정말로 이상하다! 밀뱅크의 종소리를 듣지 못했다.

셀리나는 오지 않았다.

5부

1875년 1월 21일

2년 전, 삶을 끝낼 생각으로 모르핀을 먹은 적이 있었다. 삶이 끝나기 전에 어머니가 나를 발견했고, 의사가 세척기로 내 위에서 독약을 뽑아냈고, 나는 내가 흐느끼는 소리를 들으며 깨어났다. 아빠가 있는 하늘나라에서 눈을 뜨고 싶었기 때문이다. 하지만 사람들은 나를 지옥으로 다시 끌어내렸을 뿐이다. 한 달 전 셀리나가 말했다. 「당신은 자기 생명을 소중히 여기지 않았군요. 하지만 이제 당신 생명은 제 것이에요.」 그리고 그때 무엇 때문에 내가 목숨을 건졌는지 알게 되었다. 나는 그날 셀리나가 내 목숨을 가져갔다고 생각했다. 내 목숨이 셀리나에게 껑충 뛰어가는 것을 느꼈다! 하지만 셀리나는 이미 내 목숨의 실들을 잡아당기기 시작한 것이다. 이제는 셀리나가 밀뱅크의 밤 그늘에 숨어 가느다란 그녀의 손가락 주위로 그 실을 감는 게 보인다. 셀리나가 조심스레 실을 푸는 걸 느낀다. 결국 그것은 한 사람의 목숨을 빼앗아 가는 느리고 정교한 작업이었을 뿐이다! 그리고 한순간에 일어나는 일이 아니었던 것뿐이다.

때가 되면 그 손은 멈추리라. 셀리나가 그렇게 하는 동안 나는 기다릴 수 있다.

셀리나를 만나러 밀뱅크에 갔다. 달리 무엇을 할 수 있었겠는가? 그녀는 어둠 속에서 내게 오겠노라고 말했다. 그리고 오지 않았다. 그러니 셀리나에게 가는 것 말고 이제 내가 달리 무엇을 할 수 있겠는가? 나는 여전히 드레스를 입고 있었다. 벗지 않았기 때문이다. 종을 울려 비거스를 부르지 않았다. 비거스가 나를 보는 눈길을 견딜 자신이 없었다. 아마도 나는 낮이 너무나 밝고 크다는 걸 깨닫게 될까봐 문 앞에서 주저주저 한 듯하다. 하지만 마차를 불러 세우고, 마부에게 목적지를 말할 만큼 정신이 있었다. 나는 스스로 침착해졌다고 생각한다. 밤새 깨어 있던 탓에 잠시 멍했을 뿐이라고 생각한다.

심지어 마차를 타고 가는 동안 속삭이는 목소리가 들린 듯하다. 내 귀 아주 가까이서 속삭이는 두꺼비의 목소리였다. 그것이 말했다. 〈그래, 이게 옳은 거야! 이게 나아! 설사 4년일지라도 이게 정당한 거야. 정말로 다른 방법이 있을 거라고 생각한 거야? 정말로 그럴 거라고 생각한 거야? 정말?〉

그 목소리는 귀에 익었다. 아마 처음부터 있었지만 내가 귀를 닫고 듣지 않은 것일지도 모른다. 이제 나는 꼼짝도 않고 앉아 그것이 말하는 혀짤배기 소리를 들었다. 뭐가 문제였을까, 무엇을 내게 말하려는 거였나? 내가 생각하는 것은 셀리나였다. 창백하고, 상처입고, 좌절한 셀리나의 모습이 떠올랐다. 어쩌면 아파하고 있을 수도 있다는 생각이 들었다.

셀리나에게 가는 것 말고 달리 내가 무엇을 할 수 있단 말인가? 물론 셀리나는 내가 오리라는 것을 알고 기다리고 있었다.

지난밤은 사나웠다. 아침은 아주 고요했다. 마부가 밀뱅크의 정문에 나를 내려준 건 이른 시간이었다. 감옥탑들의 꼭대기가 안개에 가렸고, 눈이 휩쓸고 지나간 벽에는 흰 줄이 나 있었고, 수위실에서는 다 탄 석탄을 벽난로에서 긁어 내고 나무를 넣고 있었다. 문을 두드리는 소리에 나온 수위의 표정이 하도 이상한 탓에, 처음에는 내가 무척이나 아파 보이는 모양이라고 생각했다. 수위가 말했다. 「어라, 아가씨, 이렇게 이른 시일 안에 이곳에 다시 오시리라고는 생각을 못했습니다요!」 하지만 수위는 이윽고 뭔가 생각에 잠긴 듯했다. 수위는 〈여교도관들이 불러서 오신 거지요?〉 하고 물었다. 그리고 고개를 설레설레 저었다. 「이 일로 우리를 들들 볶을 게 분명합니다, 프라이어 양. 그건 확신하셔도 됩니다.」

나는 아무 대답도 하지 않았다. 수위가 무슨 말을 하는지 이해하지 못했거니와 다른 곳에 너무 주의가 팔렸기 때문이다. 감옥을 통과하는 동안, 뭔가 바뀌었단 느낌이 들었다. 하지만 이미 그럴 거라 예상했다. 감옥을 바꾼 건 다른 아닌 바로 나, 그리고 남교도관들을 초조하게 만든 나의 초조함이라고 생각했다. 한 명이 내게 〈서류가 있으신가요?〉라고 물었다. 그는 실리토 씨가 발행한 서류가 없으면 자기가 담당하는 문을 통과시켜 줄 수 없다고 했다. 지금까지 이곳을 방문하는 동안 내게 그런 말을 한 남교도관은 한 명도 없었다. 그리고 그를 물끄러미 바라보는 동안 뭔가 뭉툭한 공포가 스멀스멀 피어올랐다. 나는 생각했다. 그러니까 이미 나를 셀리나에게서 떼어 놓으려고 결정을 내린 거로구나…….

이윽고 다른 남자가 뛰어오며 말했다. 「저분은 이곳을 방문하시는 숙녀야, 이 멍청아. 통과시켜 드려!」 그들은 모자에 손을 대 내게 인사를 했고 문을 열어 주었다. 문이 닫히며 그들이 수군거리는 소리가 내 귀에 들렸다.

여자 감옥에 도착해 보니 모든 것이 그대로였다. 크레이븐 양이 나를 맞이했고, 수위와 마찬가지로 이상한 눈으로 나를 살폈다. 이윽고 수위가 그러했듯이 나에게 말했다. 「부름을 받고 오신 거로군요! 어떻게 생각하시나요? 감히 말하건대, 아가씨도 설마 이렇게 빠른 시일 안에 이곳에 다시 오리라고는 생각하지 못했을 겁니다. 그것도 오늘 같은 날에요!」

나는 그녀에게 아무 말도 할 수 없었고, 그냥 고개만 저었다. 그녀는 나와 함께 수용 구역을 따라 빠르게 걸었다. 수용 구역들 역시 아주 고요했으며 그 안에 있는 여자들도 이상했다. 그리고 나는 점차 두려워졌다. 죄수들이 갇힌 수용 구역은 두렵지 않았다. 그건 내게 아무 상관 없었다. 여전히 철창과 벽돌에 갇힌 셀리나를 보며 들 감정이 두려웠다.

우리는 걸었고, 나는 휘청거리지 않으려고 벽을 짚었다. 나는 하루 반 동안 아무 것도 먹지 않았다. 잠도 자지 않았으며, 계속 미친 듯이 흥분해 있었고, 얼어붙을 듯이 추운 밤으로 몸을 숙인 채 흐느꼈고, 이윽고는 꺼져 가는 벽난로 불 앞에 꼼짝도 않고 앉아 있었다. 크레이븐 양이 내게 다시 말했을 때 나는 무슨 말인지 알아들으려고 그녀를 응시해야만 했다.

그녀가 말했다. 「아마도 그 감방을 보려고 오신 거겠죠?」

「감방요?」 크레이븐 양이 고개를 끄덕였다. 「감방요.」 그제야 나는 그녀의 얼굴이 다소 상기된 것을 깨달았다. 그리고 목소리 역시 살짝 흥분해 있었다.

내가 말했다. 「전 셀리나 도스를 보러 온 거예요.」 그 말에 크레이븐 양은 너무나도 크게 놀랐으며, 손으로 내 팔을 꽉 움켜쥐었다.

크레이븐 양이 말했다. 「이런! 모르셨어요?」

도스가 사라졌어요.

「탈출했어요! 자기 감방에서 감쪽같이 사라졌어요! 뭐 하나 흐트러진 것도 없이, 감옥 전체를 통틀어 그 어떤 자물쇠도 부서지거나 열리지 않았는데 말이죠! 수위들은 도저히 이 사실을 믿을 수가 없대요. 죄수들은 악마가 와서 도스를 잡아갔다고들 말하고요.」

「탈출했다고요?」 내가 말했다. 이윽고 내가 외쳤다. 「아니에요! 그럴 리가 없어요!」

「오늘 아침에 핵스비 양도 그렇게 말했죠. 우리 모두 그렇게 말했답니다!」

크레이븐 양은 그런 말을 계속 했고, 나는 그녀에게서 고개를 돌리고 공포로 부들부들 몸을 떨었다. 그리고 생각했다. 맙소사, 결국 셀리나는 내게, 체이니 워크로 왔던 거야! 그런데 난 지금 그곳에 없어. 셀리나는 길을 잃고 말 거야! 집에 가야 해! 집에 가야 해!

이윽고 크레이븐 양이 하는 말이 다시 들렸다. 「오늘 아침에 핵스비 양도 그렇게 말했죠…….」

나는 크레이븐 양에게 손을 가져갔다. 내가 물었다. 「도스가 사라진 걸 발견한 게 언제인가요?」

그녀가 말했다. 「6시였어요. 교도관들이 죄수들을 깨우러 갔던 때요.」

「6시라고요? 그러면 도스는 언제 사라진 건가요?」

알 수 없다고 했다. 자정 무렵, 셀리나가 감방에서 뒤척이는 소리를 캐드먼 양이 들었지만, 확인하러 가보니 도스는 자고 있었다고 했다. 그리고 6시에 젤프 부인이 문들을 연 뒤 해먹이 빈 것을 발견했다. 그들이 아는 건 셀리나가 탈출한 시간이 자정이 지난 어느 때라는 것뿐이란다.

자정이 지난 어느 때. 하지만 나는 그 시간 내내, 매분 매초를 헤아리며 셀리나의 머리 타래에 키스를 하고, 그녀가 준 초커를 어루만지고, 그녀가 가까이 있는 것을 느끼고 있었다. 그리고 어느 순간, 그녀를 잃었다.

〈영혼들은 셀리나를 내게가 아니라 어디로 데려간 것이란 말인가?〉

나는 여교도관을 바라보았다. 내가 말했다. 「어찌해야 할지를 모르겠어요. 어찌해야 할지를 모르겠어요, 크레이븐 양. 어찌해야 할까요?」

크레이븐 양은 눈만 끔벅였다. 그녀는 뭐라고 해야 할지 모르겠다며 말했다. 「도스의 감방으로 데려다 드릴까요? 아마도 핵스비 양이 실리토 씨와 함께 거기에 있을 거예요……」 나는 아무 말도 하지 않았다. 그녀가 다시 내 팔을 잡았다. 「이런, 떨고 계시잖아요!」 그리고 그녀는 나를 데리고 탑의 계단을 올라갔다. 하지만 3층 수용 구역 입구에서 나는 움찔하며 그녀를 멈춰세웠다. 우리가 지난 다른 감방들과 마찬가지로, 그곳에 줄지어선 감방들 역시 이상한 기운을 풍겼고 아주 조용했다. 죄수들은 감방 창살문에 얼굴을 대고 있었다. 하지만 뭔가 안절부절못하거나 중얼거리는 게 아니라, 조용히, 경계하는 자세로 서 있었고, 그들에게 일로 돌아가라고 명령하는 이도 없었다. 내가 크레이븐 양과 나타나자 모두 내 쪽을 보았다. 그리고 한 명 — 메리 앤 쿡이었던 듯하다 — 이 아는 척을 했다. 하지만 나는 그들 누구에게도 눈길을 주지 않았다. 그저 크레이븐 양을 따라 수용 구역 모퉁이, 셀리나의 감방이 있는 아치를 향해 천천히, 비틀거리며 걸음을 옮겼다.

셀리나가 있던 감방 문들은 활짝 열렸고, 핵스비 양과 실리토 씨는 문가에 서서 감방 안을 물끄러미 바라보았다. 그들의 얼굴은 너무나 침통하고 창백했기에 한순간 크레이븐 양이 뭔가 소식을 잘못 알아들은 모양이라고 생각했다. 나는 셀리나가 이곳에 있는 게 분명하다고 생각했다. 그녀가 탈출에 실패해 낙담한 나머지 해먹 줄로 목을 맸으며, 내가 너무 늦게 왔다고 확신했다.

이윽고 핵스비 양이 고개를 돌려 나를 보았고, 마치 분노한 듯이 숨을 헐떡였다. 하지만 내가 말을 했고, 그때 내 비참한 표정과 목소리에 핵스비 양이 망설였다. 내가 말했다. 「크레이븐 양이 한 말이 사실인가요?」 핵스비 양은 자기 뒤의 광경을 내가 볼 수 있도록 한쪽으로 약간 비켜설 뿐, 아무 대답도 하지 않았다. 셀리나의 감방은 완전히 비었으며, 해먹은 매달려 있었고, 그 위에 이불이 깔끔하게 덮였고, 바닥은 깨끗이 쓸려 있었으며, 머그와 나무 접시 역시 선반에 단정히 놓여 있었다.

나는 비명을 지른 듯하다. 그리고 실리토 씨가 다가와 나를 붙잡았다. 실리토 씨가 말했다. 「여기에 오시면 안 됩니다. 충격을 받았군요. 우리 모두 충격을 받았습니다.」 그는 핵스비 양을 힐긋 보았고, 마치 내 놀람과 실망에서 뭔가 커다랗고 중요한 확신을 얻었다는 듯이 나를 토닥였다. 내가 말했다. 「셀리나 도스! 셀리나 도스는 어찌 된 건가요!」 실리토 씨가 대답했다. 「여기서 배울 점이 있습니다, 프라이어 양! 당신은 도스를 위한 원대한 계획을 가지고 있었지만, 그 여자가 당신을 어떻게 이용해 먹었는지 보십시오. 우리에게 경고를 한 핵스비 양이 옳았습니다. 하지만 보십시오! 그 여자가 이토록 교활하리라고 그 누가 생각이나 했겠습니까? 밀뱅크에서 탈옥을 하다뇨. 마치 이곳 자물쇠가 버터로 만들어졌다는 듯이 말입니다!」

나는 이중문과 철창을 바라보았다. 내가 말했다. 「그리고 아침이 될 때까지 도스가 움직이는 걸 보았다거나 소리를 들었다거나 아니면 사라진 걸 알아차린 사람은 아무도 없었나요?」

내 말에 실리토 씨는 다시 핵스비 양을 응시했다. 핵스비 양이 아주 낮은 목소리로 말했다. 「누군가는 봤을 겁니다. 그건 확실합니다. 누군가는 도스가 이곳에서 나가는 것을 분명히 봤을 겁니다. 그리고 그자가 도스의 탈출을 도운 게 분명합니다.」 핵스비 양은 감옥 비품실에서 망토와 실내화가 사라졌다고 말했다. 그들은 도스가 여교도관처럼 차려입고 이곳을 도망친 듯하다고 했다.

나는 셀리나가 화살처럼 팽팽하게 당겨진 것을 보았다. 나는 셀리나가 벌거벗은 채, 온몸에 멍이 든 모습으로 떨면서 올 거라고 생각했다. 내가 말했다. 「여교도관처럼 차려입었다고요?」 그리고 핵스비 양의 표정은 더욱 신랄해졌다. 「달리 생각할 수가 없잖아요? 이곳 죄수들이 생각하는 것처럼 악마가 그 여자를 데려갔다고 여기지 않는다면 말이죠!」

그리고 핵스비 양은 내게서 시선을 돌려 실리토 씨와 낮은 목소리로 이야기를 나눴다. 나는 여전히 텅 빈 감방을 응시했다. 나는 이미 머리가 멍한 게 아니라 정말로 아파지고 있었다. 그리고 결국은 아프다 못해 토할 것 같다는 생각이 들었다. 내가 말했다. 「집에 가야겠어요, 실리토 씨. 이곳에 있으니 뭐라 말할 수 없을 정도로 혼란스럽네요.」

실리토 씨는 내 손을 잡고 크레이븐 양에게 나를 바래다주라고 손짓을 했다. 나를 크레이븐 양에게 넘기며 실리토 씨가 말했다. 「도스가 당신에게 아무런 말도 하지 않았나요, 프라이어 양? 자기가 무슨 짓을 저지를지에 대해 넌지시 말한 게 전혀 없었나요?」

나는 실리토 씨를 물끄러미 바라보았고, 고개를 저었다. 그리고 그 때문에 더욱 속이 울렁거렸다. 핵스비 양이 나를 유심히 관찰했다. 실리토 씨가 계속 말했다. 「좀 진정이 되고 나면 다시 이야기를 나누도록 하지요. 도스는 발견될 겁니다. 그러리라고 기대합니다! 하지만 도스가 발견되든 안 되든 간에, 물론 발견되겠지만요, 조사가 있을 겁니다. 몇 회에 걸쳐서요. 조사 위원회에서 도스의 행동에 대해 물으려고 프라이어 양을 호출할 겁니다……」 실리토 씨는 내게 그 과정을 견딜 수 있겠느냐고 물었고, 도스의 태도에서 뭔가를 느낀 게 없는지, 도스를 돕거나 숨겨 줄 만한 인물에 대해 사소한 실마리라도 들은 바가 없는지 다시 한번 잘 생각해 보라고 했다.

나는 그러겠노라고 반복해 말했지만 머릿속은 여전히 혼란스러운 상태여서 아무 생각도 할 수가 없었다. 내가 겁을 먹었다면 순전히 셀리나의 안전이 걱정되어서였다. 나 자신에 대해서는 걱정이 되지 않았다. 적어도 지금 당장은.

나는 크레이븐 양의 팔을 잡고 걷기 시작했고, 길게 늘어선 감방들에서는 여자들이 나를 주시했다. 셀리나의 옆 감방에 있는 애그니스 내시가 나와 시선을 맞추더니 천천히 고개를 끄덕였다. 나는 그녀에게서 시선을 돌렸다. 내가 말했다. 「젤프 부인은 어디에 있나요?」 크레이븐 양은 말하길, 젤프 부인은 충격에 놀란 탓에 몸이 안 좋아졌고, 감옥 의사가 진찰하더니 집으로 돌려보냈다고 했다. 하지만 그녀의 설명을 귀담아 듣기에는 나 자신이 너무 몸이 안 좋았다.

하지만 이제 또 다른 고문이 나를 기다리고 있었다. 계단에서, 아래층 수용 구역들과 연결되는 부분에서, 전에 내가 셀리나의 감방으로 달려가 내 생명을 그녀에게 날려 보낼 수 있도록 하려고 프리티 부인이 지나가길 기다린 바로 그곳에서, 리들리 양을 만났다. 리들리 양은 나를 보더니 흠칫 놀랐고 이어서 싱긋 웃었다.

그녀가 말했다. 「와! 오늘 이곳에서 아가씨를 보다니 참 대단한 우연이로군요, 프라이어 양! 도스가 아가씨에게 갔고, 그래서 그 여자를 이곳에 되돌려 주려고 온 건 아니겠죠?」 리들리 양은 팔짱을 끼고서 계단에 더욱 당당해진 자세로 서 있었다. 그녀의 열쇠들은 고리에서 흔들리며 쩔그렁거렸고, 가죽 부츠가 삐걱 소리를 냈다. 내 옆에서 크레이븐 양이 망설이는 게 느껴졌다.

내가 말했다. 「지나가게 해주세요, 리들리 양.」 나는 여전히 내가 아프거나 울거나 아니면 발작을 일으키며 쓰러질지도 모른다고 생각했다. 집에 가면, 내 방에 가면, 길을 잃은 셀리나가 내게 올 수 있으리라고, 그러면 나는 다시 건강해질 거라고 생각했다. 여전히 그렇게 생각했다!

리들리 양은 초조해하는 나를 보더니 오른쪽으로 약간 움직였다. 하지만 아주 약간만 움직였기에 나는 그녀와 석회를 바른 벽 사이로 걸음을 내디뎌야 했고, 내 치마가 그녀의 치마에 스치는 게 느껴졌다. 그녀를 지나치는 동안, 우리 둘의 얼굴이 가까워졌고, 그녀는 눈을 가늘게 떴다.

그녀가 조용히 말했다. 「그래서, 도스와 같이 있나요, 아닌가요? 같이 있다면 우리에게 넘기는 게 프라이어 양의 의무라는 걸 아셔야 합니다.」

그때 나는 그녀에게서 고개를 돌리고 있었다. 하지만 리들리 양의 모습, 그리고 빗장이 닫힐 때 내는 듯한 날카로운 목소리 때문에 다시 그녀에게 고개를 돌렸다. 내가 말했다. 「넘기라고요? 넘기라고요? 당신에게? 이곳으로? 하느님께 기도드리니, 정말로 제가 도스를 데리고 있었으면 좋겠군요. 당신들에게서 떼어 놓게 말이에요! 넘기라고요? 차라리 어린양을 도살자의 칼날 아래로 넘기겠어요!」

리들리 양은 여전히 아무런 표정도 짓지 않았다. 그녀가 즉시 말했다. 「어린양은 잡아먹혀야 하고, 사악한 여자는 교정을 받아야 합니다.」

나는 고개를 절레절레 흔들었다. 나는 「당신 참 악독하군요! 당신이 관리하는 감방의 여자들이 불쌍해요. 그리고 당신을 역할 모델로 삼는 다른 여교도관들도요!」라고 말했다. 「사악한 건 바로 당신이에요. 바로 당신과 바로 이곳이라고요…….」

내가 말하는 동안 마침내 그녀의 표정이 변하더니 옅은색 눈동자 위, 속눈썹 없는 두꺼운 눈꺼풀이 파르르 떨렸다. 「사악하다고요, 제가?」 내가 침을 삼키고 숨을 쉬는 동안 그녀가 말했다. 「제가 문을 잠그는 감방에 있는 여자들이 불쌍하다고요? 이제 도스가 도망쳤으니 그런 말을 해도 되겠지요. 아가씨는 우리

자물쇠가 그렇게 단단하다고 생각하지 않았습니다. 또한 우리 여교도관들이 잔혹하다고 생각하지도 않았고요. 아가씨가 관찰할 수 있도록 우리가 도스를 적절히 보살폈을 때는요!」

그녀가 나를 꼬집거나 때렸는지도 모르겠다. 나는 움찔하며 그녀에게서 멀어져 벽을 짚었다. 가까이에 있던 크레이븐 양은 얼굴이 굳었다. 그녀 뒤로 프리티 양이 모퉁이를 돌아오다가 우리를 보고는 무슨 일인가 살피려고 걸음을 멈추었다. 리들리 양이 손을 들어 하얀 입술을 문지르며 내게 다가왔다. 그녀는 내가 핵스비 양과 교도소장에게 무슨 말을 했는지 알지 못한다고 했다. 어쩌면 그들은 내가 숙녀이기 때문에 나를 믿어야 한다고 생각했을 거라고 했다. 하지만 그녀는 그런 이유로 날 믿어야 할지 잘 모르겠노라고 했다. 다만 한 가지는 확실하다고 했다. 내가 핵스비 양이나 교도소장은 속일 수 있다 할지라도 간수들은 속일 수 없다고 했다. 내가 도스에게 관심을 보인 뒤에 그녀가 도망친 방식은 정말로 이상하다고 말했다. 아주, 아주 이상하다고! 그리고 내가 도스의 탈출에 아주 자그마한 도움이라도 주었다는 사실이 밝혀진다면……. 리들리 양은 자신을 지켜보는 수위들에게 시선을 돌렸다. 「이곳에는 숙녀들을 가둘 곳도 있습니다. 그렇죠, 프리티 부인? 암요! 우리는 숙녀들이 이곳 밀뱅크에서 아주 따뜻하게 지낼 수 있게 하는 방법들을 안답니다!」

리들리 양은 그렇게 말했고, 그녀가 내뿜는 뜨거운 숨이, 뜨겁고 진하고 양고기 냄새가 나는 숨이 내 뺨에 닿았다. 복도를 따라 프리티 부인이 깔깔거리는 소리가 들렸다.

나는 도망치듯 그들에게서 벗어났다. 나선형 계단을 내려가 맨 아래층 수용 구역을 가로지르고, 오각형 건물들을 가로질러 그들에게서 도망쳤다. 잠시라도 더 머물렀다가는 그들이 나를 영원히 이곳에 붙잡아 둘 방법을 찾아낼 것만 같았기 때문이다. 그들이 내게 셀리나의 옷을 입히고 이곳에 가둬 둘 것만 같았다. 그리고 내가 자신이 있던 곳에 갇혔다는 사실을 모르는 셀리나는 그 내내 길을 잃고 나를 찾아 헤매일 것이었다.

나는 도망쳤다. 하지만 여전히 리들리 양의 목소리가 들리는 듯했고, 사냥개의 숨처럼 뜨거운 그녀의 숨이 여전히 느껴지는 듯했다. 나는 도망쳤다. 그리고 정문에서 멈추어 벽에 몸을 기댔을 때, 장갑 긴 손으로 입에서 넘어오는 신물을 닦아 내야만 했다.

이윽고 수위와 그의 동료들이 나를 위해 마차를 잡아 주려 했으나 실패했다. 길에는 더 많은 눈이 쌓였고, 마부들이 마차를 몰 수가 없었기 때문이다. 수위들은 청소부가 길을 치울 때까지 기다려야만 한다고 했다. 하지만 내 귀에는 셀리나가 계속 길을 잃고 헤매도록 나를 이곳에 붙잡아 두려는 핑계로만 들렸다. 나는 생각했다. 아마 핵스비 양이나 리들리 양이 이곳에 메시지를 보냈을 거야. 그리고 그게 나보다 먼저 이곳에 도착한 게 분명해. 그래서 나는 이곳에 있을 수 없으니 내보내 달라고 울부짖었다. 그런 내 반응에, 좀 전의 리들리 양과 달리 수위들은 겁을 먹은 듯했다. 내가 원하는 대로 해줬기 때문이다. 그래서 나는 달렸고, 그들은 수위실에서 나를 지켜보았다. 나는 강둑으로 달려갔고, 그다음에는 <u>으스스</u>한 길에 바짝 붙은 둑을 따라 걸었다. 내 걸음보다 더 빠르게 흐르는 강물을 지켜보았다. 그리고 〈배가 있으면 더 빨리 이곳을 빠져나갈 수 있을 텐데⋯⋯〉 하고 생각했다.

비록 빠르게 걷긴 했지만 가는 길은 시간이 오래 걸렸다. 치마에 눈이 달라붙는 바람에 비틀거렸으며, 곧 피곤해졌다. 피밀코

부두에서 걸음을 멈추고 뒤를 돌아보았다. 그리고 두 손을 옆구리에 대보았다. 바늘로 찌르는 듯이 아팠다. 이윽고 알버트 다리까지 다시 걸어갔다.

뒤돌아보지 않고 걸었다. 그리고 체이니 워크의 집들을 보았다. 내 방 창문을 보았다. 나뭇잎이 떨어진 탓에 창문은 아주 잘 보였다.

셀리나가 보이길 기대하며 창문을 보았다. 하지만 하얀 십자가 모양 창틀만 보일 뿐이었다. 창문 아래에는 희끄무레한 집 정면이 있었고, 그 아래로 보이는 계단과 덤불들에는 눈이 하얗게 쌓였다.

그리고 계단 위에는 마치 올라가야 할지 아니면 내려와야 할지 망설이는 듯한 어두운 형체 하나가 있었다……

여자였다. 여교도관의 망투를 두른 여자였다.

그 모습을 본 나는 다시 달렸다. 길에 난, 얼어붙은 바퀴 자국에 발이 걸려 비틀거리면서도 달렸다. 달렸다. 공기가 너무나도 차갑고 날카로웠기에 마치 폐 속으로 얼음을 집어넣는 것만 같았고, 숨이 막혔다. 나는 집의 난간까지 달려갔다. 그리고 어두운 색 망토를 걸친 여자는 가만히 있었다. 그녀는 마침내 계단을 다 올라가 막 문에 손을 대려던 참이었다. 이제 내가 오는 소리를 들은 여자는 고개를 돌렸다. 그녀는 두건을 높이 썼으며 얼굴 주변으로 여몄다. 다가갔을 때 그녀가 움찔하는 게 보였다. 내가 〈셀리나!〉 하고 외치자 그녀는 다시 움찔했다. 이윽고 두건이 젖혀졌다. 그녀가 말했다. 「오, 프라이어 양!」

그 여자는 셀리나가 아니었다. 전혀 아니었다. 그녀는 밀뱅크의 젤프 부인이었다. 젤프 부인이었다. 그걸 깨닫자 처음에는 충격과 실망이 내 몸을 휩쓸었지만 곧 밀뱅크에서 나를 데려가려고 보냈을 거라는 생각이 들었다. 그리고 부인이 다가왔을 때 나는 그녀를 밀어내고 몸을 돌려 비틀거리며 다시 달렸다. 하지만 치마가 이제는 천근처럼 무거웠다. 얼음 같은 공기 무게 때문에 내 허파 역시 무겁게 느껴졌다. 그리고 어쨌거나, 도망친다 한들 어디로 간단 말인가? 그래서 젤프 부인이 조용히 다가와 내게 손을 올렸을 때 나는 돌아서 그녀를 움켜잡았다. 부인은 나를 잡고 있었고, 나는 흐느꼈다. 그녀 팔에 안겨 몸을 떨며 서 있었다. 그리고 내게 그녀는 그 누구라도 될 수 있었다. 간호사 역할을 할 수도, 어머니 역할을 할 수도 있었다.

마침내 내가 말했다. 「도스 때문에 오신 거군요.」 젤프 부인은 고개를 끄덕였다. 이윽고 나는 부인의 얼굴을 보았다. 마치 거울을 보는 것만 같았다. 주변에 쌓인 눈에 대비된 뺨은 노랬으며, 울었거나 아니면 뭔가를 계속해 주시한 것처럼 눈가는 진홍색으로 물들어 있었다. 그 모습을 본 나는 비록 셀리나가 젤프 부인에게는 아무 존재가 아니었음에도 부인은 자신만의 이상하고 끔찍한 방식으로 그녀가 사라진 걸 마음 아파하며, 내 도움이나 위로를 얻으려고 이곳에 온 것을 알았다.

그 순간 젤프 부인은 셀리나에게 가장 가까운 존재였다. 나는 집의 텅 빈 창을 다시 응시했고, 이윽고 내 팔을 부인에게 내밀었다. 부인은 내가 문으로 가도록 도왔고, 나는 그녀가 자물쇠를 열도록 열쇠를 건넸다. 열쇠를 제대로 집을 수 없었기 때문이다. 우리는 도둑처럼 조용히 움직였고, 비거스는 나오지 않았다. 집 안은 내 기다림으로 인해 여전히 주문에 걸린 것 같았으며 아주 춥고 조용했다.

부인을 아빠 방으로 데려간 뒤 문을 닫았다. 그녀는 초조해 보였지만 곧 떨리는 손을 들어 망토를 끌렀다. 망토 안에는 감옥에서 입는 드레스가 보였다. 몹시 구겨져 있었다. 하지만 그녀는 여교도관들이 쓰는 보닛을 쓰지 않았으며 머리도 귓가까지 흘러내려 있었다. 슬쩍슬쩍 회색으로 세어 가는 갈색 머리털이었다. 나는 등을 켰지만 난롯불을 켜달라고 비거스를 부를 용기는 나지 않았다. 우리는 외투를 입고 장갑을 낀 채 가끔씩 덜덜 떨며 앉아 있었다.

젤프 부인이 말했다. 「이렇게 불쑥 찾아왔으니 절 어떻게 생각하실지 모르겠네요. 당신이 상냥하신 분이라는 걸 알지 못했다면…… 오!」 부인은 두 손으로 얼굴을 가리고 의자에서 울먹이며 몸을 들썩이기 시작했다. 「오, 프라이어 양!」 그녀가 외쳤다. 그녀의 입을 통해 나오는 단어들이 장갑에 막혀 무디게 들렸다. 「제가 무슨 짓을 했는지 상상도 못 하실 거예요! 상상도 못 하실 거예요, 상상도…….」

내가 그녀 어깨에 기대 흐느꼈듯이, 이제 그녀는 얼굴을 가리고 흐느꼈다. 마침내 너무나도 이상하게 느껴지는 그녀의 슬픔에 나는 두려워졌다. 내가 말했다. 「왜 그러세요? 왜요? 말해 보세요. 그게 뭐든 간에 말해 보세요.」

내 말에 약간 진정이 된 젤프 부인이 말했다. 「털어놓아야 한다고 생각해요. 그 일에 대해 말을 해야 한다고 생각해요. 하지만, 오! 그게 무슨 상관이며 이제 전 어떻게 되는 건가요?」 부인은 충혈된 눈을 들어 나를 보았다. 부인이 말했다. 「밀뱅크에 다녀오셨나요? 그리고 도스가 사라진 걸 아시나요? 어떻게 된 일인지 사람들이 말하던가요? 어떻게 된 건지 아세요?」

이제, 처음으로 나는 신중해졌다. 갑자기 생각했다. 어쩌면 부인이 알지도 몰라. 어쩌면 젤프 부인은 영혼에 대해, 기차표에 대해, 우리 계획에 대해 알고 돈을 요구하러, 협상을 하러, 괴롭히러 여기에 온 것일 수도 있었다. 내가 말했다. 「죄수들 말로는 악마가 그랬다더군요.」 그 말에 젤프 부인이 움찔했다. 「하지만 핵스비 양과 실리토 씨는 여교도관의 망토와 부츠가 없어졌다고 생각해요.」

나는 고개를 저었다. 젤프 부인은 손가락으로 입술을 누르더니 이로 잘근잘근 씹기 시작했다. 그녀의 검은 눈동자가 나를 바라보았다. 내가 말했다. 「내부의 누군가가 도스 양이 도망치는 걸 도왔다고 하더군요. 하지만 오, 젤프 부인, 누가 그런 일을 하겠어요? 도스에게 관심이 있는 사람은 아무도 없는걸요. 세상에 도스에게 관심이 있는 사람은 아무도 없어요! 도스에게 좋은 감정을 품은 건 저뿐이었어요. 오로지 저뿐이었어요, 부인⋯⋯.」

젤프 부인은 여전히 나를 응시하며 입술을 깨물었다. 이윽고 부인은 눈을 끔벅이더니 손가락 마디 사이로 속삭였다.

「아가씨뿐이었어요. 그리고 저랑요.」

이윽고 부인은 고개를 돌려 눈을 감췄다. 그리고 내가 〈맙소사!〉라고 하자 그녀가 외쳤다. 「이제 저를 악독하다고 생각하시는군요! 오! 도스가 약속했어요, 약속했어요⋯⋯.」

여섯 시간 전, 나는 창가로 몸을 내밀어 얼어붙을 듯이 추운 밤공기에 대고 도스를 소리쳐 불렀고, 그 이후 아침이 되어도 전혀 몸이 따뜻해지지 않는 듯했다. 이제는 대리석처럼 차가워졌다. 그러나 몸은 차갑고 뻣뻣했지만, 내 가슴속 심장은 너무나도 격렬하게 뛰게 마치 내 몸이 터져 나갈 것만 같다는 생각이 들었다. 내가 속삭였다. 「무엇을 약속했나요?」젤프 부인이 외쳤다. 「아가씨가 기뻐할 거라고요! 아가씨가 짐작을 하면서도 아무 말도 안 할 거라고요! 전 아가씨가 다 짐작하는 줄 알았어요. 아가씨가 감옥을 방문하시면, 어떤 때는 저를 보며 안다는 듯한 눈치였어요…….」

「도스를 데려간 건 영혼이었어요. 도스의 영혼 친구들이었어요…….」

하지만 돌연 그 단어들이 역겹게 느껴졌다. 목에 걸려 잘 나오지 않는 듯했다. 그리고 젤프 부인은 그 말을 듣자 신음을 토하며 말했다. 「오, 그게 영혼이었다면, 그게 영혼이었다면 좋았을 텐데! 하지만 그건 저였어요, 프라이어 양! 도스 양을 위해 망토와 교도관용 실내화를 훔쳐 감춰 둔 건 바로 저였어요! 도스 양과 함께 밀뱅크를 통과해 걸은 건 저였어요. 그리고 경비원에게는 저와 함께 있는 이가 고드프리 양이라고, 고드프리 양이 목이 부어 망토로 감싼 거라고 했어요!」

내가 말했다. 「도스와 함께 걸었다고요?」젤프 부인이 고개를 끄덕이며 말했다. 「9시에요. 도스 양이 아프거나 아니면 금방이라도 비명을 지를까 너무나 두려웠거든요.」

9시? 하지만 야간 당번이던 캐드먼 양은 자정 무렵에 무슨 소리가 나서 가보니 셀리나가 조용히 자고 있었다고 했다…….

젤프 부인이 고개를 수그렸다. 「캐드먼 양은 아무것도 못 봤어요. 우리가 빠져나갈 때까지 수용 구역에서 멀찌감치 있었고 이야기를 만들어 낸 거예요. 제가 캐드먼 양에게 돈을 주었어요, 프라이어 양. 그리고 죄를 짓게 만들었어요. 이제 캐드먼 양은 잡히면 감옥에 가게 되겠죠. 그건 모두 제 잘못이에요!」

젤프 부인은 신음을 토하며 다시 약간 흐느꼈고, 얼굴을 감싸고 다시 몸을 들썩이기 시작했다. 나는 그런 부인을 지켜보며 방금 들은 말이 무슨 뜻인지 이해하려 애썼다. 하지만 부인이 말한 단어들이 뭔가 뜨겁고 날카로운 물건이 되어 내게 다가왔다. 그 단어들을 온전히 다룰 수가 없었다. 단지 절박하고 부풀어 오르는 공포 속에서 이리저리 건드려 볼 뿐이었다. 영혼의 도움은 없었다. 여교도관의 도움이 있었을 뿐이다. 오로지 젤프 부인과 지저분한 뇌물과 도둑질이 있었을 뿐이다. 내 심장은 여전히 쿵쾅거렸다. 나는 여전히 대리석처럼 꼼짝 않고 앉아 부인만 물끄러미 바라보았다.

그리고 마침내 말했다. 「왜, 왜 그런 짓을 저질렀나요?」

부인은 솔직한 눈으로 나를 응시했다. 그녀가 말했다. 「하지만, 모르세요? 짐작이 안 가세요?」 그녀는 숨을 들이쉬고는 몸을 떨었다. 「도스 양은 제 아들을 데려왔어요, 프라이어 양! 도스 양은 하늘나라에 있는 제 아들이 보내는 메시지를 제게 전달해 줬어요! 도스가 메시지와 선물을 전달해 줬어요. 아가씨 아버지의 징표를 아가씨에게 가져다준 것처럼요!」

이제 나는 아무 말도 할 수 없었다. 이제 그녀의 눈에서는 눈물이 모두 사라졌고, 갈라졌던 목소리는 거의 유쾌하다고 할 수 있을 정도였다. 「밀뱅크에서는 제가 과부인 줄로만 알아요.」 그녀가 이야기를 시작했다. 그리고 나는 말을 하거나 꼼짝할 수 없었기에 — 오로지 내 심장만이 부인의 말 한 마디 한 마디에 따라 점점 더 거칠게 뛰었다 — 부인은 내 조용한 시선을 격려로 받아들여 다시 말했다. 그리고 모든 것을 털어놓았다.

「밀뱅크에서는 제가 과부인 줄로만 알아요. 그리고 제가 하녀로 일한 적이 있다고 아가씨께 말씀드렸을 거예요. 그건 둘 다 거짓말이에요. 저는 결혼을 했지만 남편이 죽지는 않았어요. 적어도 제가 아는 한 죽지 않았어요. 하지만 그 사람을 오랫동안 보지 못했죠. 저는 어려서 결혼했고, 얼마 후 후회를 했어요. 다른 사람을 알게 되었거든요. 신사였어요! 그리고 저를 더 사랑해 주는 듯했어요. 저와 남편 사이에는 딸이 둘 있었고, 저는 그 아이들을 사랑으로 키웠어요. 그러다가 다른 아이가 생겼어요. 이런 말을 하는 게 정말 부끄럽지만, 그 아이의 아버지는 바로 그 신사였어요…….」

젤프 부인은 말하길, 신사는 그녀를 떠났으며, 남편은 그녀를 때리고 내쫓았고 딸들은 남편이 돌보게 되었단다. 그리고 그녀는 아직 태어나지 않은 아들에 대해 아주 나쁜 생각을 하기도 했단다. 젤프 부인은 자기 아기를 죽인 죄로 밀뱅크에 온 가엾은 여자들에게 절대로 못되게 굴지 않았다. 하느님은 그녀가 그런 죄수들과 그리 다를 바 없다는 사실을 잘 알기 때문이다!

젤프 부인은 몸을 떨며 숨을 쉬었다. 나는 여전히 아무 말도 안 하고 그녀만을 응시했다.

그녀가 계속 말했다. 「아주 힘들었어요. 그리고 아주 비참했어요. 하지만 아기가 태어나자 저는 그 아이를 사랑했어요! 아이는 예정보다 일찍 태어났고, 아팠어요. 그래도 죽지는 않았어요. 그리고 저는 일을 했어요. 오로지 아이를 위해서였어요! 저는 어찌 되어도 상관없었어요. 그 아이를 위해 끔찍한 장소들에서 오랜 시간을 일했어요.」 그녀가 침을 삼켰다. 「그리고…….」 하지만 네 살이 되었을 때, 아이는 죽었다. 그녀는 자신의 생명이 끝났다고 생각했다. 「세상 어떤 것보다도 더 소중한 것이 사라졌을 때 어떤 기분인지는 아가씨도 잘 아실 거예요.」 그리고 그녀는 전보다 더 열악한 환경에서 조금 더 일을 했다. 당시에는 설사 지옥에서 일을 한다 할지라도 별로 거리끼지 않았을 거라고 했다…….

그때 아는 여자가 밀뱅크에 대해 이야기해 줬다. 그곳에서 일하고 싶어 하는 이가 없기 때문에 급료가 높다고 했다. 젤프 부인은 자신은 감옥에서 저녁 식사를 주고 벽난로와 의자가 있는 방을 제공하기만 해도 충분했다고 말했다. 처음에는 그곳에 있는 여자들이 모두 똑같아 보였단다. 「심지어, 심지어 그 여자까지도요, 아가씨! 이윽고 한 달 뒤, 어느 날 도스 양이 제 뺨을 만지더니 〈왜 그리 슬퍼하시나요? 당신을 지켜보는 이가 있고, 당신이 행복해하는 대신 흐느끼면 같이 우는 걸 모르세요?〉 그 말에 얼마나 두려웠는지! 저는 강신술에 대해서는 한 번도 들어 본 적이 없었어요. 그 여자의 능력이 어떤 건지 알지 못했어요…….」

이제 나는 몸을 떨기 시작했다. 젤프 부인은 고개를 살짝 기울이고 나를 바라보았다. 「우리처럼 아는 사람은 아무도 없어요, 그렇죠, 아가씨? 도스를 볼 때마다, 도스는 제 아이가 전하는 말을 해줬어요. 밤이 되면 그 아이가 자기에게 온다고 했어요. 이제 거의 여덟 살이 되었다고 했어요! 그 아이를 살짝이나마 보고 싶은 마음이 굴뚝같았어요! 도스 양은 제게 무척이나 상냥했어요! 전 그 여자를 무척이나 사랑했으며, 여러 가지를 도왔고, 심지어 하면 안 되는 일까지 했어요. 무슨 말인지 아실 거예요. 도스를 위해 그 모든 것을 했어요……. 그리고 아가씨가 왔을 때…… 전 질투심에 불탔어요! 아가씨가 도스 양과 함께 있는 모습을 참고 볼 수가 없었어요! 하지만 도스 양은 자신의 능력은

제 아들이 보내는 달콤한 메시지와 아가씨의 아버지가 아가씨에
게 보내는 메시지를 다 전달해 줄 만큼 강하다며 안심시켰어요.」

나는 대리석처럼 둔하게 말했다. 「당신에게 그렇게 말했어요?」

「도스 양은 아가씨가 자기에게 그토록 자주 오는 건 아버지 소
식을 듣기 위해서라고 했어요. 그리고 실제로 아가씨의 방문이
시작되고 난 뒤로 제 아이는 더욱 강해졌어요. 그 아이는 도스
양의 입을 통해 제게 키스를 보냈어요. 그 아이는 제게 이걸…….
오, 프라이어 양, 그때가 제 인생에서 가장 행복한 때였어요! 그
아이는 제게 이걸 보냈어요. 제가 늘 가지고 다닐 수 있게요.」 젤
프 부인은 드레스의 목 부분에 손을 넣었고, 나는 그녀가 금 사
슬 목걸이를 꺼내는 걸 보았다.

그리고 내 심장이 덜컹 내려앉았고, 내 대리석 팔다리는 마침
내 산산조각이 났고, 내 모든 기력, 삶, 사랑, 희망이 모두 내게
서 빠져나갔고, 내게는 아무것도 남지 않았다. 방금 전까지만 해
도 나는 젤프 부인의 말을 들으며 〈부인이 거짓말을 하는 거라
고, 미친 거라고, 지금 하는 말은 터무니없다고, 셀리나가 이곳
에 오면 이 모든 일에 대해 해명할 거라고〉 생각했다. 이제 젤프
부인은 로켓을 풀어 손에 쥐었다. 부인은 로켓을 소중히 열어 보
였고, 그녀의 눈썹에는 더 많은 눈물이 맺혔고, 표정은 다시 기
쁨으로 가득해졌다.

「보세요.」 헬렌의 창백한 곱슬머리를 내게 보이며 부인이 말했
다. 「천사가 하늘나라에 있는 아들의 머리에서 잘라 낸 거예요!」

나는 그것을 보고 흐느꼈다. 부인은 아마도 내가 죽은 자기 아
들 때문에 우는 거라고 생각한 듯하다. 부인이 말했다. 「제 아이
가 감방에 갇힌 도스 양에게 오는 것을 알았어요, 프라이어 양!

아이가 그 귀여운 손을 들어 도스 양에게 대고, 도스 양의 뺨에 내게 보낼 키스를 하는 모습을 생각해 보세요. 그 아이를 껴안고 싶어 견딜 수가 없었어요! 가슴이 아파 견딜 수가 없었어요!」 부인은 로켓을 닫고 원래대로 옷 안에 집어넣은 뒤 가볍게 두드렸다. 그리고 물론 그것은 내가 감옥을 방문하는 내내 그녀의 옷 안에서 흔들리고 있었다…….

그리고 마침내 셀리나는 방법이 있다고 했단다. 하지만 밀뱅크 감옥에서는 행할 수 없는 방법이라고 했다. 젤프 부인은 먼저 자기를 감옥에서 꺼내 주어야만 한다고, 그러면 젤프 부인이 사는 곳으로 아들을 데려오겠노라 맹세한다고 했단다.

하룻밤 동안 기다리며 지켜보기만 하면 된다고 했단다. 그러면 날이 밝기 전에 셀리나가 올 거라고 했다는 것이다.

「그 일이 아니었다면 절대로 도스 양을 돕지 않았을 거예요, 프라이어 양! 하지만 달리 어쩔 수 있었겠어요? 제가 제 아이가 돌아오도록 돕지 않는다면, 그게, 도스 양은 제 아이가 있는 곳에는 엄마 없는 귀여운 아이를 기꺼이 돌보고 싶어 하는 숙녀들이 많다고 했어요. 도스 양은 그렇게 말하고 흐느꼈어요. 도스 양은 마음이 너무나도 곱고 착해요. 밀뱅크에 있기에는 너무나 착한 사람이에요! 아가씨도 리들리 양에게 그렇게 말하셨죠? 오! 리들리 양! 저는 그 여자가 끔찍이도 무서웠어요! 그 여자가 제 상황을 알아채고는 제 아이가 보내는 키스를 가로챌 것만 같았어요. 제가 맡은 죄수들에게 친절하게 대한다고 트집을 잡아 다른 곳으로 보낼까 두려웠어요.」

내가 말했다. 「셀리나가 풀럼으로 이송될 때가 되자 밀뱅크에 계속 머물도록 막은 건 당신이었군요. 셀리나가 브루어 양을 때리고, 그래서 어두운 독방에 갇히게 된 건 다 당신 때문이었군요.」

젤프 부인은 다시 고개를 돌렸다. 그 모습은 겸손하면서도 괴기스러워 보였다. 그녀는 자신은 너무나 마음이 아팠으며, 셀리나를 잃게 된다는 생각뿐이었노라고 했다. 그래서 불쌍한 브루어 양이 다쳤을 때 마음이 아프면서도 또한 고맙고, 그 때문에 또한 뭐라 말할 수 없이 부끄러우면서도 또한 잘됐다는 생각이 들었노라고 했다…….

「하지만 이제.」 부인은 맑고 검고 순진한 눈을 들어 나를 바라보았다. 「하지만 이제 도스 양이 있던 감방에 다른 여자가 있는 걸 보아야 할 생각을 하니 너무나도 힘드네요.」

나는 젤프 부인을 물끄러미 바라보았다. 내가 말했다. 「왜 그런 말을 하나요? 셀리나가 당신과 함께 있는데 왜 그런 생각을 해요?」

「저와 함께 있다뇨?」 젤프 부인은 고개를 저으며 말했다. 「무슨 말씀이세요? 왜 도스 양이 저와 함께 있을 거라고 생각하나요? 도스 양은 제게 오지 않았어요! 코끝도 비추지 않았어요! 긴 밤을 새우며 앉아서 기다렸지만 도스 양은 오지 않았어요!」

하지만 둘은 함께 감옥을 떠났다! 젤프 부인은 고개를 저었다. 수위실에서 둘은 헤어졌으며, 셀리나는 혼자 걸었다고 했다. 「제 아들을 쉽사리 데려오려면 먼저 가져와야 할 물건들이 있다고 했어요. 저보고 가서 앉아서 기다리면 자기가 아들을 데리고 올 거라고 했어요. 그래서 저는 앉아서 밖을 보며 기다렸고, 마침내 도스 양이 다시 잡힌 게 분명하다고 생각했어요. 그 생각을 하고 난 뒤 밀뱅크에 다시 갇힌 도스 양을 보러 가는 거 말고 달리 무엇을 할 수 있었겠어요? 하지만 도스 양은 잡히지 않았고, 저는 여전히 도스 양에게서 아무 소식도, 아무 징표도 받지 못했어요. 그리고 너무나도 두려워요, 아가씨. 도스 양 때문에, 제 자신 때문에, 제 아이 때문에 두려워요! 두려워 죽을 것만 같아요!」

이제 나는 일어나 아빠의 책상 옆에 서서 그 위에 몸을 기울인 채, 부인에게서 고개를 돌리고 있었다. 생각해 보면, 부인이 내게 한 이야기는 이상했다. 부인 말에 따르면, 셀리나는 부인이 풀어 주기를 기다리며 밀뱅크에 있었다고 한다. 하지만 나는 어둠 속에서, 그리고 다른 때에도 셀리나가 내 가까이 있던 걸 느꼈다. 그리고 셀리나는 내가 일기장 말고는 어디에서도 말하지 않은 내용들을 알았다. 젤프 부인이 셀리나에게 키스를 받았다. 하지만 셀리나는 내게 꽃을 보냈다. 자기 초커를 보냈다. 자기 머리 타래를 보냈다. 우리는 영혼으로 엮였으며 살로 묶여 있었다. 나는 그녀의 반쪽이었다. 우리는 빛나는 한 몸이 둘로 나뉜 반쪽들이었다.

내가 말했다. 「도스 양은 당신에게 거짓말을 했어요, 젤프 부인. 우리 둘 모두에게 거짓말을 했어요. 하지만 우리가 도스 양을 찾아내면 우리에게 설명을 해줄 거라고 생각해요. 우리가 알지 못하는 목적이 있을 거라고 생각해요. 도스 양이 어디로 갔을지 짐작 가는 데 없나요? 숨겨 줄 만한 사람이 아무도 없나요?」

젤프 부인은 고개를 저었다. 부인은 바로 그래서 이곳에 온 거라고 말했다.

내가 말했다. 「하지만 전 아무것도 몰라요! 저보다 부인이 더 많이 안다고요!」

조용한 집 안에서 내 목소리가 크게 들렸다. 젤프 부인은 내 목소리를 듣고 망설였다. 이윽고 부인이 약간 이상한 표정을 지으며 말했다. 「아가씨는 아무것도 모르세요. 하지만 제가 여기에 온 건 아가씨 때문이 아니에요. 이곳에 사는 다른 숙녀를 보기 위해서 온 거예요.」

이곳에 사는 다른 숙녀라니? 나는 다시 그녀에게 고개를 돌렸다. 〈어머니를 말하는 건 아니겠죠?〉 하고 물었다.

젤프 부인은 고개를 저었다. 그리고 부인의 표정은 더욱더 이상해졌다. 설사 그녀의 입에서 두꺼비나 돌멩이가 튀어나올지라도 부인이 다음에 말한 내용을 들었을 때보다는 덜 놀랐으리라.

젤프 부인은 나와 이야기를 하러 온 것이 전혀 아니라고 했다. 셀리나의 시중꾼인 루스 비거스를 보러 왔노라고 했다.

나는 물끄러미 젤프 부인을 바라보았다. 벽난로 선반에서는 시계가 부드럽게 째깍였다. 아빠의 시계로, 아빠는 그 앞에 서서 회중시계를 맞추곤 했다. 그 소리를 빼면 집은 완벽하게 조용했다.

내가 말했다. 「비거스, 내 하녀가, 비거스가 내 하녀가 셀리나의 시중꾼이라고요?」

「물론이에요, 아가씨.」 부인이 대답했다. 그리고 내 얼굴을 살폈다. 어떻게 그걸 모를 수 있느냐고, 자신은 내가 셀리나를 위해서 비거스 양을 이곳에 두는 거라고 늘 생각했노라고 말했다……

내가 말했다. 「비거스는 그냥 나타났어요. 어디서 왔는지 몰라요. 어디서 왔는지 몰라요.」 어머니가 루스 비거스를 집에 들이기로 하던 날, 나는 셀리나 도스에 대해 무슨 생각을 했을까? 비거스를 내 곁에 두는 게 어떻게 셀리나에게 도움이 된다는 걸까?

젤프 부인은 그게 내가 친절하기 때문인 줄 알았다고, 그리고 셀리나의 시중꾼을 내 하인으로 두면서 그녀를 떠올리고 싶어 하는 줄 알았다고 말했다. 그와 더불어, 자신은 셀리나가 비거스와 감옥을 오가는 편지들을 통해 내게 징표들을 보내는 줄 알았다고 했다⋯⋯.

「편지라고요?」 내가 말했다. 그리고 이제 이 무시무시한 상황이 어떻게 전개되는지를 어렴풋이 파악하기 시작했다. 내가 물었다. 「셀리나와 비거스가 편지를 주고받았나요?」

부인이 즉시 대답했다. 「오, 그럼요. 늘 편지가 오갔는걸요! 아가씨가 감옥을 방문하기 전부터요.」 셀리나는 비거스가 밀뱅크에 오는 걸 반기지 않았단다. 그리고 젤프 부인은 셀리나 같은 숙녀라면 당연히 자기 시중꾼이 그곳으로 와 자기 모습을 보는 게 달갑지 않을 거라고 사정을 이해했단다. 「도스 양이 제 아이를 위해 보인 친절을 생각한다면 편지들을 전달해 주는 건 별거 아닌 듯해 보였어요. 다른 여교도관들도 죄수들의 친구에게 소포를 받아 죄수에게 전달하거든요. 아, 그런데 이런 걸 제게서 들었다고 하시면 절대로 안 돼요. 다른 여교도관들에게 물어보셔도 다 부인할 거예요!」 젤프 부인 말에 따르면, 여교도관들이 그렇게 물건을 전달해 주는 건 돈 때문이란다. 하지만 부인은 셀리나의 편지를 전달해 그녀를 기쁘게 해주는 것만으로도 충분했단다. 그리고 이어 말했다. 「그리고 특별히 해가 될 만한 것도 없었어요.」 상냥한 글귀와 가끔씩 전달되는 꽃다발이 전부였단다. 셀리나는 꽃다발을 보며 아주 자주 흐느꼈다고 했다. 셀리나는 흐르는 눈물을 멈추려고 젤프 부인에게서 고개를 돌리곤 했다고 말했다.

「어떻게 그게 도스 양에게 해가 될 수 있겠어요? 감방으로 편지를 가져다주는 게 도스 양에게 무슨 해가 되겠어요? 도스 양

에게 종이를 준다고, 잉크와 글을 쓰게 불을 밝힐 초를 준다고
해서 누가 해를 입겠어요?」야간 담당 여교도관은 결코 맘 쓰지
않았단다. 젤프 부인이 그녀에게 1실링을 주었기 때문이다. 그
리고 새벽이 되면 초는 다 타고 사라지기 때문에 문제가 아니라
고 했다. 흘러내린 촛농만 살짝 주의하면 된다고…….

「이윽고 도스 양이 쓴 편지에 아가씨가 언급되기 시작했을
때, 그리고 자기 물건이 담긴 상자에서 아가씨에게 징표를 보내
고 싶어 했을 때…….」이 대목에서 젤프 부인은 하얗던 얼굴이
살짝 붉어졌다. 「도스 양의 것을 제가 상자에서 꺼냈다고 해서
그걸 훔쳤다고 하지는 않으셨으면 좋겠어요.」

「셀리나의 머리털이군요.」내가 중얼거렸다.

젤프 부인이 즉시 말했다. 「맞아요. 게다가 그게 사라졌다고
안타까워할 사람이 누가 있겠어요……?」

부인은 갈색 종이에 그 머리 타래를 싸서 보냈고, 비거스가 이
곳에서 그것을 받았다. 내 베개 위에 머리 타래를 놓은 건 비거
스였다. 「그리고 셀리나는 그게 영혼들이 가져다 놓은 거라고
계속 말했어요…….」

그 말을 들은 젤프 부인은 고개를 갸우뚱하며 얼굴을 찡그렸
다. 「영혼들이 그랬다고 말했어요? 하지만 프라이어 양, 도스 양
이 왜 그런 말을 했을까요?」

나는 답을 하지 않았다. 나는 다시 몸을 떨었다. 아마 책상에
서 일어나 벽난로로 가서 몸을 굽혀 대리석으로 된 벽난로 선반
에 이마를 기댄 듯하다. 그리고 젤프 부인 역시 일어나 내게 와
내 팔을 잡은 모양이다. 내가 말했다. 「당신이 무슨 짓을 했는지
아세요? 아시나요? 아세요? 그 둘은 우리를 속였어요. 그리고

당신은 그 사람들을 도왔고요! 당신의 그 친절함으로요!」

젤프 부인은 말했다. 「속였다고요? 오, 아니에요. 전 무슨 말인지 전혀……」

나는 말했다. 「이제 다 이해할 수 있어요. 비록 전부를 완전히 이해하지는 못하지만요.」 하지만 이미 아는 사실만으로도 나는 죽을 것처럼 고통스러웠다. 잠시 가만히 서 있다가 머리를 들었다가 다시 숙였다.

그리고 내 이마가 돌을 철썩 때리는 순간, 목에 한 초커가 조이는 게 느껴졌다. 그래서 벽난로 옆에 있던 나는 벌떡 일어나 내 목을 잡고 초커를 뜯어내기 시작했다. 그런 모습을 본 젤프 부인은 손으로 입을 가렸다. 나는 부인에게서 고개를 돌렸고, 계속 뭉툭한 손톱으로 초커의 벨벳과 여미개를 잡아 뜯었다. 하지만 그것은 뜯어지지 않았다. 뜯어지지 않았다! 오히려 나를 더 강하게 조이는 듯했다. 마침내 나는 주위를 둘러보며 뭔가 도구로 쓸 만한 것이 없는지 찾았다. 마침 아빠의 시가 나이프가 보이지 않았더라면 아마도 젤프 부인을 잡고 그녀의 입을 내 목에 대고 벨벳을 뜯어내게 했을지도 모른다. 나는 시가 나이프를 집어 초커를 잘라 내기 시작했다.

그런 나를 본 젤프 부인이 비명을 질렀다. 그녀는 그러다가 다칠 수도 있다고 비명을 질렀다! 내 목을 자를지도 모른다고 비명을 질렀다! 부인은 비명을 질렀다. 그리고 칼을 잡은 손이 미끄러졌다. 손가락에 피가 느껴졌다. 차가운 내 몸에서 나온 것치고는 놀랄 만큼 따뜻한 느낌이었다. 그리고 초커가 잘린 것을 깨달았다. 나는 그것을 잡아 바닥에 팽개쳤다. 그러고 나서 양탄자 위에서 초커가 S자 모양으로 흔들리는 모습을 지켜보았다.

이윽고 나는 칼을 떨어뜨렸고, 책상 옆에 덜덜 떨며 서 있었다. 내 엉덩이가 나무 책상에 심하게 부딪히면서 책상 위 아빠의 펜과 연필들이 달그락거렸다. 젤프 부인은 겁을 내며 다시 내 곁으로 와서 내 두 손을 잡았고, 피가 나는 내 목에 자신의 손수건을 대주었다.

그녀가 말했다. 「프라이어 양, 아주 아프신 듯하네요. 비거스를 불러올게요. 비거스가 아가씨를 진정시켜 줄 거예요. 우리 모두를 진정시켜 줄 거예요. 비거스를 불러 직접 이야기를 듣고 나면요…….」

그렇게 그녀는 계속 〈비거스 양, 비거스 양〉 하고 말했고, 그 이름은 마치 톱날처럼 나를 파고들었다. 나는 다시금 내 베개 위에 놓였던 셀리나의 머리털을 떠올렸다. 내가 자는 동안 내 방에서 사라진 로켓을 떠올렸다.

내 엉덩이는 계속 떨렸고, 책상 위의 물건들도 여전히 요동쳤다. 내가 말했다. 「그 둘이 왜 그랬을까요, 젤프 부인? 그 둘이 이렇게 세밀하게 계획을 짜 행동한 이유가 뭘까요?」

나는 오렌지 꽃을 떠올렸다. 그리고 내 일기장 사이에 꽂혀 있던 초커를 떠올렸다.

이 일기장을, 내 모든 비밀을 적은 일기장을 떠올렸다. 내 모든 열정과 내 모든 사랑, 우리가 도망칠 세세한 계획인 이 일기장을…….

이윽고 책상 위에서 떨리던 펜들이 조용해졌다. 나는 손으로 입을 가렸다. 내가 말했다. 「안 돼! 오, 젤프 부인, 그건 아닐 거예요. 그건 아니야!」

젤프 부인이 다시 내게 손을 뻗었지만 나는 그녀에게서 떨어졌다. 나는 쿵쿵거리는 걸음으로 방을 나와 정적에 싸이고 그늘진 복도로 갔다. 내가 외쳤다. 「비거스!」 끔찍하고 비탄에 잠긴 내 외침은 텅 빈 집 안에 메아리쳤고, 더욱 끔찍한 정적이 주는 조용함에 의해 삼켜졌다. 종을 울렸다. 줄이 끊어질 때까지 흔들어 댔다. 계단 옆에 있는 문으로 가서 지하실을 향해 외쳤다. 지하실은 어두웠다. 다시 복도로 돌아왔다. 젤프 부인은 두려움이 담긴 눈으로 나를 지켜보았다. 내 피가 묻은 손수건이 그녀의 손에서 펄럭였다. 나는 계단을 올라가기 시작했다. 처음에는 응접실에 들렀고, 이윽고 어머니 방, 그리고 프리실라의 방으로 갔다. 그리고 그 내내 〈비거스! 비거스!〉 하고 외쳤다.

하지만 아무런 대답도 들리지 않았다. 거칠게 몰아쉬는 내 숨소리와 쿵쿵거리는 소리, 그리고 내 발이 계단에서 미끄러지는 소리뿐이었다.

마침내 내 방에 도착했다. 방문이 살짝 열려 있었다. 비거스는 너무 서두르는 바람에 문을 제대로 닫을 생각을 하지 못한 것이다.

비거스는 책만 빼놓고 모든 것을 다 가져갔다. 책들은 상자에서 꺼내져 양탄자 위에 아무렇게나 쌓여 있었다. 그리고 비거스는 내 옷방에서 드레스, 외투, 모자, 부츠, 장갑과 브로치 등, 자신을 숙녀로 보이게 해줄 물건들을, 그녀가 이곳에서 있는 동안 직접 빨고 닦고 다림질하고 접고 깔끔하게 보관해 온, 당장이라도 쓸 수 있게 준비해 온 물건들을 모두 가져갔다. 그리고 더불어 당연한 이야기지만 내가 셀리나를 위해 사놓은 옷, 모자, 부츠도 다 가져갔다. 그리고 돈과 표, 그리고 마거릿 프라이어와 매리언 얼이라는 이름으로 된 여권들도 가져갔다.

심지어 감옥에서 가위로 대충 자른 셀리나의 머리를 가리려고 내가 단정하게 빗어 둔 셀리나의 머리 타래마저 가져갔다. 비거스는 내가 글을 쓸 이 일기장만 남겨 두었다. 비거스는 일기장을 반듯하게 올려 두었으며, 표지를 깨끗하게 닦아 두었다. 마치 훌륭한 하녀가 요리책에서 요리법을 본 다음에 두듯이 말이다.

비거스. 나는 그 이름을 다시 말했다. 그 이름을 내뱉었다. 그 이름은 독과도 같았다. 나는 그것이 내 안에서 솟아오르는 것을, 내 살을 시커멓게 바꾸는 것을 느꼈다. 비거스. 그녀가 내게 어떤 존재였지? 심지어 나는 그녀의 얼굴이나 표정, 태도마저 자세히 기억나지 않았다. 그녀의 머리색이 무엇이었는지, 눈동자는 무슨 색이었는지, 입술 모양은 어땠는지 확실히 말할 수 없었고, 지금도 마찬가지다. 내가 아는 건 비거스가 평범하게 생겼다는 것뿐, 나보다도 더 평범하게 생겼다는 것뿐이다. 하지만 〈내게서 셀리나를 빼앗아 간 존재〉라는 걸 잊지 말아야 한다. 〈셀리나가 그녀를 원하며 흐느꼈다〉는 점도 잊지 말아야 한다.

그리고 또한 〈셀리나가 내 삶을 빼앗아 갔으며, 그 삶을 비거스에게 주었다〉는 점도!

이제 나는 그것을 안다. 그때는 알지 못한 듯하다. 나는 다만 비거스가 나를 속였다고만 생각했다. 셀리나의 약점을 잡고, 이 일을 하게끔 억지로 시킨 거라고 생각했다. 나는 여전히 〈셀리나가 나를 사랑한다〉고 믿었다. 그래서 방으로 나왔을 때, 젤프 부인이 기다리는 아래층으로 다시 내려가지 않았다. 좁은 계단을 통해 하인들의 침실들이 있는 다락으로 올라갔다. 오늘 전에 그 계단을 마지막으로 올라간 게 언제인지 기억도 나지 않는다. 아마 내가 아주 어렸을 때이리라. 내 기억에, 하녀 한 명이 내가 자신을 엿보는 걸 잡아냈고, 나를 꼬집어 울게 했다. 그리고 그 뒤로는 그 계단이 무서웠다. 나는 프리실라에게 계단 꼭대기에 트롤이 살며, 하인들이 그 방에 가는 건 쉬러 가는 것이 아니라 트롤의 시중을 들러 가는 거라고 말하곤 했다.

이제 나는 삐걱거리는 계단을 올라갔고, 다시 어린아이가 된 기분이 들었다. 나는 생각했다. 셀리나가 거기 있을까? 아니면 와서 나를 찾지는 않을까?

물론 비거스는 그곳에 있지 않았다. 비거스의 방은 춥고 조용했으며 텅 비어 있었다. 너무나도 텅 비어 있어서, 처음 봤을 때는 이보다 더 비어 있는 건 불가능하단 생각까지 들었다. 밀뱅크의 감방처럼 아무것도 없었고, 그 어떤 물질, 질감, 혹은 냄새마저도 만들어 낼 수가 없는 방이었다. 벽에는 아무 색도 칠해져 있지 않았으며, 바닥에는 기다란 깔개 하나가 깔렸을 뿐이고, 그나마 닳아서 올이 드러나 있었다. 선반 하나, 대접 하나, 녹슨 주전자 하나가 있었고, 침대에는 누레져 가는 시트가 뒤틀리고 뭉쳐져 있었다.

그녀가 남기고 간 건 하인들이 쓰는 주석 트렁크 하나뿐이었다. 올 때 가져온 것으로, 망치와 못으로 조악하게 두드려 새겨 넣은 머리글자가 있었다. R. V.

나는 그 머리글자를 보았고, 그녀가 셀리나의 붉고 부드러운 심장에 망치질을 해 글자를 새기는 상상을 했다.

하지만 그랬다면 셀리나는 그녀가 그렇게 하도록 가슴을 열고 뼈를 갈라야 했으리라. 흐느끼며 자기 뼈를 그러잡고 뽑아내 심장이 드러나게 해야만 했으리라. 마치 지금 내가 트렁크 뚜껑을 열고, 그 안에 있는 걸 보며 흐느꼈듯이 말이다.

밀뱅크에서 입는 탁한 갈색 옷 한 벌, 하녀의 검은색 프록과 하얀 앞치마 한 벌. 트렁크에는 그것들이 마치 연인들처럼 뒤엉켜 있었다. 그리고 나는 감옥의 드레스를 꺼내려 했지만 그것은 다른 검은색 옷과 뒤엉켜 빠지지가 않았다.

처음부터 트렁크에 일부러 처박은 것이리라. 아니면 서둘러 도망치느라 그냥 던져 놓고 간 것이리라. 어느 쪽이든 간에, 나는 그 옷들이 전하는 메시지를 볼 수 있었다. 비거스는 속임수를 쓰지 않았다. 비거스는 단지 교활하고 무시무시한 승리를 거두었을 뿐이었다. 비거스는 이곳, 바로 내 머리 위에서 셀리나와 함께 있었다. 내가 갓을 단 흐릿한 촛불 조명 아래 앉아서 기다리는 동안, 비거스는 셀리나를 데리고 내 방을 지나, 조악한 계단을 올라간 것이다. 내가 긴긴 밤을 세우며 기다리는 동안, 그 둘은 이곳에서 함께 누워 서로 속삭이며, 또는 전혀 말을 하지 않으며 있었다. 그리고 내가 걷거나 신음하거나 창가에서 외치는 소리를 듣고는, 그 둘은 나를 놀리려 신음 소리를 내고 내게 다시 외친 것이다. 아니면 팽팽히 긴장한 내 열정을 붙잡아 오롯이 자기들 것으로 만든 것이다.

하지만 그 열정은 처음부터 그들의 것이었다. 내가 셀리나의 감방에 서서 내 육체가 그녀를 향해 가고 싶어 하는 것을 느끼는 동안, 문에서는 비거스가 보고 있으면서 나를 향한 셀리나의 시선을 훔쳐 간 것과 마찬가지였다. 내가 어둠 속에서 쓴 모든 것을 비거스는 환한 곳으로 가져왔다. 그리고 그 단어들을 셀리나에게 써서 보냈고, 그 단어들은 셀리나의 것이 되었다. 그 내내 나는 침대에 누워 이리저리 몸을 뒤척이고 약에 취해 셀리나가 오는 것을 느꼈지만, 온 것은 비거스였다. 내 눈에 보인 건 비거스의 그림자였고, 셀리나의 심장 박동에 맞추어 뛴 것도 비거스의 심장이었다. 내 심장은 그저 나 자신의 약하고 불규칙한 리듬에 맞춰 뛰었을 뿐이었다.

나는 이 모든 것을 보았다. 그리고 둘이 누웠던 침대로 가서 시트를 젖히고 흔적과 얼룩들을 찾아보았다. 그리고 선반에 있는 대야로 갔다. 안에 탁한 물이 조금 남았기에 손가락으로 저어 보니 검은 체모와 짙은 황금색 체모가 하나씩 보였다. 이윽고 나는 대야를 바닥에 던졌고, 대야는 산산이 깨졌고 물이 마루 널을 적셨다. 주전자를 박살 낼 생각으로 집어 들었지만 그건 주석으로 만들어졌기에 깰 수가 없었다. 대신 우그러질 때까지 주전자를 내리쳤다. 매트리스를, 그리고 침대를 움켜쥐었다. 시트를 찢었다. 찢어진 천은, 뭐랄까, 마치 약물처럼 나를 취하게 했다. 나는 찢고 또 찢었으며, 마침내 시트는 넝마가 되었고, 내 두 손은 욱신거렸다. 그래서 솔기를 물고 이로 찢었다. 그리고 넝마 쪼가리들을 바닥에 내팽개쳤다. 하인용 트렁크를 들고 안에 있던 옷들을 꺼내 역시 갈가리 찢었다. 아마 내가 지치지만 않았다면 내 드레스와 내 머리털도 쥐어뜯었으리라. 마침내 나는 헐떡이며 창문으로 가서 뺨을 유리에 대고 덜덜 떨며 창틀을 움켜잡았다. 내 앞에는 런던이 완벽하게 하얀 모습으로 조용히 펼쳐져 있었다. 눈은 여전히 내렸으며 하늘은 눈을 임신한 듯이 보였다. 템스강이 보였고, 배터시의 나무들이 보였다. 그리고…… 왼쪽 저편, 너무나 멀기에 아래층 내 방 창에서는 보이지 않는 거기에 밀뱅크의 뭉툭한 탑 꼭대기가 보였다.

그리고 체이니 워크 저쪽에서 아주 짙은색 외투를 입은 경찰이 낮 순찰을 돌고 있었다.

경찰관을 본 나는 한 가지 방법이 떠올랐다. 내 안에서 어머니의 목소리가 솟아났다. 나는 생각했다. 〈제 하녀에게 도둑을 맞았어요!〉 저 경찰에게 말하기만 하면 경찰이 비거스를 잡아 주리라. 〈비거스가 탄 기차를 멈추게 하리라! 셀리나와 비거스 둘 다 밀뱅크로 보내리라! 난 그 둘을 각자 다른 감방에 넣을 것이며, 셀리나를 다시 내 것으로 만들리라!〉

나는 방을 나와 다락 계단을 내려와서, 복도로 내려갔다. 젤프 부인은 이제 흐느끼며 서성거리고 있었다. 나는 그녀를 두고 문을 열고 거리로 뛰어나갔다. 그리고 경찰을 소리쳐 불렀다. 떨리는 날카로운 외침은 내 목소리가 아닌 것처럼 들렸고, 그 소리에 경찰관이 돌아보더니 내 이름을 말하며 달려왔다. 나는 그의 팔을 부여잡았다. 그는 마구 엉클어진 내 머리를, 끔찍한 내 얼굴을, 목에 난 상처를 살폈다(나는 상처는 까맣게 잊었고, 목을 돌리는 바람에 다시 피가 나고 있었다).

나는 도둑을 맞았노라고 말했다. 우리 집에 도둑이 들었노라고 했다. 이제 워털루에서 프랑스로 가는 기차에 타고 있다고 했다. 「여자 둘이며 제 옷을 입었어요!」

경찰관은 묘한 눈으로 나를 살폈다. 「여자 둘이라고요?」「여자 둘요. 그리고 한 명은 제 하녀예요. 그리고 제 하녀는 무척이나 교활해요. 그래서 저를 지독하게 이용해 먹었어요. 그리고 다른 한 명은…… 다른 한 명은…….」

〈다른 한 명은 밀뱅크 감옥에서 탈옥했어요!〉 나는 그렇게 말할 생각이었다. 하지만 그렇게 말하는 대신, 나는 차가운 공기를 들이마시고 손으로 입을 가렸다.

내가 그 일을 어떻게 아는지 경찰이 궁금해하지 않을까? 셀리나가 입은 드레스가 어디서 난 거라고 설명해야 하나? 왜 내게 돈이 있었으며, 표는 왜 샀다고 말해야 하나? 여권은 왜 있으며 가짜 이름은 왜 있는지는?

경찰관이 내 말을 기다렸다. 내가 말했다.「잘 모르겠어요. 잘 모르겠어요.」

경찰관은 주위를 힐긋 보았다. 그는 벨트에서 호루라기를 꺼내 들고 있었다. 이제 그는 사슬에 매달린 호루라기를 놓고는 나를 향해 몸을 숙였다. 그가 말했다.「이렇게 혼란스러워하는 상태로 거리에 나오시면 안 됩니다. 제가 집까지 바래다 드릴 테니 거기서 차근차근 이야기를 해주십시오. 따뜻한 곳에서요. 보세요, 목을 다치셨습니다. 그리고 추위 때문에 굉장히 아플 겁니다.」

경찰관은 내가 잡을 수 있도록 팔을 내밀었고, 나는 그런 경찰관을 밀어냈다.「오시면 안 돼요.」내가 말했다. 내가 잘못 생각했노라고, 도둑맞은 것도 없고 집 안에 뭔가 이상한 일도 벌어지지 않았노라고 말했다. 나는 몸을 돌려 경찰관에게서 멀어졌다. 경찰관은 내 이름을 부르며 나를 쫓아왔다. 하지만 나를 확실하게 잡지는 못했다. 그리고 내가 철문을 열고 들어간 뒤 그가 못 들어오게 닫아 버리자 그는 망설였다. 그리고 그가 망설이는 동안 나는 재빨리 집으로 뛰어 들어가 문을 닫고 빗장을 걸었고, 등으로는 문을 밀고 뺨은 나무에 대고 서 있었다.

경찰관이 와서 종을 울렸다. 종소리가 어두운 부엌에서 울리는 것이 들렸다. 이윽고 문 옆에 있는 진홍색이 들어간 유리창을 통해 경찰관의 얼굴이 보였다. 그는 두 손을 둥글게 모아 눈가에 대고 어둠 속을 들여다보면서 내 이름을, 그리고 이어서 하녀의 이름을 불렀다. 그는 1분쯤 그러다가 다시 돌아갔다. 나는 1분 정도 더 등으로 문을 밀고 서 있다가 타일 깔린 바닥을 기어서 아빠의 서재로 가 레이스 커튼 너머로 밖을 보았고, 그가 철문 옆에 서 있는 게 보였다. 그는 주머니에서 수첩을 꺼내 뭔가를 적고 있었다. 그는 한 줄을 적고 회중시계로 시간을 확인하고 다시 한번 어두운 우리 집을 힐긋 보았다. 그리고 그는 다시 한번 주위를 둘러보더니 천천히 멀어졌다.

그제야 나는 젤프 부인이 생각났다. 젤프 부인의 흔적이 보이지 않았다. 하지만 조용히 부엌으로 가자 문이 열린 게 보였으며, 그래서 그녀가 그쪽으로 나간 모양이라고 생각했다. 내가 달려 나가 경찰관을 잡고 집쪽을 가리킨 것을 본 모양이었다. 불쌍한 사람 같으니! 오늘 밤 젤프 부인이 부인의 집 밖에서 경찰이 순찰 도는 소리를 듣고는 공포에 식은 땀을 흘릴 모습이 눈에 선하다. 바로 지난 밤 나처럼, 부인 역시 앉아서 아무 이유 없이 흐느껴 운 것처럼 말이다.

1873년 7월 18일

오늘 저녁 강신회에서 큰 소동이 벌어졌다! 오늘은 일곱 명만이 모였다. 나, 브링크 부인, 노아크스 양, 그리고 오늘 처음 참석한 네 명이었다. 그 네 명 가운데 두 명은 숙녀와 그녀의 붉은 머리 어린 딸이었고, 다른 두 명은 남자였는데, 내가 보기에 남자들은 그냥 재미로 온 듯하다. 그 둘은 주위를 둘러보았다. 아마도 뚜껑 문이나 탁자에 달린 바퀴 따위를 찾지 싶었다. 그 둘은 주목받기를 좋아하는 사람들이거나 아니면 어둠의 모임이 진행됨에 따라 주목을 끌고 싶은 생각이 든 듯하다. 그들은 루스에게 외투를 벗어 주며 말했다. 「이제 우리가 이곳에 앉아 있는 동안 우리 물건이 영계로 사라지지 않게 잘 지켜 주십시오. 그러면 반 크라운을 드리지요.」 그들은 나를 보자 고개 숙여 인사를 한 뒤 껄껄거렸고, 한 명이 내 손을 잡고 말했다. 「저희가 아주 무례하다고 생각하시겠죠, 도스 양. 저희는 도스 양이 아주 아름답다고 들었지만, 저는 그럴 리가 없다고, 실은 아주 늙고 뚱뚱한 아줌마일 거라고 맘대로 확신했답니다. 아시겠지만, 여자 영매들 가운데 상당수는 진짜로 그렇거든요.」 내가 말했다. 「저는 오로지 영혼의 눈으로만 본답니다, 선생님.」 그리고 그가 대답했다. 「에, 그렇다면 안타깝게도, 도스 양이 거울을 보실 때마다 엄청난 낭비를 하는 거랍니다. 그러니 그런 낭비를 막기 위해서라도 저희들이 육신의 눈으로 도스 양을 보는 걸 허락하셔야 하겠네요.」 그는 아주 엉망으로 기른 구레나룻이 나 있었으며, 한 팔은 여자의 팔처럼 가늘었다. 우리가 자리에 앉을 때, 그는 구태여 내 옆에 앉기를 고집했고, 내가 이제 손을 잡고 기도를 하자고 말하자 그가 말했다. 「제가 꼭 스탠리의 손을 잡아야만 하는 겁니까? 두 손 다 도스 양의 손을 잡으면 안 될까요?」 내 기억에, 딸과 함께 온 숙녀는 아주 정나미가 떨어진다는 표정을 지었고, 브링크 부인이 말했다. 「제 생각에 오늘 밤 강신회는 참석자들이 잘 어울리는 것 같지 않네요. 도스 양, 오늘은 우리와 함께 하지 않는 게 좋지 않을까 싶어요.」 하지만 나는 이 정도 일로 모임을 관두고 싶지는 않았다.

우리가 기다리는 동안 그 남자는 내 옆에 아주 바짝 붙어 앉았고, 한번은 이렇게 말했다. 「제 생각에 이게 바로 소위 취향이 맞는 영혼들이라는 거로군요.」 마침내 그는 자기 친구 손을 놓더니 내 맨팔을 만졌다. 나는 즉시 말했다. 「어둠의 모임은 깨졌습니다!」 그러자 그가 대답했다. 「홈, 원을 깬 건 스탠리가 아니라 저입니다. 이제 스탠리의 손을 느낄 수 있군요. 스탠리가 제 셔츠 자락을 꽉 잡고 있습니다.」 내가 일어나 캐비닛으로 가자 그가 나를 돕기 위해 일어났지만, 노아크스 양이 말했다. 「오늘 밤은 제가 도스 양을 돕기로 되어 있어요.」 노아크스 양은 초커로 나를 묶더니 밧줄을 집어 들었고, 분위기를 해치던 신사의 친구인 스탠리 씨가 그 모습을 보고 말했다. 「맙소사, 꼭 그렇게까지 해야 하는 겁니까? 정말로 그렇게 거위 묶듯이 묶어야만 하는 겁니까?」 노아크스 양이 대답했다. 「우리가 이렇게 하는 건 바로 당신 같은 사람들 때문이에요. 우리가 이걸 좋아서 하는 거라고 생각하시는 건가요?」

피터 퀵이 와서 내게 손을 얹었을 때, 그들은 모두 아주 조용히 앉아 있었다. 하지만 피터가 밖으로 나오자 남자들 가운데 한 명이 소리 내어 웃으며 말했다. 「피터는 잠옷을 갈아 입고 오는 걸 잊어버렸군요!」 이윽고 피터가 영혼에 대해 뭔가 질문할 게 없냐고 말하자 그들은 질문이 있다고 하더니 〈보물이 어디에 묻혀 있는지 영혼들에게 약간의 힌트라도 얻을 수 있습니까?〉라고 물었다.

그리하여 피터는 화가 났다. 피터가 말했다. 「내가 보기에, 너희는 단지 내 영매를 조롱하러 온 거군. 너희 장난거리로 삼으라고 내 영매가 나를 영혼의 땅에서 여기로 불러온 줄 알아? 너희 속물 꼬맹이 두 놈 장난에 놀아나려고 내가 힘들여 여기까지 온 줄 아는 거야?」 첫 번째 남자가 말했다. 「솔직히 저는 당신이 왜 왔는지 전혀 모르겠습니다.」 그러자 피터가 말했다. 「나는 강신술이 진실이라는 멋진 소식을 전하러 온 거야!」 그리고 피터가 다시 말했다. 「또한 너희들에게 선물을 주러 왔지.」 피터는 노아크스 양에게 가서 말했다. 「여기 이 장미는 당신을 위한 겁니다, 노아크스 양.」 그리고 브링크 부인에게 말했다. 「여기 이 과일을 받으십시오, 브링크 부인.」 배였다. 피터는 서클을 돌며 모두에게 선물을 주었고, 남자들이 있는 곳에 닿자 아무 말 없이 기다렸다. 스탠리 씨가 말했다. 「저에게 주실 꽃이나 과일이 있으신가요?」 그러자 피터가 대답했다. 「아니, 네게는 줄 선물이 없어.

하지만 네 친구에게 줄 선물은 있지. 자, 받으라고!」

그때 그 남자가 커다란 비명을 지르며 벌떡 일어났고, 그가 앉았던 의자가 바닥을 긁는 소리가 들렸다. 그가 말했다.「젠장, 이악마 놈, 내게 무슨 짓을 한 거야?」알고 보니 그건 게였다. 피터는 그의 무릎에 게를 슬쩍 던져 올렸고, 그 남자는 어둠 속에서 집게발이 움직이자 뭔가 괴물이 자기 위에 있다고 생각한 것이다. 부엌에서 가져온 커다란 게였다. 부엌에는 게를 두 마리 담아 둔 바닷물 양동이가 있었고, 놈들이 양동이에서 빠져나오지 못하게 하려고 1.5킬로그램 무게만큼 접시들을 쌓아 두었다. 물론 나는 그 사실을 나중에야 알았다. 그 남자가 어둠 속에서 고함을 지르고 스탠리 씨가 일어나 조명을 찾는 동안, 피터는 캐비닛으로 돌아왔다. 그리고 나는 밖에서 무슨 일이 일어난 걸까 궁금해할 뿐이었다. 피터가 내 얼굴에 손을 올려놓았을 때 무척이나 이상한 냄새가 났기 때문이다. 그리고 내가 풀려나 밖에 나가 보니 게는 의자에 깔려 있었다. 게 껍질은 거의 박살이 나 분홍빛 속살이 터져 나왔지만, 집게발은 여전히 움직였다. 그리고 그 남자는 바닷물로 얼룩진 바지를 쓸어내리고 있었다. 그가 내게 말했다.「골탕 한번 잘 먹었습니다!」하지만 브링크 부인이 즉시 받아쳤다.「여기에 더는 오지 마세요. 피터가 그렇게 사납게 군 건 다 당신 때문입니다. 당신 때문에 여기 분위기가 아주 엉망이 되었습니다.」

그리고 남자 둘이 떠났을 때 우리는 소리 내어 웃었다. 노아크스 양이 말했다.「오, 도스 양, 피터가 당신을 잃지 않으려고 무척이나 경계를 하네요! 피터는 당신을 위해서라면 살인도 마다하지 않을 거 같아요!」그리고 우리가 서서 와인을 마시는 동안 다른 여자가 내게 오더니 옆에 섰다. 그 여자는 그 남자들이 그렇게 심술궂게 굴어 유감이라고 말했다. 그녀는 다른 젊은 영매들을 만난 적이 있는데, 그 여자들은 남자들 앞에서 완전히 요부처럼 행동하더라며, 내가 그렇게 하지 않아서 정말 기쁘다고 했다. 이윽고 그녀가 말했다. 「그런데 혹시 제 딸을 잠시 봐주실 수 있을까 모르겠네요, 도스 양?」 내가 말했다. 「따님에게 무슨 문제라도 있나요?」 그녀가 말했다. 「울음을 멈추지 않아요. 열다섯 살인데 열두 살 때부터 단 하루도 빼놓지 않고 울고 있답니다. 너무 울어 눈이 다 빠지는 게 아닐까 하는 생각이 들 정도랍니다.」 나는 좀 자세히 살펴봐야겠노라고 했고, 그녀가 말했다. 「매들린, 이리 오렴.」 그리고 소녀가 내게 왔을 때 나는 그녀의 손을 잡고 말했다. 「오늘 밤 피터가 한 일을 본 소감이 어떤가요?」 그녀는 정말 멋졌다고 말했다. 피터는 그 소녀에게 무화과를 주었다. 그녀는 런던에서 온 게 아니라 미국 보스턴에서 왔다. 그녀는 그곳에서 영능력자들을 많이 만났지만 나처럼 능력 있는 사람은 처음이라고 했다. 나는 그 아이가 아주 어리다고 생각했다. 소녀의 어머니가 말했다. 「저 아이에게 뭔가 해주실 수 있나요?」 나는 확신할 수 없다고 말했다. 하지만 내가 생각에 잠겨 있을 때 내 잔을 받아 치우려고 루스가 왔고, 루스는 그 소녀를 보더니 머리에 한 손을 얹고 말했다. 「와, 아가씨 빨간 머리가 정말 예쁘네요! 피터 퀵이 한 번 더 보고 싶어 할 게 분명해요.」

소녀는 자기 어머니에게서 잠시만 떨어져 있을 수 있다면 아주 잘 할 수 있을 거라고 말한다. 그녀의 이름은 매들린 앤절라 로즈 실베스터다. 내일 2시 반에 다시 여기에 오기로 했다.

지금이 몇 시인지 모르겠다. 시계는 멈추었으며 태엽을 감아 줄 이는 아무도 없다. 하지만 도시가 무척이나 고요한 걸로 미루어 볼 때 3~4시 정도, 심야 합승 마차와 시장으로 가는 수레들이 덜그럭거리는 시간 사이의, 가장 조용한 때인 듯하다. 거리에는 바람 한 점 없고, 비 한 방울 내리지 않는다. 창에는 성에가 끼어 있지만 — 그리고 비록 내가 그곳을 한 시간 넘게 지켜보았지만! — 창을 덮은 성에는 너무나도 은밀하고 너무나도 부드럽기 때문에 그것을 알아차릴 수가 없다.

셀리나는 지금 어디에 있을까? 어떻게 누워 있을까? 나는 밤을 통해 내 생각을 보내 본다. 한때 그녀와 나를 단단히 연결해 준다고 생각했던, 파르르 떨릴 정도로 팽팽하게 당겨져 있는 듯하던 어둠의 끈을 찾아본다. 하지만 밤은 너무나 짙고, 내 생각은 비틀거리며 길을 잃고, 어둠의 끈은······.

어둠의 끈 따위는 존재한 적이 없었다. 우리 둘의 영혼이 맞닿은 공간 따위는 없었다. 다만 갈망, 그리고 나의 것과 너무나도 닮았기에 내 것처럼 보였던 그녀의 갈망이 있었을 뿐이었다. 이제 내게는 아무런 갈망도 없다. 생기도 없다. 셀리나가 내 모든 생기를 가져갔기에 내게는 조금도 남지 않았다. 그리고 그렇게 텅 비어 버린 나는 아주 조용하고 가볍다. 텅 빈 내 몸은 펜을 종이 위로 들어 올리는 게 조금 버거울 뿐이다. 내 손을 보라! 어린아이의 손이다.

이건 내가 쓰게 될 마지막 쪽이다. 내 모든 일기장은 이제 타 버렸다. 벽난로에 불을 지피고 그 위에 일기장을 한 쪽 한 쪽 찢어 넣고 태웠다. 그리고 구불거리는 선들로 이 쪽이 다 차면 역시 태워 버릴 것이다. 굴뚝 연기로 만들려고 글을 쓰다니, 참 이상한 느낌이다! 하지만 나는 숨을 쉬는 동안에는 써야만 한다. 단지 전에 써놓은 내용을 도무지 참고 읽을 자신이 없을 뿐이다. 다시 읽어 보려 했지만, 매 쪽마다 비거스의 끈적끈적하고 하얀 시선이 번져 있는 듯해 도무지 볼 수가 없었다.

나는 오늘 그녀를 생각했다. 그녀가 우리에게 온 때를, 프리실라가 소리 내어 웃으며 그녀가 평범하게 생겼다고 하던 때가 생각났다. 지난번 하녀인 보이드가, 그리고 그녀가 흐느끼며 이 집에는 유령이 산다고 했던 말이 떠올랐다. 나는 그녀가 진짜로는 그런 소리를 들은 게 아닐 거라고 생각한다. 비거스가 보이드를 만나 협박을 하거나 돈을 주었거나…….

나는 비거스를 생각했다. 누가 내 방에 오렌지 꽃을 가져다 놓았냐는 내 질문에 눈만 끔뻑이며 멍하니 서 있던 비거스를 생각했다. 열린 내 방문 뒤에 의자를 놓고 앉아 있으면서 내 한숨과 흐느낌과 일기 적는 소리를 듣던 비거스를 생각했다. 당시 그녀는 내게 친절해 보였다. 내게 물을 가져다주고 등불을 켜주고 부엌에서 음식을 가져다주던 모습이 생각난다. 이제 음식을 가져다주는 이는 없으며, 서툰 솜씨로 불을 피워 보지만 연기와 치칫

소리만 내며 제대로 타지도 못하고 꺼질 뿐이다. 요강은 비워지지 않은 채 그대로 있고, 음울한 공기에는 악취가 진동한다.

비거스가 옷을 입혀 주고 머리를 빗겨 주던 모습을 떠올린다. 나는 그녀의 굵은 팔다리를 떠올린다. 이제는 왁스로 뜬 그 유령의 손이 누구 손인지 안다. 그리고 그녀의 손가락을 떠올려 보면 그 손가락은 관절 부분이 두툼하며 노란색인 게 기억난다. 나는 그녀가 자기 손가락을 내 몸에 대는 상상을, 그 손가락이 따뜻해지고, 내 살갗에 얼룩을 남기는 상상을 한다.

그녀의 왁스 손이 닿아 얼룩을 남긴 모든 여자들을 떠올린다. 그리고 액체를 흘리는 비거스의 손가락에 키스했을 것이 분명한 셀리나를 떠올린다. 그리고 나는 공포와 질투와 슬픔으로 가득 찬다. 나는 그러한 접촉을 한 적이 없으며, 아무도 찾지 않았으며 혼자이기 때문이다. 오늘 저녁 경찰관이 다시 우리 집을 찾아왔다. 그는 다시 한번 종을 울렸고, 실내를 살펴보며 서 있었다. 하지만 마침내 아마 내가 어머니를 만나러 워릭셔로 갔다고 생각한 듯하다. 하지만 어쩌면 그렇게 생각하지 않았을 수도 있다. 어쩌면 내일 다시 올지도 모른다. 그리고 이곳에 있는 요리사를 찾아내 이 집에 오라고 해서 문을 열게 할 수도 있다. 그러면 요리사는 내가 이상하다는 걸 알게 되리라. 애시 의사를 부를 거고, 어쩌면 이웃도 부르리라. 윌리스 부인을. 그리고 결국은 어머니를 부르리라. 그리고…… 그리고 뭐? 이윽고 눈물과 슬픔으로 나를 응시하는 눈들과 함께 나는 더 많은 아편이나 클로랄을 복용하게 되리라. 아니면 모르핀이나 내가 한 번도 복용해 보지 않은 진정제를. 그리고 예전처럼 반년 정도를 침대에 누워 있고, 집을 방문한 손님들은 내 방 문 앞을 지날 때면 살금살금 조심해 걸으리라……. 그리고 점차 어머니의 버릇에 다시 물들게 되리라. 월리스 모녀와 카드 게임을 하리라. 시계 바늘은 기어가듯 느리게 움직일 것이며, 프리실라의 아이들 세례식에 초대를 받으리라. 그리고 밀뱅크의 조사도 있으리라. 그리고 이제 셀리나가 없는 지금, 나는 셀리나가 한 행동, 그리고 내가 한 행동에 대해 거짓말을 할 정도로 용감하지 못하리라…….

못하리라.

나는 흩어졌던 책들을 선반의 원래 자리로 돌려놓았다. 옷방 문을 닫고 창문 고리를 잠갔다. 위층도 모두 정리했다. 부서진 주전자와 대야는 치웠고, 시트와 깔개와 옷은 내 방 벽난로에서 태워 없앴다. 크리벨리 초상화와 밀뱅크 평면도와 이 일기장 사이에 꽂아 두었던 오렌지 꽃 조각도 태웠다. 벨벳 초커와 젤프 부인이 양탄자 위에 떨어뜨리고 간 피 묻은 손수건도 태웠다. 아빠의 시가 나이프는 다시 아빠의 책상 위에 잘 올려 두었다. 책상에는 이미 먼지가 뿌옇게 내려 앉아 있다.

어떤 하녀가 새로 와서 저 먼지를 닦아 낼지 궁금하다. 이제 하인이 내게 와서 무릎 굽혀 인사를 할 때마다 나는 온몸에 전율이 일리라.

나는 찬물을 대야에 떠와 얼굴을 씻었다. 목에 난 상처도 깨끗하게 했다. 머리를 빗었다. 달리 깔끔하게 정리하거나 버릴 건 없어 보인다. 나는 여기 또는 그 어디에도 아무것도 남기지 않고 있다.

헬렌에게 쓴 그 편지를 뺀다면 아무것도. 하지만 그 편지는 가든 코트의 복도 선반에 그대로 있을 터다. 그 생각을 했을 때는 그곳으로 가 하녀에게 그것을 돌려 달라고 할 참이었지만, 곧 비거스가 편지를 무척이나 조심스레 전달하러 가던 기억이 났다. 그리고 이어서 이 집에서 보낸 모든 편지와 이곳에 배달되어 오는 모든 소포들을 그녀가 다루었다는 생각이 났다. 그리고 그 모든 시간 내내, 내 방에서 내가 내 열정에 대해 썼듯이, 비거스는 내 위층 침침한 자기 방에서 자기 열정에 대해 썼을 것이다.

그 편지에 보였을 열정은 어떠했을까? 모르겠다. 너무 피곤해서 상상이 안 된다.

마침내 너무나도 피곤해졌기 때문이다! 런던 그 어디에도 나만큼 피곤한 존재는 없으리라고 생각한다. 아니, 어쩌면 추운 하늘 아래로 익숙한 경로를 따라 바다로 흐르는 저 강은 예외일지도 모르겠다. 오늘 밤, 저 강은 무척이나 깊고 검고 짙어 보인다! 수면은 눕고 싶을 정도로 부드러워 보인다. 물속은 무척이나 추우리라.

셸리나, 당신은 곧 태양 아래 있겠지요. 당신의 속임수는 성공했어요. 당신은 내 심장의 마지막 실을 가졌어요. 궁금하군요. 그 실이 느슨해지면, 당신이 그걸 느낄까요?

1873년 8월 1일

이제 아주 늦은 시각이고 조용하다. 브링크 부인은 자기 방에 있으며 머리는 어깨까지 풀어 내려 리본을 묶었다. 부인은 나를 기다리고 있다. 조금 더 기다리게 두자.

루스는 발길질을 해 신발을 벗어 버리고 내 침대에 누워 있다. 루스는 피터의 담배를 피우고 있다. 루스가 〈왜 쓰는 거야?〉라고 묻고, 내가 언제나 그러하듯 내 후견인이 볼 수 있도록 글을 쓴다고 말한다. 루스는 〈그 남자〉라고 고쳐 말하며 깔깔거린다. 그녀의 검은 눈썹들이 하나로 모이고 어깨가 들썩인다. 브링크 부인이 우리 소리를 들으면 안 되는데.

이제 그녀는 조용히 천장을 보고 있다. 내가 말한다. 「무슨 생각해?」 그녀는 매들린 실베스터를 생각한다고 말한다. 지난 두 주 동안 그녀는 우리를 네 번 방문했다. 하지만 그녀는 여전히 초조해하고, 결국 나는 피터가 계발을 하기에 그녀가 너무 어리다는 생각을 하게 됐다. 하지만 루스는 말한다. 「일단 피터가 그 아이에게 흔적을 남기면 그 아이는 영원히 우리에게 올 거야. 그리고 그 아이 집이 얼마나 부자인지 알잖아?」

이제 브링크 부인이 흐느끼는 소리가 들린다. 바깥에는 달이 아주 높이 떠 있다. 예전의 달을 품에 안은 초승달이다. 수정궁에는 아직도 등불이 켜져 있고, 어두운 하늘 덕분에 그 등불들은 아주 밝고 또렷하게 보인다. 루스는 여전히 싱글거린다. 무슨 생각을 하냐는 내 질문에, 루스는 어린 실베스터의 돈 그리고 그 돈으로 우리가 무엇을 할지 생각한다고 대답한다. 루스가 말한다. 「세상에 좋은 곳이 얼마나 많은데, 내가 널 시드넘에 평생 처박아 두고 싶어 할 거라고 생각한 거야? 프랑스나 이탈리아에 가면 네가 얼마나 멋질까 생각하고 있었어. 그곳에서 부러운 눈으로 널 볼 여자들을 떠올렸어. 그곳의 햇빛을 받으면 다시 건강해질 거라는 희망에 차 그곳을 방문한 창백한 영국 여인들을 생각했어.」

루스가 담배를 끈다. 이제 나는 브링크 부인에게 가야 한다.

루스가 말한다. 「잊지 마, 네가 누구 여자인지를.」

옮긴이의 말
개역판에 부쳐

『핑거스미스』를 시작으로 『끌림』과 『티핑 더 벨벳』을 읽던 게 벌써 15년도 더 전의 일이다. 왜 출간순이 아니라 역순으로 읽었는지 모르겠다. 아마도 작가의 제일 유명한 책을 읽고 거슬러 올라갔지 싶다. 하지만 번역 출간은 원서의 출간순도, 역순도 아닌, 『핑거스미스』, 『티핑』, 『끌림』 순이었다. 그리고 우연이겠지만, 이번에 『티핑』과 『끌림』을 동시에 재출간하는 과정에서도 『끌림』을 나중에 손보게 되었다.

『핑거스미스』 출간 이후, 『티핑』과 『끌림』 가운데 『끌림』을 나중에 내기로 한 것은 같은 작가의 다음 권 번역을 기약할 수 없는 열악한 국내 출판 사정상, 임팩트가 큰 순서로 내는 것이 좋겠다는 판단 때문이었다. 예상이 맞았는지 아니면 시대의 흐름인지는 모르겠지만, 2020년 현재 국내에는 세라 워터스의 모든 작품이 번역, 출간되어 있다 (물론, 박찬욱 감독이 『핑거스미스』를 원작으로 하여 만든 영화 「아가씨」의 영향도 아주 컸다고 생각한다).

『티핑』의 〈임팩트〉가 더 크다고는 했지만, 그게 『끌림』이 『티핑』에 비해 작품성이 모자란다는 뜻은 아니다. 단지, 『끌림』은 작품 전반에 걸쳐 고딕 소설 특유의 무거운 분위기가 있는 데다가(번역을 하는 과정에서 수십 번 넘게 원고를 읽은 내게『끌림』은 언제나 안개 낀 흐린 오후의 런던을 배경으로 한 이야기로 남아 있다), 선정적인『티핑』에 비해 화제성이 적기 때문이었다. 작품성 면에서 보자면, 데뷔작『티핑』이 산만한 느낌이 없지 않은 데 반해,『끌림』은 기법이며 구조 등 모든 면에서 한 단계 발전한 작품이다. 이는 아마도『티핑』이 세라 워터스가 학위 과정에서 취미 삼아 쓴 작품임에 비해『끌림』은 전업 작가가 되기로 작정하고 쓴 소설이기 때문이리라. 또한 직설적인『티핑』이나, 책 전반에 걸쳐 복선과 반전을 담은『핑거스미스』에 비해『끌림』은 은은한 은유와 중의적인 암시가 풍부한 책이다. 더불어 나는 이 책을 처음 번역할 때나 이번에 손보는 내내 과연 브링크 부인은 어떻게 셀리나를 찾아가는 계기가 된 꿈을 꾸게 되었는지, 미루어 짐작은 할 수 있으나 정답을 구할 수는 없었다. 그리고 그러한 애매함은 읽는 이의 상상력을 자극해 책에 쓰이지 않은 부분을 상상하고 확장하게 하며, 바로 그런 부분이 이 책의 또 다른 장점들 중 하나라 하겠다.

이번에『티핑』과『끌림』의 원고를 손보며 여러 가지 행복한 기억이 떠올랐다. 앤아버의 도서관에서 공부는 제쳐두고 세라 워터스의 책들을 정신없이 읽던 일, 어떻게 하면 세라 워터스의 책들을 번역해 낼 수 있을까 궁리하고 상상하며 즐거워했던 기억. 번역하는 과정에서 ⟨sliver⟩를 ⟨silver⟩로 오독하여 며칠을 끙끙거리다가 세라 워터스에게 메일로 질문을 보냈던 일(『핑거스미스』였다), 책에 나온 성경 구절이 이상하여 혹시 다른 의도가 있는가 고민하다가 역시 작가에게 질문했던 일(『끌림』이었고 작가의 그냥 흔한 실수였다).『핑거스미스』이후 세라 워터스의 다음 책을 선택해 번역할 행운을 얻었고,『티핑 더 벨벳』과『끌림』가운데 어느 책을 먼저 낼까 행복한 고민을 하다가『티핑』을 먼저 선택하고『끌림』을 뒤로 미루어 아쉬워하던 추억 등이다.

하지만 기존에 번역한 원고를 다시 읽을 때는 늘 조마조마하고, 오역을 발견하면 가슴이 철렁한다. 특히나 10여 년 전의 원고를 다시 살필 때는 더욱 그렇다. 그리고 이번에도 교정을 보며 가슴이 서늘해지는 순간들이 있었다. 번역이나 교정이나 늘 시간이 문제다. 언제나 한 번만 더 살펴보고 싶은 마음이다. 아마도 번역자의 숙명일 듯싶다. 그러한 숙명의 무거움을 덜어 준 김민혜 님과 열린책들 편집부에 고마운 마음을 전한다.

2020년
최용준

초판 옮긴이의 말
자유와 구속에 대한 갈망

끌림과 당김

1998년을 시작으로 세라 워터스는 빅토리아 시대를 배경으로 한 레즈비언이 주인공인 소설 세 권을 연달아 발표했다. 이 소설들은 발표되자마자 평단과 독자 양쪽에서 큰 환영을 받았고, 모두 영상화되어 큰 인기를 얻었다. 또한 학계의 관심을 끌기도 해, 동성애에 초점을 맞춰 작품을 분석한 논문들이 발표되었다.*

『티핑 더 벨벳』에서는 1890년대의 연예장과 남창, 상류층의 퇴폐적인 삶, 노동 운동 현장을 배경으로, 한 여인의 열여덟에서 스물다섯 살까지의 인생 역정을 다룬 파란만장한 모험담을 담았고, 『핑거스미스』를 통해서는 1860년대 런던의 범죄자들과

* D. M. Hall, "Space and Sexuality in the Post-Victorian Fiction of Sarah Waters", MA thesis, University of Tasmania (2006)

P. Palmer, "Lesbian Gothic: Genre, Transformation, Transgression", Gothic Studies 6.1, pp. 118~129 (2004)

M. Llewellyn, "'Queer? I should say it is criminal!': Sarah Waters' Affinity (1999)", Journal of Gender Studies vol. 13/3 (2004)

정신 병원, 센세이션 소설 수집가가 사는 시골 대저택을 배경으로 두 소녀의 순수하면서도 음모 가득한 사랑을 그렸던 세라 워터스는 『끌림』에서 1870년대의 여성 교도소와 영매의 세계를 배경으로 다시 한번 빅토리아 시대 여성들의 단면을 치밀하게 그려 냈다. 그러나 시대는 같지만 내용은 『티핑 더 벨벳』, 심지어 런던의 음흉한 범죄자들이 주인공인 『핑거스미스』보다 훨씬 더 어둡고 음울하다.

이 책은 처음부터 끝까지 마거릿과 셀리나의 일기로 구성되어 있다. 독자는 마거릿의 일기를 통해 겉으로 보기에는 자유로우나 실상은 감옥에 갇힌 것과 다를 바 없는 마거릿의 일상, 그녀가 밀뱅크 감옥을 방문해 보고 듣는 내용, 그리고 그 과정에서 셀리나와 어떤 관계로 발전하게 되는지를 자세히 엿볼 수 있으며, 동시에 간간이 등장하는 셀리나의 일기에서는 영매인 셀리나가 밀뱅크 감옥에 갇히기 이전의 삶, 그리고 재판을 받고 감옥에 갇히게 된 이유를 알게 된다.

『끌림』은 외로움과 그에 따른 관계에 대한 갈망, 그리고 누군가에게 소중한 존재이고 싶다는 욕망을 다룬 소설이다. 사랑하던 아버지의 죽음과 연인 헬렌의 변심, 사사건건 간섭하는 어머니로 인해 삶의 의욕을 잃고 자살까지 시도했던 마거릿은 주위의 권유로 감옥을 방문한다. 처음에는 단순한 호기심에서 시작한 감옥 방문은 셀리나 도스를 만나며 점차 자신이 잊고 있던 관계에 대한 갈망을 깨닫는 계기가 된다. 그리고 이러한 갈망은 그 갈망을 풀어 주는 셀리나가 둘 사이 관계의 우위에 서게 되는 이유가 된다(하지만 마거릿은 그러한 사실을 모르고 오히려 자신이 관계의 우위에 서 있다고 생각한다. 이는 『핑거스미스』의 수와 모드의 관계에서도 성립하며, 두 권 모두에서 사건을 이끌어가는 주요 동력으로 작용한다).

이렇게 눈에 보이는 관계의 우위에서 약한 쪽이 끌려가고 당하는 건 당연하지만 그럼에도 소설은 끝까지 팽팽한 긴장감을 유지한다. 이는 소설 속에서 제3의 인물 피터 퀵이 존재하기 때문이다. 피터 퀵은 간간이 등장하는 셀리나의 일기에서 언급되는 정도지만 소설의 흐름을 조종하는 보이지 않는 손 역할을 하며 모든 사건의 중심점이 된다. 그래서 독자는 셀리나가 마거릿을 이용하는 것일지 모른다는 생각을 하면서도 단지 그게 전부가 아니고 뭔가가 더 있다는 생각에 계속 긴장을 풀지 못한다.

『끌림』은 또한 자유에 대한 갈망을 다룬 소설이다. 자유에 대한 갈망은 마거릿과 셀리나가 서로를 필요로 했던 또 다른 이유이다. 밀뱅크 감옥에 갇혀 간수들의 감시 속에 사는 셀리나는 당연히 신체의 자유를 원한다. 겉보기에 자유롭고 부족한 것 하나 없어 보이는 상류층 숙녀 마거릿 역시 크게는 빅토리아 시대의 풍습과 여자에 대한 편견, 작게는 어머니의 간섭으로 인해 속박된 삶으로부터 정신적 자유를 원하고, 셀리나와 함께 국외로 도망침으로써 그 자유를 얻을 수 있으리라 믿는다. 그리고 마거릿은 겉으로 보기에는 자유로운 상류층이기에 설마 자신이 신체적 자유를 구속당한 하류층에게 속을까 자만하고, 그로 인한 방심은 결국 안타까운 결과를 부른다.

이렇듯이, 마거릿은 관계 그리고 자유에 대한 갈망으로 인해 셀리나에게 조종당했다고 할 수 있다. 그리고 소설 말미에서는 그러한 갈망 때문에 누군가에게 조종당하는 게 마거릿뿐이 아님이 밝혀진다.

이 소설은 또한 성적 정체성에 대한 자각, 그리고 커밍아웃에 대한 소설이기도 하다. 마거릿은 자기 성을 불편해하고, 그런 마음은 마거릿의 일기 첫 부분부터 드러난다.

〈내 생각에, 아빠라면 밀뱅크의 바깥문으로 이야기를 시작할 듯하다. 감옥 내부를 구경하려는 방문객이라면 꼭 통과해야만 하는 지점부터 말이다. 그러니 나도 그곳부터 내 기록을 시작하기로 하자. 감옥 수위가 나를 맞이하더니 커다란 명부에 내 이름을 표시한다. 이제 교도관이 나를 데리고 좁은 아치를 지나고, 감옥 내부로 내가 막 들어서려는 그 순간……

하지만 그렇게 하기 전에 나는 치마가 신경 쓰여 잠시 걸음을 멈춘다.〉

마거릿은 남자인 아버지처럼 글을 쓰고 싶어 하지만 그렇게 하지 못하고, 결국 치마가 신경 쓰인다는 이유로 여성스러운 글을 쓰기로 한다. 이는 자신의 내부에 숨어 있는 동성애 기질을 알고 있으면서도 이를 부인하려 애쓰는 증거로 볼 수 있다. 이런 마거릿의 은밀한 욕망과 이를 부정하며 불편해하는 모습은 소설 곳곳에서 드러난다. 마거릿은 헬렌에게는 자신과 한 키스들이 침대 위에서 유령처럼 떠돈다며 안타까워하지만, 감옥에서 〈친구〉로 묘사되는 화이트와 자비스의 관계를 〈어두운 열정〉이라고 표현하며 자신이 그 전달자가 되지 않은 것에 안도한다. 이렇게 자신의 성적 정체성 혼란을 겪던 마거릿은 셀리나와 만남을 통해 점차 그것을 인정하고, 결국 자신의 성적 정체성을 밖으로 드러내기로 결심한다. 또한 셀리나의 일기에서 큰 부분을 차지하는 강신회 역시 자신도 모르던 성적 정체성을 발견하거나 가장 예쁜 여자에게 다가가 키스를 하는 식으로 동성애를 표현하는 장으로 활용된다.

섹스 장면을 과감히 묘사하며 빅토리아 시대 연예장과 레즈비언의 삶을 다룬 데뷔작 『티핑 더 벨벳』, 여자 감옥과 강신술을 소재로 어둡고 무겁게 이야기를 전개한 본서 『끌림』, 런던 뒷골목과 시골 대저택을 배경으로 악한들과 상류 사회 인물들이 펼치는 음모와 사랑, 배신을 다룬 『핑거스미스』, 그리고 그 뒤의 작품들까지 세라 워터스가 발표한 소설 한 권 한 권은 모두가 아름답게 반짝이는 보석이며 각각 고유한 색깔과 아름다움을 가지고 있다. 부디 독자들이 그 보석들이 내는 색과 아름다움을 놓치지 않고 즐겼으면 좋겠다.

세라 워터스

세라 워터스는 1966년 영국 웨일스의 펨브로크셔에서 태어났다. 켄트와 랭커스터에 있는 대학교에서 영문학 전공으로 학부와 대학원을 마쳤다. 워터스는 학생으로 있으면서 굴로 유명한 윗스터블에서 2년 동안 살았으며, 이 장소는 첫 번째 소설인 『티핑 더 벨벳』에 등장하기도 한다. 1988년 워터스는 런던으로 옮겨 가 작은 서점에서 일을 하다 공공 도서관에 직장을 얻는다. 1991년 다시 대학원으로 돌아가기로 결심한 워터스는 이후 레즈비언과 게이 역사 소설에 관한 연구로 영문학 박사 학위를 받았으며, 성의 표출과 역사에 대한 논문들을 발표했다. 박사 학위 논문을 쓰는 동안 세라 워터스는 19세기 런던의 삶에 대해 관심을 갖게 되었고, 졸업 후 소설을 쓰기 시작해 현재까지 다섯 편을 썼으며, 발표하는 작품마다 이성애자와 동성애자 독자 모두에게 높은 평가를 받았다.

데뷔작인『티핑 더 벨벳』을 쓰게 된 동기는 박사 학위 논문을 준비하며 조사한 레즈비언 역사 소설들이었다. 연구를 하는 동안 워터스는 19세기 포르노그래피를 많이 읽어야만 했으며 그 과정에서 〈존재하나 들을 수 없는 이야기〉에 관심을 품게 되었다. 그 결과가 바로『티핑 더 벨벳』이다. 〈티핑 더 벨벳〉은 〈여성에 대한 오럴 섹스〉를 뜻하는 빅토리아 시대 은어다. 빅토리아 시대 연예장과 레즈비언의 사랑을 다룬 이 이야기는 2002년에 앤드루 데이비스에 의해 3부작 드라마로 각색되었고, BBC TV에서 상영되어 많은 찬사를 받았다. 또 BBC TV가 내보낸 딜도 사용 장면은 보수적 시청자들을 놀라게 하며 논란을 일으키기도 했다.

두 번째 소설인『끌림』은 빅토리아 시대의 여자 감옥과 강신술을 다뤘다. 데뷔작에 비해 성적인 묘사는 거의 없고 내용은 훨씬 더 무겁고 어두워졌으며, 작가가 말한 대로 실체에 비해 저평가되어 있다. 이 작품이 풍기는 무거운 색채 때문이라고 역자는 생각한다. 하지만 이야기 서술과 구조 측면에서는 데뷔작을 능가한다. 세라 워터스는 이 작품으로 서머싯 몸상과 「선데이 타임스」가 주는 올해의 젊은 작가상을 받았다. 이 소설 역시 영화로 제작되었다.

2002년 발표한『핑거스미스』는 1860년대 런던을 배경으로 범죄자들의 음모와 사랑, 배신을 다루었으며 세라 워터스가 발표한 빅토리아 시대 소설의 정점이라 할 수 있다.『핑거스미스』는 부커상과 오렌지상 후보에 올랐으며 추리 소설 부분에 주는 대거상 역사 부분을 수상했다.『핑거스미스』역시 BBC에서

2005년에 3부작 미니시리즈로 만들어 방영했다.

세 권에 걸쳐 빅토리아 시대를 다룬 워터스는 2006년, 작품의 무대를 1940년대로 옮겨 『나이트 워치』를 발표한다. 1947년부터 1940년까지 시간을 역순으로 다룬 이 작품은 런던 공습을 배경으로 한 레즈비언의 삼각관계를 다루며 BBC가 TV 영화로 방영했다. 2009년에 발표한 다섯 번째 소설 『리틀 스트레인저』 역시 1940년을 배경으로 하지만, 독특하게도 화자가 남자이며 레즈비언이 등장하지 않는다. 이 작품 역시 영화화가 진행되고 있으며, 이로써 세라 워터스는 모든 작품이 영상화되는 진기록을 소유하게 되었다.

워터스는 현재 런던에 살면서 1920년대를 배경으로 한 로맨틱 코미디를 준비하고 있다.

작품 목록

『티핑 더 벨벳』

1999년 Betty Trask Award

1999년 Lambda Literary Award for Lesbian Fiction

1999년 Library Journal Best Book of the Year

1999년 Mail on Sunday/John Llewellyn Rhys Prize

1999년 New York Times Notable Book of the Year Award

2000년 Ferro-Grumley Award for Lesbian and Gay Fiction
　　(최종 후보)

『끌림』

2000년 American Library Association GLBT Roundtable
Book Award

2000년 Arts Council of Wales Book of the Year Award
(최종 후보)

2000년 Ferro-Grumley Award for Lesbian and Gay Fiction

2000년 Lambda Literary Award for Fiction (최종 후보)

2000년 Mail on Sunday/John Llewellyn Rhys Prize
(최종 후보)

2000년 Somerset Maugham Award for Lesbian and Gay
Fiction

2000년 Sunday Times Young Writer of the Year Award

『핑거스미스』

2002년 British Book Awards Author of the Year

2002년 Crime Writers Association Ellis Peters Historical
Dagger

2002년 Lambda Literary Award for Lesbian Fiction

2002년 Man Booker Prize for Fiction (최종 후보)

2002년 Orange Prize for Fiction (최종 후보)

『나이트 워치』

2006년 Orange Prize for Fiction (최종 후보)

2006년 Man Booker Prize for Fiction (최종 후보)

2007년 Lambda Literary Award for Lesbian Fiction

『리틀 스트레인저』
2009년 Man Booker Prize for Fiction (최종 후보)
2009년 Shirley Jackson Award (최종 후보)

그리고……

후기를 쓰면서 지난 독서 기록을 살펴보았다. 작가의 발표 순서와는 정반대로 『핑거스미스』, 『끌림』, 『티핑 더 벨벳』 순으로 읽은 이야기, 각 작품에 대한 감상, 반전과 결말에 대한 놀라움이 담겨 있었다. 그리고 출간 가능성에 대한 상상도 있었다. 하지만 그 상상은 어디까지나 놀이와 즐거움을 위한 것이었으며 실제로 이루어지리라고는 기대하지 않았다. 그렇기에 이 세 권을 번역할 수 있게 도와준 여러 분들에게 각별히 고맙다.

세라 워터스의 작품들이 번역되어 나올 수 있도록 애써 준 김영준 님, 임선영 님, 정은미 님, 진행을 맡아 준 김호주 님, 김정현 님, 귀중한 조언을 해주신 김민혜 님, 언제나처럼 웹에 정보를 올려 주신 분들과 독자들.

『핑거스미스』와 『티핑 더 벨벳』, 그리고 이 책 『끌림』이 번역되어 나올 수 있었던 것은 위의 분들이 힘을 실어 준 덕분이다. 고마움을 전한다.

2012년
최용준

옮긴이 **최용준** 대전에서 태어나 서울대학교 천문학과를 졸업했으며, 미국 미시간 대학교에서 이온 추진 엔진에 대한 연구로 항공 우주 공학 박사 학위를 받았다. 현재는 플라스마를 연구한다. 옮긴 책으로 세라 워터스의 『핑거스미스』, 『티핑 더 벨벳』, 에릭 앰블러의 『디미트리오스의 가면』, 맥스 배리의 『렉시콘』, 아이작 아시모프의 『아자젤』, 마이클 프레인의 『곤두박질』, 마이크 레스닉의 『키리냐가』, 루이스 캐럴의 『이상한 나라의 앨리스』, 제임스 매튜 배리의 『피터 팬』 등이 있다. 헨리 페트로스키의 『이 세상을 다시 만들자』로 제17회 과학 기술 도서상 번역 부문을 수상했다. 시공사의 〈그리폰 북스〉, 열린책들의 〈경계 소설선〉, 샘터사의 〈외국 소설선〉을 기획했다.

끌림

발행일   2012년 4월 20일   초판 1쇄
2020년 12월 20일 개역판 1쇄

지은이   세라 워터스
옮긴이   **최용준**
발행인   홍지웅·홍예빈
발행처   주식회사 열린책들

경기도 파주시 문발로 253 파주출판도시
전화 031-955-4000 팩스 031-955-4004
www.openbooks.co.kr

이 도서의 국립중앙도서관 출판예정도서목록(CIP)은 서지정보유통지원시스템 홈페이지(http://seoji.nl.go.kr)와 국가자료공동목록시스템(http://www.nl.go.kr/kolisnet)에서 이용하실 수 있습니다.(CIP제어번호 : CIP2020045352)